Horacio Vázquez-Rial
Tango, der dein Herz verbrennt

Zu diesem Buch

Es ist die Musik, die Ramón Díaz für immer mit seiner Ankunft in Buenos Aires in Verbindung bringen wird. Musik aus einem Instrument namens Bandoneon, die von schwarzen Rhythmen pulsiert und gleichzeitig an die Orgeln der spanischen Kirchen erinnert. Als der fünfjährige Junge an der Hand seines Vaters nach Argentinien kommt, sind sie nur zwei von über einer Million Einwanderer aus Europa, die in dem südamerikanischen Land eine neue Heimat finden. Es ist die Zeit, in der Glücksspiel und Prostitution zu raschem Reichtum verhelfen und der Tango – insbesondere in Gestalt des großen Tangostars Carlos Gardel – seinen Siegeszug um die Welt antritt. Vater und Sohn erwartet ein Schicksal, wie es nur in Buenos Aires möglich ist, der Stadt des Temperaments und der Leidenschaft.

Horacio Vázquez-Rial, geboren 1947 in Buenos Aires, studierte Geschichte und Geographie und lebt seit vielen Jahren in Barcelona. Heute zählt er zu den wichtigsten südamerikanischen Gegenwartsautoren. Neben vielen preisgekrönten Romanen veröffentlichte er mehrere Sachbücher, unter anderem eine hochgelobte Biographie Peróns. Auf deutsch erschienen die Romane »Tango, der dein Herz verbrennt«, zu dessen Verfilmung er selbst das Drehbuch verfaßte, und »Der Mann, der sich Carlos Gardel nannte«.

Horacio Vázquez-Rial

Tango, der dein Herz verbrennt

Roman

Aus dem argentinischen Spanisch von
Petra Zickmann und Manel Pérez Espejo

Piper München Zürich

Mehr über unsere Autoren und Bücher:
www.piper.de

Von Horacio Vázquez-Rial liegen bei Piper vor:
Tango, der dein Herz verbrennt
Der Mann, der sich Carlos Gardel nannte

Für Pita, weil die Jahre vergangen sind,
ohne daß wir es bemerkt haben

FSC
Mix
Produktgruppe aus vorbildlich bewirtschafteten
Wäldern und anderen kontrollierten Herkünften
www.fsc.org Zert.-Nr. GFA-COC-001223
© 1996 Forest Stewardship Council

Ungekürzte Taschenbuchausgabe
Februar 2007 (TB 4875)
Oktober 2010

Titel der spanischen Originalausgabe:
»Frontera Sur«, Santillana, S.A., Madrid 1994

Umschlagkonzept: semper smile, München
Umschlaggestaltung: Cornelia Niere, München
Umschlagmotiv: Artwork: Cornelia Niere;
AKG, archiv für kunst und geschichte (Schiff)
Satz: Uhl + Massopust, Aalen
Papier: Munken Print von Arctic Paper Munkedals AB, Schweden
Druck und Bindung: CPI – Clausen & Bosse, Leck
Printed in Germany ISBN 978-3-492-25967-5

So viel Härte, so viel Glauben,
so viel gleichgültiger oder
unschuldiger Hochmut,
und die Jahre verstreichen, nutzlos.

JORGE LUIS BORGES, Der Dolch

Nicht Liebe verbindet uns, sondern Grausen,
vielleicht liebe ich es deshalb dermaßen.

JORGE LUIS BORGES, Buenos Aires

»Viele werden sagen, nein, du hast kein Recht, diese Geschichte zu erzählen.«

»Es ist die Geschichte meiner Familie. Meine Geschichte.«

»Es ist die Geschichte einer Stadt, die du verlassen hast. Verlassen wie eine kranke Frau. Wie eine traurige Frau.«

»Die einzige traurige Frau in all dem ist meine Mutter.«

»Sie wird auch nicht wollen, daß du es erzählst, Vero.«

»Unterschätze sie nicht, Clara. Sie ist eine klarsichtige Frau. Sie schwört der Vergangenheit nicht ab. Sie erinnert sich. Mit Wehmut. Manchmal mit Zorn. Aber ohne Widerwillen, ohne Ablehnung. Sie steht ganz und gar zu ihr. Wir haben immer unsere Differenzen gehabt, aber wir werden beide alt, und ich weiß, daß es vor allem die Wahrheit ist, die sie jetzt interessiert.«

»Ihre Bereitschaft ist keine Rechtfertigung. Du könntest andere Namen verwenden.«

»Wenn ich es erzähle, dann erzähle ich es richtig. Mit Namen und in allen Einzelheiten. Letztendlich ist nichts so gewiß wie die Namen. Sie verschwimmen nicht im Nebel. Ich schreibe sie auf, und ihre Träger, welche Sünden oder Dummheiten sie auch begangen haben mögen, werden so gut wie unsterblich. Die Geschichten dagegen sind unweigerlich zweifelhaft. Jedenfalls werden sie, sobald ich sie erzählt habe, nichts als Literatur sein. Außerdem bin ich dazu geboren.«

»Dich zu entblößen?«

»Zum Erzählen. Zum Geschichtenerzählen.«

»Sofern dir jemand zuhört, Vero. Und ich weiß nicht, ob noch irgend jemand in der Stimmung sein wird, dir zuzuhören, wenn du die anderen verärgerst.«

»Welche anderen?«

»Die dich nicht brauchen, nicht einmal um ihren Namen zu verewigen. Die auch ohne dich unsterblich sind. Die Legenden. Auf dieses Spiel läßt sich niemand ein!«

»Von Legenden hat jeder seine eigene Auffassung, Clara: Götter, Schatten … eine Frage des Zeitgeschmacks. Sie tragen Schuld, aber sie sind nicht verantwortlich. Sie sind ein Teil der Einbildungskraft und daher in einem realistischen Roman unvermeidlich.«

»Das heißt also, du bist entschlossen?«

»Absolut.«

»Wenn das so ist, folge ich dir. Ich höre. Ich lese.«

»Wirst du mich korrigieren?«

»Schon möglich. Ich werde dir Fragen stellen. Wo willst du anfangen?«

»Bei den Díaz, Roque und Ramón.«

»Urgroßvater und Großvater also.«

»Sie kamen 1880 über Montevideo nach Buenos Aires.«

»Warum? Warum waren sie aus Spanien weggegangen, meine ich.«

»Darauf kommen wir später. Ramón selbst hat zwanzig Jahre gebraucht, um dahinterzukommen, dabei war es sein Leben … Laß uns nicht vorgreifen!«

Erster Teil

I. Die Entdeckung Amerikas

> Nach und nach sterben die wenigen Vertreter der afrikanischen Rasse, die dieses Land einst in Sklavenketten betraten, unter der Last der Jahre dahin. Vorgestern war die Reihe an Mariana Artigas, der Königin der Bangala, die im Alter von hundertdreißig Jahren tot in ihrem armseligen Bett aufgefunden wurde. Nur Stunden bevor man ihren Leichnam zum Friedhof überführte, erhielt der König desselben Volkes, allgemein als Onkel Pagola bekannt, die Letzte Ölung.
>
> Tageszeitung El Siglo,
> Montevideo, 3. August 1880

Vor einigen Monaten in Montevideo, an die Hand seines ebenso gebannten und staunenden Vaters geklammert, hatte Ramón diesen Klang zum erstenmal gehört. Sie waren mit Anselmo zusammen gewesen, einem seit langem in Uruguay ansässigen beleibten, fröhlichen Galicier aus demselben Dorf wie Roque, dem Ramón die Bilder jener Nachmittagsstunden, ihre Musik und ihren Glanz für alle Zeiten danken würde.

»Der König der Bangala ist gestorben«, hatte Anselmo nach dem Essen unvermittelt verkündet. »Ich würde gern zum Leichenbegängnis gehen.«

»Ein König?« fragte das Kind ungläubig. »Ein echter König?«

»Ein großer König der Schwarzen«, nickte Anselmo. »Einer der letzten. Gestern hat man die Königin beerdigt.«

»War er ein König mit Krone und Umhang wie Alfons XII.?«

»Nein, nein, ganz und gar nicht. Er war ein noch ärmerer König als der spanische und hatte weder Krone noch Umhang, noch sonstwas.«

»Auch keinen Hofstaat?«

»Doch, einen Hofstaat schon. Und viele Freunde«, unterbrach Roque Díaz' volle Stimme.

»Ist er ein Sklave gewesen?«

»Na klar, wie hätte er sonst hier landen sollen?« lachte Anselmo. »Bantu. Er kam in Ketten. Ein guter Mensch, der Onkel Pagola. Über hundert Jahre hat er auf dieser Welt verbracht.«

Ramón fragte nicht weiter. Wie so oft lag sein Blick auf dem stets perfekt gebürsteten Schnurrbart seines Vaters und dem auffallend glatten Haar, in dem sich noch kein Silberfaden zeigte.

Er jubelte innerlich, als sein Vater sich einverstanden erklärte, den Freund zu begleiten, sagte aber kein Wort.

Und er schwieg auch die ganze Zeit über, die sie frierend und durchnäßt dastanden und zusahen, wie sich der Trauerzug durch die Straße bewegte, wie der nur mit dünnen weißen Hemden und bunten Hosen und Röcken bekleidete Menschenschwarm von den dumpfen Trommelschlägen schlanker dunkler Finger und den fernen hellen Klängen einer Geige und einer Flöte mitgerissen wurde, sich unter den rohen Holzsarg schob und wieder zum Vorschein kam, wobei dieser von Schulter zu Schulter wanderte, ohne daß sein gleichmäßiges Wiegen jemals aus dem Takt geriet.

Sie drehten und drehten und drehten sich, als wollten sie nicht vorankommen, und für einen Augenblick drohte eine innere Unruhe von Ramóns Seele Besitz zu ergreifen, weil er sich vorstellte, der Sarg schwebte auf ewig in der Luft, eine ziellose Kiste mit einem König darin, den es nach Erde, Feuer oder dem Wasser des Meeres verlangte.

Auf einen rasenden Trommelwirbel folgte tiefe Stille.

Der Tote wurde auf dem Boden abgesetzt, und die Menge teilte sich respektvoll.

An der Straßenecke war ein weißer Mann erschienen, hochgewachsen, hellblond und zerzaust, so leicht gekleidet wie die Tänzer im südspanischen August, unter dem Arm einen festen, lederbezogenen Koffer, der mit einem breiten Riemen um seinen Leib geschnallt war. Er näherte sich gemächlich, ohne den Ehrenbezeigungen Beachtung zu schenken. Jemand holte einen Stuhl aus einem Haus und stellte ihn mitten auf die Straße neben den Leichnam.

Da bemerkte Ramón, daß der Sarg keinen Deckel hatte. Er versuchte einen Blick auf das Gesicht zu erhaschen, das Onkel Pagola gehört haben mußte, entdeckte jedoch nichts als einen harten Ball aus rissigem Leder und einen Wust schmieriger weißer Wolle.

Der blonde Mann öffnete den Koffer und nahm etwas heraus, das Ramón wie ein merkwürdiger perlmuttern und metallisch schimmernder Kasten vorkam, in dessen Innerem sich jedoch etwas Wunderbares, Einmaliges verbergen mußte.

Der blonde Mann setzte sich auf den Stuhl neben den toten Bangala-König, legte den Kasten auf den Schoß, schob seine langen, sanften Hände in zwei bis dahin unsichtbare Schlaufen, strich mit langen, sanften Fingern über bis dahin unsichtbare Knöpfe und zog mit einer langen, sanften Bewegung an beiden Seiten, wodurch eine bis dahin unsichtbare Schlangenhaut mit senkrechten, polierten Schuppen zum Vorschein kam.

Aus einer trägen Geste ließ er die Musik entstehen.

Sie pulsierte geradezu von schwarzen Rhythmen, doch fühlte sich Ramón auch an die Orgel der Kirche in Barcelona erinnert, wo er Abschied von seiner Mutter genommen hatte, an jene Klangfülle, die sich über die Tränen erhob, die Kehle weitete und das Schluchzen in tiefe Atemzüge wandelte.

Der blonde Mann neigte sich tief vornüber, wand sich mit geschlossenen Augen um die wundersame Brise. Sie liebten einander, er und sein Instrument. Gemeinsam, innig und feierlich, betrauerten sie den Toten, nicht ohne um die Auferstehung zu wissen.

Ohne daß er sein Spiel unterbrach, hoben einige Männer den Sarg wieder hoch und trugen ihn weiter, wobei sie nunmehr allein der Realität gehorchten und entschlossen schienen, der Erde zurückzugeben, was der Erde gehörte. Unbekümmert ließ er sie gehen, durch irgendeine Straße auf dem offenen Feld verschwinden.

Als er aufseufzend innehielt und wieder zu sich kam, begegnete er Ramóns Blick und den Fingerchen eines Fünfjährigen, die sich nach dem Instrument ausstreckten. Er lächelte.

»Bandoneon«, sagte er und wies mit dem Kinn nach unten. »Es klingt schön. Der alte *tata* hat es sehr gemocht.«

»Der alte *tata*?«

»Der König, Onkel Pagola. Er war ein alter *tata*. Ein viel geliebter, geachteter Mann. Ein Berater …«

Roque und Anselmo standen neben Ramón.

»Ich bin Hermann Frisch«, stellte sich der Blonde vor und gab allen die Hand, dem Kleinen zuerst, ohne aufzustehen.

»Deutscher?« riet Roque.

»Deutscher?« wunderte sich Frisch. »Das war ich einmal, früher war ich das. Aber davon hat mich Paris geheilt, in der Zeit der Kommune vor zehn Jahren. Dort wurde ich zum Mann. Hören Sie zu, bitte!«

Und erneut ließ er sich in den Himmel fallen.

Erst viele Jahre später sollte Ramón Díaz begreifen, daß sich an jenem Nachmittag in Montevideo die Welt verändert hatte.

Jetzt hörte er es in Buenos Aires wieder. Als er Frisch in Fray Bentos, in Uruguay, zum Abschied umarmte, ohne jede Hoffnung, ihn je wiederzusehen, hatte Ramón gefürchtet, mit dem Freund auch die Musik zu verlieren, diese einzigartige Musik, die ihm durch ihre ständige Präsenz im Laufe der gemeinsamen langwierigen, ungewissen Reise durch düstere Ortschaften, wo Roque nach einer Bestimmung für sie beide suchte und Frisch Münzen aufsammelte, zu einem Zuhause geworden war.

Es überraschte ihn nicht, als er den Klang des Bandoneons wiedererkannte.

Er kam von irgendwo auf der anderen Seite des Innenhofs her und drang mit der Selbstverständlichkeit eines Familienmitgliedes ins Zimmer.

Ramón verlor das Interesse an dem Gespräch seines Vaters mit Posse, hörte nur ab und zu hin und bemühte sich, aus irgendeinem Hinweis zu erraten, worum es gerade ging. Er schnappte den Namen des spanischen Präsidenten Cánovas auf, das Wort Verfassung.

Als es draußen still geworden war, wandte er seine Aufmerksamkeit wieder der Unterhaltung der beiden Männer zu.

»So langsam läuft es hier richtig gut«, versicherte Posse. »Gegen Roca, diesen Fuchs, kommt keiner an. Das Friedensabkommen ist beschlossene Sache. Wer soll sich jetzt noch widersetzen, daß Buenos Aires Hauptstadt wird?«

Er war ein großer, schlanker Mann mit schneeweißem Haar, und er strahlte eine Autorität aus, die ganz und gar nicht einschüchternd oder abweisend wirkte, sondern vielmehr zur Offenheit ermunterte.

»Ich brauche einen ruhigen Platz, um diesen Bengel aufzuziehen und ein bißchen Geld zu machen, Don Manuel«, sagte Roque. »Eines Tages …«

»Denken Sie nicht an die ferne Zukunft, mein Freund«, fiel ihm der Alte ins Wort. »Was Sie eines Tages tun werden, ist völlig unwichtig. Was zählt ist, was Sie jetzt tun können, heute, morgen. Ich mache Ihnen einen Vorschlag.«

»Ich bin ganz Ohr.«

Ramón bemerkte einen Hauch von Erleichterung in der Stimme seines Vaters. Er mußte seit langem auf diesen Satz gewartet haben. Überall waren sie freundlich und großzügig aufgenommen worden – Roque war ein geachteter Mann –, doch nie hatte jemand etwas Ähnliches gesagt wie soeben Posse. Er sprach nicht von Besuch und Lebewohl.

»Sie wissen, daß Sie mit dem Kleinen hierbleiben können, so lange Sie dessen bedürfen. Es wird Sie nichts kosten. Braven Leuten nimmt man kein Geld ab. Außerdem ist dies ein Privathaus und keine Pension. Wir haben mehr Platz, als wir brauchen. Sie können hier essen und wohnen. Richten Sie sich ein, lernen Sie, wo es langgeht in diesem Land. Gehen Sie raus, wandern Sie mit offenen Augen durch die Stadt, sehen Sie sich gründlich um. Ich müßte mich sehr in Ihnen täuschen, wenn Sie nicht binnen kurzem Ihren Weg gefunden haben. Und wenn Sie Verwendung dafür haben, kann ich Ihnen eine *chata* und ein Pferd überlassen.«

Roque sagte kein Wort.

»Papa, was ist eine *chata*?« wollte Ramón wissen.

»Ein Wagen, mein Kleiner«, erklärte Posse und fügte hinzu: »Und keine Sorge, niemand braucht zu erfahren, daß Sie hier sind. Und wenn, ist das auch egal. Dies ist eine große Stadt, und in großen Städten lösen sich Rachegelüste in Luft auf, verflüchtigen sich, verschwinden, verlieren ihren Sinn.«

Ramón wußte nicht, was der Alte damit meinte, doch hatte er mit einemmal das Gefühl, daß sie selbst in Zeiten, an die er keine Erinnerung besaß, als Fernanda, seine Mutter, noch lebte, immer vor irgend etwas auf der Flucht gewesen waren und daß die Zauberkraft einiger weniger Worte sie vor ein paar Sekunden in dieser Stadt, in diesem Haus, in diesem Zimmer endgültig außer Reichweite ihrer Verfolger gebracht hatte, wer auch immer diese sein mochten.

»Einverstanden«, willigte Roque ein.

»Wo haben Sie Ihr Gepäck?« fragte Posse.

»Draußen im Hof. Es ist nicht viel, ein Koffer.«

»*Valija* heißt das hierzulande. Kommen Sie, ich zeige Ihnen, wo Sie schlafen.«

Sie durchquerten den Innenhof, und Don Manuel blieb vor der Küche stehen.

»Sara!« rief er. »Komm her, ich möchte dir Roque Díaz Ouro vorstellen. Er ist ein Landsmann und außerdem ein Freund von Anselmo. Und dies ist sein Sohn Ramón. Ich habe gedacht, sie könnten das Zimmer von Severino haben. Das ist meine Tochter Sara.«

Das Mädchen unterbrach seine Arbeit, trocknete sich die Hände an der Schürze ab und streckte Roque die Rechte hin.

»Sehr erfreut«, lächelte sie. »Das Zimmer, das Papa meint, ist sehr schön. Unser bestes, ehrlich gesagt. Wir haben hier eine Menge Platz, aber nicht alle Räume sind behaglich. Fast alle unsere Gäste müssen über den Ställen schlafen, das ist nicht so bequem.«

Posse lächelte.

»Bezieh die Betten und zeig ihnen, wo sie sich waschen können«, wies er sie an und sagte zu Roque gewandt: »Und ich hoffe, Sie nehmen heute abend an unserem Fest teil.«

»Werden Sie ausgehen, Papa?« fragte Sara.

»Jetzt gleich. Um acht bin ich wieder da.«

Er ging, ohne sich von irgend jemandem zu verabschieden.

Sara bat sie zu warten und kehrte mit einem Stapel Bettlaken und einigen Decken zurück.

»Ich glaube nicht, daß Ihnen kalt sein wird, aber für alle Fälle«, sagte sie. »Kommen Sie bitte mit.«

Sie öffnete die Zimmertür und legte die Wäsche auf die Betten.

»Das machen wir schon selbst, Señorita«, erbot sich Roque.

»Sara«, korrigierte sie ihn. »Dafür bin ich Ihnen sehr dankbar. Es ist noch viel zu tun für heute abend. Es ist ein sehr großes Fest«, erklärte sie, schon an der Tür, »und für uns sehr wichtig. Mein Vater wird Ihnen das nicht gesagt haben, aber abgesehen von Heiligabend feiern wir seinen Geburtstag. Alle werden hier sein. Sämtliche Geschwister, alle Hausgäste und alle Freunde, die irgendwann auch einmal Hausgäste gewesen sind.«

»Viele Leute.«

»Nach und nach werden Sie sie kennenlernen, aber ich sage Ihnen schon mal, daß ich die Jüngste von elf Geschwistern bin. Die Ältesten sind bereits verheiratet, und ich habe zehn Nichten und Neffen.«

»Und die Hausgäste?«

»Vierzehn. So viele wir unterbringen können. Über den Ställen gibt es zwölf Zimmer. Und dann dieses und das gegenüber. Ständig kommen Leute von drüben, aus Galicien, und die kann mein Vater natürlich nicht auf der Straße sitzenlassen, nicht wahr?«

»Und sie alle essen im Haus?«

»Wenn man jemanden aufnimmt, dann richtig…«

»Ja, natürlich…«

Mit der Dankbarkeit eines erschöpften Mannes sah Roque in ihre lachenden Augen.

»Diese Tür hier nebenan ist die zum Badezimmer«, setzte sie hinzu. »Wenn Sie mich jetzt entschuldigen, ich muß weitermachen. Bis später.«

Als sie allein waren, lächelte Roque Ramón an.

»Ein schönes Haus, Papa!« sagte der Kleine, der sich auf eines der Betten gesetzt hatte.

»Stimmt, mein Sohn, das ist es wirklich. Das Haus eines freigebigen Mannes. Aber es ist nicht unser Haus.«

2. *Wartezeit*

In jedem Hafen der Welt
gibt es jemanden, der wartet.

RAÚL GONZÁLEZ TUÑÓN, Miércoles de ceniza

Es war ein heißer, klarer Freitag. Die im ersten Zimmer hinter dem Eingangsflur aufgebaute Krippe mit dem dicken Jesuskind, neben dem alle anderen Figuren unverhältnismäßig klein wirkten und dessen grobe Schnitzarbeit den weltlichen Charakter dieses Festes unterstrich, wurde von niemandem eines Blickes gewürdigt. Die Frauen deckten die Tische unter der Pergola im hintersten Patio. Diesen mußte zwangsläufig jeder durchqueren, der vom Haus mit der Tür auf der Westseite, in der Calle Pichincha, zum Stall wollte, dessen Eingang sich im Süden, in der Calle Garay, befand. Bei Einbruch der Dunkelheit waren die strahlend weißen Tischdecken über und über mit Platten bedeckt, auf denen Schinken, Venusmuscheln, Putenaufschnitt, Geräuchertes, gepökeltes Spanferkel, Klippfisch und Tintenfisch mit Paprika aus León und dem dickflüssigen, wildaromatischen Olivenöl der Region prangten. Kekse, in Stücke gebrochenes Turrón und geschälte Nüsse standen separat. Weine und *sidra*, der spritzige Apfelwein, kühlten in Wasserkübeln. Alles das war in einem Wagen vom Almacén Buenos Aires gekommen, einem Laden für Wein, Likör und aus Übersee importierte Lebensmittel, den Giacomo Zappa vor fünfzehn Jahren in der Calle Artes in der Nähe der Calle Cuyo gegründet hatte.

Ramón hatte von der dritten Stufe einer Treppe aus, die aus dem rotgefliesten Erdgeschoß zum Dach führte, aufgeregt die Anlieferung all dieser Köstlichkeiten beobachtet. Er konnte sich nicht entsinnen, jemals in seinem jungen Leben etwas Derartiges gesehen zu haben. Und in der Tat war das Prächtigste, das er je erlebt hatte, das Fest zu seinem eigenen Geburtstag gewesen, dem sechsten, als Freunde von Roque in Uruguay bei einer Hirtenhütte nahe Durazno eine Rinderrippe gegrillt hatten.

Dort auf der Treppe, in einiger Entfernung von den umtriebigen Hausbewohnern, hatte er auch die Nacht herabsinken sehen. Als es dunkelte und allmählich die Gäste eintrafen – gauchohafte Galicier mit Strohschuhen und *rastras*, den typischen mit Silbermünzen beschlagenen Gürteln, oder Ladenbesitzer in gewichsten Stiefeln und schimmernden Seidenjacketts –, wurden Petroleumlaternen angezündet. Ramóns Vater, der aus dem Zimmer trat, wohin er sich zum Nachdenken und Rechnen zurückgezogen hatte, fand ihn dort schlafend vor.

Ramón hätte essen und zu Bett gehen können, doch als er merkte, daß zu einer so besonderen Gelegenheit sogar ein Kind über gewisse Freiheiten verfügte, wollte er lieber noch inmitten der Menschenmenge bleiben, die das Haus füllte. Sein Vater führte ihn zu einem Tisch und ließ ihn aussuchen. Der alte Posse schenkte ihm *sidra* in ein Glas, das ihm übermäßig schwer erschien.

Andere Kinder kamen, und mit ihnen schlüpfte er in den Stall. Der Geruch nach Pferd suchte seinen Magen und machte sich darin breit. Schweißüberströmt mußte er sich still hinsetzen, um nicht die Besinnung zu verlieren. Am Schnauben der Tiere und den Hufschlägen auf dem trockenen Boden erkannte er schließlich, daß er allein in der Finsternis war. Die Musik und der schwache Schein der Laternen waren ganz weit weg. Er rannte darauf zu.

Nur wenige Schritte trennten ihn von den Stimmen, dem Gelächter, der Musik, doch kosteten sie ihn größte Anstrengung.

Draußen im Kreise eines andächtigen Publikums sang ein kleiner, magerer Mulatte und begleitete sich auf der Gitarre. Seine gefühlvolle, brüchige Stimme ließ Ramón wie angewurzelt stehenbleiben und Müdigkeit und Unwohlsein auf später verschieben. Dank Hermann Frischs Unterricht wußte er, daß das, was er da hörte, eine Milonga war. Er achtete nicht auf die Worte, sondern nur auf die der Kehle des Sängers entströmende Zärtlichkeit. Als sich die herausgeputzten Frauen schweigend, unauffällig und bemüht, nicht zu stören, nach und nach aus der Gruppe lösten, um zur Christmette aufzubrechen, stimmte der Mulatte das folgende Lied an:

Esta noche es Nochebuena.
Es noche de no dormir.
Que la virgen está de parto
Y a las doce va a parir.

Heute Nacht ist Heilige Nacht,
Keine Nacht zum Schlafen.
Denn die Jungfrau liegt in den Wehen,
Und um zwölf wird sie gebären.

Ramón bedauerte es, als Posse in seiner herzlichen Art erneut Bewegung und Lärm unter den Zuhörern auslöste:

»Los, Gabino, wir wollen anstoßen…!« forderte der Alte den Künstler auf. »Bald ist Mitternacht, und Sie sollen nicht der einzige sein, der arbeitet!«

»Für mich ist das keine Arbeit, Don Manuel«, gab der andere zurück.

»Trotzdem!«

Gabino legte die Gitarre auf dem Schemel ab, wo er gesessen hatte, und folgte dem Hausherrn an den längsten der Tische, auf dem der größte Teil der Platten Gläsern gewichen war. Der Mulatte erhob eines davon.

»Auf Ihr Wohl, Don Manuel, ich wünsche Ihnen alles Gute!« hörte ihn Ramón sagen, der sich durch die Menge gedrängt hatte und ihn aus nächster Nähe betrachtete. Dort blieb er, bis seine Neugierde nicht mehr gegen die Erschöpfung ankam und er auf einen Stuhl sank.

In Roques Armen erreichte er sein Bett. Beim Aufwachen gab man ihm eine Tüte mit Fruchtbonbons und einen Kneifer, den Señor Ezeiza – so hieß, wie man ihm sagte, der Mulatte – aus den Drahtverschlüssen der *sidra*-Flaschen für ihn gebastelt hatte. Von dieser Nacht behielt er ein lebenslanges Andenken an die Stimme dieses Mannes, den Geschmack des prickelnden Apfelweines und das Gefühl der Einsamkeit im Pferdestall.

Vierzehn Zimmer für die frisch eingetroffenen Besucher und zwölf weitere für die Familie, und die Frauen des Hauses kümmerten sich um alles, wuschen Bettlaken und Hemden und hängten sie zum Trocknen auf. Sie kochten den ganzen Tag in enormen Töpfen, deckten die Tische und räumten sie wieder ab, spülten Teller und Bestecke und befehligten die Helferschar, Putzfrauen, Wäscherinnen und Köche, wie in einem Hotel. Nicht zuletzt der Tatkraft, mit der diese Tradition Jahr für Jahr von den teils in Übersee, zum größeren Teil bereits im Land geborenen Frauen nun schon in der zweiten Generation gepflegt wurde, war es zu verdanken, daß am Heiligabend Dutzende von Männern zu Don Manuel Posses Geburtstagsfest vorbeikamen und ihm mit Geschenken ihre Hochachtung und ihre Verbundenheit erwiesen. Großzügig scheute der Alte keinen Aufwand, was ihm eine unerschütterliche Loyalität einbrachte. Diese wiederum trug auf die eine oder andere Weise früher oder später dazu bei, sein Vermögen zu mehren, von dem man nur wußte, daß es immens war, ohne daß irgend jemand den zweifelhaften Ursprung oder das wahre Ausmaß kannte. Das Obdach und die Geborgenheit, die er den Zuwanderern neben Arbeit und Krediten zur Eröffnung eigener Geschäfte in der schwierigen Anfangszeit gewährte, schlugen sich auf Dauer in Komplizenschaften, rechten Worten und Verschwiegenheiten nieder, all den Fäden, aus denen der Stoff der Macht gewebt ist.

Inmitten der ständigen Betriebsamkeit der Dienerschaft, Pferde, Kutscher, Lieferanten, Besucher, Angestellten, Zuträger und Buchhalter, die jeden Tag vom frühen Morgen an das Haus füllten, verbrachte Ramón nun des öfteren einsame Tage damit, auf die Rückkehr seines Vaters zu warten. An dessen ständige Gegenwart war er mehr gewöhnt, als ihm guttat, und in Zukunft würde er wohl häufiger auf ihn verzichten müssen. Er plauderte mit Sara und lief ihr überallhin nach, wo immer sie zu tun hatte. Eines Nachmittags setzte sie sich im Wohnzimmer auf den Hocker an das gewöhnlich schlummernde Klavier und klappte vor den ungläubigen Augen des Kindes den Deckel hoch.

»Spielst du jetzt?« erkundigte sich Ramón.

Sie antwortete mit den ersten Takten eines Walzers.

»Gefällt es dir? Möchtest du das lernen?« Sie legte die Hände in den Schoß und sah ihn liebevoll an.

»Gern! Aber ich werde keine Zeit dazu haben. Mein Vater will hier so bald wie möglich weg, und wir haben kein Klavier.«

»Dann Gitarre«, schlug sie vor.

»Lieber Bandoneon«, sagte der Junge lächelnd.

»Im Ernst?« Sara war überrascht. »Ich habe einen Bruder, der es kann!«

»Neulich habe ich jemanden spielen hören«, erinnerte sich Ramón. »War das vielleicht er?«

Sara sah ihn unschlüssig an.

»Komm mit!« sagte sie dann, stand auf und streckte ihm die Hand hin.

Sie führte ihn in den Patio und dann die Treppe hinauf zur Dachterrasse. Dabei entdeckte Ramón, daß nicht das ganze Haus ebenerdig war: Bei den Schornsteinen, dort wo sich im Untergeschoß der hintere Teil der Küche befand, gab es noch ein Zimmer. Und davor saß ein Mann rittlings auf einem Stuhl aus rohem Holz und Korbgeflecht, hatte die Arme über der Rückenlehne verschränkt und kniff die Lider zusammen, da ihm die Sonne voll ins Gesicht schien.

»Das ist Manolo«, erklärte Sara flüsternd. »Er wohnt hier.«

Ramón betrachtete das reglose Profil, das schüttere Haar, die übergroßen Hände, Kiefer und Ohren.

»Ist er verrückt?« fragte er leise.

»Er ist krank«, sagte sie.

»Und deshalb ist er allein?«

»Ihm ist es lieber, wenn ihn niemand sieht.«

»Warum sollte mich jemand sehen wollen?« ließ sich der Mann vernehmen. »Ich will mich ja nicht einmal selbst sehen!«

»Das ist ein Freund«, stellte Sara mit erhobener Stimme vor.

»So? Ein kleiner Junge.«

»Ist er blind?« raunte Ramón.

»Nein, verflucht, nein!« fuhr Manolo auf, wandte sich um, sah Ramón direkt an und zeigte ihm offen sein Gesicht. »Ich bin ein Monster! Ganz einfach. Darum gehe ich nicht aus. Oder nur nachts«, er lachte, wobei er seine weißen schiefen Zähne entblößte.

Der Kleine ließ sich nicht einschüchtern. Manolo kam

ihm nicht so furchterregend vor, wie dieser anzunehmen schien. Seine Häßlichkeit war schwer zu definieren, es war eher eine vage Disproportion, deren ganzes Ausmaß erst erkennbar wurde, als er aufstand, um den Stuhl umzudrehen. Sein Anblick verursachte Ramón Unbehagen, aber keine Angst.

»Ich mag Bandoneonmusik«, sagte er.

»So, so«, gab der Mann nachdenklich zurück. »Sehr schön, sehr schön ...« Er rieb sich die Hände.

»Spiel ihm was vor!« bat Sara. »Bitte!«

»Hmhm ...«, willigte Manolo ein und winkte ihnen, ihm zu folgen, ehe er den Stuhl ergriff und in das Zimmer trat.

Stumm warf Ramón Sara einen fragenden Blick zu, und sie nickte.

Der Raum war makellos sauber, ohne ein einziges Staubflöckchen auf den Büchern, die sich neben dem Bett stapelten und auf denen das Bandoneon lag. Manolo setzte sich und nahm das Instrument auf die Schenkel. Sara und Ramón blieben rechts und links der Tür stehen.

Der Mann spielte anders als Hermann Frisch. Er steckte nur die Daumen durch die Handschlaufen, krümmte die übrigen Finger und half mit kleinen Seitwärtsbewegungen der Knie nach. Er hielt den Oberkörper gerade, den Kopf hoch und das Bandoneon weit von sich gestreckt, als fürchtete er, es könnte explodieren. Sooft das tönende Instrument vollkommen ausgezogen und mit Luft gefüllt war, drückte er es mit einem Schlag zusammen, die Musik brach mit einem seufzenden Zischen des Wachstuchs und einem dumpfen metallischen Klacken ab, und der mühsame vorherige Melodieaufbau war dahin. Sein Spiel hatte wenig gemein mit dem stetigen schwingenden Atem von Frischs Bandoneon, was kein Verdienst des Blasebalgs war, sondern desjenigen, der ihn betätigte.

Manolo hatte bald genug.

Ohne seine Haltung zu verändern oder das Bandoneon wegzulegen, verabschiedete er sie.

»Das reicht«, sagte er, zufrieden mit sich selbst. »Geht jetzt!«

Ramón und Sara gehorchten.

»Er war gar nicht auf dem Fest deines Vaters«, bemerkte Ramón, als sie am Fuß der Treppe angelangt waren.

»Er ist gegen Morgen heruntergekommen. Du hast ihn nicht mehr gesehen. Niemand hat ihn gesehen... Nur Señor Ezeiza, der sein Freund ist, und Papa... Papa versteht ihn.«

»Don Manuel ist ein sehr guter Mensch.«

»Was das angeht, kannst auch du froh sein. Dein Papa ist ebenfalls kein gewöhnlicher Mann.«

Ramón wußte das, was er aus Saras Stimme heraushörte, damals zwar nicht als Zärtlichkeit zu interpretieren, erkannte jedoch, daß etwas Neues in sein Leben getreten war.

»Du magst ihn...«, mutmaßte er.

Sara lächelte nur und verließ ihn ohne ein weiteres Wort.

Es war eher Neugierde als Furcht, eher Wunsch als Wissen, was den Jungen in den folgenden langen Phasen der Einsamkeit dazu trieb, sich immer wieder geheimnisvolle Treffen auf Manolos nächtlichen Streifzügen und heimliche Umarmungen zwischen Sara und einem gesichtslosen Mann vorzustellen, in dem er gelegentlich Roque zu erkennen glaubte.

Es gab auch viele Tage, an denen er seinen Vater durch die Stadt begleitete, Tage, an denen er Grußworte an Türen und Hauseingängen hörte, gleichgültige Liebkosungen von Unbekannten über sich ergehen ließ, Tage, an denen er in dämmrigen Räumen dösend und tagträumend das Ende von Besprechungen abwartete, in noch ländlich anmutenden Küchen die Ehre bescheidener Speisen entgegennahm, sich mit anderen Kindern unterhielt, die er nie mehr wiedersehen würde, oder allein in der Sonne auf der staubigen Straße einsame Spiele erfand.

Er lernte *almacenes,* landestypische Eckläden, mit hohen Fenstergittern, Stangen zum Festmachen der Pferde und geklinkerten Eingängen kennen, die neben ihm unbekannten Dingen wie Mate oder Hammelfett auch solche verkauften, die ihm vertraut waren, wie Brennholz, Kohle oder Zucker. An den Tresen kamen die Männer zusammen, um Gin zu trinken und mit ihren Großtaten oder ihrer Rechtschaffenheit zu prahlen.

Er lernte die *quintas*, kleine Anwesen auf dem Land, und die eingeschossigen Wohnhäuser von Landsleuten kennen, die Argentinien in zehn oder zwanzig Jahren reich gemacht und integriert hatte: wohlhabende, gerissene Galicier, die weder vor der Politik noch vor dunklen Geschäften zurückscheuten und für die Neuankömmlinge nur ein kühles Lächeln, nutzlose Ratschläge und herablassendes Schulterklopfen übrig hatten.

Eines Nachmittags lernte er den Río de la Plata, *el Río*, kennen.

Sie nahmen die Lacroze-Pferdebahn nach La Boca. Auf das schmetternde Signal des Trompeters hin, fuhren sie an der Ecke Calle Potosí, Calle Perú ab und brauchten eine gute Stunde bis zum Ziel. Obwohl die *Tramway Central* nicht einmal die vom verantwortungsvollen oder vorausschauenden Gesetzgeber festgelegte Höchstgeschwindigkeit von sechs Meilen pro Stunde erreichte, war die Anspannung unter den Passagieren – eine nicht zu unterscheidende Masse schwarzgekleideter Männer mit flachen Hemdkragen, fadendünnen Schlipsen und breitkrempigen Filzhüten – deutlich zu spüren.

Zumeist kamen die Einwanderer, die 1880 mehr als vierzigtausend zählten, über den Río de la Plata nach Buenos Aires. Ramón und Roque dagegen hatten weiter oben bei Fray Bentos in einem entsetzlich unsicheren Boot den Fluß Uruguay überquert, um nach einem langen Umweg durch die Provinz die Stadt vom Westen her zu erreichen. Darum erblickten sie die lehmige Weite des Río de la Plata zum erstenmal von einem flachen Gestade aus, wo kurze, kraftlose Wellen das Ufergestein leckten.

Die Schiffe ankerten sehr weit von der Küste entfernt, was hieß, daß Passagiere, Gepäck und Frachtgut zunächst in einen Leichter oder kleine Boote und dann in Wagen umsteigen beziehungsweise umgeladen werden mußten, um auf diese Weise schließlich an Land befördert zu werden. Dort, wo die Wassertiefe keinen noch so schmalen Kiel mehr erlaubte, verlangte jedoch der unebene Grund den Rädern mancher Fuhrwerke zu viel ab, so daß diese stecken blieben oder umkippten und ihre Ladung ins Verderben rissen.

Vater und Sohn verfolgten gebannt ein solches Auslademanöver, das schwankende Auf und Nieder der Karren, die Schreckensschreie der Menschen, die sich kurz vor dem Ziel ihrer Odyssee wähnten und fürchteten, auf diesem letzten Stück noch ertrinken zu müssen, und die dröhnenden Stimmen der Männer, die auf dem Bock stehend die Zugtiere lenkten. Ramón, ganz in die Betrachtung des von den Rädern aus dem Schlamm gewühlten Unrats vertieft, schaute auf, als sein Vater auf einen finster dreinblickenden Fuhrmann zuging. Dies war der Mann, den Roque treffen wollte. Er wechselte kurz ein paar Worte mit ihm, ohne den Jungen einzubeziehen.

Für die Heimfahrt nahmen sie zuerst dieselbe Straßenbahn, mit der sie gekommen waren, und dann ab der Calle Victoria eine Droschke. Der Aufwand von fünfzig Centavos für die Fahrt vom Zentrum nach Hause in die Calle Pichincha war angemessen, denn dies war ein Tag wichtiger Entscheidungen.

Am selben Abend akzeptierte Roque die ihm von Posse in Aussicht gestellte *chata* und das Pferd und erklärte, daß er sie zur Auslieferung von Tabak nutzen wolle.

Don Manuel Posse lauschte ernst und schweigend den von Roque in seiner knappen, entschlossenen Art vorgebrachten Ausführungen. Dann erhob er sich, ging zu einem Wandschrank, zückte seinen Schlüsselbund, öffnete eine hohe Tür und nahm einen *facón* heraus, ein langes, spitzes Gauchomesser, in einer fein ziselierten Scheide. Er schloß die Tür mit Nachdruck, ehe er sich zu Roque umwandte, der dasaß und ihm mit den Augen gefolgt war.

»Sie werden sich verteidigen müssen«, sagte Posse und hielt ihm die Waffe in der Silberhülle hin, »das ist Ihnen wohl klar.«

»Ich habe vor zu arbeiten, Don Manuel«, sträubte sich Roque.

»Sie werden völlig auf sich gestellt sein, Roque! Buenos Aires wächst drauflos und nimmt viel gefährliches Volk auf. Es ist eine noch sehr wilde Stadt. Tun Sie mir den Gefallen, und nehmen Sie den *facón*! Ich habe viele Jahre lang genau so einen benutzt. Heute nicht mehr, aber nicht, weil sich die Lage gebessert hätte, sondern weil ihn jetzt andere für mich tragen, Männer, die um mich sind und über mich wachen.«

Roque nahm das Messer, wog es in der Hand und schätzte die Stoßkraft. Es reizte ihn, und er wußte, wie nützlich es ihm sein würde, doch wurmte ihn, daß der Alte seine billigende Einstellung zur Gewaltanwendung erahnt hatte, seine Bereitschaft, tätlich zu werden, wenn es sich auszahlte.

»Aber man kann doch nicht mit so einer Waffe herumlaufen!« wehrte er sich noch.

»Sie wollen Tabak ausliefern, werden also schwer tragen müssen«, erwiderte Posse. »Tragen Sie eine Schärpe, sie gibt Ihnen Halt und bietet Platz für die Scheide. Und darüber natürlich einen Poncho. Die Arbeit rechtfertigt jedes Mittel.«

Er sah ihm gerade in die Augen.

»Roque«, fuhr er fort, »höchstwahrscheinlich werden Sie letztlich nichts von dem tun, was Sie sagen, daß Sie tun wollen. Sie wollen Geld, und zu Geld kommt man nicht mit ehrlicher Arbeit. Nur empfehle ich Ihnen, den Anschein zu wahren. Den *facón* unter dem Poncho und die *chata* voll Tabak.«

Ohne den Blick zu senken, schüttelte Roque die dargebotene Hand.

»Danke, Don Manuel«, sagte er.

3. Ein eigenes Zimmer

Pedro erholte sich von den Aufregungen dieses denkwürdigen Tages und kam rasch wieder zu Kräften.

ROBERTO J. PAYRÓ, Violines y toneles

Gegen Ende März, drei Monate nach dem im Hause Posse begangenen Heiligabend 1880, nahm Roque ein Zimmer in einem Mietshaus in der Calle Defensa, unweit der Kreuzung mit der Calle Potosí, in dessen Nähe sich auch eine Unterstellmöglichkeit für Pferd und Wagen fand.

Der Stadtteil, obwohl der niedrigst gelegene von ganz Buenos Aires, einstmals Barrio del Alto genannt und in glanzvolleren Tagen Residenz der vornehmeren Gesellschaftsschicht, war inzwischen zu einem Viertel billiger Mietwohnungen verkommen. Zehn Jahre zuvor hatte die Gelbfieberepidemie die Balcárcels und Anchorenas, Ezcurras und Álzagas, Elías und Canés, Sarrateas und Ocampos bewogen, die Gegend zu verlassen. Mit ihrem Geld, ihrem guten Namen und ihrer ausgezeichneten Gesundheit zogen sie sich in den Norden der Stadt zurück und machten die als gefährlich geltenden Gebäude zu *conventillos*, vermieteten sie also zimmerweise den Ärmsten, ohne dabei ihre Besitzrechte aufzugeben oder auf die Erträge zu verzichten.

Roque verpflichtete sich zu einem monatlichen Mietzins von sechs Pesos und hatte in Anbetracht der guten Lage und Ausstattung des Zimmers eine Vorauszahlung von zwölf Monaten zu leisten. Dieses verfügte nämlich über eine Tür, die auf einen gepflasterten Innenhof ging, und befand sich in unmittelbarer Nähe des Klosetts, das sie mit den Bewohnern der übrigen fünf Zimmer, etwa fünfzehn Personen, teilen mußten. In dem Kämmerchen mit dem Abort aus ewig feuchtem Stein, dessen Pißgestank in jedem Kleidungsstück hängenblieb, kaum daß es ihn streifte, gab es einen Wasserhahn zur Reinigung des Unterleibs. Den Oberkörper mußte man an einem großen Becken im Freien waschen, wo es Roque zur Gewohnheit werden sollte, sich vor aller Augen zu rasieren.

Ramón konnte nicht umhin, wehmütige Vergleiche mit ihrer bisherigen Unterkunft zu ziehen, sagte aber kein Wort. Es war sein Vater, der davon anfing.

Roque ergriff die Hände seines Sohnes. »Ich weiß, was du denkst, Ramón«, sagte er, auf dem Rand des Bettes sitzend, in dem sie beide würden schlafen müssen. »Bei Posse hatten wir es gut. Er ist großzügig und hätte uns noch eine Zeitlang bleiben lassen. Und dann ist da ja auch Sara ...«

Das Kind sah ihm fragend in die Augen.

»Auch wir müssen großzügig sein«, fuhr der Vater fort. »Es werden noch andere Leute aus Spanien hierher und in sein Haus kommen. Wir müssen ihnen Platz machen. Außerdem kann ich eine Miete bezahlen und unseren Lebensunterhalt bestreiten, ohne vom guten Willen anderer abhängig zu sein. Das hier, so armselig und häßlich es auch sein mag, ist unser Zuhause. Bald suchen wir uns ein besseres. Und Sara können wir besuchen. Obwohl es mir lieber wäre ...«

»Was, Vater, wäre dir lieber?«

»Hör mal, Ramón«, Roque zögerte, »ich habe nicht vor, wieder zu heiraten. Sara gefällt mir, das stimmt schon ... Aber ich habe deine Mutter sehr geliebt, ich glaube nicht, daß ich jemals eine andere so lieben werde, und ich möchte keine Frau, damit sie für uns kocht und wäscht. Diese

Dinge muß man aus Liebe tun oder gar nicht. Im Augenblick habe ich dich.«

»Das ist aber nicht das gleiche, oder?«

»Nein, aber genug. Du bist mein Sohn, und du bist Fernandas Sohn. Jetzt, da sie tot ist, wirst du halt keine bessere Mutter haben als mich, Ramón.«

Er mußte einen Spaziergang vorschlagen, um sich aus der Umarmung des Jungen zu befreien.

Auf dem ganzen Weg zur Recova Vieja, dem alten Markt mit den kunterbunten Läden unter Bogengängen, der die Plaza, einst Schauplatz der Gründung von Buenos Aires, in zwei Teile schnitt, hielt Ramón die Hand seines Vaters umfaßt, die Hand dieses fünfunddreißigjährigen Mannes, mit dem er in seinem kurzen Leben so viel herumgekommen war und dessen Unerschütterlichkeit ihn immer wieder verwunderte.

Sie überquerten die Plaza de la Victoria, den westlichen Teil des großen von der Einkaufsgalerie zweigeteilten Rechtecks – die kleinere Plaza 25 de Mayo lag zum Río de la Plata hin, der sich hinter dem Regierungssitz ausbreitete –, und setzten sich an eines der Eisentischchen vor einem Café, um von dort dem Treiben der Welt zuzusehen. Es war gegen Abend und um sie herum lärmten Karren, Kutschen und Pferdebahnen, Männer und Frauen. Es waren Soldaten und Seeleute, gewöhnliche Trunkenbolde, Lastenträger und Verkäufer, die Früchte, Kuchen, Zündhölzer, Kerzen, Nähgarn, Knöpfe, Messer, Zigarren und *mazamorra*, eine Süßspeise aus Maismehl, feilboten, Waschfrauen und Damen von weniger sauberem Gewerbe, die in Sprachen und Tonarten redeten, wie sie Ramón noch nie zuvor gehört hatte.

Die ganze Welt schien auf diesem Platz zusammengeströmt zu sein. Im Grunde waren alle diese Leute gar nicht so verschieden von ihnen, von Roque und ihm, denn sie alle standen vor einem Neuanfang und ihrer aller Schicksal war ein Rätsel. Ramón hatte ganz recht, sich als das Maß des Universums zu fühlen, denn sein Blick war der Blick der Stadt und teilte das allgemeine blinzelnde Erstaunen: das des Ukrainers, der in seinem Heimatdorf niemals einem Schwarzen begegnet war, glich dem des Schweden, der nie zuvor die zum Schluchzen neigende neapolitanische Mundart vernommen hatte. Und einer wie der andere rissen sie die Augen auf, wenn jemand mit einem Eisblock auf der Schulter vorbeikam, und fragten sich verwirrt nach dem unerfindlichen Nutzen dieses Erzeugnisses einer nagelneuen Industrie, dieses mit einem Stück Sackleinen kaum abgedeckten Prismas aus erstarrtem Wasser, durchsichtig und geheimnisvoll, das irgendwie mit dem Fortschritt in Verbindung stehen mußte.

Das Schauspiel gab Roque die Zuversicht, daß sich ihnen, auch wenn sie eine Weile, vielleicht noch lange, in diesem Loch in der Calle Defensa hausen müßten, früher oder später ein großes Tor zur Sonnenseite des Lebens öffnen würde. Die lauwarme Limonade schmeckte ihm köstlich.

Früh am Morgen eines der letzten heißen Tage jenes Jahres, während Roque auf dem Kohlenherd Wasser für das Frühstück erhitzte, waren im Patio Stimmen und dann ein Schlag gegen die angelehnte Zimmertür zu hören.

»Herein!« rief Roque.

Eine Frau lugte herein, hielt sich aber halb verborgen.

»Señor…«, murmelte sie.

»Was gibt's? Kommen Sie rein, kommen Sie nur herein!«

Sie drückte die Tür auf und ließ sich ganz sehen, rührte sich aber nicht vom Fleck.

»Ich glaube, da ist ein Toter.«

»Wo?« Entschlossen trat Roque ihr entgegen.

»Nebenan«, sagte sie zurückweichend.

»Sehen wir mal nach!« entschied Roque.

Vor dem Nachbarzimmer hatten sich drei Männer und ein paar zerlumpte Kinder versammelt. Niemand sprach. Sie stierten in den Raum, ohne sich hineinzuwagen.

»Ich wollte ihn wecken, wie immer«, sagte die Frau. »Er lebt allein. Er ist der einzige hier, der allein lebt, deshalb wecke ich ihn jeden Morgen. Und er gibt keine Antwort.«

Roque näherte sich dem Bett, gefolgt von Ramón, den niemand zurückzuhalten versuchte. Dort lag ein extrem abgemagerter junger Mann. Unter der wächsernen Haut seines Oberkörpers zeichneten sich deutlich die Rippen ab, und die Backenknochen spannten seine fleischlosen Wangen. Augen und Mund waren offen. Er war noch nicht kalt. Roque drückte ihm die Lider zu und riß einen Streifen aus dem Bettlaken, um ihm den Kiefer festzubinden.

»Er hat nachts immer gehustet«, murmelte er.

»Wie Mama«, kam es Ramón in den Sinn.

In seiner Erinnerung fanden sich kaum noch Bilder von ihr. Er dachte, daß ihre Haut eine ähnliche Farbe gehabt hatte wie die dieses jungen Mannes da vor ihm. Er dachte, daß dies die Farbe des Todes sein mußte.

»Señora«, bat Roque, »holen Sie einen Schutzmann. Jemand muß sich darum kümmern.«

»Er hat nichts gegessen«, erklärte sie, bevor sie hinausging, um Roques Aufforderung nachzukommen. »Er hat immer nur gearbeitet und nichts gegessen.«

»Was für eine Arbeit hatte er?«

»Im Hafen. Wenn er welche gefunden hat. Er ist tagtäglich hingegangen, hat aber oft nichts gekriegt. Fast nie.«

Die Frau ging hinaus, und die Übrigen zerstreuten sich, weil sie die Polizei scheuten.

Wieder in ihrem Zimmer, setzte sich Ramón auf die

Bettkante und Roque brühte Tee auf. Er stellte zwei gefüllte Tassen und ein paar Kekse auf den Holzkasten, der ihnen als Tisch diente, und rückte ihn vor seinen Sohn.

»Es ist nicht das gleiche, stimmt's?« fragte der Kleine.

»Nein«, antwortete sein Vater. »Sie, deine Mutter, ist nicht an Hunger gestorben. An Tuberkulose schon. Und er womöglich auch. Aber nicht an Hunger. An Ungerechtigkeit, mag sein... Einer anderen Form von Ungerechtigkeit.«

»Was für eine Ungerechtigkeit?«

»Das ist eine lange Geschichte, mein Sohn. Und eine komplizierte. Ich erzähle sie dir, wenn du größer bist. Es gibt Dinge, die du jetzt noch nicht verstehen würdest, aber früher oder später begreifen mußt, weil sie der Klärung bedürfen, sonst belasten sie dich dein ganzes Leben lang.«

»Ich verstehe«, log Ramón.

»Das hoffe ich.«

Zwei Stunden später kam ein Polizist in Begleitung eines Arztes im Gehrock, der den Toten angewidert betrachtete: Er beabsichtigte, die nötigen Dokumente zu unterzeichnen und wieder zu verschwinden, doch konnte ihm niemand den Namen des Verstorbenen nennen.

»Kannten Sie ihn, Señora?« fragte der Schutzmann die Frau, die ihn benachrichtigt hatte.

»Ja«, erwiderte sie.

»Wie hieß er?«

»Felipe.«

»Felipe? Einfach Felipe? Und mit Nachnamen?«

»Mit Nachnamen?« fragte die Frau erstaunt zurück. »Keine Ahnung.«

»Und Sie?« wandte sich der Mann an Roque.

»Ich habe gestern mit ihm gesprochen. Ich bin gerade erst hier eingezogen.«

»War er Argentinier?«

»Italiener. Vielleicht hatte er Papiere. Warum sehen Sie nicht nach?«

Das war rasch erledigt. Die Kleidung beschränkte sich auf eine Hose, zwei Hemden und zwei Unterhosen. Sein einziges Paar Socken hatte er an. Keinerlei warme Sachen. Die Hosentaschen waren leer. In einem Schuhkarton unter dem Bett lag eine Geburtsurkunde, ausgestellt in Reggio Calabria, zwei abgegriffene Briefe und eine verdorrte Nelke. Der Name auf der Geburtsurkunde und der des Briefadressaten war derselbe: Filippo Bianchi.

Der Arzt stellte seine Bescheinigung aus, kritzelte ein paar Zeilen, unterschrieb das Papier und reichte es dem neben ihm wartenden Uniformierten.

»Schaffen Sie ihn weg!« befahl er und stand auf. »Schnurstracks auf den Friedhof.«

Er ging davon aus, daß der Tote keine Angehörigen hatte.

»Diese Briefe ...«, sagte Roque zu dem Schutzmann, als der Arzt gegangen war.

»Was ist mit den Briefen?«

»Kann ich mal den Absender sehen?«

Der Mann nahm sie aus dem Karton und hielt sie Roque hin.

»Hier, bitte. Behalten Sie sie. Wenn der arme Teufel eine Braut hatte ... Werden Sie es ihr sagen?« Er sah Roque ins Gesicht. »Ja«, schloß er, »Sie werden es ihr sagen. Sie gehören zu denen, die so was machen«, fügte er müde hinzu. »Damit das Mädchen nicht wartet, bis es alt und grau ist, hab ich recht?«

»Vollkommen.«

Nachmittags wurde der Leichnam abgeholt. Roque hatte sich den Tag freigenommen und Ostern auf den Mittwoch vorgezogen. Nachdem er die Briefe gelesen hatte, die ihm die Existenz einer Frau mit Träumen und Hoffnungen bestätigten, suchte er nach einer pietätvollen Form, ihr mitzuteilen, was geschehen war. Dabei wurde er von der Abenddämmerung überrascht.

Beim Licht einer Kerze briet er Eier und Speck auf dem Kohlenherd. Weder er noch Ramón sprachen während des Abendessens.

4. Der Traum des Einwanderers

An welche Städte erinnert uns Buenos Aires?
An überhaupt keine, um genau zu sein.

JULES HURET, En Argentine

Alle sahen dem großen blonden Mann nach, der während der Überfahrt von Montevideo nach Buenos Aires auf diesem neuen Instrument, dem Bandoneon, melancholische Weisen gespielt hatte. Weder war er auf dem Schiff seekrank geworden, noch hatte er bei dem infamen Balanceakt der Ausschiffung die Haltung verloren. Den Einwanderungsbehörden gegenüber war er forsch aufgetreten und hatte die Baracke abgelehnt, die die meisten als provisorische Unterkunft akzeptierten. Seine Habe – neben dem seltsamen Musikkasten nur ein paar Kleidungsstücke und Bücher – war auf ein improvisiertes Wägelchen geschnürt: zwei an einen Querbalken genagelte Stöcke aus knotigem Holz, die zur Achse des einzigen Rades führten.

»Name?« hatte der Beamte gefragt.

»Ich schreibe ihn auf«, hatte Frisch geantwortet.

»Sie sagen ihn mir, und ich schreibe ihn auf«, hatte der andere beharrt.

»Sie werden ihn falsch schreiben.«

»Wollen Sie mich belehren? Wollen Sie etwa mich belehren?«

»Darin schon. In anderen Dingen nicht. Aber wie mein Name geschrieben wird, muß ich Ihnen schon zeigen.«

»Hier schreibe nur ich!«

»Na gut.«

Und damit hatte er sich abgewandt und hingesetzt, um eine Zigarette zu drehen, sein Gepäck neben sich. Eine Minute, zwei. Die übrigen schoben sich weiter, gaben ihren Namen, ihr Herkunftsland, ihren Beruf an, alles wurde notiert. Eine Stunde. Zwei. Der Beamte wurde abgelöst, informierte seinen Nachfolger jedoch über die Situation. Beide hatten sie zu ihm hinübergesehen.

Der Neue hatte gewartet, bis sein Kollege gegangen war, und Frisch dann herangewinkt.

»Schreiben Sie Ihren Namen hier drauf!« hatte er gesagt und ihm ein Blatt Papier hingehalten.

Frisch hatte gehorcht.

»Staatsangehörigkeit?«

»Ich bin in Deutschland geboren.«

»Beruf?«

»Drucker.«

Da hatte der Beamte zum ersten Mal aufgeblickt.

»Hab ich mir doch gleich gedacht! Gehen Sie weiter.«

Er ließ den Hafen hinter sich und wanderte jetzt am Ufer entlang.Er betrat die Stadt, ohne sie zu betreten, streifte nur sacht ihren Saum, wobei er ohne Anstrengung seine weltliche Last hinter sich herzog und ohne ersichtlichen Grund vor sich hin schmunzelte.

Vor den zentralen Bauwerken hielt er nur kurz inne: der Casa de Gobierno – Sitz der Regierung und noch nicht das, was später aus ihr werden sollte –, deren Garten und der Recova Vieja, soweit er sie von dort unten einblicken konnte. Er stieg nicht hinauf, ging lieber am Kai weiter. Er begegnete Leuten aller Art, verschob Fragen jedoch auf später. Dafür würde noch genug Zeit sein. Er nahm den Paseo de Julio, immer am Rand des Wassers entlang. Die mehrgeschossigen Häuser auf der gegenüberliegenden Straßenseite mit ihren Säulengängen erregten seine Aufmerksamkeit. So stilvolle, solide Gebäude hatte er seit Paris nicht mehr gesehen; Montevideo hatte es damals noch nicht zu derartigem Wohlstand gebracht. Jedoch vermochte die Pracht dieser Bauten nicht einmal aus einer solchen Entfernung das Elend der umliegenden Behausungen zu kaschieren.

Er erreichte den Mann mit der roten Mütze und der grauen Jacke, den er schon seit einer Weile beobachtet hatte, als dieser soeben von seiner kurzen Leiter gestiegen war und sich anschickte, sie unter den Arm zu klemmen und sich zur nächsten Laterne aufzumachen, um sie anzuzünden. Frisch setzte sein Gepäck ab und holte Tabak und Zigarettenpapier aus dem Beutel. Der andere musterte ihn von oben bis unten.

»Rauchen Sie eine mit?« offerierte der Deutsche.

»Ja. Es ist Zeit genug. Hab früh angefangen heute.«

»Zünden Sie die Lichter auf dem ganzen Paseo an?«

»Wir sind zu zweit. Die andere Straßenseite macht mein Kollege.«

Bedächtig drehten sie ihre Zigaretten.

»Neu hier?«

»Ja. Und Sie?«

»Als ob ich hier geboren wäre! Seit zwanzig Jahren. Und diese Arbeit hab ich schon gemacht, als Mitre noch an der Regierung war.«

»Hatte man denn da schon Gas?«

»Na klar. Als ich aus Italien hierher kam, gab's *La Primitiva* schon lange.«

»La Primitiva?«

»Ach so, das können Sie ja nicht wissen. *La Primitiva de Gas*. Die Gasgesellschaft, meine ich. Zuerst war ich in der Fabrik, unten am Kai von Retiro. Dann hab ich hiermit angefangen.«

Frisch betrachtete die Glut seiner Zigarette. Er wollte

gern mehr wissen, fürchtete aber, seinem Gesprächspartner mit so vielen Fragen lästig zu fallen.

»Was ist das für ein Gebäude?« riskierte er doch noch eine.

»Das gehört dem Botschafter des Papstes. Das erste von hier aus … Die Straße heißt Cuyo. Das dahinter«, sein Finger wies in die entsprechende Richtung, »gehört dem englischen Botschafter. Das ist die Ecke Calle Corrientes. Sie werden sich bald auskennen. Es wird Ihnen hier gefallen, Sie werden sehen. Und wenn Sie es zu Geld bringen, wird es Ihnen noch besser gefallen. Wenn Sie es zu Geld bringen …« Er grinste. »Ich mach mal weiter mit den Laternen.«

Er warf die Kippe auf den Boden und spuckte aus.

»Bis bald«, verabschiedete sich Frisch.

Er ließ den Italiener gehen und setzte sich auf sein Kleiderbündel. Unter den Säulengängen und in den Häusern dahinter brannte Licht, und es herrschte ein ständiges Hin und Her von Männern, Frauen und Kutschen. Je dunkler es wurde, desto weniger Frauen waren unterwegs.

Es war schon lange tiefe Nacht, als er jemanden hinter sich wahrnahm. Er griff sich ins Hemd und schloß die Faust um den Messergriff. Sonst regte er sich nicht.

»'n Abend«, sagte er nur, ohne sich umzuwenden.

»'n Abend«, antwortete eine helle, aber männliche Stimme.

»Eine schöne Nacht!« bemerkte Frisch.

»Je nachdem«, versetzte der Unbekannte, wobei er mit zwei Schritten in Frischs Blickfeld trat. Die Laterne beleuchtete nicht die ganze Gestalt, genügte jedoch, einen sehr jungen Mann mit leicht indianischen Zügen erkennen zu lassen.

»Was wollen Sie damit sagen?« fragte Frisch.

»Eine Nacht ist nicht einfach, wie sie ist, schön oder

häßlich, sondern … je nachdem, wie man sie zubringt, meinen Sie nicht?«

»Hmmm … Und? Was heißt das?«

»Haben Sie einen Schlafplatz?«

»Noch nicht.«

»Sehen Sie? Vielleicht wird es am Ende noch eine Scheißnacht.«

»Verstehe. Wenn ich mich hier an Ort und Stelle schlafen lege, könnte ein Schutzmann kommen. Habe ich recht?«

»So ist es.«

»Weil du ihn schicken würdest?« mutmaßte Frisch.

»Nein, nein, ich will Ihnen bloß helfen. Dafür sind wir da!«

»Wer wir?«

»Die *porteños*, die Leute dieser Stadt. Wie möchten Sie gern schlafen?«

Frisch sah ihn verständnislos an.

»Allein oder in Gesellschaft, meine ich. Wollen Sie ein Bett oder ein Bett und eine Frau?«

»Alles verfügbar, wie's scheint«, sagte der Deutsche und stand auf.

»Das ist Buenos Aires, Alter. Hier gibt es alles!«

»Du beschaffst mir, was ich will?«

»Was Sie wollen. Und wenn Sie vorhaben, sich hier niederzulassen, gebe ich Ihnen gratis einen Rat vorab: Verwenden Sie stur die argentinische Ausdrucksweise. Wenn Sie reden wie die Spanier, werden Sie immer ein Fremder bleiben. Sofern man Sie nicht für was Schlimmeres hält.«

»Ich verstehe«, sagte Frisch. Er legte dem Jungen eine Hand auf die Schulter. »Kriegt man hier irgendwo eine *caña*?«

»Na klar. Gleich da drüben«, er wies auf die andere Seite. »Haben Sie einen Peso?«

»Ein Peso ist eine Menge Geld.«

»Das ist auch ein besonderes Lokal.«

»Ich habe einen Peso. Und ich heiße Hermann Frisch«, stellte er sich vor.

»Germán«, sagte der Junge und drückte die ausgestreckte Hand. »Ich heiße Bartolo.«

»Nicht Germán. Hermann«, korrigierte Frisch.

»Germán«, beharrte Bartolo. »Das ist auch so etwas. Finden Sie sich damit ab, weil sowieso kein Weg daran vorbeigeht: Jeder wird Sie Germán nennen. Wollen Sie kein Argentinier werden?«

»Gar nichts will ich werden. Gehen wir lieber diese *cañu* trinken!«

Er faßte die Stange seines Wägelchens, und gemeinsam überquerten sie den Paseo de Julio.

Das Lokal befand sich ein Stück südlich des Säulenganges. Von der Türschwelle aus besah sich Frisch das Innere. Er blickte in einen großen quadratischen Salon mit hoher Decke, die von rohen, verkohlt wirkenden Holzpfeilern gestützt wurde. Die Wände waren wohl einmal weiß gewesen, inzwischen aber von einer fleckigen Schmierschicht bedeckt. Es wurde auch getanzt, und da die Leute sich zwischen den Musikstücken zum Ausruhen an die Wand lehnten, hatten sie dort im Laufe der Zeit mit ihren Schultern und Hintern zwei Streifen blank poliert. Ein abgewetzter Diwan in der Mitte bot den Annäherungsversuchen und Verhandlungen der Gelegenheitspaare Platz.

Gegenüber gab es eine zweiflügelige Schwingtür. Trotz des beständigen Luftzuges, der entstand, war die Luft dunkel vom Rauch der Öllampen, Kerzen und Zigarren.

»Das ist ein besonderes Lokal?« wunderte sich Frisch. »Ich muß mich setzen und meine Sachen irgendwo unterbringen.«

»Der Schein trügt!« versicherte Bartolo. »Warten Sie hier.«

Er ging geradewegs in den hinteren Teil, wo eine Frau saß, dick, noch jung und mit glänzendem schwarzem Haar, aber auffallend ungepflegt, die von ihrem improvisierten Sitz auf einer Holzkiste unter einem Regal voller *caña-* und Ginflaschen alles im Blick behielt. Die Frau hörte ihn an, erhob sich, trat nah an Frisch heran und studierte lange und gründlich sein Gesicht.

»Gehen Sie durch in den Patio«, entschied sie. »Bestellen Sie bei Mariana und gehen Sie durch.«

»Danke, Señora«, sagte Frisch.

Sie gab keine Antwort. Gemächlich kehrte sie an ihren Platz zurück.

Sie fanden Mariana auf einem Podest neben dem einzigen Einrichtungsgegenstand, der in etwa wie eine Bartheke aussah: ein über zwei Kisten gelegtes Brett, auf dem ein Kästchen grob geschnittener Tabak, ein anderes mit Zigarren und eine Menge Gläser und Flaschen standen. Eines der Gläser war ihres, und sie hatte alle Mühe, sich aufrecht zu halten. Sie war ein dürres Mädchen mit weißblondem Haar und in tiefen Schatten verlorenen grauen Augen. Die schrille Flöte und die verstimmte Geige, die ein ausgemergelter Jüngling und ein blinder Alter neben ihr erklingen ließen, störten sie nicht.

»Mariana«, sprach Bartolo sie behutsam an, »kriege ich zwei *cañas*?«

»Bedien dich«, murmelte sie.

Frisch wartete mit seinem Wägelchen in der Tür zum Patio.

Bartolo kam auf ihn zu, in jeder Hand ein Glas.

»Kommen Sie raus! Worauf warten Sie?« drängte ihn der Junge.

Im Hof gab es noch ein paar Kisten, auf einer stand eine Öllampe. Frisch stellte sein Gepäck irgendwo ab und setzte sich auf eine der Kisten.

»Kennt man hier keine Stühle?« fragte er.

»Die sind teuer«, erläuterte Bartolo, während er sich ihm gegenüber niederließ.

»Aber die *cañas* kosten einen Peso.«

»Beide zusammen.«

»Und die Frauen?«

»Das gleiche. Fünfzig Centavos eine.«

»Du erwartest doch wohl nicht, daß ich dir eine Frau spendiere…«

»Nein, nein, ich sage das nur, damit Sie Bescheid wissen.«

»Schon klar. Sie kosten also fünfzig Centavos. Sind sie das wert?«

»Es gibt da ein Täubchen, ich kann Ihnen sagen! Wenn die frei ist, kann ich sie nur empfehlen. Vierzehn Jahre. Sieht älter aus, ist aber erst vierzehn. Eine wahre Prinzessin!« Frischs ungläubiger Blick kränkte ihn. »Sie werden schon sehen, daß ich Ihnen nichts weismache!« Entrüstet stand er auf.

Als er aus dem Salon in den Innenhof zurückkam, war er in Begleitung einer kleinen Brünetten mit leeren Augen und schmutzigen Fingernägeln, die den Blick nicht vom Boden hob.

»Schauen Sie, schauen Sie!« forderte Bartolo ihn auf. »Und du, heb den Kopf und lächle den Herrn an!« befahl er ihr.

Das Schlimmste an diesem Lächeln war nicht, daß es ihre Dummheit und Teilnahmslosigkeit offenbarte, sondern der Mangel an Zähnen. Um es aufzusetzen, entfernte sie den kalten Zigarrenstummel zwischen ihren Lippen.

»Ich seh schon«, nickte Frisch und forderte den Jungen mit einer Geste auf, die Kleine zurück in den Salon zu schicken.

Bartolo verstand.

»Verschwinde«, sagte er zu dem Mädchen. »Ich ruf dich später.«

Das Mädchen ging hinein, und er setzte sich wieder auf seinen Platz.

»Sie gefällt Ihnen nicht«, bemerkte er.

»Also, paß mal auf«, setzte Frisch an, »ich mag keine Nutten. Und die schon gar nicht.«

»Haben Sie eine Frau?«

»Nein. Aber bevor ich mit so einer ins Bett gehe, mach ich's mir lieber selbst. Wenigstens werde ich davon nicht krank.«

»Es heißt aber, vom Wichsen wird man schwach und verrückt.«

»Von der Syphilis auch. Und die bringt einen obendrein noch um. Aber ich bin nicht hier, um darüber zu diskutieren, sondern um eine *caña* zu trinken und über eine Bleibe für heute nacht zu reden. Was hast du also anzubieten?«

»Das hier. Ich biete Ihnen an, die Nacht hier zu verbringen. Näher geht es nicht. Sie müssen ja keine Frau nehmen. Sie können auch allein schlafen.«

»Und das kostet einen Peso.«

»Woher wissen Sie das?«

»Fünfzig Centavos für das Zimmer und fünfzig für dich.«

»Man muß sich sein Brot verdienen, Don Germán!« gab Bartolo zu.

»Don Germán, Don Germán … hör auf mit dem Scheiß und duz mich endlich! Wer verkehrt denn hier so?«

»Alle möglichen Leute. Von überall her. Aus Barracas al Sur, Corrales, La Boca. Jedenfalls lauter fleißiges Volk: Zeitungsverkäufer, Schuhmacher, Tagelöhner.«

»Argentinier?«

»Viele *tanos*, so nennen wir hier die Italiener. Uruguayer. Der eine oder andere Spanier. Seltener, die geben nichts aus.«

»Und die, für die diese Mädchen anschaffen?«

»Die *cafishios*, ihre Zuhälter? Die kommen in Abständen vorbei, so einmal pro Woche oder pro Monat, zum Abkassieren.«

»Und die Diebe?«

»Die Langfinger gehen eher ins *Casulé*.«

Frisch dachte ein paar Minuten nach und trank sein Glas aus.

»Hier, bezahl die *cañas*, und bring mich dahin, wo die Diebe hingehen«, sagte er schließlich.

Bartolo nahm das Geld und war sofort wieder da.

»Gehen wir«, sagte er.

Cassoulets Café, »das *Casulé*« im örtlichen Sprachgebrauch, befand sich in der Calle del Temple, die später in Viamonte umbenannt wurde, Ecke Calle Suipacha. Frisch und Bartolo bogen vom Paseo de Julio ab und stapften durch den Morast des ungepflasterten Temple-Viertels.

»Es sind noch fünf Querstraßen«, warnte Bartolo an dieser Stelle und sah auf Frischs Karre.

»Nur zu!« beruhigte ihn der Deutsche.

Kaum zweihundert Meter weiter, am Ende der Mauer des Katharinenklosters, verschärfte Bartolo noch einmal seine Vorsichtsmaßregeln:

»Also gut. Wenn du keinen Ärger haben willst, gehst du ab jetzt einfach weiter, egal, was du siehst. Bleib an meiner Seite, und es wird dir nichts passieren, wenn du dich mit niemandem anlegst.«

Der Temple-Bezirk war wie jedes beliebige Hurenviertel in jedem beliebigen europäischen Hafen, nur gesetzloser. Es gab ein paar rote Laternen: Gasflämmchen hinter mattem Glas und farbigem Papier. Die Dirnen und ihre Luden erledigten nicht nur ihre Arbeit, sondern spielten ihre Kundschaft anschließend jenen in die Hände, die sie noch um den letzten Centavo erleichterten. In den Schatten der Hauseingänge nahm Frisch schemenhafte Aggressionen wahr, leistete Bartolos Anweisung jedoch Folge.

»Da drüben ist es«, winkte der Junge, »komm!«

Sie bogen in die Calle Suipacha ein und gingen am Eingang des Cafés, das an der Ecke lag, vorbei. Auf dieser Seite des Hauses gab es in kurzen, regelmäßigen Abständen eine Reihe identischer Türen.

»Siehst du?« klärte ihn Bartolo auf. »Alle Zimmer gehen auf die Straße. Für den Fall, daß man schnell verschwinden muß. Hinein kommt man durch den Innenhof des Cafés.«

»Bekommt man da auch etwas zu essen?«

»Gegen Bares sogar das!«

»Ich habe Hunger.«

Das Lokal war angefüllt mit Qualm, Lärm und Exemplaren der malerischsten Gattungen: Kraftmeier aus dem Zirkus und Schwarze im Sonntagsstaat, *compadritos*, jene stutzerhaften, streitsüchtigen Ganoven, mit steifen Hüten im Bartolomé-Mitre-Stil und locker sitzenden Messern, Zuhälter mit gepuderten Gesichtern und hinter Lippenrot und fettiger Schminke verborgene Frauen, harmlos wirkende, magere Subjekte, die dubiosen Geschäften nachgingen. Niemand blickte auf, doch hatten alle die Neuankömmlinge bemerkt.

Sie ließen sich in einer Ecke nieder, wo es Tische und Hocker gab. Frisch lehnte seine Karre in Reichweite gegen die Wand. Den Mann mit dem dunklen Hemd und der schmierigen Schürze sah er erst, als dieser unmittelbar neben ihm stand.

»Der Herr ist Musiker?« fragte er und stieß einen Finger mit schwarz gerändertem Nagel in Richtung des Bandoneon.

»Zeitweise«, sagte Frisch.

»Wir alle sind, was wir sind, nur zeitweise«, philosophierte der andere und strich sich über das pechschwarze Haar und den gewichsten Schnauzbart. »Hätten Sie Interesse, in einem Lokal zu spielen?«

»Möglich. Aber im Moment hätte ich Interesse an etwas zu essen.«

»Wir haben Suppe.«

»Kein Fleisch?«

»*Churrasco.*«

»Zwei. Und eine Flasche Wein.«

Bartolo sah ihn verblufft an.

»Musiker? Im Ernst?«

»Im Ernst. Aber das ist eine andere Geschichte. Reden wir von diesem Café.«

»Es hat nichts Besonderes. Sie schmieren die Polizei, und man hat seine Ruhe.«

»Und wo kann man schlafen? In diesen Zimmern zur Straße?«

»Überall. In jeder Preisklasse. Von zwei Centavos bis zu vier Pesos. Allein oder in Gesellschaft, mit einer Frau oder mit einem Mann, nobel, mittelmäßig, normal, billig. Es gibt Zimmer mit zwanzig Betten: fünf Centavos. Und wenn sie zumachen, vermieten sie Schlafplätze im Hof und auf diesen Tischen. Auf dem Boden immer noch einen Centavo.«

»Sie machen aus jedem Winkel ein Geschäft …«

»Da treiben es andere in Buenos Aires noch ärger. Im Stadtteil Montserrat werden Betten stundenweise vermietet. ›Warme Betten‹ nennen sie das, weil sie dich rausjagen, damit sich ein anderer reinlegt. Hier hat man seinen Platz wenigstens für die ganze Nacht. Dafür ist es allerdings auch teurer.«

»Und die, die sich nicht mal ein ›warmes Bett‹ leisten können?«

»Die gehen in die Rohre.«

»Was ist denn das?«

»Ach ja, das kennst du nicht. Ganz hier in der Nähe, unterhalb der Mauer des Katharinenklosters, hat man die Rohre liegengelassen, durch die ursprünglich irgendein Fluß geleitet werden sollte, der Maldonado, glaube ich. Sie sind so groß, daß man aufrecht darin gehen kann. Dort übernachten viele. Allerdings ist es im Winter beschissen, vor allem, wenn es regnet. Um ein Dach über dem Kopf zu haben, hängen sich manche sogar ins Seil.«

»Was soll denn das nun schon wieder heißen?«

»Du mußt noch viel lernen, Fremder!«

Der Typ, der als Kellner fungierte, kam mit dem Wein und dem Fleisch.

»Den Rest bringe ich gleich«, sagte er. »Denken Sie an mein Angebot!«

»Ich vergesse es nicht. Danke!« erwiderte Frisch.

Der andere kam mit Gläsern, Messern, Gabeln und Brot zurück.

»Spielt er gut?« wollte er von Bartolo wissen.

»Sehr gut!« versicherte dieser.

Der Mann ging wieder.

»Das Seil!« nahm Frisch den Faden wieder auf.

»Ja. Das ist ein dickes Seil an zwei kräftigen Haken in der Wand. Die Leute legen die Arme darüber, so daß ihnen das Seil unter den Achseln hindurchgeht, hängen sich so hinein und schlafen. Sie sind hundemüde und durchgefroren, und weil dort etliche zusammenkommen, ist es ganz mollig.«

Frisch hörte ihm aufmerksam zu.

»Und du? Wo wohnst du?«

»Ich habe ein Zimmer«, erklärte Bartolo stolz. »Im Süden der Stadt in einem *conventillo* in der Calle Bolívar. Ich lebe allein. Acht Pesos im Monat.«

»Und wie bestreitest du das? Arbeitest du?«

»Und was sonst tue ich gerade?«

»Du hast recht.«

Sie beendeten ihr Mahl, und Frisch holte einen Zettel aus seiner Tasche.

»Calle Pichincha, Ecke Garay«, las er vor, »ist das weit?«

Bartolo überdachte die Frage.

»Es ist weit«, entschied er dann.

»Wie kommt man dort hin?«

»Keine Ahnung. Mit einer Mietdroschke.«

»Ist das erschwinglich?«

»Fünfzig Centavos.«

»Na schön. Laß ich mich also ausnehmen. Ich übernachte hier.«

Er zog ein paar Geldscheine hervor und gab Bartolo drei Pesos.

»Das ist ja Wahnsinn!« sagte der Junge.

»Ich habe Geld.«

»Hast du es …?«

»Redlich verdient.«

»Argentinisches Geld?«

»Ich habe es in Uruguay gemacht, und weil ich vorhatte, nach Buenos Aires zu kommen, habe ich es von den Argentiniern, die ich getroffen habe, nach und nach einwechseln lassen. *Estancieros*, Rinderzüchter und Viehauktionäre, die geschäftlich unterwegs sind und immer auf Festen enden, wo Musiker gebraucht werden. Sie geben Trinkgelder, und keinen schert es, ob die Scheine von hüben oder drüben stammen.«

»Warum erzählst du mir das?« fragte Bartolo.

»Was?«

»Daß du Geld hast.«

Frisch grinste.

»Ich habe auch einen Bleistift«, sagte er. »Kannst du schreiben?«

»Ja.«

»Dann schreib mir deine Adresse auf.« Er nahm einen Bleistift aus der Jackentasche und legte das Papier mit Manuel Posses Namen und Anschrift auf den Tisch. »Hier auf die Rückseite.«

Bartolo zögerte. Er wartete noch immer auf eine Antwort. Frisch verstand.

»Ich hab dir gesagt, daß ich Geld habe, weil ich dich gut leiden kann«, erklärte er. »Deine Adresse will ich, weil ich dich vielleicht noch brauche. Kapiert?«

Der Junge schrieb.

»Jetzt laß mich allein. Ich bin müde.«

»Soll ich das mit dem Zimmer für dich regeln?«

»Laß gut sein. Danke.«

Bartolo stand auf. Er zupfte an Frischs Jackenrevers.

»Das hier«, sagte er und sah ihm in die Augen. »Wie nennt man das? Das, was du anhast, meine ich.«

»*Saco*«, antwortete Frisch.

Beide lächelten.

»Du wirst noch ein richtiger Argentinier«, versprach Bartolo.

Er ging ohne weiteren Abschied.

5. Das Zimmer des Toten

An den Straßenecken hockt ordinär
die graue Trägheit der Fuhrleute.

B. FERNÁNDEZ MORENO, Barrio característico

Gründonnerstag und Karfreitag waren im damaligen Buenos Aires – wobei man nicht weiß, ob aus Frömmigkeit oder aus Angst – Tage der Stille. Nachdem er seinen gesamten Besitz in der Obhut des Wirts vom *Cassoulet* zurückgelassen hatte, trat Hermann Frisch am späten Vormittag auf die Straße hinaus und machte sich in aller Ruhe zu dem Haus auf, wo er Roque und Ramón Díaz vermutete. Er fand eine Stadt mit klarer Luft vor, ohne Wagenverkehr, die Ladengeschäfte geschlossen. Die Leute gingen von Kirche zu Kirche, ohne den Blick vom Boden zu heben.

Ungefähren Indikationen folgend, wanderte Frisch die Calle Artes hinunter in südlicher Richtung. Dabei vertraute er auf seine Stiefel – spiegelnd gewichst, aber alt genug, um Bequemlichkeit zu garantieren – und auf den gingefüllten Flachmann, der in seiner Jackentasche glänzte. Frisch gebadet und rasiert fühlte er sich zur Durchquerung der Wüste imstande. So schlimm sollte es nicht werden: Zwar waren es zwei bis drei Stunden langsamen Marsches über unebene Straßen, doch legte er auch mehrere Pausen ein.

An der Kreuzung der Calle Artes mit Corrientes konnte er der Versuchung nicht widerstehen, die erste Kirche auf seinem Weg zu betreten: die des heiligen Nikolaus. Er mußte nicht einmal eine Gottergebenheit vorschützen, die er nicht empfand, und sich der Form halber bekreuzigen: Keiner der Gläubigen, die sich sehr zahlreich dort eingefunden hatten, bemerkte sein Eintreten, so entrückt waren sie, versunken in eine traurige Litanei.

Vergebung, oh mein Gott!
Vergebung, Gnade,
Vergebung und Milde,
Vergebung und Erbarmen,

leierten sie, triste Sünder, in eintönigem Singsang. Frisch spürte, wie sich ihm die Nackenhaare aufrichteten, und verließ das Gotteshaus im Rückwärtsgang.

Eine zweite Zwischenstation legte er auf der Plaza de Montserrat ein, wo er sich auf einem niedrigen Balken zum Anbinden der Pferde ausruhte, einen Schluck Gin nahm und die riesigen Wagen mit den übermannshohen Rädern und über Bambusgestänge gespannten Planen betrachtete, die ausnahmsweise stillstanden. Nicht einmal die Kutscher in ihren Ponchos, an Werktagen gewiß lärmend und rege, gaben den kleinsten Laut von sich. Um ihre Lagerfeuer versammelt, schlürften sie schweigend den einen oder anderen Mate – der einzige Verstoß gegen das Fastengebot –, zogen die Hüte und erhoben sich, als eine Prozession mit einer übermäßig geschundenen, blutigen Christusfigur vorüberzog. Sie bewegte sich sehr langsam, und Frisch hatte genügend Zeit, nahe heranzugehen und die grausige Mahnung am Fuß der Statue zu lesen: »Du, der du vorbeikommst, sieh mich an, zähle, wenn du kannst, meine Wunden! Ach, mein Sohn, wie dankst du mir, was ich für dich erlitten habe!«

Als der Zug sich entfernte, fragte er einen auf dem Bock

eingenickten Kutscher, das genaue Ebenbild seiner eingeschirrt der nächsten Anstrengung entgegendösenden Ochsen, nach der Calle Garay. Die Handbewegung, die er zur Antwort erhielt, schickte ihn zurück in die Straße, aus der er gekommen war und die in diesem Abschnitt den Namen Calle del Buen Orden trug. Die Kirche der Inmaculada Concepción brachte ihn nicht mehr von seinem Weg ab: Sein ungeistlicher Geist fühlte sich schon verstört genug.

Er wanderte die Calle Garay aufwärts, vorbei an bereits markierten, aber noch unbebauten Grundstücken, auf denen Müllhalden wucherten. Der Aasgestank der dort hingeworfenen Abfälle drehte ihm den Magen um. Er zündete sich eine Zigarette an, um ihn zu übertönen. Das aufgegrabene Gelände jenseits der Calle Entre Ríos, wo bald das neue Zeughaus errichtet werden sollte, war sauberer.

In einem *almacén*, wo man trotz des Feiertages ein paar Kunden durch das Fenstergitter bediente, erfuhr er, daß er nur noch zwei Häuserblocks von seinem Ziel entfernt war.

Das Händeklatschen, mit dem Frisch seine Ankunft kundtat, hallte im dämmrigen Eingang von Don Manuel Posses Haus wider. Das Mädchen, das aus der Küche kam und den Innenhof überquerte, um ihn nach seinem Begehren zu fragen, wirkte unbefangen und herzlich.

»Guten Tag, *niña*«, grüßte Frisch.

»Guten Tag«, lächelte Sara und strich die Schürze glatt, an der sie sich die Hände abgewischt hatte. »So klein bin ich schließlich nicht mehr. Señorita …«

»Señorita«, Frisch nickte. »Ich bin auf der Suche nach einem Freund.«

»Das sehe ich. Oder besser gesagt, ich höre es. An Ihrem Akzent. Sie sind der Deutsche mit dem Bandoneon, oder täusche ich mich da?«

»Nein, da täuschen Sie sich nicht. Ich habe mich gar nicht für so berühmt gehalten …«

»Sind Sie ja auch nicht. Berühmt nicht. Aber geliebt. Ramón liebt Sie sehr und spricht ständig von Ihnen.«

»Dieser Junge …«

»Ein großartiger Junge, Señor …«

»Frisch. Hermann Frisch. Manche nennen mich lieber Germán. Damit habe ich mich schon abgefunden.«

»Germán, warum kommen Sie nicht herein? Kommen Sie!« forderte sie ihn auf und trat zur Seite. »Ich bin Sara. Ich muß die Adresse heraussuchen.«

Sie führte ihn ins Wohnzimmer und bat ihn, Platz zu nehmen.

»Warten Sie bitte hier«, sagte sie. »Setzen Sie sich. Möchten Sie etwas trinken? In diesem Haus hält man sich nicht so sehr an das Fastengebot. Ein bißchen Religion ist ja gut, aber man sollte es nicht übertreiben.«

»Haben Sie ein Bier?«

»Aber natürlich!«

Frisch ließ sich in einem Sessel nieder und betrachtete neugierig das Mobiliar, die Bilder, das Klavier. Sara kehrte zurück, hatte das Haar hochgesteckt, die Schürze abgenommen und Ohrringe angelegt. Sie trug ein Tablett mit einem Glas, einer Flasche Bier, einem Blatt Papier und einem Bleistift.

»Während Sie trinken«, sagte sie und setzte das Tablett auf einem niedrigen Tischchen vor dem Sessel ab, »schreibe ich Ihnen die Adresse auf.«

»Warum sind die beiden hier weggegangen?« fragte Frisch, während er ihr zusah, wie sie zum Wandschrank ging, eine Schublade öffnete und ein Heft herausnahm.

»Sie kennen doch Roque! Er ist so stolz«, erklärte Sara betrübt, wobei sie sich ihm wieder zuwandte. »Er will keine Wohnung, ohne dafür zu bezahlen.«

Sie legte das Heft auf den Tisch, blätterte es jedoch gar nicht auf, um die Adresse nachzuschlagen, sondern schrieb diese auswendig hin.

»Vermissen Sie sie?«

»Ja«, gab sie zurück, ohne zu zögern. »Werden Sie Ramón das Spielen beibringen? Er will Musiker werden.« In ihrer Stimme schwang Zärtlichkeit. »Ich habe einen Bruder, der auch Bandoneon spielt…«

»Nein«, unterbrach Frisch sie.

»Nein? Sie werden es ihm nicht beibringen?«

»Das nicht. Ramón ist intelligent. Und empfindsam. Aber ein Musiker wird nie aus ihm. Er ist nicht dazu geboren.«

»Vielleicht haben Sie recht«, überlegte Sara und senkte den Kopf. »Und mein Bruder… im Grunde genommen auch nicht. Was werden Sie ihm sonst beibringen?«

»Was auch immer er lernen muß, soweit es etwas ist, das ich kann.«

»Werden Sie sich um ihn kümmern?«

»Würden Sie das gern selbst tun, Sara?«

»Sehr gern.«

»Um beide?«

Sie sah dem Mann in die Augen. Einen Moment lang war sie versucht, ihn wegzuschicken, ihn anzuschreien, er solle aufhören mit seinen unverschämten Fragen und seine Nase nicht in anderer Leute Angelegenheiten stecken, Sätze, die sie oft gehört hatte, sich aber in ihrem eigenen Mund gar nicht vorstellen konnte. Er wirkte offen und lieb.

»Um beide«, sagte sie.

Frisch senkte den Blick auf Saras Hände, die fest das Papier umklammert hielten. Er deutete darauf.

»Ist das weit von hier?« fragte er.

Ohne zu erröten, faßte sie sich nach diesem Bekenntnis wieder und erwiderte gelassen:

»In der Nähe der Plaza de la Victoria.«

»Ich danke Ihnen herzlich!« Frisch erhob sich. »Für alles. Die Adresse, das Bier und Ihre Ehrlichkeit.«

»Schade, daß mein Vater nicht da ist«, bemerkte Sara.

»Ein anderes Mal.«

Sie verabschiedeten sich mit einem Händedruck.

Frisch ging zurück zum *Cassoulet*, wie er zu Posses Haus gekommen war: zu Fuß.

Er besuchte seine Freunde an diesem Abend nicht mehr.

Es war Karsamstagmorgen in der schweigenden Stadt, als er seinen Gepäckwagen neben der Tür des *conventillo* in der Calle Defensa gegen die Mauer lehnte. Im Hintergrund der allgemeinen Stille erschallte, gleichmäßig und konstant, das Geräusch der Ratschen, die Kinder und Jugendliche in den Patios drehten: Vor Jahren, als er sich auf der Durchreise nach Amerika in Barcelona aufhielt, hatte man ihm erklärt, der Lärm dieser fürchterlichen Geräte habe die Vernichtung der Juden zum Ziel, die bei diesem Klang tot umfielen wie die Inkarnationen des Teufels angesichts des heiligen Kreuzes. Er klopfte nicht an und fragte auch niemanden, ob Ramón und Roque zu Hause seien. Er schnürte das Bandoneon los, nahm es aus dem Koffer, stellte einen Fuß auf die hohe Eingangsstufe und stützte das Instrument auf den Oberschenkel. Seiner ersten Gebärde entstieg ein rauer Ton, ein zäher Klagelaut, der dann schnell in Phrasen von gewaltiger Sinnlichkeit, Proklamationen vager Begierden überging. Ein alter Mann blieb lauschend stehen.

Die wilde Hast, mit der Ramón aus seinem Zimmer geschossen kam, ließ Frisch keine Zeit, das Bandoneon wegzulegen. Ein paar lange Minuten mußte er es freischwebend halten, während er zugleich den Kleinen umarmte. Dann kam Roque heraus und nahm ihm das Instrument ab.

Erst als Ramón wieder auf dem Boden stand und sich anschauen ließ, kamen die beiden Männer dazu, einander die Hand zu drücken.

»Wie geht's dir?« fragte Roque.

»Ich weiß nicht. Ganz gut, würde ich sagen.«

»Ich freu mich riesig!« versicherte Ramón.

Keiner rührte sich vom Fleck. Auch der Alte nicht, der, gefangen von der Musik, auf eine Zugabe zu warten schien.

»Wohnt ihr allein?« erkundigte sich Frisch.

»Allein? Das ist eine Mietskaserne!«

»Ob ihr ein Zimmer für euch habt, meine ich.«

»Ja. Im Zimmer sind wir allein.«

»Darf ich meine Sachen bei euch abstellen? Ich habe noch keine Bleibe.«

»Du kannst bei uns abstellen, was du willst. Komm rein!« forderte Roque ihn auf. »Und um dein Unterkommen mach dir mal keine Gedanken. Ich glaube, das Problem ist schon gelöst.«

»Hast du's in der Zwischenzeit zum Zauberer gebracht?«

»So was Ähnliches. Ich hoffe, du bist nicht abergläubisch.«

»Wieso?«

»Das wirst du schon sehen. Komm, rein mit dir!«

Frisch folgte ihnen.

Sie redeten noch stundenlang.

Als Roque und Frisch in der Calle Defensa auf der Höhe der Calle Luján die Schankstube im *almacén* von Doña Petrona betraten, dämmerte bereits der Abend. Innen war es so finster, daß es ihnen anfangs schwerfiel, die Gesichter der beiden Männer zu erkennen, die an einem Ecktisch Karten spielten.

»Das ist er«, sagte Roque und wies auf den Nächstsitzenden.

Es war Bo, der Verwalter des *conventillo*, ein Kerl mit vorstehendem Unterkiefer und zusammengewachsenen Augenbrauen, ohne Lippen. Sie gingen auf ihn zu.

»Tag«, grüßte Roque.

»Tag«, murmelte der andere, ohne den Blick von seinem Blatt zu heben. »Was wollen Sie?«

»Wissen, ob dieses Zimmer, das von dem verstorbenen Jungen, noch frei ist.«

»Mehr oder weniger. Wollen Sie ein zweites?«

»Nein, es ist für einen Freund… Hier, das ist Señor Frisch. Was heißt mehr oder weniger? Haben Sie es schon vermietet oder nicht?«

Bo drehte den Kopf und musterte Frisch ungeniert von oben bis unten. Offenbar gefiel ihm, was er sah. Er schnippte eine Karte auf den Tisch und ließ seinen Rivalen spielen.

»Ich habe einen Kandidaten, der es für sieben Pesos nehmen würde. Einer vom Schlachthof, dem es nichts ausmacht, im Zimmer eines Toten zu wohnen, und der genug verdient, um es zu bezahlen. Als was arbeiten Sie?« fragte er, an den Deutschen gewandt.

»Ich bin Drucker, aber ich bin gerade erst in Buenos Aires eingetroffen und habe noch keine Anstellung.«

»Frisch eingetroffen? Für einen Neuankömmling sprechen Sie sehr gut… Aber Arbeitslose kann ich nicht gebrauchen.« Er sah seine Karten durch, kehrte Frisch den Rücken und betrachtete das Gespräch als beendet.

»Ich habe Geld«, ließ sich der Deutsche vernehmen. »Ich kann Ihnen dreißig Pesos geben.«

Diesmal rückte Bo vom Spieltisch ab und drehte sich auf dem Stuhl, bis er Frisch von Angesicht zu Angesicht gegenübersaß. Er zog ihn erneut in Betracht.

»Geld«, sagte er, »das ewige Geld! Dreißig Pesos…« Er blickte zu Boden und versank in minutenlanges Schweigen. »Wissen Sie was?« sagte er endlich, »am besten, Sie geben mir zweiunddreißig, das wären vier Monate, und wir hätten beide eine Zeitlang unsere Ruhe. Einverstanden?«

»Hier haben Sie dreißig.« Frisch hielt ihm ein Röllchen Scheine hin.

»Zweiunddreißig«, beharrte Bo, »oder Sie kriegen das Zimmer nicht.«

»Hier«, mischte sich Roque ein und griff in die Tasche. »Zwei Pesos und abgemacht. Vier Monate.«

»Sie können einziehen«, beschied Bo daraufhin Frisch.

Ohne ein weiteres Wort gingen die Freunde davon.

6.

»Hat er sein ganzes Geld mit Tabak gemacht?«

»Nicht nur mit Tabak. Auch mit anderen Dingen. Roque war Immigrant. Und somit vor allen Dingen ein Deklassierter. Das Handelsgeschäft konnte nur eine vorübergehende Tätigkeit darstellen.«

»Du meinst, er lebte, als hätte er sein eigentliches Schicksal hier in Spanien zurückgelassen, quasi auf Eis gelegt?«

»Mag sein. Obgleich er erst ganz am Ende darüber sprach. Es war ein Irrtum oder vielmehr eine Illusion. Er konnte nicht zurück. Niemand kann jemals zurückkehren, wenn er das Unglück hinter sich gelassen hat.«

»Aber wenn er gar nicht daran dachte zurückzukehren, was hätte ihn dazu bewegen können?«

»Sein Kind.«

»Und Sara?«

»Das ist eine andere Geschichte. Dazu kommen wir noch. Im Augenblick sind wir bei Roque mit seinem Karren voller Tabak irgendwo in Buenos Aires.«

»Seien wir exakt: Tabak welcher Art?«

»Es war Anfang der achtziger Jahre. In Buenos Aires setzten sich langsam die abgepackten Zigaretten durch. Envelopes *nennt sie José Antonio Wilde. Die hatte es natürlich auch früher schon gegeben: importiert. Doch fabrikmäßig hergestellte einheimische Zigaretten, das war eine Neuheit.«*

»Dazu braucht man Einzelheiten, Vero.«

»Vielleicht, obwohl ich nicht der Meinung bin, daß ein Roman ein vollständiger Bericht sein muß. Denen, die es ganz genau wissen wollen, stehen schließlich andere Bücher zur Verfügung.«

»Ich bin eine altmodische Leserin, Vero. Ich brauche Winzigkeiten, sie sagen mir viel. Beschreibungen. Wie waren diese envelopes, zum Beispiel?«

»Doppellagig: aus Stanniolfolie, die wir heutzutage Silberpapier nennen, und normalem Papier, allerdings ziemlich dick und gewachst.«

»Importiert?«

»Das Stanniol. Das Papier stammte aus Perkins' Fabrik, die schon seit über fünfzehn Jahren in Buenos Aires in Betrieb war.«

»Sie dürften teuer gewesen sein.«

»Deshalb dauerte es auch, bis sie die große Masse erreicht hatten. Man rauchte Zigaretten, aber selbstgedrehte aus Tabakschnitt. Wahrscheinlich handelte Roque vor allem mit Zigarren. In Gebinden zu acht Stück. ›Gebinde‹ im wahrsten Sinn des Wortes: acht mit einem roten oder schwarzen Faden zusammengeschnürte Zigarren, ohne Verpackung, die in almacenes und pulperías – einer Kombination aus Kneipe und Kramladen – zusammen für einen Papierpeso oder Stück für Stück zum höchstmöglichen Preis weiterverkauft wurden. Außerdem mußte er auch gebündelte ganze Tabakblätter dabeihaben, denn in den Vorstadtvierteln am Maldonado, in Flores und Barracas al Sur, hielt sich in jenen Jahren eine beträchtliche Anzahl Frauen mit der Herstellung von Zigarren über Wasser. Sie kauften den Colorado aus Paraguay, Corrientes oder Tucumán nach Gewicht oder beutelweise und lieferten jede Woche ihre Erzeugnisse an die Geschäfte: sechs Papierpesos der Bund zu hundertachtundzwanzig Stück handgerollter Zigarren. Ungefähr die Hälfte ihres Lohns erhielten sie in Naturalien.«

»Heimarbeit. Steinzeitkapitalismus.«

»Um 1890, als die Tabakmanufaktur El Telégrafo den Betrieb aufnahm, war damit Schluß. Sie beschäftigte bis zu neunhundert Arbeiter.«

»Womit hat man die Zigarren angesteckt?«

»Auf dem Land verwendete man Zunderfeuerzeuge. In der Stadt europäische Zündhölzer: Diese wurden erst ab 1883 national hergestellt. Was noch?«

»Alles. Wie roch der Tabak?«

»Nach sauren Oliven vielleicht. Zweifellos nach Sex und nach Geld.«

»Weiter! Wo war Roque unterwegs?«

»Überall. Im Süden in La Boca, Barracas und was später die Stadt Avellaneda werden sollte. Im Westen bis nach Flores und noch weiter. Nordwestlich gelangte er bis auf die andere Seite des Maldonado, den man über die Brücken der Calle Rivera, die jetzt Avenida Córdoba heißt, oder der Calle Chavango, also der heutigen Avenida General Las Heras, überqueren konnte… Auf der Höhe der Calle Santa Fe wurde 1870 eine Betonbrücke über den Fluß gebaut, eine Brücke mit Brüstung, und das war wahrscheinlich der bequemste Weg: Sie war makadamisiert, hatte also einen Straßenbelag, wenn auch keinen guten. Von der Brücke aus blickte man bis nach Belgrano. Der Kirchturm der Inmaculada Concepción wurde 1875 eingeweiht.«

»Rauhe Gegenden…«

»Aber wohl nicht so rauh, wie man annehmen könnte, Clara. Die Randzonen aller Städte sind rauh, schon immer gewesen. Heutzutage mehr denn je. In den siebziger und achtziger Jahren des neunzehnten Jahrhunderts waren die Ranchos, die Hütten am Ufer des Maldonado, das Reich der lunfardos: *der Gauner und Halunken.«*

»Kannst du dir vorstellen, wie es da ausgesehen hat?«

»Ziemlich gut. Diese Viertel müssen den Dörfern der Provinz sehr ähnlich gewesen sein. Aus einer Laune heraus verlegte Borges die Ermordung Juan Moreiras durch einen Polizeitrupp nach Lobos, einem paradigmatischen Ort, wo in Wirklichkeit Perón zur Welt gekommen war, und meinte, daß man dieses Dorf nicht kennen müsse, um es sich vorstellen zu können,

wenn man irgendein anderes kenne: Sie seien alle gleich, behauptete Borges, selbst darin, sich für anders zu halten als die anderen … So mußte die berühmte Tierra del Fuego ausgesehen haben, der Teil von Palermo zwischen den Straßen Chavango und Alvear, El Arroyo und der Calle Centroamérica, wie die Avenida Pueyrredón damals noch genannt wurde. In dieser Gegend zirkulierten gräßliche Mythen: der Geist von Agüero, die Witwe oder das Blechschwein. Das klingt zwar gruselig, war aber halb so wild. Früher hatte dieser Bezirk einmal zur Hazienda der Rosas' gehört. Und in den Achtzigern erbaute man die Krankenhäuser Rivadavia und Norte und die Haftanstalt. In der Familie erzählt man sich, daß Roque den Geist gesehen habe, mehr noch: daß er sein Freund gewesen sei …«

»Wie du selbst gesagt hast, Vero, gab es über Roque noch eine Menge anderer Gerüchte.«

»Etliche. Alle unbelegbar, obwohl ich sie ihm gern zuschreibe … der Legende zuliebe.«

»Und das mit dem Mädchenhandel?«

»Halte ich nicht für wahrscheinlich, aber es dürfte ihm in jener Zeit nicht leicht gefallen sein, sich rauszuhalten, zumal er in Geschäfte wie den Hahnenkampf verwickelt war. Aber er war ein Linker …«

»Nicht wenige Revolutionäre endeten als Zuhälter …«

»Stimmt schon, aber ich habe das Gefühl, er nicht.«

»Akzeptiert, vorerst zumindest … Soll uns der Roman die Wahrheit berichten. Erzähl mir jetzt lieber etwas über den Geist.«

»Der Geist! Es ist über hundert Jahre her, aber Consuelo, meine Mutter, die ihn nie zu Gesicht bekommen hat, erinnert sich an ihn, sie spricht von ihm mit der gleichen Vertrautheit, mit der sie sich der einen oder anderen entfernten Tante entsinnt, die schon tot war, als sie auf die Welt kam, deren Leben ihr jedoch ebenso angehört wie ihr eigenes. Sie ist die Verkörperung einer Tradition: Ihre Erinnerungen sind die Summe der

Erlebnisse und Erinnerungen ihrer Vorfahren. Der Geist ist für sie nichts weiter als eine der vielen Freundschaften ihres Großvaters. Sie nennt ihn beim Namen, Ciriaco Maidana, und sagt niemals so etwas wie, er wäre ›erschienen‹ oder hätte ›sich gezeigt‹, sondern: Roque und er hätten sich ›kennengelernt‹. Ein Freund mehr in einer Lebensgeschichte, die viel stärker von der Freundschaft geprägt war als von der Liebe.«

7. Die Unsichtbaren

> Die Feder des Romanciers vermag nicht in die philosophischen Tiefen des Historikers vorzudringen; jedoch verfügt sie über einen gewissen leichten, flüchtigen Zug, mit dem sich die Physiognomie einer ganzen Epoche umreißen läßt.
>
> JOSÉ MÁRMOL, Amalia

Auf dem Heimweg von Belgrano pflegte Roque seine Runde im *La Primera Luz* zu beenden, einer *pulpería* im Herzen von Tierra del Fuego, die ihren Namen »Das erste Licht« dem Umstand verdankte, die erste zu sein, die durstigen Männern die Türen öffnete: sobald der Morgen dämmerte, unabhängig davon, wie spät sie in der Nacht zuvor geschlossen hatte. Dort lieferte er Zigarren und Blatttabak ab und trank ein Glas Gin, ehe er seinen Weg in die Innenstadt fortsetzte.

Eines Abends im Spätherbst hielt er sich dort länger auf und sah von seinem Platz an der Theke aus einer Partie *truco* zu. Die Gestalt eines der Spieler hatte seine Aufmerksamkeit erregt: ein junger Mann mit schütterem Haar, vorstehendem Unterkiefer und krummem Rücken, vollständig von einem roten Poncho bedeckt, aus dem nur ein Paar riesige Hände hervorschauten, in denen die Karten vollständig verschwanden. Sein Gegenspieler war ein alter Gaucho, der seinen Hut aufbehalten hatte. Entgegen aller Gewohnheit gingen sie ohne jeden Aufruhr ihrer Beschäftigung nach.

Der Ältere gewann schon seit einer guten Weile, als der

Jüngere beschloß aufzugeben. Er stand auf, und Roque konnte ihn in voller Länge begutachten. Verwundert bemerkte er, daß der Mann auf ihn zukam, ihn mit Namen ansprach und zu einem Glas einlud.

»Noch einen Gin, Don Roque?« fragte er.

»Gern«, akzeptierte Roque, wobei er sich halb umwandte und den Ellbogen auf den Zinntresen stützte. »Woher kennen wir uns?«

»Ich kenne Sie.« Der andere lächelte: eine verwirrende Grimasse, häßlich, kindlich und glückselig zugleich. »Sie mich nicht. Ich bin Manolo, Sohn von Manuel Posse«, und er legte Roque eine Hand auf die Schulter.

»Ach ja«, begriff Roque, »der aus dem Dachzimmer. Ich habe von dir gehört.«

»Von Sara?«

»Und von Ramón, meinem Sohn.«

Sie blickten sich in die Augen. Als der *pulpero* die Gins auf den Tresen stellte, trat Roque einen Schritt zurück und musterte Manolo freimütig.

»Weißt du«, sagte er schließlich, »so häßlich bist du gar nicht! Warum zum Teufel nistest du dort oben wie ein Vogel? So wirst du nie eine Braut finden!«

»Vielen Dank. Aber mir ist es so lieber. Eine Braut… das ist nicht so einfach. Ich kann nicht irgendeine Frau gebrauchen.«

»Du kannst jede kriegen, die du willst. Du bist jung, dein Vater ist ein reicher Mann. Abgesehen davon habe ich schöne Frauen mit Männern gesehen, die viel häßlicher waren… und arm obendrein.«

»Sie haben mich mißverstanden«, widersprach Manolo und leerte sein Glas. »Ich rede nicht von Schönheit, das ist mir nicht so wichtig. Es geht um etwas anderes. Schauen Sie sich meine Hände an!« Er spreizte sie auf dem Tresen. »Und meine Füße!« Er lüftete den Poncho und ließ ein

Paar Stiefel sehen, die gewiß durch keinen Steigbügel paßten. »Sehen Sie?«

»Sehe ich. Groß. Sehr groß.«

»Also: Alles an mir ist so. Verstehen Sie jetzt?«

»Willst du damit sagen, daß auch dein ...?«

»Genau das.«

»Wahnsinn!« Roque lachte auf.

»Lachen Sie nicht!« bat der andere. »Das ist nicht witzig. Das ist eine Tragödie. Mich hält keine Frau aus!«

»Gar keine?« fragte Roque ungläubig.

»Also, gar keine ist zu viel gesagt«, schränkte Manolo ein. »Es gibt schon welche. Aber die, die mich aushalten, sind alle sehr nuttig. Sehr. Noch einen Gin!« rief er zornig. »Zu nuttig, Don Roque. Ein bißchen würde mich ja nicht stören«, und zwei dicke Tränen liefen ihm über die Wangen, »aber so nuttig, das kann ich nicht ertragen. Ich meine«, er schluchzte, »ich meine, ich hätte ja gern« – er weinte jetzt tatsächlich –, »ich hätte ja gern, Don Roque, daß es ihnen ein bißchen wehtäte ... das hab ich verdient, daß es ihnen ein bißchen wehtut.«

»Schwuchtel!« bellte in diesem Moment ein dünner Kerl von einem Tisch in der Nähe der Tür, der schon eine Weile trank. »Ich kann Typen, die heulen, nicht ausstehen, kapiert?«

Er stand auf und zog ein Messer unter seinem Poncho hervor. Roque tastete diskret nach seinem. Der Alte, der mit Manolo gespielt hatte, drehte sich auf seinem Hocker um, wandte dem Tisch den Rücken zu und beobachtete die Szene, ohne ein Wort zu sagen. Der *pulpero* war verschwunden.

Manolo hörte auf zu schniefen und schaute den Mann an, der ihn bedrohte.

»Hast du Schwuchtel gesagt?« fragte er. »Zu mir?«

»Zu dir!«

»Suchst du Streit?«

»Ich will eine schwule Sau abstechen!«

Manolo legte seinen Poncho ab und reichte ihn Roque.

»Komm nur her!« sagte er, während er seinen Hosengürtel löste. »Ich habe keinen *facón*, aber ich hab das hier, und das werde ich dir in den Arsch rammen, damit du siehst, wer hier die schwule Sau ist!«

Und er holte ein wirklich überdimensionales, dunkles, geädertes Glied heraus, dick wie der Unterarm eines kräftigen Mannes, das ihm fast bis zum Knie reichte.

»In den Arsch!« wiederholte er grummelnd wie ein Kind, wobei er herausfordernd seine Waffe präsentierte.

Roque dachte an die himmlische Gerechtigkeit, dank derer dieser junge Mann, der es mit dem weiblichen Geschlecht so schwer hatte, wenigstens mit den geeigneten Händen ausgestattet war, es allein mit der Glut seines Wunderdings aufzunehmen.

Der Streithammel erbleichte.

»Basta!« sagte der alte Gaucho ruhig von seinem Platz aus. »Du, steck das Messer weg und verschwinde!« befahl er dem, der Manolo herausgefordert hatte, und sah ihm fest ins Gesicht. »Und du«, er senkte den Blick zu Boden, als er sich an Manolo wandte, »pack weg, was du wegzupacken hast, und hör gefälligst auf, deine armen Artgenossen derart zu beschämen!«

Stille trat ein, während die Angesprochenen umgehend taten, wie ihnen geheißen. Erst nachdem Manolo seine Kleidung in Ordnung gebracht hatte und sein Widersacher gegangen war, erlaubte er sich mit einem rachsüchtigen Blick zur Tür leise vor sich hin zu murmeln.

»In den Arsch!« hörte Roque ihn sagen.

»Kommen Sie, mein Freund! Ja, Sie meine ich, den Tabakverkäufer. Trinken Sie einen Schluck mit mir!« lud der Alte ein. »Manolo, sag dem Herrn, wer ich bin!«

»Roque«, sagte Posses Sohn folgsam, »das hier ist Señor Severo Camposanto...« Er räusperte sich, bevor er fortfuhr: »Schlächter und Philosoph.«

»Philosoph?« fragte Roque ungläubig.

»Für den Hausgebrauch«, schränkte der Gaucho bescheiden ein. »Und neuerdings auch Lehrer. Brauchen Sie keinen Lehrer?«

»Ich habe mich von der Philosophie abgewandt.«

Der Mann namens Severo hob die Augenbrauen.

»Witzig, der *gallego*«, bemerkte er zu niemand Bestimmtem. »Hören Sie, mein Freund, das mit der Philosophie ist Sache jedes einzelnen. Wer viel nachdenkt, lernt vieles im Leben. Aber das kann man niemandem beibringen. Ich spreche von der anderen Sache. Wollen Sie nicht lernen, wie man Kehlen durchschneidet? Fein säuberlich und ohne Kraftaufwand. Mit zwei kleinen Handgriffen.«

Roque zog einen Hocker an den Tisch und nahm dem Alten gegenüber Platz.

»Sind Sie im Ruhestand?« fragte er.

»In diesem Gewerbe gibt es keinen Ruhestand«, erklärte Severo. »Und für einen wie mich, der ich mal eine Berühmtheit war, schon gar nicht. Die *Mazorca*, sagt Ihnen das was?«

»Natürlich: Rosas' Geheimpolizei.«

»Gut! Mit denen habe ich zusammengearbeitet, mit Ihrem Landsmann Cuitiño. Jeder in Buenos Aires kannte mich.«

»Logisch, oder nicht?«

»Und gefürchtet war ich.«

»Natürlich.«

»Dann mußte der große Rosas die Schlappen in Caseros und Pavón einstecken und seinen Hut nehmen.«

»Und Sie?«

»Ich nicht. Ich war eine Weile als Viehtreiber unterwegs, aber dann bin ich wieder zurückgekommen.«

»Sind Sie arbeitslos?«

»Nun ja, ich werde nicht oft gebraucht... Da gibt es Jüngere, die billiger sind als ich. Die schert es nicht, wie ein Christenmensch zu Tode kommt. Mich schon. Ich vermeide Leiden. Ich mache vollkommen schmerzlos Schluß mit allem Kummer.«

»Und was hätte ich davon, wenn ich wüßte, wie man jemandem die Kehle durchschneidet?«

»Es könnte sich ja einmal eine Gelegenheit bieten«, Severo zuckte die Achseln, »Geld verdienen.«

Roque stand auf.

»Danke«, sagte er, »zur Zeit habe ich keinen Bedarf.«

Von Manolo verabschiedete er sich mit einem Händedruck. Dem Berufsmörder wünschte er nur knapp einen guten Abend, als er schon den Hut aufsetzte.

Zu einer anderen Zeit an einem anderen Ort hätte ihn die Gegenwart eines Mannes neben seiner *chata* aufmerksam werden lassen. Dieser war groß und schlank. Weder der aus dem Maldonado aufsteigende Nebel, durch den das Vollmondlicht sickerte, noch die bis über die Augen gezogene Krempe des Filzhutes vermochten, nicht einmal auf die Distanz, seine Blässe zu verbergen. Während Roque die kurze Strecke zurücklegte, die ihn von seinem Wagen und dem Unbekannten trennte, suchte er die düsteren Gesichtszüge des anderen, dessen in den Taschen vergrabene Hände er lang und schmal wähnte. Er blieb vor ihm stehen.

»Soll ich Sie irgendwo hinfahren?« erbot er sich und wies auf den Karren.

»Wenn Sie reden, hört man Ihnen aber den Spanier an!« gab der dünne Kerl mit hohler Stimme zurück.

»Was dagegen? War nur ein Angebot«, entgegnete Roque.

»Nichts dagegen. Ich meine nur, daß man Ihnen den Spanier anhört, aber das wird sich schon noch ändern.«

»Ach so«, lenkte Roque ein. »Ich weiß gar nicht, ob ich das ändern will. An die Türken oder Polen stellt man doch auch nicht solche sprachlichen Anforderungen! Warum also beschäftigt die Argentinier die Redeweise der Spanier so sehr?«

»Das ist ein Unterschied. Die anderen werden immer unmöglich klingen, da ist es hoffnungslos. Bei euch Spaniern ist noch nicht alles zu spät.«

»Das muß ich wohl als Kompliment auffassen. Möchten Sie rauchen?«

»Das macht keinen Sinn.«

»Natürlich macht es keinen Sinn, trotzdem raucht man – oder nicht?«

»Wie ich sehe, muß man Ihnen wirklich alles erklären, eins nach dem anderen. Am besten fange ich vorne an. Ich heiße Ciriaco Maidana.«

Bei dieser Mitteilung nahm er die rechte Hand aus der Tasche und schob den Hut nach hinten, so daß er seine Stirn freilegte.

»Ich bin Roque Díaz.«

»Ich weiß.«

»Ach ja?«

»Schon lange.«

»Ich hab Sie noch nie gesehen«, sagte Roque und zündete mit einem Streichholz seine Zigarre an.

»Wie sollten Sie auch?« versetzte Maidana ganz selbstverständlich.

»Und warum finden Sie es so normal, daß ich Sie noch nie gesehen habe, wenn Sie mir gefolgt sind?«

Maidana erwog die Frage.

»Da haben Sie recht«, gestand er zu. »Sie wissen halt nicht... Nicht einmal mein Name sagt Ihnen was...«

»Müßte er das?«

»Jeder kennt ihn.«

»Und worauf ist Ihr Ruhm zurückzuführen?«

»Auf einen Zwischenfall ... erschrecken Sie bitte nicht!«

»Erschrecken?«

»Es ist nämlich so ...« In seinen feuchten Augen glomm Furcht. »Ich bin tot, wissen Sie? Schauen Sie ...« Mit derselben Hand, die sein Gesicht freigelegt hatte, zerrte er an seinem Halstuch, löste den Knoten und ließ seine Kehle sehen: Ein grauenhafter, scheinbar endloser Schnitt ging quer hindurch und tief hinein. »Ich bin tot, und niemand sieht mich. Ihnen bin ich gerade erschienen.«

»Steigen Sie auf, und erzählen Sie mir den Rest auf dem Weg«, schlug Roque vor, während er einen Fuß auf das Trittbrett stellte und sich auf den Bock schwang. »Hü!« rief er dem Pferd zu, das sich gemächlich in Bewegung setzte.

»Die Geschichte ist allgemein bekannt«, begann Maidana. »Es war Severo Camposanto, der mir vor einiger Zeit diesen Schnitt verpaßte.«

»Wegen einer Frau?«

»Immer geht's um eine Frau. Und in meinem Fall auch noch um einen Ehemann mit genug Geld, den Schlächter zu bezahlen. Dabei bin ich selbst nicht schlecht mit dem Messer.«

»Aber dieser Typ ist ein Künstler, Maidana! Das ist keine Schande. Schlimmer ist es, von einem Tolpatsch ins Jenseits befördert zu werden.«

»Danke. Das sehe ich auch so.«

Langsam rollten sie durch den Nebel. *La Primera Luz* lag schon weit hinter ihnen, als sie wieder auf ihr Gespräch zurückkamen.

»Warum rauchen Sie nicht, wenn Sie sich materialisieren?« wollte Roque wissen. »Sie haben gesagt, es hätte keinen Sinn.«

»Der Rauch entweicht. Der Schnitt ist immer offen.«

Roque wandte sich seinem Begleiter zu und betrachtete ihn kritisch.

»Und wenn Sie das Halstuch gut festbinden?«

»Dann auch. Er kommt überall durch. Machen Sie sich nichts draus. Ich habe mich schon damit abgefunden.«

»Tja.«

Sie verfielen wieder in Schweigen.

»Roque«, sagte der Geist schließlich, »haben Sie denn gar keine Angst vor mir?«

Roque lächelte.

»Sehen Sie, Maidana, ich kenne Leute jeden Schlages. Es gibt Lebende und Lebende. Und einige machen mir angst. Und es gibt Tote und Tote.«

»Haben Sie schon mit anderen von meiner Sorte zu tun gehabt?«

»Nein, aber irgendeiner muß der erste sein, und ich bin überzeugt, daß Sie nicht der Schlimmste sind.«

»Nochmals vielen Dank. Halten Sie bitte an der Ecke!«

»Steigen Sie ab?«

»Nein. Ich verschwinde. Aber ich will nicht in die Innenstadt. Würden Sie mir einen Gefallen tun?«

»Wenn es in meiner Macht steht...«

»Das wird es. Es geht um diesen jungen Mann, Posse. Ich kenne ihn und habe ihn heute abend gehört. Ich will ihm helfen. Wenn wir uns zusammentun, können wir ihm eine Frau besorgen.«

»Wie denn?«

»Indem wir eine kaufen. Eine neue. Oder zumindest wenig gebraucht. Es gibt sie ja in seiner Größe. Das Problem liegt darin, daß er nicht sehr gesellig ist.«

»Dafür habe ich nicht die nötigen Mittel. Noch nicht.«

»Die werden Sie bald haben, das verspreche ich Ihnen.« Er sah Roque in die Augen. »Wissen Sie, daß sich beim

Hahnenkampf viele Anarchisten herumtreiben?« fragte er.

»Nein.«

»Es ist so.«

»Wollen Sie mir eine Geschäftspartnerschaft anbieten, Maidana?«

»So könnte man's nennen.«

»Wir sehen uns wohl wieder …«

»Wenn Sie dazu bereit sind … Denken Sie an diese Begegnung. Morgen.«

»Das werde ich, da können Sie sicher sein.«

»Tragen Sie da etwas?« fragte Maidana mit einer vagen Geste auf Roques Brust und Hals.

»Wo?«

»Irgendeinen Anhänger, ein Heiligenbild …«

»Ach so, ja … eine Kette …«

Roque knöpfte sein Hemd auf und ließ ein Medaillon sehen. Der Geist warf einen gleichgültigen Blick darauf und holte einen silbernen Gegenstand aus seiner Jacke.

»Ein Kreuz«, sagte Maidana und hielt es ihm hin. »Das hat sie mir geschenkt. Verlieren Sie es nicht. Hängen Sie es an Ihre Kette. Wenn Sie morgen früh beim Erwachen denken, Sie hätten diese Begegnung nur geträumt und ich existierte nicht … dann sehen Sie nach, finden das Kreuz und wissen, daß es wahr ist … Was halten Sie davon?«

»Keine schlechte Idee. Warum nicht?«

»Hier, bitte.«

Der Nebel hatte sich verzogen, so daß er im Schein des Mondes und einer nahen Gaslaterne das ziselierte Kruzifix, so dünn und leicht, daß es kaum das Licht reflektierte, genau betrachten konnte. Als er den Blick wieder hob, war Maidana nicht mehr da. Roque trieb das Pferd an, das in lockeren Trab fiel.

8.

»Stimmt es, daß die Anarchisten die Hahnenkampfarenen frequentierten?«

»Sicher nicht alle. Nicht einmal die Mehrheit. Aber viele benutzten das Geschäft mit den Hähnen als Tarnung für andere Aktivitäten. Abgesehen davon, ist alles wahr. Einschließlich der Beziehung zwischen Roque und Ciriaco Maidana, eine Verbindung, die mit der Zeit zu einem fast verwandtschaftlichen Verhältnis wurde. Der Geist hat Roques Leben beeinflußt und infolgedessen auch das Leben meines Großvaters Ramón.«

»Und du nimmst diese Legende widerspruchslos hin, Vero.«

»Sieh mal, Clara, das Kruzifix von Maidana oder der Frau, um deretwegen er zu einem Gespenst geworden war, hat mich mein ganzes Leben lang begleitet. Zuerst, als ich klein war, trug meine Mutter es immer als Halsschmuck. Später schenkte sie es mir, und ich habe es in einem Intarsienkästchen aufbewahrt, das einmal Gloria, meiner Großmutter, gehört hatte. Das Kästchen war eines der ersten Geschenke von Ramón, und darin lag das Kruzifix auf den Nachttischen sämtlicher Schlafzimmer, in denen ich je genächtigt habe. Niemand – am allerwenigsten ich, der ich bin, wer ich bin, weil ich über eine Tradition verfüge – hätte jemals seine Herkunft bezweifelt.«

»In Ordnung. Also mach weiter, weiter.«

»Achtzehnhunderteinundachtzig. Etwa in der Hälfte des Jahres hatte José Sixto Álvarez, den man unter dem Pseudonym Fray Mocho und als Autor einiger Bücher von bestenfalls dokumentarischem Wert kennt, seine beiden Karrieren bereits in Angriff genommen: die des Chronisten und die des Polizisten. Er brachte es zu Prominenz in der Pressewelt und bei der Poli-

zei in die Führungsriege: in einem Land, in dem das Amt des comisario *in Hipólito Yrigoyen sogar einen Präsidenten hervorgebracht hat, eine ziemlich verbreitete und keineswegs verwerfliche Doppelfunktion. Es gab bereits berittene Polizei und Windmühlen. Der Podestá-Clan, der mit dem Zirkus Rafetto aus Montevideo gekommen war, hatte sich als selbständiges Unternehmen niedergelassen. Die letzten Straßenbahnschienen wurden verlegt und eine Telefongesellschaft gegründet: die Pantelefónica Gower Bell. Alles das und so vieles andere, das mir jetzt nicht einfällt.«*

»Klingt nach nostalgischer Journalistenglosse.«

»Das ist es auch. Es sind Geschichten, denen ein Platz in der Literatur zusteht, sonst nichts.«

»Und den haben sie nicht.«

»In Bruchstücken.«

»Und du fügst jetzt ein weiteres hinzu.«

»Das habe ich vor.«

»Wir waren im Jahr achtzehnhunderteinundachtzig.«

»Machen wir da weiter. Gegen Ende des Jahres nahm Roque Díaz Ouro seinen Sohn Ramón Díaz Besteiro und seinen Freund Hermann Frisch mit zum ersten Dichterwettstreit ins Galicische Kulturzentrum von Buenos Aires. Die Prominenz der Vereinigung hatte ihn per Einladungskarte in aller Form dazugebeten, weil man in ihm einen gewissen Hang zum Erfolg witterte.«

»Sicher ein Riesenbrimborium.«

»Ein symbolträchtiges Ereignis, Clara … Der Preisgekrönte war Olegario Víctor Andrade, und Ramón, gerade sieben geworden, war so beeindruckt, daß er beschloß, das an jenem Abend gehörte Gedicht für immer zu behalten: kein geringeres als Atlántida. *Er wiederholte es fast achtzig Jahre lang immer wieder und brachte es mir in meiner Kindheit bei.«*

»Ich bin ganz Ohr.«

»Genau das hat er auch immer zu mir gesagt: Ich bin ganz

Ohr. Und ich, in der Gewißheit, daß etwas für mich dabei herausspringen würde, habe rezitiert:

Pero Dios reservaba
La empresa ruda al genio renaciente
De la latina raza, domadora
De pueblos, combatiente
De las grandes batallas de la historia.
Y, cuando fue la hora,
Colón apareció sobre la nave,
Del destino del mundo portadora,
Y la nave avanzó, y el oceano,
Huraño y turbulento,
Lanzó al encuentro del bajel latino
Los negros aquilones,
Y a su frente rugiendo el torbellino,
Jinete en el relámpago sangriento.
¡Pero la nave fue, y en el hondo arcano
Cayó roto en pedazos,
Y despertó la Atlántida soñada,
De un pobre visionario entre los brazos!

Doch Gott bewahrte
die harte Aufgabe für den wiedererwachenden Genius
der Latinorasse, Unterwerferin
der Völker, Kämpferin
in den großen Schlachten der Geschichte.
Und, als die Stunde kam,
da Columbus auf seiner Nao erschien,
des Weltenschicksals Überbringerin.
Und das Schiff machte seinen Weg und der Ozean,
übellaunig und wild,
warf die schwarzen Nordwinde
dem Latinoschiff entgegen,

voran der tosende Wirbelwind,
Reiter des blutroten Blitzes.
Doch die Nao machte ihren Weg, und das tiefe Arkanum
zerbarst in tausend Stücke
und weckte das erträumte Atlantis
in den Armen eines armen Visionärs!

»Weiter?«

»Selbstverständlich.«

»Es klingt ziemlich geschwollen, ich weiß, aber ich kann es nicht kritisch sehen. Es ist zu tief verbunden mit sehr geliebten Dingen. Es ging dann folgendermaßen weiter:

Era lo que buscaba
El genio inquieto de la vieja raza,
Debelador de tronos y coronas
Era lo que soñaba:
Ámbito y luz en apartadas zonas!

Das war es, was er suchte,
Der unruhige Geist der alten Rasse,
Bezwinger von Thronen und Kronen
Das war es, wovon er träumte:
Weite und Licht in fernen Gefilden!«

»War er ehrlich?«

»Der Dichter? Nein. Er war ein Profi. Er sagte, was die Galicier hören wollten. Und erhielt den Preis. Wie ich, wenn ich aufsagte, was mein Großvater hören wollte, meine Belohnung erhielt. Erst jetzt glaube ich daran.«

9. Die Hahnenkampfarena

Tödlich und tot kehren sie zurück zu ihrer Dämmerung,
ihrer Hure und ihrem Messer.

JORGE LUIS BORGES, Los compadritos muertos

Es dauerte nicht lange, bis Roque Díaz und Manolo einander wieder begegneten. Im *Café de la Amistad* in der Calle Rivadavia, zwischen den Querstraßen Tacuarí und Buen Orden, gab man Roque eines Tages Bescheid, daß der Verrückte Garay nach ihm gefragt hätte.

»Aber klar, Mann, natürlich kennen Sie ihn. So ein Riesengroßer mit einem großen Gesicht, großen Händen, großen Füßen, großen Ohren, der Bandoneon spielt«, half ihm der Galicier hinter der Theke auf die Sprünge.

»Der heißt aber nicht Garay«, widersprach Roque, »der heißt Posse.«

»Aber nein, Mann. Der heißt Garay. Manolo de Garay.«

»Wie auch immer. Wenn er weiß, daß ich öfter herkomme, wird er sich schon blicken lassen.«

Und er ließ sich blicken.

Eines Mittags.

Er trat an den Tisch, an dem Roque seinen Gin trank und *La Patria Argentina* las.

»Don Roque«, sagte er, als er vor ihm stand, »was für eine Freude!«

Roque schaute ihn von oben bis unten an und mußte über seine zerzausten Haare, die riesenhaften Schuhe, die viel zu kurzen Ärmel seines Wettermantels schmunzeln.

»Ich dachte, du gehst nur nachts aus?« fragte er.

»Manchmal muß man halt was riskieren, nicht?«

»Ganz bestimmt.«

»Darf ich mich setzen?«

»Wenn du mir erklärst, warum du unter einem falschen Namen herumläufst, gern.«

»Einem falschen Namen?« wunderte sich Manolo, der nur die Fingerspitzen auf die Tischplatte stützte, ohne einen weiteren Schritt zu wagen. »Wie kommen Sie denn darauf? Ich habe keinen Grund zu lügen.«

»Du warst neulich hier und hast dich nach mir erkundigt.«

»Ja.«

»Der, von dem ich das weiß, hat gesagt, du heißt Manolo de Garay.«

Der junge Mann atmete auf.

»Da bringen Sie etwas durcheinander, Don Roque. Das ist wegen meiner Straße. Sie wissen nicht, wie ich heiße, aber sie wissen, wo ich wohne. Ich bin der aus der Calle Garay.«

»Na gut. Mach's dir bequem, und bestell dir was zu trinken.«

Manolo gehorchte.

»Wie fühlt sich dein neues Leben an?« wollte Roque wissen, als der Kellner den Gin gebracht und sich wieder entfernt hatte. »Erschrecken die Leute sehr?«

»Gar nicht so sehr. Manche glotzen, das schon, oder murmeln auch mal was. Andere gehen an mir vorbei, ohne Notiz zu nehmen. Am schlimmsten sind die Kinder. Einige fangen an zu heulen, andere zu lachen.«

»Sehr enttäuscht?«

»Also ...«

»Das muß hart sein. Du wirst dir eine andere Obsession suchen müssen.«

»Zu Hause wissen sie noch nichts davon.«

»Sag es ihnen lieber selbst. Neuigkeiten richten größeres Durcheinander an, wenn sie aus fremdem Mund kommen.«

»Meinen Sie, sie werden etwas dagegen haben? Daß es ihnen peinlich wäre?«

»Peinlich? Ach was, bestimmt nicht. Es ist nur so, daß eine Familie mit einem Monster auf dem Dach nicht dasselbe ist wie eine Familie ohne Monster. Veränderungen sind nie leicht.«

»Ich verstehe. Glaub ich zumindest.«

»Du verstehst schon, Manolo. Jetzt sag, warum hast du mich gesucht?«

»Ah, ja. Nun, Sara hat mir erzählt, Sie hätten einen Freund, der Bandoneon spielt. Ich würde gern mal mit ihm reden. Vielleicht können wir etwas zusammen machen. Ich muß mir jetzt meinen Lebensunterhalt verdienen. Und nur mit den Hähnen geht das nicht.«

»Gehst du zum Hahnenkampf?«

»Sie etwa nicht, Don Roque?«

»Nein, ich war noch nie dort.«

»Nie? Sie haben es noch nie ausprobiert?«

»Was denn?«

»Auf einen Hahn zu setzen. Ich kann es gar nicht fassen. Sie sind doch schon seit Monaten in Buenos Aires!«

»Es ist aber so.«

»Schließen wir einen Pakt: Sie stellen mir Ihren Freund vor, und ich nehme Sie mit zum Hahnenkampf. Jetzt gleich. Es gibt einen *reñidero* ganz in der Nähe. Sieben oder acht Straßen weiter.«

»Ist recht.«

Sie gingen zum *reñidero* in der Calle de Santo Domingo, wie die Calle Venezuela damals noch hieß. Manolo zahlte den Eintritt für beide. Der Eigentümer des Hahnenkampfplatzes, eines der größten der Stadt, hieß José Rivero und war auf beiden Seiten des Río de la Plata bekannt. Roque hätte nie eine solche Betriebsamkeit in diesem Haus erwartet und mochte kaum wahrhaben, welches Schauspiel sich seinen Augen bot. Er, der er nicht in der Lage war, einen *bataraz* mit seinem schmutzig-grauen Gefieder von einem *giro* mit seinen gelblichen Nackenfedern, oder einen *colorado* von einem *calcuta* zu unterscheiden, fand sich mit einemmal inmitten einer Welt von Experten, die laut über die Tugenden des einen oder anderen Tieres debattierten, dabei einen merkwürdigen Jargon verwendeten und mit der Inbrunst von Besessenen bei der Sache waren. Und es gab nicht wenig Publikum: Der riesige Raum bot Sitzplätze zu ebener Erde, auf Rängen und in Logen für mehrere hundert Leute, und die gemeinsame Leidenschaft versammelte Männer sehr unterschiedlicher sozialer Herkunft um die wilden, pathetischen, seit Generationen dem Todesspektakel geweihten Tiere.

»Wir haben gute Plätze«, sagte Manolo und ging schnurstracks zu einer der vordersten Reihen.

Roque bemühte sich mit allen Sinnen, die innere Ordnung dieses Chaos zu begreifen, wo Herren im Gehrock mit zerlumpten Gauchos und wohlhabenden *pulperos* verkehrten, unter denen er mehrere erkannte und begrüßte. Ihm fiel eine Frau auf, die allein in einer Loge saß und mit dem allgemeinen Gegröle nichts zu tun haben schien. Neben ihr stand stumm ein sehr großer, sehr magerer Schwarzer, der das Ganze mit nachtdunklen, glänzenden Augen beobachtete.

»Weißt du, wer die Frau da oben ist?« fragte er.

»Piera«, erwiderte Manolo, ohne hinzusehen. Seine gesamte Aufmerksamkeit galt dem Geschehen um die kleine stoffumspannte Arena, in der der Kampf stattfinden würde.

Roque stellte keine weiteren Fragen.

Später würde er mehr herausfinden.

»Gewogen sind sie schon«, erläuterte Manolo. »Gleich lassen sie sie los. Der Schlitzäugige mit dem roten Halstuch ist der Betreuer von Sosa. Er kümmert sich um den *bataraz*… den schwarzweiß Gesprenkelten«, klärte er den verwirrten Roque auf. »Der Schwarze ihm gegenüber ist der von Hornos und betreut den Roten, den *colorado*.«

Roque sah, wie Ringe mit messerscharfen Stahlsporen an den Füßen der Hähne befestigt wurden.

Ein Glöckchen ertönte, und die Tiere wurden in der runden Arena losgelassen. Der *bataraz* stakste zuerst los, machte mit gespreizten Flügeln und straffem Hals ein paar Schritte bis zur Mitte des Kreises. Der *colorado* neigte den Kopf zur Seite, ohne sich vom Fleck zu rühren, und bohrte einen unheilverkündenden Blick in den Körper seines Rivalen. Der Graue legte die Flügel an und ging, jetzt den s-förmig gebogenen Hals wiegend, noch ein Stück weiter. Er wartete.

Der Rote pflanzte sich mit einem einzigen Satz unmittelbar vor ihm auf und stieß den Schnabel erfolglos nach dem Kopf des Grauen. Eine Zeitlang, unmöglich zu sagen, wie lange, kreuzten sich die bedrohlichen Köpfe, ohne einander zu berühren, bis der erste Schnabelhieb in die über dem Saal lastende Totenstille krachte. Als den Zuschauern bewußt wurde, daß der *colorado* seinen Widersacher schwer getroffen hatte und Blut floß, begannen die Wetten zu laufen.

»Fünfzig Pesos auf den *colorado*«, bot einer.

»Dreißig«, ließ sich ein anderer vernehmen.

Alle setzten auf den rotgefiederten Hahn.

Die beiden Tiere standen jetzt Brust an Brust, so dicht, daß Schnäbel und Hälse flogen, die Körper sich jedoch nicht von der Stelle bewegten. Im Vergleich zur Größe der Köpfe strömte unverhältnismäßig viel Blut. Plötzlich zog sich der *bataraz* an den Rand der Arena zurück, kreiste mit hängenden Flügeln um sich selbst und fing dann an, blind und angeschlagen, auf die Plane der Umrandung einzupicken. Die Einsätze zugunsten des Roten vervielfachten sich, keine einzige Stimme sprach dem anderen ihr Vertrauen aus.

In diesem Augenblick erblickte Roque etwas, von dem er vermutete, daß nur er es sehen konnte: Ciriaco Maidana kauerte zwischen den beiden Hähnen, den Hut im Nacken und die Hände in schwarzen Handschuhen. Seine Augen trafen sich flüchtig mit Roques, und er nickte leicht.

»Ich setze dagegen«, rief Roque zum Erstaunen seines Begleiters. »Alles auf den *bataraz*!«

»Sie sind verrückt, Don Roque!« protestierte Manolo erschrocken.

»Ist er nicht«, sagte lakonisch der schwarze Diener der Frau, die dem jungen Posse zufolge Piera hieß, »ich setze auch auf den *bataraz*.«

Eine Minute, vielleicht etwas länger, gingen die Wetten hin und her, während der Kampf unterbrochen war und die Tiere angespannt innehielten. Die auffallende Reglosigkeit in dem Stoffrondell ließ schließlich wieder Ruhe einkehren. Die Sorge aller galt jetzt dem Schicksal ihres Geldes.

Da hob Maidana den Grauen hoch, was die Anwesenden für einen wundersamen Auferstehungsflug hielten, und platzierte ihn in seiner ganzen blinden Wut direkt vor dem *colorado*.

Der in seinem eigenen Blut gebadete schwarzweiße Hahn hackte einfach drauflos: Der Stoff der Umrandung hätte ihm denselben Zweck erfüllt, doch Maidana gestattete ihm nicht, sich von dem Roten zu entfernen, der zwar wacker dagegenhielt, sich dabei jedoch immer mehr zurückzog, bis ihn die Waffe des *bataraz* einmal, zweimal, dreimal ins Auge traf.

Er endete mit einer plumpen Drehung, überschlug sich, während ihm das Leben durch die Federn entwich und der Schnabel des Grauen weiter ins Nichts stieß. Der Kampfrichter zählte den widerlichen Haufen des Unterlegenen die vorgeschriebenen drei Sekunden lang aus, und Maidana verschwand in der schweren Luft des Saales.

Roque strich seinen Gewinn ein.

»Das gefällt mir«, verkündete er.

Manolo sah ihn aus weit aufgerissenen Augen an.

»Sie sind ein Phänomen, Don Roque!« sagte er voll Bewunderung. »Sie sind ein echtes Phänomen!«

Der Schwarze kassierte seinen Anteil, vielmehr den seiner Herrin, und trat zu ihnen.

»Die Señora möchte Sie sprechen«, teilte er Roque mit, ohne von seinem Begleiter die geringste Notiz zu nehmen. »Kommen Sie!«

Roque hob den Blick zur Loge. Sie saß noch immer dort.

»Warte hier auf mich«, bat er seinen Freund und folgte dem Schwarzen.

Als er vor ihr stand, erhob sich die Frau und streckte ihm die Hand hin. Sie erlaubte ihm knapp eine Sekunde, sie anzusehen, bevor sie sich vorstellte.

»Ich heiße Piera«, sagte sie.

Sie war blendend schön und strahlte eine beunruhigende Gelassenheit aus.

»Ich bin Roque Díaz«, gab er zurück.

»Díaz Ouro«, ergänzte sie.

»Sie kennen mich.«

»Wir haben einen gemeinsamen Freund: Ciriaco Maidana.«

»Ah ja.«

»Nehmen Sie bitte Platz.«

Roque gehorchte. Es fiel ihm schwer, den Blick von ihrem Gesicht zu wenden.

»Wissen Sie, warum ich Sie habe rufen lassen?«

»Ich nehme an, es hat etwas mit den Plänen Maidanas zu tun.«

Piera lachte, wobei sie den Kopf in den Nacken warf.

»Sie haben also mein Gewerbe erraten…«, bemerkte sie belustigt und fügte dann ernsthafter hinzu: »Ich kann Ihrem Freund tatsächlich helfen… Für Geld bekommt man alles, sogar eine Seele… also erst recht einen Körper. Und Geld haben Sie ja jetzt. Wieviel haben Sie heute eingenommen?«

»Dreihundert Pesos. Nur Sie und ich haben kassiert.«

»Juan Manuel«, sagte Piera zu dem Schwarzen, der ganz in der Nähe der Befehle seiner Herrin harrte. »Wieviel haben wir gewonnen?«

»Vierhundert Pesos, Señora.«

»Sehen Sie, Roque… wir haben siebenhundert Pesos. Für, sagen wir, das Dreifache können wir die Perfektion kaufen.«

»Von wem?« fragte Roque und blickte hinunter in den Saal: Bald würde der nächste Kampf beginnen. Manolo saß da und wartete, gedankenverloren in die Betrachtung seiner aneinandergelegten Daumen oder seiner Schuhspitzen versunken, ohne etwas von Maidanas uneigennützigem Engagement zu ahnen.

»Keine Angst, wir werden uns die nötige Zeit schon nehmen«, beschwichtigte sie ihn.

»Von einem Luden?« beharrte er.

»Nein. Die verkaufen die Frauen erst, wenn nichts mehr aus ihnen rauszuholen ist.«

»Von einem Mädchenhändler, einem *caften*?«

»Einem? Ein *caften* ist nie nur einer, sondern immer eine ganze Organisation, mein Freund! Neuware.«

»Ich nehme an, Sie wissen, wie das geht.«

»Jeder weiß, wie das geht.«

Das Glöckchen läutete einen neuen Kampf ein. Piera öffnete ihre Tasche und entnahm ihr ein rosafarbenes Kärtchen.

»Lesen Sie«, forderte sie ihn auf und hielt ihm die Karte hin.

Roque gehorchte.

›Verehrter Herr: María G. lädt Sie am Sonntag, dem 18. dieses Monats, um neun Uhr abends zur Versteigerung eines dreizehnjährigen Mädchens ein. Calle San José 12‹, stand dort zu lesen.

»So etwas findet jeden Tag statt. Ich kann vorher hingehen und sehen, was angeboten wird. Mir stehen alle Türen dieser Stadt offen.«

»Suchen Sie sich auf diese Weise Ihre Mädchen aus?«

»Jetzt nicht mehr. Früher schon. Aber es ist kein gutes Geschäft. Ich brauche seriöse Leute. Ich kaufe Zuhältern keine Frauen ab und übernehme auch keine von ihnen. Zu mir kommt jede aus freien Stücken und verdient ihr Geld für sich oder ihre Kinder. Und sie gehen, wann sie wollen. Viele verheiratet mit Kunden …«, sagte sie voller Stolz.

»Und Sie, wie haben Sie angefangen?« fiel Roque ihr ins Wort.

»An Fragen mangelt es Ihnen nicht gerade!« seufzte Piera, die ihre Autorität vor diesem Mann schwinden fühlte. »Aber warum sollte ich Ihnen nicht antworten?«

»Niemand zwingt sie.«

»Ich möchte aber. Außerdem habe ich nichts zu verlieren. Sie riskieren mehr: Sie könnten mein Vertrauen einbüßen.«

»Keine Sorge!«

Piera machte es sich wieder auf ihrem Stuhl bequem und schickte sich an zu erzählen. Das Geschrei der Wettenden erreichte sie wie aus der Ferne.

»Vor sieben Jahren habe ich mich aus Bilbao nach Montevideo mitnehmen lassen.«

»Baskin?«

»Aus Galicien, wie Sie.«

»Sie haben den Akzent ganz verloren. In nur sieben Jahren.«

»Ich habe meine Vergangenheit verloren. In nur sieben Sekunden.«

»In einem Bordell?«

»Als ich wieder draußen war… Der, der mich mitgeschleppt hatte, war kein *caften*. Zum Glück: Einen einzelnen Mann kann man loswerden, eine Organisation nicht. Er war nur ein zweitklassiger Lude, der mich in Durazno in einen *quilombo* gesteckt hat, einen Puff. Ich habe sechs Monate durchgehalten, mich vögeln lassen und nachgedacht. Niemanden scherte es, wenn ich nicht mit Leib und Seele bei der Arbeit war, also vögelte ich und dachte nach… Sie wissen ja, wie das ist.«

»Nein. Wenn ich ehrlich sein soll, ich weiß es nicht.«

»Waren Sie nie…?«

»Nie. Aber reden Sie weiter. Verlieren Sie nicht den Faden.«

»Nach sechs Monaten habe ich ihn gezwungen, mich rauszuholen. Ich habe aufgehört zu essen, wurde krank und habe ihn gebeten, mich behandeln zu lassen. Er hatte keine Wahl. Der Besitzer des Puffs wollte seine Zimmer nicht von Frauen belegt haben, die nicht arbeiteten. Also hat mein Lude mich in ein Hotel gebracht und von einem Arzt untersuchen lassen, einem umsichtigen, klugen Mann, der ihn rausgeschickt und mich gefragt hat, was ich wollte, und ich habe ihm gesagt, daß ich nach Buenos Aires müsse. ›Bringen Sie sie nach Buenos Aires‹, so sein Rat, ›ein wenig Luftveränderung, und sie ist bald wieder die Alte.‹ Und so haben wir die Reise angetreten.«

»Aber hier sind Sie allein angekommen.«

»Eines Nachts habe ich ihn umgebracht, als wir in der Nähe von Montevideo zu Pferd unterwegs waren. Ich habe ihm vier Messerstiche in die Flanke verpaßt und mir die Zügel gegriffen, um das Pferd vom Weg abzubringen. Sieben Sekunden. Als wir weit genug waren, habe ich dem Pferd die Kehle durchgeschnitten, dem Toten das Geld abgenommen, das ja schließlich mir gehörte, und beide auf dem Feld liegenlassen. Am nächsten Tag bin ich aufs Schiff gestiegen.«

»Und der Rest?«

»Ein bißchen mit dem Arsch, ein bißchen mit dem Gesicht. Dazu kriegt mich heute keiner mehr: Ich habe zu viele Bekenntnisse gehört, zu viele Männer nackt gesehen.«

»Faszinierend«, gab Roque zu. »Piera ist nicht Ihr richtiger Name, nicht wahr?«

»Natürlich nicht. Oder haben Sie schon mal von einer Galicierin gehört, die Piera geheißen hätte? Wenn wir Partner werden, verrate ich Ihnen vielleicht eines Tages meinen richtigen Namen. Kommen Sie mich besuchen. In meinem Haus wird getanzt, geplaudert. Ich werde Sie nicht drängen, mit jemandem ins Bett zu gehen. Sie können Ihre Freunde mitbringen.«

»Einverstanden.«

Sie verabschiedeten sich mit einem Händedruck und einem herzlichen Lächeln.

Roque entfernte sich zwei Schritte und kehrte noch einmal zurück.

»Eines habe ich vergessen zu fragen«, sagte er.

»Was wollen Sie noch wissen?«

»Gibt es Musiker in Ihrem Haus?«

»Ich habe ein seriöses Haus. Also auch Musiker.«

»Fest engagierte?«

»Ein paar. Andere bleiben eine Zeitlang und gehen wieder … Warum?«

»Darüber reden wir noch.«

Sie waren eineinhalb Stunden in dem *reñidero* gewesen, doch hatte Roque das Gefühl, als wäre ein Jahrhundert vergangen. Das fühlte sich allmählich nach Leben an.

10. Eine vorwiegend emotionale Erziehung

Wir waren auf dem Weg zur Demokratie,
zur Gleichheit der Klassen, also.

ESTEBAN ECHEVERRÍA, Dogma socialista

Roque hatte eingesehen, daß es keinen Sinn machte, früh aufzustehen. Er ging gegen Mittag aus, wenn Frisch erwachte. Manchmal durch Vermittlung des Wirtes vom *Cassoulet*, manchmal dank der ausdauernden, gründlichen Arbeit seines eigennützigen Freundes Bartolo, der für jedes Lokal, das er auftrieb, eine Provision kassierte, spielte der Deutsche sein Bandoneon fast jede Nacht in den Bordellen von La Boca oder Parque, in Cafés oder Tanzschulen. Er verließ das Haus gegen zehn Uhr abends. Wenn Roque noch nicht zurück war, wartete er auf ihn. Sie hatten ausgemacht, Ramón unter keinen Umständen allein zu lassen.

Der Kleine verbrachte den Vormittag mit seinem Vater und den Nachmittag mit Frisch. Seine Erziehung schien keinem der beiden Männer Probleme zu bereiten. Sie waren sich einig, daß es das Beste war, den Jungen wie einen Erwachsenen zu behandeln – mit Ausnahme der Schlafenszeit – und ihn immer im Auge zu behalten. Sie unterrichteten ihn nicht, verschwiegen ihm nichts, verlangten auch nichts von ihm: Sie gingen mit aller Selbstverständlichkeit auf seine Fragen ein, ohne sich darum zu scheren, was er mit ihren Antworten anfangen mochte.

Auf diese Weise lernte Ramón, dem Bandoneon, das er nur mit ungeheuerlicher Anstrengung halten konnte, harmonische Klänge zu entlocken: Er war nicht gezwungen, Musik zu machen, aber er wollte gern, und man ließ ihn gewähren.

So begann er, neugierig gemacht von dem Eifer, mit dem sowohl Roque als auch Frisch die Zeitungen studierten, irgendwann den Sinn dieser Tätigkeit zu ergründen.

»Was machst du da?« fragte er Frisch eines Tages.

»Ich lese, was da geschrieben steht«, erwiderte der Deutsche. »Ich verstehe es. Es ist, als würde das Papier zu mir sprechen und mir Sachen erzählen.«

»Wie machst du das?«

»Ich kenne die Buchstaben.«

»Buchstaben?«

»Diese Zeichen. Siehst du, wie sie jedes für sich und in Reihen hintereinanderstehen?«

»Ja.«

»Jedes einzelne ist ein Buchstabe. Ein Laut… aaa…, eee…, iii… Und sie folgen einer auf den anderen, genau wie beim Sprechen.«

»Was für ein Buchstabe ist das?« Der Kleine wies auf eine Überschrift.

»Ein Errr.«

»Das ist aber kein Laut.«

»Es heißt Er. Man spricht es rrrr…«

»Wie in Ramón.«

»Wie in Ramón. Es ist der Anfangsbuchstabe deines Namens.«

»Ist da mein Name drauf?« Der Junge deutete auf die Seite.

»Nein. Ich glaube nicht. Aber die Buchstaben. Das Rrr, das Aaa, das Mmm, das Ooo, das Nnn.« Frischs schmale Fingerkuppe tippte sicher auf einen nach dem anderen.

»Und Roque? Hier ist das Rrr und hier das Ooo.«

»Und hier hintereinander das Q, das nie allein vorkommt, sondern immer ein Uuu neben sich hat, und das Eee: que.«

»Ro-que!«

»Genau.«

»Und das da?« Ramón zeigte auf ein C.

»Ce. Das klingt wie das Q.«

»Dann heißt das Ro-ca.«

»Ganz recht. Die Zeitung spricht über den Präsidenten.«

Ramón strich mit dem Fingernagel über das Wort, das diesem Namen vorausging, und sprach die soeben erlernten Buchstaben aus.

»... e ... e ... rrr ... aaa ...«

»General. General Roca. Das ist ein G, das ein N... und das hier das L...«

»Danke«, sagte Ramón zum Schluß.

»Nichts zu danken«, Frisch nickte und wandte sich wieder seiner Lektüre zu.

Eine Woche verstrich, bis Ramón seine Nachforschungen mit Roque fortsetzte. Er lernte noch einige Buchstaben und entzifferte ein paar Worte.

»Möchtest du lesen lernen?« bot ihm Roque an.

»Ich bin schon dabei«, bekam er zur Antwort.

Nach einem Monat hatte Ramón das gesamte Alphabet erforscht.

Eines Sonntagmorgens stand Frisch früh auf, wusch sich unter dem eiskalten Wasserhahn und zog ein sauberes Hemd an.

»Ich nehme den Kleinen mit, Roque, du hast heute frei«, verkündete er. »Wir machen einen Spaziergang. An den Hafen. Heute kommt ein Freund von mir an.«

»Danke. Ich werde den ganzen Vormittag schlafen. Wo werdet ihr essen?«

»Irgendwo. Außerdem muß ich heute abend nicht spielen. Du kannst heimkommen, wann du willst. Ich kümmere mich um Ramón.«

»Wenn das so ist, komme ich erst spät.«

Sie überquerten die Plaza de Mayo hinunter zum Río de la Plata und folgten dem Ufer Richtung Süden. Als sie den Hafen erreichten, hatte der Mann, den Frisch abholen wollte, soeben die Einwanderungskontrolle passiert. Dort konnte man mit einem, der das Spanische weder sprach noch verstand, wenig mehr anfangen, als ihm die Ausweispapiere abzustempeln und ihm mit Handzeichen den Weg in die Stadt zu weisen. Die Begegnung mit diesem Mann, der so groß war wie Frisch, aber sehr dick, der mit nichts als einem Leinenbeutel, in dem höchstens zwei Hemden Platz fanden, über das Meer gekommen war und einen nüchternen Händedruck der zu erwartenden Umarmung vorzog, hatte etwas Feierliches. Und im Laufe des Mittagessens, das sie in einem finsteren Gasthaus am Paseo dc Julio einnahmen, und der anschließenden endlosen Unterhaltung in einer ihm unverständlichen Sprache gelangte Ramón zu der Überzeugung, daß er einen irgendwie besonderen Menschen vor sich hatte.

Frisch hatte sie einander nur kurz vorgestellt.

»Furman«, sagte er zu Ramón, den Zeigefinger auf der Brust des Neuankömmlings. »Ezra Furmann.«

Alle drei lächelten.

»Ramón«, fuhr Frisch fort und berührte die Schulter des Kleinen, »Ramón Díaz.«

»Pibe«, artikulierte Furmann. Wieder lächelten sie.

Von diesem Moment an machte Ramón sich unsichtbar. Die beiden Männer redeten, als wäre er nicht da. Als sie sich an der Recova Vieja trennten, holte Furmann eine Kastanie aus der Manteltasche und gab sie Ramón.

»Pibe«, wiederholte er, »Paris.« Er wedelte mit der Ka-

stanie in der Luft, ehe er sie ihm überreichte. »Freund, *amigo*!« Und er streichelte dem Jungen über den Kopf.

Er ging in südlicher Richtung davon, während sie ihm nachblickten.

»Wer ist das?« fragte Ramón, als sie wieder allein waren.

»Ein großer Mann«, antwortete Frisch mit Stolz.

»Das sehe ich. Ich will wissen, warum.«

Frisch zögerte, entschloß sich aber dann doch, es ihm zu erklären. Das tat er auf dem Heimweg zum *conventillo*.

»Was ich dir jetzt sage, Ramón, muß unter uns bleiben.«

»Darf es nicht einmal mein Vater wissen?«

»Der weiß es schon. Ich meine, daß du mit niemandem sonst darüber reden darfst, weil es gefährlich ist.«

»Ich sage es keinem.«

»Einverstanden. Dann sage ich dir, daß Ezra Furmann Sozialist ist. Und ein sehr wichtiger Mann.«

»Ich weiß nicht, was ein Sozialist ist.«

»Einer, dem das Leben aller Menschen am Herzen liegt. Der will, daß es niemandem an Wohnung, Nahrung, ärztlicher Versorgung fehlt… noch an Bildung, denn Unwissenheit ist so schlimm wie Krankheit… es ist eine Krankheit.«

»Das finde ich richtig. Es gibt viele Leute, die nichts von alldem haben, und das ist ungerecht.«

»Vor allem, wenn es auch welche gibt, die alles im Überfluß haben.«

»Will Furmann denen etwas wegnehmen, die zu viel haben?«

»Ganz genau.«

»Will er es ihnen wegnehmen wie ein Dieb?«

»Das ist, was die Polizei denkt. Deshalb verfolgt sie ihn. Und deshalb ist es auch gefährlich, über ihn zu reden. Aber das beabsichtigt er gar nicht. Was er vorhat, ist, neue Gesetze zu schaffen, mit denen die einen daran gehindert werden sollen, Reichtümer anzuhäufen, und den anderen ihr Anteil garantiert wird. Ist dir schon aufgefallen, daß es immer die Ärmsten sind, die am meisten arbeiten?«

»Klar.«

»Ihnen will er also das Nötigste zukommen lassen, damit sie gut leben können.«

Der Abend war herabgesunken, und sie hatten die Haustür erreicht.

An der Schwelle blieben sie stehen.

»Bist du Sozialist?« fragte Ramón ganz leise.

»Ja«, wisperte Frisch.

»Was muß man machen, um Sozialist zu werden?«

»Zuallererst lesen lernen.«

Im Schein der einzigen Gaslaterne, die die Straße erhellte, sah der Junge mit leuchtenden Augen zu ihm auf.

»Komm!« Er nahm Frisch bei der Hand.

In seinem Zimmer, im Schein einer Öllampe, weil es bereits dunkel war, nahm er ein Buch von dem Stapel, den Roque nach und nach zusammengetragen hatte.

»Setz dich dahin«, bat er, »und hör zu.«

Er schlug den Band aufs Geratewohl auf.

»Wie ein Scheingefecht im Kleinformat«, las er, ruhig atmend und ohne einen einzigen Versprecher, »ist diese unmögliche Art, wie in unserem Land mit der Frage der individuellen und sozialen Rechte umgegangen wird.«

Frisch sah ihn bewundernd an.

Ramón suchte die Anfangsseite und las weiter.

»Die Versorger, andererseits gute Föderalisten und somit gute Katholiken, im Wissen, daß dem Volk von Buenos Aires eine einzigartige Bereitschaft innewohnt, sich jeglichem Gebot zu fügen … Soll ich weitermachen?«

»Nein, nein. Wie hast du …«

»Das hast du mir beigebracht. Und mein Vater.«

Frisch verfiel in ein langes Schweigen.

»Was ist das für ein Buch, aus dem du mir da vorgelesen hast?« erkundigte er sich beunruhigt.

»Es heißt *El matadero*, der Schlachthof, und geschrieben hat es einer mit Namen Echeverría.«

»Echeverría war Sozialist«, bemerkte Frisch. »Auf seine Weise.«

»Gibt es verschiedene Weisen?«

»Nein, nein, vergiß es … Er war Sozialist. Und jetzt essen wir etwas und gehen ins Bett, es ist schon spät.«

»Und Furmann? Hat der einen Platz, wo er etwas zu essen kriegt und schlafen kann?«

»Ja, mach dir keine Sorgen. Er ist zur Druckerei eines Genossen gegangen.«

»Genosse?«

»Auch ein Sozialist.«

Über dem Gedanken, daß nur noch ein Monat bis zum 2. November fehlte, an dem Ramón sieben Jahre alt würde, schlief Frisch ein. »Es muß an der Einsamkeit liegen«, überlegte er, »daran, daß er keine Mutter hat. Wenn einer nicht dabei draufgeht, wird etwas aus ihm.« Er würde all das mit Roque bereden müssen.

11. Das Haus der Begierden

> Das Orchester, das sich bei dem Tumult zerstreut hatte, formierte sich augenblicklich wieder.
>
> MANUEL GÁLVEZ, Nacha Regules

Jener 2. Oktober 1881, an dem Ramón seinen ersten politischen Dialog bestritt und Kenntnisse an den Tag legte, die ihm Macht und Bewunderung einbrachten, war für alle ein entscheidender Tag.

Roque erwachte um elf.

Ciriaco Maidana stand am Tisch und wünschte ihm einen guten Morgen.

»Gespenst, Gespenst!« sagte Roque mit gespieltem Vorwurf und richtete sich im Bett auf. »Man sieht dich zu oft.«

»Ich mag ja ein schlechtes Gespenst sein«, verteidigte sich der tote *compadrito*, »aber dafür bin ich ein guter Geschäftspartner. Das kannst du nicht abstreiten.« Ohne zu zögern, akzeptierte er das Du, das Roque soeben in ihren bislang ernsten, förmlichen Umgang eingeführt hatte.

»Ich könnte mir keinen Besseren wünschen.«

»Wir haben es schon zu einem schönen Sümmchen gebracht.«

»Peso für Peso haben wir inzwischen zweitausend zusammen, Ciriaco.«

»Und es ist nur deshalb nicht mehr, weil du so darauf bedacht bist, den Anschein zu wahren.«

»Ich will nicht mit durchgeschnittener Kehle enden wie

du, und in der Welt des Hahnenkampfs herrscht Mißtrauen, wie du ja weißt.«

Roque stieg in seine Hose und griff nach Handtuch, Seife, Rasierpinsel und Messer.

»Ich geh mich waschen. Warte bitte hier auf mich. Man sollte wohl besser nicht den Eindruck haben, ich führe Selbstgespräche.«

»Ich warte. Ich hab's nicht eilig. Außerdem kann man dort zu jeder Tageszeit hinkommen.«

»Wohin?«

»Zu Piera.«

»Heute, am Sonntag? Da ist es bestimmt voll.«

»Dort ist es immer voll.«

»Eigentlich wollte ich Posse besuchen.«

»Sara, meinst du.«

»Ja, Sara, Sara. Ich hoffe, du hast nichts dagegen.«

»Nein, nein ... Es ist normal, daß du sie sehen willst. Sie ist hübsch. Und du bist Teil ihres Schicksals. Aber Tatsache ist auch, daß sie in deinem nicht die geringste Rolle spielt.«

»Wieso? Warum sagst du das?«

»Weil Sara jung sterben wird. Und weil dir Piera gefällt.«

»Was weißt du denn schon!« brauste Roque auf. »Du kommst aus der Vergangenheit, nicht aus der Zukunft! Beschränke dich auf deine Erinnerungen und geh mir nicht mit Wahrsagereien auf die Nerven, Ciriaco!«

Er schlug mit der Faust auf den Tisch.

»Man wird dich für übergeschnappt halten«, mahnte Maidana. »Ein erwachsener Mann wie du, der allein vor sich hin zetert!«

Gestikulierend stürmte Roque aus dem Zimmer.

Als er eine halbe Stunde später zurückkehrte, hatte er sich beruhigt und einen Entschluß gefaßt.

»Gehen wir zu Piera«, sagte er. »Wir müssen Manolos Problem lösen.«

»Gehen wir«, stimmte Maidana zu, »aber vorher will ich dir zwei Dinge sagen.«

»Nur zu«, forderte Roque ihn auf, während er das Hemd überstreifte.

»Drei«, korrigierte sich Maidana, »es sind drei Dinge. Erstens: Ich komme nicht aus der Vergangenheit. Auch nicht aus der Zukunft. Ich bin zeitlos, außerhalb der Zeit, nichts weiter. Zweitens: Mach dir nichts vor. Du gehst nicht wegen dem jungen Posse zu Piera, sondern weil du selbst hinwillst. Und drittens: Quäl dich nicht länger. Du brauchst dich nicht mehr im Hof zu rasieren und mit eiskaltem Wasser zu waschen. Du kannst jetzt in einem besseren Haus wohnen.«

Roque bemerkte lediglich zum letzten Satz etwas.

»Gemach, gemach … Wir haben Frühling. In den nächsten Monaten wird es nicht kalt. Besser, ich mache keine zu großen Sprünge und falle nicht auf mit dem Geld. Vor dem Winter suche ich in Ruhe eine neue Wohnung.«

Er kleidete sich fertig an, und sie gingen hinaus.

Pieras Haus lag im Westen, in Almagro, weit weg von den typischen Bordellbezirken, noch hinter der Calle Centroamérica, die später Pueyrredón heißen würde, umgeben von *quintas* und Molkereien, die Basken gehörten. Die Straßenbahn brachte sie die Calle Victoria hinauf bis zur Endstation bei den Corrales de Miserere. Von dort gingen sie zu Fuß weiter. Das Gebäude, das Roque noch nie gesehen hatte, paßte nicht in diese Gegend von Buenos Aires: ein zweistöckiger Block in der Mitte eines Grundstücks, umgeben von einem wild wuchernden, üppigen Garten, dessen dichtes Buschwerk die Kutschen der Gäste verdeckte. Ein über drei Meter hoher Zaun umgab das Ganze und verlieh ihm das Aussehen einer Haftanstalt.

Diesen Eindruck sollte die Inneneinrichtung jedoch revidieren. Immerhin war es die Intelligenz der Sinnenfreuden, die Toulouse-Lautrec den Anbruch des neuen Jahrhunderts an Orten wie diesem abwarten ließ.

Sie schlugen den schweren bronzenen Türklopfer in Form eines Kuhkopfes gegen das riesige Tor. Der schwarze Diener Juan Manuel ließ sie durch eine kleine Seitentür ein und geleitete sie in das Empfangszimmer.

Piera war ganz in Rot. Die Transparenz ihrer Haut, die das großzügige Dekolleté freigab, brachte die Pechschwärze ihres Haares besonders zur Geltung.

»Ich freue mich, Sie zu sehen, Roque«, begrüßte sie ihn.

»Wie geht es Ihnen, Piera?« gab er lediglich zurück, womit er die Erwiderung ihrer Erklärung vermied.

In dem Salon, an dessen mit lilafarbenem Satin bespannten Wänden goldgerahmte Spiegel hingen, gab es Tische, ein Podium für die Musiker, eine Theke und eine Tanzfläche wie in jedem beliebigen Kabarett. Die Frauen, die mit den Kunden plauderten oder übertrieben laut über deren dumme Scherze lachten, waren schön. Roque blieb am Eingang stehen und besah sich die Szenerie.

Drei Männer spielten einen Tango. Helle Klavier-, Flöten- und Geigentöne untermalten die Pikanterie des Liedes, das eine schelmische Mulattin mit feinen Gesichtszügen fast kreischend zum Besten gab und zum Entzücken des Publikums mit knappen, aber eindeutigen Gesten begleitete.

Roque erkannte unter den Anwesenden einen General Roca nahestehenden Rechtsanwalt. Piera, die ihm gefolgt war, las es aus seinem Blick.

»Hier hat niemand einen Namen«, warnte sie.

Roque trat an die Theke, und sie begleitete ihn.

Eines der Mädchen servierte die Getränke.

»Was möchten Sie trinken? Das geht aufs Haus«, sagte Piera.

»Gin. Ihr Pianist ist furchtbar.«

»Hab ich schon gemerkt. Ich bin ja nicht taub. Aber ich finde keinen besseren. Sie wollten mit mir über die Musiker reden, nicht wahr?«

»Schmeißen Sie sie raus, und holen Sie sich zwei Bandoneons. Sie sind trauriger. Wahrhaftiger.«

»Kennen Sie jemanden?«

»Ich biete sie Ihnen hiermit an.«

Sie sprachen, wobei sie nebeneinander auf hohen Barhockern saßen, und sahen sich dabei in dem großen Spiegel hinter dem Tresen in die Augen.

»Die Leute mögen Flötenmusik. Sie klingt nach Glück.«

»Wechseln Sie doch ab. Ein bißchen Flöte … aber nicht dauernd das gleiche. Es wird immer jemanden geben, der sein Herz ausschütten will: Das Bandoneon wird ihm dabei hilfreich sein.«

Er hielt kurz inne.

»Es ist eine andere Art von Glück«, sagte er dann, im Bewußtsein, daß zwischen ihnen beiden etwas Neues entstanden war.

Sie senkte den Kopf.

»Wenn Sie wollen, probieren wir es«, schlug sie vor.

»Morgen ist hier sicher weniger Betrieb.«

»Vor sechs Uhr ist niemand da, montags mache ich erst um diese Zeit auf.«

»Ich bringe die Jungs her, dann können Sie sie sich anhören.«

Piera drehte sich halb um und warf einen Blick in den Salon.

»Sind Sie sicher, daß Sie keines der Mädchen haben wollen?«

»Ganz sicher.«

»Warum nicht?« fragte sie und sah nicht mehr in den Spiegel, sondern ihn direkt an.

Roque sah sich gezwungen, sich umzuwenden und von Angesicht zu Angesicht mit ihr zu sprechen. Sie waren sich sehr nah.

»Erstens: Weil mich grundsätzlich keine Frau interessiert, der es egal ist, ob sie es mit mir oder einem anderen treibt, solange ich nur zahle. Da habe ich meinen Stolz.«

Bedächtig nahm er einen Schluck, sein Spiegelbild vage im Augenwinkel.

»Und zweitens?« hakte sie nach.

»Zweitens: Weil hier eh nur eine einzige Frau ist, die mich interessiert, und das sind Sie. Und dabei weiß ich nicht einmal Ihren Namen.«

Piera glitt vom Barhocker und nahm Roque bei der Hand.

»Komm«, sagte sie.

Sie ging ihm voraus auf die Treppe zu, hielt aber nach ein, zwei Schritten inne.

»Du hast ein Auge auf alles!« befahl sie dem Mädchen hinter der Theke.

Die Wände im ersten Stock waren statt in Violett in Purpur gehalten.

Pieras Zimmer war vollständig mit Spiegeln ausgekleidet.

Sie ließ Roque eintreten und schloß ab. Mit dem Rücken zu ihm blieb sie an der Tür stehen.

»Knöpf mir das Kleid auf!« sagte sie knapp, keinen Widerspruch duldend.

Roque gehorchte mit zögernden Fingern. Darunter trug sie nichts. Als kurz unterhalb der Taille der letzte Knopf nachgab, stand Piera mitten in einem Haufen roten Stoffes. Sie wandte sich um und schritt in die Mitte des Zimmers. Er betrachtete sie geblendet, wie sie sich langsam um die eigene Achse drehte, einmal, zweimal, dreimal, während sie ihr tiefschwarzes Haar löste, so daß es über

Nacken und Schultern bis zur Rundung ihres Hinterns herabfiel.

»Na?« fragte sie stolz, als sie wieder stillstand, breitbeinig, die Hände in die Hüften gestützt, den Mund zu einem Lächeln halb geöffnet.

»Wunderbar.«

»Jetzt zieh du dich aus.«

Roque machte Anstalten, auf sie zuzugehen.

»Nein, bleib, wo du bist.«

»Hier?«

»Da. Hast du dich noch nie vor einer Frau ausgezogen?«

»Nein.«

»Dann ist es eben das erste Mal.«

»Wenn es sein muß …«

»Es muß sein.«

Roque legte seine Kleider ab. Die Spiegel, die sein Bild ebenso vielfältig reflektierten wie das ihre, halfen ihm dabei. So gelang es ihm, der Lächerlichkeit zu entgehen, die er sehr fürchtete. Als sein Oberkörper nackt war, nahm er sich als nächstes die Schuhe vor. Um anschließend nicht in Socken dazustehen, legte er die Füße bloß. Auch die Vorstellung, sich in Unterhosen zu zeigen, behagte ihm nicht, und so streifte er sie zusammen mit der Hose herunter, wobei seine Erektion zutage trat, die er mit den Händen zu bedecken versuchte.

»Warum versteckst du dich? Du bist doch gut gebaut! Was meinst du wohl, was ich sehen will? Einen Toten?« sagte Piera herausfordernd.

Roque ließ die Arme sinken und wartete. Er versuchte nicht länger, die Kontrolle zu behalten, und somit überraschte ihn auch ihre nächste Anweisung nicht.

»Der Spiegel da in der Ecke«, erklärte sie, »ist eine Tür. Sie führt ins Bad. Dort gibt es heißes Wasser. Ich warte im Bett auf dich.«

Schon allein dieses sinnliche Vergnügen hätte ihn für die Mühen des Tages entschädigt: Seit seinem Auszug aus Posses Haus hatte er nichts Vergleichbares mehr genossen. Er blieb lange in der Wanne, und nur die Aussicht auf das verheißungsvolle Weib, das in so unmittelbarer Nähe auf ihn wartete, vermochte ihn dieser Wonne zu entreißen.

Piera lag ausgestreckt auf dem Bettüberwurf aus schwarzem Lamé, der ihre helle Haut und den roten Lack auf ihren Zehennägeln zum Leuchten brachte.

»Mein Name ist Teresa«, eröffnete sie ihm.

Roque trocknete sich mit dem Handtuch den Hals fertig ab und näherte sich dem Bett. Er setzte sich neben sie, streichelte ihre Hand und ihren Bauch.

»Sei sanft«, bat sie ihn. »Es ist über zwei Jahre her, daß ich mit einem Mann geschlafen habe.«

Sie sah das Erstaunen in seinen Augen.

»Die Huren sind hier die anderen«, setzte sie leise hinzu.

»Schon klar.«

Dann küßte er sie.

12. Eine ungelegene Leiche

Macht dich das nicht traurig?
Also, ich weiß nicht recht, was mich dabei überkommt…

EVARISTO CARRIEGO, Los viejos se van

Ciriaco Maidanas hektischer Schatten glitt durch die geschlossene Tür, kurz bevor die diskreten Fingerknöchel des schwarzen Juan Manuel anklopften. Roque und Piera wurden vom aufgeregten Drängen des Geistes aus dem Schlaf gerissen. Kaum eine Sekunde später verstärkte der Diener den Alarm.

»Was zum Teufel ist los?« fragte Roque verwirrt.

»Augenblick, Juan Manuel!« rief Piera. »Rede, Maidana!«

»Da braucht jemand Hilfe«, sagte der Geist.

»Wer?«

»Ein sehr wichtiger Mann, der mit einem anderen sehr wichtigen Mann hierhergekommen ist. Und dieser andere wichtige Mann hat in den Armen einer Dame den ewigen Frieden gefunden.«

»Was weißt du schon vom ewigen Frieden?« knurrte Roque.

»Nur so eine Redensart«, gestand der *compadrito* zu.

In aller Eile zogen sie sich an und ließen den schwarzen Diener eintreten.

»Señor Rosas wird Ihnen berichten, was vorgefallen ist«, sagte Maidana feierlich.

»Wer ist Señor Rosas?« fragte Roque irritiert.

»Ich«, antwortete Juan Manuel voller Stolz. »Mein Vater

war ein Freigelassener von Präsident Rosas, dem *Restaurador*. Was dagegen, daß ein Neger einen so großen Namen hat?«

»Nein, solange Ihr Vater nichts dagegen hat...«

»Der hat gegen gar nichts mehr etwas. Er wurde in Paraguay getötet.«

»Jetzt reicht's aber mit dem Blödsinn!« schrie Piera.

»Mit Verlaub, Señora, für mich sind das ernste Dinge.«

»Ist ja gut, ist ja gut. Ich will jetzt endlich wissen, wer gestorben ist«, verlangte sie und beendete die Diskussion mit einer Handbewegung. In ein schwarzes Negligé gehüllt, saß sie auf einem Rohrhocker mitten im Zimmer. Roque betrachtete ihr offenes Haar und dachte, daß es das schönste war, das er seit langem gesehen hatte.

»Senator Huertas.«

»Verdammte Scheiße! Ausgerechnet der!«

»Tut mir leid, Señora. Es hat ihn bei meiner Schwester im Bett erwischt.«

»Wie lange ist das her?«

»Kaum eine Minute.«

»Eine Katastrophe!«

»Der Freund des Senators sagt, das läßt sich regeln, wenn ihm jemand zur Hand geht, um ihn wegzuschaffen.«

»In Seidenpapier gewickelt, wenn nötig!«

»Gehen wir rüber?« schlug Roque vor.

»Der Tote sieht gut aus, präsentabel, meine ich«, erklärte Rosas. »Sie hat auf ihm gesessen. Und genau so hat sie ihn liegengelassen, auf dem Rücken.«

Alle zusammen gingen sie in das Zimmer, in dem sie der Freund des Senators bereits erwartete. Der Leichnam lag tatsächlich rücklings auf dem zerwühlten Bett.

Das Mädchen, im Morgenmantel, war noch bei ihm. Roque erkannte die Mulattin, die er zuvor hatte singen hören.

Ein blonder, elegant gekleideter und übermäßig parfümierter Mann mühte sich redlich, dem Verblichenen die Schuhe anzuziehen.

»Machen Sie sich nicht verrückt«, sagte Roque zur Begrüßung, »zusammen kriegen wir das schon hin. Ist er schon steif?«

»Nein, noch nicht«, antwortete der andere, entschlossen, einen Fuß in den Schuh zu stopfen.

»Wir sollten uns beeilen. Rosas, das Hemd!« verlangte Roque, faßte den Toten bei den Händen und zog ihn hoch.

Der Schwarze stützte den Körper, während Roque ihm einen Ärmel überstreifte. Dann zerrten sie das Hemd über den Rücken und zwangen zuletzt den anderen Arm hinein.

»Jetzt die Jacke. Die Krawatte zum Schluß.«

Sie brauchten etwa eine Viertelstunde, ihn vollständig anzuziehen.

Roque ließ sich schwitzend am Fußende auf dem Boden nieder und bat um eine Zigarette. Der Blonde reichte ihm eine und gab ihm mit einem englischen Streichholz Feuer.

Piera beobachtete das Ganze aus einiger Entfernung und sagte kein Wort.

»Was können wir für Sie tun?« fragte Roque.

»Ich muß ihn mitnehmen. Er darf unmöglich hier sterben.«

»Er ist hier gestorben.«

»Aber das ist doch ehrenrührig.«

»Verstehe. Er ist eine bedeutende Persönlichkeit.«

»Eben. Und er hat ein Haus auf dem Land. Eine *quinta*. Weit weg. Ein Stück hinter San José de Flores. Um diese Jahreszeit ist dort kein Mensch.«

»Wie gedenken Sie dann seine Anwesenheit dort zu erklären?«

»Ein politisches Treffen. Ich werde Zeugen haben. Seiner Frau wird diese Geschichte reichen.«

»Aber Ihnen wird es nicht reichen, seine Frau zu überzeugen.«

»Doch. Den Rest übernimmt sie dann schon.«

»Wie sind Sie hierhergekommen?«

»Mit einem Kabriolett. Es steht im Garten. Aber Sie sehen wohl ein, daß ich ihn mit einem solchen Fahrzeug nicht wegbringen kann. Wenn ich ihn neben mich setze, fällt er raus.«

»Also gut«, sagte Roque und stand auf. »Wie spät ist es?«

Der andere zog eine massivgoldene Uhr aus der Westentasche, öffnete sie und starrte mit gerunzelten Brauen darauf.

»Fünf«, verkündete er.

»Um sieben ist es stockdunkel. Halten Sie sich bereit. Ich komme Sie abholen.«

»Mich auch? Es ist Huertas, der wegmuß.«

»Sie sind der einzige, der weiß, wohin«, sagte Roque barsch zu dem Blonden, dann vertrauensvoll zu Piera: »Gibt es ein Pferd im Haus?«

»Natürlich.«

Juan Manuel ging voran in einen Raum, den seine Herrin den Privatsalon nannte: ein kleines Speisezimmer mit Fenster zum Garten, dem ein Eichentisch mit einer weißen Spitzendecke und passende solide Stühle eine neutrale Atmosphäre verliehen, unentbehrlich zu großen Gelegenheiten. Der Verstorbene und sein Spießgeselle blieben allein zurück.

Unter dem Fenster befand sich eine lackierte Anrichte. Piera entnahm ihr Gläser und eine Flasche Gin.

»Das gefällt mir ganz und gar nicht«, sagte Maidana.

»Wie sollte es auch«, pflichtete Roque ihm bei, leerte sein Glas in einem Zug und füllte es wieder auf. »Das stinkt zum Himmel, wie du es auch drehst und wendest. Aber keine Sorge. Das regeln wir schon. Wenn Piera es für nötig hält.«

»Es ist nötig. Wenn ich die Polizei hole, ist mein Laden leer. Und zwar für immer. Der Kadaver muß hier verschwinden, ohne daß jemand etwas merkt.«

»Dann lassen wir ihn verschwinden. Tu mir einen Gefallen … gib diesem jungen Mann einen Lindenblütentee mit einem Schuß Gin und etwas Laudanum … Ich nehme an, du hast welches. In diesem Geschäft wird das sicher manchmal gebraucht. Ich möchte, daß er schläft, wenn ich zurückkomme.«

»Was hast du vor, Roque?« wollte Piera wissen.

»Das weiß ich selbst noch nicht genau. Wo ist das Pferd?«

»Juan Manuel bringt dich hin.«

Der Stall nahm die rückwärtige Hälfte des Hauses ein. Er bot Platz für drei Tiere, es standen aber nur zwei darin: genug für die Berline, mit der Piera auszufahren pflegte.

»Sie ist hübsch, meine Schwester«, sagte Rosas auf dem Weg dorthin.

»Sehr«, stimmte Roque zu. »Übrigens, wie heißt sie?«

»Encarnación. Aber alle nennen sie Tita.«

»Sag ihr, sie soll sich weder anziehen noch zurechtmachen. Ich will, daß sie genauso aussieht wie in dem Moment, als der … Unfall passiert ist.«

»Gefällt sie Ihnen so …?«

Es dauerte einen Moment, bis Roque die Andeutung des Dunkelhäutigen verstand. Als er den Sinn der Worte begriff, beschloß er, darüber hinwegzugehen.

»Mag sein …«, murmelte er.

Was Roque in den folgenden zwei Stunden zuwege brachte, war im Hinblick auf die damaligen Geschwindigkeitsstandards nahezu unvorstellbar.

Als er bei Piera aufgebrochen war, ritt er nach Süden zu den Corrales Viejos. Um halb sechs erreichte er den gepflasterten Fuhrhof eines Hauses in der Straße, die später Calle Urquiza heißen sollte. Er band das Pferd an und brauchte nicht einmal zu klopfen: Ein Mann trat aus dem Haus, um zu sehen, wer gekommen war.

Der Mann sah älter aus, als er war. Seine unsteten Augen verrieten Furcht und Habgier. Roque wandte den Blick von seinem dunklen Hemd und den verdreckten Hosen, deren Säume über ausgetretene Strohschuhe fielen. Darüber trug er eine Schürze.

»Roque!« sagte er verwundert.

»Wie geht's, Severino?«

»Wie üblich. Kein Geld. Das letzte, das du mir gegeben hast, ist für Chemie draufgegangen. Silbernitrat und so.«

»Willst du dir fünfzig Pesos verdienen?«

»Nicht gerade viel, aber …«

»Achtzig. Ich will ordentliche Arbeit.«

»Komm rein, Roque, und wir unterhalten uns. Ich hab ein bißchen Gin.«

»Laß mal. Leg dein Zeug bereit. Ich komme dich in einer Stunde holen, ich bin in Eile.«

»Ist es … schwierig?«

»Vielleicht. Es sind zwei Kunden. Einer davon tot.«

»Der ist einfach.«

»Der andere ist am Leben und wird wohl über deine Anwesenheit nicht gerade erfreut sein. Aber keine Rose ohne Dornen, hab ich recht?«

»Tja.«

»Der Ort ist … dunkel.«

»Macht nichts.«

Eine Stunde später war Roque wieder da. Er war nach Hause geritten, hatte sein eigenes Pferd eingespannt und war mit der *chata* zurückgefahren. Severino erwartete ihn vor der Tür. Er hatte die Schürze gegen eine Jacke getauscht und trug einen Hut. Roque half ihm, seine Gerätschaften auf dem Wagen zu verstauen und mit einer Plane abzudecken, mit derselben, die später die Leiche des verblichenen Senator Huertas verbergen würde.

Der Schwarze Rosas hielt ihnen das Tor auf und schloß es, kaum daß der Wagen in den Garten gerollt war. Die *chata* sollte vor indiskreten Blicken geschützt sein. Sie fuhren hinter das Haus.

»Ich nehme an, es gibt einen zweiten Ausgang«, vermutete Roque.

»Gibt es.« Juan Manuel grinste. »Da drüben.« Er wies auf eine kleine Tür direkt neben dem Stall. »Niemand wird uns sehen.«

»Ausgezeichnet. Hilf meinem Freund Severino, seine Sachen hochzutragen, ohne daß euch jemand sieht oder hört.«

Er ließ sie allein.

In dem Privatsalon warteten Piera, Maidana und die Mulattin Tita.

»Fertig«, verkündete er, als er Platz genommen hatte. »Wie geht's unserem blonden Freund?«

»Eben hat er noch geschlafen«, erwiderte Piera.

»Wo?«

»Auf dem Sessel neben dem Bett.«

»Sehr gut. Er soll nur weiterschlafen. Sind Kunden da?«

»Unten.«

»In der nächsten halben Stunde darf niemand über den Flur kommen.«

»Ich sag den Mädchen Bescheid«, erbot sich Tita.

»Du bleibst hier. Das soll Piera machen.«

Der Schwarze streckte den Kopf ins Zimmer.

»Es ist soweit«, verkündete er.

Roque zeigte Severino, wo er das Stativ aufstellen sollte.

»Du mußt die Aufnahme von hier aus machen, genau in dem Moment, wenn ich die Tür öffne. Das ganze Zimmer sollte drauf sein. Zwei Platten wären besser als eine, aber falls der Kerl von dem Blitz aufwacht, schnappst du dir das Photo, das du schon hast, und haust ab.«

Ehe er fortfuhr, inspizierte Roque das Zimmer. Der Blonde schlief tief und fest, das Kinn auf der Brust. Mit einer Handbewegung forderte er den Photographen auf, sein Motiv zu begutachten.

»In Ordnung«, flüsterte Severino, »das geht.«

Piera ging die Mulattin holen.

»Zieh dich ganz aus«, forderte Roque sie auf. »Du mußt dich aufs Kopfkissen setzen, zwischen den Toten und den anderen. Du mußt gut zu erkennen sein.«

Das Mädchen reichte Piera den Morgenrock und schlich ins Zimmer.

Severino rückte das Objektiv zur Tür, schlüpfte mit Kopf und Schultern unter das Tuch und machte die Kamera bereit.

Dann bereitete er zwei Magnesiumladungen vor. Zur Sicherheit auf zwei Halterungen. Eine reichte er Piera.

»Los geht's!« sagte er, den Auslöser in der einen, das Blitzlicht in der anderen Hand.

Roque öffnete die Tür bis zum Anschlag.

Die kurze, grelle Stichflamme blendete die Mulattin, der Blonde zuckte jedoch mit keiner Wimper.

»Das zweite, schnell!« raunte Roque.

Severino wechselte die Platte und wiederholte die Operation.

Der Blonde regte sich auf seinem Sessel.

Roque trat ins Zimmer und schloß die Tür.

Er wartete ein paar Minuten. Als es auf dem Flur ruhig war, schickte er Tita hinaus und näherte sich dem Schlafenden. Er legte ihm die Hand auf die Schulter und rüttelte ihn.

»Hören Sie, Freundchen«, sagte er hart.

»Ja?« Der andere schlug die Augen auf.

»Was ist los mit Ihnen? Geht's Ihnen nicht gut?«

»Doch, natürlich.« Der Blonde räusperte sich. »Ich bin nur eingenickt, sonst nichts.«

»Waschen Sie sich das Gesicht in dieser Schüssel und bringen Sie Ihre Klamotten in Ordnung. Wir fahren gleich.«

Er ging, während der andere sich kämmte und im Spiegel seine Augenringe betrachtete.

Erst als die Photographien entwickelt waren, kam Roque zurück.

13. Seltsame Orte

Um in sein Haus gelassen zu werden,
mußte man sich erst verdient machen.

ELÍAS CASTELNUOVO, Calvario

Auf der Fahrt lag der Blonde mit dem Toten zusammen unter der Plane verborgen am Boden der *chata.* Ab den Corrales de Miserere hielt sich Roque parallel zu den Schienen der Straßenbahn von Mariano Billinghurst und gelangte in den westlichen Teil der Stadt über den ehemaligen Camino de los Reinos Arriba. Der führte bereits den bescheideneren Namen Calle Real, hatte es aber noch nicht zu seinem pompösesten, Avenida Rivadavia, gebracht. Umsichtig durchquerte er die berüchtigte Gegend von Caballito, ein unbebautes *Lunfardo*-Viertel, an dem die Eisenbahn auf einem unendlich hohen Damm gleichgültig vorüberglitt. Er fuhr am Anwesen der Familie Lezica und an der *pulpería* vorbei, deren Wetterfahne in Form eines weißen Pferdchens der Bezirk seinen Namen verdankte, und setzte seinen Weg durch San José de Flores fort, wo der eklektische Baustil der *quintas* andalusische Klarheit mit dem feierlichen, überzeugten Rokoko der Franzosen verband.

Hie und da begegneten sie offenen Kutschen, deren Insassen die Passagiere der *chata*, wären diese zu sehen gewesen, mit ziemlicher Sicherheit erkannt hätten. Nur Ciriaco Maidanas stumme Gegenwart neben ihm auf dem Bock beruhigte Roque, dem es nicht geheuer war, den Blonden im Rücken zu haben.

Endlich brachte er das Gefährt auf offenem Feld zum Stehen.

In der Ferne konnte man ein paar Häuser ausmachen, doch waren sie weit weg und der Mond schien nur schwach.

»Kommen Sie raus!« rief Roque.

Der Blonde zog den Stoff, unter dem er lag, ein Stück weg und ließ sein Gesicht sehen.

»Sind Sie sicher?«

»Seien Sie kein Hasenfuß! Niemand sieht Sie. Wir sind auf dem freien Land, und es ist stockschwarze Nacht.«

Der junge Mann rappelte sich mühsam auf und setzte sich neben Roque. Maidana rutschte zur Seite, zog sich aber nicht zurück.

»Wissen Sie, wo wir sind?« erkundigte sich Roque.

Der Blonde hatte Schwierigkeiten, die Augen an das diffuse, meist trügerische Mondlicht zu gewöhnen.

»Da drüben liegt Flores«, sagte er und zeigte in die entsprechende Richtung. »Und das ist die Laterne in der Calle Real. Die letzte.«

»Ja.«

»Also wohnt dort drüben Raimundo Ginés.«

»Sie müssen es wissen.«

»Klar weiß ich das!«

»Wo geht's also lang?«

»Immer der Wagenspur nach.«

Roque befolgte die Anweisung. Sie fuhren etwas mehr als eine Meile geradeaus nach Norden. An einer Kreuzung wies der Blonde nach Westen. Nach einer weiteren halben Meile konnten sie das Landhaus erkennen: ein dunkler Fleck in der Finsternis rundum.

Das Haus war bemerkenswert bescheiden, wenn man bedachte, welcher Klasse der Verstorbene angehörte: gerade mal vier Zimmer, deren Fenster alle zur Außenseite gingen, ohne Innenhof.

Der erste Raum rechts diente als Wohnzimmer und Büro. Dort legten sie den Leichnam auf ein abgeschabtes Sofa.

»Hier!« sagte der Blonde befriedigt und prüfte das Gesamtbild. »Wer sollte bezweifeln, daß er hier gestorben ist?«

»Ich wüßte nicht, wer.«

»Kein Mensch, mein Freund, kein Mensch!«

In der Mitte des Zimmers stand ein kleiner Schreibtisch, dem ein Drehsessel etwas Amtliches verlieh. Strahlend ging der junge Mann darauf zu.

»Endlich ist dieser Alptraum vorbei!« rief er freudig, wobei er eine Pistole aus der Schreibtischschublade nahm. Es war eine Duellwaffe mit kurzem Griff und kleinem Kaliber, aber ausreichend, um aus drei Schritt Entfernung einen Mann umzubringen.

»Machen Sie keinen Unsinn!« warnte Roque. »Wenn ich nicht nach Buenos Aires zurückkomme, sind Sie am Ende.«

»Wieso? Weil Ihre Freunde reden würden? Wer sollte auf die schon hören? Sie sind, was sie sind, oder nicht? Nutten, Neger… Abschaum.«

»Soweit Sie sie gesehen haben, eine Nutte, ein Schwarzer und eine schwarze Nutte. Drei, macht mit mir vier. Aber den fünften, den haben Sie nicht gesehen.«

»Den fünften?«

»Den Photographen.«

»Was für einen Photographen?« kreischte der Blonde.

»Den, der Sie porträtiert hat, während Sie geschlafen haben. Seite an Seite mit Ihrem Freund und der Schwarzen, die das zweifelhafte Vergnügen mit ihm hatte.«

»Sie wollen mich auf den Arm nehmen«, sagte der junge Mann mißtrauisch.

»Zwei Photos. Eins hab ich hier im Hemd«, erklärte Roque regungslos, um jede abrupte Bewegung zu vermeiden, die zu Mißverständnissen hätte führen können.

»Zeigen Sie her!«

»Nehmen Sie die Waffe runter.«

Der junge Mann gehorchte, und Roque schob die Hand unter das Hemd. Maidana ließ die Pistole nicht aus den Augen, griff aber aus Rücksicht auf seinen Freund nicht ein.

Das Bild genügte, das Blatt zu wenden.

»Täuschen Sie sich nicht. Hier bin ich derjenige, der das Sagen hat«, stellte Roque klar. »Und ich will wissen, wer Sie sind. Oder soll ich lieber herumfragen und das Photo zeigen, um das herauszufinden?«

Die Pistole blieb vergessen auf dem Schreibtisch liegen.

Der Blonde ließ sich in den Drehsessel fallen.

»Ich bin Mariano Huertas, der Neffe des Senators.«

»Gut so. Mein Name ist Roque Díaz Ouro. Ich habe Ihnen einen Gefallen getan. Einen Riesengefallen. Und der hat seinen Preis.«

»Wollen Sie mich erpressen?«

»Ich will ein Geschäft mit Ihnen machen. Als Gegenleistung für einen Gefallen. Das scheint mir angemessen. Die Polizei wäre Sie teurer zu stehen gekommen. Wir wissen beide zur Genüge, daß jeder x-beliebige Polizist das Problem für Sie gelöst hätte. Wenn Sie es vorgezogen haben, sich mir anzuvertrauen, dann wohl nur, weil Sie sich denen nicht ausliefern wollten. Ich werde nicht viel von Ihnen verlangen.«

»Wieviel?«

»Ein paar Pesos und eine Unterschrift.«

»Eine Unterschrift?«

»Ich beabsichtige, meine eigene Hahnenkampfarena zu eröffnen. Sie werden mein Partner. Und natürlich der Geldgeber. Darüber hinaus haben Sie keine Verpflichtungen und erhalten jeden Monat ihren Anteil am Gewinn. Sollten wir uns nach der Unterzeichnung der Papiere jemals wiedersehen, dann nur, weil Sie sich danebenbenommen haben. Ein *reñidero* wirft ordentlich was ab, wenn die Polizei sich nicht blicken läßt. Ein anständiges Lokal.«

»Einverstanden.«

»Und keine krummen Sachen! Ich hab Sie beim Arsch. In ein paar Tagen wird Sie ein Anwalt aufsuchen.«

»Verstehe.«

»Was Sie jetzt nicht verstehen, werden Sie morgen bei Tageslicht verstehen.«

Maidana grinste.

»Packen Sie die Pistole weg. Ich nehme Sie mit. Immerhin sind wir ja Partner, und ich werde Sie nicht hierlassen. Legen Sie sich in den Wagen. Sie fahren genauso zurück, wie Sie gekommen sind. Wenn wir in meinem Wagenschuppen sind, sage ich Ihnen Bescheid.«

»Mein Kabriolett steht bei Piera.«

»Das wird man Ihnen bringen. Sie dürfen sich dort nie wieder blicken lassen.«

Die Rückfahrt ging schnell.

Wie vom Teufel gehetzt, rannte der junge Mariano Huertas aus dem Schuppen und verschwand in den Straßen.

Noch vor Tagesanbruch betrat Roque wieder den *conventillo*.

Frisch war noch wach, und als er die Schritte seines Freundes erkannte, zündete er eine Lampe an und ging zu ihm hinüber.

Er fand ihn auf Ramóns Bettkante sitzend in den Anblick des friedlichen Kindergesichts versunken.

»*Gallego!*« sagte Frisch. »Ich habe eine großartige Neuigkeit!« Der Deutsche schäumte über vor Freude. »Ramón kann lesen! Der Knirps kann lesen, *gallego*! Ist dir klar, was das bedeutet?«

Die Augen der beiden Männer begegneten sich in der Stille.

Langsam stand Roque auf.

»Das ist mir klar«, sagte er mit erstickter Stimme, während ihm zwei Tränen über die Wangen liefen. »Das ist mir klar!« wiederholte er und umarmte Frisch.

»Uns stehen große Dinge bevor«, sagte Frisch bewegt.

Roque löste sich aus der Umarmung und legte seinem Freund die Hände auf die Schultern.

»Es geht schon los, Germán. Es geht schon los. Heute lassen wir Ramón bei Posse. Wir haben zu tun. Beide. Du mußt dein Bandoneon an einem ganz besonderen Ort spielen.«

Niemand beachtete Maidana, zurückgezogen in einem Winkel, den das Licht nicht erreichte.

14. Liebeserklärung

Da ich nicht nach Liebe in ihrer endgültigen Form strebe, perfektioniere ich sie in der Form, die mir gegeben ist.

JUANA BIGNOZZI, Regreso a la patria

Der alte Posse war nicht zu Hause. Sara bat sie in den Innenhof, wo Manolo, das Bandoneon neben seinem niedrigen Korbstuhl, einen süßen Mate nach dem anderen trank.

»Möchtet ihr?« lud er Roque und Ramón ein. »Ich gieße gerade frisch auf.«

Verstört bemerkte er dann, daß sie nicht unter sich waren, und stand ungeschickt auf.

»Ich bin gekommen, meinen Teil unserer Vereinbarung zu erfüllen«, verkündete Roque. »Das ist mein Freund Germán Frisch, der Musiker.«

»Sehr angenehm!« Aufgeregt wischte sich Manolo die schweißige Rechte am groben Stoff seiner Hose ab und reichte sie dem Neuankömmling. »Bandoneonspieler, soviel ich gehört habe.«

»Ja.«

»Ohne Instrument?«

»Das habe ich im Flur gelassen.« Frisch wies hinaus.

»Worauf wartest du noch? Hol's her!« drängte ihn Roque.

Sara brachte noch einen Stuhl aus der Küche, genau so einen wie der, auf dem ihr Bruder saß.

»Was wird das? Ein Wettstreit?« fragte das Mädchen.

»Ganz und gar nicht«, wehrte Roque ab. »Zusammenarbeit.«

Die beiden Männer ließen ihre Instrumente erklingen.

Ramón setzte sich dicht zu ihnen auf den Boden.

Frisch fing an. Manolo versuchte, ihm zu folgen. Etliche Male näherten sie sich einander und entfernten sich wieder, bis sie schließlich zu einer gewissen Einigung gelangten.

»Hör zu«, forderte ihn der Deutsche zwischendurch auf.

Und Manolo lauschte, spielte nach, versuchte es auf immer neue Weise.

So verstrichen dreißig, vierzig Minuten.

Plötzlich spürte Roque Saras Hand in der seinen.

»Komm mit«, flüsterte sie, »ich muß dich sprechen.«

Lautlos zogen sie sich zurück, ohne daß die anderen sich stören ließen.

Im Wohnzimmer hörte Roque zum erstenmal Saras Husten.

Der Anfall war heftig: Sie mußte ihn lange niedergekämpft haben, um sich vor den anderen nicht zu verraten. Er kannte dieses Keuchen nur zu gut.

Sara wandte taktvoll das Gesicht ab und wischte sich mit dem Taschentuch über die Lippen.

Roque trat zu ihr und legte ihr die Hände auf die Schultern.

»Blut?« fragte er.

»Noch nicht«, erwiderte sie, »aber lange kann es nicht mehr dauern. Ich kenne mich damit aus. Meine Schwester Emilia ist daran gestorben.«

»Und Fernanda, Ramóns Mutter.«

»Ich weiß.«

Dann umschlang sie ihn mit den Armen.

»Roque, ich …«, sagte sie und unterdrückte ein Schluchzen, »ich wäre ihm so gern eine zweite Mutter gewesen.«

»Mach dir darüber keine Gedanken.«

»Ich kann nicht umhin. Es tut mir leid für ihn, das läßt sich wohl nicht ändern. Aber es gibt etwas, worum ich dich bitten möchte. Setzen wir uns, bitte.«

Sie wies auf einen Sessel und nahm selbst auf dem ihres Vaters Platz.

Roque kam der Abend in den Sinn, an dem Don Manuel Posse ihm den *facón* übergeben hatte.

Er trug ihn noch immer bei sich.

»Gefalle ich dir?« begann Sara. Die Distanz, die sie zwischen ihn und sich gebracht hatte, zwang zur Ehrlichkeit.

»Sehr«, gestand Roque.

»Hättest du mich geheiratet?«

»Ich habe mehr als einmal darüber nachgedacht, Sara.« Das war nicht gelogen: Bevor er Piera, Teresa, begegnet war, hatte er wirklich daran gedacht. Vielleicht war ihm dieser Gedanke weniger aus männlicher Begierde als aus Sorge um Ramón gekommen, aber daran gedacht hatte er.

»Ich danke dir.«

Sie senkte den Blick. Voll angespannter Unruhe beugte er sich auf seinem Sessel vor.

»Roque«, wiederholte sie, »ich bin noch Jungfrau.«

»Hmm ...« Er lehnte sich zurück.

»Und ich habe nicht die geringste Lust, als solche zu sterben. Trotz meiner Krankheit bin ich jung und reizvoll, oder nicht?«

»Allerdings.«

»Ich will deine Geliebte sein. Vielleicht ist das nicht die beste Art, so etwas zu sagen, aber ich habe das Gefühl, daß ich den ersten Schritt tun muß, weil mir die Zeit davonlaufen würde, ehe du den nötigen Mut aufbringst.«

»Das stimmt.«

»Du bist nicht dazu verpflichtet. Antworte mir nicht sofort. Wenn du mit meinem Vorschlag einverstanden bist, hol mich am Sonntag ab. Du hast sechs Tage Zeit. Und wenn nicht, bleiben wir eben weiterhin gute Freunde.«

Sie ging zurück in den Patio. Roque schaute ihr nach und prägte sich das Bild ihrer Silhouette ein, die sich gegen das hereinfallende Licht abzeichnete. Er blieb sitzen. Seine Beine zitterten. Er fühlte Angst und Schmerz. Beschämt stellte er fest, daß Saras Angebot ihn erregt hatte. Es wäre ihm lieber gewesen, er hätte Piera, Teresa, nicht kennengelernt. Aber nun kannte er sie. Und sie war ihm unentbehrlich.

Er entschloß sich zu einer Lüge, solange Sara am Leben war. Zumindest Sara gegenüber.

Er ging zu den Musikern.

»Laßt uns gehen. Ihr habt einen Auftritt«, erinnerte er sie.

»Ich weiß nicht, ob wir das zusammen machen können, Don Roque«, wandte Manolo ein. »Dieser Kerl ist ein Phänomen!«

»Ich bin ja auch älter«, tröstete ihn der Deutsche.

Sara war in der Küche.

Roque bat sie, auf Ramón aufzupassen, und versprach, ihn noch am selben Abend abzuholen. Keiner der beiden erwähnte den Sonntag.

15.

»Das war der Ursprung seines Vermögens: der Hahnenkampf. Von den Hähnen ging er zu anderen Sachen über. Er weitete seine Geschäfte aus. Und er hat sich nie überarbeitet. Als er starb, war er Teilhaber von etwa fünfzig Firmen unterschiedlichster Art: Cafés, Metzgereien, Gestüte, Möbelfabriken, und er besaß sogar einen Markt, dessen Stände er vermietete. Huertas' Hahnenkampfarena war nur das erste seiner Unternehmen, und er hat es nie selbst geführt: Er übertrug es Frischs Freund Bartolo, weil die Leute seiner Meinung nach an einem solchen Ort lieber einen Kreolen, also einen Einheimischen, sahen. Sechs Monate später, im Herbst 1882, kurz bevor er das Haus in der Calle Alsina kaufte, eröffnete er ein Photographenstudio: Er mietete ein Lokal in der Calle Piedad und ließ Severino Artigas, der ihm bei der Sache mit dem Senator geholfen hatte, sich dort einrichten. Einmal im Monat kam er seinen Anteil kassieren. Nie machte er ihm Vorschriften, und aus Artigas wurde nie ein großer Künstler. Er porträtierte die kleinbürgerlichen Familien der Innenstadt, und das genügte ihm: Brautpaare, Säuglinge, alte Ehepaare zur goldenen Hochzeit...«

»Und das Tabakgeschäft?«

»Das hat er weiterhin betrieben. Ich weiß zuverlässig, daß er 1890 zehn Karren im Einsatz hatte. Und ebensoviele Partner. Angestellte wollte er keine. Die hätten beaufsichtigt werden müssen und niemals so viel eingebracht wie Leute, die auf eigene Rechnung arbeiteten.«

»Wo verbrachte er die Zeit?«

»Tagsüber war er vor allem mit Ramón zusammen. Obgleich er diese Aufgabe immer mit Frisch teilte. Später haben die beiden eine Hauslehrerin für ihn gesucht.«

»Ominöse Geschichte, soweit ich weiß. Das entnehme ich Bemerkungen, die deiner Mutter herausgerutscht sind.«

»Meiner Mutter rutscht nichts raus, Clara. Wenn sie etwas gesagt hat, dann weil sie es für richtig hielt oder wollte, daß du es weißt. Doch bleiben wir bei Roque und dabei, was er mit seiner Zeit anfing: Immerhin ist das, was ich hier erzähle, letztendlich seine Geschichte. Sein Hauptinteresse galt Piera.«

»Das bringt mich auf das Thema Mädchenhandel. War er denn nicht mittendrin in der Welt der Prostitution?«

»Ganz und gar nicht. Er kannte sich natürlich aus, es konnte ihm schwerlich fremd sein. Aber Pieras Haus war außergewöhnlich in fast jeder Beziehung. Zwanzig Jahre später gab es ein vergleichbares Etablissement, Lauras Haus, das Ramón einmal gut kennen sollte. Die Huren übten ihr Gewerbe in der Regel in Bordellen aus, bestenfalls in Tanzschulen, im Grunde Animierlokale unter dem Regiment alter Kupplerinnen, wo sexuelle Abmachungen mit den Tänzerinnen getroffen werden konnten. Männer gingen dorthin zum Tanzen und zur Befriedigung ihrer Sehnsüchte. In einigen gab es auch Spieltische. Man zahlte für die Teilnahme am Tanz: einen, zwei, mit der Zeit bis zu fünf Pesos die Stunde. Mit den Frauen einigte man sich separat. Wenn du dir die Namen der Betreiberinnen solcher Tanzschulen ansiehst, die in den Stadtchroniken zu finden sind, wirst du verstehen, warum Pieras Haus ein Universum für sich war: Was konnte diese Frau mit denen gemein haben, die beispielsweise La China Benicia, Pepa la Chata *oder* La Mondonguito *genannt wurden?«*

»Du lieber Gott, Vero! Diese Namen hast du dir gerade ausgedacht!«

»Aber nein! Sie waren berühmt! Und glaub bloß nicht, daß dort nur Vorstadtrabauken verkehrten, ganz im Gegenteil. Diese Lokale waren voll von Söhnen aus gutem Hause. Einige verloren ihr Leben bei kreolischen Messerduellen, beispielsweise durch die Hand von Typen wie dem berühmten Pancho el

Pesado de los Corrales. *Sie verliebten sich in diese Frauen, weil es wenige andere in der Stadt gab, und meistens ging es schief. Nicht immer: Einige heirateten auch. Ich bin überzeugt, daß es die Ehe war, über die der Tango Einzug in die Salons der besseren Gesellschaft von Buenos Aires fand.«*

»Und die Bordelle?«

»Quilombos *heißen sie. Wenn die Regenerationsbestrebungen kluger Leute in den achtziger Jahren und den folgenden Jahrzehnten auch sonst zu nicht viel nütze waren, so haben sie doch reichlich Informationen zusammengetragen. Den Gemeinderegistern zufolge gab es 1880 fünfunddreißig Rotlichtlokale, verteilt auf La Boca, Miserere und Parque. In Parque befanden sich die teuersten. Aber überall gingen die Frauen dem Gewerbe nach. Die meisten waren Ausländerinnen. Ins Land gebracht von organisierten* caftens. *Die Einheimischen konzentrierten sich eher in den schlammigen Gassen von Temple und in der Calle del Pecado im Stadtviertel Montserrat. Die machten es für ein paar Centavos. Die, die aus Europa angeschleppt wurden, verdienten zwar nicht mehr, dafür aber ihre Zuhälter. Bis zu einem Peso. Und sie schafften siebzig bis achtzig Freier am Tag.«*

»Wenn man davon ausgeht, daß sie acht Stunden zum Schlafen, Essen, Waschen brauchten, macht das alle zwölf Minuten einen Mann.«

»So hatte man die Ertragsrechnung vermutlich aufgestellt. Einige starben nach fünf- oder sechsjähriger Fron, ohne ein einziges Wort Spanisch gelernt oder auch nur einen Bruchteil des Geldes gesehen zu haben, das sie eingebracht hatten.«

»Nicht mal, wenn sie den Freier abkassierten?«

»Sie kassierten nicht. Die Sache funktionierte nach dem Blechmarkensystem, das ja keine Erfindung der porteños *war, sondern wie alles andere, einschließlich der Frauen, aus Europa kam. Der Kunde kaufte eine Blechmarke beim Geschäftsführer und übergab sie dem Mädchen, sobald er ihr Zimmer betrat.*

Nach Feierabend erhielt der Kuppler die Marken zurück und zählte sie, um mit dem Luden abzurechnen, der üblicherweise einmal pro Woche kassieren kam.«

»Eine nicht gerade übertriebene Besuchsfrequenz für die Frau, die ihren Körper für dich einsetzt...«

»Die besuchte er gar nicht. Er traf sich nur mit dem Geschäftsführer. Die Frauen liebten ihren Zuhälter nicht. Sie kannten ihn nicht einmal besonders gut. Er hatte sie gekauft oder gemietet, und falls sie erkrankten, war er verpflichtet, sich um sie zu kümmern oder sie zumindest aus dem Haus herauszuholen, in dem sie anschafften. Für gewöhnlich pflegte er sie, damit sie sobald wie möglich wieder arbeitsfähig waren. Aber wenn sie schon sehr verbraucht waren, kam es auch vor, daß er sie sich selbst überließ. Sie versuchten dann, sich allein auf der Straße durchzuschlagen, und verhungerten oder gingen im Irrenhaus oder an Geschlechtskrankheiten zugrunde. Die, die durchhielten, endeten als Bettlerinnen und fanden Zuflucht in der Unterwelt der cirujas, *der Herrscher über die* quema – *die ständig schwelende Müllhalde der Stadt –, von denen einige wahre Vermögen anhäuften, indem sie im Abfall wühlten. Und andere für sich wühlen ließen. Männer und Frauen. Das Leben auf der Straße war zu hart für die alten Dirnen, die außerdem unter der unlauteren Konkurrenz der ehrbaren Señoras und Señoritas zu leiden hatten. Polizeilichen Erhebungen zufolge nahm beim Karneval 1880 jede fünfte Frau an den großen Bällen im* Jardín Florida, *im* Teatro Colón *oder im* Teatro Variedades *teil, um sich unter der Hand zu prostituieren.«*

»Aus Hunger?«

»Hätten sie es zum Vergnügen getan, hätten sie kein Geld dafür genommen. Ich schließe die Perversion nicht aus, glaube aber nicht, daß sie allzu verbreitet war.«

»Mit Manolo de Garay kamen sie aber trotzdem nicht weiter.«

»Dennoch sollte er die Lösung seines Problems in diesem

Umfeld finden. Wie viele namhafte Persönlichkeiten auch. Und das eine oder andere Mitglied meiner Familie, wie du noch sehen wirst.«

»Wenn du endlich mit deiner Geschichte fortfahren würdest, denn du lieferst mir einen ausschweifenden Bericht über das Hurenleben, und dabei weiß ich noch nicht einmal, wie es mit Sara weitergegangen ist.«

»Roque und sie waren ein Liebespaar bis zum Schluß. Er mietete ein kleines Appartement in der Calle del Buen Orden, um dort, geschützt vor übelwollenden Blicken, ein- oder zweimal pro Woche mit ihr zusammen zu sein. Doch das war erst nach dem Sommer, ungefähr zu der Zeit, als er Severino Artigas das Studio einrichtete. Bevor das Jahr 1881 zu Ende ging, gab es noch weitere bedeutsame Ereignisse. Manolo fand eine Braut, und in der Banda Oriental – wie das Land östlich des Río de la Plata, also Uruguay, genannt wird – kam el Otro *zur Welt: der Andere.«*

16. Die neue Frau

Ich habe keine Seele mehr, war die Antwort,
ich bin eine leere Schachtel.

MANUEL UGARTE, Las espontáneas

Am Donnerstag, dem 20. November 1881, bat Piera Roque, sie am nächsten Morgen zu einer Versteigerung zu begleiten, einer Versteigerung von Frauen, ausgerichtet von einer der vielen Händlerorganisationen, die im damaligen Buenos Aires noch nebeneinander existierten. Die Gesetze des Marktes und das politische Klima sollten deren Anzahl später reduzieren und die verbliebenen mit mehr Macht ausstatten. Die Veranstaltung fand im *Teatro Alcázar* statt, das im Hueco de Lorea lag und im Laufe der Jahre mehrmals Namen und Bestimmung ändern würde: *Moderno*, *Goldoni*, *Liceo*.

Das Ereignis hatte nichts Außergewöhnliches. Die Händler brachten eine neue Partie in Umlauf. Juan Manuel, der von seiner Herrin zu diesem Zweck abgeordnet worden war, hatte herausgefunden, daß die Ware aus Cádiz kam und hauptsächlich aus Französinnen und Polinnen bestand, obgleich auch die eine oder andere Spanierin darunter war. Sie alle waren auf legalem Weg nach Argentinien eingereist und von der Einwanderungsbehörde, deren Beamte beide Augen zugedrückt hatten, als Gesellschafterinnen, Gouvernanten, Hausmädchen oder Sängerinnen registriert worden. Sie waren jung, und die meisten hatten kaum Erfahrung im Gewerbe.

»Es geht nicht darum, dort einzukaufen, wie es jeder hergelaufene Zuhälter tut«, erklärte Piera dem widerstrebenden Roque.

»Wie machen die es denn?«

»Die setzen auf gut Glück, von ihrem Platz aus, auf das, was ihnen von weitem gut erscheint.«

»Und du?«

»Ich gedenke nicht einmal dabei zu sein, wenn sie sie auf die Bühne bringen… Das habe ich lange genug mitgemacht.«

»Erzähl mir von dieser Zeit…«

»Ganz zu Anfang… in meinem ersten Jahr in Buenos Aires. Ich bin natürlich nicht allein hingegangen. Sie hätten mich niemals zugelassen. Ich habe einen Kerl dafür bezahlt, daß er den Zuhälter spielte. Ich habe ausgesucht, und er hat gekauft.«

»Hast du die Frauen in deinem Haus arbeiten lassen?«

»Ich hatte gar kein Haus. Ich habe sie anschaffen lassen, wo immer sich Gelegenheit bot… Das Haus habe ich mit ihrem Schweiß aufgebaut.«

»Immer mit dem vorgeblichen Zuhälter als Strohmann.«

»Genau. Der wurde zwar nach einem Jahr umgelegt, aber da hatte ich schon genug Geld zusammen, um mich zu etablieren. Die Besitzer der *quilombos* bekamen mich nie zu Gesicht. Zu dieser Zeit habe ich auch aufgehört zu kaufen. Die ersten Mädchen lernte ich auf der Straße kennen. Nicht zufällig, natürlich. Mädchen aus guter Familie, die Hunger hatten und nicht einmal wußten, wie sie es anstellen sollten, wenn sie tatsächlich das Glück hatten, einen Kerl zu kriegen. Später kamen die Händler und Auktionatoren auf mich zu, konnten mir aber nie etwas verkaufen. Wenn ich morgen in dieses Theater gehe, wird man mich empfangen wie den Präsidenten der Republik.«

»Und mit welchem Geld hast du am Anfang eingekauft?«

»Selbst der Herrgott stellt weniger Fragen und vergibt trotzdem, Roque!«

»In Ordnung. Es wird mich um eine Erfahrung reicher machen.«

»Wir werden vor allen anderen dort sein. Die Mädchen dürften dann schon bereitstehen. Manchmal verbringen sie zwei oder drei Tage am Ort der Versteigerung.«

»Wie die Kampfstiere.«

»So ungefähr.«

Am Freitag, dem 21., klopften Piera und Roque um zehn Uhr morgens an die Seitentür des *Teatro Alcázar*, den Künstlereingang.

Der Mann, der ihnen öffnete, ein pickelgesichtiger Blonder im schwarzen Anzug mit weißem Hemd und schwarzen Schuhen, musterte sie abschätzig von Kopf bis Fuß, wobei er ihren möglichen Rang oder ihre eher wahrscheinliche Bedeutungslosigkeit einer kritischen Prüfung unterzog. Gekleidet wie eine Dame zum Spaziergang und außerhalb ihrer gewohnten Umgebung, erkannte er Piera zunächst nicht. Doch kaum daß er begriff, wen er vor sich hatte, schlug seine Herablassung in Unterwürfigkeit um.

»Señora Piera!« sagte er mit Säuferstimme. »Wie schön, Sie hier zu sehen!«

»Sparen Sie sich Ihr Gesülze, Ritaco, und lassen Sie uns ein!«

»Aber selbstverständlich, Señora!« Mit einer Verbeugung trat er zur Seite.

Piera unterband jeglichen Austausch von Höflichkeitsfloskeln.

»Ich nehme an, die Frauen, die heute abend unter den Hammer kommen, sind schon hier.«

»In den Garderoben, Señora.«

»Sind es viele?«

»Achtzehn, Señora.«

»Ruf sie raus, und laß sie im Flur antreten. Ich will sie mir ansehen.«

»Señora, Sie wissen, daß das nicht üblich ist. Der Chef wird es mich büßen lassen ...«

»Soll ich mich lieber hinsetzen und warten, bis die *caftens* hier sind? Denen wird bestimmt nichts abgeschlagen, bloß weil es nicht üblich ist.«

»Nicht doch! Wir bemühen uns um Gleichbehandlung aller unserer Kunden.«

»Ach, kommen Sie, Ritaco, bringen Sie mich nicht zum Lachen! Worauf wollen Sie hinaus? Mir Geld abluchsen? Wieviel? Nun sagen Sie schon ...«

Sie begann, in ihrer Tasche zu kramen.

»Nein, nein, Señora! Sie beleidigen mich! Ich hole die Mädchen ja schon.«

Piera und Roque warteten, bis der Blonde wieder auftauchte.

»Kommen Sie, kommen Sie ...«, forderte er sie auf.

Der Flur, von dem die Garderoben abgingen, war schmal und schlecht beleuchtet. Es war nicht leicht, auf den ersten Blick festzustellen, ob die angebotenen Frauen jung waren oder ob ihr Haar noch seine natürliche Farbe hatte. Aus dem Hintergrund verfolgte Ciriaco Maidana die Szene, froh, zu Manolo de Garays Glück beitragen zu können.

Sie schritten den dämmrigen Flur ab. Piera blieb vor jeder stehen, prüfte ihre Haare und Zähne, beroch sie, strich über ihre Hände, blickte ihnen in die Augen, kniff sie in die Brüste. Roque, der mit den Kriterien, nach denen die Wahl im einzelnen ablief, nicht vertraut war, fiel nur die Verschiedenartigkeit der Frauen auf: rauhe Bauernmädchen, einige in derben Kitteln und Hanfschuhen, andere in Morgenmänteln aus Satin und hochhackigen Pantoletten, ließen sich Seite an Seite mit abgebrühten Nutten in Gewerbemontur und bleichen, deprimierten Arbeiterinnen die Untersuchung gefallen. Alle würden sie in ähnlichen Betten enden. Es waren tatsächlich achtzehn.

Als Piera mit der letzten der Reihe fertig war, kam sie wieder zurück. Ritaco hatte sich während ihrer Inspektion nicht von der Stelle gerührt.

»Die dritte, diese Blonde. Die zehnte. Und die letzte«, sagte Piera. »Räumen Sie eine Garderobe, und bringen Sie eine Lampe.«

Der Mann gehorchte. Sekunden später standen nur noch die drei Ausgewählten da.

»Welche gefällt dir am besten, Roque?« wollte Piera wissen.

»Sie sind hübsch. Alle drei.«

»Aber einer wirst du doch den Vorzug geben.«

»Der Brünetten ganz hinten«, meinte er.

»Schön. Sie haben's gehört, Ritaco. Sie soll in die freie Garderobe gehen.«

Als das Mädchen darin verschwunden war, befragte Piera Ritaco.

»Kennst du sie?«

»Ein bißchen, Señora.«

»Spricht sie Spanisch?«

»Ein bißchen, Señora.«

»Hat sie Erfahrung?«

»Ein bißchen, Señora.«

»Sie ist mager.«

»Ein bißchen, Señora.«

»Sehen wir sie uns mal an.«

Sie streifte die Ringe von der rechten Hand und übergab sie Roque.

»Halt das mal, ich will ihr nicht wehtun.«

Roque begriff, was sie vorhatte, und nahm die Ringe entgegen. Piera ging in die Garderobe, während er draußen wartete und sich vorstellte, was sich drinnen abspielte. Verstört schob er den Gedanken von sich. Plötzlich spürte er den bohrenden Blick der Blonden. Das Mädchen hatte das Außerordentliche dieses Besuchs offenbar erfaßt und schien gewisse Hoffnungen in dessen Resultat zu setzen.

»Sprich mal mit der da«, sagte Ciriaco Maidana neben ihm. Roque gab keine Antwort. Aber er wandte auch den Blick nicht ab.

Als sie bemerkte, daß der Mann sie ansah, wagte sich das junge Mädchen noch einen Schritt weiter.

»Ich habe die Señora fragen hören…«, begann sie.

»Halt den Mund! Dich hat niemand gefragt!« schnitt ihr Ritaco das Wort ab.

»Doch«, widersprach Roque, »ich hab sie etwas gefragt.«

»Ich spreche Spanisch«, fuhr sie in starkem Dialekt fort, den Roque sofort erkannte.

»Woher kommst du?«

»Aus Lugo… na ja, einem kleinen Dorf…«

Piera erschien in der Tür der Garderobe und trocknete sich die Hände mit einem Handtuch ab.

»Sie ist nicht übel«, bemerkte sie, »aber ich glaube nicht, daß es das ist, wovon Manolo träumt.«

»Ist sie zu…?« versuchte Roque zu erraten.

»Genau das.«

»Verstehe. Tu mir einen Gefallen. Probier's mal mit meiner Landsmännin hier!«

Die Galicierin lächelte und grüßte Piera mit einem leichten Kopfnicken. Die Brünette trat zurück in den Flur.

»Komm mit«, befahl sie der von Roque Empfohlenen.

Als sie über eine halbe Stunde später wieder erschienen, waren sie zu einer Einigung gelangt.

»Mit wieviel wollt ihr bei der anfangen, Ritaco?«

»Mit dreitausend Pesos, Señora.«

»Und mit wieviel rechnet ihr…«

»Vier-, fünftausend.«

»Sag deinem Chef, er ist verrückt, aber ich nehme sie. Jetzt gleich. Sie kommt sofort mit mir. Er soll heute abend bei mir vorbeischauen und sein Geld abholen.«

»Siehst du, *gallego*, daß ich recht gehabt habe?« frohlockte Maidana, bevor er sich in Luft auflöste.

»Wie Sie meinen ...«

»... Señora«, ergänzte Piera. »Und du«, sagte sie zu dem Mädchen, »geh und hol deine Sachen, falls du welche hast.«

Sie wartete, bis das Mädchen gegangen war, um Roque die Tugenden ihrer Entdeckung zu beschreiben.

»Sie heißt Carmen«, erklärte sie mit breitem Lächeln. »Sie ist Nutte geworden, weil sie ... Scheiße! Was weiß ich, warum sie Nutte geworden ist! Aus denselben Gründen wie alle anderen vermutlich. Aber das Entscheidende ist, daß sie die Männer trotz allem noch mag. Sie ist bereit, sich auf einen zu beschränken. Allerdings unter einer Bedingung.«

»Und zwar? Ich bin auf alles gefaßt.«

»Paß auf: Die Kleine ist von einem Mann zum anderen geflattert, weil sie in hellen Flammen stand und keiner ihrer Glut gewachsen war!« Nach diesem blumigen Euphemismus wurde Pieras Lächeln zu einem erstickten Auflachen.

»Was soll das heißen?«

»Sie waren ihr alle zu klein! Und deshalb kann sie nicht für ihre Treue garantieren, falls der Ehemann, den wir ihr zugedacht haben ...«

Da brach Roque in unbändiges Gelächter aus und umarmte Piera: Über die Wangen der beiden liefen dicke Freudentränen.

Als Carmen mit ihrem Köfferchen in der Hand herauskam und Piera und Roque so sah, blieb sie stehen und wartete ab.

Schließlich verließen die drei gemeinsam das Theater.

17. El Otro

Ja, cielito, ich weiß,
das ist eine größere Sach';
manche werden's mögen,
für and're wird's 'ne Schmach.

BARTOLOMÉ HILDALGO, Cielitos

Am Abend ebendieses 21. November, dem Tag, an dem Piera und Roque in der Künstlergarderobe des *Teatro Alcázar* in Buenos Aires eine Frau für Manolo de Garay kauften, wurde jenseits des Río de la Plata in Uruguay nahe Tacuarembó ein Junge geboren, der unter einem anderen Familiennamen als seinem eigenen zur Legende werden sollte und auf den sich viele noch heute nur als *El Otro*, den Anderen, beziehen, weil es heißt, daß es Unglück bringe, seinen Namen auszusprechen.

Erst im Frühjahr 1882 wurde er unter dem Vor- und Zunamen seines Vaters ins Geburtenregister eingetragen, Don Carlos Escayola, der so unterschiedliche Eigenschaften wie die des arrivierten Viehfarmers, ruhmreichen politischen Anführers, vermögenden Mäzens, humorvollen Leiters von Karnevalstruppen und großzügigen Eigentümers eines zur Pflege der schönen Künste gegründeten Theaters auf sich vereinigte. In Anerkennung solch bedeutsamer Verdienste war er von Diktator Máximo Santos, der zwar noch nicht die Präsidentschaft übernommen, aber von Don Francisco Vidal bereits die Befehlsgewalt erhalten hatte, in den Rang eines Obersten erhoben worden, als der er bei seinem Heer jedoch vor allem durch Abwesenheit glänzte.

Oberst Escayolas Vermögen entstammte nicht, wie man es für naheliegend halten könnte, ausschließlich der Rinderzucht. Der Viehhandel stellte lediglich eine seiner Aktivitäten dar und vielleicht nicht einmal die einträglichste. So war beispielsweise die Rede von seinen Beteiligungen am Minengeschäft, als aufgrund von ersten Schürfungen, die sich zehn Jahre später als trügerisch erweisen sollten, Gerüchte über Gold in Hülle und Fülle entstanden waren und sich hartnäckig genug hielten, um die Parole und den Traum von »Tacuarembó, dem südamerikanischen Kalifornien« zu nähren. 1878 begann die Compañía Francesa del Oro de Uruguay, die ihren Sitz in Paris hatte, mit dem Abbau der Goldvorkommen in der Gegend, und Escayola kaufte und verkaufte Aktien, vermutlich weniger als seine Feinde glaubten, doch verdiente er auf jeden Fall mehr Geld damit, als jede andere lokale Persönlichkeit jemals besitzen würde.

Der ehrgeizige und, soweit bekannt, nicht unattraktive Herr hatte sich schon immer zu den drei Töchtern der Familie Oliva hingezogen gefühlt, doch mußte den guten Sitten Rechnung getragen werden, und diese erlaubten ihm nur die Ehe mit der Ältesten, Clara, wankelmütig, bleich und von anfälliger Gesundheit, die den schwierigen Umgang mit dem Gatten nicht lange durchhielt. Verwitwet, heiratete Escayola Blanca, die zweite der Schwestern, bis wenige Tage zuvor noch seine Schwägerin und nunmehr seine zweite rechtmäßige Ehefrau. Blanca war resolut, sinnlich und fest entschlossen, ihren Mann über den Weg der Lust an sich zu binden, starb jedoch am Fieber und räumte den Platz im Ehebett für María Lelia, die ihr altersmäßig folgte und an Schönheit voraus war.

Oberst Escayola begegnete Manuela Bentos, als er soeben die dritte Tochter der Familie Oliva zu Grabe getragen hatte. An der Bentos betörte ihn ihr indianerhaft dickes, schwarzes Haar und ihre weiße, fast transparente Haut: die einzigen Züge, die sie dem gemeinsamen Sproß vererben sollte. Dieser war nicht Manuelas erstes Kind, die bereits einen Sohn, Doroteo, aus ihrer Ehe mit einem gewissen Mora hatte, von dem sie seit seinem Aufbruch nach Montevideo, lange vor ihrer Begegnung mit Escayola, kein Lebenszeichen mehr erhalten hatte. Sie war in ihrem Haus geblieben, einer Hütte, die eher nach einem Unterschlupf für Viehhirten aussah und gottverlassen zwischen zwei *estancias* lag, der *Santa Blanca*, von der manch einer behauptete, sie gehöre dem alten Oliva, und *Las Crucesitas*.

Escaloya setzte dem Elend und der Einsamkeit Manuelas ein Ende, und sie vergalt es ihm auf ihre Weise: mit ihrem Körper.

Eine Geburtshelferin aus der Gegend, die ihren Beruf in der Praxis erlernt hatte und sich vor der Arbeit die Hände wusch, half dem Jungen ins Leben. In dieser Welt empfingen ihn seine Mutter, die Hebamme und sein Halbbruder Doroteo, der ihm sein ganzes bewegtes Leben lang treu ergeben war.

Es nützte Oberst Escayolas Sohn wenig, daß sein Vater den Anstand besessen hatte, ihn anzuerkennen: Er sah nichts von seinem Erbe, und seinen Nachnamen war er auch schon bald wieder los.

Seinen Vater erreichte die Nachricht von der Geburt fünf Tage später inmitten eines Saufgelages in Tacuarembó aus dem Munde eines in *Las Crucesitas* beschäftigten Viehtreibers. Ehe Escayola volltrunken zu Boden ging, gelang es ihm gerade noch, eine Botschafterin hinzuschicken: Noch in derselben Nacht erschien die alte Alcira, Wahrsagerin, Quacksalberin und treue Beraterin des Oberst, im Haus von Manuela Bentos.

Aus Furcht vor den Zauberkräften ihrer Besucherin ließ die Mutter sie gewähren. Alcira entkleidete das Neugeborene und legte es auf den Boden auf ein rissiges Kuhfell, das gleichermaßen als Teppich, Schlafmatte und Decke diente. Mit einer Gelenkigkeit, die ihr Alter Lügen strafte, ließ sie sich neben ihm auf die Knie nieder und begann, ihm mit den Händen über Kopf, Schultern und Brust zu fahren. Sie lächelte, als sie sein Geschlecht betrachtete, das sie ebenfalls streichelte.

»Gut gerüstet, das Bürschchen«, sagte sie. »Manchmal ist das ein Glück, manchmal ein Kreuz.«

»Und für ihn?« fragte die Mutter.

»Beides«, gab die Hexe lakonisch zurück. Manuela fragte nicht weiter.

Nachdem Alcira ihr Ritual beendet hatte, zog sie das Kind wieder an und erhob sich. Sie setzte sich auf einen niedrigen Schemel an Manuelas Bett und ergriff ihre Hand.

»Hab keine Angst«, sagte sie. »Der Junge wird nicht lange bei dir bleiben. Er wird allein und hoch fliegen. Auch wenn sein Aufstieg mühsam ist.«

»Was heißt das, er wird nicht lange bleiben?«

»Eben das. Kümmer du dich vor allem um den anderen, er ist der Schwächere.«

Alcira stand auf und ging, ohne daß Manuela versuchte, sie zurückzuhalten.

Zweiter Teil

18. Unser Reichtum

Was wir noch immer nicht abschaffen konnten, sind die *conventillos,* obgleich sie nicht mehr so zahlreich sind.

EZEQUIEL MARTÍNEZ ESTRADA,
La cabeza de Goliat

Im Frühling 1882 gelangte Roque zu dem Schluß, daß es an der Zeit sei, sein Leben zu ändern. Eines Mittags fand ihn Frisch über ein Heft gebeugt und rechnend.

Er hielt ihm eine Zeitung unter die Nase.

»Sieh dir das an!« bat er in seinem besten argentinischen Tonfall.

Roque nahm das Blatt entgegen und warf einen Blick darauf.

»Was für eine Sprache ist das?« fragte er. »Deutsch?«

»Deutsch.«

»Klär mich auf. Ich verstehe kein Wort.«

»*Vorwärts.* So heißt sie. Eine sozialistische Zeitung. Die erste sozialistische Publikation in Argentinien, genauer gesagt.«

»Und sie ist auf Deutsch? Wer soll das lesen? Du?«

»Die deutschen Arbeiter, Roque. Ich arbeite mit daran. Geschrieben hat das fast alles mein Freund Furmann, aber es steht auch etwas von mir drin. Unter Pseudonym natürlich.«

»Wie viele deutsche Arbeiter gibt es denn in Buenos Aires, Germán?«

»Ich weiß nicht. Eine Menge.«

»Sozialisten?«

»Einige.«

»Und die anderen?«

»Werden es schon noch begreifen. Dafür werden wir sorgen.«

»Hmmm…«

»Das braucht halt Zeit…«, gestand Frisch zu.

Roque legte die Zeitung zur Seite und klappte sein Notizbuch zu.

»Setz dich, bitte«, forderte er seinen Freund auf.

Frisch gehorchte.

»Nach was riecht es hier?« fragte Roque.

Frisch schnupperte in die Luft, ehe er antwortete.

»Nach Bratfett«, mutmaßte er.

»Nach was noch?«

»Nach Schmutzwäsche…«

Der Blick, mit dem Roque ihn fixierte, verlangte mehr Präzision.

»Nach feuchtem Papier… nach Feuchtigkeit…«, zählte Frisch weiter auf.

»Ja.«

»Nach diesem Kölnischwasser, das…« Frisch begriff, daß er nicht imstande war, zu beschreiben, was er wahrnahm: Er fühlte sich gereizt und bedrängt. »Wonach zum Teufel riecht es hier, Roque?« schrie er fast, aus seinem Stuhl auffahrend.

»Nach Elend«, brachte Roque es auf den Punkt. »Hier riecht es nach Elend, Germán. Und diesen Gestank müssen wir loswerden.«

»Das ist es, ganz genau«, begeisterte sich Frisch. »Wir müssen dem Elend ein Ende machen. Das braucht Zeit…«

»Das braucht Geld.«

»Die Revolution…«

»Ich rede von unserem Elend, mein Freund. Nicht von

dem deiner deutschen Proletarier, von unserem! Ich rede davon, für immer aus diesem Drecksloch zu verschwinden. Ramón verdient etwas Besseres, meinst du nicht auch?«

»Aber natürlich, das weißt du genau. Der Junge ist großartig, studieren sollte er … Wo ist er denn?«

»Mit Sara spazieren. Er weiß noch nichts von dem, was ich dir jetzt sagen werde, Germán.«

»Ich bin ganz Ohr.«

»Wir gehen weg von hier. Ich habe ein Haus gekauft.«

Frischs Augen leuchteten auf. Er stand auf und trat zu seinem Freund, der ihn anlächelte.

»Das freut mich sehr, wirklich«, sagte der Deutsche und legte Roque die Hand auf die Schulter. »Ich hoffe nur, das heißt nicht, daß wir uns nicht mehr sehen«, fügte er bekümmert hinzu.

»Uns nicht mehr sehen?« erwiderte Roque erstaunt und drückte die Hand des Freundes auf seiner Schulter. »Du gehst auch hier weg, Germán.«

»Mit dir?«

»Mit mir. Allerdings habe ich mir überlegt, daß… Sieh mal: Es geht nicht allein um einen Wohnungswechsel …«

»Sondern?«

»In Wahrheit habe ich nicht nur ein Haus gekauft, sondern zwei. Dank der Hahnenkampfarena und diesem oder jenem Geschäft … Du weißt fast gar nichts über das, was ich so getrieben habe.«

»Du hast es also zu Geld gebracht …«, faßte Frisch zusammen.

»Ich denke schon. Dank Maidanas Unterstützung. Und Pieras.«

»Sehr schön! So brauchst du nicht auf die Revolution zu warten.«

»Du auch nicht. Aber es wäre besser, das Problem nicht aus den Augen zu verlieren. Irgend jemand muß Ramón diese Dinge ja einmal erklären, wenn er soweit ist.«

»Wozu zwei Häuser?«

»Eins für Ramón und eins für dich. Ich meine nicht, daß ihr euch nicht mehr sehen sollt, ganz und gar nicht … Es ist nur so, daß Ramón eine Lehrerin haben sollte, und du wirst ihn jeden Tag besuchen, aber ich brauche offiziell ein anderes Domizil, hier in der Innenstadt, ein richtiges bewohntes Haus. Meine Geschäfte sind zwar sauber, Germán, aber man kann nie wissen … und es ist nicht die Welt, die ich mir für ihn wünsche. Außerdem schaffe ich es allein nicht mehr. Da ja Maidana nicht offen auftreten kann«, er grinste, »und es jemand sein muß, in den ich absolutes Vertrauen habe …«

»Ich verstehe schon.«

»Gib deine Zeitung und deine Freunde nicht auf. Sollten sie mal hinter uns her sein, dann lieber wegen sozialistischer Ideen.«

»Danke, Roque.«

»Red keinen Unsinn.«

Drei Tage später verließen sie den *conventillo.*

19. Eine ordentliche Lehrerin

Sie war blond und ihre himmelblauen Augen
spiegelten die Herrlichkeit des Tages …

HÉCTOR P. BLOMBERG, La pulpera de Santa Lucía

Die Calle Potosí, 1884 in Alsina umbenannt, führte auf der Höhe der Calle Sarandí aus dem Stadtzentrum hinaus und weiter in die riesige Gemeinde Balvanera hinein, die sich zwischen der Calle México und der Calle Paraguay westlich bis zur Grenze des Stadtteils Flores erstreckte. Der Quadratmeterpreis an diesem Rand der Stadt lag das ganze Jahrzehnt hindurch bei etwa acht Pesos, so daß Roque mit Recht sagen konnte, ein Schnäppchen gemacht zu haben, als man ihm das Gebäude mit dreifacher Fassadenbreite und einer Tiefe bis zur Mitte des Häuserblocks samt Grundstück für zehntausend Pesos anbot.

Das Haus befand sich an der Kreuzung der Calle Alsina mit Calle Rioja, in zweihundert Metern Entfernung von Corrales de Miserere, dem Gelände, auf dem der Industrieverband im März die erste *Exposición Continental* veranstaltete und das Bürgermeister Alvear kurz nach seiner Ernennung im folgenden Jahr zum Platz umbauen ließ. Auch das Hospital de San Roque, das Ende des Jahres 1883 den Betrieb aufnahm und später in Ramos Mejía umgetauft wurde, war in nächster Nähe.

Das Haus ähnelte vielen anderen Wohnhäusern in Buenos Aires, mit den hohen Räumen und den auf den weinüberrankten Patio hinausgehenden Schlafzimmern, einem Unterstand für Kutschen, einem rustikalen Garten, einer geräumigen Küche im ländlichen Stil und einem enormen Badezimmer mit Heizkessel und Ofen. Als Ramón das Haus betrat, stieg in ihm die Erinnerung an die großzügige, behagliche Residenz von Don Manuel Posse auf.

»Gehört das uns, Vater? Ist das unser Haus?« bestürmte er Roque.

»Das ist unser Haus«, bestätigte dieser.

Unverzüglich machte sich der Junge an die Erkundung des Ortes. Eine Entdeckungsreise, die Jahre dauern sollte und täglich neu begann.

Für ihn standen ein Bett, ein Tisch und ein Holzregal bereit, in dem ein paar Hefte lagen. Alles, was sie bis dahin besessen hatten, war in Roques *chata* verstaut. Mit Frischs Hilfe lud Ramón die Kisten mit den Büchern ab, die seine Wißbegierde in den langen Monaten des Wartens und Lernens angehäuft hatte: auf Sonntagsspaziergängen durch die Recova Vieja gekaufte Broschüren, Bücher, die Roques Beharrlichkeit von der anderen Seite des Ozeans herübergerettet und der Junge zu neuem Leben erweckt hatte, Fortsetzungsromane, Folge für Folge gestapelt und mit den unvermeidlichen Schnüren zusammengebunden. Alles zusammen füllte ein ganzes Regalbrett und noch einen Teil des nächsten. Ramóns ganzer Reichtum, bis vor wenigen Stunden noch unermeßlich, lag nun in seiner realen Kargheit vor seinen Augen.

»Du wirst schon bald mehr Platz brauchen, warte nur ab!« tröstete ihn Frisch, überzeugt, daß das der Wahrheit entsprach.

»Hier ist es ruhiger, hier kann ich viel lesen«, meinte Ramón, »aber ich glaube nicht, daß es Buchhandlungen gibt wie in der Innenstadt.«

»Mit der Straßenbahn kommen wir überallhin.«

Ein Zimmer war für Roque vorgesehen, ein anderes für Frisch.

Sechs weitere harrten noch ihrer Bestimmung.

Praktische Erwägungen wiesen bald dem Raum neben der Küche seine Funktion als Speisezimmer zu. Die Nähe zur Straße, ein Ohrensessel und zwei Stühle definierten das Wohnzimmer. Ein Klavier an der Wand deutete auf die mögliche Verwendung eines anderen Raumes hin.

»Und dieses Schlafzimmer?« fragte Ramón. »Ist das für Sara?«

Ein Spitzenüberwurf auf dem Bett und ein Toilettentisch prädisponierten den Raum für eine weibliche Bewohnerin.

»Das ist für deine Lehrerin.«

»Meine Lehrerin? Wer wird das?«

»Das erfahren wir vielleicht morgen. Da werden einige kommen. Wenn wir eine davon nett finden, bitten wir sie zu bleiben. Wenn nicht, suchen wir eben weiter.«

Der Heizkessel, ein glänzendes englisches Ungetüm, das Holz fraß wie eine Lokomotive, bescherte ihnen ein unvergeßliches heißes Bad. Bis dahin waren Roque und Frisch ihren hygienischen Bedürfnissen bei Piera nachgekommen. Ramón aber hatte warmes Wasser nur einmal in der Woche oder alle vierzehn Tage bei seinen Besuchen in Posses Haus genießen dürfen.

Frisch briet Fleisch auf einer der sechs Kochstellen des Backsteinherdes, und sie aßen in der Küche an einem schweren soliden Tisch aus Hartholz mit einer Platte aus weißem Marmor, die zum Teigkneten gedacht war.

Am Morgen begann der Aufmarsch der Lehrerinnen. Unter Ramóns kritischem Blick befragte Roque im Wohnzimmer über zehn Frauen.

Die, auf die sie gewartet hatten, erschien gegen Abend.

Sie war ein blondes, sommersprossiges junges Mädchen,

fast noch ein Kind. Mit gefalteten Händen, die Knie dicht nebeneinander, setzte sie sich vor dem Familientribunal auf eine Stuhlkante, ließ ihren hellen Blick tief in die Augen ihrer Gutachter wandern und lächelte. Beide wußten auf der Stelle, daß sie die Richtige vor sich hatten.

»Ich heiße Mildred Llewellyn«, sagte sie.

»Mildred Levelin«, wiederholte Ramón.

»Gut, gut«, nickte sie.

»Und du suchst Arbeit«, kam Roque zur Sache.

»Ich eintreffe vor drei Tagen aus Irland und komme hier.«

»Bin eingetroffen«, verbesserte Roque sie und deutete mit dem Zeigefinger in die Vergangenheit, irgendwo hinter seiner rechten Schulter. »Und bin hierhergekommen.«

»Genau, genau, ich bin eingetroffen aus Irland.«

Plötzlich akzentuierte sich Mildreds natürliche Blässe noch mehr.

Roque sah, wie sich zwei violette Streifen auf ihren Wangen abzeichneten.

»Ramón«, sagte er, »bring die Schachtel Pralinen, die ich für Sara gekauft habe. Die machen wir jetzt auf.«

Ramón rannte los zum hinteren Teil des Hauses, doch kaum war er aus der Tür, stockte sein Schritt, als er wie aus weiter Ferne den dumpfen, diskreten Aufschlag von Mildreds Körper auf dem Boden vernahm. Roque, der sie aufhob, dachte, daß er noch nie ein so federleichtes Wesen getragen hatte.

Auf den Armen brachte er sie zu ihrem künftigen Schlafzimmer.

»Ich eintreffe aus Irland vor drei Tagen, und wenn ich nicht hier komme, ich nicht esse«, parodierte er sie, während er den Hof durchquerte.

Er legte sie auf das Bett und holte die Pralinen und eine Flasche Gin. Bei seiner Rückkehr saß Ramón bei dem Mädchen und hielt ihre Hand.

Roque schob ihr einen Arm unter die Schultern und zwang sie, sich aufzurichten und aus einem Glas etwas Gin zu trinken. Mildred hustete, schlug die Augen auf und nahm noch einen Schluck.

»Eine Praline?« offerierte er.

»Ja.«

Sie verschlang drei. Der Alkohol und der Zucker wirkten Wunder.

»Seit wann hast du nichts gegessen?« fragte Roque.

»Seit dem Schiff. Ich nicht gehe in Immigrantenhotel.«

»Ich bin nicht in das Immigrantenhotel gegangen.«

»Genau: Ich bin nicht gegangen. Ich bringe mit Adresse.«

»Ich habe eine Adresse mitgebracht.«

»Genau: Ich habe eine Adresse mitgebracht.«

»Und die Adresse hat nichts genutzt.«

»Genau: nichts. Sie ist alt. Kinder sind schon groß.«

»Mach dir nichts draus. Mein Sohn heißt Ramón und ist noch klein.«

Sie sah den Jungen an.

»Ich bin Roque«, sagte er. »Laß uns zu Abend essen.«

In diesem Moment kam Frisch herein.

»Germán kocht derzeit für uns alle«, erklärte Roque. »Ich darf dir Mildred Levelin vorstellen. Sage ich das richtig?«

»Sehr gut«, lobte sie ihn und streckte, noch immer im Bett liegend, Frisch die Hand hin.

»Ich habe ein Huhn auf dem Feuer«, sagte der Deutsche. »Es gibt Suppe, Huhn und Kartoffeln.«

Ramón führte sie in die Küche.

Tatsächlich nahmen die drei Freunde selbst kaum etwas zu sich, versunken in Mildreds Anblick beim Essen: wie sie schmauste, wie ihre Gesichtsfarbe zurückkehrte, wie durchscheinend zart ihre Finger waren.

Sie sprachen wenig.

»Wie alt bist du?« erkundigte sich Roque.

»Achtzehn Jahre«, schwindelte sie.

Höchstens sechzehn, schätzte er.

»Bist du Lehrerin?« wollte Frisch wissen.

»Ich gebe Leseunterricht in meinem Dorf.«

›Gab‹ wollte Roque sie korrigieren, unterließ es aber.

Zum Schluß trank Mildred ein Glas Wein und wischte sich den Mund ab.

»Du bist sicher müde«, meinte Roque. »Du kannst schlafen gehen. Wir unterhalten uns morgen weiter.«

»Schlafen gehen?« staunte Mildred. »Hier?«

»Hast du einen besseren Platz?«

»Nein.«

»Na also.«

»Dann kann ich über Nacht hierbleiben?«

»Du kannst dein ganzes Leben lang hierbleiben, Mildred!« versicherte ihr Roque.

Und genau das tat sie.

20.

»Die Exposición Continental *gab den Auftakt für den ersten Pädagogischen Kongreß.«*

»Wasser auf die Mühlen des Gesetzes 1420, das die allgemeine Schulpflicht und den Anspruch auf kostenlose, nicht religionsgebundene Bildung einführte. Dazu kam die Einrichtung des Standesamtes.«

»Der Fortschritt.«

»Könnte man meinen. Der Heilige Stuhl war damit nicht einverstanden und brach die Beziehungen ab. Die achtziger Jahre gelten als die entscheidende Dekade in der Geschichte des Landes, niemand scheint das in Zweifel zu ziehen. Und wenn man unsere Familiengeschichte betrachtet, muß es wohl auch so gewesen sein. Es gab eine Art parallele Entwicklung: Der private Wohlstand der Familie Díaz wuchs im gleichen Maße wie der allgemeine Wohlstand.«

»Der legendär war.«

»Fragwürdig wie jede Legende. Und wie jede Legende auch wahr.«

»Buenos Aires wandelte sich.«

»Alvear erfand ein neues Buenos Aires… Man machte ihn zum Bürgermeister, nachdem er aus Paris zurückgekehrt war, fasziniert vom Werk des Barons Haussmann, Präfekt von Paris unter Napoleon III. und Schöpfer einer Stadtplanung, die eine leichtere Kontrolle von Volksaufständen ermöglichte.«

»Das dürfte Frisch schockiert haben.«

»Vielleicht war er sich dessen gar nicht bewußt. Wir erkennen vieles, weil die zeitliche Distanz es uns ermöglicht. Ihn hingegen hat ein Großteil der Veränderungen vermutlich überzeugt. Eine Stadt ist vor allem ihr Erscheinungsbild und erst in

zweiter Linie Funktion, was höchstwahrscheinlich auch Alvear selbst nicht klar war.«

»Er fing an zu bauen.«

»Er fing an, Paris nachzubauen. Und schaffte es, daß ganz Buenos Aires seine Handschrift trägt. Das Regierungsgebäude, die Plaza de Mayo, die Avenida de Mayo, die diagonalen Hauptverkehrsadern, der von Eduardo Madero entworfene Hafen … Was er nicht fertiggestellt hat, hat er zumindest angestoßen.«

»Das hat er nicht schlecht hingekriegt.«

»Er hatte auch die Mittel. Während die Stadt sich ausdehnte, kamen die Kühlschränke auf. 1883 zündeten sich die Argentinier erstmals argentinische Zigaretten aus argentinischem Tabak und argentinischem Papier mit argentinischen Streichhölzern an. Und qualmend sahen sie an der Mole des Riachuelo bei der Vuelta de Rocha das erste Transatlantikschiff anlegen, die Italia. *Einige wenige erzählten sich das bereits per Telefon.«*

»Roque?«

»Nein. Das Telefon hielt erst im folgenden Jahrhundert Einzug ins Leben meiner Vorfahren. Sie waren nicht darauf angewiesen. Sie hatten Geld. Für eventuelle dringende Krankheitsfälle hatten sie ganz in der Nähe, kaum einen Kilometer vom Haus entfernt, im Hospital de San Roque die Asistencia Pública, *den staatlichen Gesundheitsdienst, von Doktor Ramos Mejía 1884 ins Leben gerufen. Abgesehen davon war Balvanera ein umtriebiger Stadtteil. Bis 1877 war Yrigoyen dort* comisario *und sein Onkel Alem, der Weinerliche, der große Parteipatriarch der Unión Cívica, der unumstrittene Chef des Bezirks.«*

»Das waren gute Zeiten.«

»Es war ein paar Jahre lang relativ ruhig … Ziemlich ereignislose Jahre opulenten Lebens, in denen Frisch mit Mildred und Ramón ins Stadtzentrum Bücher einkaufen ging. Nicht

mehr zur Recova Vieja, die ließ Alvear als allererstes abreißen, sondern in Antiquariate wie das in der Calle Chile, Ecke Comercio, und andere Buchläden, die europäische Veröffentlichungen importierten, vor allem aus Barcelona und Paris.«

»Und nicht nur spanischsprachige.«

»Natürlich nicht. Bei Mildred lernte Ramón schon bald Englisch. Er hat es sein ganzes Leben lang gesprochen und gelesen. Auch Deutsch entzifferte er recht gut: Frisch war auf die Deutsche La Plata Zeitung *abonniert, aus der sie, abgesehen von der Lektüre des* Vorwärts, *gemeinsam den einen oder anderen Artikel zu übersetzen pflegten. Dem Französischen näherte er sich durch Sara, die wie jedes Mädchen aus guter Familie in Buenos Aires romantische Geschichten in der Sprache der Liebe las. Das war nicht weiter verwunderlich: Buenos Aires war alles andere als eine einsprachige Stadt und der Konsum an Gedrucktem außerordentlich. Einer Zählung des legendären Statistikers Latzina zufolge gab es 1886 vierhunderttausend Einwohner und vierhundertfünfzig Publikationen, mehr als eine auf tausend Personen. Sie konnten unmöglich alle verkauft und schon gar nicht gelesen werden, aber sie waren vorhanden. Die meisten erschienen auf Spanisch, aber es sind auch vier deutsche, sieben englische, sieben französische und neunzehn italienische verbürgt, die regelmäßig aufgelegt wurden.«*

»Der Kleine las also alles mögliche und von frühester Jugend an.«

»Wodurch er seinen Mangel an ordentlicher Schulbildung mehr als kompensierte. Vorteile des Reichtums.«

»Dennoch waren sie wohl weit davon entfernt, zu den wirklich Reichen zu gehören.«

»Sie waren reiche Städter. Die Vermögen der wirklich Reichen stammten aus der Landwirtschaft, aus dem Handel mit Fleisch, Häuten, Wolle, Talg und anderen Dingen, die ich mir nie alle merken konnte. Und sie waren widerwärtig reich. So reich, daß sie ihre Kutschpferde importieren ließen. Auch wenn

Martínez Estrada mit seiner, wie Borges es nannte, melancholischen Vaterlandsvision die Meinung vertrat, daß es in Argentinien niemals Reiche gegeben habe, die so reich gewesen wären wie die Armen in den conventillos *arm waren, gefangen zwischen Obdachlosigkeit und Promiskuität. Man muß ihm recht geben, wenn man bedenkt, daß die vierhunderttausend von Latzina verbuchten Einwohner der Stadt Buenos Aires in etwas mehr als dreißigtausend Häusern lebten, ungefähr zweihunderttausend Zimmern, ein theoretisches Mittel von einem Zimmer auf zwei Personen, in der Praxis verfälscht durch Tatsachen wie die, daß Roque, Ramón und Mildred beispielsweise zehn Zimmer belegten, darüber hinaus verfügte Roque noch über ein Refugium von zwei Zimmern für seine Zusammenkünfte mit Sara, und auch Frisch hatte zwei für sich allein …«*

»Wo?«

»In der Calle Artes Nummer 63. Das ist die Anschrift, die von 1882 an auf allen von Roque unterzeichneten Dokumenten erscheint. Dort lebte Frisch, nicht nur offiziell. Im Grunde war er ja gewohnt, allein durch die Welt zu ziehen, und dürfte somit einen gewissen Gefallen an einem eigenen Winkel gefunden haben. Abgesehen davon brauchte er wohl einen Ort, wohin er mal eine Frau mitnehmen konnte.«

»Weiß man etwas über seine Frauen?«

»Natürlich. Da sind mindestens drei, deren Andenken überdauert hat: Rosina Parisi, die in sein Leben trat, als er um die fünfzig war, und ihm mehr Probleme als sonst was brachte, und Encarnación, die Schwester des schwarzen Juan Manuel, die Mulattin, unter deren Reizen der Senator Huertas verschieden war. Frisch spielte jahrelang in Pieras Lokal, ohne jemals mehr als drei Sätze mit ihr gewechselt zu haben. Und eines Tages plötzlich nahm er sie wahr: einen Blick, ihr Profil, was weiß ich … Das muß so um die Mitte der neunziger Jahre gewesen sein: Sie wurde für ihn zur Achse, um die sich die Welt drehte.

Am Ende war es eine traurige Geschichte. Die dritte ... zu der kommen wir später.«

»Es ist also doch eine ganze Menge passiert ...«

»Ja, sicher. Ab 1886. Die Cholera-Epidemie stellte für alle einen Wendepunkt dar. Nicht etwa, daß sie die Lektüre oder das Theater aufgegeben hätten, ganz und gar nicht, kein Gedanke: Dafür war die Leidenschaft viel zu groß. Sie besuchten mit der gleichen Begeisterung den Zirkus von Pepino Podestá, um ihn als den legendären Gaucho Juan Moreira zu sehen und über Frank Browns Clownerien zu lachen, wie die Vorstellungen von Sarah Bernhardt im Politeama. *Nein, das alles ging weiter seinen Gang, wie auch Frisch weiterhin sein Bandoneon überallhin mitschleppte. Doch die Seuche brachte das Leben aus den Fugen.«*

21. *Freundespflicht*

Die Zeremonie dauerte nur wenige Minuten.

BEATRIZ GUIDO, Fin de fiesta

Am 12. Oktober 1886 übergab der nie genug gewürdigte Eroberer der Wüste und Erschaffer des neuen Staates General Julio Argentino Roca, »Roca, der Fuchs«, die Insignien der Präsidentschaft seinem Nachfolger, dem Cordobesen Miguel Juárez Celman, auch als *el burrito cordobés*, das Eselchen aus Córdoba, verunglimpft.

Dieses historische Datum, an dem im Jahre 1492 der Admiral des Ozeanischen Meeres Christoph Columbus seinen Fuß auf die Insel Guanahaní gesetzt hatte, wählte der vielleicht nicht mehr ganz so junge Manuel Posse, Manolo de Garay, nach einer glücklichen, fast fünfjährigen Zeit der körperlichen und moralischen Prüfung, in deren Verlauf das Mädchen jeden Bewerber nach einem kurzen spöttischen Blick zwischen seine Beine abgewiesen hatte, für seine Hochzeit mit der fünfundzwanzig Lenze zählenden Carmen López aus Lugo.

Auf denselben Tag ist die Akte der Gesundheitsbehörde zur Cholera-Epidemie datiert, die so ungeheuerlich wütete, daß der Friedhof La Chacarita angelegt werden mußte, um den vorhandenen, fünfzehn Jahre zuvor unter dem Druck einer anderen Geißel, dem Gelbfieber, in diesem Bezirk entstandenen zu erweitern.

Die Behörden brauchten fast zwei Monate, um die entsprechenden Meldebestimmungen einzuführen, aber es steht zu vermuten, daß die ersten Fälle tatsächlich im September oder sogar schon im August aufgetreten waren. An jenem Dienstag auf dem Weg zur Kirche Nuestra Señora de Balvanera, in der die Trauung stattfinden sollte, wurde Roque durch die großflächigen weißen Druckplakate, die überall in der Stadt an den Hauswänden klebten, unsanft aus der träumerischen Stimmung gerissen, in die ihn eine lange Nacht mit Piera versetzt hatte. Der Überschrift zufolge handelte es sich um »Vorsichtsmaßregeln«, die angesichts der Cholera-Bedrohung befolgt werden sollten.

Roque hielt sich nicht damit auf, den ausgefeilten, barock formulierten Text genau zu lesen, doch erfaßte er die Warnung ausreichend, um sich Sorgen um die Seinen zu machen. Schon der erste Punkt der Bekanntmachung war erschreckend genug: »Es sollte nicht außer acht gelassen werden«, mahnte der Verfasser in priesterlichem Ton, »daß die Anzahl der Betroffenen selbst bei großen Epidemien in der Regel die von der ängstlich übersteigerten Einbildungskraft des Volkes befürchtete längst nicht erreicht...« Die anonyme Belehrung ging weiter mit einem psychologisch gefärbten Rat: »Furchtsame Menschen sind für gewöhnlich weniger widerstandsfähig, folglich ist es unerläßlich, dem Geist die größtmögliche Ruhe zu gewähren und, ohne die Hygienegebote zu vernachlässigen, für Zerstreuung zu sorgen und jeden trüben Gedanken mittels guter Lektüre und regelmäßiger Arbeit fernzuhalten...« Im letzten Absatz hieß es: »Ein schneller Krankheitsverlauf ist die Ausnahme«, aber man dürfe »die ersten Symptome nicht übergehen, so harmlos sie auch erscheinen mögen, und sollte sofort und unverzüglich ärztlichen Rat einholen, um somit den rechten Zeitpunkt für ein wirksames Eingreifen der Wissenschaft nicht zu versäumen«.

Roque rückte seinen Hut zurecht, schob die Hände in

die Taschen und setzte in traurige Grübeleien versunken seinen Weg fort.

Ramón und Mildred hatten ihm einen Platz ganz vorn freigehalten, unmittelbar hinter der Familie Posse. Als Sara seiner Gegenwart gewahr wurde, wandte sie sich halb um und lächelte ihm zu. Sie liebte ihn. Zwar wußte sie um Pieras Existenz, doch lag es ihr fern, eifersüchtig auf diese gefeierte, umschwärmte Frau zu sein, vielmehr dankte sie Roque das sporadische Geschenk seines Körpers.

Der Priester zelebrierte sein Ritual. Von einer leeren Kanzel aus verfolgte Ciriaco Maidana aufmerksam die Zeremonie.

Die ganze Familie Posse war versammelt: der Vater des Bräutigams, dessen Geschwister und die Schar seiner Neffen und Nichten, die mit jedem Jahr anwuchs. Außerdem drängten sich ein paar hundert Galicier in der Kirche, die zum Großteil direkt oder indirekt bei Manolos Vater in der Schuld standen: gutsituierte, wohlgenährte Kaufleute, deren Erinnerungsvermögen schon nicht mehr in die generationenlangen bäuerlichen Hungerzeiten zurückreichte, umringt von drallen Kindern und gepuderten Frauen.

Der Anzug des Bräutigams, von geradezu wundersamer Wirkung, beeindruckte Roque: Die Form der Ärmel verlieh Manolos Händen normale Proportionen, eine leichte Korrektur des Armausschnitts zentrierte Rockschöße und Rückenpartie, die Weite der Hosenbeine kaschierte auffällige Ausbuchtungen und machte die Füße optisch kleiner.

Die Braut sah noch jünger aus als am Tag ihrer ersten Begegnung mit Roque unter dem bleichen Licht des Künstlerkorridors im *Teatro Alcázar*.

Am Ausgang hielt Roque sich zurück, um dem Reisregen draußen zu entgehen: Die Vorstellung, daß ihm ein Körnchen in den Kragen fallen und unter die Kleidung rutschen könnte, war ihm höchst unangenehm.

Das Bankett im Haus in der Calle Pichincha-Garay erinnerte nur allzusehr an die Geburtstage des alten Posse: Es waren seine Gäste, seine Verwandten, sein Prestige, und jedes unterwürfige Lächeln galt ihm. Offenbar war das einzige, was ihm nicht gehörte, die Zukunft.

Ramón, der im nächsten Monat zwölf Jahre alt werden sollte, bewahrte eine sehr lebendige Erinnerung an jenen ersten Heiligen Abend 1880, den er bei Posse verlebt hatte. Alles war wie damals und unterschied sich doch sehr wesentlich. Roque war nicht mehr so jung, Manolo hatte seine Mansarde verlassen, Sara wurde von den schwersten Arbeiten entlastet, er selbst stand im Begriff, die Kindheit hinter sich zu lassen, und Mildreds stete Anwesenheit und Nähe erfüllten ihn mit innerer Unruhe und Freude zugleich. Noch etwas löste in ihm das unbestimmte Gefühl einer entscheidenden Veränderung aus: die Ablösung Gabino Ezeizas durch einen anderen, musikalisch vielseitigen Mulatten von anerkanntem Ruf, einen Freigelassenen mit einem so hochherrschaftlichen Namen wie Pieras Diener: Sebastián Ramos Mejía, *el Pardo*, spielte Bandoneon.

Roque hatte sich in einen ruhigen Winkel zurückgezogen, trank *sidra*, ließ die Leute an sich vorbeiflanieren und wartete auf den richtigen Moment, das Brautpaar zu beglückwünschen. Das war gegen Abend.

Er küßte Carmen auf beide Wangen und schüttelte ihrem Ehemann die Hand.

»Du siehst schick aus«, sagte er zu ihm.

»Guter Anzug, nicht wahr?« gab Manolo voller Stolz zurück.

»Der, der ihn gemacht hat, ist ein Meister seines Fachs«, lobte Roque.

»Komm, ich stelle ihn dir vor. Er ist ein Landsmann.«

Er nahm ihn am Arm und führte ihn zu einem Mann, der allein an einem Tisch stand und trank.

»Señor Durán«, sagte er, »das ist mein Freund Roque Díaz.«

Durán war klein, ein wenig gebeugt und trug einen Zwicker auf der gewaltigen, roten, narbenübersäten, birnenförmigen Nase.

»Sehr erfreut«, grüßte freudlos der Schneider. »Benötigen Sie meine Dienste?«

»Warum nicht?« Roque nickte. »Das könnte ein guter Anfang sein.«

»Anfang?« staunte Durán. »Anfang von was?«

»Einem Geschäft.«

»Roque ist ein ehrlicher Mann und sehr tüchtig«, mischte sich Manolo ein. »Wenn er Ihnen ein Angebot macht, gehen Sie darauf ein, Durán.«

»Wollen Sie mir denn ein Angebot machen?«

»Ganz recht. Sie sind ein hervorragender Handwerker, und ich habe Geld. Werden Sie mein Partner für eine Kleiderfabrik!«

»Dafür bin ich zu alt.«

»Sie werden nicht länger als zwei Jahre arbeiten müssen. Sobald Sie ein paar junge Leute eingewiesen haben, bleiben Sie zu Hause und kassieren nur noch.«

»Das muß ich mir überlegen.«

»Denken Sie ruhig darüber nach«, gestand Roque ihm zu.

Da ließ ihn der Aufruhr unter den Frauen, die sich vor einem der Badezimmer hinten im Hof versammelt hatten, aufhorchen.

Er ging hin.

»Was ist los?« fragte er.

Die Antwort kam von Asunción, Posses ältester Tochter, die in diesem Moment mit einer Schüssel voll Wasser herantrat.

»Es ist Sara. Sie ist ohnmächtig geworden, und jetzt übergibt sie sich.«

»Lassen Sie mich nach ihr sehen«, sagte Roque.

»Gehen Sie da ja nicht rein!« hielt ihn die Frau auf, die Hand auf seiner Brust.

»Versuchen Sie ja nicht, mich davon abzuhalten, es sei denn, Sie wollen am Tod Ihrer Schwester schuld sein.«

Er schob sie energisch beiseite und öffnete die Badezimmertür.

Nicht lange, und er sah seinen Verdacht bestätigt.

Sara saß auf dem Boden an die Badewanne gelehnt, die Finger in ein Handtuch gekrallt. Sie hatte einen übelriechenden gelblichen Schleim erbrochen und ihr Kleid beschmutzt. Als sie Roque sah, lächelte sie ihn an und hob die Hand, um ihn zurückzuhalten. Sie war sich der Gefahr bewußt, der er sich durch eine Berührung aussetzte.

Roque machte kehrt und rief nach Frisch.

»Schnapp dir ein Pferd«, sagte er, »und hol im San Roque einen Arzt. Es ist die Cholera.«

Mit Zaubermacht drängte das Wort das murmelnde Weibsvolk zurück, das Frisch den Weg zum Stall freigab.

Roque schloß sich mit Sara ein.

»Bleib, wo du bist«, sagte sie.

Er gehorchte.

»Damit hast du nicht gerechnet, nicht wahr?« sprach sie weiter.

»Nein«, gab Roque zu.

»Es ist besser so. Schneller als die Schwindsucht… Roque…!«

Ein Würgen unterbrach sie.

»Ja?« drängte er sie, die Zwangspause übergehend.

»Unser Zimmer… Benutze es mit keiner anderen.«

»Das hatte ich nicht vor.«

»Ich möchte, daß du es mir versprichst.«

»Ich verspreche es dir.«

Es klopfte stürmisch an die Tür.

»Wer ist da?« fragte Roque.

»Posse. Lassen Sie mich rein.«

Roque ließ ihn eintreten.

Vater und Tochter sahen sich eindringlich an.

»Kommen Sie nicht näher, Papa«, flehte sie.

»Wie fühlst du dich?« Eine sinnlose, aber liebevolle Nachfrage.

»Ich sterbe.«

»Soll ich dir einen Priester rufen?«

»Nein, Papa. Schwere Sünden habe ich nicht begangen.« Sie sah Roque an. »Wenn es ein Jenseits gibt, wird man mich dort freundlich aufnehmen. Die Priester…«

»Schon gut, schon gut…«

Der Alte starrte auf die Bodenfliesen.

»Es gibt ein Jenseits«, flüsterte Ciriaco Maidana Roque ins Ohr. »Und man wird sie freundlich aufnehmen.«

Kurz darauf waren draußen Stimmen zu hören.

»Machen Sie Platz«, rief Frisch. »Ich bringe den Doktor!«

Roque beeilte sich, sie einzulassen. Der Arzt, ein rundgesichtiger, bärtiger Mann mit Zwicker, warf einen Blick auf Sara und schüttelte unwillig den Kopf.

»Aber, Jungs«, schimpfte er, »wie könnt ihr dieses Mädchen hier so liegen lassen? Los, los! Hebt sie auf, und bringt sie ins Bett!«

»Nein, sie sollen mich nicht anfassen…«, wehrte sich Sara.

Niemand konnte sich jemals erklären, woher der Kerl mit dem Hut und dem Halstuch kam, der plötzlich Roque wegschob und zu Sara trat. Wenn auch zugegebenermaßen nie jemand nach ihm fragte.

Maidana, für alle sichtbar, ging neben dem Mädchen in die Hocke.

»Um mich brauchen Sie keine Angst zu haben«, sagte er ganz leise. »Ich hab's schon hinter mir.«

Mit dem Handrücken strich er ihr den Rock zurecht und fuhr ihr mit den Armen unter Schultern und Knie.

»Halten Sie sich fest«, befahl er.

Er hob sie hoch und trug sie anscheinend mühelos zu einem weißbezogenen Bett mit dicken Kissen, das jemand in einem der nächstgelegenen Zimmer hergerichtet hatte.

Dort legte er sie nieder.

»Bis bald«, sagte er.

»Sie ...«

»Wir werden genug Zeit zum Plaudern haben, keine Sorge.«

Der Arzt blieb lange bei Sara, hinter verschlossener Tür.

Als er herauskam, ging er in die Küche und wusch sich die Hände.

Roque und der alte Posse folgten ihm.

»Cholera«, erklärte er und trocknete sich ab.

»Das wußten wir bereits«, erwiderte Roque.

»Die schlimmste Form«, ergänzte er dann.

»Wie lange noch?« fragte Posse.

»Ich glaube nicht, daß sie die Nacht übersteht.«

»Ohne jede Hoffnung?« beharrte der Vater.

»Ich habe noch kein Wunder erlebt. Bestellen Sie den Sarg. Ich schicke Ihnen Leute aus dem Hospital, damit sie sich um den Leichnam kümmern. Der Deckel muß sofort geschlossen werden. Und anschließend verbrennen Sie bitte Bettwäsche und Kleidung.«

»Eine Behandlung, irgend etwas, das man bis dahin tun kann ...«

»Behandlung? Es gibt keine.«

»Auf den Anschlägen steht ...«

»Auf den Anschlägen steht alles mögliche, aber die sind von Politikern geschrieben, nicht von Ärzten, mein Freund.«

Auch Manolo und Carmen hörten diesem Gespräch zu.

Posse trat zu ihnen.

»Ihr müßt weg«, sagte er.

»Nein, Vater. Wir fahren doch in einer solchen Situation nicht in die Flitterwochen!«

»Hör auf mich, mein Sohn. Wenn ihr hierbleibt, ändert das doch nichts. Ich wäre beruhigter, wenn ihr euch auf den Weg macht.«

»Folge dem Rat deines Vaters, Manolo«, mischte sich Roque ein.

Die Diskussion zog sich noch ein paar Minuten hin, doch schließlich willigte Manolo ein.

Sara starb um Mitternacht. Da waren ihr Bruder und ihre neue Schwägerin schon unterwegs nach Montevideo.

Die Anweisungen des Arztes wurden haargenau ausgeführt. Man bahrte Sara im Wohnzimmer im geschlossenen Sarg auf.

Am Ende des Tages brachte Frisch Ramón und Mildred nach Hause. Roque setzte sich zum Rauchen auf die zweite Stufe der Treppe zur Dachterrasse und betrachtete den lodernden Berg aus Laken, Handtüchern, Kleidern und Unterwäsche, den jemand in der Mitte des Innenhofs aufgehäuft hatte.

Maidana materialisierte sich an seiner Seite.

»Danke für das, was du heute nachmittag getan hast«, sagte Roque.

»Schon gut.«

Der tote *compadrito* war auffallend unruhig.

»Was ist los mit dir, Maidana? Fehlt dir was? Sterben kannst du ja nicht zum Glück!«

»Das würde ich aber gern, Roque. Ein für allemal sterben.«

»Zur Ruhe kommen.«

»Genau. Aber ich fürchte, das wird mir nicht vergönnt sein«, sagte er mit einem erstickten Schluchzen. »Nicht mehr …«

»Verflucht, Maidana! Was hindert dich daran, zur Ruhe zu kommen?«

»Die Cholera schlägt überall zu, weißt du?«

»Ja. Und?«

»Erinnerst du dich an Severo Camposanto?«

»Ich erinnere mich.«

»Er liegt im Sterben.«

»Cholera?«

»Cholera. Wie so viele.«

»Und freut dich das nicht? Oder willst du ihm auf der anderen Seite nicht über den Weg laufen?«

»Nein, es freut mich nicht... Nicht nur, daß es mich nicht freut, es macht mich krank. Denn wenn er so stirbt, werde ich niemals Frieden finden.«

»Verstehe. Damit du Frieden findest, muß ihm jemand die Kehle durchschneiden.«

»Wenn man ihm die Kehle durchschneidet, kann ich diese Welt verlassen. Andernfalls muß ich für immer bleiben, wo ich bin, auf halber Strecke, ein bißchen hier, ein bißchen...«

»Willst du sie wirklich, diese Ruhe, Maidana?«

»Ich habe sie mir verdient, Roque.«

»Da hast du recht, Geist. Du hast eine Menge getan. Du hast sie verdient.«

»Aber jetzt ist es zu spät.«

»Zu spät?« Roque stand auf. »Gehen wir!«

»Wirst du das für mich tun?«

»Wenn wir es noch rechtzeitig schaffen...«

Auf dem Ritt zum Maldonado gab Roque seinem Pferd erbarmungslos die Sporen.

Maidana, auf einem Windroß, flog an seiner Seite.

Camposanto bewohnte einen schlecht überdachten Verschlag aus Lehmziegeln und Stroh etwa zwanzig Meter vom Bach entfernt, weit weg von jeglicher menschlicher

Behausung. Durch das ohnehin verdreckte Zimmer wogten Gestankschwaden vom Kot und den dunklen Säften, die der Bazillus dem Körperinneren des Mannes entrissen hatte.

Der Schlächter war noch am Leben. Er lag auf einer Decke am Boden.

Dem säuerlich riechenden Bündel aus Haut und Knochen entrang sich ein gurgelndes Ächzen.

Er starrte Roque aus weit aufgerissenen Augen an.

»Jetzt kann ich es Ihnen nicht mehr beibringen«, sagte er, als er seinen Besucher erkannte.

»Doch, das können Sie«, versicherte Roque und zog, vor ihm stehend, den *facón*.

»Das ist ein gutes Messer«, bemerkte der andere und versuchte vergeblich, die Hand zu heben, um darauf zu deuten.

»Wo muß man die Spitze ansetzen?«

»Unter dem Kiefergelenk.«

»Hier?« fragte Roque und hielt ihm das Messer seitlich unter die Kinnbacke.

»Genau da. Nicht nur die Spitze.«

»Ganz?«

»Von dieser Klinge reicht die Hälfte.«

»Und dann?«

»Weiter nichts. Durchziehen. Kräftig, in einem Zug.«

»Aha…«

»Wollen Sie es an mir ausprobieren?«

»Deshalb bin ich hier.«

»Ich kann mich nicht wehren.«

»Sie selbst haben das sicher mit vielen Wehrlosen gemacht.«

»Stimmt.«

»Und ich bin es einem Freund schuldig.«

Roque hockte sich über den Alten und hielt ihm mit den

Knien die Arme fest. Mit der Rechten drückte er das Messer in Camposantos rechte Halsseite.

»Gibt es irgend etwas, das Sie noch sagen wollen?«

»Nein.«

Roque stieß ihm den *facón* seitlich in den Hals und zog ihn kraftvoll nach vorne. Als unangenehm empfand er nur eine Art Rülpser, den er als leichtes Beben an seinem Handgelenk spürte, und das anschließende Gluckern austretender Flüssigkeit. Er vermied den Anblick der abgründigen Pupillen des Alten.

Er stand auf und wischte das Messer an der Hose des Toten ab.

»Und jetzt?« fragte er.

»Jetzt verschwinde ich«, verkündete Maidana. »Für immer. Sag Frisch, Piera und Manolo Lebewohl für mich.«

»Bist du zufrieden, Geist?«

»Erleichtert, Roque.«

»Warum hast du mir nie davon erzählt?«

»Du warst so beschäftigt. Und es hatte ja Zeit.«

Sie umarmten sich.

Maidana löste sich in Luft auf.

Auf dem Rückweg zu Posses Haus, wo Sara nicht mehr war, hielt Roque das Pferd im Schritt und dachte, daß er den *compadrito* vermissen würde. Er streichelte das Kreuz an seinem Hals. Er dachte auch, daß dies ein sonderbares Land war, ein Land, in dem die Großzügigsten die Toten waren.

22. Der gesunde Durst

> […] er hatte das Gefühl, als habe das Schicksal nur ihnen beiden eine Bresche geschlagen und dränge sie nun, diesem Weg zu folgen.
>
> HORACIO QUIROGA, Pasado amor

Mildred Llewellyn hatte keine Gelegenheit, vielleicht nicht einmal den Wunsch, Ramón die Mutter zu ersetzen: Darum kümmerten sich zum einen Sara, die, so gut sie eben konnte, jeden zweiten Tag diese Rolle übernommen und ohne Druck oder erzieherische Ansprüche vor allem für Lesestoff und die Einkäufe gesorgt hatte, und zum anderen Piera, die zwar nicht so oft anwesend, jedoch auf das Wohl des Jungen bedacht war.

Mildred nahm bald die Stelle einer Schwester ein. Einer aufmerksamen und verschworenen Schwester, imstande, Ramóns geheimste Ängste zu erspüren, noch ehe sie ihm selbst zu Bewußtsein kamen, und sein Gemüt mit Liebkosungen und Zauberworten zu besänftigen. Oder ihn zu reizen oder zu ärgern, bis er in Tränen ausbrach. Nach einem Jahr des Zusammenlebens hatte ihre Abhängigkeit voneinander einen solchen Grad erreicht, daß sich keiner von beiden eine Zukunft vorstellen konnte, in der sie nicht gemeinsam vorkämen.

Das Englische wurde zwischen ihnen zur Sprache der Vertraulichkeit und Abgrenzung gegen die Welt, Spiel und Versteck, ein Ort der geheimen Verständigung und Zuflucht.

Wenn sie allein waren, sprachen sie Spanisch miteinander. Vor den anderen verschanzten sie sich hinter dem Englischen.

Ramón bekam Übung im Schnüren von Korsetts, im Knöpfen weiblicher Stiefeletten und im Umgang mit dem heißen Lockeneisen. Zur Badezeit wurde Mildred zur liebevollen, effizienten Zofe, die Ramón das Haar wusch und ihm den Rücken schrubbte.

Mit fünfzehn war Mildred ins Haus gekommen. Damals war Ramón acht gewesen. Die anfängliche Faszination der beiden füreinander – die der Junge von dem Augenblick an gespürt hatte, als er die Hand des halbverhungerten, ohnmächtigen Mädchens ergriff, in dem unsinnigen Bestreben, sie mit dieser Geste wieder zu sich zu bringen, und Mildred an jenem Morgen, als sie in einem Zimmer erwacht war, für das sie nicht zu bezahlen brauchte und wo sie niemand hinauswerfen würde – hatte sie in eine unschuldige und weitherzige Liebe gestürzt.

Die Zeit, die dann die Seuche, Saras Tod, Maidanas Erlösung, die Silberfäden in Roques Haar und die Bücher gebracht hatte, die Zeit glitt fordernd und unbarmherzig über sie hinweg. Sie wurden älter. Gemeinsam wuchsen sie heran.

An einem erstickend heißen Nachmittag im Februar 1888 saß Ramón in der Badewanne und schloß die Augen, während er auf den Eimer warmes Wasser wartete, den Mildred ihm über den Kopf gießen würde. Noch vor dem Wasser erreichte ihn ihr leichter Geruch nach frischem Schweiß. Er fühlte, wie ihm die Kehle eng wurde und ihn eine heiße Welle bis in die Fingerspitzen und bauchabwärts bis in sein Geschlecht durchströmte. Es war der wundervollste Duft der Welt, und einen Moment lang genoß er ihn in vollen Zügen. Fast augenblicklich wurde er sich seiner Erektion bewußt und drehte sich ab, um sie zu verbergen.

»Laß mich bitte«, bat er sie beschämt, ohne zu wissen, ob sie bemerkt hatte, was mit ihm los war. »Ich komme allein zurecht.«

Mildred hatte es mitbekommen und verstand.

Sie stellte den Eimer auf den Boden und zog sich mit den Tränen kämpfend zurück.

Piera fand sie fünf Minuten später im Wohnzimmer, wo sie mit zusammengepreßten Knien saß und auf ihr Taschentuch biß.

»Was ist denn los, Kleine?« fragte Piera und setzte sich ihr gegenüber.

»Nichts«, sagte Mildred ausweichend.

»Nichts? Wo ist denn Ramón?«

»Er badet.«

»Ganz allein?« Piera lächelte. »Wäschst du ihm heute nicht den Kopf?«

Da fing Mildred hemmungslos an zu weinen.

»Heute nicht und nie wieder, glaube ich«, gestand sie.

»Willst du nicht? Läßt er dich nicht? Oder wollt ihr beide und traut euch nicht?«

»Ich bitte dich, Piera! Er ist ein Junge!«

»Und du bist ein Mädchen.«

»Ich bin eine Frau!«

»Was du nicht sagst? Du bist eine Frau, aber er ist kein Mann, meinst du? Oder ist es eben das, was dich so durcheinanderbringt: daß er tatsächlich ein Mann ist? Zu jung, vielleicht?«

»Er ist dreizehn!«

»Er könnte dich schwängern, Süße.«

»Red keinen Unsinn!«

»Unsinn? Ramón ist dreizehn und du?«

»Bald einundzwanzig.«

»Und so unerfahren wie er. Das ist das einzig Unsinnige. Du sehnst dich schon seit einer Ewigkeit nach ihm und wartest ungeduldig, daß er groß wird. Bitte, jetzt ist er groß. Oder soll er lieber erst mal mit einem meiner Mädchen üben, damit er sich mit dir nicht so dumm anstellt?«

»Piera!«

»Piera! Piera! Wie entsetzlich! Sein erstes Mal wird nicht in meinem Haus stattfinden. Dafür ist Roque zu prüde. Du wirst die erste sein. Weißt du schon, wie?«

»Wenn ich es mache, dann wie alle anderen auch.«

»Ich bitte dich, aber doch nicht wie alle anderen, Schäfchen! Ich werde es dir erklären … Meine Hauptsorge im Moment ist allerdings nicht, was du im Bett machen wirst, sondern wie du den ersten Schritt tust. Hast du nie davon geträumt?«

»Zigmal.«

»Um so besser. Wenn du viele Träume gehabt hast, wird schon ein brauchbarer darunter sein.«

»Und das andere?«

»Auf jede erdenkliche Weise, aber niemals wie alle anderen. Mit dem Mund, mit der Zunge, mit den Zähnen, mit den Händen, einem Finger, zwei Fingern, drei Fingern, vier Fingern, den Füßen, dem Haar, der Nase, rücklings, bäuchlings, auf den Knien, sitzend, von der Seite, von hinten, von vorn …«

»Ich weiß nicht, Piera, ich weiß nicht, ob ich das kann … Er ist doch noch … Wenn Roque davon erfährt …«

»Roque wird es erfahren. Ich werde es ihm sagen.«

»Tu das nicht, Piera, bitte!«

»Es ist besser, wenn ich es ihm sage. Ich verspreche dir, daß nichts passieren wird.«

»Na ja, ist ja auch egal, es gibt sowieso nichts zu erzählen.«

»Wirklich?«

»Nein.«

Piera legte Mildred die Hand auf die Schulter.

»Heute nacht schläft Roque bei mir. Und Frisch spielt im Lokal, also verbringt er höchstwahrscheinlich die Nacht mit Encarnación.«

Mildred setzte zu einer Antwort an, aber Piera hob die Hand und versiegelte ihr die Lippen mit einem Finger.

»Ich gehe jetzt. Eigentlich wollte ich euch beide besuchen, aber das macht nichts. Ramón braucht gar nicht zu wissen, daß ich hier war.«

Ramón war aus dem Bad gekommen und kleidete sich an. Er sah sie weder kommen noch gehen.

Als es Nacht wurde, entfachte Mildred das Feuer im Herd und legte zwei Fleischstücke in die Pfanne.

Ramón betrat die Küche mit einem Buch in der Hand und setzte sich an den Tisch, ohne es wegzulegen.

Sie aßen schweigend.

Schließlich begann Mildred zu sprechen.

»Ich bin zwanzig Jahre alt«, sagte sie, »ich fürchte, aus mir wird eine alte Jungfer.«

Ramón stand auf und sah zu Boden.

»Es ist heiß«, sagte er.

Er wandte sich ab und ging in sein Zimmer.

Mildred begriff, daß sie niemals tun würde, was sie nicht jetzt tat, und daß alles von ihrer Entscheidung abhing. Sie zog sich aus. Rock, Bluse, Büstenhalter, Höschen, Strümpfe und Schuhe blieben auf dem Tisch neben den schmutzigen Tellern liegen. Sie löste ihr Haar und ergriff die Lampe.

Ramón lag auf dem Bett, fast so nackt wie sie.

Er war nicht überrascht, sie zu sehen, dennoch setzte er sich ruckartig auf, zog die Beine an, deckte sich zu und lehnte sich mit dem Rücken gegen die Wand. Sie schloß die Tür und stellte die Lampe auf den Boden.

Sie sahen einander in die Augen.

»Ich würde gern bei dir schlafen«, sagte Mildred. »Darf ich?«

»Ja«, erwiderte er. »Aber ich habe Angst.«

»Ich auch. Ich habe große Angst, Ramón. Wir können nicht... du bist noch ein Kind, das geht nicht, ich bin eine Frau... Wenn das rauskommt, sperren sie mich ein.«

»Nein!« schrie Ramón, rannte auf sie zu und umarmte sie. »Niemand braucht zu erfahren, daß wir...«

Da offenbarte ihm Mildreds weiße Haut die Tiefe des Abgrundes. Er verstummte. Er atmete ihren weiblichen Dunst und überließ sich ganz diesem Schwindelgefühl.

Sie spürte Ramóns Geschlecht an ihrem Bauch und preßte sich noch fester an ihn.

Sie küßten sich zum ersten Mal.

23. Die Grundlagen des wissenschaftlichen Sozialismus

Niemals hatten die großen Ideen zur sozialen Befreiung einen besseren Nährboden für ihre Ausbreitung gefunden.

ALBERTO GHIRALDO, Humano ardor

Roque erwachte um drei Uhr morgens. Piera saß nackt neben ihm im Bett und rauchte.

»Möchtest du?« fragte sie und bot ihm eine Zigarette an.

»Ja«, nickte er, setzte sich auf und sah auf die Uhr. »Wie kommt's, daß du um diese Zeit nicht schläfst? Was ist?«

»Nichts. Ich denke nach.«

»Und worüber, wenn ich fragen darf?«

»Darfst du. Ich habe über Dinge nachgedacht, die du gesagt hast. Über den Sozialismus und die Sache mit der Güterverteilung.«

»Aha. Bist du anderer Meinung?«

»Wie sollte ich anderer Meinung sein! Ich finde es großartig. Keiner nimmt dem anderen etwas weg. Weder das Essen noch die Arbeit, noch die Wohnung.«

»Noch irgend etwas sonst.«

»Auch nicht das Glück, Roque?«

»Das hängt mit allem anderen zusammen, oder nicht?«

»Nicht immer.«

»Ich verstehe dich nicht. Ein Mensch, der Haus, Anstellung, Ausbildung und Nahrung hat ...«

»Und Liebe?«

»Wenn er das alles hat, ist er frei zu lieben. Dann kann er wählen.«

»Nein«, widersprach Piera und stand vom Bett auf.

»Nein?« Er sah sie zu dem kleinen Barmöbel hinübergehen.

»Du weißt genau, daß das nicht stimmt, Roque. Dabei hat niemand die Wahl. Weder du noch ich haben gewählt. Jemand oder etwas hat für uns gewählt. Und schau uns an: ich eine Nutte und du ein reicher Spanier, der zu mir ins Bett steigt, wenn ihm danach ist.«

»In den Augen der Leute. Und das läßt sich ändern ... Ich hab dich schon tausendmal gebeten, mich zu heiraten.«

Piera goß Gin in zwei hohe Gläser und setzte sich neben Roque auf den Bettrand.

»Das ist keine Lösung. Damit würden wir nur der Gesellschaft einen Gefallen tun, wie du ja selbst sagst. Ich meine etwas anderes, ein Umfeld, in dem wir einfach sein können, wer wir sind, und das Leben führen können, das wir führen, ohne dafür geächtet zu werden.«

»Das ist sehr schwierig. Es braucht eine soziale Ordnung ...«

»Scheiß auf die Ordnung! Du warst nie richtig glücklich. Ebensowenig wie ich. Und weder du noch ich haben uns je darangemacht, an diesem Teil unseres Lebens etwas zu verändern.«

»Wir waren zu beschäftigt.«

»Dein Sohn ist nicht beschäftigt. Und mit aller Wahrscheinlichkeit wird er es nie sein. Trotzdem ist er vor denselben Karren gespannt wie du und ich. Geld zu haben macht ihn nicht freier, Roque.«

»Er wird aber wählen können.«

»So leicht wird das nicht sein.«

»Warum sagst du das?«

Piera zögerte mit der Antwort, während sie sich eine neue Zigarette ansteckte.

»Weil ich glaube, daß er seine Wahl bereits getroffen hat«, seufzte sie schließlich, »und möglicherweise nicht einmal auf dich rechnen kann.«

»Wie sollte er jetzt schon wählen? Er ist noch ein Kind. Er ist noch keine vierzehn.«

»In diesem Alter warst du kein Kind mehr, entsinne dich!«

»Und ob ich das war! Ich entsinne mich.«

»Du hast schon einen Steifen gekriegt, weißt du noch?«

»Ja.«

»Und das hat dich verrückt gemacht, weißt du noch?«

»Ich glaube, ja.«

»Was hast du dagegen getan? Es dem Dorfpfarrer erzählt?«

»Nein, nein. Das hab ich nicht erzählt. Bei der Beichte habe ich immer was erfunden.«

»Du hast onaniert, weißt du noch?«

»Ja, ja, weiß ich.«

»Und erinnerst du dich auch noch an dein erstes Mal mit einer Frau? Du hast mir nie davon erzählt.«

»Ja, auch daran erinnere ich mich.«

»Wie alt warst du da, Roque?«

»Vierzehn. Das war mit einer, die durch die Dörfer zog. Die Burschen haben alles Geld zusammengelegt, das sie aufbringen konnten, und auf sie gewartet. Sie kam in einem Wagen und hielt am Wegrand. Nachts hat ihr einer die gesammelten Münzen gebracht, und sie hat sie gezählt. Wenn es ihr genug erschien, hat sie die ganze Mannschaft drangenommen, egal ob es zehn oder zwanzig waren.«

Piera hörte ihm aufmerksam zu und streichelte seine Brust.

»Und da warst du auch dabei?«

»Ja. Aber ich erzähle dir lieber nicht, was passiert ist.«

»Ich will aber, daß du es mir erzählst.«

»Nicht heute nacht.«

»Heute nacht. Jetzt. Ich muß es wissen.«

»Na gut. Ich bin in den Wagen gestiegen, nachdem schon etliche drin gewesen waren ... Ich wollte nicht, ich hatte Angst, konnte aber unmöglich kneifen. Ich habe nicht die geringste Begierde nach dieser fetten, verschwitzten Frau empfunden, die auf einer Decke in ihrem Wagen lag und sich zwischendurch nicht einmal gewaschen hatte. ›Señora‹, hab ich gesagt, und sie hat mich ausgelacht. ›Los, komm her, ich werde dich schon nicht fressen!‹ hat sie gesagt. ›Oder gefalle ich dir etwa nicht?‹ Ich hab ihr erklärt, so gut ich konnte, daß dies Neuland für mich war. Da hat sie sich bekreuzigt, den Kopf gehoben und sich auf die Ellbogen gestützt. ›Du hast noch nie gesehen, wie ein Weib aussieht?‹ hat sie gefragt. ›Nein, Señora‹, hab ich gesagt. Da hat sie die Beine breit gemacht und ihre Möse gespreizt. ›Komm, guck dir's an!‹ hat sie verlangt, und ich habe gehorcht. Der Geruch war durchdringend, und ich mußte an verdorbenen Fisch denken. Aber ich bekam einen Steifen, wie du es nennst.«

»Hast du es hingekriegt?«

»Sie hat alles gemacht. Ich weiß nicht, wie. Ich weiß nur, daß ich mich entladen habe und sie mich dann fortgeschickt hat. Ich sollte mich bedanken und verschwinden. ›Danke, Señora‹, hab ich gesagt. Als ich aus dem Karren gestiegen bin, hatte ich das Gefühl, eine Ewigkeit in einer anderen Welt gewesen zu sein, obwohl es sicher kaum zehn Minuten gedauert hatte. Der Geruch nach faulem Fisch ging mir nicht aus der Nase und war mir plötzlich unerträglich. Ich bin ein Stück von der Straße weggelaufen und hab mich übergeben.«

»Und dann?«

»Es vergingen drei Jahre, ehe ich mich wieder einer Frau näherte.«

»Und die Dicke in dem Wagen hast du nie wieder gesehen?«

»Wenn ich hörte, daß sie ins Dorf kam, hab ich mich verdrückt. Ich ekelte mich und hatte Angst vor ihr.«

»Keine gute Erfahrung.«

»Ich wünsche sie niemandem.«

»Auch nicht deinem Sohn.«

»Ramón schon gar nicht.«

»Und trotzdem, Roque, mein Schatz, sagst du, er sei zu jung. Er ist genauso alt wie du damals, aber du wirst ihn im Stich lassen. Du wirst ihn genauso sich selbst überlassen, wie du es damals warst. Soll er sehen, wie er klarkommt! Was einen Mann nicht umbringt, macht ihn ja schließlich nur härter!«

»Was soll ich denn sonst tun? Soll ich ihm etwa eine Frau besorgen?«

»Nicht nötig.«

»Hast du schon eine für ihn? Die Idee gefällt mir gar nicht.«

»Ach, Roque, manchmal bist du wirklich schwer von Begriff! Dein Sohn hat längst eine Frau gefunden. Er hat nur panische Angst vor dem entscheidenden Schritt.«

»Damit willst du doch nicht etwa sagen, daß...?«

»Doch, das will ich damit sagen. Hiermit sag ich's dir.«

»Mildred?«

»Mildred.«

»Aber das ist ein Unding! Sie ist eine erwachsene Frau! Und er noch ein Kind!«

»Du warst auch noch ein Kind. Und deine erste war keine Frau.«

»Das war ein Schreckgespenst!«

»Ramón wird sich immer an Mildreds Duft bei seinem

ersten Mal erinnern. Zumal es für beide das erste Mal sein wird.«

»Das hast du so eingefädelt.«

»Es hat sich von allein eingefädelt. Das Leben hat es eingefädelt. Sie haben nicht gewählt, aber sie glauben, gewählt zu haben.«

»Das kann nicht gutgehen.«

»Es muß gutgehen, Roque. Stell dir vor, dir wäre so etwas passiert! Es wäre ein besserer Liebhaber, ein besserer Mensch, ein kompletterer Mann aus dir geworden. Und ich behaupte nicht, du wärst kein guter Liebhaber, kein guter Mensch oder nur ein halber Mann. Aber du hättest von Anfang an so sein können, und es hätte dich weniger Schmerzen und weniger Anstrengung gekostet. Es ist nicht wahr, daß Leiden uns zu besseren Menschen macht: Wer leidet, hat wenig Gelegenheit, gut zu sein. Wer hingegen glücklich ist …«

»Glück …!«

»Es ist sein gutes Recht, oder etwa nicht? In jeder anderen Hinsicht hat er ausgesorgt. Warum sollte er nicht glücklich werden?«

»Du hast recht.«

»Für Ramón, für Mildred beginnt der Sozialismus im Bett.«

Sie drückte die Zigarette im Aschenbecher aus und umarmte Roque.

Nachdem sie sich geliebt hatten, schliefen sie wieder ein.

24. Die Theorien der Besucher

> Die Arbeit des Dolmetschers ist auch bei der unbedeutendsten Verhandlung beschwerlich. Er braucht ein hervorragendes Gedächtnis, eine leistungsfähige Kehle und unendlich viel Ruhe und Geduld.
>
> LUCIO MANSILLA, Una excursión a los indios ranqueles

Domingo F. Sarmiento, der General Sarmiento, wie ihn einige zu nennen beliebten, der dem Land die öffentlichen Schulen, die Spatzen und Eukalyptusbäume auferlegt hatte, starb am 11. September 1888 in Asunción in Paraguay. Buenos Aires war längst nicht mehr die Stadt, die er fünfzehn Jahre zuvor regiert hatte. Nicht einmal das Präsidentschaftsgebäude hatte seine Gestalt bewahrt, ebensowenig wie die Plaza de Mayo, eine nie endende Baustelle.

El Censor, die von Sarmiento persönlich ins Leben gerufene Zeitung, veröffentlichte die Nachricht von seinem Ableben am 13. September, demselben Tag, an dem nach einem Abschieds-*Othello* des Tenors Tamagno mit dem Abriß des alten *Teatro Colón* begonnen wurde, einer weiteren Bauetappe der kürzlich in Angriff genommenen Eröffnung der Avenida de Mayo.

Roque und Frisch erfuhren es um die Mittagszeit im *Café Esquina del Cisne*, in der Calle Artes, Ecke Cuyo, gegenüber dem Mercado del Plata. Der Frühling war noch nicht in Sicht, und die beiden hielten sich mit Gin warm.

Die Zeitung in der Hand, betrat ein dunkelhaariger junger Mann mit sorgfältig gestutztem Schnurrbart und verblüffter Miene das Lokal und ging auf einen Tisch zu.

»Jungs«, sagte er ohne Gruß, »wißt ihr, daß Sarmiento tot ist?«

»Ja«, gab einer seiner Freunde zurück, »natürlich wissen wir das.«

»Wirklich ein Unglück!« bemerkte ein anderer. »Dieses barbarische Land braucht Kerle wie ihn.«

In der Nähe erhob sich die Stimme eines vierten Mannes mit blondem, geöltem Haar.

»Da muß ich leider widersprechen, meine Herren!« verkündete er. »Ich glaube, einen wie Señor Sarmiento haben wir nie gebraucht.«

Im ganzen Café wurde es still.

»Ist der Herr etwa Anhänger von Rosas?« fragte der, der als erster gesprochen hatte.

»Weder Anhänger von Rosas noch Provinzler«, erklärte der Blonde. »Ganz im Gegenteil. Ich mache mir ernsthaft Sorgen um das Schicksal meines Landes.«

»Ach ja?« Frisch grinste.

»Ja ... Sind Sie Argentinier?«

»Ich bin in Deutschland geboren ...«

»Sie sind Argentinier, mein Freund! Deutsche, Engländer, Italiener, alle, die sich hier niederlassen, sind Argentinier. Die Verfassung gilt ebenso für sie wie für die hier Geborenen. Für redliche Leute. Sprechen Sie Deutsch?«

»Natürlich.«

»Und Sie wollen sicher, daß Ihre Kinder es auch einmal sprechen ...?«

»Falls ich eines Tages welche haben sollte, ja. Und Französisch und so viele Sprachen wie möglich.«

»Der Meinung bin ich auch.«

Alle schwiegen und verfolgten den Dialog. Jeder war gespannt, worauf der geschniegelte Blonde hinauswollte.

»Und ich denke, darin liegt der große Reichtum Argentiniens. Können Sie sich ein Land vorstellen, in dem sämtliche Sprachen gesprochen werden? Kosmopolis. Alle Sprachen, alle Ideen …«

»Das halte ich für eine gute Sache«, stimmte Frisch zu.

»Nun, Sarmiento hielt das für keine gute Sache … Er war gegen die Gründung italienischer, deutscher oder englischer Schulen.«

An dieser Stelle mischte sich noch jemand in das Gespräch ein, ein mickriger Kerl mit grünlicher Gesichtsfarbe, schütterem schwarzem, an den Schädel geklebtem Haar, Zwicker und einer verschlissenen Jacke.

»Kein Wunder, daß er dagegen war«, sagte er mit einem gereizten Blick auf den Blonden. »Er war doch nicht verrückt. Und er hatte auch keine Zeit, im Café zu sitzen und dummes Zeug zu schwatzen wie wir. Einen Staat. Er wollte einen Staat. Und das erreicht man nur mit einer öffentlichen Schule. Andernfalls bleibt es immer ein schlecht genähter Flickenteppich. Die Leute, die hierherkommen, müssen sich anpassen, sich umstellen, vermischen, um eine argentinische Rasse zu bilden.«

Der starke katalanische Akzent des Mannes erregte Roques Aufmerksamkeit.

»Bildung braucht Vielfalt«, beharrte der Blonde.

»Bildung braucht einen Staat, und der Staat braucht Einheitlichkeit«, setzte der andere dagegen.

»Bewegungsfreiheit«, forderte der erste.

»Innerhalb eines Bereiches, innerhalb einer Nation«, schränkte der zweite ein.

Als abzusehen war, daß die Auseinandersetzung, die sich wie ein hitziger Streit angelassen hatte, zu einer lauen Debatte abkühlte, wandten sich die Umsitzenden nach und nach wieder ihren eigenen Themen und Tischgesprächen zu.

Der Blonde verstieg sich zu einer wortgewaltigen Tirade

über die Vorteile der breitgefächerten Identität. Der Katalane ging nicht darauf ein.

Roque trat zu ihm.

»Verzeihen Sie … Sind Sie aus Barcelona?«

»Aus Mataró wie Blas Parera, der Kerl, der die Hymne dieses Landes komponiert hat.«

»Ich kenne Mataró«, sagte Roque interessiert. »Ich habe allerdings in Barcelona gelebt. Meine Frau ist dort gestorben.«

»Das tut mir leid.«

»Es ist lange her. Fast zehn Jahre.«

»Sind Sie schon seit zehn Jahren hier?«

»Seit 1880 … Darf ich Sie zu einem Glas einladen? Ich bin mit einem Freund hier.«

»Holen Sie ihn her.«

Roque winkte Frisch heran.

»Das ist Germán Frisch«, stellte er vor. »Ich bin Roque Díaz. Das ist Señor …«

»Oller«, antwortete der andere, erhob sich und streckte dem Deutschen die Hand hin. »Martí Oller.«

Alle drei nahmen Platz.

»Und Sie?« erkundigte sich Roque. »Wann sind Sie hier angekommen?«

»Vor zwei Jahren. Und ich muß Ihnen ein Geheimnis verraten: Es ist mir bis heute nicht gelungen, diese Leute zu verstehen. Sie sind uns zu ähnlich, aber allen anderen auch. Sie haben Helden und verjagen sie. Nehmen Sie zum Beispiel Sarmiento: Präsident und alles und muß zum Sterben nach Paraguay gehen. Oder San Martín. Oder diesen Alberdi, den Mann, der versucht hat, diesem ganzen Unsinn auf den Grund zu gehen. Alle sind sie anderswo gestorben. Sie wurden nie richtig heimisch. Sie waren auf Besuch. Illustre Besucher, das wohl, aber nichts weiter als Besucher. Vielleicht ist hier jeder nur auf Besuch. Sogar ich.«

»Ihr Landsmann, der Komponist, auch?«

»Klar, der auch. Er ging wieder nach Mataró und arbeitete bei der Post. Na ja, vielleicht auch eine Art zu reisen. Er ließ seine Partitur hier zurück und fuhr weg. Und es kommt noch schlimmer: Die Partitur fiel in niederträchtige Hände und wurde verfälscht, verstümmelt... Was man jetzt zu hören bekommt, ist etwas ganz anderes... Wie die Verfassung, die Alberdi für sie geschrieben hat... Wohnen Sie in einem Haus?«

»Ja.«

»Haben Sie je in einem *conventillo* gelebt?«

»Ja, am Anfang.«

»Dann wissen Sie ja, wie das ist. Also passen Sie auf: Die schlimmsten *conventillos*, die schäbigsten und teuersten, mit den grausamsten Verwaltern, die sich nicht scheuen, Familien mit kleinen Kindern auf die Straße zu setzen, weil sie zwei Tage mit der Miete im Rückstand sind...«

»Die mit den ›warmen Betten‹...«, ergänzte Frisch.

»Genau die... die hatten alle denselben Eigentümer, einen der übelsten Schweinehunde dieser Stadt, der persönlich die Polizei aufgehetzt hat, Sterbenskranke aus den Betten zu werfen. Und dabei gibt es hier Hurensöhne jeder Schattierung. Dieser hieß Esnaola. Juan Pedro Esnaola. Das Vaterland hat ihm die Kürzung der Hymne zu verdanken, die Parera komponiert hat. Es ist seine Version, die gesungen wird. Was sagen Sie dazu?« fragte er und sah Frisch in die Augen.

»Nicht zu fassen!« gab der Deutsche zu.

»Tja, so sieht's aus, mein Freund«, resümierte Oller und leerte sein Glas in einem Zug.

Die drei Männer senkten die Köpfe.

»Sie sind nicht gerade ein Optimist«, bemerkte Roque. »Haben Sie Kinder?«

»Nein, wozu? Meine Frau hat sehr schwache Nerven, sie

würde es nicht verkraften. Sie hat ein schweres Leben gehabt. Sie ist Französin, aus Yonville, einem gottverlassenen Dorf. Ihr Vater war Arzt, er hatte studiert, das schon, war aber ein Versager, ein Waschlappen. Und wie nicht anders zu erwarten, hat sich die Mutter in einen anderen verliebt und schließlich Selbstmord begangen. Berta glaubt fest, daß sie im Wahnsinn enden wird, und will niemanden das antun, was ihre Mutter, Emma hieß sie, ihr angetan hat.«

»Und Sie? Wollen Sie auch keine Kinder?«

»Nein, nein. Ich habe das Berta zwar nie so gesagt, aber ich bin der Überzeugung, daß ein anständiger Mensch sich nicht fortpflanzen sollte. Damit begeht man einen Akt grundsätzlichen Unrechts an jemandem, der noch nicht einmal existiert: Man holt ihn aus dem Nichts, um ihn in diesen Haufen Schmerz, Scheiße und Blut zu stoßen, damit er am Ende stirbt... Dazu muß man schon ein arger Schweinehund sein... Mit Verlaub, falls Sie Kinder haben.«

»Habe ich, aber es steht Ihnen frei zu denken, was Sie wollen. Was machen Sie beruflich, Oller?«

»Ich bin Erfinder. Und Sie?«

»Kaufmann. Frisch ist mein Partner.«

»In welcher Branche?«

»In diversen. Nichts mit Frauen.«

»Schade. Das bringt das meiste Geld.«

»Ich weiß. Noch ein Glas?«

»Nein. Ich möchte ein Stück gehen. Ich habe einen Freund auf dem Friedhof La Recoleta. Er ist nicht tot, nein, das nicht. Er arbeitet dort. Ab und zu besuche ich ihn. Warum kommen Sie nicht mit? Es ist kalt, aber die Sonne scheint. Und mein Freund ist sehr klug.«

»Warum nicht? Gehen wir, Germán?«

»Los!«

Sie gingen zu Fuß.

25. *Sein zum Tode*

Unter der Erde werden sie einander dann anblicken
und für all den Krieg um Verzeihung bitten.

ALFONSINA STORNI, Letanías de la tierra muerta

Der Neuerungswahn des Bürgermeisters Alvear machte nicht einmal vor den letzten Ruhestätten derer halt, die einst bedeutende Figuren der Gesellschaft von Buenos Aires gewesen waren: Sein unaufhaltsamer Drang, Verkehrswege zu schaffen, beschränkte sich nicht nur auf die Erde der Lebenden: Auf La Recoleta, dem Friedhof der Gründerväter der Republik, enteignete er Gräber und Gruften, um Spazierwege für Neugierige, trauernde Verwandte und untröstliche Liebende anzulegen. Im Namen der neuen Stadt landeten die Gebeine von etlichen in Vergessenheit geratenen Toten im Nichts, die anderer, im Gedenken prominenter Familien Verewigter, wurden nur verlegt. In jedem Fall waren dies noch vergleichsweise geringe Übergriffe auf einem Gottesacker, der bereits die schrecklichen Vorboten einer friedlosen Zukunft erlebt hatte: Der Raub der sterblichen Überreste von Inés Dorrego durch die *Caballeros de la Noche* und der Versuch, Tantardinis *Dolorosa*, die Juan Facundos Grab krönt, vom Sockel zu reißen, leiteten eine Tradition ein.

Es war ein wieder und wieder umgegrabenes Stück Land, und selbst die schwersten Grabsteine und die geschichtsträchtigsten Denkmäler wirkten vergänglich unter der lauen Septembersonne.

Weder Roque noch Frisch waren jemals dort gewesen.

Es verblüffte sie, entlang der Klostermauer des Recoleto-Ordens zahlreiche Familiennamen versammelt zu finden, die in diesem so veränderlichen Land überdauert hatten.

»Die Herren sind immer dieselben, wie überall«, bemerkte Frisch.

»Scharfsinnige Erkenntnis!« spottete Oller.

Der, den sie suchten, ein junger Mann um die dreißig, war mit der Pflege einer Gruft beschäftigt. Er hatte die vertrockneten Blumen entfernt und hinausgeworfen und polierte mit Hingabe die Bronzebeschläge eines tiefschwarzen glänzenden Sarges.

»Guten Abend, David«, grüßte der Katalane.

Der Angesprochene hob den Blick von dem Metall und lächelte.

»Martín!« sagte er.

»Ich habe zwei Freunde mitgebracht.«

»Um die Gräber der großen Männer zu sehen?« fragte der Angesprochene und ließ seine Arbeit ruhen. Er trat zu ihnen und wischte sich die Hände hinten an seiner Drillichhose ab.

»Nein, um dich zu besuchen.«

»Die Gräber sind unwichtig«, setzte Roque hinzu.

In Erwartung einer Antwort blickte Oller seinen Freund an und sah sich, da sie ausblieb, gezwungen, die Vorstellung zu übernehmen.

»David Alleno, Roque Díaz, Germán Frisch«, zählte er auf, wobei er auf einen nach dem anderen wies.

»Ich wäre gern einer Meinung mit Ihnen, Señor Díaz«, sagte schließlich der Friedhofsangestellte. »Und vielleicht bin ich das ja. In anderen Dingen. Aber nicht, was die Gräber angeht.«

»Nein?«

»Nein. Die Gräber sind sehr wichtig. Für jeden Menschen ist sein Grab sehr wichtig, meine ich. Wenn Sie müde sind, ist es Ihnen dann egal, ob Sie auf Federn liegen oder auf Nägeln und Glasscherben? Ob Sie sich mit einer Decke zudecken oder mit ein paar Blättern Papier oder alten Lumpen?«

»Nein. Aber ich bin ja am Leben.«

»Die hier auch«, behauptete Alleno, mit der Hand einen weiten Kreis beschreibend. »Und ich, wenn ich tot bin, weil ich dann meinen Tod erleben werde, den Höhepunkt meines Daseins: der einzige Moment im Leben, der zählt, weil er ewig ist. Man ist, wer man ist, wenn man tot ist, weil man dann für immer ist, wer man ist.«

»Weil dies, weil das, weil jenes«, wehrte Roque ab. »Moment mal. Glauben Sie an die Unsterblichkeit der Seele?«

»Weder glaube ich daran, noch glaube ich nicht daran. Wissen Sie, warum ich hier bin?«

»Das ist Ihre Angelegenheit.«

»Nein, nein, das geht uns beide an. Ich bin hier, weil Sie mich sehen. Ich bin der, den Sie sehen, weiter nichts.«

»Und der, den Oller sieht, den Frisch sieht.«

»Ganz genau: drei verschiedene Personen.«

»Ah ja. Und Sie, Martí? Denken Sie das auch?«

Oller zuckte die Achseln.

»Eine Vision«, sagte Frisch. »Das ist, was man eine Vision nennt, nicht?«

»Mehr oder weniger.« Alleno nickte.

Roque setzte sich auf den Marmorsockel eines Denkmals und zündete sich eine Zigarette an.

»Und Sie bereiten sich auf den großen Moment vor?« fragte er.

»Genau darauf bereitet er sich vor«, ließ sich Oller vernehmen.

»Aber ja, natürlich!« bestätigte Alleno eifrig. »Immerzu, ständig, die ganze Zeit.«

»Und wozu arbeiten Sie dann?«

»Ich spare, Señor Díaz. Ich spare für den Tod. Ich habe mir ein Stückchen Land gekauft... Da drüben.« Er wies nach Süden. »Ich hab's noch nicht ganz bezahlt. Man hat mir einen Kredit gewährt...«

»Allerdings dürfte Ihnen«, wandte Frisch ein, »wenn ich Sie richtig verstanden habe und Ihrer Theorie zufolge, doch niemand Geld abnehmen können? Letztendlich existieren Sie doch nur, solange man Sie sieht. Wenn keiner Sie sieht, gibt es auch keinen Schuldner, er hat sich in Luft aufgelöst, als habe es ihn nie gegeben...«

»Aber ich will ja gesehen werden...«

»Dann werden Sie auch zahlen müssen...«

»Und danach?« fragte Roque.

»Wonach?«

»Wenn Sie das Land abbezahlt haben.«

»Ach so. Dann kommt der Stein. Ich werde mir einen riesigen Brocken Marmor kaufen. Einen Block italienischen Marmor. Und ich werde mir einen Bildhauer leisten.«

»Möchten Sie eine Mutter Gottes, einen Engel, einen heiligen Michael?« wollte Roque wissen.

»Nein, nein. Den Bildhauer bezahle ich, damit er mich in Stein haut. Ich will ein richtiges Grabmal für David Alleno, Pfleger dieses Friedhofs. Wenn sich das machen ließe, natürlich nur wenn es sich machen ließe, dann hätte ich gern eine Gruft.«

Frisch und Roque tauschten einen Blick.

»Gehen wir?« schlug der Deutsche vor.

»Ja. Lassen wir diesen Mann in Ruhe, er hat zu tun.« Roque stand auf. »Kommen Sie mit, Oller?«

Alleno rührte sich nicht von der Stelle. Die drei Besucher drückten ihm einer nach dem anderen die Hand. Erst viel später fiel Roque auf, daß sie sich eigentlich von ihm verabschiedet hatten, als wollten sie ihm ihr Beileid aussprechen.

Sie gingen lange schweigend nebeneinander her.

Man ist, wer man ist, wenn man tot ist, wiederholte Roque bei sich im Gedanken an Fernanda, an Sara, den Schlächter, als sie die Plaza del Pilar und die Calle Larga de la Recoleta bereits hinter sich gelassen hatten und die Rivera hinunter nach Parque gingen.

»Nein«, sagte er.

»Was nein?« gab Frisch verwundert zurück.

»Man ist, wer man ist, solange man lebt«, erklärte Roque. »Auch wenn es zu Ende geht und das eine Sauerei ist. Sagen Sie, Oller, was finden Sie an diesem Kerl? Sie haben doch gesagt, er sei intelligent!«

»Er ist verrückt, aber intelligent. Meinen Sie, es gibt viele Leute, die sich mit diesen Dingen beschäftigen, dem Tod, der Ewigkeit?«

»Davon gibt es mehr als von der anderen Sorte, von der, die sich mit den Angelegenheiten des Lebens beschäftigt. Machen Sie sich nichts vor, Oller. Alles, was zählt, ist im Diesseits. Sogar die Träume.«

26.

»Alleno? Er brauchte etwas über zwanzig Jahre, sein Projekt zu Ende zu bringen. Bis 1910. Dann bekam er sein Pantheon. Ein Pantheon, das heute, achtzig Jahre später, immer noch dort steht. Du kannst es dir auf dem Friedhof von La Recoleta ansehen. Das Monument ist keine Vollplastik, vielleicht hat er nicht genug zusammensparen können. Jedenfalls hat er ein Relief bekommen: Natürlich stellt es ihn dar, jung, ernst, mit Hut und Fliege, einen Schal um die Schultern, den Arm auf etwas gelegt, das wie ein Sack welker Blumen aussieht, hinter dem der untere Teil eines Besens und ein Eimer hervorschauen. Die Skulptur stammt zweifellos aus unserem Jahrhundert, denn der Besen ist fabelhaft, die Borsten in Fünfergruppen mit Drahtbindung, offensichtlich industrieller Fertigung …«

»Vor Beginn des zwanzigsten Jahrhunderts unmöglich …«

»Wie auch? 1888 installierte Rufino Varela das erste Elektrizitätswerk, und die Calle Florida, damals noch Calle del Empedrado, bekam elektrische Straßenlaternen. Alleno sah alle nur denkbaren Wunderdinge gedeihen und hat sich am Ende trotzdem …«

»Was? Sag bloß nicht …?«

»Doch, meine Liebe, doch. Er hat sich umgebracht. Er war konsequent: Sobald alles für den großen Augenblick bereit war, tat er den letzten Schritt. Unter seinem Bild steht in den Marmor graviert: ›David Alleno, Grabpfleger dieses Friedhofs …‹ Ich weiß das Geburtsdatum nicht mehr, aber das Todesjahr: 1910.«

»Das kann man sich kaum vorstellen. Alles das ist kaum vorstellbar, das mit Sarmiento und der öffentlichen Schule …«

»Natürlich ist es schwer vorstellbar. Es ist auch nicht leicht,

Partei zu ergreifen. Allerdings glaube ich, daß ich in jener Zeit Ollers Ansicht geteilt hätte.«

»War dein Urgroßvater auch seiner Meinung?«

»Roque? Selbstverständlich.«

»Dennoch hat er seinen Sohn nicht in die Schule geschickt.«

»Nun ja, trotz Gesetz gingen längst nicht alle zur Schule. 1887 besuchten Latzinas Statistik zufolge zwanzigtausend Jungen die Grundschule. In Buenos Aires natürlich. Aber davon meldeten sich nur tausend Jungen für das Gymnasium an. Die tausend Söhne der Macht. Roque hätte es sich ohne Zweifel leisten können, muß aber ein Klassendrama befürchtet haben. Ramón war ein Niemand, der Sohn eines Niemands. Abgesehen davon: Welches Kind seines Alters verfügte zu jener Zeit über Ramóns Kenntnisse und Erfahrungen? Wer hatte eine Mildred? Es wäre eine Katastrophe geworden ... Zumal Ramón bereits von dem verrückten, synkretistischen Geist jener Kultur geprägt war, der die fortschrittlich gesinnten Menschen damals auszeichnete ...«

»Wie Frisch.«

»Genau.«

»Und Oller ... Übrigens, was hat dieser Erfinder eigentlich erfunden?«

»Verschiedenes, nichts Weltbewegendes ... Aber er kam finanziell gut zurecht, weil er nicht nur Erfinder, sondern auch ein Fummler war und alles reparierte, was ihm unter die Finger kam. Aber er konnte halt schlecht sagen ›von Beruf Goldhändchen‹ oder ›von Beruf Bastler‹.«

»Und seine Frau?«

»Berta Bovary? Eine Neurasthenikerin. Wie sollte es anders sein?«

»War sie ...?«

»Ja, aber das hat nicht die geringste Bedeutung für unsere Geschichte. Wie auch vermutlich die sogenannte Revolución del Noventa, *ein Staatsstreich, der von der Straße ausging, mit*

Waffen und Manifest, und von den Historikern gern als Volksaufstand definiert wird, in Wahrheit jedoch nichts weiter war als eine populistische Bewegung.«

»Die Revolution Alems.«

»Alem, der Türke, ein trister Typ, der romantische Verschen schmiedete und beim Anblick eines Bedürftigen, eines Toten, einer Witwe in Tränen ausbrach… Er war berühmt dafür, daß er nie ohne schlechtes Gewissen essen konnte, weil er an die Hungernden denken mußte. Am Ende schoß er sich eine Kugel in den Kopf. Sein Nachfolger an der Parteispitze wurde sein Neffe Don Hipólito Yrigoyen, der eher als Opfer des ersten modernen Militärputsches denn als Staatsmann in die Annalen eingehen sollte.«

»Immerhin war das Volk auch müde… oder nicht?«

»Schon… Das Volk ist immer müde und rührt sich nur, wenn man es aufscheucht. Ich glaube, Alem hatte seinerzeit eine ähnliche Rolle wie ein halbes Jahrhundert später Perón: Beide dienten als Ersatz für eine echte Avantgarde, um die Herde auf einen anderen Weg zu bringen. Die berühmte Revolution fand am 26. Juli statt, einem geradezu magischen Datum: dem Todestag Evitas und dem Tag des Überfalls auf die Moncada-Kaserne in Santiago de Cuba. Kaum zwei Monate zuvor hatte die organisierte Arbeiterschaft von Buenos Aires den 1. Mai zum Tag der Arbeit erklärt. Die Errungenschaften Alems und der Seinen waren ziemlich dürftig: Juárez Celman wurde von seinem Vize Carlos Pellegrini abgelöst, nicht minder oligarchisch, konservativ, reaktionär oder wie immer du es nennen willst. Am Ende der Legislaturperiode 1892 fanden Neuwahlen statt, und die gewann Sáenz Peña. Es änderte sich überhaupt nichts. Und ich sage das ohne Groll, denn das, wofür diese liberalen, gebildeten Oligarchen standen, kam dem Fortschritt immerhin noch am nächsten. Was ich jedoch bedauerlich finde, ist der Volksjubel, den der Sturz von Juárez Celman auslöste. ›Weg ist er, weg ist er, der burrito cor-

dobés‹, *wurde in den Straßen gegrölt, als wäre das wirklich von Belang …«*

»Trotzdem waren die neunziger Jahre sehr ereignisreich …«

»In anderer, also nicht strikt politischer Hinsicht schon … Entwicklungen, die ein für allemal Einzug in eine Gesellschaft halten und sie prägen und konditionieren.«

»Zum Beispiel?«

»Die Einführung des Automobils. Das war 1892, dem Jahr der ersten großen internationalen Blamage, als Argentinien zur Vierhundertjahrfeier der Entdeckung Amerikas ein Schiff nach Spanien schicken wollte, die Fregatte Rosales, *die noch im Río de la Plata sank. Ihr Untergang war dem korrupten Seewesen zu verdanken: Das für die Instandhaltung vorgesehene Geld war in andere Kanäle geflossen, und bei dem Unglück kam der größte Teil der Besatzung ums Leben, weil man nicht einmal die morschen Rettungsboote erneuert hatte. In jenem Jahr also kam Varela Castex in einem dampfbetriebenen zweisitzigen Benz nach Buenos Aires. Fünf Jahre später kaufte Guillermo Fehling einen Daimler mit Benzinmotor … Auch das Kino hielt Einzug. Meine Mutter behauptet, Roque und Ramón hätten in der First American Church, der methodistischen Kirche, die sich immer noch im 700er-Block der Avenida Corrientes befindet, die erste Vorstellung der* Laterna magica *miterlebt, mit der auf Glas gemalte Bilder an die Wand projiziert wurden. Wahrscheinlich waren Frisch und Mildred auch dabei. Der Apparat war der gleiche, den Émile Reynaud bis 1900 in Paris für seine* Pantomimes Lumineuses *benutzte … Es kam noch so einiges zusammen: der Ausbau des Beleuchtungsnetzes ab 1896, die Einführung der elektrischen Straßenbahn im folgenden Jahr … Schließlich der Bau der Avenida de Mayo …«*

»Und damit war die neue Stadt fertig …«

»Nein. In Wirklichkeit ist sie bis heute nicht fertig.«

»Wird eine Stadt denn überhaupt jemals fertig?«

»Ich weiß nicht. Da bin ich mir nicht sicher.«

»Lassen wir es dabei. In die neunziger Jahre fiel auch die Ankunft von Berthe und Charles Gardes. Hießen eigentlich alle Französinnen Berthe?«

»Würde mich nicht wundern … Ja, 1893 trafen sie ein. Was den Tag angeht, Donnerstag, den 9., oder Samstag, den 11. März, gehen die Meinungen auseinander. Der Junge war drei Jahre alt. Sie siebenundzwanzig.«

»Und ledig.«

»Ganz recht.«

»Hat sie ein caften mitgebracht?«

»Ich glaube nicht, daß sie als Paket gekommen ist, wie die Zuhälter die Frauen nannten, die ihnen auf Absprache geliefert wurden. Denn das Hauptproblem der Pakete war das Alter: Die meisten waren Leichtgut, das bedeutete, sie waren jünger als einundzwanzig.«

»Ein komplizierter Jargon …«

»Der seltsamerweise kaum in den Texten des Tangos auftaucht. Zumindest nicht, soweit sie mir bekannt sind. Ich nehme eher an, daß Berthe eine Nachzüglerin war, eine Frau ohne Besitzer.«

»Was nicht heißt, daß sie nicht bereit gewesen wäre, sich zu prostituieren.«

»Natürlich nicht. Sie dürfte es allerdings nicht leicht gehabt haben. Albert Londres vermerkte konkrete Fälle, die helfen, die Altersfrage zu beleuchten: So sprach er zum Beispiel mit einem Luden, für den ein vierundzwanzigjähriges Mädchen mehr als eine Million Francs angeschafft hatte: sechzehntausend Freier. Er gedachte, sie mit fünfundzwanzig aus dem Geschäft zu nehmen.«

»Das heißt also, Berthe war schon eine alte Schachtel.«

»Unter dem professionellen Aspekt könnte man das so sehen. Dennoch bin ich überzeugt, daß sie angeworben wurde und damit ihr Schicksal und das ihres Sohnes Charles besiegelte.«

»Und das des Anderen.«

»Escayola.«

27. Ein Schicksal

Da das Leben nun einmal keine würdige Geschichte ist.

HÉCTOR YÁNOVER, Poema para que te duermas

Foucault hatte Berthe Gardes und Marie Odalie Ducasse auf dem Schiff angesprochen. Er besuchte ab und zu die dritte Klasse, um, wie er sagte, mit den Leuten zu plaudern. In Wahrheit interessierte er sich nur für bestimmte Frauen. Diese, zum Beispiel, die mit ihrem Kind unterwegs war.

»Was wollen Sie tun in Buenos Aires?« hatte Foucault sie gefragt.

»Ich weiß es nicht«, hatte Berthe ihm gestanden. »Ich habe keinen Beruf. Ich konnte nur nicht länger zu Hause bleiben, ledig und mit dem Kleinen …«

Eines Tages ließ er alle Zurückhaltung fahren.

»Sie haben keine großen Chancen, eine Stelle zu finden«, sagte er. »Niemand nimmt ein Hausmädchen mit Kind.«

»Das obendrein nur Französisch kann.«

»Das ist unwichtig: In Buenos Aires ist Französisch die Sprache der reichen Leute.«

»Das hab ich nicht gewußt.«

»Es gibt vieles, das Sie nicht wissen. Mögen Sie Männer?«

Auch sie nahm kein Blatt mehr vor den Mund.

»Wenn Sie damit auf den Vorschlag hinauswollen, ich sollte mich prostituieren, ist Ihnen sicher bekannt, wie unwichtig es in diesem Fall wäre, ob ich Männer mag.«

»Da haben Sie recht.«

Als die Stadt in Sicht war, arrangierte es Foucault, Marie Odalie und Berthe in die erste Klasse zu holen, wo sie sich zu den anderen fünf Mädchen gesellten, die die ganze Überfahrt in seiner Obhut verbracht hatten. Gemeinsam gingen sie von Bord.

»Ich habe die Papiere von allen«, sagte er.

Der Beamte der Einwanderungsbehörde notierte sämtliche Namen und schrieb jeweils »Büglerin« daneben. Er gab dem Mann die Pässe zurück und vermied es, die Frauen und das Kind anzusehen.

»Gehen Sie durch«, sagte er.

Doch keine rührte sich von der Stelle, bis der Franzose sie mit einer knappen Geste dazu aufforderte.

Draußen wartete eine Pferdekutsche.

»Wie geht es Ihnen, Señor«, grüßte der Kutscher.

»Gut, danke«, erwiderte Foucault.

Sie zwängten sich hinein, so gut es ging, Berthe mit dem schlafenden Charles in den Armen. Ein blondes Mädchen mit traurigen Augen lächelte ihr zu.

»Wie alt bist du?« fragte Berthe in der Gewißheit, daß sie nicht älter als fünfzehn sein konnte.

»Einundzwanzig«, gab die andere zurück, wobei sie ihrem Blick auswich.

Beide versanken in Schweigen.

»Ich heiße Catherine«, sagte das junge Mädchen nach ein paar Minuten.

»Und ich Berthe.«

Die Kutsche hielt an, und der Schlag wurde von außen geöffnet.

Sie befanden sich im Wagenhof eines zweistöckigen Gebäudes. Kurz bevor ein Knecht das schwere Holzportal ganz schloß, erhaschte Berthe einen flüchtigen Blick auf eine Straße.

Foucault verschwand im Haus.

Sie sahen ihn nie wieder.

Als die Kupplerin heraustrat, wimmerte der kleine Charles leise vor sich hin.

Die ältere, beleibte, stark geschminkte Frau im Morgenmantel war barfuß, hatte schwarzgeränderte Fußnägel und stank nach einem süßlichen Parfüm. Mit der Sachkenntnis eines Viehhändlers nahm sie die Neuen in Augenschein. Mit dem Daumen der linken Hand schob sie Catherines Oberlippe hoch, um den Zustand ihrer Zähne zu prüfen. In der Rechten hielt sie eine erloschene Zigarette. Das Mädchen konnte eine Träne nicht zurückhalten, doch kam kein Laut aus ihrem Mund.

»Euch hat Foucault aufgelesen«, sagte sie, zu Berthe und Marie Odalie gewandt. »Foucault hat hier nichts zu sagen«, ergänzte sie. »Ich werde mich um eure Arbeit kümmern. Wir unterhalten uns später.«

Man hörte das Hufeklappern einer anderen Kutsche, und der Knecht, der das Tor geschlossen hatte, eilte hin, es wieder zu öffnen.

»Rein mit euch, los, los!« rief die Alte. »Beeilt euch, geht ins Haus, ich muß die nächsten in Empfang nehmen.«

Alle außer Catherine und Marie Odalie setzten sich in Bewegung und traten, ohne zu zögern, durch die Tür, aus der die Alte gekommen war. Berthe hielt auf der Schwelle inne. Charles plärrte jetzt aus Leibeskräften.

»Rein mit euch!« wiederholte die Bordellchefin.

Niemand regte sich.

Sie trat auf Catherine zu und versetzte ihr eine Ohrfeige. In diesem Augenblick entschied Marie Odalie ihr Schicksal: Sobald die zweite Kutsche hereinrollte, rannte sie auf die Straße hinaus. Sie rannte, ohne sich umzusehen. Die Kupplerin schrie nach dem Knecht, aber es war schon zu spät. Marie Odalie war nicht mehr einzuholen.

»Geh rein!« befahl die Frau Catherine.

Das Mädchen tat, wie ihm geheißen. Berthe faßte sie beim Arm und ging mit ihr zusammen ins Haus.

»Du hättest weglaufen sollen«, sagte sie.

»Du auch.«

»Mit Charles im Arm kann ich nicht rennen.«

Die Mädchen aus der zweiten Kutsche, eine Spanierin und zwei Portugiesinnen, die mit einem anderen Schiff nach Buenos Aires gekommen waren, traten zu ihnen in den Salon.

Die Bordellchefin hielt eine improvisierte Ansprache.

»Ich bin Madame Leonard«, verkündete sie, »und jetzt einige Tage für euch zuständig. Ihr werdet nicht in diesem Haus bleiben, aber auch hier gibt's Betten, auch hierher kommen Männer, ihr werdet also zu tun haben: Reisen sind teuer und müssen bezahlt werden.«

»Ich verstehe kein Wort«, beklagte sich die Spanierin.

Madame Leonard übersetzte ihr ins Spanische, was sie soeben auf Französisch gesagt hatte. Sie brauchte nichts hinzuzufügen.

Charles war wieder eingeschlafen.

»Die einzige Anfängerin in diesem Gewerbe bist du.« Die Madame wies auf Catherine. »Das wollen wir gleich mal ändern… Cecilio!« brüllte sie.

Auf ihren Ruf eilte ein kahlköpfiger, nicht sehr großer Mann herbei. Seine Arme und sein Nacken waren mächtig und behaart, und das Hemd spannte sich um die ausladenden Schultern. Er war unrasiert, ungekämmt und sah furchterregend aus.

»Du fängst mit ihm an«, teilte ihr die Alte mit.

Catherine bekam riesengroße Augen.

Sie hatte keine Zeit, nein zu sagen. Der Kerl namens Cecilio trat auf sie zu, umfaßte mit einer seiner Pranken ihre Taille und fing sie auf, als sie die Besinnung verlor.

Dann lud er sie sich wie einen Sack über die Schulter und verschwand mit ihr.

»Du mußt den Kleinen weggeben, damit ihn jemand großzieht«, sagte die Madame zu Berthe. »Aber dazu ist noch Zeit. Noch steht nicht fest, ob du überhaupt hierbleibst…«

Berthe erwiderte nichts.

»Ich muß dem Kind etwas zu essen geben«, bat sie nur.

»Diese Tür geht in die Küche«, wies Madame Leonard sie an.

Die Kupplerin brachte jedes Mädchen in einem Zimmer unter.

Berthe aß etwas und fütterte Charles. Als sie allein war, spielte sie mit ihm und zog sich aus. Beide schliefen ein.

Sie schreckte aus dem Schlaf. In unmittelbarer Nähe ertönten verzweifelte Schreie. Ein schwacher Lichtschein zog sie zum Fenster. Vorsichtig schob sie die Gardine zurück und spähte durch die Lamellen des Fensterladens.

In dem mit Gaslampen beleuchteten Innenhof befanden sich zwei Gestalten.

Cecilio versetzte Catherine einen letzten Schlag und rollte den Gürtel zusammen. Er legte ihn nicht an, sondern behielt ihn in der Hand.

Sie lag auf dem Boden, ihre Hände und Füße waren gefesselt.

Die Nacht ließ den schon sehr nahen Herbst erahnen, und die Bodenfliesen mußten eiskalt sein. Catherine war blutüberströmt und zitterte. Cecilio drehte einen Wasserhahn auf und füllte einen Kübel. Der eisige Schwall entrang der Kehle des Mädchens einen weiteren Aufschrei.

Berthe vermochte die Augen nicht von dem gequälten Körper abzuwenden. Das Spektakel widerte sie an und schmerzte sie zutiefst, doch wußte sie, daß sie nichts tun würde, um es zu beenden. Gebannt verfolgte sie, wie

Catherines Glieder aufhörten zu zucken und der Husten anfing.

Stundenlang hielt Cecilio Catherine durchnäßt bis in die letzte Hautfalte.

Der Morgen dämmerte bereits, als Madame Leonard herauskam und ihm befahl, sein Opfer ins Warme zu bringen.

Berthe ließ sich erschöpft ins Bett fallen.

Sie träumte schreckliche Szenen, in denen Foucault ein kleines Mädchen zerriß und Stück für Stück verschlang.

Die Bordellmutter mußte sie wachrütteln.

»Wasch dir das Gesicht und komm«, sagte sie. »Mitsamt dem Kind. Und deinen Klamotten.«

Sie führte sie in ein fensterloses Zimmer im Obergeschoß.

Dort standen zwei Betten. In einem lag Catherine, schwitzend und schwer atmend.

»Der Arzt meint, sie kann sterben«, erklärte Madame Leonard. »Sie kann es aber auch überleben. Man muß abwarten. Wenn sie es schafft, gut. Wenn nicht, auch gut. Du wirst sie pflegen, bis sie wieder wohlauf ist. Oder ganz am Ende. Und dann gehst du hinüber in die Banda Oriental … nach Uruguay. Man muß ihr die Stirn mit nassen Umschlägen kühlen. Hier hast du die Schüssel!«

Berthe verbrachte eine angespannte Woche, in der sie nicht von Catherines Seite wich. Charles spielte währenddessen auf dem Boden und hing ständig am Rockzipfel seiner Mutter. Das Essen wurde ihnen aufs Zimmer gebracht.

Catherine delirierte, wimmerte und döste vier Tage lang. Ihr ganzer Körper glühte. Berthe konnte die Hitze mehrere Zentimeter über dem Laken spüren.

Am fünften Tag kam sie für ein paar Minuten zu sich.

»Du mußt leben«, sagte Berthe.

»Nicht dafür«, erwiderte sie.

»Besser einen Mann als den Tod«, meinte Berthe.

»Das war kein Mann.«

»Besser diesen Mann als den Tod.«

»Nein, diesen Mann nicht. Lieber den Tod.«

Und sie fiel wieder in Schlaf.

Ein paar Stunden später ließ das Fieber nach.

Endlich schlug sie die Augen auf. Berthe fing wieder an.

»Du kommst durch«, beharrte sie. »Du mußt überleben.«

»Ich weiß nicht, ob ich das will«, gestand Catherine.

»Du mußt wollen! Lieber zehn Männer als den Tod!«

»Zehn?«

»Lieber hundert Männer, tausend Männer als den Tod!«

Indessen kam der Arzt, der nur bestätigte, was Berthe bereits wußte, und eine besondere Diät und einen Monat Bettruhe verordnete.

Catherine war abgemagert bis auf die Knochen.

Kurz vor Ablauf der vierwöchigen Erholungszeit betrat Madame Leonard das Zimmer, sah sich das Mädchen an und verfügte ihren Umzug nach Uruguay, zusammen mit Berthe.

»Wenn sie trotz dieser Lektion immer noch nicht zur Nutte taugt, kann sie dir ja das Kind hüten«, schloß sie.

Berthe wusch und bügelte die wenigen Kleidungsstücke, die ihre Freundin, ihr Sohn und sie selbst besaßen, und legte sie für die neue Reise bereit.

»Morgen«, kündigte die Kupplerin eines Abends an.

In aller Herrgottsfrühe wurden sie in den Hof gerufen. Dort standen sie, bis die Kutsche kam, die sie zum Hafen bringen sollte.

Langsam erhob sich die Sonne, und ein ihnen unbekannter Diener öffnete das Tor. Ein schlanker junger Schwarzer lenkte mit geübter Hand den offenen Einspänner. Er sprang vom Bock und verstaute das sehr leichte

Gepäck. Berthe nahm ihren Sitzplatz ein, und Catherine hob Charles hoch, um ihn seiner Mutter zu reichen.

Sie hatte soeben den Fuß auf das Trittbrett gesetzt und wollte sich auf den Wagen schwingen, als Cecilio aus dem Haus gestürzt kam.

Nichts und niemand konnte ihn aufhalten.

Er hielt ein sehr langes Messer in der Hand: Einen flüchtigen Augenblick lang blitzte die Klinge im Sonnenlicht auf. Cecilio warf sich auf die vor Entsetzen gelähmte Catherine. Er packte sie beim Haar, riß ihr den Kopf nach hinten, wobei er ihren Hals freilegte und streckte, und schnitt ihr mit einem wütendem Hieb die Kehle durch.

Berthe suchte ein Zeichen in den Augen des Mädchens, ein einziges stummes Abschiedswort, als sie bemerkte, daß der Blutstrahl den kleinen Charles in ihrem Schoß übergossen hatte.

Sie bekreuzigte sich.

Cecilio ging auf die Straße hinaus, zufrieden grinsend, die Waffe noch in der Hand.

Madame Leonard ahnte, daß etwas nicht in Ordnung war, und streckte den Kopf in den Hof.

Als sie sah, was sich zugetragen hatte, kam sie heraus und erwog schweigend die Lage.

Der Kutscher machte Anstalten, nach dem Kind zu greifen, um Berthe beim Absteigen zu helfen. Die Madame hinderte ihn daran.

»Nein«, sagte sie auf Spanisch, »lassen Sie sie da oben. Helfen Sie mir mit der hier.«

Sie faßten Catherines Leiche unter den Achseln, zogen sie zu Boden und legten sie neben dem Fahrzeug ab. Madame Leonard war noch nicht zufrieden.

»Packen Sie sie an den Beinen«, befahl sie, »ich nehme die Arme. Ich will nicht, daß sie hier liegen bleibt.«

Die Abfahrt ließ noch eine Weile auf sich warten. Berthe

suchte in ihrer Tasche nach einem Tuch und säuberte Charles, so gut sie konnte. Sie rieb auch an ihrem Rock herum, aber es war sinnlos: Der Stoff war vollkommen von Blut durchtränkt.

Der Mann kam allein zur Kutsche zurück.

»Die Señora sagt, ich soll Sie mitnehmen«, erklärte er auf Spanisch.

Berthe verstand und empfand tiefe Erleichterung.

»Wir werden im Hafen erwartet«, fügte der junge Mann hinzu.

»Los, bitte!« flüsterte die Frau.

28. *La Rosada*

> Auf die Reling gestützt, versank sein Blick im Wasser, dessen lehmiges Braun hier und da unter dem sterbenden Abendlicht aufglühte.
>
> ALFREDO VARELA, Der dunkle Fluß

Schläfrig durch das Rütteln des Wagens und die Eintönigkeit der Landschaft, dachte Berthe an das zähe Wasser bei der Überquerung des Plata zurück. Charles schlief in einer nicht sehr sauberen Decke auf der buckligen Fracht.

»*Francesa?*« fragte auf Spanisch der Knabe, der den Wagen lenkte, was sie veranlaßte, sich ihm zuzuwenden und ihn anzusehen.

Er war kräftig gebaut, etwas füllig, hatte sehr weiße Haut, dickes Haar und eine helle, volle Stimme. Sicherlich war er jünger, als er aussah. Den ganzen Nachmittag lang, seit ihrer Abfahrt im Hafen von Montevideo, hatte er immer wieder versucht, ein Gespräch mit Berthe anzuknüpfen, wozu sie sich außerstande fühlte: Bei jedem seiner Anläufe hatte sie nur mit den Achseln gezuckt und sich mit einem Lächeln für ihre mangelnde Sprachkenntnis entschuldigt. Jetzt beschloß sie, ihm zu antworten und seine Beharrlichkeit zu belohnen.

»*Oui*«, sagte sie mit einem Kopfnicken.

»*Sí*«, belehrte er sie, ihre Geste nachahmend.

»*Sí*«, wiederholte sie.

Das Pferd war in seinen eigenen Trott gefallen. Der Junge hielt locker die Zügel. Er trieb das Tier nicht zur Eile.

»*No*«, sagte er und drehte dabei das Kinn übertrieben von einer Schulter zur anderen Schulter, entschlossen, den Unterricht fortzusetzen.

»*No*«, ging sie darauf ein und schüttelte ihrerseits den Kopf.

Er sah sie zufrieden an.

»Carlos«, fuhr er fort und zeigte auf seine Brust.

»Cagh… los«, versuchte sie, ihn nachzumachen.

»*No*, *no*: Carrrrlos.«

»Caghlos«, kürzte Berthe ab.

»*No.*«

Nach einer weiteren halben Fahrtstunde erreichten sie einen Weiler: ein paar Ranchos auf einer Seite des Weges. Vor einem davon brachte Carlos das Tier zum Stehen.

Mit einer weiten Armbewegung wies er in den dunklen Himmel.

»*Noche*«, sagte er.

Er drückte die Fingerspitzen einer Hand zusammen, führte sie zum Mund und ließ sie vor und zurück wippen, bis er sicher war, daß die Frau ihn verstanden hatte. Dann legte er die Hände flach aufeinander, bettete ein Ohr darauf und machte die Augen zu.

»*Sí*«, begriff sie.

»*Co-mer*«, sagte er, wieder die Finger vor dem Mund.

»Comegh«, wiederholte Berthe brav.

»*Dor-mir.*« Er legte die Handflächen zusammen.

»Doghmigh«, sagte sie, »*français.*«

»*No. Dorrrmirrr, español.*«

»*Même chose. Misma cosa, doghmigh.*«

In einem der Ranchos nahm man sie auf und servierte ihnen gekochtes Fleisch mit Kartoffeln und eine Tasse lauwarmer Brühe. Der kleine Charles aß mit.

Als sie fertig gegessen hatten, ging Carlos mit einer Öllampe voraus zu einer anderen Hütte, zog den Vorhang am

Eingang zurück, versicherte sich, daß sie leer war, und bedeutete Berthe einzutreten.

Sie und das Kind gingen hinein. Auf dem Boden lagen zwei Kuhfelle und ein paar Decken.

Ehe er die Lampe löschte, vervollständigte Carlos die Lektion des Tages.

Er hielt seinen offenen Mund ins Licht, legte die Zungenspitze ganz vorn an den Gaumen und ließ sie vibrieren.

»...rrr...«

Berthe machte die Übung nach.

»...rrr...«

Die Augen des Jungen strahlten vor Freude.

»Carrr... los«, sagte er.

»Carrr... los«, wiederholte sie richtig. »Berrr... the«, fügte sie hinzu, die Hand auf der Brust.

»Carrr... los Escayola.«

»Berrr... the Gardes.«

»Berrr... ta«, übersetzte er.

Bei Tagesanbruch setzten sie ihre Reise fort. Sie mußten noch zwei weitere Nächte in entlegenen Bauernhäusern zubringen, bevor sie zur Stunde der Siesta Tacuarembó erreichten. Bis dahin beherrschte Berthe Gardes zwei Dutzend spanischer Wörter. Der Rest sollte noch kommen.

Carlos Escayola brachte Berthe zum Haus von Anaïs Beaux. Es hatte drei Zimmer, von denen zwei auf die Straße gingen, einen Patio mit Latrine und einer überdachten Feuerstelle.

Um die beiden Frauen miteinander bekannt zu machen, brauchte er nur ein einziges Wort.

»*Francesas*«, sagte er.

Sie umarmten sich leidenschaftslos, doch mit einem gewissen Anflug von Zärtlichkeit.

Am Tisch saß ein Mann, vor sich eine Zigarettenschachtel, einen Mate und einen Wasserkessel. Er rührte nichts davon an, saß nur reglos da, hielt die Hände vor sich ausgestreckt und betrachtete abwesend und müde seine Fingernägel. Als die drei ins Zimmer traten, schaute er kurz auf, ließ den Blick jedoch sofort wieder auf seine Finger sinken.

»Das ist Fortunato«, stellte Anaïs auf Französisch vor.

Bei der Erwähnung seines Namens, richtete sich der Mann wortlos und schwerfällig auf, erhob sich in Andeutung eines Grußes kurz von seinem Sitz und ließ sich sofort wieder zurückfallen.

»Fortunato Muñiz«, erklärte sie. »Wir werden heiraten. Bald … Komm«, forderte sie Berthe auf, »ich zeige dir deinen Arbeitsplatz. Oberst Escayola hat mich gebeten, dein Kind zu versorgen …«

»Charles.«

»Charles. Carlos«, übersetzte Anaïs. »Du wirst Spanisch lernen müssen.«

»Ich bin schon dabei. Carrr … los, Berrr … ta, *carrro, noche, sí, no, frrrancés …*«, zählte sie auf.

»*Hombres*«, ergänzte die andere.

»*Hombrrres*«, akzeptierte Berthe.

»*Puta*, Hure.«

»*Puta.*«

Beide lachten.

Die Straße lag verlassen im lauen Sonnenlicht.

Im Sprachgebrauch Oberst Escayolas war *La Rosada* ein Kabarett. Berthe sah es zum ersten Mal zu seiner besten Stunde, als von der Nacht nur der unvermeidliche saure Geruch nach verschütteten Flüssigkeiten geblieben war, der aus dem Lehmboden, den schmutzigen Gläsern von den Hockern und Tischen dünstete. Ab sieben oder acht Uhr würden die ersten Gäste kommen: Die besten waren die besonders spendablen Viehhändler. Frauen gab es zwei. Berthe sollte die dritte sein. Sie sangen, so gut sie konnten, hörten zu, wenn es jemandem einfiel, Musik zu machen, und standen stets zur Verfügung eines jeden, der mit ihnen ins Bett gehen wollte, hinten, über den Hof. Dorthin führte Anaïs Berthe, wies der Frischeingetroffenen ihr künftiges Zimmer zu und öffnete die Türen der beiden anderen, um sie einen Blick auf die erschöpften Gesichter der darin schlafenden Frauen werfen zu lassen.

»Wenn du beizeiten aufstehst, kannst du zu mir kommen und das Kind sehen, sooft du willst«, erklärte sie.

Sie gingen zurück in den Salon.

»Wer ist der Junge? Carrrlos?«

»Der Sohn von Oberst Escayola, dem Besitzer von dem Ganzen hier... Ich habe ihn fast von Geburt an in meiner Obhut. Er ist erst elf und schon ein Mann. Ich werde mich um deinen genauso gut kümmern, mach dir keine Sorgen.«

»Kommt ihn sein Vater nie besuchen?«

»Seine Mutter auch nicht...«

»Der Arme!«

»Du brauchst ihn nicht zu bemitleiden, er ist stark. Denk lieber an dich.«

»Was muß ich machen?«

»Hat man dir das nicht gesagt?«

»Nein.«

»Mit jedem ins Bett gehen, der dich darum bittet.«

»Und was werde ich dabei verdienen?«

»Einen Peso für jeden Zehnten.«

»Ich weiß nicht, wieviel das ist.«

»Genug, um dein Essen, deine Kleidung und deine Unterkunft zu bezahlen. Wenn dir ein Freier noch etwas extra gibt, ist das deine Sache. Der Preis ist ein Peso.«

»Hier komme ich nie wieder raus«, erkannte Berthe.

»Im Moment kümmere dich erst mal um Charles. Alles übrige wird sich weisen. Wenn sogar ich es noch zu einer Ehe bringe...!«

»Warum sagst du das?«

»Ich war mal berühmt, meine Liebe. Die berühmteste Nutte weit und breit.«

»Und hast trotzdem einen Ehemann gefunden.«

»Nichts Besonderes, aber immerhin einen Ehemann. Jetzt fängst du am besten an, Gläser zu spülen, damit wir heute abend saubere haben. Die Quittungen kannst du später unterschreiben.«

»Was für Quittungen?«

»Für die Möbel in deinem Zimmer und das Kleid, das man dir nachher bringen wird. Ach ja... und du darfst nichts auf eigene Rechnung kaufen... hier bekommst du alles, auch Kredit, falls nötig.«

Berthe ging hinter die Theke und begann, in einer Schüssel voll eiskaltem Wasser ohne Seife Gläser zu spülen.

»Gut so?« fragte sie, als sie das zweite zum Ablaufen auf den gräulichen Lappen stellte, der auf einem Brett unter dem Tresen ausgebreitet war.

»Gut so.« Anaïs Beaux nickte. »Zieh dir dann was anderes an... ein bißchen was Leichteres, du verstehst mich schon, nicht wahr?«

Berthe Gardes antwortete nicht.

29. *Der Gast*

Wahrscheinlich war es eine Liebesromanze …

FRAY MOCHO, Viaje al país de los matreros

Berthes erster Gedanke war, daß diese Augen einen für diesen Ort viel zu reinen Blick hatten. Erst danach erkannte sie, daß es die Augen eines Mannes waren.

Ihre Arbeitskollegin Estela, die neben ihr saß, stieß ihr plötzlich erschrocken den Ellbogen in die Seite.

»Oberst Escayola!« flüsterte sie.

»Welcher?« fragte Berthe.

»Na, der Dicke ganz vorne, wer sonst? Mach dich bereit …«

Berthe fühlte sich von dem größten der drei Männer so in Bann gezogen, daß erst Estelas Bemerkung sie die beiden anderen wahrnehmen ließ.

Sie standen in der Tür und maßen den Salon mit den Augen: Escayola, zwei Schritte vor den übrigen, lächelnd, mit Dreitagebart und durchgeschwitztem Hemd. Der große, blonde, sehr schlanke Mann lehnte in der Tür, die Arme verschränkt, eine Zigarette im Mundwinkel, und schien mit seinen Gedanken weit weg zu sein. Der dritte war ein Indio, fast so breit wie hoch, und mit seinem *facón* im Gürtel offenkundig der Leibwächter des Patrons.

Escayola klatschte in die Hände, wie um sich in einem fremden Hauseingang bemerkbar zu machen. Estela lief auf ihn zu und warf ihm mit einem aufgesetzten Lachen die Arme um den Hals.

»Gin her!« rief der Oberst über die Schulter der Frau hinweg. »Einen Tisch für meinen Freund Germán Fis!« Mit einer brüsken Drehung befreite er sich von Estela: Er war schon angetrunken. »Und du? Wer bist du?« wandte er sich an Berthe. »Die Neue? Die Französin? Komm her, komm…«

Als sie neben ihm stand, wies er auf einen Stuhl.

»Wie heißt du?« wollte er wissen.

»Berthe«, antwortete sie, den Blick auf Frisch gerichtet.

Escayola war ihr Interesse nicht entgangen.

»Gefällt dir mein Freund? Verstehst du Spanisch?«

»Bißchen«, sagte sie.

»Du kannst ihn haben. Das ist der neue Besitzer meiner Ländereien in Ventura, der ganzen *estancia*…«

»Ich vertrete nur Don Roque Díaz«, erinnerte ihn Frisch.

»Das ist egal. Du unterschreibst doch? Hast du auch das Geld?«

»Ich unterschreibe. Und das Geld hat der Banco Español.«

»In Montevideo. Ah, was für eine großartige Stadt! Ein Jammer ist nur der Präsident, dieser Máximo Santos… Gefällt dir das Mädchen?«

Frisch entdeckte ein Flehen um Hilfe in Berthes Augen.

»Ja. Ich nehme sie, wenn Sie nichts dagegen haben.«

»Wie sollte ich? Wo bleibt der Gin, verdammt noch mal!« Er schlug auf den Tisch.

Estela beeilte sich, den Patron zufriedenzustellen. Frisch setzte sich zwischen Berthe und Escayola. Als die Getränke kamen, nahm er kaum einen Schluck.

Aus dem Innenhof kam Mercedes herein, das dritte Mädchen von *La Rosada*, eine dicke, träge Mestizin, die beim Anblick der Besucher lächelte.

»Warum spielst du uns nicht etwas vor?« forderte Escayola Frisch auf.

»Musiker?« fragte Berthe.

»Ja«, gab er zurück. »Aber ohne Instrument kann ich nicht spielen …«

»Gleich kriegst du eine Gitarre.«

»Ich spiele Bandoneon.«

»Wie sollte es in Tacuarembó an einem Bandoneon fehlen … schon gar nicht hier in *La Rosada* … Lindor, lauf und hol ein Bandoneon her … Frag die Französin …!«

Bis das Bandoneon kam, hatte Escayola schon eine halbe Flasche Gin getrunken. Es war ein sehr strapaziertes Instrument, aber es funktionierte. Frisch entlockte ihm ein paar Klänge.

»Wollen Sie hier weg?« raunte er Berthe auf Französisch zu.

Sie war nicht überrascht.

»Ich halt's nicht aus«, wisperte sie zurück.

Der Deutsche ließ eine traurige Musik erklingen, die keiner der Anwesenden irgendeiner Richtung hätte zuordnen können, und zog sie unendlich hin. Alle versanken in eine träumerische Stimmung und schwiegen.

Frisch wollte sie friedfertig, entwaffnet, allein: Er führte sie über eine Promenade aus tiefen Tönen, die wie Messerklingen zwischen ihnen niederfielen, sie voneinander trennten, ihre Bande durchschnitten, trieb sie dann hinauf in höhere Gefilde und entließ sie in unterschiedliche Richtungen. Er hörte auf zu spielen, als er sah, daß sie nicht mehr vereint waren, daß es für jeden von ihnen nur noch sein Bandoneon und ihn gab, daß sie auf seine Hände starrten oder den Blick in den Boden bohrten, aber einer im anderen weder Kumpanei noch Trost suchte.

Plötzlich, am Ende einer quälend langsamen Klangserpentine, die den Übergang in einen kristallklaren Rhythmus verhieß, hielt er inne und ließ sie dürstend zurück.

»Wieviel bringen Sie diesem Mann ein?« fragte er.

»Etwa zweihundert Pesos im Monat«, schätzte Berthe.

In diesem Augenblick kam der Anwalt herein. Alle lauschten Frisch, der in einer Sprache redete, die ausschließlich er und Berthe verstanden. Nur Frisch sah ihn eintreten.

»Ich werde nicht unterschreiben«, sagte er zu dem Mann, der auf den Tisch zukam.

»Was zum Teufel ist denn in Sie gefahren?« lallte Escayola mit Mühe. Der Gin hatte ihm die Zunge schwer gemacht. Er suchte Unterstützung bei seinen Lakaien, fand jedoch nur Verblüffung.

»Wieviel wollen Sie für diese Frau, Oberst?« fragte Frisch.

»Ich weiß nicht… ich hab sie nicht gekauft… sie hat keinen Preis.«

»Wollen Sie mir diese Ländereien verkaufen?«

»Aber klar, das ist es doch, was wir hier feiern, oder etwa nicht?«

»Sie muß im Kaufvertrag inbegriffen sein.«

Der Indio Lindor griff nach seinem Messer.

»Bleiben Sie ruhig!« befahl Frisch.

»Lindor!« tadelte ihn Escayola. »Señor Fis ist unser Gast!«

»Zumindest bis er unterschrieben hat«, ergänzte der Deutsche. »Berthe, gehen Sie Ihre Sachen holen!«

»Ich habe ein Kind.«

»Wo?«

»Hier, bei einer Freundin.«

»Worauf warten Sie noch? Holen Sie es!«

Berthe Gardes rannte los.

»Los, Doktor«, wandte sich Frisch an den Juristen, »schreiben Sie hin, was in diesem Dokument stehen muß, um die Frau und das Kind mit einzuschließen, wenn Ihr Chef das Geld haben will.«

»Das ist Erpressung, Fis!« sagte Escayola. »Schreiben Sie, Doktor. Alles, was er sagt.«

Der Anwalt setzte sich und breitete die Vertragspapiere auf dem Tisch aus. Plötzlich schlug er sich heftig gegen die Stirn.

»Tinte und Feder!« rief er aus. »Ich hab vergessen …«

»He, Sie«, Frisch deutete auf Estela, »der Doktor gibt Ihnen den Schlüssel zum Schreibtisch. Bringen Sie ihm, was er braucht, und sprechen Sie unterwegs mit niemandem ein Wort. Wenn die Polizei kommt, gibt's keine Unterschrift! Und Díaz weist die Zahlung nicht an, ehe ich nicht mit der Vertragskopie in Montevideo bin.«

»Sprich mit niemandem, Estela!« gab Escayola seine Einwilligung.

Die beiden Frauen kamen fast gleichzeitig zurück, Berthe mit Charles und Estela mit Feder und Tintenfaß.

»Schreiben Sie in etwa: ›Der in diesem Dokument vereinbarte Grundstücksverkauf beinhaltet die Frau mit Namen Berthe Gardes sowie ihren Sohn Charles, die künftig nicht mehr zu behelligen Don Carlos Escayola sich verpflichtet. Bei Zuwiderhandlung wird die ganze Transaktion für nichtig erklärt.‹ Ist das klar?«

»Jawohl.«

»Ich bin hier, weil Díaz mich darum gebeten hat. Ich wußte, daß Sie ein mieser Kerl sind, und hatte keine Lust, mich mit Ihnen abzugeben, bin jetzt aber froh darüber.«

»Ein Glück!«

Estela hatte sich wieder zu ihnen gesetzt und sorgte dafür, daß das Glas ihres Herrn immer gefüllt war. Escayola trank weiter.

Der Anwalt beendete das Schriftstück, als das Mädchen soeben eine neue Flasche geöffnet hatte.

»Haben Sie einen Wagen?«

»Den werden Sie nicht auch noch haben wollen …?«

»Ich borge ihn nur. Sie können ihn in Montevideo wieder abholen lassen.«

»Soll mir recht sein. Estela, hol Carlos!«

Niemand sagte ein Wort, bis der Herbeigerufene in der Tür erschien.

»Das ist mein Sohn«, verkündete er und deutete auf den Knaben. »Carlitos, Señor Fis wird sich den Wagen ausleihen.«

»Und was mache ich ohne den Wagen?«

»Nichts. Gib ihn ihm, geh!«

»Wollen Sie gleich mitkommen?« fragte der Junge, an Frisch gewandt.

»Wir kommen alle mit«, entschied dieser. »Sie nicht, Oberst, ich meine Berthe, ihr Kind, Carlitos und ich. Die anderen können ruhig hierbleiben. Wenn Sie alles fertig haben, komme ich und unterschreibe.«

Sie legten die zweihundert Meter bis zum Stall in tiefem Schweigen zurück. Escayolas Junge spannte das Pferd ein, faßte die Zügel kurz und führte es heraus.

»Gehen Sie weg?« Die Frage galt Berthe.

»Er nimmt uns mit«, nickte sie.

Der Junge drehte sich zu Frisch um und lächelte ihn an. Ein perfektes Lächeln, dachte der Deutsche, ein Lächeln, wie es Frauen nie vergessen. Schade, daß er sie nicht liebt: Er könnte glücklicher sein als mancher andere.

»Da haben Sie den Alten ganz schön drangekriegt«, sagte Carlos.

»Das will ich hoffen.«

»Er braucht Geld.«

»Das ist die eine Sache. Aufs Kreuz gelegt werden, ist etwas ganz anderes.«

»Nicht für ihn. Er ist ein Mistkerl. Er hat keinen Stolz.«

Berthe setzte Charles auf den Boden der Ladefläche

und ließ sich auf dem Bock nieder. Die Männer gingen zu Fuß. Der Jüngere führte das Tier.

»Dieser Schimmel ist meiner«, sagte Frisch und wies auf das vor *La Rosada* festgemachte Pferd. »Binde ihn hinten an, während ich den Rest erledige.«

»Wissen Sie was?« schlug Carlitos vor. »Am besten steigen Sie auf Ihr Pferd und ich fahre den Wagen. So kann ich ihn gleich wieder mit zurücknehmen.«

»Einverstanden.«

Frisch ging zu seinem Pferd und kramte in der Satteltasche nach einem kurzen Revolver, den er auf Reisen bei sich trug, seit ihm Roque seine Geschäfte anvertraut hatte. Die Waffe in der Hand, betrat er forschen Schrittes den Salon.

Er hielt sie mit gespanntem Hahn in der Linken, während er seinen Namen unter den Vertrag setzte, und nahm sie in die Rechte, als Escayola mit der Unterschrift an der Reihe war. Er ergriff die Papiere und ging rückwärts zum Ausgang, ohne den Indio Lindor aus den Augen zu lassen.

»Ihr Sohn bringt uns nach Montevideo, Oberst«, teilte er mit.

Frisch stieg auf sein Pferd und verstaute die zusammengerollte Urkunde über den Verkauf der Ländereien im Hemd. Die Frau, das Kind und der junge Escayola warteten auf seine Anweisungen.

»Los geht's!« sagte er.

30.

»Se non è vero, è ben trovato.«

»Es ist hundertprozentig wahr. Und zwar zum einen, weil man es mir zu Hause als Kind so erzählt hat. Aber auch die Daten stimmen überein: Zu dem Zeitpunkt, als Roque den Landbesitz in Tacuarembó kaufte, wo ich auf die Welt kam, hielt sich Berta Gardes in La Rosada *auf, und du kannst die Gardel-Biographien rauf und runter lesen, du wirst keine einzige einleuchtende Erklärung dafür finden, wie er 1894 nach Buenos Aires kam. Zudem waren die Kaufdokumente tatsächlich im Namen meines Urgroßvaters Roque von Frisch unterzeichnet. Seither hat es zwei Eigentümerwechsel gegeben, und die Originalurkunde ist verlorengegangen, aber es existiert ein Eintrag auf dem Grundbuchamt in Montevideo, der das bestätigt.«*

»Warum, glaubst du, hat Frisch das gemacht? War er so hingerissen von der Frau?«

»Das muß Escayola auch gedacht haben, aber ich bezweifle, daß das der Grund war. Zumindest nicht der ausschlaggebende. Er handelte so, weil er ein gütiger Mensch von solider Christenmoral war wie alle Linksgesinnten dieser Welt. Ich nehme an, er sah ihre Verzweiflung, und das genügte.«

»Aber das hätte er mit vielen anderen Frauen auch machen können ...«

»Versteh mich richtig: Frisch war nicht wie Dostojewskijs Myschkin. Fremdes Leid rührte ihn, aber er machte sich bezüglich der menschlichen Seele nichts vor. Wenn er Berta dort rausgeholt hat, dann weil sie etwas in ihm auslöste. Die beiden anderen Frauen würdigte er keines Blickes. Er war kein Hurenheiland, sondern ein solidarischer Kerl.«

»Du nimmst also an, daß sie kein Liebespaar waren …«

»Nein. Sie waren Freunde, das schon. Und ich schließe auch nicht aus, daß sie gelegentlich eine Nacht miteinander verbracht haben. Aber mehr nicht. Er kümmerte sich um Charles. Natürlich nicht in der gleichen Weise, wie er sich um Ramón gekümmert hatte: Frisch war älter geworden, und seine Beziehung zu Ramón war wirklich einzigartig in jeder Hinsicht: Er war ihm Vater, Mutter, Lehrer und Freund. Mit Charles ging er anders um. Mein Großvater hat immer behauptet, der Junge sei nur dank Frisch zur Schule gegangen. Er absolvierte die gesamte Grundschule mit guten Zeugnissen. Dafür gibt es Belege im Colegio de San Estanislao, wo er bis 1904 im Internat war.«

»Lebte er nicht bei seiner Mutter?«

»Zu Anfang, als sie gerade in die Stadt gekommen waren, wahrscheinlich schon. In einem conventillo in der Calle Uruguay, nahe der Calle Piedad. Aber bald darauf ließ sich ihre Freundin Anaïs Beaux, inzwischen Ehefrau von Señor Muñiz, mit einer Plätterei in Buenos Aires nieder …«

»Tatsächlich?«

»Unter Bezeichnungen wie Plätterei oder Schneiderei verbargen sich für gewöhnlich Freudenhäuser. Ein Liedchen, das darauf anspielte, machte damals die Runde: ›Señora Rodríguez und ihre Töchter / tun Bürgern und Klerus zu wissen und kund: / In der Calle Santiago del Estero / bekommt man es auch mit dem Mund.‹ Das stimmt. Aber es stimmt auch, daß genäht und gebügelt werden mußte in einer Stadt mit so vielen alleinstehenden Männern und etlichen mittelständischen, kinderreichen Familien, die Hilfe im Haushalt brauchten. Ich will nichts behaupten, was ich nicht weiß. Was ich aber weiß, ist, daß Berthe den Kleinen in die Obhut einer Frau mit Namen Rosa de Francini gab, die jahrelang für ihn sorgte. Anschließend kam dann die Internatszeit. Noch später, schon Anfang des zwanzigsten Jahrhunderts, scheint sie ihn eine Zeitlang bei sich in der Calle Corrientes gehabt zu haben. Alles übrige liegt voll-

kommen im dunkeln. 1913 wurde Berthe auf einem Polizeirevier vorstellig und meldete ihren Sohn als vermißt.«

»Aber 1913 war Gardel doch schon sehr bekannt.«

»Sehr bekannt ist zuviel gesagt, nein. Er bildete ein Gesangsduo mit José Razzano, und sie hatten Auftritte in der Provinz und bei Parteiveranstaltungen. Das Duo Gardel-Razzano war unter Eingeweihten ein Begriff, das heißt jedoch nicht, daß Berta von ihnen gehört haben mußte, noch hatte sie Grund anzunehmen, daß Gardel eine Umformung ihres eigenen Zunamens Gardes sein könnte.«

»War es denn so?«

»Auf jeden Fall, unabhängig davon, wer sich dieses Namens bedient hat.«

»Und wer hat sich seiner bedient?«

»Darauf kommen wir noch.«

31. Überreste im schwelenden Elend

Für unsere Provinz ist der Zeitpunkt gekommen,
das verderbte System gründlich zu erneuern.

JOSÉ HERNÁNDEZ, Instrucción del estanciero

Jenes weitläufige, müllbedeckte Flachland südwestlich der Corrales Viejos, die wenig später zum Parque de los Patricios werden sollten, hatte in seinen Glanzzeiten zum Landgut von Navarro Viola gehört und wurde von einigen Barrio de las Ranas, das Krötenviertel, genannt. Der Volksmund hatte der Gegend jedoch ihren eigentlichen, auf der Funktion des Ortes begründeten Namen gegeben: die *Quema*.

Auch wenn sich in ihren Schatten vor allem Mittellose verkrochen, die die öffentliche Fürsorge ablehnten oder gar nichts davon wußten, sowie Wohlfahrtsflüchtlinge, die sich vor der Alternative, in Freiheit arm zu sein oder von Staat und Karitas abzuhängen, für ersteres entschieden hatten, war die *Quema* im wesentlichen eine Brutstätte des Abschaums.

Ihre Architektur aus Blech und Pappe, errichtet mit Standard-Oil-Kanistern und Tucumán-Zuckerkartons, beherbergte eine bunte Mischung aus Schwarzen, Mulatten, Mestizen, Weißen und Indios, die sich zum größten Teil der Zuhälterei, der Prostitution, dem Raub und dem Verbrechen im allgemeinen widmeten. Mate, Wein und Gin trinkend hockten sie inmitten der immensen Abfallberge, unermüdlich erneuert und aufgefüllt von den Karren, die den Müll aus den Straßen einsammelten und dort abluden.

Die Halde brannte mit der gleichen Ausdauer, mit der sie wuchs. Ein immerwährendes Feuer, ein ewiges Licht sozusagen, glühte verhalten unter der Oberfläche des Dreckhaufens, ihn allmählich austrocknend und verzehrend. Ab und zu blies der Wind eine dichte, stinkende Rauchwolke über die Stadt.

Es hatte eine Zeit gegeben, zu der es niemandem eingefallen wäre, die städtischen Abfälle zu verbrennen. Damals wühlten Bedürftige jeden Schlages in den Resten nach Nahrung: genau wie Hunde, derer es an die viertausend gab. Die Aufgeweckteren bekamen genug zusammen, um ein paar Schweine zu mästen. Später, als der verschwiegene Brand in Gang gesetzt wurde, mehrten sich gezieltere Fachrichtungen: Zu den herkömmlichen Lumpensammlern gesellten sich bald Goldgräber, Knochensammler, Kupfer- und Silbersucher. Sie alle waren *cirujas*, Mitglieder einer gesellschaftlichen Randschicht, die den unflätigen Haufen mit einem Netz sicherer Aschenpfade überzogen hatten, um nicht in der Glut umzukommen und dem Müllberg das Nötige zum Überleben abzutrotzen, ehe das hartnäckige Feuer alles verschlang. Nicht selten entstanden so Vermögen, die nie Verwendung finden sollten.

Auf der *Quema* schufen die *cirujas* ein Universum mit eigenen Regeln und einem eigenen Ehrenkodex. Diese Menschen, die ihr Leben lang den Qualm der Mülldeponie atmeten, auf Abfällen schliefen und aßen, wußten, was Schmerz war, sie kannten die Leidenschaft, den Haß und die Rachsucht. Durch sie erfuhr die Stadt von der Existenz des Kindermörders.

Am Nachmittag des 29. April 1896 stieß ein Metallspezialist beim Durchwühlen einer neuen Fuhre Abfall auf den schon angekohlten Rumpf eines Kindes und übergab ihn einem Mann von der Müllabfuhr. Dieser zeigte den

Fund bei der Polizei an. Vierundzwanzig Stunden später fand ein anderer Müllverwerter den fehlenden Kopf. Beine und Arme tauchten eine Woche später auch auf. Sie gehörten zu einem wenige Tage, vielleicht nur Stunden alten Säugling.

Im Juni wurde auf der *Quema* eine zweite, ebenfalls zerstückelte Leiche gefunden.

Germán Frisch und Martín Oller saßen im *Esquina del Cisne* am Fenster zur Calle Artes und tranken Kaffee. Sie waren nicht befreundet, begegneten sich nur häufig im Café. Frisch mochte Oller nicht. Er ertrug seine Reden über den Tod nicht, seinen Pessimismus und seine lebensfeindliche Haltung, die Widersprüchlichkeit zwischen seinem Interesse für die Technik und seinem absoluten Mißtrauen dem Fortschritt gegenüber.

An jenem Morgen sah Frisch auf die Straße hinaus, und der Erfinder erzählte begeistert vom Vitascope, Lumières neuem Projektionsapparat, der demnächst in Buenos Aires vorgeführt werden sollte.

»Bewegte Bilder«, erklärte der Katalane.

»Laterna Magica«, argwöhnte der Deutsche.

»Nein, nein, ach was. Sehen Sie: Wenn Sie einen Mann photographieren, der den Arm und die Hand ausstreckt, so...« Er veranschaulichte seine Worte mit der entsprechenden Geste. »... und dann photographieren Sie ihn, wenn er Arm und Hand zum Beispiel fünf Zentimeter tiefer hält, so...« Er ließ den Arm leicht sinken. »... und dann nehmen Sie ihn noch mal auf, mit dem Arm noch mal, sagen wir, fünf Zentimeter weiter unten...«

»Dann habe ich eine Serie.«

»Bis hierher, alles klar: eine Serie von Photographien eines Mannes mit ausgestrecktem Arm, alle gleich, bis auf die Position dieses Armes, seinem Winkel zum Körper...«

»Ist ja gut.«

»Ist ja gut? Warum sagen Sie, ist ja gut, wenn Sie noch gar nicht wissen, worauf ich hinauswill? Oder wissen Sie's?«

»Nein«, gab Frisch zu.

»Dann hören Sie zu. Sie haben also die Photos, gleich und doch unterschiedlich. Angenommen, wir haben zehn Photos oder fünfzehn. Besser fünfzehn, damit der Unterschied zwischen einem Bild und dem nächsten möglichst gering ist ... Sie stapeln sie ... eines über das andere, in der richtigen Reihenfolge natürlich ... Können Sie mir folgen?«

»Ja. In der Reihenfolge, in der sie aufgenommen sind.«

»Ganz genau. Und dann halten Sie sie seitlich fest. Auf der Seite, wo der Körper des Mannes abgebildet ist. Die Seite mit dem Arm lassen Sie frei und greifen sie an der anderen Kante wie ein Buch. Und dann blättern Sie sie durch, fahren mit dem Daumen der freien Hand, der Hand, die nicht ...«

»... damit beschäftigt ist, die Bilder wie ein Buch zu halten. Oller, mein Bester, Sie brauchen nicht so in die Einzelheiten zu gehen. Ich begreife sehr gut, was Sie meinen.«

»Sie begreifen es, nicht wahr? Dann wissen Sie also, was geschieht, wenn Sie die Bilder durchblättern wie ein Buch. Und dabei draufschauen, ohne die Augen zu bewegen, versteht sich.«

»Nein.«

»Ich mag ja ein Langweiler sein, Germán, aber Sie sind ein Banause!«

»Schon möglich. Aber fahren Sie fort. Was passiert, wenn ich sie durchblättere?«

»Sie sehen den Mann seinen Arm bewegen! Sie sehen es nicht, aber Sie sehen es doch. Nach diesem Prinzip arbeitet das Vitascope!« schloß Oller triumphierend.

»Das heißt also ...«

»Ja?«

»Ich kapier's nicht.«

Mit einem entmutigten Seufzer legte Oller den Kopf zurück.

»Keine Sorge«, sagte er dann. »Wenn Sie es vorgeführt bekommen, werden Sie es schon kapieren.«

In diesem Moment trat Roque ein, *La Nación* unter dem Arm.

»Guten Morgen«, grüßte er und setzte sich an den Tisch.

Er bestellte Kaffee.

»Noch ein Baby«, sagte er und entfaltete die Zeitung vor ihnen.

»Verflucht!« entfuhr es Oller.

»Wieder auf der *Quema*?« fragte Frisch.

»Ja. Und wieder zerstückelt. Ermordet, zerstückelt und ab auf den Müll ...«, informierte Roque.

»Wer ist dieser Schweinehund nur?« fragte sich der Deutsche.

»Oder die Schweinehündin«, gab Roque zu bedenken.

»Frauen können manchmal ...«, setzte Oller an, brach dann aber ab.

Etwas in Frischs Miene ließ ihn den Kopf wenden, neugierig, was plötzlich den Blick des Deutschen auf sich gezogen hatte.

Über die Calle Artes näherte sich von Süden her beschwingten Schrittes eine junge Frau. Als sie Frisch bemerkte, blieb sie stehen und sah sich um. In der Gewißheit, unbeobachtet zu sein, setzte sie dann ihren Weg lächelnd fort. Ihr Lächeln galt ihm. Sie ging jedoch in der gleichen Haltung an ihm vorüber, ohne den Gang zu verändern oder den Blick zu senken. Frisch dagegen folgte ihr mit den Augen, bis sie die Straße überquert hatte und um die Ecke verschwunden war.

»Seit wann hast du was für Blondinen übrig«, wunderte sich Roque.

»Noch nie gehabt«, gab Frisch zurück. »Und die ist nicht einmal hübsch mit ihren Glubschaugen…«

»Aber sie gefällt dir.«

»Ich gefalle ihr. Und mir gefällt es, ihr zu gefallen. Mit einer Schwarzen natürlich nicht zu vergleichen…«

»Eine Schwarze hast du doch schon«, erinnerte ihn Roque.

»Mein lieber *gallego*, da irrst du dich«, Frisch wurde plötzlich munter. »Ich habe eine Frau, das wohl – sofern von ›haben‹ überhaupt die Rede sein kann –, aber nicht eine Schwarze: Encarnación ist viel mehr als eine Schwarze: Sie ist hundert, zweihundert verschiedene schwarze Frauen in einer…«

»Und das Mädchen von eben? Kennen Sie sie näher?« unterbrach ihn Oller.

»Ja, wie kommst du an die?« fragte auch Roque.

»Sie ist aus demselben Viertel. Eine Nachbarin. Sie wohnt in der Calle Artes 65, gleich bei mir nebenan. Mit ihrem Vater und ihrer Mutter, ausgemergelten, halbverhungerten *tanos*. Der Alte muß aus Kalabrien sein, so griesgrämig und stur, wie der immer auf den Boden starrt. Sie grüßen nicht und reden mit keinem. Die Kleine auch nicht, und auch nicht die Schwester, die genauso aussieht wie sie, nur älter. Die beiden hängen ständig zusammen.«

»Dann stehen Ihre Chancen wohl nicht gerade gut«, schätzte Oller.

»Ja, aber auch wenn gar nichts dabei herauskommt, habe ich doch meinen Spaß daran. Wissen Sie, Don Martín, daß ich schon sechsundvierzig bin? Das gibt mir das Recht, meine Zeit nach Belieben zu verschwenden…«

»Ich wollte ja nicht…«, setzte Oller zu einer Entschuldigung an.

»Machen Sie sich nichts draus, Martín«, unterbrach ihn Roque. »Germán redet nur deshalb so, weil ihm die Angst im Nacken sitzt. Encarnación hat nämlich vom Heiraten gesprochen…«

»Sie haben doch nicht wirklich vor, sie zu heiraten?« wunderte sich Oller.

Roque wußte, daß der Erfinder diesmal zu weit gegangen war. Vielleicht hatte er mit seinem Versuch, Frischs aufsteigenden Ärger zu zerstreuen, dem neuerlichen Fauxpas Ollers sogar selbst Vorschub geleistet.

»Warum? Paßt Ihnen das nicht?« Frischs Stimme klang messerscharf.

»Doch, doch«, gab Oller klein bei.

»Nein, es paßt Ihnen nicht, geben Sie es zu«, fuhr der Deutsche fort. »Sie sind einer von denen, die der Meinung sind, ein anständiger Mann dürfe niemals eine Frau wie Encarnación heiraten, eine aus ihrem Gewerbe. Hören Sie, Oller, vielleicht bin ich ein Banause, obwohl das noch zu beweisen wäre. Aber daß Sie ein Langweiler sind, das steht fest… Und daß eine Frau wie Encarnación es sich teuer bezahlen läßt, Typen wie Sie auch nur in ihrer Nähe zu dulden. Vor lauter Mißgunst bleibt euch die Luft weg, wenn ihr sie euch im Bett vorstellt, so richtig, mit einem richtigen Kerl. Impotent, das seid ihr! Und neidisch!« Frisch war aufgestanden und stach mit seinem vernichtenden Zeigefinger in Ollers Richtung. »Ich werde sie heiraten, und ich werde mit ihr leben. Nackt und umarmt werden wir leben. Hinter geschlossenen Fenstern, damit uns keiner nachspioniert. Wir werden in einer Kirche heiraten, und sie wird in Weiß gehen. Die große schwarze Dirne, ganz in Weiß. Schön wie eine schwarze Sonne wird sie sein, Erfinder!« Frisch wandte seine tränenfeuchten Augen gen Himmel. »Sie werden sie von der Tür aus bewundern können, denn ich werde Sie nicht einladen. Sie werden sie ansehen und dann Ihre Frau, dieses eiskalte, sterile Franzosenweib, und Sie werden sterben wollen! Es paßt Ihnen also nicht! Als ob Ihnen das zustünde!«

Frisch verstummte schlagartig und ließ sich wieder auf den Stuhl fallen. Die Gäste an den Nebentischen sahen gespannt herüber, in der Erwartung, daß sein Ausbruch sich nicht auf Worte beschränken würde.

Roque rief nach dem Kellner und zahlte.

Schweigend erhob er sich.

Frisch saß reglos da und betrachtete seine Hände.

»Oller«, sagte er.

»Ja?« antwortete dieser.

»Verpissen Sie sich gefälligst!« sagte Frisch.

Der Erfinder stand auf. Unsicher, verwirrt, stützte er sich auf den Tisch und bat Roque um Beistand.

»Und Sie, Díaz, sind Sie mit Ihrem Freund einer Meinung?«

Roque hob die Brauen, kratzte sich am Kinn und beschloß, ihm noch eine Chance zu geben:

»Heute schon«, erwiderte er.

Oller sagte nichts mehr. Mit gesenktem Kopf ging er hinaus.

Roque setzte sich wieder und bestellte zwei Gin.

»Diese Sache mit den Babys macht mir ganz schön zu schaffen«, gestand er und wies auf die Zeitung.

»Warum? Warum das und nicht etwas anderes? Du kennst diese Stadt und hast doch schon alles mögliche gesehen…«

»So etwas noch nie, glaube ich. Es kann allerdings auch sein, daß mir die Welt, je älter ich werde, immer schlechter vorkommt.«

»Vielleicht. Wir sind in die Jahre gekommen.«

»Du nicht. Aber ich bin alt, Germán.«

»Wir sind gleich alt, wenn ich mich recht erinnere.«

»Aber ich habe schon gelebt.«

Er hob sein Glas und forderte Frisch auf, das gleiche zu tun.

»Auf Encarnación«, sagte er.

»Danke«, nickte Frisch.

32. Das Alter

> Als es an jenem Nachmittag endgültig aufklarte, kam es in der Stadt zu einem seltsamen Phänomen, es war, als liege etwas wie ein allumfassendes Glücksgefühl in der Luft [...]
>
> EDUARDO MALLEA, La ciudad junto al río inmóvil

Germán Frisch dachte, man müsse innehalten, um den Lauf der Zeit wahrzunehmen, und daß es für Ramón noch keinen Grund gab, innezuhalten. Die Begebenheiten seines Lebens gehörten nicht vollständig zu seinem Leben: Es waren äußere Ereignisse, von anderen ausgelöst, auf eine Weise ersehnt, durchlebt, erinnert, daß sie dem Gedächtnis wie gegenwärtig vorkamen. Distanz oder Vergessen sind dem Glück und der Trauer vorbehalten, den Leidenschaften oder Verletzungen, all dem, was nicht geteilt werden kann und erst im nachhinein seinen rechten Platz erhält. Alles übrige, ob es erst vor kurzem geschehen ist oder schon lange zurückliegt, erscheint immer auf gleicher Ebene. Aus den Spuren intensiver Gefühle, Entscheidungen, Entsagungen entsteht das Alter. Der Rest ist Dahingehen, Verfall.

Das waren Frischs Gedanken am 28. Juli 1896, während er mit Roque, Piera, Encarnación, Ramón und Mildred im *Teatro Odeón* saß, um den Film der Gebrüder Lumière *Arrivée d'un train* anzusehen, der zum ersten Mal in Buenos Aires vorgeführt wurde. Im Foyer waren sie in der Menge der Neugierigen Martín Oller begegnet. Der Erfinder hatte die Gruppe begrüßt und sich, Frischs Verachtung ignorierend, diesem zugewandt.

»Jetzt werden Sie sehen, wie das Maschinchen funktioniert«, sagte er.

»Ich bin hier als Zuschauer, Oller«, erklärte Frisch mit Langmut, »ich gehe ins Theater, damit man mir was vorgaukelt, und nicht, um die Tricks herauszufinden, mit denen man das anstellt.«

Der Aufruf an das Publikum, sich in den Saal zu begeben, hatte das Gespräch unterbrochen.

Die Leute waren zu ihren Plätzen geeilt, als handele es sich um die größte Gelegenheit ihres Lebens. Das war es auch, doch sollten die meisten sich dessen niemals bewußt werden.

Im Schummerlicht des Saales beobachtete Frisch die anderen. Oller schaute auf den Projektor, Mildred, Ramón, Piera und Encarnación auf die Leinwand, und Roques Aufmerksamkeit schwankte zwischen den Bildern und Pieras gespanntem Profil.

Oller ist krank, dachte er. Roque ist müde, dachte er. Ramón ist schon einundzwanzig Jahre alt, aber die Unbeschwertheit seines Lebens läßt ihn viel jünger wirken. Die Frauen, sonst so allwissend, sind kleine Mädchen, wie kleine staunende Mädchen im Zirkus. Frieden, dachte er, ist immer vergänglich.

Die Lokomotive der Gebrüder Lumière hatte sich in Bewegung gesetzt und war auf sie zugerollt.

Es hatte Schreie und Gelächter gegeben, denen zum Trotz die Dampfmaschine unbeirrbar weitergefahren war. Die lauteste Stimme war die eines in seiner Loge aufgesprungenen Mannes gewesen.

»Die fährt uns ja über den Haufen, verdammt!« brüllte er. »Nichts wie weg!«

Und damit hatte er sich über die Brüstung geschwungen und ins Parkett gestürzt. Als der Streifen zu Ende war und das Licht anging, lag der Mann unnatürlich verrenkt auf dem Boden und hatte sich das Genick gebrochen. Ein Schutzmann, von einem Zuschauer benachrichtigt, war in den Saal gestürmt.

Das war nun drei Monate her, und wieder betrachtete Frisch vom Eingang des Hauses in der Calle Alsina aus nachdenklich die Gestalt Ramóns, der seine Ankunft nicht bemerkt hatte, und nahm eine neue Ausstrahlung an ihm wahr. Sich der Gegenwart des Freundes nicht bewußt, wusch Ramón die Blätter einer schimmelbefallenen Pflanze mit Tabaksud. Irgend etwas unterschied ihn in diesem Augenblick von dem Jugendlichen, den der Lumière-Film begeistert hatte.

»Guten Tag«, grüßte Frisch, wobei er seine Anwesenheit preisgab und in den besonnten Innenhof hinaustrat.

»Germán«, erwiderte Ramón, trocknete sich die Hände an der Hose und lächelte ihm entgegen. »Ich habe auf dich gewartet. Leider haben wir kein Telefon. Es gibt Neuigkeiten.«

»Bevor du jetzt vom elektrischen Licht anfängst: Ich weiß schon, daß es nächsten Monat gelegt wird. Dein alter Herr hat es mir gesagt.«

»Darüber wollte ich auch mit dir reden, aber das ist nicht das Wichtigste.«

»Gibt es denn Wichtigeres als das Licht?«

»Das Leben.«

»Nanu?«

»Germán: Mildred ist schwanger.«

»Gütiger Himmel! Das ist wirklich eine Neuigkeit! Wo ist diese Frau, ich möchte sie umarmen! Ein neuer Díaz! Denn er wird ja wohl deinen Namen tragen … ihr heiratet doch, oder nicht?«

»Selbstverständlich: In diesen gesellschaftlichen Verhältnissen ist was anderes nicht drin. Wenn es ein Junge wird, soll er Germán Díaz heißen.«

»Du solltest ihn lieber Roque nennen.«

»Kommt nicht infrage: Der Großvater haßt seinen Namen.«

»Und wenn es ein Mädchen wird?«

»Teresa.«

»Nach wem?«

»Nach Piera. Sie heißt so, Teresa, wenn das auch kaum jemand weiß.«

»Ein schöner Name. Wo ist Mildred denn?«

»Mit ihr, mit Piera, einkaufen gegangen.«

»Wann soll das Kleine kommen?«

»Anfang Juni. Komm, trinken wir einen Mate …«

In der Küche brühten sie Mateblätter auf. Ramón gab einen großen Schuß Gin in das heiße Wasser des Kessels.

»Eine zivile Eheschließung?« fragte Frisch.

»Mit einer Irin? Die sind schlimmer als die Galicierinnen, Germán. Die kommen in der Sakristei zur Welt und egal, wie weit das Leben sie von der Kirche entfernt hat, in den bedeutsamen Momenten kehren sie immer in ihren Schoß zurück. Ein Priester muß schon sein!«

»Dann müssen wir einen suchen.«

»Nicht mehr nötig, wir haben schon einen. Er wird uns hier zu Hause trauen.«

»Wahnsinn! Das wird eine Menge Geld kosten!«

»Nicht einen Centavo: Er ist Stammgast bei Piera.«

Sie konnten kaum aufhören zu lachen: Frisch steckte Ramón mit seinem Gelächter an, und sobald einer von ihnen sich beruhigt hatte, prustete er beim Anblick des anderen aufs neue los.

»Wann soll es stattfinden?« erkundigte sich Frisch schließlich.

»Die zivile Trauung ist am 2. November, an meinem Geburtstag.«

»Dem …«

»Zweiundzwanzigsten.«

»Und wie alt ist Mildred?«

»Neunundzwanzig.«

»Sie ist älter als du.«

»Jetzt nicht mehr. Früher war sie älter, aber jetzt sind wir gleich alt.«

»In zwanzig Jahren wird sie wieder älter sein.«

»Bis dahin, Germán, sind es noch zwanzig Jahre. Unser Kind wird dann fast so alt sein wie ich jetzt.«

»Du hast recht. Er – oder sie – wird erwachsen sein.«

Nachdem er sich von Ramón verabschiedet hatte, machte sich Germán Frisch auf den Weg zur Plaza Miserere, umrundete den Platz und bog in die Straße zu Piera ein. Es war noch früh, kaum Mittag vorbei, und im Haus würde es ruhig sein.

Juan Manuel öffnete ihm.

»Ich komme deine Schwester besuchen«, teilte Frisch ihm mit.

»Sie ist oben. Ich glaube, sie schläft noch.«

Encarnación schlief nicht. Sie hatte gebadet und frisierte sich vor dem Spiegel. Frisch trat ein, ohne anzuklopfen, und ihr Spiegelbild lächelte ihn an.

»Encarnación!« Er setzte sich auf einen Hocker neben sie vor den Toilettentisch und sah sie eindringlich an.

»Was ist? Kriege ich keinen Kuß?« forderte sie.

Frisch ging nicht darauf ein.

»Warum tun wir es eigentlich nicht?«

»Was?«

»Heiraten.«

Encarnación stand auf, legte Frisch die Hände auf die Schultern und sah ihm in die Augen.

»Bisher haben wir es nicht getan, weil du mich nicht gefragt hast. Ich habe dich darum gebeten … weißt du noch?«

»Wie sollte ich das vergessen? Ich dachte, du hättest es

vergessen. Aber das tut nichts zur Sache, ich frage dich jetzt: Willst du?« Seine Augen waren fest auf sie gerichtet.

Die Frau trat einen Schritt zurück und ließ sich wieder vor ihm nieder, die Hände noch immer auf seinen Schultern.

»Bist du sicher, Germán? Warum gerade heute? Dabei sollte mich bei dir eigentlich gar nichts überraschen: Du hast fast ein Jahrzehnt gebraucht, um mich überhaupt wahrzunehmen … Und ich weiß, daß du keine Angst hast, mich zu heiraten. Ich weiß, daß es dich sogar stolz macht …«

»Das stimmt, nur habe ich dir das nie gesagt.«

»Roque hat es mir gesagt. Nimm es ihm nicht übel … er hat mir von deinem Streit mit dem Erfinder erzählt.«

»Was für ein Mistkerl!«

»Überhaupt nicht, ganz im Gegenteil. Er hat es mir in einem Moment erzählt, als ich sehr traurig war, und es hat mir gutgetan. Manchmal geht mir so einiges durch den Sinn, aber … ich meine, wenn du stolz bist, hast du sicher deine Gründe dafür: Ein Weibsbild wie mich hat nicht jeder.«

»Das heißt?«

»Nichts … Warum ausgerechnet heute?«

»Ramón und Mildred bekommen ein Kind … Das ist, als würde ich Großvater, ist dir das klar?«

»Es tut dir leid, keine Kinder zu haben, nicht wahr?«

»Ramón ist wie ein Sohn für mich, das ist es nicht …«

»Das ist das Alter, Germán. Ich bin auch nicht mehr die Jüngste …«

»Ja, das wird es wohl sein … Aber warum auch immer, ich möchte es so gern, Encarnación. Willst du mich heiraten?«

»Natürlich will ich das, du Dummkopf!«

»Dann los, komm mit.«

»Sagen wir … übermorgen. Ich muß mich noch verabschieden, meine Sachen packen, mit Piera abrechnen … Ich hab ziemlich viel Geld gespart, weißt du? Heute abend, spätestens morgen regele ich alles. Wirst du mich denn heute gar nicht begrüßen?« beschwerte sie sich, faßte Frisch bei den Händen und zog ihn vom Stuhl.

Sie umarmten sich fest. Encarnación empfand im Innersten ihres Körpers, daß dieser Mann, der ihr mit Hingabe und Zartheit die Lippen leckte und die Hinterbacken spreizte – einer Hingabe und Zartheit, die sie von Anfang an bei ihm gespürt hatte, als sie ihn vor vielen Jahren über sein Bandoneon gebeugt sah, und die sie noch immer bezweifeln ließen, daß er derselben Gattung angehörte wie die Bordellkunden –, soeben den Rest seines Daseins in ihre Hände gelegt hatte. Sie empfand es wie ein heißes Aufwallen des Blutes. Sie hatte darauf gewartet, ohne daran zu glauben, und jetzt war es eingetroffen wie ein Lufthauch für jemanden, der im Traum zu ersticken drohte.

»Germán«, bat sie, »bring mich ins Bett.«

Sie entkleideten sich unter Liebkosungen und Bissen, ohne einander loszulassen.

»Dieses Zimmer«, sagte sie, »betritt außer dir schon lange niemand mehr.«

Er küßte sie auf den Hals.

33. El Bruto

Ist das Alltägliche etwa kein bewundernswerter, bescheidener Ausdruck des Absurden?

OLIVERIO GIRONDO, Offener Brief an La Púa

Als Frisch Encarnación die Ehe antrug, hatte die lange Schnur des Unheils die Schlinge bereits geknüpft. Drei Tage zuvor. Eines Montags um Mitternacht öffneten sich die Tore der staatlichen Haftanstalt in der Calle Las Heras, um Celestino Expósito alias *El Bruto* nach fünfzehn Jahren Gefangenschaft wegen Doppelmordes in die Freiheit zu entlassen.

El Bruto war ein Mann ohne Vergangenheit: Solange man sich an ihn erinnern konnte, hatte er immer die Hauptrolle in einer einzigen, stetig wiederholten Szene gespielt: der Szene des Todes. Es war, als sei er nie in einem Alter gewesen, das nicht von Gewalt und bösem Willen bestimmt wurde, als sei seine Existenz in jeder Phase mit einem Verbrechen verbunden, entweder weil er seinen Blutdurst wieder einmal befriedigt hatte, auf der Lauer lag oder gerade zuschlug. Nach einem Augenblick der Befriedigung fünfzehn Jahre zuvor hatte er die ganze folgende Zeit lauernd verbracht. Nun kam er frei, entschlossen zuzuschlagen.

Celestino Expósito mordete aus Groll, aus Rachelust, einfach so und für Geld. Hin und wieder waren Monate vergangen, ohne daß er einen Auftrag erhalten hätte. In solchen Zeiten ließ er sich von Frauen aushalten, die seinen Forderungen weder aus Liebe noch wegen vertraglicher Verpflichtungen nachkamen, sondern aus Angst. Einige hatten ihre Zuhälter sterben sehen und wollten nicht dasselbe Schicksal erleiden.

Als *El Bruto* für Encarnación Rosas entbrannte, war sie noch minderjährig und gehörte einem Mulatten aus Uruguay, Lindor Godoy, einem harten, resoluten Mann, der sie in einen *quilombo* im Stadtteil Parque gesteckt hatte. Eines Abends betrat Expósito ihr Zimmer und tat, was er immer und mit jeder Frau tat: Er hieß sie, sich mit weit gespreizten Beinen auf das Bett zu legen, kniete sich zwischen ihre Schenkel, ohne sich auch nur eines einzigen Kleidungsstücks zu entledigen, knöpfte seine Hose auf, holte ein langes, dünnes, rosiges Glied heraus, drang in sie ein, wobei er sich kaum nach vorn lehnte, wippte ein paarmal, während Encarnación seinen speckigen Hut betrachtete, gab ein heiseres Stöhnen von sich und sprang vom Bett. Dabei hatte ihn das, was er unter Befriedigung verstand, diesmal wesentlich weniger Anstrengungen und Stöße gekostet als gewöhnlich, was die Geschädigte nicht wissen konnte: Sie gefiel ihm wirklich.

Am nächsten Tag kam er wieder. Er brauchte nicht einmal ins Bett zu steigen oder sonst eine Gebärde zu machen: Kaum daß er sie nackt sah, riß er sich mit hastigen Fingern die Hose auf und spritzte auf den Boden und einen ihrer Schenkel. Während sie sich säuberte, knöpfte er seine Jacke zu, warf sich den Schal um die Schultern und verließ das Zimmer.

Vor der Loge des Geschäftsführers blieb er stehen.

»Wem gehört die Schwarze hinten im letzten Zimmer?« erkundigte er sich.

Der Geschäftsführer warf ihm einen kurzen Blick zu, besann sich darauf, wen er vor sich hatte, und antwortete, ohne zu zögern.

»Señor Godoy.«

»Godoy?«

»Lindor Godoy.«

»Wo steckt der?«

»Weiß ich nicht. Hierher kommt er freitags.«

»Morgen ist Freitag.«

»Richtig.«

»Bis morgen.«

Am dritten Tag bei Sonnenuntergang erschien Expósito im Bordell und fragte, ob Godoy schon da sei.

»Nein. Noch nicht«, gab der Geschäftsführer zurück.

El Bruto setzte sich ins Vestibül und wartete. Die Freier kamen und gingen, ohne ihn zu beachten. Er musterte jeden einzelnen und sah dann prüfend zu dem Typen in der Loge hinüber. Sobald er Gewißheit hatte, daß es sich bei dem jeweiligen nicht um den Gesuchten handelte, zog er wieder an seiner Zigarette.

Um zehn traf Godoy ein. Er war größer als Expósito und keineswegs ungeschickt mit dem Messer. Doch fühlte er sich allzu sicher. Als er in der Tür auftauchte, versuchte der Geschäftsführer, ihn vor der Gefahr zu warnen: Seine Bemühungen beliefen sich jedoch lediglich auf ein paar Grimassen, und Godoy schenkte ihm keinerlei Beachtung.

Celestino Expósito dagegen begriff, daß dies der Mann war, auf den er wartete.

Er stand auf und machte einen Schritt auf ihn zu.

»Godoy!« sagte er.

»Höchstpersönlich«, bestätigte der andere nickend.

»Im Guten: Ich will Ihnen die Schwarze da hinten abkaufen.«

»Weder im Guten noch im Bösen, mein Freund: Sie hat keinen Preis, und sie steht nicht zum Verkauf.«

»Dann verteidigen Sie sich.«

Es war nur eine Floskel. *El Bruto* gab niemandem, auch damals Godoy nicht, die Chance, sich zu verteidigen. Zugleich mit seinen Worten schnellte die Klinge hervor. Godoy, dessen rechter Arm in einem vergeblichen Versuch, den *facón* zu greifen, nach hinten langte, während der linke noch herabhing, bot ihm den Bauch. Der Stahl fuhr oberhalb des Nabels hinein und bahnte sich einen Weg aufwärts bis zum Herzen. Die Schnelligkeit der Bewegung erlaubte Expósito, die Waffe wieder herauszuziehen, noch ehe sein Opfer zusammensackte.

»Und du?« fragte er, an den Geschäftsführer gewandt. »Was hast du da eben für Fratzen gezogen, du Schwuchtel?«

»Fratzen?«

»Fratzen. Mit dieser Fresse. Mit diesem Arschgesicht, das ich jetzt ausradieren werde.«

Das tat er. Der Stich in die Brust kam zum Schluß, nachdem das Gesicht nur noch ein roter Fleck war.

Dann ging er Encarnación holen.

Auf ihr schnaufte ein unrasierter Fettwanst mit dicken weißen Hinterbacken, in deren eine das Messer widerstandslos eindrang. *El Bruto* zog es wieder heraus und zeigte ihm die bluttriefende Spitze.

»Das hier ist eine Nummer zu groß für dich«, sagte er und wies mit der Klinge auf die Hosen des anderen.

Der Dicke verstand, was er meinte: Er raffte das Kleidungsstück vom Boden und lief hinaus, um sich draußen anzuziehen.

»Zieh dich an!« befahl Expósito Encarnación.

»Ich habe nichts«, erklärte sie. »Sie lassen uns hier nichts zum Anziehen… Godoy hat mir ein Kleid gekauft, aber das verwahren sie, und ich bekomme es nur, wenn er mit mir ausgeht.«

»Dann kommst du eben so mit, wie du bist.«

Er packte sie beim Handgelenk, zog sie aus dem Bett und stieß sie zur Tür.

Draußen am Pfosten hatte er zwei Pferde stehen.

Er wartete nicht, daß sie aufstieg: Er faßte sie um die Taille, hob sie hoch, und als er sah, daß rundum im Licht der Gaslaternen die Leute stehenblieben, um sich das Spektakel der prachtvollen nackten Negerin nicht entgehen zu lassen, bedeckte er sie mit seinem Schal. Anschließend schwang er sich in den Sattel und setzte sich im Schrittempo in Bewegung.

Es verging gut eine Viertelstunde, bis das Pfeifen eines Polizeibeamten in der Straße zu hören war, und noch etwas länger, bis zwei uniformierte Männer das Bordell betraten und die Leichen fanden.

Der Dicke mit der Stichwunde im Hintern lag bäuchlings im Flur auf dem Boden: Expósito mußte eine Arterie durchtrennt haben, denn das Blut war in Strömen geflossen, so daß es die Wände bespritzt hatte, und er konnte sich nicht rühren.

Man holte einen Arzt.

»Was war los?« fragte einer der Polizisten.

»Ein Dreckskerl«, resümierte der Dicke. »Ich kenne ihn.«

Er zeigte *El Bruto* an, und dieser wanderte ins Gefängnis. Aber das war erst später.

Zunächst hatte Expósito Encarnación fast einen Monat lang in seiner Hütte auf der anderen Seite des Maldonado. Auch er kaufte ihr kein Kleid. Lieber sah er zu, wie sie sich bewegte, und manchmal streichelte er sie. Nur zweimal gelangte er darüber hinaus, und das war im Dunkeln. Bei Licht machte die Schönheit der Frau alles zunichte.

Eines Tages hatte *El Bruto* es satt, seine Männlichkeit ständig infrage gestellt zu sehen und stundenlang zu warten, daß seine Hosen trockneten. Er hatte von einer Neuzuwanderin gehört, die sich mit einem *quilombo* selbständig gemacht hatte. Eines Morgens ging er zu ihr.

Er zog den Hut, um mit der Besitzerin des neuen Freudenhauses zu sprechen.

Die außergewöhnlich schöne Frau empfing ihn in einem fensterlosen Salon, wo es kein anderes Möbelstück gab als den Sessel, in dem sie selbst Platz nahm. Expósito blieb nichts weiter übrig, als im Stehen mit ihr zu reden und den Hut in den Händen zu drehen: Er fühlte sich lächerlich.

»Ich habe da eine Frau«, eröffnete er ihr.

»Aha«, erwiderte die Bordellchefin.

»Hübsch.«

»Aha.«

»Schwarz.«

»Aha.«

»Ich will sie verkaufen.«

»Ich kaufe nicht.«

»Wenn Sie sie sehen, überlegen Sie es sich vielleicht anders.«

»Wo ist sie?«

»Zu Hause.«

»Bringen Sie sie her.«

»Sie hat nichts anzuziehen.«

»Und wie ist sie zu Ihnen nach Hause gekommen?«

»Nackt. Bei Nacht.«

»Aha …«

Die Frau überdachte die Lage. Sie hatte von dem Vorfall im Parque-Viertel gehört, aber es fiel ihr schwer zu glauben, daß dieser Kerl ein solcher Tölpel sein sollte.

»Ist das weit?« fragte sie.

»Am Maldonado.«

»Das ist weit. Wissen Sie, was wir machen? Ich werde Ihnen vertrauen und Ihnen ein Kleid mitgeben. Sie ziehen sie an und bringen sie her.«

»Wie Sie wollen.«

Expósito brauchte drei Stunden. Er kehrte mit Encarnación zurück.

Eine Alte empfing sie und führte sie in denselben kleinen Salon, in dem er zuvor bereits gewesen war. Encarnación setzte sich.

Wenige Minuten später trat lächelnd die Eigentümerin ein.

»Steh auf!« befahl *El Bruto* Encarnación.

»Nicht nötig«, widersprach die Frau. »Lassen Sie uns allein, Señor… Sie haben mir Ihren Namen nicht verraten.«

»Expósito.«

»Expósito. Lassen Sie uns allein.«

»Wozu?«

»Damit wir uns eine Weile unterhalten können. Wie soll ich sonst wissen, ob sie mich interessiert?«

»Sie können sich ruhig vor mir unterhalten.«

»So kommen wir nicht ins Geschäft.«

Sie wandte sich ab, um hinauszugehen. Expósito hielt sie auf, als sie die Türklinke schon in der Hand hatte.

»In Ordnung«, gab er nach. »Unterhalten Sie sich meinetwegen.«

»Warten Sie draußen.«

El Bruto verließ das Zimmer, und die Frau kniete sich neben Encarnación auf den Boden. Sie faßte sie bei den Händen.

»Hab keine Angst«, sagte sie. »Ich heiße Piera und bin auf deiner Seite. Ich kaufe keine Frauen.« Sie sah das Mißtrauen in den Augen der anderen. »Du brauchst mir nicht zu glauben«, gestand sie zu. »Aber schlechter als da, wo du jetzt bist, kann es dir nicht ergehen, oder?«

»Nein.«

»Dann sag mir die Wahrheit.«

»Was?«

»Ist das der, der Godoy in Parque umgebracht hat? Hast du für Godoy angeschafft?«

»Ja.«

»Dann warte hier auf mich.«

»Was werden Sie tun?«

»Ihn zur Strecke bringen.«

Ein Schauder lief Encarnación über den Rücken.

»Wollen Sie ihn töten?«

»Nicht nötig.«

Im Vestibül ging sie auf Expósito zu und bat ihn, sich noch einen Moment zu gedulden. Sie verschwand hinter einem Vorhang.

Mit raschem Schritt ging sie zu einem der hinteren Zimmer und klopfte sacht an die Tür.

»Wer zum Teufel ist da?« schimpfte eine rauhe Stimme.

»Ich bin's. Piera. Ziehen Sie sich schnell an und machen Sie auf. Es geht um Leben und Tod.«

Ein korpulenter Mann mit ausladendem, blondem Schnurrbart und roten Pausbacken öffnete die Tür. Er war in Unterhosen. Das Mädchen, das bei ihm war, hatte sich im Bett aufgesetzt.

»Was gibt es denn so Dringendes?« wollte er wissen.

»Comisario«, antwortete Piera. »Sie würden doch gern den Parque-Mörder schnappen?«

»Und wer nicht? Wissen Sie etwas?«

»Er ist da draußen.«

»Scheiße!«

»Beeilen Sie sich. Haben Sie eine Pistole dabei?«

»Habe ich. Aber ich weiß nicht, ob das reicht. Ich brauche Leute.«

»Holen Sie sie.«

»Ich habe einen Schutzmann an jeder Straßenecke.«

»Nehmen Sie die Hintertür. Ich halte ihn inzwischen auf.«

El Bruto wurde allmählich nervös, beruhigte sich aber wieder, als er Piera mit einem Bündel Geldscheine in der Hand zurückkommen sah.

»Wieviel wollen Sie?« Piera lächelte.
»Gefällt sie Ihnen?«
»Sie gefällt mir.«
»Achthundert Pesos.«
»Das ist zuviel.«

Das Feilschen währte nicht lange. Es wurde unterbrochen, als der Comisario und zwei Polizisten in Zivil das Zimmer stürmten.

Piera blieb dabei, bis er abgeführt war, ohne ein Wort zu sagen.

Encarnación hatte sich nicht von der Stelle gerührt und seufzte, als sie sie eintreten sah.

»Erledigt«, sagte Piera.

»Was ist erledigt?«

»Dieses Schwein. Sie haben ihn festgenommen.«

»Und wenn sie ihn wieder laufen lassen?« Encarnación fuhr erschrocken auf.

»Sie werden ihn nicht laufen lassen.«

Piera betrachtete die Schwarze mit Interesse. Sie trat auf sie zu, schnupperte an ihrem Haar und strich ihr mit den Fingern über den Hals.

»Zieh dich aus!« sagte sie.

»Schon wieder?«

»Ich möchte dich nur sehen. Das Kleid gehört dir. Hier muß keine bleiben, die nicht bleiben will.«

Encarnación gehorchte.

»Du bist wirklich schön«, bestätigte Piera. »Zieh dich wieder an. Hast du Familie?«

»Einen Bruder«, erwiderte die andere. »Ich weiß nicht, wo er ist.«

»Wir werden ihn suchen. Wie alt bist du?«

»Sechzehn, glaube ich.«

»Kannst du lesen?«

»Nein.«

»Dann mußt du lesen lernen, Kleine. Und schreiben. Sonst bleibst du für immer im Dreck stecken.«

Seit jenem Nachmittag waren fünfzehn Jahre vergangen.

Aus dem Gefängnis entlassen, benötigte Celestino Expósito drei Tage, um Encarnación ausfindig zu machen. Zwischendurch legte er sich in heruntergekommenen Absteigen eine Weile schlafen und aß wenig, wenn überhaupt, in den Gasthäusern, in denen er herumfragte.

Er suchte nicht Encarnación, sondern Piera. Den Namen hatte er im Laufe der Gerichtsverhandlung aufgeschnappt. Im Gefängnis hatte ihm jemand erklärt, sie sei leichter zu finden als die Schwarze. Er drückte sich in La Boca herum und in den Spelunken von Temple, ohne Erfolg. Schließlich landete er im *El Vasco*, einem Café in Barracas, wo Frisch öfters gespielt hatte.

Ein Gast, der schon ein paar Gläser zuviel hatte, erzählte ihm von Pieras Etablissement und wies ihm den Weg. »Aber machen Sie sich fein«, sagte er ihm, »und stecken Sie Geld ein: Das ist etwas Besonderes.«

Roque, der in der Gegend ein paar Geschäfte zu erledigen hatte, war am nächsten Morgen im *El Vasco*.

»Erinnern Sie sich an einen Typen, den sie *El Bruto* nennen, Don Roque?« sprach ihn der Kellner unvermittelt an, als er ihm das Glas auf den Tisch stellte.

»Ja, ich erinnere mich.« Roque kannte die Geschichte. »Warum?«

»Wie es aussieht, haben sie ihn rausgelassen. Gestern war er hier und hat Fragen gestellt.«

Roque fühlte, wie sich sein Magen verkrampfte, und kippte den Gin auf einmal hinunter.

»Was hat er wissen wollen?«

Der Kellner wurde unruhig, als er seine Augen sah.

»Hatte nichts mit Ihnen zu tun, Don Roque«, versuchte

er ihn zu beschwichtigen. »Er war hinter einer Frau her, was weiß ich.«

Roque war zu Pferd da. Er durchquerte die Stadt im Galopp, den Herzschlag im Hals. Das Tier hielt vor dem Eingang zu Pieras Haus, mit Schaum vor dem Maul und blutenden Flanken.

Das Tor stand sperrangelweit offen, ebenso die Haustür.

Roque begriff, daß er zu spät gekommen war.

Piera saß im Vestibül in Begleitung desselben rotwangigen, schnurrbärtigen Mannes, der vor langer Zeit Expósito verhaftet hatte. Inzwischen war er fast ein alter Mann.

In Roques Gesichtsausdruck las Piera, daß er Bescheid wußte und wie sehr er litt.

»Comisario Marquina«, stellte sie vor.

»Wir kennen uns«, sagte Roque.

»Wissen Sie, warum es so weit kommen mußte?« vertraute der Polizist sich Roque an. »Weil ich ein Schisser bin. Ich hätte diesem Kerl auf der Stelle eine Kugel verpassen müssen.«

»Vielleicht.« Roque nickte. »Wo ist er jetzt?«

»Tot«, erklärte Piera. »Ich habe ihn getötet.«

»Vergessen Sie das, Señora«, riet der Comisario. »Ich habe ihn getötet. Ersparen Sie sich die Unannehmlichkeiten.«

»Erst mal muß Roque es wissen. Dann vergesse ich es.«

»Wie ist es passiert?«

»Er war plötzlich da. Es blieb keine Zeit, irgend etwas zu tun. Tita war im Salon mit ihrer Abrechnung beschäftigt.«

»Germán nennt sie Encarnación«, bemerkte Roque. »Außerdem ist das ihr richtiger Name.«

»War«, korrigierte Marquina.

»Sie war im Salon«, fuhr Piera fort. »Ich habe sie schreien gehört. Sie hat furchtbar geschrien ... Er konnte sie nicht gleich umbringen. Er hat sie durch das Zimmer gejagt und immer wieder zugestochen… Du kannst es dir nicht vorstellen, alles ist voll Blut… Ich bin hinuntergelaufen mit der Pistole, die du mir gegeben hast. Um ein Haar wäre sie mir aus der Hand gefallen. Ich rannte in den Treppenflur, und da hab ich es gesehen, ich hab gesehen, wie er ihr die Kehle durchgeschnitten hat, Roque, weißt du, was das heißt?«

Piera saß noch immer am selben Platz, aber sie hatte Roques Hände ergriffen und zwei große Tränen liefen ihr übers Gesicht.

»Weißt du, was das heißt?« wiederholte sie.

»Ich weiß«, nickte Roque.

»Und dann hab ich geschossen«, schloß Piera lakonisch.

Roque faßte sie bei den Schultern und nötigte sie aufzustehen.

»Gehen wir hinein«, sagte er.

»Nein, jetzt nicht«, bat sie.

»Gehen wir hinein«, beharrte Roque. »Jetzt.«

Der Anblick übertraf seine Befürchtungen. Zerbrochene Möbel, Glasscherben und überall Blut. Jemand, vielleicht Marquina, der ihnen jetzt schweigsam und schuldbewußt folgte, hatte die Leichen abgedeckt, die Expósitos mit einer roten Gardine, Encarnación mit einem weißen Laken. Neben ihr auf dem Boden kniete Juan Manuel und weinte leise.

Piera wandte sich ab und vergrub ihr Gesicht an Roques Schulter.

»Nein«, wies er sie ab. »Ich möchte, daß du dir diesen Salon gut ansiehst.«

»Warum?« flehte sie mit tränennassen Wangen.

»Sieh ihn dir bitte an.«

Piera ließ den Blick über die umgeworfenen Tische und Stühle, die befleckten Spiegel und Wandbehänge schweifen.

»Das ist das letzte Mal, daß du ihn siehst«, sagte Roque. »Hier ist geschlossen. Für immer.«

»Ich kann nicht einfach so gehen.«

»Doch das kannst du. Du ziehst zu mir.«

»Die Mädchen werden auf der Straße sitzen …«

»Schenk ihnen das Lokal. Sollen sie es verkaufen und sich woanders niederlassen.«

»Und das Geld?«

»Ich habe genug für uns beide.«

»Gib mir Zeit, Roque.«

»Zwei bis drei Stunden. Die Zeit, die ich brauche, mit Germán zu sprechen.«

»Don Roque hat recht, Señora«, schaltete sich Marquina ein. »Wenn das Verhängnis an die Tür klopft …«

»Pack deine Sachen, Teresa«, sagte Roque. »Es dauert nicht lange. Heute nacht schläfst du bei mir.«

Sie erhob keine weiteren Einwände. Roque sah sie treppauf verschwinden.

Marquina kannte zwar Pieras richtigen Namen, denn er hatte mehr als einmal Dokumente für sie ausgestellt, doch war er irritiert, ihn aus Roques Mund zu hören.

»Teresa?« vergewisserte er sich.

»Mit Piera ist Schluß. Meine Frau heißt Teresa«, sagte Roque.

Er ließ den Comisario über alte Fehler brütend zurück.

Auf dem Weg ins Stadtzentrum dachte er an Tita, an Encarnación, an Piera, an Teresa, an die Menschen, denen der Tod ihren Namen zurückgab.

34. Alles hat seinen Preis

Dann ist Asche und ödes Morgengrauen,
der zermürbte Schlaf, der wunde Schacht
eines einsam im Kissen ruhenden Hauptes.

JULIO CORTÁZAR, El simulacro

Frisch war nicht in der Calle Artes 63. Roque fand dort Pinsel, Farbeimer und halbgestrichene Wände vor, und das Wasser für den Mate war noch heiß. Er ging ins *Esquina del Cisne*, um nach ihm zu suchen.

»Ein Herz auf der rechten Seite!« rief in dem Augenblick, als Roque das Café betrat, ein Gast erstaunt aus.

»Wo?« fragte ein anderer.

»Hier, Alter, hier!« erklärte der erste. »Das steht in der Zeitung. Und wissen Sie, wo man es gefunden hat? In der Leiche eines Häftlings im Gefängnis der Calle Las Heras, als der Arzt die Abduktion gemacht hat.«

»Die Obduktion«, korrigierte ein dritter.

»Meine ich ja.«

An einem Tisch neben der Wand erhob sich Oller.

»Darauf sollten wir trinken!« rief er und hielt sein Glas hoch. »Auf das Herz von der Strafanstalt. Ein Land ist kein Land, wenn es nicht ein Herz auf dem rechten Fleck hat!«

Roque ging zum Tresen, ohne von irgend jemandem Notiz zu nehmen. Dort stand sein Freund.

Von weitem sah er ihn liebevoll an: Frisch hatte die Ellbogen auf die Theke gestützt, einen Fuß über den anderen gekreuzt, die Schultern hochgezogen, er hielt eine erloschene Zigarette zwischen den Fingern und trank. In den farbfleckigen Malerklamotten und seinem blonden, ergrauenden Haar wirkte er müde, beinahe alt.

Roque schlug ihm leicht mit der Hand auf den Rücken.

»Guten Abend«, sagte er.

»'n Abend«, erwiderte Frisch. Ohne sich umzuwenden, betrachtete er Roques Gesicht im Spiegel hinter dem Tresen, eingerahmt von einer Flasche Wein und einer Flasche Grappa.

Auf diese Weise hatten sie schon viele Stunden zugebracht, geredet und einander in den Spiegeln der Cafés angesehen.

Roque verlangte Gin. Zwei Gläser.

»Germán«, sagte er. »Es ist etwas passiert.«

»Was Gutes oder was Schlimmes?«

»Was Schlimmes.«

»Tödlich oder nicht?«

»Tödlich.«

»Wen von uns beiden trifft es?«

»Dich.«

Erst in diesem Augenblick drehte sich Germán zu ihm um. Roque tat das gleiche. Sie standen sich gegenüber, Auge in Auge.

Frisch legte Roque die Hände auf die Schultern.

»Encarnación?«

Roque wußte, daß er den Blick nicht senken durfte, weil der Deutsche dann zusammenbrechen würde. Er ließ Frischs Augen nicht los.

»Ja«, sagte er.

Frisch lehnte sich wieder gegen den Tresen. Er kippte seinen Gin und verlangte noch einen. Sein ganzes endloses Schweigen lang fixierte ihn Roque abwartend im Spiegel. Schließlich hob Frisch den Kopf und kam wieder zu sich.

»Gut«, fügte er sich. »Wie ist es passiert?«

»Sie ist ermordet worden.«

»Ein Freier?«

»Sie hat schon lange keine Freier mehr empfangen, Germán. Das solltest du wissen.«

»Ich weiß. Nur so eine Frage.«

»Es war *El Bruto*.«

Frischs Faust krachte wütend auf den Zinktresen, ließ Gläser und Krüge klirren und die Anwesenden verstummen.

»Der Schweinehund! Dieses Arschloch von Schreibtischhengst! Der hat mir versichert, er würde erst im nächsten Jahr entlassen!«

»Ein Anwalt?«

»Klar. Wen hätte ich sonst fragen sollen? Ich warte schon eine Ewigkeit darauf, daß sie *El Bruto* endlich rauslassen, um ihm zuvorzukommen. Der hat mich verarscht!«

Frisch nahm eine Flasche und zwei Gläser von der Theke und setzte sich an einen Tisch. Roque nahm ihm gegenüber Platz.

»Ist er entkommen?«

»Er ist auch tot. Teresa hat ihn erschossen.«

»Teresa?«

»Von heute an ist sie Teresa. Pieras Haus ist zu. Ein für allemal.«

»Das ist gut. Jemand muß ja heiraten.«

Über eine Stunde lang sagte Frisch kein einziges Wort. Roque saß geduldig neben ihm. Er hätte den ganzen Tag so verbracht, aber das war nicht nötig: Der Deutsche begann zu sprechen.

»Weißt du, *gallego*, es gab wirklich echte Momente mit Encarnación. Keine Liebe ist beständig, aber diese war beständiger als die meisten. Nächte, viele Nächte, so echt, wie sie nur wenige Männer auf dieser Welt genießen dürfen.

Schau sie dir an«, mit einer vagen Geste umfaßte er seine Umgebung, »sie alle werden sterben, ohne je erfahren zu haben, was eine Frau ist. Ich weiß es. Das hat das Leben mir zukommen lassen. Und jetzt präsentiert es mir die Rechnung. Alles hat seinen Preis.«

»Vielleicht einen zu hohen.«

»Was ich erhalten habe, Roque, ist sehr kostbar. Ein Privileg. Encarnación war ein Privileg für jeden Mann. Wie es ein Privileg ist, einen Mann wie dich zum Freund zu haben.«

Roque hob die Augenbrauen. Frisch drückte seinen Arm.

»So ist es, *gallego*«, sagte er. »Jetzt hilf mir bitte, sie zu beerdigen.«

Marquina ersparte ihnen den Weg über das Leichenschauhaus: Gerichtsmediziner und Richter untersuchten die Leiche an Ort und Stelle.

Die Frauen verhängten die Spiegel und die Satinpaneele des Salons mit weißen Laken. Der geschlossene Sarg wurde auf die Musikerbühne gestellt, wo die Notenständer durch Silberkandelaber der Bestattungsfirma Costa ersetzt worden waren. Um Mitternacht hatte die Neuigkeit von der Schreckenstat und der Schließung des Bordells in ganz Buenos Aires die Runde gemacht: Bei Tagesanbruch waren über fünfhundert Männer am Sarg vorbeidefiliert. Ramón servierte jedem Besucher, der darum bat, Gin und Anis. Mildred schlief in Teresas Zimmer.

Um elf Uhr vormittags setzte sich der Trauerzug zum Friedhof La Chacarita in Bewegung. Der hohe, überdachte Leichenwagen, auf dem Bock zwei steife Kutscher – bartlos, wie es das Protokoll verlangte –, wurde von acht schwarzen Pferden gezogen. Ihm folgten sechs von Roque angemietete Kutschen und ein Dutzend private. Sie nahmen die Rivera-Brücke über den Maldonando, bevor sie sich nach Süden wandten.

In der Friedhofskapelle wurde ein Respons gebetet.

Als der Sarg in die Grube hinuntergelassen wurde, warf Germán Frisch die erste Handvoll Erde darauf. Zwei große Tränen rannen ihm über das Gesicht.

»Schön wie eine schwarze Sonne«, murmelte er. Nur Roque hörte es.

Städtische Beamte setzten ein Holzkreuz mit Encarnacións Namen auf das Grab. Zwei Monate später sollte es durch die von Teresa in Auftrag gegebene Marmorplatte ersetzt werden.

Nach dem Begräbnis sahen alle Juan Manuel Rosas davongehen.

Mit langsamem Schritt ging er Richtung Ausgang. Roque rief ihm nach, um ihm für den Rückweg in die Stadt einen Platz in seiner Kutsche anzubieten, doch Rosas wandte sich nicht einmal um.

Man hörte nie wieder von ihm.

35. Die Grenzen

Und aus der Nacht stürzte wie Seide
eine andere Nacht in seine Seele [...]

FERNANDO GILARDI, La mañana

Teresa richtete sich in der Calle Alsina häuslich ein, füllte das Zimmer, das Roque vor zehn oder zwölf Jahren für sich reserviert und eigentlich nie bewohnt hatte, mit Spiegeln, Kleiderschränken und Parfüms. Vor Mildreds Einzug hatte er ein- oder zweimal pro Woche darin geschlafen. Später war er dann dazu übergegangen, seinen Sohn um die Mittagszeit zu besuchen, nachdem er die Nacht bei Piera verbracht hatte.

Mildred und Ramón heirateten am vorgesehenen Tag, aus Respekt vor dem Freund und seiner Trauer beschränkte sich die Hochzeitsfeier jedoch auf einen Umtrunk im engsten Kreis.

Germán Frisch wohnte weiterhin in der Calle Artes 63. Er widmete den Großteil des Tages Roques Geschäften. Seit Encarnación nicht mehr am Leben war, arbeitete er wieder mit neuem Eifer für die sozialistische Sache: Seine Tätigkeit erstreckte sich nicht mehr ausschließlich auf die deutschen Arbeiter: Die Aktivisten des *Vorwärts* hatten sich mit den Franzosen von *Les Egaux* und den Italienern vom *Fascio dei Lavoratori* verbündet und diese sich wiederum den gebürtigen oder nationalisierten Argentiniern des *Centro Socialista Universitario* und der *Agrupación Socialista* angeschlossen, um 1895 die Sozialistische Argentinische Arbeiterpartei zu bilden. Die verschiedenen Zeitungen waren jetzt in einer einzigen vereint, die in spanischer Sprache erschien: *La Vanguardia*. Frisch half bei ihrer Verbreitung und unterstützte die Redaktion mit Artikeln, die er unter Pseudonym verfaßte. Man müsse zugeben, sagte er, wobei er sich zähneknirschend einen gewissen patriotischen Stolz eingestehen mußte, daß die Deutschen zu diesen Errungenschaften entscheidend beigetragen hätten: »Für den ersten Kongress hat man ihnen sogar das Lokal zur Verfügung stellen müssen.«

Mildred erwartete ihr Kind in den ersten Junitagen 1897. Der Januar war ein furchtbarer Monat von so drükkender Hitze, daß die stickige Luft von Buenos Aires jede Bewegung unmöglich zu machen schien. Die Frauen fächerten sich mit den riesigen Wedeln, die sie im Winter zum Anfachen der Kohlenherde benutzten, im Schatten der Küche Kühlung zu. Teresa und Mildred saßen unter der Weinlaube, fertigten Batisthemdchen und häkelten Söckchen.

Ende Februar ließ die Schwüle nach, und man konnte nach der Siesta wagen, einkaufen zu gehen: Die Verbreitung des elektrischen Lichts und die sommerlich späte Abenddämmerung hielten die Läden bis nach sechs Uhr offen. Manchmal gingen nur die Frauen. Manchmal begleitete sie Ramón.

Eines Abends kamen sie allein nach Hause: Die Männer waren von einer Reise nach Montevideo zurückgekehrt und schliefen sich nach zwei durchwachten Nächten aus.

Sie setzten die Pakete ab, kaum daß sie das Haus betreten hatten, und ließen sich im Patio in die Korbsessel fallen.

Mildred knöpfte ihre Bluse auf, löste die Schnüre des Mieders und atmete mit geschlossenen Augen erleichtert durch. Teresas Blick ruhte auf dem Profil der jungen Frau:

das straffe Haar, die gerade Nase, die vollen Lippen und der allmählich deutlich gewölbte Bauch. Die Stille und das Dämmerlicht machten sie schläfrig. Sie nickte für etwa fünf bis zehn Minuten ein. Wie im Traum nahm das zunächst verschwommene, wenig verläßliche Bild immer deutlichere, dringlichere Formen an. Auf den Boden starrend, riß Teresa die Augen weit auf, um sich zu vergewissern, ob ihre Befürchtung zutraf: Der Fleck auf den Fliesen unter Mildreds Stuhl, dieser Fleck, der von Sekunde zu Sekunde größer wurde, war Blut. Teresa sprang auf, kniete neben der jungen Frau nieder, fuhr mit dem Finger durch die dicke, dunkle Flüssigkeit, erkannte die anstößige Farbe und warf einen kurzen prüfenden Blick auf die zunehmende Blässe des hilflosen Gesichts, das jetzt einen kindlichen Ausdruck hatte, weit entfernt von der reifen Gelassenheit wenige Stunden zuvor.

»Roque!« schrie Teresa und dann: »Ramón!« als ihr einfiel, daß nicht sie, sondern Mildred Hilfe brauchte und deren Mann Bescheid wissen sollte.

Die wilde Verzweiflung in ihrem Ruf weckte das ganze Haus. Germán Frisch, nur in einer halb zugeknöpften Drillichhose, eilte als erster herbei.

»Was ist los?« fragte er angstvoll.

»Es ist Mildred. Sie verblutet.« Teresa wies auf die Lache.

Frisch begriff sofort.

»Ich hole einen Arzt«, sagte er, auch zu Roque und Ramón, die aufgestanden und hinzugekommen waren.

»Nimm den Rappen«, sagte Roque. »Das ist der Schnellste... Und ein Pferd für den Doktor. Melián, der sie behandelt, müßte im Krankenhaus San Roque sein.«

»Legen wir sie ins Bett«, sagte Ramón, der erst hatte begreifen müssen, daß Mildreds Besinnungslosigkeit mit Schlaf nichts zu tun hatte.

Der Fleck auf dem Boden hatte unerträgliche Ausmaße

angenommen. Ramón faßte die Frau, seine Frau, unter den Achseln, Roque nahm ihre Fußknöchel. Vom Sessel zum Bett hinterließ sie eine dichte Spur aus dicken Blutstropfen, fast eine durchgehende Linie.

»Wir müssen sie ausziehen«, meinte Teresa.

»Beweg sie nicht«, bat Ramón.

Er holte eine Schere und schnitt mit sicherer Hand Rock und Unterrock, Unterhose und Korsett der Länge nach auf, die Ärmel von den Handgelenken aufwärts, die Strümpfe von den Schenkeln abwärts, und schlug jedes Kleidungsstück auseinander, bis Mildreds Körper von jeglicher Einengung befreit war. Er bedeckte sie mit einem Laken und setzte sich neben sie, um auf den Arzt, auf sein Schicksal, zu warten. Das Blut hatte die Matratze bald durchtränkt und tropfte auf die Bodendielen.

Ramón faßte nach Mildreds Hand, die sich immer kälter anfühlte.

Roque und Teresa verharrten in tiefem Schweigen.

»Mildred, Mildred«, flüsterte Ramón ein ums andere Mal.

Eine halbe Stunde später kam Frisch mit dem Arzt.

»Bitte, meine Herren, warten Sie draußen«, bat Doktor Melián. »Die Señora kann bleiben und mir zur Hand gehen.«

»Es ist ernst, nicht wahr?« drängte Ramón.

»Das werde ich wissen, sobald ich sie mir angesehen habe. Lassen Sie mich an die Arbeit gehen!«

Die Männer verließen das Zimmer. Der Arzt blieb fast bis Mitternacht bei Mildred. Teresa ging ständig ein und aus, um Schüsseln zu bringen oder wegzutragen, Leintücher zu behelfsmäßigen Binden zu zerreißen oder sich ein Glas Schnaps einzuschenken und in einem Schluck hinunterzustürzen. Während dieser ganzen Zeit sprach niemand ein Wort.

Doktor Melián, Schweißperlen auf der Stirn, Hemd und Hände blutverschmiert, öffnete mit gesenktem Kopf die Tür, die Blicke derer vermeidend, die seinem Wort entgegenfieberten wie einer göttlichen Stimme.

»Es tut mir sehr leid«, bedauerte er. »Mehr konnte ich nicht tun.«

»Was meinen Sie damit?« wollte Frisch sich vergewissern.

»Daß sie tot ist«, sagte Teresa.

Ramón stand auf und machte ein paar Schritte auf die Zimmertür zu.

»Nein, gehen Sie da bitte nicht hinein«, bat der Arzt. »In ein paar Minuten können Sie sie sehen. Die Señora und ich machen ein bißchen sauber.«

Ramón setzte sich wieder, gebeugt unter der Wucht der Wahrheit.

»Vater«, rief er leise.

»Ja«, antwortete Roque.

»Was soll ich jetzt machen? Ich habe immer mit ihr gelebt.«

»Jetzt wirst du immer ohne sie leben müssen.«

»Das kann ich mir nicht vorstellen.«

»Unser Freund Germán hier hat einmal das Wort Privileg verwendet, als es um eine ähnliche Geschichte ging, auch eine Liebesgeschichte ... Das ist es, was dir vergönnt war, Ramón, ein Privileg: eine Frau, die dir ihren Körper und einen Platz gegeben hat, und das in einem Alter, in dem andere Heranwachsende nur Angst und Verlorenheit kennen. Dein Kind hat sie nicht in die Welt setzen können, aber dafür dich. Von ihr und deinem Leben mit ihr werden andere Frauen dich erben.«

»Wie dein Vater und wie ich«, sagte Frisch nachdenklich, »hast auch du ungeheures Glück gehabt: das Glück, geliebt zu werden. Weil du einmal geliebt worden bist, wirst du immer wieder geliebt werden, als stünde es dir auf die Stirn geschrieben. Dein Schicksal, Ramón, ist nicht die Einsamkeit. Der Schmerz vielleicht…, aber nicht die Einsamkeit. Das können nicht viele von sich sagen.«

»Im Moment nutzt mir das gar nichts, Germán«, klagte Ramón. »Ich weiß ja, daß du und Vater gelitten habt, um Mama, um Encarnación… Aber ich empfinde ja nicht einmal Leid. Ich weiß nur nicht, was ich machen soll, ich weiß nicht, wie es weitergehen soll. Es erscheint mir eher eine Geburt als ein Tod zu sein. Es fühlt sich an wie meine Geburt und nicht wie Mildreds Tod.«

»Es ist deine Geburt, Ramón!« bekräftigte Roque. »Deine zweite Geburt. Noch hast du nicht angefangen zu leiden, das wird noch kommen. Du wirst dir die Augen ausweinen. Wenn die Tränen nach einer gewissen Zeit versiegen, wirst du dich anders fühlen als der, der du bis zum heutigen Tag warst, du wirst dich selbst nicht wiedererkennen: Du wirst besser, großzügiger und stärker sein.«

Der Arzt trat zu ihnen. Er hatte seine Jacke an und wirkte weniger hilflos als zuvor.

»Sie können jetzt hineingehen«, sagte er.

Ramón trat allein in das Zimmer.

»Was bin ich Ihnen schuldig, Doktor?« fragte Roque.

»Nichts, Don Roque. Wie soll ich Ihnen das in Rechnung stellen? Wenn Sie ein Gläschen Anis hätten…«

»Sofort. Ich habe noch eine Flasche in Reserve.«

»Ich komme mit Ihnen.«

In der Küche setzte sich der Arzt an den Tisch.

»Ihr Sohn trägt es mit Fassung«, sagte er.

»Der Zusammenbruch wird erst später kommen«, prophezeite Roque und schenkte für beide Anis ein.

»Ich lasse Ihnen etwas da.« Doktor Melián öffnete seinen Arztkoffer und entnahm ihm ein schwarzes Glasfläschchen. »In hoher Dosis ist es tödlich«, erläuterte er, »aber in kleinen Mengen erlöst es von großen Schmerzen.«

»Was ist das?« wollte Roque wissen.

»Tollkirsche, Bilsenkraut und Laudanum. Ein paar Tropfen lassen ihn besser schlafen und beugen körperlichen Störungen vor.«

»Danke.«

Der Arzt ging.

Im Badezimmer entstöpselte Roque das Fläschchen und kostete die Mischung: Sie schmeckte nach billigem Fusel. Er stellte es auf das Arzneischränkchen außer Sichtweite.

Ramón saß noch immer auf dem Bett und sah Mildred an. Teresa stand hinter ihm. Roque trat nicht ein: Er betrachtete die Szene von der Tür aus.

»Ich benachrichtige den Bestatter«, erbot sich Frisch. »Soll ich zu jemand Bestimmtem gehen?«

»Ja.« Roque nickte. »Zu Costa. Frag nach einem gewissen Lemoine.«

»Was soll ich bestellen?«

»Dasselbe wie für Encarnación.«

Während der Totenwache und dem Begräbnis zeigte sich, daß Roques patriarchalischer Status dem Don Manuel Posses inzwischen durchaus gleichkam. Dieser stattete dem Haus noch in derselben Nacht einen Besuch ab und umarmte Ramón vor aller Augen in Anerkennung seiner Ebenbürtigkeit.

Ramón vergoß keine Träne bis zu seiner Rückkehr vom Friedhof. Dann schloß er sich in dem zur Bibliothek umfunktionierten Wohnzimmer ein, in dem es auch ein Sofa gab, und kam erst drei Monate später wieder heraus.

Nur Teresa betrat das Zimmer, um nach ihm zu sehen und ihm etwas zu essen zu bringen. Jeden Abend träufelte sie ein wenig von Doktor Meliáns wundersamer Mixtur in sein letztes Glas Wein.

36.

»1896 war Escayola fünfzehn Jahre alt. Er hatte irgend etwas gestohlen, ich weiß nicht, ob's Geld war … Jedenfalls landete er in einer Besserungsanstalt, und das ist die beste aller Diebesschulen, wenn ein Junge flink und hart im Nehmen ist, was er allem Anschein nach war. Aber daß wir uns nicht mißverstehen: Er hat nie von dem gelebt, was er dort lernte. Zum Dieb war er zu faul.«

»War er lange dort eingesperrt?«

»Vielleicht ein Jahr oder eineinhalb. Als er rauskam, mußte er sechzehn oder siebzehn gewesen sein, wirkte aber wesentlich älter. Alt genug, daß sich eine erfahrene Frau ohne Zuhälter für ihn interessierte. Ich weiß ihren Namen nicht und nehme an, daß ihn niemand mit hundertprozentiger Sicherheit nennen kann, aber nehmen wir einmal an, sie hieß Delia. Laut meinem Großvater Ramón, der sagte, sie sei doppelt so alt gewesen wie Escayola, dürfte sie zweiunddreißig oder vierunddreißig Jahre alt gewesen sein.«

»Wie haben sie sich kennengelernt?«

»Delia arbeitete in keinem quilombo, *dazu hatten Nichtorganisierte keinen Zugang … Sie ging auf den Straßenstrich. Und eines Tages begegnete sie dem Jungen und hörte sich seine Geschichte an. Sie gab ihm zwei Pesos, damit er etwas essen konnte, und kaufte ihm Tabak. In der Nacht schlief sie mit ihm …«*

»Klingt ganz einfach.«

»Escayola hatte es sicher nicht schwer. Nicht er traf die Entscheidungen. Er begnügte sich damit, sich lieben zu lassen. Die Frau mußte in ihm wesentliche Züge des kreolischen Luden gesehen haben, des cafishio del café con leche, *wie er von fran-*

zösischen Zuhältern Albert Londres gegenüber geringschätzig beschrieben worden war. Escayola war ein typisches Beispiel für diesen ›Milchkaffee-Stenz‹.«

»Merkwürdige Bezeichnung. Was waren das für Leute?«

»Nicht so merkwürdig, wenn man bedenkt, daß sie auch in Havanna und höchstwahrscheinlich auch in Caracas geläufig war. Das waren Typen, die den ganzen Tag allein in Bars herumsaßen und nichts weiter zu sich nahmen als einen Milchkaffee. Sie gaben wenig aus und lebten für gewöhnlich von einer einzigen Frau. Mit wahrer Besessenheit auf ihr Äußeres bedacht, legten sie mehr Wert auf Kleidung als auf Essen und mochten nicht einmal umarmt werden, aus Angst, ihre Sachen zu verknittern. Um ja nicht die Bügelfalte der Hosen auszubeulen, verbrachten sie Stunden im Stehen. Und wenn sie sich setzten, dann nicht ohne zuvor mit einem makellosen Taschentuch den Sitz gesäubert zu haben.«

»Klingt eigentlich nach harmlosen Spinnern... Warum mochten die Franzosen sie nicht?«

»Weil sie niemals eine Frau kauften: Sie spannten sie aus. Sie warteten in den quilombos, *bis sie an der Reihe waren, wie jeder andere auch. Sie besuchten immer wieder dieselbe Dame. Irgendwann brachten sie ihr Süßigkeiten oder Blumen mit.«*

»Sie verführten sie...«

»Und eines schönen Tages brannten die Mädchen mit ihnen durch... Selten bereuten sie nachher diesen Entschluß, denn die Kreolen waren die besten Zuhälter: billig zu halten und lustig. Sie forderten nicht viel Geld und versäumten es nie, ihr Mädchen sonntags auszuführen, wobei sie gemeinsam einen Gutteil der Wocheneinkünfte ausgaben.«

»Und sie konnten einfach so ungestraft mit einer Frau abhauen?«

»Viele haben daran glauben müssen, Clara. Die Franzosen waren nicht gerade ein Ausbund an christlicher Barmherzigkeit und obendrein erstklassig organisiert.«

»Escayola hat Glück gehabt.«

»Das war nicht nötig: Delia löste das Problem für ihn – und ihr eigenes noch dazu, ohne daß es zu einer Tragödie gekommen wäre. Sie besaß einige Ersparnisse und verwandte sie darauf, eine andere Frau zu kaufen, damit sie anschaffen ging und ihr freie Zeit für ihren Liebhaber ließ.«

»Wobei Escayola natürlich als offizieller Käufer fungiert haben dürfte …«

»Ganz bestimmt. Und so knüpfte er auch seine ersten Verbindungen im Milieu.«

»Und wie endete dieser Teil der Geschichte?«

»Ich weiß nicht, ob er überhaupt endete. Delia wird älter geworden sein und die andere auch. Und selbst in seinen Erfolgszeiten gelang es ihm nie, ganz auf weibliche Unterstützung zu verzichten.«

»Außerdem hat er erst spät mit dem Singen angefangen.«

»Nicht so spät, wie man annehmen könnte. In der Zeit mit Delia lernte er Luis Vilarrubí kennen, einen Gaucho-Sänger aus seinem Heimatort Tacuarembó, und nahm Unterricht bei ihm in Montevideo. Freundschaftliche Beziehungen verbanden ihn auch mit Arturo de Nava, dem Autor eines Liedes, das Escaloya Jahre später ungeheurer populär machte: El carretero.*«*

»So etwas wie eine akademische Ausbildung …«

»Eben die, die er brauchte.«

37. Tote Kinder

Wir verabscheuen die Vergangenheit, weil sie die Ursache für die Gegenwart ist; wir hassen die Gegenwart, weil sie nichts anderes ist, als eine Imitation der Vergangenheit, nur gewaltiger und grausamer.

EL PERSEGUIDO, Stimme der Ausgebeuteten, Nr. 1, 1898

Im März fand man auf der *Quema* die Überreste eines neugeborenen Mädchens. Und im *Esquina del Cisne* wurde Frisch unfreiwillig Zeuge des Auftaktes zu einer weiteren müßigen Diskussion unter den Café-Besuchern. Auch wenn die Sache mit den Babys in aller Munde war, hatte er den Eindruck, die darüber entbrennende ärgerliche und absurde Auseinandersetzung verfolge ihn persönlich.

»Wie entsetzlich!« sagte einer. »Schon wieder ein Kind auf der *Quema*!«

»Ja, schlimm!« bestätigte ein anderer.

»Und die Polizei pennt!« beklagte sich ein dritter.

»Ich würde nicht so hart urteilen, meine Herren«, mischte sich Oller ein.

»Über die Polizei?« hakte der nach, der zuletzt gesprochen hatte.

»Überhaupt«, versetzte großmütig und kategorisch der Erfinder.

»Was meinen Sie damit?« wollte der erste wissen.

»Die Morde als solche. Wer weiß, ob sie nicht aus Nächstenliebe begangen werden. Ich würde nicht wagen, das auszuschließen. Manchmal kann der Tod barmherziger sein als die Armut.«

›Er ist ein Hornochse‹, dachte Frisch, ›die werden ihn noch lynchen.‹

»Ein verzweifelter Vater…«, wollte Oller fortfahren.

»Hören Sie!« unterbrach ihn ein schlanker junger Mann mit einem noch ausgeprägteren katalanischen Akzent als der Ollers. »Sie reden Blödsinn. Und da wir offensichtlich Landsleute sind und mir unser guter Ruf, den Ihre Behauptungen in den Dreck ziehen, sehr wichtig ist, erwarte ich, daß Sie Ihre Worte rechtfertigen oder sie zurücknehmen. Diese Verbrechen sind ungeheuerlich!«

»Ich kann nicht zurücknehmen, woran ich glaube«, wehrte sich der Erfinder. »Im übrigen fußen meine Aussagen auf der Realität: Die Elenden können die Schmach ihrer Existenz nicht in alle Ewigkeit ertragen. Und wenn einer von ihnen beschließt, sie seinen Kindern zu ersparen, so ist das sein gutes Recht.«

»Solche Fälle habe ich erlebt, mein Herr«, stimmte der junge Mann zu. »Aber darum weiß ich auch, daß Eltern, die in einer derartigen Seelenlage ihre Kinder töten, meist unmittelbar danach Selbstmord begehen. Und daß sie sich niemals der Leichen entledigen, sie verstümmeln oder auf den Müll werfen.«

»Genau! Ganz richtig!« riefen mehrere im Chor.

Frisch legte das Geld für seinen Kaffee auf die Theke und ging hinaus.

Er sah die italienische Familie, die in seinem Nachbarhaus wohnte, in westlicher Richtung die Calle Cuyo entlanggehen. Er war ihnen schon lange nicht mehr begegnet. Wie üblich, gingen sie schweigend. Der Vater mit gesenktem Kopf. Die Mutter mit in der Ferne verlorenen Augen. Die Pupillen der jüngsten Tochter, die ihm einmal reizvoll erschienen war, wichen ihm nicht aus: Frisch spürte ihren

Blick bis in die Wirbelsäule und hielt ihm stand. Erfreut stellte er fest, daß das Leben noch immer durch seinen Körper pulste, daß allen Widrigkeiten zum Trotz das fleischliche Begehren in ihm noch nicht erloschen war. Er kannte den Namen des Mädchens nicht, doch dankte er ihr die Geste.

Die folgenden Monate verrannen in tröstlicher, heilsamer Routine. Ohne Encarnación. Ohne Mildred. Mit einem anfangs blassen und verschlossenen Ramón, der dann mürrisch und wortkarg und schließlich still, traurig und freundlich wurde. Mit einem verheirateten Roque, dessen offenkundige stete Glückseligkeit nur das unübersehbare Leid seines Sohnes gelegentlich zu trüben vermochte.

Der August kam, wie man es in Buenos Aires gewohnt war: Der tiefhängende, wintergraue Himmel färbte die Morgendämmerung in ein zähes rötliches Lila, das im Laufe des Tages unter häufigen erbarmungslosen Platzregen und ebenso heftigen Kälteeinbrüchen in Blau und Schwarz überging.

Um die trübe Mittagsstunde eines dieser beschwerlichen, sich dem Frühling widersetzenden Tage klopfte es zaghaft an Frischs Wohnungstür. Er unterbrach seine Lektüre der *La Montaña*, in der er einen Artikel des jungen José Ingenieros über den unausweichlichen sozialen Umbruch gelesen hatte, und öffnete.

Es überraschte ihn nicht, die blonde Frau vor sich zu sehen, mit der er aus der Ferne schon so viele stumme Zwiegespräche geführt hatte: Er hatte sie nicht erwartet, nicht von ihr geträumt, sie immer für unerreichbar gehalten und, um nicht zu leiden, aus seinen Sehnsüchten verbannt. Doch als sie jetzt vor ihm stand, zweifelte er keinen Augenblick an der getreulichen Erfüllung einer Bestimmung. Er trat zur Seite und ließ sie ein.

Ebensowenig brachte es ihn aus der Fassung, als sie begann, ihr Kleid aufzuknöpfen, kaum daß die Tür hinter ihr ins Schloß gefallen war. Er blickte weder auf ihren Körper noch auf ihre Hände, nur in ihre Augen: Heiß wallte die Begierde in ihm auf. Er schluckte und zog das Hemd aus.

»Ich habe keine Zeit«, flüsterte sie, »ich habe keine Zeit.«

Sie entledigten sich sämtlicher Kleider. Als sie einander umarmten, zitterten sie.

»Dein Name«, bat Frisch.

»Catalina«, antwortete sie.

Sie liebten sich hastig und wild.

»Ich darf nicht schreien«, sagte Catalina, »man könnte mich hören.«

Er bot ihrem Mund seine Handkante, und sie biß zu, grub ihre eigene Stimme in das Fleisch des Mannes, bis es blutete.

Catalina kleidete sich an. Frisch saß nackt auf dem Boden, die Hände unter den Kniekehlen verschränkt, und sah ihr dabei zu.

»Du bist noch sehr jung«, stellte er fest.

»Ich bin zwanzig«, erwiderte Catalina, während sie ihr Haar ordnete.

Beide lächelten.

»Sieh nach, ob jemand auf dem Flur ist«, bat sie ihn.

Frisch gehorchte.

»Da ist niemand«, versicherte er. »Du kannst rausgehen.«

Sie tat zwei Schritte, und er hielt sie noch ein paar Sekunden auf.

»Ich heiße Germán«, sagte er.

Am nächsten Morgen um neun Uhr kam Catalina wieder. Und tags darauf zweimal, am Nachmittag und in der Nacht. Und auch am vierten und am fünften Tag. Die Szene wiederholte sich ein ums andere Mal. Frisch ging nicht mehr aus. Er ging hinunter ins Café, sobald Catalina weg war, und sofort wieder hinauf, um auf sie zu warten. Nach einer Woche besuchte ihn Roque.

»Ich bin gefesselt, ich kann an nichts anderes mehr denken«, erklärte Frisch bekümmert.

»Solange der Körper durchhält...«, meinte Roque.

»Ob der Körper durchhält, weiß ich nicht. Aber was den hier angeht... ich bin scharf wie ein Hund, ich will gleich wieder von vorne anfangen, kaum daß ich fertig bin. Dann geht sie weg.«

»Das legt sich wieder. Alles heilt, Germán. Sogar die Liebe.«

Roque ging, entschlossen, den Deutschen in seinem Liebesrausch nicht länger zu stören.

So unvermittelt, wie sie aufgetaucht war, verschwand Catalina auch wieder und stellte ihre Besuche bei Frisch ein. Eines Tages kam sie nicht. Am nächsten nicht und nicht am übernächsten. Am vierten auch nicht. Er wartete, mit zugeschnürter Kehle dicht an der Tür sitzend, lauschte auf die Geräusche im Korridor und roch die verrinnenden Stunden in den Küchendämpfen der Nachbarschaft. Er wartete auch in der Nacht, bis ihn die tiefe Stille in die Wirklichkeit zurückholte. Er mußte masturbieren, um sich halbwegs zu beruhigen und eine Weile schlafen zu können, nie länger als bis zum Morgengrauen.

Eines Morgens erschien Teresa. Frischs Anblick entsetzte sie: Sein Gesicht war grau, und er hatte dunkelviolette Augenringe. Er blieb wie gelähmt in der Tür stehen, starrte sie aus aufgerissenen Augen an, ohne sie zu begrüßen oder hereinzubitten.

»Teresa«, sagte er endlich erstaunt.

»Hier riecht's nach altem Kater«, bemerkte sie.

Mit sanfter Hand schob sie Frisch beiseite und ging zum Fenster. Der kalte Luftzug machte dem Mann seine Nacktheit bewußt: Er schaute auf seinen Unterleib.

»Keine Sorge«, sagte Teresa nachsichtig, »du bist nicht der erste Mann, den ich so sehe. Zieh dir was an, aber nicht meinetwegen: Du wirst dich sonst erkälten. Außerdem würde dir ein Bad nicht schaden. Hast du heißes Wasser?«

»Ja.«

»Und rasier dich. Du siehst ja aus wie ein *ciruja*!«

Während Frisch badete, fegte Teresa das Zimmer, spülte die schimmelbedeckten Gläser und Teller, sammelte Zigarettenstummel auf und bügelte ihm ein Hemd.

Er tat alles, was sie ihm aufgetragen hatte, mit Sorgfalt und Gleichgültigkeit.

»Und jetzt, bis die Luft hier wieder besser ist, lädst du mich in eine Konditorei ein. Ich möchte eine heiße Schokolade«, sagte Teresa liebevoll. »Und putz diese Stiefel, bevor du sie anziehst…«

Sie gingen zu Godet in der Calle Cangallo, nahe der Kreuzung mit der Calle Artes: Dort zeugten die Marmortische von Reinlichkeit, und die Schokolade war berühmt.

»Was ist los mit dir, Germán?« fragte sie, die Tasse in der Hand.

»Ich weiß nicht. Ich weiß nicht, was mit mir los ist.«

»Etwas weißt du ja wohl. Es geht um eine Frau.«

»Ja, das schon. Roque wird es dir erzählt haben.«

»Er hat es mir erzählt, aber ich will es von dir hören.«

Frisch schilderte ihr die Geschichte in allen Einzelheiten.

»Und kannst du nicht zu ihr nach Hause gehen und nach ihr fragen?«

»Ich habe Angst davor.«

»Du? Angst? Nicht zu fassen!«

»Dieser *tano*, der Vater…«

»Ist er der Vater? Bist du sicher?«

»Davon bin ich immer ausgegangen…«

»Egal … Warum hast du Angst vor ihm?«

»Woher, verflucht noch mal, soll ich das wissen, Teresa? Mit vernünftigen Gründen hat das nichts zu tun.«

»Das heißt also, du hast drei Wochen fröhlich gevögelt, was das Zeug hält, und jetzt traust du dich nicht, zu ihr zu gehen?« zog Teresa ihn auf.

»Fröhlich gevögelt nicht … Es war heftig, aber traurig. Immer traurig. Drei Wochen hast du gesagt?«

»Rechne noch eine dazu, so lange ist sie jetzt verschwunden: einen Monat insgesamt.«

»Du lieber Gott! Ich habe das Gefühl, als wäre ein Jahrhundert vergangen.«

»Nein. Weißt du noch, an welchem Tag genau es angefangen hat?«

»Am Mittwoch, dem 25. August. Das ist mir heute bewußt geworden, weil mir die Zeitung von diesem Tag in die Hand gefallen ist, die letzte: Weder habe ich sie gelesen noch seither eine gekauft.«

»Soll ich dir die Zukunft voraussagen?«

»Klar!«

»Dieses Mädchen bekommt ein Kind. Mag sein, daß ich mich täusche …, schwerlich, aber vielleicht irre ich mich ja. Roque hat mir vor kurzem erzählt, daß es in Frankreich einen Kaiser gegeben hat, der viele Kriege geführt und seine Soldaten weit weg in den Kampf geschickt hat. Bei ihrer Rückkehr fanden sie ihre Frauen oft schwanger oder frisch entbunden vor. Sie mochten sechs Monate, acht Monate, ein Jahr, zwei Jahre weggewesen sein … Viele hatten zwar den Verdacht, daß man sie hintergangen hatte, konnten es aber nicht beweisen. Der Kaiser, der kein Dummkopf war, hat Ärzte gefragt, wie lang eine Schwangerschaft dauert. Neun Monate, hat er zur Antwort bekommen. Exakt? Exakt. Sind Sie sicher? Ja. Also schön, dann erlassen wir ein Gesetz, mit dem festgelegt wird, daß eine Schwangerschaft neun Monate dauert und jeder, der behauptet, sie sei kürzer oder länger gewesen, lügt.«

»Das war Napoleon. Und?«

»Ganz genau. Napoleon. Und? Na, du sollst eben nicht vergessen, daß sie so lange dauert, wie sie dauert. Neun Monate ab dem 25. August…«, sie zählte an den Fingern ab, »ist der 25. Mai. Sie wird versuchen, dich reinzulegen, Germán, dich glauben zu machen, sie sei schwanger von dir…«

»Wieso schwanger?«

»Diese…«

»Catalina.«

»Diese Catalina bekommt ein Kind.«

»Woher weißt du das?«

»Weil ich eine Frau bin.«

»In Ordnung, nehmen wir an, sie ist schwanger.«

»Nein, das nehmen wir nicht an: Sie ist schwanger. Von einem anderen, irgendwem. Das mag dir nicht gefallen, aber es ist die reine Wahrheit, Germán: Sie ist mit dir ins Bett gegangen, weil sie schwanger ist und der Vater des Kindes sich aus dem Staub gemacht hat. Nicht wegen deiner hübschen blauen Augen. Und du hast gar nichts in ihr zum Keimen gebracht!«

Frisch presste die Kiefer zusammen: Er zitterte.

»Es ist hart, ich weiß. Aber es ist so«, fuhr Teresa fort. »Besser, du siehst den Tatsachen ins Auge: Sie wird lange vor dem 25. Mai niederkommen.«

»Teresa, bin ich noch ein… ansehnlicher Mann?«

»Ansehnlich? Du bist ein schöner Mann, Germán, ein sehr schöner Mann. Einer der drei schönsten Männer, die ich in meinem Leben kennengelernt habe. Aber das hat mit den Interessen einer Frau überhaupt nichts zu tun…«

Teresa ging und ließ Frisch innerlich aufgewühlt zurück. Er hatte endlich etwas verstanden, das jedoch zu schmerzhaft war, um es zu akzeptieren. Er verharrte in seiner Klausur. Stundenlang saß er regungslos da und starrte auf die Tür. Ab und zu ging er auf die Straße hinunter, um Tabak zu kaufen und lustlos ein Stück Fleisch oder Obst zu essen: Er hatte einen bleischweren Klumpen im Magen.

Ende Oktober kam ihn, resolut und herzlich, Ramón besuchen. Frisch war mittlerweile stark abgemagert. Die Wohnung war wieder ein einziger Müllhaufen, und seine Kleider mußten dringend gewaschen werden.

»Dafür bist du aus dem *conventillo* ausgezogen?« warf Ramón ihm an den Kopf. »Du, der du mir beigebracht hast, daß ein Mensch nichts ohne seine Würde ist, lebst wie ein verwahrlostes Raubtier im Käfig… Ebensogut könntest du im *Cassoulet* auf dem Tisch schlafen.«

»Ich bin krank, Ramón. Mir geht es sehr schlecht… Ich habe das Gefühl, ich werde sterben.«

»Du bist nicht krank, Germán: Du bist lächerlich. Das muß ein Ende haben: Du ziehst jetzt zu uns. In schwierigen Momenten sollte man nicht allein sein.«

»Wie du meinst.«

Im Haus in der Calle Alsina setzte sich Frisch wieder an den Tisch und badete jeden Tag. Er nahm ein paar Kilo zu und bekam eine gesündere Gesichtsfarbe. Vor Weihnachten brauchte Roque jemanden, der für ihn nach Montevideo fuhr, und Ramón überließ diese Aufgabe dem Freund. Trotz allem wurde Frisch das beklommene Gefühl nicht los, das ihm die Brust zusammenpreßte wie eine Eisenklaue.

Er begrüßte das Jahr 1898 mit einem barbarischen Besäufnis.

Um drei Uhr morgens fiel er auf das Sofa in der Bibliothek.

Er träumte von Ciriaco Maidana. Der Geist ritt ein weißes Pferd und hielt es inmitten einer glühenden, mit Dampf und Asche bedeckten Ebene an.

»Bist du in der Hölle?« fragte Frisch.

»Nein, das ist nicht die Hölle«, erwiderte Maidana. »Das ist das Land deiner Träume. Ich bin gekommen, um mit dir über das zu reden, was Teresa dir gesagt hat. Über Catalina und ihr Kind. Es ist wahr. Alles ist wahr. Dieses Kind ist nicht von dir. Im Grunde ist es von niemandem.«

»Was soll ich tun?«

»Nichts. Gar nichts.«

Frisch erzählte Roque den Traum.

»Woher weißt du, daß es Maidana war?« zweifelte Roque. »Soweit ich mich erinnere, hast du ihn nie gesehen…«

»Ich weiß es eben.«

»Maidana lügt nicht. Und er zeigt sich nicht ohne Grund.«

Mitte Januar ging Frisch einmal nach Hause, um nachzusehen, ob Post oder eine Nachricht für ihn gekommen war. Es war sechs Uhr nachmittags. Die Pförtnerin, einen Arm in die Hüfte, den anderen auf den Besen gestützt, mit dem sie den Hauseingang gefegt hatte, hatte den Blick auf etwas gerichtet.

»Da, sehen Sie nur!« sagte sie, als sie Frisch gewahrte, und wies mit dem Kinn die Straße hinauf.

Frisch, in wirre Gedanken versunken, war vom Süden her gekommen, und die Frau zeigte gen Norden.

Er sah die Rücken seiner Nachbarn: Catalinas, ihrer Schwester und ihrer Eltern. Oder waren es nicht die Eltern?

»Beide wieder schwanger!« verkündete die Pförtnerin.

»Schwanger?«

»Die Mädchen.«

Frisch rannte hinter der Familie her und überholte sie: Als er die Ecke erreicht hatte, war er ihnen ein gutes Stück voraus. Er blieb stehen und wandte sich ihnen zu, um sich zu vergewissern, ob die Information zutraf. Und zwar ohne jede Scheu und ganz unverhohlen, von vorn. Er sah ihnen allen ins Gesicht, den beiden jungen Frauen auf den Bauch und Catalina in die Augen, in denen nicht das kleinste Erkennen blitzte. Er ließ sie an sich vorübergehen und kehrte zu der Pförtnerin zurück.

»Warum sagen Sie, sie seien wieder schwanger? Waren sie es schon öfter? Haben sie Kinder?«

»Kinder hab ich nie welche gesehen. Schwangerschaften schon. Sie werden sie wohl weggeben ...«

»Kann sein.«

Er stieg zu seiner Wohnung hinauf, öffnete die Fenster und sortierte einige Bücher aus, die er mit zu Roque nehmen wollte. Eine Weile hielt er sich damit auf, die Zeitungen zu überfliegen, bevor sie auf dem Müll landeten. Gegen neun klopfte es an der Tür. Am Klopfen erkannte er Catalina. Er öffnete ihr, und voll kalter Wut trat sie ein.

Frisch hatte sich dieses Wiedersehen oft vorgestellt und in seinen Träumen mit Zärtlichkeit, Tränen, Begierde, mit Haß und Lügen ausgeschmückt. An diesem Nachmittag hatte er die Palette der Möglichkeiten angesichts der offensichtlichen Schwangerschaft Catalinas noch um den Ekel erweitert. Doch hatte er nicht mit den Gefühlen gerechnet, die ihn jetzt überfielen: animalische Angst, Panik, die ihm den Schweiß aus allen Poren trieb.

»Warum hast du das getan?« fragte sie.

»Ich habe gehört ...«, begann er.

»Glaubst du alles, was man dir erzählt?« schnitt Catalina ihm das Wort ab.

»Nein. Dir habe ich geglaubt.«

»Ich habe niemals etwas gesagt.«

»Das stimmt. Du hast nie etwas gesagt.«

»Also?«

»Ich habe mich getäuscht.«

»In mir hast du dich getäuscht, ganz bestimmt. Ich bitte

um nichts, und ich verspreche nichts. Es war, was es war, weiter nichts.«

»Und warum bist du dann hier?«

»Um deinen Zweifeln ein Ende zu setzen. Damit du meinen Bauch anfaßt und dich überzeugst.«

»Das war nicht nötig. Es ist egal.«

»Ach ja? Egal? Und wenn es von dir ist?«

Frisch konnte sich nie erklären, aus welchen Tiefen seines Inneren er die Kraft schöpfte, um ihr die Antwort zu geben, die er ihr gab, doch er wußte, daß dies die richtige Antwort, der Weg zur Rettung war.

»Es ist nicht von mir«, sagte er.

»Das kannst du nicht wissen. Ich weiß es selbst nicht.«

»Du weißt, daß es nicht von mir ist!« beharrte er. »Es wird lange vor dem 25. Mai zur Welt kommen, wahrscheinlich im April.« Er schwieg. Er hätte kein weiteres Wort herausgebracht: Die Stimme versagte ihm.

»Du bist ein Schwein!« Catalina flüsterte fast. »Das wird dich teuer zu stehen kommen!«

Damit verabschiedete sie sich. Als er wieder allein war, ging Frisch zum Kleiderschrank und holte eine Flasche Gin heraus. Die Nacht war unerträglich heiß, doch ihm war kalt bis ins Mark. Er trank einen guten Viertelliter Alkohol, ohne die Flasche von den Lippen zu nehmen, und zündete sich eine Zigarette an.

»Aaaah …«, machte er, um seine Stimmbänder zu prüfen. »Wer, verdammt noch mal, ist diese Frau, die mich stumm macht?«

Die Zeit sollte ihm einige Erklärungen liefern, doch hörte er niemals irgend jemanden den gefürchteten Namen erwähnen. Er war Sozialist, ein überzeugter Positivist, und konnte sich schwerlich erlauben, die Existenz des Leibhaftigen anzuerkennen. Vergebens wartete er den Rest seines Lebens darauf, daß es ein anderer für ihn täte.

Am 6. Mai kam unerwartet Comisario Marquina in der Calle Alsina zu Besuch.

»Ich würde mich gern einmal mit Ihnen unter vier Augen unterhalten, Germán«, sagte er, nachdem er alle begrüßt hatte.

»Gehen wir ins Wohnzimmer, Comisario.«

Teresa brachte ihnen eine Flasche Rotwein.

»Ich bin mit einer äußerst wichtigen Angelegenheit befaßt. Wissen Sie, Germán, daß ich zum Jahresende pensioniert werde? Ich hoffe auf eine persönliche Auszeichnung von General Roca.«

»So hat jeder seine Ideale«, sagte Frisch lächelnd.

»Ich weiß sehr wohl, daß Sie Sozialist sind... Aber keine Sorge, deshalb bin ich nicht hier. Deshalb werde ich niemals kommen.«

»Und warum sind Sie dann gekommen?«

»Sind Ihnen die Namen Catalina und Clara Nicola bekannt? Sagen sie Ihnen irgend etwas?«

Die Erwähnung Catalinas ließ Frisch aufmerken.

»Nein«, log er.

»Die Pförtnerin Ihres Hauses meint, Sie kennen sie. Zwei Schwestern, blond, ziemlich hübsch...«

»Die Nachbarinnen aus der Calle Artes 65?«

»Genau.«

»Ich wußte nicht, wie sie heißen.«

»Aber Sie haben sie kürzlich gesehen.«

»Ja, ich begegne ihnen hin und wieder.«

»Und ist Ihnen in letzter Zeit nichts Besonderes aufgefallen?«

»Außer daß sie schwanger sind... beide Schwestern gleichzeitig...«

»Mehr brauchen Sie gar nicht zu sagen, Germán... Das genügt vollauf.«

»Warum?«

»Im Vertrauen … Tun Sie mir den Gefallen, und erzählen Sie das nicht weiter …«

»Sie haben mein Wort, Comisario: Es wird diese vier Wände nicht verlassen.«

»Haben Sie von den Babys auf der *Quema* gehört?«

Die Eisenkralle, die seit Monaten Frischs Brust umklammerte, fuhr in seinen Unterleib und wühlte schneidend, brennend, würgend in seinen Eingeweiden.

»Ja«, krächzte er.

»Gestern wurde wieder eins gefunden. Ohne Kopf. Es steht heute in der Zeitung. Die Pförtnerin hat es gelesen. Ihre Pförtnerin. Und ist damit zu uns gekommen. Sie ist eine wache Beobachterin. Sie hat uns erzählt, daß diese Mädchen schwanger waren. Und daß sie seit einigen Tagen nicht mehr schwanger sind. Und daß es kein Neugeborenes gibt, das dies erklären könnte.«

Frisch schenkte mit bebender Hand den Wein ein.

»Aber das ist noch nicht alles«, sprach Marquina weiter.

»Nein?« flüsterte Frisch.

»Nein. Die Frau hat ihre Berechnungen angestellt. Es hat schon früher Schwangerschaften gegeben. Aber nie Babys. Und die Daten stimmen, so wie es aussieht, mit den früheren Leichenfunden überein.«

»Mein Gott!«

»Wir werden heute nachmittag die Wohnung durchsuchen. Wollen Sie mitkommen?«

»Gott bewahre.«

Frisch gelang es nicht mehr, sich zu verabschieden. In seinem Inneren war etwas in Aufruhr geraten: Im Badezimmer erbrach er den Wein und eine bittere, dickflüssige Substanz, die ihm als Bestandteil seines Organismus völlig fremd war.

Roque wartete, bis Marquina gegangen war, um ihm zu Hilfe zu kommen. Er fand ihn auf den Knien vor der Toilettenschüssel, wo er sich in unkontrollierbaren Krämpfen wand.

Die Mischung aus Tollkirsche, Bilsenkraut und Laudanum, von Doktor Melián seinerzeit als Seelentröster verordnet, wirkte Wunder.

38.

»Das alles hinderte Roque, Ramón und Frisch, wie gewöhnlich an den Feierlichkeiten des Fortschritts teilzunehmen: So verpaßten sie zum Beispiel die erste elektrische Straßenbahn, die am 22. April 1897 an den Portones de Palermo vorfuhr, kurz nach Mildreds Tod, als Charles Gardes gerade die erste Klasse besuchte. Das einzige, was Roque in dieser unheilvollen Zeit wirklich tief bewegte, war der Mord an Cánovas.«

»Er konnte sich nicht von Spanien lösen.«

»Nie, er hat sich nie gelöst. Zum Glück. Darum reden wir ja jetzt hier in Barcelona von ihm und nicht irgendwo anders. Er liebte dieses Land von ganzem Herzen, Clara. Mag sein, daß Oller recht hatte und Buenos Aires nur eine Durchgangsstation ist, eine Ansammlung von Leuten auf Besuch. Oder vielleicht besaß mein Urgroßvater auch eine großzügigere, umfassendere Weltsicht als die seiner und unserer Zeitgenossen. Als er von dem Attentat erfuhr und den Namen von Cánovas' Mörder las, sagte er: ›Michele Angiolillo, italienischer Anarchist. Es wird wohl welche geben, die glauben, das feiern zu müssen, aber ich halte es für ein Verhängnis. Wir Sozialisten haben einen Plan für die Zukunft. Diese Leute nicht. Deshalb morden sie und wir nicht.‹ Er hatte immer eine Abneigung gegen die Anarchisten gehabt: Er hielt sie für leichtsinnig, gewalttätig und schwach.«

»Und Ramón?«

»Er hat sie auch nie gemocht. Auch mein Vater nicht, obwohl er sich in der Rolle des leicht intellektualisierten Rebellen eine Zeitlang ganz gut gefiel. Meine Mutter hat sie niemals auch nur zur Kenntnis genommen.«

»Irgendwann muß die Familie zur Politik, zur Aktualität

zurückgekehrt sein. Anders läßt sich eine Erziehung wie die deine nicht erklären.«

»Selbstverständlich. Es war nur ein Moment der Verunsicherung, in dem alle um Frischs Leben bangten.«

»Warum?«

»Nach Marquinas Besuch ging es mit ihm immer weiter bergab. Wenn man's recht bedenkt, muß das ein gewaltiger Schlag für ihn gewesen sein: Diese Frau war ein wahres Monster.«

»Kennst du ihre Geschichte näher?«

»Soweit man sie kennen kann, wenn man auf die Presse jener Zeit angewiesen ist. Die Hauptrolle der Tragödie spielte jedenfalls nicht Catalina, sondern der Mann, den Frisch einer naheliegenden Logik folgend für ihren Vater gehalten hatte: Gaetano Grossi. Sie hatte ihren Anteil an einem Schicksal, das jedoch ihm widerfuhr. Auf alle Fälle ist es eine sonderbare Geschichte.«

»Ich hoffe, sie zu erfahren.«

»Wie der Comisario ja schon vorweggenommen hatte, drang die Polizei am 6. Mai, nachts, als alle zu Hause waren, in die Wohnung ein. Unter dem Bett, in dem Grossi und seine Frau schliefen, fanden sie in einer Schüssel die noch nicht verstümmelte Leiche eines weiteren Kindes.«

»Wie viele waren es insgesamt?«

»Fünf: Drei hatte Clara geboren, die zweiundzwanzig Jahre alt war, und zwei Catalina. Die Mädchen waren nicht Grossis Töchter, sondern die der Frau, Rosa Ponce, Witwe eines gewissen Nicola. Bei der Gerichtsverhandlung erklärten die Frauen, Grossi habe, so der Juristenjargon, ›intime Beziehungen‹ zu allen dreien unterhalten und sie hätten das hingenommen, weil ihnen keine andere Wahl geblieben sei, denn er sei eine Art wildes Tier, schlage sie immerzu und habe sie auf diese Weise auch gezwungen, sich der Kinder zu entledigen. Allerdings bestritt dieselbe Pförtnerin, die das Geheimnis der Morde gelüftet hatte und an deren zwanghafter, hellsichtiger Neu-

gierde man nicht zweifeln konnte, jemals Lärm oder Schreie gehört zu haben, die den Gedanken an Mißhandlung hätten aufkommen lassen. Dazu kam noch, daß der Typ ganz und gar nicht danach aussah: Er war ein schwächlicher Italiener mit einem gigantischen Schnurrbart, hinter dem sein halbes Gesicht verschwand, und sagte während des gesamten Prozesses kein Wort. Und es gab auch noch einen dritten Punkt: In den Einzelbefragungen hatte jede der Frauen eine der beiden anderen der Verschwörung mit dem niederträchtigen Kerl bezichtigt. Sie wurden alle verurteilt, doch standen die Strafen in keinem Verhältnis zueinander: Grossi wurde erschossen, die drei Frauen mußten nur für drei Jahre ins Gefängnis.«

»Krasse Widersprüche, wenig Ermittlungsarbeit und ein höchstwahrscheinlich ungerechtes Urteil.«

»Höchstwahrscheinlich. Zweimal machte Grossi den Mund auf, beide Male erhob er Einspruch. Das erste Mal, als der Gerichtsdiener, der zu allem Überfluß auch noch Byron hieß, Julián Byron, ihm das Urteil vorlas und ihn um seine Unterschrift bat. ›Ich weiß nicht, wie man unterschreibt‹, sagte er. ›Machen Sie mit mir, was Sie wollen, ich verstehe von alldem überhaupt nichts. Da sind ein paar moquieres*‹ – so hat der Reporter es festgehalten:* moquieres *–, ›die schlecht über mich reden, ich bin unschuldig.‹ Das zweite Mal, als man ihm die Dienste eines Priesters anbot, bevor man ihn dem Erschießungskommando überstellte. ›Ich will keine Pfarrer, ich habe keine Angst vor dem Tod, ich bin unschuldig‹, sagte er. Die militanten Anarchisten witterten ihre Chance und nutzten sie für eine Kampagne gegen die Todesstrafe. Darunter auch Alberto Ghiraldo, ein bemerkenswerter Schriftsteller, der 1916 nach Madrid ins Exil ging.«*

»Was hättest du mit ihnen gemacht, Vero, wenn du etwas zu sagen gehabt hättest?«

»Sie alle vier erschossen.«

39. Heilende Hände

Ich weiß nicht, wie dieser einzigartige Vorgang vonstatten ging, doch plötzlich riß eine rüde Hand den schweren Vorhang von Zeit und Raum und ich »sah«.

ROBERTO ARLT, Las ciencias ocultas en la ciudad de Buenos Aires

Als die anstößigen Einzelheiten der Geschichte von Gaetano Grossi und seinen drei Frauen durch die Presse gingen, begann Germán Frisch zusehends zu verfallen. Er verlor die wenigen Kilos wieder, die er in den letzten Monaten im Hause Roque zugenommen hatte, und sein Atem wurde schwer und rasselnd. Er konnte weder essen noch tief Luft holen: Es war, als trüge er ständig ein heißes Metallkorsett. Er trank nur Mate mit Gin und rauchte ununterbrochen. Seine Nächte waren eine Qual. Erst das Licht des Tagesanbruchs vermochte ihn zu besänftigen und gewährte ihm ein paar Stunden dürftigen, schreckhaften Dämmerschlafs. Er zog sich von allen Dingen und Ideen zurück, die ihn immer bewegt hatten. Selbstmordfantasien ließen sich in seinem Gemüt nieder, doch brachte er nicht die Kraft auf, eine seiner detaillierten Vorstellungen in die Tat umzusetzen, da dies eine Waffe oder einen Ort erfordert hätte, die niemanden außer ihn belasteten, und zudem einen Abschiedsbrief, in dem er das Unerklärliche hätte erklären müssen. Nicht einmal ein vorgetäuschter Unfall würde denen, die ihn liebten, Schuldgefühle ersparen. Er warf sich Lieblosigkeit vor, denn – so seine Selbstanklage – hätte er sich seinem Idyll mit Encarnación Rosas wirklich hingegeben, dann wäre er nach ihrem Tod nicht der falschen Autorität seiner Triebe gefolgt und in Catalina Nicolas teuflische Arme gesunken. In ihr war ihm das Böse begegnet.

»Du weißt ja selbst nicht, was dir fehlt«, sagte Teresa eines Nachmittags zu ihm, als sie ihn nach Luft ringen sah. »Laß mich dir doch helfen!«

»Ich werde dich nicht daran hindern. Nur wird es dir nicht gelingen. Ich bin jetzt auf der Seite des Todes.«

»Wenn du dich nicht imstande siehst zurückzukommen, werde ich alles in meiner Macht Stehende tun, um dich zurückzuholen. Ich liebe dich sehr, doch selbst wenn das nicht so wäre, könnte ich es nicht ertragen, tatenlos zuzusehen, wie du zugrunde gehst.«

Nachdem sie Erkundigungen eingezogen hatte, holte Teresa Doktor Ramos Mejía, den viele für den größten Experten für seelische Störungen hielten: Er war ein solider positivistischer Wissenschaftler, dessen Lehre unter den fortgeschritteneren Studenten große Anerkennung genoß.

Der Arzt, mit Zwicker und einem riesigen Schnauzbart, besuchte Frisch zu Hause. Er untersuchte ihn gründlich und sprach zwei Stunden lang mit ihm. Anschließend ging er in den Patio hinaus und rief nach Teresa, der Roque und Ramón, wie schon so viele, auch diese Schlacht anvertraut hatten.

Die drei setzten sich an den Küchentisch. Ramos Mejía akzeptierte ein Glas Anis und forderte seinen Patienten auf, auch eins zu trinken.

»Sie haben mich kommen lassen, Señora«, begann er, »weil Sie annehmen, daß ich die geeignete Person bin, Ihren Freund zu heilen.«

»Das hat man mir gesagt, Doktor«, erwiderte Teresa. »Wenn Sie es nicht können, dann könnte es niemand …«

»Ich will nicht sagen, daß man Sie angelogen hätte, Señora, dennoch ist das nicht wahr.«

»Heißt das, daß Sie es nicht können?«

»Und daß es möglicherweise jemanden gibt, der es kann ... Haben Sie von Pancho Sierra gehört?«

»Dem Handaufleger? Sicher ... Aber der ist doch tot.«

»Ich dachte ...«, setzte Frisch an.

»... daß ich eine andere Einstellung haben müßte?« kam ihm Ramos Mejía zuvor.

»Ich dachte, Sie seien Sozialist, Doktor.«

»Ihre Krankheit ist nicht sozialistisch, mein Freund. Und die Wissenschaft, die niemals Partei ergreift, auch nicht.«

»Aber das hat doch mit Wissenschaft nichts zu tun!« Kaum daß er diese Worte ausgesprochen hatte, erfüllte die Erinnerung an Ciriaco Maidana Frisch mit Scham.

»Wer weiß!« sagte der Arzt achselzuckend.

»Mir sind diese Spitzfindigkeiten gleich«, ergriff Teresa das Wort. »Gibt es jemanden, der die Kraft hat, ihn zu heilen? Das ist das einzige, Germán, das dich interessieren sollte!«

»Kann schon sein, Señora«, wagte sich Ramos Mejía vor.

»Sagen Sie mir, zu wem wir gehen sollen!« drängte sie.

»Nicht so hastig. Eins nach dem anderen. Wie Sie sicher verstehen werden, kann ich nicht hergehen und Wunderheiler empfehlen. Das würde mein Prestige schwer schädigen. Also bitte ich Sie, dieses Gespräch für sich zu behalten ... Zwar würde es Ihnen, sollten Sie es weitererzählen, heutzutage und so, wie die Dinge liegen, sowieso niemand abnehmen. Trotzdem wäre es besser, wenn Sie nicht darüber reden würden, für alle Fälle.«

»Keine Sorge, Doktor. Niemand braucht irgend etwas davon zu erfahren«, versicherte Teresa.

»Aber Sie sollten nicht nur Stillschweigen bewahren,

was meine Haltung gegenüber den… sogenannten Geheimwissenschaften betrifft, sondern überhaupt bezüglich meines Besuchs in diesem Haus. Ich muß zugeben, daß mich Señor Frischs Zustand verwirrt und ich kein Mittel für ihn weiß. Auch das sollte nicht an die Öffentlichkeit dringen.«

»Seien Sie beruhigt. Sagen Sie mir, wohin wir gehen sollen.«

»Gleich hier, fünf Straßen weiter: Calle Rioja 771.«

»Was ist dort?«

»Eine Frau. Manche nennen sie Schwester, manche Mutter. María. So heißt sie.«

María Salomé Loredo Otaola war zu dem Zeitpunkt, als Teresa und Frisch sie aufsuchten, schon über vierzig. Vierzehnjährig war sie aus Altkastilien an den Río de la Plata gekommen. Mit zwanzig hatte sie den reichen *estanciero* José Antonio Demaría geheiratet und war früh verwitwet. Fünf Jahre später hatte sie es mit Aniceto Subiza noch einmal versucht, *estanciero* und reich wie sein Vorgänger und nach ein paar Jahren ebenso tot.

Sie war mit einem Tumor, für den die klassische Medizin keine Heilung sah, zu Pancho Sierra gekommen, und er hatte sie geheilt. Der alte Medizinmann hatte ihr auch etwas vermacht: seinen eigenen Platz.

Inzwischen, gegen Ende des Jahrhunderts, war ihr Haus zu einer Pilgerstätte geworden, wo Kranke, Erniedrigte und Bedürftige Gesundheit, Wertschätzung oder Geld suchten. Teresa und Frisch setzten sich auf die harten Stühle des mit Heiligenbildchen und naiven Keramikfiguren geschmückten Empfangszimmers, das mehr einer überfüllten Sakristei als einem Tempel glich, unter die Gedemütigten, Verkrüppelten, Verwahrlosten und Elenden, Bewohner der *conventillos*, eben noch durch einen hauchfeinen Faden und winzige Hoffnungen mit dem Leben verbunden. Jemand bezeichnete ihnen den letzten in der Runde der Wartenden.

Nach zehn Minuten kam eine Frau mit einem Kind auf dem Arm heraus.

Hinter ihr erschien Mutter María. Sie blieb in der Tür stehen und sah sich im Zimmer um. Ein alter Mann erhob sich, und sie hielt ihn mit einer Geste ihrer linken Hand zurück. Mit der rechten bedeckte sie ihre Augen, um zu sehen, was niemand sonst sehen konnte. Es wurde vollkommen still. Frisch betrachtete die weiße Tunika über ihrem breiten, kräftigen Körper und ihre rundlichen Finger. Schließlich gab die Frau ihren Blick frei und fixierte Frisch.

»Komm«, sagte sie. Frisch gehorchte. »Du auch«, fügte sie an Teresa gewandt hinzu.

Sie waren noch nicht an der Reihe, doch erhob niemand Einspruch.

Sie betraten eine Art Zelle, einen Raum von zwei mal zwei Metern, weiß gekalkt und, abgesehen von einem sehr hoch hängenden Holzkruzifix, vollkommen schmucklos.

»Setz dich hier hin!« Sie wies Frisch einen Stuhl mitten im Zimmer zu und Teresa einen in der Ecke: »Und du da drüben!«

Mutter María stellte sich hinter Frisch und legte ihm die Fingerspitzen auf die Schultern.

»Eine Frau«, sagte sie, »hat dich krank gemacht.«

Es war keine Frage.

»Bist du Künstler?« fuhr sie fort.

»Musiker«, antwortete Frisch.

Die Finger der Heilerin glitten ganz langsam den Rücken des Mannes hinunter, wobei sie auf dem Hemd eine Spur hinterließen.

»Aber im Moment spielst du nicht«, behauptete sie.

»Seit Monaten nicht«, bestätigte er.

»Du wirst wieder spielen.«

Die Finger glitten seine Brust hinab.

»Und du findest nachts keinen Schlaf.«

»Nein.«

»Du mußt wachbleiben in der Dunkelheit, damit sie dir nichts antun.«

»Ich schlafe ein wenig, sobald die Sonne aufgeht.«

»Du wirst nachts wieder schlafen.«

»Ja«, nickte Frisch.

Die Frau grub ihm die Finger ins Haar und fuhr ihm kraftvoll mit den Fingerkuppen über die Kopfhaut. Er spürte, wie sich ihm die Härchen an den Armen aufrichteten. Die Heilerin verstummte.

Eine Hand im Rücken und die andere auf der Brust: Frisch fühlte eine starke Hitze in der Magengrube.

Teresa verfolgte aufmerksam die Zeremonie.

Es entstand ein langes Schweigen, während dem Mutter María mit geschlossenen Augen reglos den Oberkörper des Kranken hielt.

In diesem Augenblick sah Teresa einen Schatten aufsteigen. Er löste sich von Frisch und verflüchtigte sich an irgendeiner Stelle nahe der Decke. Als der Schatten verschwunden war, ging eine Wandlung in dem Körper des Mannes vor: Er bewegte sich nicht, doch veränderte sich seine Haltung, als hätten seine Muskeln mit einemmal eine längst vergessene Kraft wiedererlangt, erstarkt durch einen frischen Blutstrom. Dann begann er, dicke Tränen zu vergießen. Die Heilerin seufzte tief und ließ die Arme fallen.

Teresa stand zitternd auf. Frisch atmete so frei wie schon lange nicht mehr und weinte weiter still vor sich hin.

»Das war's. Sie können beruhigt nach Hause gehen«, sagte Mutter María. »Er muß sich jetzt ausruhen.«

»Vorher muß ich Sie wohl bezahlen…«, bot Teresa an.

»Ich nehme nichts dafür, ich brauche kein Geld… aber wenn du etwas spenden willst, habe ich nichts dagegen. Irgend jemand kann es immer gebrauchen.«

»Sie verschenken Geld?« wunderte sich Frisch schläfrig.

»Nicht alle Übel sind seelischer Natur, mein Sohn.«

Teresa entnahm ihrer Geldbörse ein paar Scheine und übergab sie Mutter María. Es war mehr, als die Behandlung durch Ramos Mejía gekostet hätte, doch sie war sicher, die Lösung für Frischs Problem gefunden zu haben.

Zu Hause fiel Frisch ins Bett und schlief über zwanzig Stunden lang.

»Wie ist es gelaufen?« wollte Roque wissen.

»Er ist zurück«, sagte Teresa.

Am nächsten Morgen entdeckte Frisch, daß ihm an irgendeinem unbestimmten Tag, vermutlich um die Zeit, als Catalina in seine graue Existenz eines kurz vor der Heirat verwitweten Mannes hereingebrochen war, Farbe, Geruch, Geschmack, Klang und Gefühl der Dinge abhanden gekommen waren. Jetzt erhielt er sie zurück.

Er setzte sich zum Abendessen. Teresa, Roque und Ramón beobachteten ihn gespannt. Er lächelte schüchtern und hob das Weinglas an die Lippen.

»Ich habe noch eine Partitur vom letzten Jahr«, sagte er. »Wir könnten mal sehen, ob sie nach etwas klingt.«

40. *Das Hausmädchen*

Da begann der Nebel. Oder schlich sich heran.
Und gewann immer mehr an Boden.

DAVID VIÑAS, Cuerpo a cuerpo

Ende 1898, dem Unglücksjahr für die spanische Kolonialmacht, kehrte Germán Frisch in seine Wohnung in der Calle Artes 63 zurück. Er fühlte sich wie der stärkste Mann der Welt, Herr nicht nur seiner selbst, sondern auch seiner Wünsche.

Die für den Start in ein neues Leben mit Encarnación Rosas geplanten Renovierungsarbeiten hatte die Trauer brachliegen lassen: Unbenutzt warteten Eimer mit Farbe und Kleister, Pinsel und Tapeten auf ihren Einsatz. Frisch warf die Möbel hinaus, packte Bücher und Zeitschriften in Kisten, holte Maurer und Maler ins Haus, gab ihnen präzise Anweisungen und ließ sie arbeiten. Roque war Teilhaber an einer Möbelfabrik, zusammen mit Espartaco Boecio, einem italienischen Schreiner, der darauf bestand, eigenhändig den Tisch, die Stühle, das Bett, die Kleider-, Geschirr- und Bücherschränke zu bauen, alles, was notwendig war, um die Wohnung zu einem Heim zu machen: In einer Demonstration modernen Zeitgeistes verwendete er überall helles Holz und rechtwinklige Formen.

Er gab ein Einweihungsfest: Teresa, Roque und Ramón kamen in ihren besten Kleidern, und der Gastgeber bereitete Eisbein mit Sauerkraut zu. Die Geladenen brachten den Wein mit: drei Flaschen Rotwein aus Cuyo und eine

Flasche weißen Ribeiro, den sie einem Landsmann zu einem Wucherpreis abgekauft hatten.

»*Lacón* mit *repollo en vinagre* heißt das bei uns in Galicien!« bemerkte Roque, sehr angetan von dem Gericht. »Wie kommt es, daß du das in all den Jahren, die wir uns kennen, noch nie gekocht hast? Das ist der Beweis für die enge Verwandtschaft unserer Herkunftsländer. Es muß irgendeinen galicischen Einwanderer in Deutschland gegeben haben. Was euch fehlt, ist der Wein.«

»Mag sein«, nickte Frisch. »Vielleicht sind die Galicier auch nur deshalb so wortkarg, weil sie Angst haben, daß man ihnen den deutschen Akzent anhört. Diese Schweinshaxenbruderschaft ist wirklich auffällig.«

Die *ricotta* mit Walnüssen und Honig, die es zum Dessert gab, öffnete das Tor zum Mittelmeer. Dieses höchst einfache Rezept verdankte Frisch Roque, der es aus Katalonien mitgebracht hatte.

»Die Sauberkeit in dieser Wohnung wird kaum drei Tage halten«, prophezeite Teresa. »Es wäre gut, wenn du jemanden hättest, der hier ein- oder zweimal pro Woche für Ordnung sorgt.«

»Du hast recht. Ich werde jemanden suchen.«

»Setz doch eine Anzeige in die Zeitung.«

»Ein Aushang genügt, beim Bäcker oder im Café.«

»Wie du meinst.«

»Ich habe kalten *grappa*«, verkündete Frisch.

»Von Italienern hergestellter galicischer *orujo*«, bemerkte Roque. »Noch ein Beweis für unseren weltweiten Einfluß.«

»Oder für die Einheit Europas«, meinte Frisch.

»Wozu auch Buenos Aires gehört.«

»Und Montevideo.«

»Das kommt aufs selbe raus.«

Sie beschlossen das Mahl mit einem Kaffee im *Esquina del Cisne*.

Im Januar schrieb Frisch eine Suchanzeige für eine Putzfrau und seine Adresse dazu. Er kopierte den Text vier Mal und ließ die Blätter in den Schaufenstern der umliegenden Läden aushängen.

Eine Woche später erschien Rosina Parisi.

Sie war klein, sehr dunkel und von üppigen Formen. Der feine Flaum auf ihrer Oberlippe und ihre ungepflegten Fingernägel rührten Frisch fast so sehr wie ihre armselige Kleidung, die über ihre Schönheit nicht hinwegzutäuschen vermochte.

»Vier Pesos am Tag«, lautete sein Angebot.

»Das ist wenig«, erwiderte sie mit starkem italienischem Akzent.

»Wenig? Das ist wahnsinnig viel.«

»Es ist wenig.«

»Wo wohnst du?« erkundigte er sich.

»In der Calle Salta. In einem *conventillo*.«

»Hast du Familie?«

»Nein. Ich bin allein hergekommen.«

»Allein?«

»Ich habe einen Verlobten in Kalabrien. Er kommt nach.«

»Bist du schon lange hier?«

»Sechs Monate. Ich hab kein Geld mehr.«

»Wieviel kostet dein Zimmer?«

»Acht Pesos. Ich hab kein Geld mehr.«

»Ißt du jeden Tag?«

»Nicht jeden Tag. Ich hab kein Geld mehr.«

»Sag das nicht noch mal! Ich hab ja verstanden, daß du Geld brauchst. Du wirst nicht mit leeren Händen von hier weggehen. Bei dem Mietpreis nehme ich an, daß du kein Badezimmer hast.«

»Nein. Bad habe ich auch keins.«

»Du kannst hier baden. Es gibt heißes Wasser. Das nächste Mal bringst du dir saubere Sachen mit und nimmst ein Bad.«

»Ich hab keine sauberen Sachen. Ich hab nichts zum Anziehen. Nur das, was ich anhabe. Weder Kleider noch sonst was. Ich hab gar nichts.«

»Schon gut«, schloß Frisch und griff in seine Tasche. »Los, kauf dir was zum Anziehen, was zum Essen, Seife... Was du so brauchst...«

Er gab ihr dreißig Pesos.

»Sie sind verrückt«, sagte sie, als sie das Geld entgegennahm. »Sie kennen mich überhaupt nicht und geben mir alles das... Dafür werden Sie mich ein ganzes Jahr arbeiten lassen.«

»Keine Sorge. Über die Arbeit reden wir später.«

»Vier Pesos ist wenig.«

»Laß uns später reden.«

Als sie wiederkam, spielte Frisch Bandoneon: Tür und Fenster standen offen, und er saß mit aufgeknöpftem Hemd mitten im Zimmer. Die Hitze war unerträglich.

Als er sie eintreten sah, die Arme voller Pakete, hielt er inne.

»Du hast mir gar nicht gesagt, wie du heißt«, sagte er.

»Sie auch nicht.«

»Ich heiße Germán Frisch.«

»Germán. Ich bin Rosina. Rosina Parisi.«

»Komm rein. Hast du alles eingekauft, was du brauchst?«

Rosina legte alles, was sie mitgebracht hatte, auf den Tisch und begann, das Papier aufzureißen. Zuerst packte sie ein Baumwollkleid und ein Paar flache Schuhe aus.

»Gefallen sie Ihnen?«

»Nicht übel.«

»Die werden Ihnen noch besser gefallen.«

Sie zeigte ihm ein weiteres Paar Schuhe, geschlossen und mit kleinem Absatz.

»Hmmm«, nickte Frisch.

Dann kamen die weißen Seidenhöschen zum Vorschein.

»Das schon eher«, gab Frisch zu.

»Das ist das Teuerste. Ich hab kein Geld mehr.«

»Und Mieder?«

»Trage ich nicht.«

»Was ist in diesem Paket?«

»Noch ein Kleid. Ich hab kein Geld mehr.«

»Ich hab's verstanden. Du hast kein Geld mehr. Wenn du willst, kannst du jetzt baden.«

Er zeigte ihr das Badezimmer und wandte sich wieder seinem Bandoneon zu.

Eine halbe Stunde später kam sie in ein Handtuch gewickelt wieder heraus. Sie nahm einen Stuhl, stellte ihn vor Frisch hin und setzte sich. Ihr Haar war naß, und ihre Stirn glänzte.

Frisch hörte auf zu spielen und schaute auf ihre Hände und Füße. Er legte das Bandoneon zur Seite und stand auf. Aus einer Schublade des Schranks nahm er eine Schere und eine Nagelfeile.

Rosina verstand und ließ ihn gewähren. Als er mit ihren Fingernägeln fertig war, schob er seinen Stuhl ein Stückchen zurück, ließ sie ein Bein anheben und bettete es auf seinen Schenkel, um ihr die Fußnägel zu schneiden.

»Sie wollen mit mir ins Bett«, sagte da Rosina.

»Ja«, gab Frisch zu.

»Sie machen mich zurecht wie einen Truthahn für Weihnachten.«

»Nein. Ich mache dich zurecht für das Leben.«

»Aber Sie haben doch ein Dienstmädchen gesucht.«

»Davon gibt's viele.«

»Ich werde Ihnen die Wohnung putzen. Ich schulde Ihnen einen Haufen Geld. Aber zwingen Sie mich nicht, mit Ihnen ins Bett zu gehen. Ich bin keine Nutte. Und ich habe einen Verlobten in Kalabrien, der nachkommt.«

»Gib mir den anderen Fuß. Ich werde dich zu gar nichts zwingen. Du schuldest mir nichts und brauchst auch nicht zu putzen.«

»Aber Sie wollen mit mir ins Bett.«

»Das ist völlig belanglos. Wenn du nicht willst, kann ich noch so sehr wollen…«

»Und Sie werden mir dreißig Pesos schenken?«

»Ich kann es mir leisten.«

»Sie sind reich.«

»Nein. Aber ich kann dir dreißig Pesos schenken… So, das war's!« Er hob den Blick von seiner Arbeit.

Bevor er Rosinas Fuß freigab, streichelte er ihn, zeichnete mit dem Zeigefinger den Knöchel nach und beugte sich darüber, um ihre Zehenspitzen zu küssen. Dann sah er ihr in die Augen.

»Ich würde ja auch gerne mit Ihnen ins Bett gehen«, gestand sie. »Das hat noch nie jemand mit mir gemacht… nie hat mir jemand die Nägel geschnitten oder die Füße geküßt oder dreißig Pesos geschenkt oder so was. Aber ich kann nicht.«

Frisch stand auf und klopfte sich die Hose ab. Seine Erektion war nur allzu offensichtlich.

Rosina erhob sich auch von ihrem Platz. Sie ging zur angelehnten Wohnungstür und schloß sie.

»Ich kann nicht«, wiederholte sie, wobei sie sich aus dem Handtuch schälte und es zu Boden fallen ließ. »Ich hab einen Verlobten in Kalabrien, der nachkommt.«

»Dann zieh dich an«, erwiderte Frisch, wobei er den Blick senkte.

»Mir hat noch nie jemand die Nägel geschnitten. Noch nie.«

»Zieh dich an!«

Rosina legte die Hand auf ihren Schoß.

»Wenn ich nicht mit Ihnen ins Bett gehe, sterbe ich«, sagte sie.

Sie hielt die Augen geschlossen, als Frisch sie küßte.

Am nächsten Tag besuchte Frisch Teresa und erzählte ihr, was vorgefallen war. Sie hörte ihn schweigend an.

»Die Tür geht auf, und da steht eine Frau«, sagte sie schließlich. »Das ist schon das zweite Mal, daß dir das passiert. Wie in Träumen. Wie in Alpträumen. Das erste Mal ging nicht gut aus.«

»Darum habe ich ja auch Angst«, antwortete Frisch.

»Trotzdem bist du nicht in der Lage, allein zu leben. Ohne Frau, meine ich. Und diese gefällt dir.«

»Sehr.«

»Wirst du sie dir ins Haus holen?«

»Sie hat die letzte Nacht bei mir verbracht. Und wird heute nacht auch bei mir bleiben.«

»Schlimmstenfalls, Germán, gehen wir wieder zu Mutter María«, sagte Teresa lächelnd.

»Das hab ich mir auch gedacht.«

41.

»Das letzte Jahr des Jahrhunderts.«

»Man dachte bereits ans Kino: 1897 verließ Eugène Py, ein gebildeter Franzose von unternehmerischem Geist, das Haus Lepage in der Calle Bolívar nahe der Calle Belgrano mit einer Elge-Kamera von Léon Gaumont, die identisch war mit der der Gebrüder Lumière, brachte sie zur Plaza de Mayo, stellte sie vor der Fahnenstange auf und belichtete siebzehn Meter Zelluloid mit dem Blick auf die hoch oben wehende Flagge. Kurz darauf veröffentlichte José Sixto Álvarez unter seinem Pseudonym Fray Mocho in Zusammenarbeit mit dem Katalanen Pellicer Caras y Caretas, *Gesichter und Masken.«*

»Wenige Katalanen in dieser Geschichte.«

»Tut mir leid. Mehr waren es nicht.«

»Und die Figur Ollers wirft auch nicht gerade ein gutes Licht auf uns.«

»Was kann ich dafür? Ich erzähle nur, woran man sich in meiner Familie erinnert und was man mir erzählt hat. Oller war kein angenehmer Zeitgenosse. Aber ich habe mich entschieden, in Barcelona zu leben und mit dir. Und meine Urgroßmutter ist hier gestorben, und zwei meiner Kinder sind hier geboren …«

»Hör nicht auf mich, Vero, bitte. Mach weiter mit dem Kino.«

»Prähistorie. Bis zur Jahrhundertwende gab es keinen weiteren Film. Genau am 31. Dezember 1899 stattete der brasilianische Präsident Manuel Campos Salles Buenos Aires einen Besuch ab. Roca veranlaßte die Aufzeichnung des Empfangs, der Film wurde entwickelt und am Abend im Rahmen der offiziellen Begrüßungsfeierlichkeiten im Regierungsgebäude vorgeführt: Viaje del Doctor Campos Salles a Buenos Aires.

Roca war clever, aber richtiges Kino gab es erst ein paar Jahre später. Was damals zählte, war das Varieté.«

»Mit Tango?«

»Natürlich. Die ›Hagiographie‹ behauptet, der erste gesungene Tango, Mi noche triste, *sei Gardels Idee und Werk gewesen. Aber man hat schon lange vorher Tangos gesungen: mit Texten, an die sich offenbar niemand erinnern will. Mehr noch: Sie wurden nicht nur gesungen, sie wurden sogar von Frauen gesungen.«*

»Das klingt naheliegend.«

»In den quilombos *schon. Im Theater nicht so sehr. Den Durchbruch brachte Pepita Avellaneda, die es bis ins* Armenonville *und in das* Palais de Glace *geschafft, aber in ganz gewöhnlichen Lokalen wie dem* Variedades *in der Calle Rivadavia, Ecke Salta angefangen hatte, einem Musikcafé mit Tischen und Kellnerinnen in Schürzchen, wo nur Männer zugelassen waren. Villoldo widmete ihr einen Vierzeiler, der sehr populär wurde:*

A mí me llaman Pepita, jai, jai
de appellido Avellaneda, jai, jai,
famosa por la milonga, jai, jai,
y conmigo no hay quien pueda.

Pepita werd ich genannt, hei, hei,
Avellaneda ist mein Nachname, hei, hei,
meine Milonga weltweit bekannt, hei, hei,
und unter kriegt mich keiner.

»Starke Frauen.«

»An andere erinnert sich niemand. Die Avellaneda, die eigentlich Josefa Calatti hieß, war außerdem sehr verführerisch. Es geht die Legende, sie habe Gardel sogar das Herz von Madame Jeanne streitig gemacht.«

»Wer war Madame Jeanne?«

»Das steht im Roman. Du wirst es schon noch lesen.«

»Nebenbei, Vero… wenn ich mich nicht irre, ist das das erste Mal, daß du eine ›heterodoxe‹ Beziehung erwähnst. Gab es denn gar keine Homosexuellen in deiner Familie?«

»Natürlich gab es die. In anderen Zeiten.«

»Wann denn?«

»Hetz mich nicht. Noch sind wir nicht im Jahr 1900, in dem die Höchstgeschwindigkeit für Fahrzeuge im Straßenverkehr von Buenos Aires auf vierzehn Stundenkilometer festgelegt wurde. Außerdem wird es noch mehr Bücher geben.«

42. Der Störenfried

Du läßt dich von den Worten betören, aber sie können dir unmöglich zu etwas nütze sein, nicht einmal zum Schreiben. Du bist es, der von ihnen abhängig ist, nicht ich, nicht ich.

PABLO ARMANDO FERNÁNDEZ,
Los niños se despiden

Salvatore Petrellas erster Brief kam im Mai.

Zuerst sagte Rosina nichts davon. Morgens, als die Pförtnerin ihn ihr aushändigte, nicht und zur Essenszeit auch nicht.

Am Abend hielt sie es nicht länger aus. Außer Frisch hatte sie niemanden, mit dem sie ein Geheimnis hätte teilen können. Teresa war nett zu ihr gewesen, ihr Vertrauen hatte sie jedoch nicht gewonnen.

Frisch kleidete sich an und band sich vor dem Spiegel die Fliege, um in einem verrufenen Café in La Boca zu spielen. Rosina saß auf dem Bett und sah ihm zu.

»Ich habe einen Verlobten in Italien«, sagte sie.

Sie benutzte stets die gleichen Sätze, wenn sie sicher war, daß sie richtig waren.

»Der nachkommt«, ergänzte Frisch. »Ich glaube nicht daran. Er hat sich nie gemeldet.«

»Doch, hat er«, widersprach Rosina und hielt ihm den Brief hin.

»Wann ist er gekommen?« Er wandte sich ab, ohne den Brief zu nehmen.

»Heute.«

»Und was steht drin? Du weißt, daß ich nicht gern anderer Leute Sachen lese …«

»Daß er kommt.«

»Nennt er ein Datum?«

»Bald.«

»Das ist kein Datum.«

»Nein, das ist es nicht.«

»Und du? Was hast du für ein Gefühl? Willst du, daß er kommt?«

»Ich weiß nicht. Ich habe mich sehr schuldig gemacht. Wenn ich nicht mit dir ins Bett gegangen wäre, könnte ich wollen, daß er kommt. Aber so denke ich, ich will es eher nicht.«

Frisch schlüpfte in seine Jacke.

»Ein Brief in … zehn Monaten?«

»Ja, zehn Monate.«

»Ein einziger Brief in all dieser Zeit ist nicht gerade viel für einen Verlobten, der es ernst meint.«

»Aber er ist mein Verlobter. Er kommt, und ich habe ihm versprochen, auf ihn zu warten, und das habe ich nicht getan.«

»Wenn er seine Schiffspassage hat, wird er Bescheid sagen … Bis dahin mach dir keine Sorgen. Und wenn du keine Lust hast, ihn zu sehen, schreib ihm, und sag ihm, du hast einen anderen geheiratet.«

Er griff nach seinem Bandoneon, küßte Rosina auf die Lippen und ging schweren Herzens hinaus. Sie weinte sich in den Schlaf. Keiner von beiden erwähnte das Thema, bis im Dezember der zweite Brief eintraf.

An diesem Tag fand Frisch Rosina am Tisch, wo sie bekümmert auf das Schreiben starrte und ein Taschentuch in den Händen knetete.

»Salvatore«, sagte Rosina und wies auf das Blatt.

Obwohl sie niemals seinen Namen ausgesprochen hatte, wußte Frisch, daß es sich um den italienischen Verlobten handeln mußte.

»Er kommt.«

»Am 4. Februar.«

»Scheiße! Was wirst du tun?«

»Mich umbringen.«

»So ein Blödsinn!«

»Ich kann so nicht leben.«

»So? Was zum Henker heißt so?«

»Mit dieser Schuld. Wenn ich nicht mit dir ins Bett gehe, sterbe ich. Den ganzen Tag lang. Ich bin eine Nutte. Ich kann nicht im Bett leben mit einem Mann, der nichts ist, und ich kann meinen Verlobten nicht mehr heiraten. Ich bring mich um.«

Frisch setzte sich ihr gegenüber.

»Gut zu wissen, daß ich nichts bin …«

»Du bist nicht mein Verlobter, nicht mein Mann, nicht mein Bruder, nichts …«

»Wäre es dir lieber, wenn ich dein Bruder wäre?«

»Dann wärst du wenigstens etwas. Du hättest ein Anrecht …«

»Was bist du doch für ein Bauerntrampel! Dir kommt nicht einmal der Gedanke, daß die Verhältnisse sich ändern könnten … Heirate mich: Dann bin ich dein Ehemann.«

»Man heiratet seinen Verlobten.«

Frisch sah ihr in die Augen, während er Zigaretten und Streichhölzer aus der Brusttasche holte.

»Ich kann es nicht glauben …«, sagte er und zündete sich eine an. »Du bist jetzt seit einem Jahr bei mir. Ich habe gedacht, du liebst mich.«

»Im Bett. Ich liebe dich im Bett. Ein anständige Frau liebt ihren Mann nicht im Bett.«

»Gott im Himmel! Deine Unwissenheit bringt dich noch ins Grab!«

»Ich bringe mich ins Grab.«

»Wenn dir das lieber ist«, sagte Frisch resigniert. »Jedenfalls ...«

»Hilf mir, Germán.«

»Wie denn? Dir scheint doch nichts recht zu sein ...«

»Zieh dich aus. Zieh mich aus.«

»Das löst gar nichts.«

»Doch. Danach kann ich ein bißchen nachdenken. Jetzt kann ich nicht denken.«

»Besser, du denkst nicht.«

Und so begannen sie mit einer Liebesfeier, die sie nur zu Weihnachten unterbrachen. Frisch ahnte darin einen Abschied, zog es jedoch vor, sich keine sinnlosen Fragen zu stellen, sondern dem Leib zu geben, was des Leibes ist, und der Zeit ihre Zeit zu lassen.

43. *Jahrhundertwende*

Die Puppe ist kalt, ich hab sie angefaßt, ich hab sie selbst angefaßt und weiß, daß sie kalt ist, ich weiß, daß sie stirbt.

CRISTINA PERI ROSSI, El libro de mis primos

Das Lebenswerk des nie gebührend gewürdigten Bürgermeisters Alvear sah sich 1896 mit der Fertigstellung der Avenida de Mayo gekrönt, einer breiten Schneise zwischen den beiden die Casa de Gobierno rahmenden Straßen Rivadavia und Victoria, die sich eineinhalb Kilometer lang von der Plaza de Mayo bis zur Calle Entre Ríos erstreckte. Kaum eingeweiht, mußte sie auch schon umgebaut werden, da 1897 der Architekt Meano die Entfernung der Flankenbebauung auf den letzten dreihundert Metern verlangte, damit der Kongreßpalast, mit dessen Errichtung er soeben angefangen hatte, über eine angemessene Aussicht verfügte.

1858 hatte das kürzlich eröffnete *Café Tortoni* seinen Eingang in der Calle Rivadavia. Dreißig Jahre später hatte der Abriß des südlichen Teils des Häuserblocks, der der neuen Avenida im Wege stand, Auswirkungen auf seine Grundstruktur. Als die Bauarbeiten abgeschlossen waren, hatte das *Tortoni* zwei Türen: die ursprüngliche zur Calle Rivadavia und eine weitere, jetzt der Haupteingang, zur Allee des Luxus und des Fortschritts. Seither hat sich nichts verändert. Die Eigentümer stellten Tische und Stühle auf den Bürgersteig, und trotz des geschmackvollen Interieurs sitzen die Gäste in den wärmeren Monaten lieber auf dieser Terrasse.

Dort erwarteten Roque, Ramón, Frisch, Teresa und Rosina den letzten Jahreswechsel des Jahrhunderts.

Der 31. Dezember 1899 war ein Sonntag, wohl der heißeste, an den die ältesten Stadtbewohner sich erinnern konnten. Der warme, sehr feuchte Nordwestwind hatte dazu beigetragen. Bei Sonnenuntergang strömte alle Welt auf die Straße.

Dank seiner alten Freundschaft mit dem Oberkellner hatte Roque einen Tisch auf der Terrasse des Cafés ergattert. Alle tranken Bier aus großen Krügen, wechselten jedoch gegen elf zum *sidra*, mit dem sie um Mitternacht anstoßen wollten.

Um halb zwölf, schon ziemlich angeheitert, schlug Frisch vor, auf den Fortschritt zu trinken.

»Das zwanzigste Jahrhundert«, sagte er vollmundig, »wird das universelle Glück erleben!«

»So die Götter wollen«, erwiderte Ramón und hob sein Glas.

Den zweiten, wesentlich bescheideneren Toast brachte Teresa aus.

»Auf die, die nicht mehr bei uns sind«, sagte sie sanft.

Roque wollte nun auch seinen Teil beitragen und, Teresa zustimmend, doch noch einen Schluck trinken, kam aber nicht mehr dazu: Das Glas war zu schwer, er konnte es nicht anheben. Er stieß es um, wobei es zerbrach, und als er sich auf dem Tisch abstützte, um nicht zu fallen, stach er sich eine Scherbe in die Hand. Er verzog den Mund zu einem schiefen Lächeln und rutschte mit einem heiseren Stöhnen kraftlos zu Boden. Die anderen sahen ihn zusammensacken, ohne zu wissen, was sie tun sollten, womöglich im vagen Bewußtsein, daß alle Mühe vergebens wäre.

»Helft mir!« sagte Ramón, stellte sein Glas ab und eilte zu seinem Vater hinüber. Frisch war noch schneller als er.

Sie nahmen ihn jeder an einem Arm und setzten ihn auf den Stuhl.

Teresa lockerte ihm die Krawatte und öffnete sein Hemd.

»Eine Kutsche!« schrie jemand.

Als habe man diesen Befehl erwartet, teilte sich die um den Kranken versammelte Menge, um einer Pferdedroschke Platz zu machen.

»Ist ein Arzt unter den Anwesenden?« fragte Frisch.

»Bringen Sie ihn zur *Asistencia Pública*!« schlug eine Frau vor.

»Nicht nötig«, sagte ein herbeitretender älterer Mann. »Ich bin Arzt.«

Er blieb bei Roque stehen, schob seinen Ärmel hoch und fühlte ihm den Puls.

»Schaffen Sie es, ihn in den Wagen zu heben?« fragte er.

»Ja«, sagte Ramón.

Roques Sohn war nicht wirklich kräftig, trieb wenig Sport und rauchte. Man hätte ihm nicht zugetraut, allein den schlaffen Körper eines Mannes hochzuheben. Doch dieser Mann war sein Vater, also legte er ihm einen Arm in die Kniekehlen und einen unter die Achseln und hob ihn auf wie ein Kind: Er machte drei Schritte, setzte einen Fuß auf das Trittbrett der Kutsche und ließ Roque, der ihm klein und leicht vorkam, auf die Sitzbank gleiten.

»So«, sagte er.

»Bringen Sie ihn nach Hause«, befahl der Arzt. »Ich komme mit.«

Die Frauen folgten. Frisch ließ sich auf dem Bock neben dem Kutscher nieder.

»Sie kriegen zehn Pesos, wenn Sie den Pferden tüchtig die Peitsche geben«, drängte er.

»Das wird nicht nötig sein. Sie sind schnell«, versicherte der Mann.

Alle Glocken von Buenos Aires schlugen zwölf, als sie

die Calle Alsina nach Westen nahmen. In diesem Moment dachte niemand mehr an etwas anderes als seine eigenen Schmerzen oder sein eigenes Glück. Sie waren allein.

Am 1. Januar 1900 erkannte Roque, daß die Hälfte seines Körpers gelähmt war und er sich ohne Hilfe nicht einmal auf die Seite legen konnte.

»Wer sind Sie?« fragte er den Mann neben seinem Bett.

»Ich bin Doktor Fraga. Sie kennen mich nicht, aber ich kenne Sie. Ich behandle im *Centro Gallego.*«

»Aber Sie sind Argentinier.«

»Sohn galicischer Einwanderer. Ich habe in Compostela Medizin studiert.«

»Sagen Sie mir, was passiert ist?«

»Sie haben gestern nacht auf der Avenida de Mayo einen Schlaganfall erlitten.«

»Gestern nacht? Wie spät ist es?«

»Acht Uhr früh.«

Zwischen den zugezogenen Vorhängen des Zimmers sah Roque Tageslicht schimmern.

»Wann sind Sie gekommen, Doktor Fraga?«

»Zusammen mit Ihnen. Um halb eins.«

»Haben Sie die Nacht bei mir verbracht?« wunderte sich Roque.

»Ich kann mir das erlauben. Ich habe keine Familie. Auf mich wartet niemand.«

»Junggeselle?«

»Witwer, keine Kinder.«

»Ich habe einen Sohn ...«

»Ich habe ihn weggeschickt, damit er sich ausruht.«

»Und Teresa? Und Germán?«

»Sie ist in der Küche und kocht Kaffee. Er schläft. Sie waren erschöpft. Sie lieben Sie sehr, wissen Sie? Die Aufregung war heftig ...«

»Also können wir uns einen Moment ungestört unterhalten …«

»Was wollen Sie wissen? Ob Sie sterben werden?«

»Ich sehe, ich brauche Ihnen kein Geständnis zu entreißen …«

»Ich weiß, daß Sie ein Mann von Charakter sind, Señor Díaz.«

»Danke, Doktor. Aber ich besitze nicht nur Charakter, sondern auch Geld. Es gibt Dinge, die ich regeln muß. So schnell kann es gehen! Man denkt normalerweise nicht an den Tod. Ich hatte das Glück, zu überleben … Sagen Sie mir jetzt, wie es um mich steht.«

»Ihr Blutdruck ist plötzlich angestiegen und hat Ihr Gehirn geschädigt. Wenn Sie nicht den Rest Ihres Lebens bettlägerig sein wollen, werden Sie Ihre ganze Willenskraft brauchen.«

»Wie lang ist das, der Rest meines Lebens?«

»Ein Tag, ein Jahr, vierzig Jahre … wer weiß? Sie können jederzeit einen neuen Anfall bekommen und sterben.«

»Sind Sie sicher?«

»Oder ganz gelähmt sein. Diesmal ist es nur halbseitig.«

»Und das übrige?«

»Der Kopf? Ich will Ihnen nichts vormachen: Sie könnten eine geistige Behinderung davontragen.«

»Würden Sie mir, wenn es soweit kommt, den Gefallen tun, mich umzubringen?«

»Diesen Gefallen wird Ihnen niemand tun, mein Freund.«

Roque spürte, daß sein Lächeln zu einer Grimasse geworden war, die nur noch sein halbes Gesicht umfaßte.

»Seien Sie da mal nicht so sicher, Doktor«, sagte er, »seien Sie da nicht so sicher.«

»Ich möchte es aber glauben.«

»Verstehe. Seien Sie so nett, Doktor Fraga: Rufen Sie meinen Sohn.«

»Sie sollten sich nicht anstrengen.«

»Das ist das einzige, was ich noch kann. Rufen Sie Ramón!«

»Einverstanden.«

Der Arzt verließ das Zimmer. Roque hörte seine Stimme und die Teresas und Bewegung in anderen Teilen des Hauses. Kurz darauf erschien Ramón.

»Komm, setz dich«, bat Roque.

»Vater, vielleicht solltest du jetzt besser nicht sprechen.«

»Ich muß mit dir reden, ehe es schlimmer wird… Komm, stopf mir ein paar Kissen ins Kreuz. Ich kann das, was ich dir zu sagen habe, nicht loswerden, wenn ich wie ein Toter auf dem Rücken liege.«

»Wie du willst«, gab Ramón nach und schüttelte die Kissen auf. Dann setzte er sich an den Platz, den zuvor Doktor Fraga eingenommen hatte.

»Ich höre«, sagte er.

»Ich habe dir nie erzählt, warum ich mich entschlossen habe, nach Amerika zu gehen, warum deine Mutter und ich das Dorf verlassen haben… na ja, Dorf ist zuviel gesagt: das Kaff. Denn das ist Traba: ein Kaff. Dort bin ich geboren. In der Provinz Pontevedra, wenige Meilen vom Meer entfernt. 1850. Vor fünfzig Jahren. Meine Mutter, deine Großmutter, hieß Brígida. Sie starb, als ich achtzehn war. Daraufhin bin ich nach Madrid gegangen.«

»Und dein Vater?«

»Es gab keinen. Das war eines der Probleme.«

»Was für Probleme?«

»Die sich später ergaben. Wenn du mich weiterreden läßt, wirst du alles erfahren.«

»Schön. Aber irgendeinen Vater muß es ja wohl gegeben haben…«

»Einen Mann, der mich gezeugt hat, meinst du? Das schon. Aber keinen Vater.«

»Und der Erzeuger, wer war das? Señor Ouro, nehme ich an.«

»Nein, nein. Díaz Ouro, meine Familiennamen, stammen beide von meiner Mutter. Es gibt keinen Señor Ouro. Es gab einen jungen Priester auf der Durchreise nach oder von Santiago… Er hat das Mädchen geschwängert und sich aus dem Staub gemacht. Daraufhin hat ihr Vater sie verstoßen, sie aus dem Haus geworfen, einfach auf die Straße gesetzt wie eine Hure, die sie in seinen Augen ja war. Aber der Weg des Schicksals hat viele Windungen, Ramón.«

»Und in diesem Fall?«

»Rosende Lema.«

»Diesen Namen höre ich zum ersten Mal.«

»Er war ein reicher Mann, ein wenig älter als Brígida und in sie verliebt.«

»Er hat ihr einen Heiratsantrag gemacht.«

»Ja, aber Brígida hat nicht eingewilligt. Sie liebte ihn nicht genug, um mit ihm zu leben. Sie war eine sehr unabhängige Frau und sehr stark. Somit hat er sie, verliebter denn je, unter seine Fittiche genommen: Er hat ihr ein Haus mit einem Stück Ackerland gegeben und sie bis zu ihrem Tod in allem unterstützt. Und er hat auch mir geholfen. Wenn er noch am Leben ist, müßte er jetzt ungefähr fünfundsiebzig sein.«

»Weißt du das nicht?«

»Nein. Wir haben für immer Abschied voneinander genommen… und wenn man sich für immer verabschiedet, schreibt man sich nicht. Das war 1873.«

»Nach deinem Aufenthalt in Madrid. Was hast du eigentlich in Madrid gemacht?«

»Viel gearbeitet, ein bißchen gelesen…«

»Wie hast du lesen gelernt?«

»Meine Mutter hatte es mir beigebracht… Und in

Madrid habe ich Leute kennengelernt... Arbeiter mit Ideen...«

»Anarchisten?«

»Ich denke schon, obgleich die Dinge damals nicht so klar waren, nicht so definiert.«

»Bist du aus einem bestimmten Grund in das Dorf zurückgekehrt?«

»Ehrlich gesagt, nur um Rosende zu besuchen. Aber einen Monat zuvor war der alte Besteiro, dein Großvater mütterlicherseits, aus Kuba wiedergekommen. Er hatte einige Ländereien geerbt, aber das war das Wenigste. Das Entscheidende war, was er als Ergebnis eines Vierteljahrhunderts in Havanna mitgebracht hatte: viel Geld, sehr viel Geld und eine Tochter: Fernanda. Fernanda Besteiro Lema. Die Mutter deiner Mutter war die ältere Schwester von Rosende.«

»Was ihn, wenn ich mich nicht irre, zu meinem Großonkel macht.«

»Ganz genau. Der Onkel von Fernanda. Du bist ein Lema.«

»Ich glaube nicht, daß mir diese komplizierten Verwandtschaftsverhältnisse jemals vertraut sein werden.«

»Wenn du dein ganzes Leben hier in Buenos Aires verbringst, wo es nur Kinder und Eltern gibt, wenn überhaupt, wirst du dich nie daran gewöhnen. Aber wenn du eines Tages nach Galicien gehst, dann schon.«

»Möchtest du, daß ich hinfahre?«

»Ich werde es nicht mehr schaffen...«

»Erzähl mir von meiner Mutter!«

»Ich habe sie eines Tages vom Weg aus gesehen. Ich war zu Pferd unterwegs nach Hause, gemächlich, denn ich hatte keine Eile. Ich habe sie gesehen und meinen Augen nicht getraut: Sie war eine Señorita aus Havanna, also etwas noch Besseres als eine Señorita aus Madrid. Sie schlenderte über das Feld, leicht und strahlend, in ein weißes Kleid mit Tüllvolants gehüllt, als spazierte sie durch einen Traum. Sie war vollkommen, Ramón! Ich weiß nicht, wie lange ich sie angestarrt habe. Sie hat mich gesehen und angelächelt. Im Galopp machte ich mich auf die Suche nach Rosende. ›Ich bin einer Frau begegnet‹, habe ich zu ihm gesagt. ›Fernanda‹, hat er ganz selbstverständlich erwidert. Er hat mich gefragt, ob ich Interesse an ihr hätte. Meine Antwort ist wohl etwas... vehement ausgefallen, denn er hat angefangen zu lachen und gemeint, das würde schwierig. Der alte Besteiro...«

»Wie hieß er? Besteiro, meine ich.«

»Dein Großvater Manuel. Laut Rosende hätte er in eine Hochzeit seiner Tochter mit einem Bastard niemals eingewilligt. Und so war es auch. Er war dagegen.«

»Ihr seid durchgebrannt.«

»Zuerst mußte ich verschwinden. Ich habe einen Monat in den Bergen verbracht. Sie haben mit Hunden nach mir gesucht, entschlossen, mich zu töten.«

»Wer?«

»Dein Großvater. Und Männer aus der Umgebung.«

»Was ihn angeht, verstehe ich das ja. Aber die anderen...«

»Gegen Geld, Ramón. Ich mußte einen von ihnen umlegen.«

»Aber gefunden haben sie dich nicht.«

»Nein. Ich habe den Mann verscharrt und meinen Weg fortgesetzt. Acht oder zehn Tage lang haben sie die Gegend durchkämmt. Ich weiß nicht wie, aber ich bin ihnen entwischt. Nach einem Monat bin ich nachts ins Dorf geschlichen und zu Fernandas Fenster hinaufgeklettert. Sie hatte mich erwartet. Wir haben uns für den nächsten Tag verabredet, und ich bin nach Hause schlafen gegangen. Rosende hat uns Geld gegeben und uns bis Compostela begleitet. Dort haben wir uns von ihm verabschiedet. Fernanda und ich sind nach Madrid gefahren, konnten jedoch nirgends lange bleiben. Wir hatten die Unterstützung von Genossen aus der Arbeiterschaft: Nie hat es mir an Arbeit und Nahrung gefehlt. Aber wir waren ständig auf der Flucht. Wir haben 1874 in Cádiz geheiratet, und ich habe eine Berufsausbildung gemacht.«

»Was für eine Ausbildung?«

»Zum Drucker.«

»Das hast du mir nie gesagt … und du hast auch nie in diesem Beruf gearbeitet.«

»Das ist unwichtig.«

»Wann bist du nach Sevilla gegangen?«

»Im September 1875. Dort bist du geboren. Es ist eine herrliche Stadt, aber auch dort konnten wir nicht bleiben. Ein Freund hat uns nach Frankreich gebracht. Die folgenden zwei Jahre hatten wir in Marseille ein relativ ruhiges Leben. Dann wurde mir eine Stelle als Drucker in Barcelona angeboten. Wir hatten sie nötig, denn deine Mutter war bereits krank.«

»Schon die Tuberkulose?«

Roque lächelte.

»Die Tuberkulose. Die Ungerechtigkeit. Unterernährung nicht, das nicht. Wie gesagt, zu essen hatten wir. Nur ein Leben hatten wir nicht. Sie war so schön! Aber Armut kennt kein Erbarmen.«

Ramón ergriff die Hand seines Vaters.

»Ich werde hinfahren«, versprach er.

»Weißt du, was ich mir am meisten gewünscht habe, als deine Mutter starb? Geld. Nein, ich habe es mir nicht am meisten gewünscht: Es war das einzige, was ich mir wünschte. Ich habe mich gehaßt, weil ich nicht in der Lage war zu stehlen: Bei dem Gedanken daran, was aus dir geworden wäre, wenn sie mich erwischt hätten, habe ich weiche Knie gekriegt und jedesmal einen Rückzieher gemacht. Von dem Tag ihrer Beerdigung an kannte ich nur noch ein Lebensziel: Geld verdienen, denn für Geld bekommt man alles. Ich wollte mein Leben kaufen und das deine, meine Freiheit und die deine und zurückkehren, um mich zu rächen, zuallererst an deinem Großvater… ich war entschlossen, ein absolutes Schwein zu werden. Ciriaco Maidana hat mir alles erleichtert. Jetzt bin ich reich und frei, und du bist erwachsen, reich und frei, aber für die meisten Dinge ist es nun zu spät…«

»Ich werde fahren«, wiederholte Ramón.

»Es ist sinnlos. Man kann kein Dorf verändern, ohne die ganze Welt zu verändern.«

»Und die Welt…«

»Ist nicht der Mühe wert. Ruf Teresa und Germán.«

Ramón stand auf und ging zur Tür. Dort hielt er inne und wandte sich noch einmal um.

»Wie bist du auf Posse gestoßen?« fragte er.

»Er war ein Freund von Rosende.«

»Sieht aus, als ende alles immer wieder am selben Punkt.«

»So ist es.«

Ramón ging hinaus in den Innenhof.

44. Die Sonne über der Stadt

Ein Teil des Hauses war völlig zusammengefallen,
doch ein guter Teil stand noch.

HAROLDO CONTI, Sudeste

Anfang des neuen Jahres verschärfte sich die Grausamkeit des Klimas noch. Die Luftfeuchtigkeit nahm zu. Den ganzen Januar bis weit in den Februar hinein hielt sich die Temperatur konstant auf über vierzig Grad. Der Schatten im Inneren der Häuser war lau und klebrig. Das Wasser schmeckte nach fader Brühe. Ein aus Paraguay gekommener portugiesischer Matrose starb in Rosario an der Beulenpest, was alle in Angst und Schrecken versetzte: Wer alt genug war, um sich an die Gelbfieber- und Cholera-Epidemien zu erinnern, begann Hydrangin einzunehmen. Doch kam es nicht zur Katastrophe. Es blieb ein Einzelfall. Dennoch brachen die Menschen tot auf der Straße zusammen. Es hatte bereits vierhundert Tote gegeben, als der unverwüstliche Präsident Roca der *Asistencia Pública* einen Besuch abstattete: Die Hälfte der Opfer waren Straßenbauarbeiter. Die Ursache war keine Seuche. Es war die Sonne. Die Behörden setzten sämtliche Aktivitäten zwischen elf und vier Uhr aus und rieten zu Hygiene und leichter Kleidung.

Mitte Januar traten die Hafenarbeiter zum ersten Mal erfolgreich in Streik, während der ehemalige britische Offizier Somerwell, seit langem in Villaguay ansässig und über den Lauf der Ereignisse besorgt, eine fünfundzwanzig Mann starke Truppe rüstete und mit ihr auf einem Viehtransportschiff nach Afrika aufbrach, entschlossen, den Burenaufstand in Transvaal niederzuschlagen. Ersteres erfreute Frisch das Herz, letzteres stürzte ihn in Verwirrung und ernste Zweifel an der menschlichen Vernunft. Von dem Offizier hat man nie wieder gehört, von den Hafenarbeitern spricht man noch heute.

Eines Morgens schlug Martín Oller Ramón einen Ausflug nach Palermo vor.

»Sehen Sie«, erklärte er, »ich würde gerne einen guten Freund besuchen. Einen Landsmann von Ihnen, Galicier und Kollege von mir. Er ist auch Erfinder, meine ich.«

»Und warum muß man ausgerechnet an einem Tag wie heute nach Palermo fahren, um ihn zu sehen?«

»Weil eben dies die optimalen Voraussetzungen sind, um seine neue Kreation zu testen: ein Wetter wie dieses und in Palermo …«

»Sie wecken zwar meine Neugierde nicht, aber da Sie offenbar darauf warten, daß ich Sie frage, frage ich Sie halt: Was ist das für eine neue Erfindung?«

»Danke, junger Mann. José María López, so heißt mein Kollege, hat den Sonnenschirm für Fahrräder entwickelt. Und er beabsichtigt, seine Wirksamkeit vor aller Welt zu demonstrieren.«

»Ich bin nicht alle Welt.«

»Sie sind ein angesehener Mann. Es wäre ihm eine Ehre, Sie zu den auserlesenen Augenzeugen seines Triumphes zählen zu können.«

Am Ende gab Ramón nach.

Während Ramón und der Erfinder im einzigen Mietwagen, der bereit war, sie hinzubringen, nach Palermo unterwegs waren, las Frisch im Salon des Hauses der Calle Alsina *La Nación*. Roque döste in einem Schaukelstuhl, und Teresa besprengte den Hof zur Abkühlung mit Wasser.

Die Nachricht, wenngleich nicht auf der Titelseite, stach dennoch hervor: »Ein Fall von Gelbfieber an Bord eines argentinischen Schiffes«, lautete die Schlagzeile. »Ein italienischer Immigrant, unterwegs nach Buenos Aires, starb vor zwei Tagen an Bord des argentinischen Dampfers *Los Andes* an Gelbfieber. Das Schiff legte gestern an der Insel Martín García in der Mitte des Río de la Plata an, wo es vorerst in Quarantäne verbleibt. Die Leiche des Verstorbenen mit Namen Salvatore Petrella wurde ohne jede Zeremonie im Ofen des Lazaretts der Insel verbrannt...«, las Frisch.

»Ich muß weg«, verkündete er, schon auf dem Weg zur Tür.

»Was ist denn los?« fragte Teresa.

»Der Verlobte. Der italienische Verlobte...«

»Ja... was ist mit ihm?«

»Er ist tot.«

Er ging ohne ein weiteres Wort. Teresa sah ihm nach und bekreuzigte sich.

Die Zahl der Schaulustigen, die sich versammelt hatten, um das Experiment des José María López zu verfolgen, war sehr beschränkt. Buenos Aires schien der geeignetste Ort der Welt für extravagante Darbietungen aller Art, doch unter derart widrigen Witterungsverhältnissen konnte keine so neuartig und aufregend sein, daß sie viele Leute angezogen hätte. Ramón zählte zwölf Personen, darunter zwei Frauen, die in Begleitung des Protagonisten gekommen waren. Sechs, vielleicht sieben, interessierten sich wirklich für das, was Oller »das Ereignis« nannte. Der Grund für die Anwesenheit der übrigen würde für immer ein Rätsel bleiben.

Der Erfinder, steif und schweigsam, in Hemdsärmeln, aber mit einem weißen Zelluloidkragen, den eine schwarze Schleife zusammenhielt, und einem Panamahut auf dem Kopf, rieb immer wieder mit einem Stück Flanell von oben nach unten und von unten nach oben über den glänzenden Chromgriff seines Sonnenschirms. Das Utensil war kein fester Bestandteil des Fahrrades, wie Ramón erwartet hatte: Es wurde in einen Ring gesteckt, der etwa in der Mitte der Verbindungstange vom Lenker zu dem sehr kleinen Hinterrad des Vehikels angeschweißt war, und mit einer Schraube und einer Flügelmutter befestigt.

Oller bat Ramón um Entschuldigung, daß er ihn aus Rücksicht auf die heilige Konzentration und Inspiration der Auserwählten dem Genie nicht vorstellen könne.

Um halb eins, als die Luft brannte und die Sonne auf sie niederging wie eine Henkerkeule, zog López die Schraubenmutter an, die die eine Erfindung mit der anderen verband und somit die seine ergab, schlüpfte in eine Weste und knöpfte sie bis oben hin zu. Das Fahrrad lehnte am Stamm eines kahlen Baumes und war vermutlich glühend heiß. Er bewegte sich vollkommen ungerührt durch die Bruthitze, obwohl die Silhouette seiner Beine gelegentlich im flimmernden Dunst verschwamm. Er schob das Fahrrad von seiner Stütze weg, öffnete den Schirm, der in seinem kränklichen Weiß ebenso riesig wie unnütz wirkte, und kletterte auf den Sattel, während er gleichzeitig in die Pedale trat.

Sie sahen ihn zwei, drei, vier Meter zurücklegen, hochaufgerichtet, stolz, wahnsinnig und erfüllt von Zuversicht. Der Schweiß verdunstete auf seinem Gesicht, bevor man ihn wahrnehmen konnte. Zehn Meter, zwölf. Insgesamt schaffte er zwanzig Meter, ehe er wie vom Blitz getroffen umkippte.

Ramón hatte den Kutscher gebeten, auf sie zu warten.

Der Mann saß im Schatten unter seiner Viktoria und beobachtete die Szene. López' Sturz holte ihn aus seinem Unterschlupf und trieb ihn auf den aufgeheizten unwirtlichen Bock.

»Ich weiß nicht, ob die Pferde sich überhaupt bewegen können ...«, meinte er mit einem traurigen, vorwurfsvollen Blick auf den niedergestreckten Körper des Erfinders.

»Versuchen Sie's«, bat Ramón.

Im Schritt machten sich die Pferde, die Lefzen gebadet in dichten Schaum, auf den Weg zur *Asistencia Pública*.

López überlebte. Ausgetrocknet, mit aufgesprungenen Lippen und leeren Augen legten sie ihn auf eine Pritsche und bedeckten ihn mit in Wasser, Alkohol und Essig getränkten Tüchern. Oller blieb bei ihm.

Um drei Uhr nachmittags trat Ramón auf die Straße hinaus und stellte fest, daß die Stadt sich verändert hatte: Zum ersten Mal nach einer Zeit, die zu ermessen er sich außerstande fühlte, war die Sonne hinter einer Wolkendecke verschwunden. Es waren graue und rötliche Wolken, die langsam und kaum ein paar Meter über dem Boden vorüberzogen. Ab und zu wurden sie von lautlosen Blitzen durchzuckt.

Ramón ging zu Fuß durch die Calle Victoria in westlicher Richtung. Er war bereits über die Calle Entre Ríos hinaus, als die ersten Donnerschläge ertönten. Wenig später begann in dicken, warmen Tropfen, die riesige Kreise auf den staubigen Boden zeichneten und ihm intensive ländliche Wohlgerüche entlockten, der Regen zu fallen.

Über eine menschenleere Querstraße gelangte er in die Calle Alsina. Als er um die Ecke kam, sah er den gebeugten Rücken Germán Frischs, der, die Hände in den Taschen und ohne irgend etwas um sich herum wahrzunehmen, die Straße entlangtrottete.

»Germán!« rief er.

Er erhielt keine Antwort. Er beschleunigte seinen Schritt und hatte ihn schnell eingeholt.

»Germán«, sagte er, schon an der Seite seines Freundes.

Frisch wandte ihm wortlos das Gesicht zu. Er weinte.

»Was ist?« fragte Ramón und legte dem Deutschen den Arm um die Schultern.

»Was ist? Zu Ende ist es. Ich hab mich getäuscht. Immer täusche ich mich.«

»Rosina?«

Frisch bestätigte mit einer Kopfbewegung.

»Diese schwachköpfige *tana*!« sagte er. »Ihr ganzes verdammtes Leben lang guckt sie in keine Zeitung, und wenn sie es einmal tut, dann ist alles zu spät. Ich war nicht einmal sicher, ob sie überhaupt lesen kann … Besser, sie hätte es nicht gekonnt.«

»Gehen wir was trinken, und du erzählst es mir«, schlug Ramón vor.

Sie betraten einen *almacén* und stützten sich auf den Zinktresen.

»Zwei Gin und zwei Bier«, bestellte Ramón.

Frisch zündete sich eine Zigarette an und starrte auf einen fernen Punkt jenseits der Wand.

»Sie ist tot«, sagte er. »Tot, verstehst du? Kalt, eiskalt. Mit offenen Augen.« Er fixierte Ramón. »Erstarrt, mit offenen Augen. Lächerlich. Die Leute sterben aus den sonderbarsten Gründen, Gründen, die weder du noch ich jemals begreifen werden.«

»Warum ist sie gestorben?«

»Wegen eines Versprechens, glaube ich. Wegen einer südlichen Sitte. Wegen Rückständigkeit. Wegen gar nichts. Weil sie mit mir geschlafen hat. Aus Ungeduld. Wegen einer Zeitungsmeldung … Der berühmte Verlobte war tatsächlich hierher unterwegs … Er ist mitten auf dem Río krepiert. In *La Nación* heißt es, am Gelbfieber, aber wer weiß... ein Einwanderer... womöglich ist er verhungert.«

»Das steht in *La Nación*?«

»Es ist ein Ereignis. Das Schiff liegt vor Martín García... Es sollte morgen hier einlaufen, wurde aber unter Quarantäne gestellt.«

»Wußtest du, daß er kommt?«

»Sicher. Wenn er erst mal da wäre, wollten wir weitersehen... Genau, das ist es überhaupt! Darum hat sie in die Zeitung geschaut, wegen der Ankunft des Schiffes... Und da ist sie auf die Nachricht gestoßen. Wie ich auch. Und weißt du was? Im Grunde war ich froh. Das löst das Problem, dachte ich. Ich rannte zu ihr, um es ihr zu sagen. Ich wollte es ihr vorsichtig beibringen, damit sie mir meine Freude nicht anmerkt. Mir wäre nie eingefallen, daß sie es bereits wissen könnte. Auf demselben Weg wie ich. Ich Trottel! Ich war immer ein Trottel mit den Frauen... Aber wie hätte ich auch annehmen sollen, daß sie auf einmal irgend etwas liest? Einmal habe ich Roca erwähnt, und sie hat mich gefragt, wer das ist... Frauen lesen nämlich anders, Ramón, diagonal oder von unten, und merken sich, was unsereinem belanglos erscheint. Und daraus konstruieren sie dann etwas oder machen alles kaputt, ich weiß auch nicht...«

»Wie hat sie es getan?«

Frisch kippte seinen Gin und nahm einen Schluck Bier.

»Noch einen Gin«, verlangte er, »und lassen Sie die Flasche hier.«

Er trank noch einmal und wischte sich mit dem Handrücken den Mund ab. Er verharrte noch einen Moment und spielte mit einer Zigarette, ehe er fortfuhr. Draußen war der Regen stärker geworden. Ramón wiederholte seine Frage nicht.

»So ein Irrsinn!« sprach Frisch weiter. »Man muß schon

sehr brutal sein, sehr hart, um zu tun, was sie getan hat. Der Gedanke, mich umzubringen, ist mir selbst wohl eine Million Mal durch den Kopf gegangen. Weißt du, wieviele Methoden es gibt? Nein? So viele du willst. Unendlich viele Möglichkeiten. Aber der Schmerz schreckt uns mehr als der Tod. Einmal angenommen, du wolltest dir die Pulsadern aufschneiden … wie würdest du das anstellen?«

»Mit einer Rasierklinge, warmem Wasser …«

»Wie es am wenigsten wehtut, nicht wahr? Sie nicht, sie … ich kann nicht, ich kann es nicht erzählen, verzeih mir.«

»Erzähl! Tu so, als wäre ich gar nicht da.«

Frisch trank noch ein Glas Gin.

»Roque hat Geschäfte vieler Art gemacht«, sagte er.

»Und was hat das damit zu tun?«

»Es hat schon damit zu tun, denn eines Tages hatte er sich in den Kopf gesetzt, eine Metzgerei aufzumachen. Mit einem Partner, natürlich. Der Partner überlegte es sich anders, und dein alter Herr konnte sich alles, was er an Arbeitsmaterial angeschafft hatte, in den Hintern schieben: eine große Werkzeugkiste mit zwei Sägen, fünfzehn oder zwanzig Messern und verschiedenen Hackbeilen mit kurzem Griff und eckigem Blatt. Diese Kiste steht noch bei mir zu Hause.«

»Scheiße!«

»Um dir die Pulsadern durchzuschneiden, wetzt du ein Messer, machst Wasser heiß und spülst sogar die Schüssel aus. Sie nicht. Sie legt den linken Arm auf den Tisch, die Hand offen, Handteller nach oben, nimmt das Beil in die Rechte und schlägt zu … verflucht! Was für ein Gemetzel! Blut bis an die Decke!«

Nun war es Ramón, der sich auf den Gin stürzte.

Der Regen rauschte jetzt wütend. In wenigen Minuten hatte sich die Straße in einen Sturzbach verwandelt.

»Das Beil ist im Tisch steckengeblieben«, endete Frisch.

»Es wird Hochwasser geben«, sagte ein Gast.

Sie überhörten den Kommentar.

»Sag mal, Germán, liegt es an diesem Land?« überlegte Ramón. »So viele Tote ...«

»Nein. Der Tod bricht über die Welt herein wie die Sonne über die Stadt. Zuweilen sieht man ihn nicht, weil er woanders niedergeht. In Paris habe ich erlebt, wie zwanzigtausend Männer auf einen Schlag geköpft wurden. Ich weiß nicht wie, aber ich bin entkommen. Das war zur Zeit der Kommune. Die von Versailles ließen zwanzigtausend enthaupten ... das sagt sich leicht, was? Nein, es liegt nicht an diesem Land. Hier stirbt so gut wie keiner. Nur uns hat es ... Nein, lassen wir es dabei.«

»Wie du willst.«

Sie waren keine fünfhundert Meter von Roques Haus entfernt. Sie gingen in der Mitte der Fahrbahn, wo ihnen das schlammige, rasch in Richtung Osten fließende Wasser bis zu den Knöcheln reichte. Der Regen nahm ihnen die Sicht, sie beachteten ihn jedoch nicht: Sie hatten das Bedürfnis nach Reinigung.

Patio, Küche und Wohnzimmer waren überflutet. Teresa, die im Dunkeln neben dem Herd saß, hob bei ihrem Eintreten den Blick. Sie zupfte und zwirbelte die Spitzen ihrer nassen Haare. Liebevoll sah sie Ramón entgegen.

Der Tod, dachte er. Schon wieder.

»Dein Vater«, sagte Teresa.

Mein Vater. Der Riese, der mich bei der Hand genommen und ans Ende der Welt geführt hat. An seiner Hand habe ich den Ozean überquert. An seiner Hand habe ich den Trauerzug eines schwarzen Königs erlebt. An seiner Hand habe ich Germán kennengelernt. An seiner Hand. Seiner Hand. Gott im Himmel!

Teresa war ein verlassenes Kind.

Die beiden Männer traten zu ihr und halfen ihr auf.

»Er ist im Bett. Ich weiß nicht, wann es passiert ist. Er hat geschlafen.«

»Das ist gleich. Es ist gleich, wann es war. Er ist friedlich hinübergegangen.«

Mein Vater. Er holte Mildred ins Haus. Und die Bücher. Oder war das Germán? Beide. Alle beide haben sie Bücher angeschleppt. Er hat mir das Leben eines freien Mannes ermöglicht. Er liebte meine Mutter. Vielleicht auch Sara. Und er hat Teresa geliebt, ohne jeden Zweifel.

Roque sah klein aus, wie er dort auf dem Bett lag, er, ein so groß gewachsener Mann.

Und bleich wie nie zuvor.

Ramón kniete sich neben das Bett und streichelte sein Haar, seine Kälte.

»Er hat sich heute morgen nicht rasiert«, stellte er fest.

»Ich wollte ihn rasieren, aber er hat es nicht zugelassen«, sagte Teresa. »Er fühlte sich müde.«

»Ich werde ihn rasieren«, beschloß Ramón.

Frisch übernahm es, das Nötige zu holen, und kehrte mit Messer, Rasiercreme, Pinsel und Lederriemen zurück. Teresa brachte warmes Wasser.

Während Ramón Roques Gesicht einseifte, wetzte Frisch energisch die Klinge.

Eine gepflegte Wange, glatte, weiße Haut. Posses Haus, das Haus in der Calle Pichincha und Calle Garay: das erste heiße Bad in Buenos Aires. Wie Roque duftete! Er hat immer gut gerochen. Seine Nase ist nicht mehr dieselbe. An dieser Stelle muß man vorsichtig sein, nicht daß das Lächeln verschwindet. Oder ist das kein Lächeln? Ein ganz leichtes wie das an Manolo de Garays Hochzeitstag. Ein Lächeln. An jenem Tag hatte er einen Mann getötet. Mein Vater hat einen Mann getötet. Aus Freundschaft. Nein, aus Liebe: einem anderen zuliebe. Er hat nicht nur die Frauen geliebt. Auch die Männer. Und er wurde geliebt. Wir drei in diesem Zimmer, wir lieben ihn. Die Unterkante der Koteletten muß perfekt sein. Ob Rosende wohl noch lebt?

Teresa streckte die Hand aus und strich über Roques Gesicht.

Eine langgliedrige Hand, Teresas Hand, mit langen Fingern. Roque muß diese Finger begehrt haben. Und dieses Parfüm, das ebenso zu diesem Haus gehört wie Roques edler Duft. Teresas Finger sanft auf Roques Stirn. Und Germán? Er sitzt auf der Bettkante gegenüber und hält eine Hand Roques zwischen den seinen. Ein Freund. Noch eine Hand. An jenem ersten Tag hatten sie sich die Hände gedrückt. Germán hatte Roque die Hand gegeben. Aber zuerst Ramón. In den fünf Jahren seines Lebens war Ramón niemals auf diese Weise begrüßt worden. Sie liebten sich. Von Anfang an. Sie hatten sich immer geliebt, alle drei. Teresa war noch nicht in ihr Leben getreten. Auch Mildred nicht. Auch nicht Encarnación Rosas.

Ramón wischte mit einem Handtuch die Seifenreste weg. Germán ist jetzt allein. Und Teresa. Sie sind in Roques Alter, und jetzt ist er tot. Sie könnten meine Eltern sein, aber sie sind bereits im Sterbealter. Sie sind meine Kinder. Bis zum Ende.

Ramón legte alles auf den Nachttisch und stand auf.

Einen kurzen Moment spielte er mit Teresas Haar. Sie war ihm nicht von der Seite gewichen, und jetzt nahm er sie bei den Schultern.

»Mutter«, sagte er. »Wir haben eine Menge zu tun.«

Sie umarmte ihn fest. Dann sammelte sie das Rasierzeug ein und verließ das Zimmer.

Ramón blickte Frisch an, der noch immer dasaß.

»Germán«, sagte er.

»Gut, daß du mich Germán nennst. Ich bin dein Freund.

Und ob es dir gefällt oder nicht, werde ich das bis zu meinem Lebensende sein. Aber ich bin auch Roques Freund. Ich bin nicht dein Vater.«

»Weißt du, was man in solchen Fällen tun muß?«

»Ja, natürlich. Ich werde es dir erklären. Diesmal kann ich es nicht übernehmen… Wenn ich nicht gleich den Comisario aufsuche, bin ich in Schwierigkeiten: Dein Vater muß beerdigt werden, aber auch Rosina muß beerdigt werden.«

Ramón schüttelte den Kopf.

»Fühlst du dich nicht dazu in der Lage?« fragte Frisch.

»Doch, doch, keine Sorge.«

»Warum schüttelst du dann den Kopf?«

»Ich habe mich nur gefragt, was für seelenlose Schweinehunde wir doch sind. Oder was für Heuchler. Jeder andere hätte sich gehen lassen, um Hilfe geschrien oder geweint. Wir nicht. Wir sind hart.«

»Hart? Stark vielleicht. Intelligent. Gute Spieler. Warum sollten wir uns gehen lassen? Roque hat sich niemals gehen lassen.«

»Das stimmt«, gab Ramón zu.

»Wir haben viel zu tun«, erinnerte ihn Frisch.

Beide küßten Roques Stirn, bevor sie wieder hinaustraten in den Regen, der nun über die Stadt niederging wie die Sonne, wie der Tod.

Dritter Teil

45.

»Germán Frisch wohnte von dieser Zeit an in der Calle Alsina.«

»Zusammmen mit Teresa?«

»Sie waren nie ein Paar. Was uns nicht hindert anzunehmen, daß zwischen den beiden etwas war. Ich würde sogar darauf wetten. Aber nie offiziell.«

»Warum nicht?«

»Wegen Roque vielleicht. Beide hatten ihn sehr geliebt.«

»Eben. Und Roque sie. Er hätte ihre Verbindung gutgeheißen.«

»Mag sein … Es kann aber auch sein, daß Ramóns Gegenwart dabei eine entscheidende Rolle gespielt hat.«

»Soweit ich das beurteilen kann, hätte auch er nichts dagegen gehabt. Er war ja nicht dumm.«

»Nein, ganz bestimmt nicht. Und er war ein großherziger Mann. Aber Tatsache ist auch, daß sie sein Verständnis und seine Großmut nicht ausnutzten.«

46. Der Sänger

Die Drosseln singen. Wie sie singen!

ENRIQUE WERNICKE, La ribera

Im Speisesaal des *Hotel Español* in Tacuarembó herrschte absolute Stille. Um die Zeit der Siesta hatte die Schwüle an jenem Januarnachmittag 1902 die Welt lahmgelegt. Der weißgekleidete Mann, der am Fenster saß, beobachtete Ramón Díaz und Germán Frisch. Sie kamen ihm bekannt vor, doch vermochte er sie in keinen bestimmten Zusammenhang zu bringen. Sie mußten aus Buenos Aires sein, aber das spielte jetzt keine Rolle mehr. Hier war er sicher.

Es war ein Fehler gewesen, diesen Fatzke umzulegen. Denn er war nichts weiter als ein milchbärtiger Fatzke, so sehr er auch den starken Mann markieren wollte, als er auf das Orchester losballerte. Solche Typen strichen immer wieder durch die Vororte, auf der Suche nach einer Frau. Und der *almacén* von Aquiles Giardini im unteren Teil von Palermo gehörte nicht einmal zu den schlimmsten. Er befand sich auf freiem Feld, jedoch noch in Reichweite des Gesetzes, ganz in der Nähe des früheren Paseo de las Palmeras, an dessen neuen Namen Avenida Sarmiento sich niemand gewöhnen konnte.

Frisch schaute zu ihm hinüber. Plötzlich stand er auf und kam auf ihn zu. In diesem Augenblick brachte der Mann den Tod des Jungen mit dem Gesicht des Deutschen in Verbindung.

»Guten Tag«, sagte Frisch.

»Guten Tag«, entgegnete der Mann.

»Sie werden sich nicht an mich erinnern ...«

»Doch, ich erinnere mich. Sie waren dort. Ich weiß nicht mehr, was Sie gemacht haben, aber Sie waren da.«

»Ich habe das Bandoneon gespielt. Wissen Sie, daß dieser Junge, Argerich, *el Vidalita,* wie man ihn genannt hat, oft in diesem *almacén* herumhing? Und er hat immer einen friedlichen Eindruck gemacht.«

»Bis er durchgedreht ist.«

»Wären Sie nicht gewesen, hätte er keinen Musiker am Leben gelassen. Sie sollen wissen, daß ich Ihnen sehr dankbar bin.«

»Das nützt zwar nicht viel, aber es beruhigt doch zu wissen, daß nicht alle Welt hinter einem her ist ... Sind Sie aus der Gegend?«

»Nein. Ich bin mit einem Freund hier, der in der Nähe ein Stück Land hat. Gestatten Sie, daß ich Sie zu einem Gin einlade.«

»Gern.«

Sie gesellten sich zu Ramón.

»Ich kann dir den Herrn nicht vorstellen, weil ich immer noch nicht weiß, wie er heißt ...«, erklärte Frisch. »Aber es ist der, der uns bei Giardini gerettet hat ...«

»Mein Name ist Traverso«, teilte der andere mit. »Man nennt mich *Cielito.*«

»Sehr angenehm.« Ramón reichte ihm die Hand. »Bitte, setzen Sie sich zu uns. Leben Sie in Tacuarembó?«

»Nein, ich bin nur auf der Durchreise. Die Geschichte an jenem Abend war ein starkes Stück. Der Bursche war das Söhnchen einer reichen, angesehenen Familie. Ich werde gesucht.«

»Von der Polizei?« fragte Ramón.

»Von wem sonst?«

»Ja, klar. Verzeihen Sie.«

»Ich bin auf dem Weg nach Brasilien, nach Santana do Livramento. Dort habe ich Freunde.«

»Werden Sie zurückkommen?« fragte Frisch.

»Schwerlich. Es gibt Leichen und Leichen. Und diese ist ein Schwergewicht.«

»Und was werden Sie in Santana tun?«

»Dort leben. Meine Brüder werden mir unter die Arme greifen... In Buenos Aires habe ich drei Brüder, in El Abasto.«

»Wenn Sie irgendeine Sendung für Buenos Aires haben, wir fahren morgen hin«, erbot sich der Deutsche.

»Danke. Ich werde etwas schicken, aber dafür habe ich bereits einen Boten, einen, der nicht zu ersetzen ist...«

»Niemand ist unersetzlich«, widersprach der Deutsche.

»Doch, der schon«, beharrte Traverso. »Er ist Bote und Botschaft zugleich.«

»Ein Verurteilter?«

»Nein, nichts dergleichen. Wenn ich jemanden umlegen muß, dann tue ich es. Und das wissen Sie am besten. Diesen schicke ich meinem Bruder Constancio als Geschenk. Er hat ein Café...«

»Aber natürlich!« erinnerte sich Frisch. »Constancio Traverso... Wieso bin ich nicht früher darauf gekommen? Der Besitzer des *O'Rondeman* in der Calle Laprida, hinter dem Markt...«

»Genau der!«

»Ich habe dort schon zigmal gespielt...«

»Dann wissen Sie ja, daß dort Musik gemacht wird.«

»Für die Konservativen, auch das weiß ich.«

»Irgendwoher muß ja das Geld kommen, oder?«

»Ist er Musiker, Ihr Mann?« unterbrach Ramón.

»Sänger. Der beste, den ich je gehört habe. Eine Klasse für sich! Hier hat er keine Chance... Dieser Junge muß nach Buenos Aires, damit die Leute ihn hören.«

»Jung?«

»Zwanzig. Sind Sie häufig in der Gegend?«

»Ich habe Landbesitz in Ventura. Ja, wir sind ziemlich oft hier.«

»Vielleicht kennen Sie das Drosselchen ja: Carlos Escayola.«

»Den kennen wir«, bestätigte Ramón. »Von seinem Vater hat mein Vater das Grundstück gekauft.«

»Ja, der Alte hatte Geld. Aber er hat nicht viel davon übriggelassen... Der Sohn schlägt sich so durch: teils als Sänger, teils als Lude. Mit den Weibern ist er auch ganz gut. Mein Bruder wird ihm helfen, Karriere zu machen.«

»In beiden Sparten?«

»Wenn er's packt...«

Die drei unterhielten sich weiter über Musik und Musiker, Politiker und Politik, Zuhälter, *caftens* und Polizisten, bis die Sonne unterging.

Am Abend hörten Ramón und Frisch Carlos Escayola zum ersten Mal singen.

Anfang Juni 1902, dem Jahr, in dem das unselige Gesetz zur Ausweisung politisch aktiver Ausländer erlassen wurde, dem Jahr der Uraufführung von Georges Méliès' *Die Reise zum Mond* in Buenos Aires und der Dreharbeiten zu *Escenas callejeras*, dem ersten Spielfilm argentinischer Produktion, erschien Escayola im Haus an der Calle Alsina. Ramón überraschte seine bescheidene Aufmachung: Trotz der extremen Kälte jener Tage trug er keinen Mantel. Er führte ihn ins Wohnzimmer und bot ihm einen Gin an.

»Ich dachte, bei den Traversos ginge es dir besser«, stichelte er. »Wie ich sehe, bist du nicht viel weitergekommen.«

»Ich habe noch gar nicht bei ihnen angefangen«, erwiderte Escayola, »deswegen komme ich ja zu Ihnen.«

»Sag ruhig du zu mir. Ich bin doch kein konservativer Parteibonze, daß du mich siezen mußt. Was hast du denn bisher getrieben? Denn wenn ich mich nicht irre, bist du seit Januar in Buenos Aires.«

»Ich habe ein bißchen gearbeitet…«

»Gearbeitet? Du?«

»Auch wenn du es nicht glaubst.«

»Dann hast du wohl keine Frau gefunden…«

»Nein, nicht deshalb… Ich hab Ruhe gebraucht zum Üben.«

»Gesang?«

»Ja. Ich habe mir einen Lehrer geleistet.«

»Einen Italiener, nehme ich an.«

»Ja.«

»Und als was hast du gearbeitet, wenn ich fragen darf?«

»Ich habe alles mögliche gemacht. Am Anfang habe ich Zeitungen verkauft. Fast jeden Tag bin ich dabei am Gestüt einer reichen Familie vorbeigekommen, der Baldassarres. Du weißt schon, Akademiker, Leute mit Geld. Ich habe einen guten Eindruck auf sie gemacht, und sie haben mich eingestellt, damit ich ihre Kinder zur Schule fahre, als Kutscher… Danach war ich im *Teatro de la Victoria* tätig…«

»Aber nicht als Künstler.«

»Als Bühnenarbeiter. Aber etwas Besseres hätte ich gar nicht machen können. Dort habe ich einen Jungen kennengelernt, Alippi, Elías Alippi, der mir geholfen hat wie kein anderer. Er hat dafür gesorgt, daß ich bei Titta Ruffo vorsingen konnte. Jetzt weiß ich, daß ich das nötige Talent habe. Titta selbst hat es mir gesagt.«

»Haben dir die Meinungen, die du bis dahin gehört hattest, nicht gereicht?«

»Nein. Ich mußte wissen, was ein ganz Großer von mir denkt. Ein wirklich Großer, nicht irgendeiner. Wie auch immer du von mir denkst… Ich weiß, du hältst nicht viel von mir… Aber, Sänger zu werden, damit ist es mir ernst.«

»Um ein guter Künstler zu werden, braucht man ja kein guter Mensch zu sein… Jetzt sag mal: Warum kommst du zu mir? Was habe ich mit deiner Singerei zu tun?«

»Eine ganze Menge. Ich werde zu Constancio Traverso gehen. Ich weiß von vornherein, daß er mich anhören und mir eine Stelle geben wird, aber ich will nicht, daß er mir aus Mitleid einen Gefallen tut. Ich weiß genau, daß er ein Vieh ist und ihn die Musik einen Dreck schert… Trotzdem soll er mich um meiner Musik willen nehmen… Und ich kann dort nicht ohne Mantel und ohne einen anständigen Hut antreten, weil er mir dann weder zuhören wird noch sonst irgendwas… ›Du singst also?‹ wird er fragen. ›Ja? Na gut, dann komm zu unserem Fest am Samstag oder am Sonntag.‹ Und das will ich auf keinen Fall. Könntest du mir einen Mantel leihen?«

»Meine Sachen sind dir bestimmt zu klein. Besser, ich gebe dir Geld.«

»Und wenn ich es nicht zurückzahlen kann?«

»Ich habe nicht gesagt, daß ich es dir leihe, sondern daß ich es dir gebe.«

»Ist recht.« Escayola nickte.

»Bist du weitergekommen, seit du den Lehrer hast?«

»Sicher. Sonst hätte er kein Geld gesehen.«

»Ich möchte dich hören. Sing mir was vor.«

»Einfach so? Ohne Gitarre?«

»Einfach so.«

Escayola räusperte sich und stimmte den ersten Vierzeiler einer Gaucho-Weise an, in der von Herz, Himmel und Weideland die Rede war. An dem Text hatte Ramón jedoch kein Interesse. Von der Modulation dieser Stimme hingegen fühlte er sich so ergriffen wie vor über zwanzig Jahren auf einer Straße in Montevideo von Germán

Frischs Bandoneon. Er brauchte Escayola nicht aufzufordern, weiterzusingen. Dem ersten Lied folgten noch zwei weitere.

Erst als Escayola innehielt, den Blick lächelnd zur Zimmertür gerichtet, bemerkte auch Ramón Teresa, die mit verschränkten Armen aufmerksam in der Tür stand, eine Schulter an den Rahmen gelehnt, das noch immer schwarze Haar offen, den Morgenmantel eng um die Hüften gezogen. Prachtvoll! dachte Ramón.

»Du bist wirklich sehr gut«, befand Teresa, an den Sänger gewandt.

»Finden Sie, Señora?« kokettierte er, in der Hoffnung auf ein weiteres Lob.

»Das brauche ich dir nicht zu sagen«, beschied sie ihn.

»Ich will Sänger werden. Professionell, wissen Sie?«

»Sänger bist du schon. Der Rest wird sich weisen… Entweder ich habe keinerlei Menschenkenntnis, oder du wirst es nicht leicht haben. Deine Stimme gehört zu denen, die man nicht so ohne weiteres verzeiht… Manchmal erst nach dem Tod.«

»Meinen Sie?« Escayola bettelte mit weit aufgerissenen Augen um den Rat dieser selbstbewußten Frau. »Was soll ich machen?« fragte er vertrauensvoll.

»Sing leise. Aus einem Winkel. Warte den richtigen Moment ab.«

Sie sagte kein weiteres Wort, drehte sich um und ließ die beiden allein.

»Wer ist das?« fragte Escayola.

»Teresa.«

»Deine Alte?«

»Ja. Hör auf sie. Sie weiß Bescheid.«

Geld in der Tasche und Zweifel im Herzen, verabschiedete sich Escayola.

»Wo hast du denn den aufgestöbert?« erkundigte sich

Teresa, als er gegangen war, während sie in der Küche das Abendessen zubereitete.

»Cielito Traverso hat ihn in Tacuarembó aufgelesen. Der, der den verrückten Argerich umgebracht hat, als der anfing, auf die Musiker zu schießen …«

»Das Schicksal findet dich an noch merkwürdigeren Orten als Tacuarembó. Wenn es will. Wenn nicht, kannst du es dein Leben lang anrufen und beschwören, es wird dich nicht beachten.«

»Du scheinst mir aber nicht sehr überzeugt zu sein, daß es Escayola wohlgesonnen ist.«

»Doch, langfristig schon. Wenn er die nötige Geduld aufbringt.«

47. Die Pressefreiheit

Das Vaterland hat Aussetzer.

JOSÉ INGENIEROS, El hombre mediocre

In den ersten Jahren des neuen Jahrhunderts verlief das Leben von Buenos Aires in ruhigen Bahnen. Zum Karneval von Avellaneda 1903 beherrschte der Wettstreit zwischen den Karnevalstruppen *Los Leales* und *Los Pampeanos* das Stadtgespräch. Zu letzterer gehörten José Razzano, der später mit Gardel ein Duo bilden sollte, der kurz darauf zum Bürgermeister von Avellaneda ernannte Don Alberto Barceló sowie dessen Neffe und sein künftiger Sekretär Nicanor Salas Chaves. Außerdem bewegte der Fund eines Mannes namens Meilillo die Gemüter, der in der Flußmündung des Maldonado einen sterbenden Wal von dreißig Metern Länge und, wie es hieß, über zweihundert Tonnen Gewicht entdeckt hatte. Als das Tier verendete, schleppte Meilillo es mit seinem Boot *Destino del cielo* nach Berazategui, wo er sich, einen schwarzen Homburg auf dem Kopf, mit ihm photographieren ließ. Weniger kommentierte Ereignisse waren das Gesetz zur Impfpflicht und die Einweihung des Einäscherungsofens auf dem Friedhof La Chacarita, jedes für sich ein Beweis für die fortschreitende Aufklärung am Río de la Plata.

1904, als Charles Gardes die Grundschule abschloß und der spätere Filmregisseur Atilio Lipizzi zusammen mit dem stets umjubelten Verwandlungskünstler Frégoli nach Argentinien kam, befahl die Staatsgewalt die Erschießung des Soldaten Dolores Frías vom vierten Infanterieregiment, und das Volk schickte den ersten sozialistischen Abgeordneten Amerikas in den Kongreß: Alfredo Palacios.

Diese und andere belanglosere Ereignisse waren jeden Morgen die Gesprächsthemen in Ramóns Küche, wo eine beträchtliche Anzahl von Zeitungen unterschiedlicher Tendenzen gelesen wurde: Er wie auch Germán waren gierige Konsumenten jeder Information.

Im Herbst fand das erste Autorennen statt. Der Sieger, der einen Rochester fuhr, legte hundert Meter in fünfzig Sekunden zurück.

»Aber der Typ mußte zusehen, daß er aus dem Auto kam, denn das ging in Flammen auf, bevor er es zum Stehen bringen konnte«, erklärte Ramón.

»Wie, hast du gesagt, heißt er?« fragte Frisch.

»Ich hab's gar nicht gesagt. Warte... muß ein schwerreicher Sack sein... hier steht's: Cassoulet... Ach, du Scheiße!«

»Hab ich's mir doch gedacht! Cassoulet, das *Café Cassoulet*. Meinst du, das ist derselbe?«

»Wohl ein Sohn oder Enkel. Du weißt ja, wie man zu Geld kommt... Der Großvater ist ein elendes Schwein, der Vater ein ehrbarer Kaufmann, Akademiker oder Gutsherr, der Sohn ein echter Señor und reinrassiger Aristokrat.«

»Aber ich werde ja wohl nicht der einzige sein, der die üble Spelunke mit dem hochherrschaftlichen Familiennamen in Verbindung bringt!«

»Das spielt überhaupt keine Rolle. Die halbe Stadt kannte Señor Esnaola von seiner schlechtesten Seite, aber daran erinnert sich heute kein Mensch mehr: Die Zeit hat ihn zum untadeligen Arrangeur der Nationalhymne erkoren.«

»Wollt ihr noch Kaffee?« offerierte Teresa.

»Ja, gern.« Frisch nickte.

»Nichts Neues aus Spanien?« fragte sie.

»Nichts Wichtiges. Seit Alfons XII. volljährig ist, herrscht Ruhe. Zumindest hat es von hier aus den Anschein«, sagte Ramón.

»Vielleicht ein guter Zeitpunkt für einen Besuch«, schlug Teresa vor.

»Im Ernst?« wunderte sich Ramón.

»Natürlich. Mach dir lieber langsam Gedanken darüber… Du solltest nicht sterben, ohne Buenos Aires verlassen zu haben, als ob du keine Vergangenheit oder kein Geld zum Verreisen hättest.«

»Im Moment bin ich viel zu beschäftigt. Mein Vater hat eine Menge Geld hinterlassen, aber auch viele Probleme. Da sind die Lebensmittelläden, die Schneidereien, Photogeschäfte, Marktstände, Tischlereien… Und all das will ständig kontrolliert sein, wenn wir nicht eines Tages im Regen stehen wollen. Mein Vater…«

»Dein Vater wollte zurück. Immer wollte er zurück. Und du hast es ihm versprochen. Immerhin müßtest du noch lebende Verwandte dort haben.«

»Meinen Großvater? Den alten Besteiro? Ich bin mir nicht sicher, ob ich den kennenlernen will. Oder er mich. Wenn er noch am Leben ist, muß er an die achtzig sein.«

»Und Rosende? Denkst du nicht an Rosende? Er wird auch schon alt sein, aber er wäre einen Besuch wert.«

»Und du, Teresa?« schaltete sich Frisch ein. »Hast du keine Familie in Spanien?«

»Ich?« fragte sie überrascht zurück.

»Ja, du!« beharrte Ramón.

»Möglich.«

Teresas Miene verdüsterte sich. Sie schenkte Kaffee ein und setzte sich mit verlorenem Blick zwischen die beiden Männer, die gefalteten Hände auf dem Tisch.

»Auch wenn dort noch jemand sein sollte«, sagte sie, »ich kann da nicht hin.«

»Warum nicht?«

»Wegen der Art und Weise, wie ich weggegangen bin ... hinter einem Mann her ... wie eine Hure.«

»Du würdest als Señora zurückkommen, als Witwe mit einem erwachsenen Sohn«, gab Frisch ihr zu bedenken. »Eine respektablere Person als Señor Cassoulet. Abgesehen davon, selbst wenn du nicht respektabler wärst als er, bist du immer noch reich. Oder hast du vergessen, daß du eine reiche Frau bist? Die Reichen haben keine Vergangenheit. Oder jede, die ihnen beliebt.«

Über Teresas Wangen liefen zwei Tränen.

»Meinst du, ich könnte hinfahren?« fragte sie, ohne sich an jemand Bestimmten zu richten.

»Du würdest die Herzen aller im Sturm erobern!« versprach Ramón.

Er stand auf und trat hinter Teresa, legte ihr die Hände auf die Schultern und küßte ihr Haar.

»Aber es stimmt doch gar nicht, daß ich Witwe bin«, wandte sie ein. »Ich habe Roque nie geheiratet. Und du bist auch nicht mein Sohn.«

»Nein? Wer sagt das? Willst du mich zum Sohn?«

»Natürlich«, gestand sie zärtlich und neigte das Gesicht zur Seite, um Ramóns Hand zu küssen. »Würdest du mit mir fahren?«

»Zu gegebener Zeit.«

»Wann auch immer«, sagte Frisch. »Ich kann die Geschäfte solange übernehmen. Es wäre nicht das erste Mal.«

Er erhob sich und faltete die Zeitung zusammen, in der er gelesen hatte.

»Du bist eigenartig, Germán«, sagte Teresa nachdenklich. »Du sorgst dich um uns, bringst mich dazu, nach so langer Zeit an Spanien zu denken, aber über dich sprichst du gar nicht. Du bist auch nicht hier geboren. Bekommst du nicht manchmal Lust, deine Heimat wiederzusehen? Deutschland muß schön sein.«

»Aber ich habe überhaupt nichts in Deutschland«, erwiderte er, »keine Familie, keine Freunde. Ich war erst ein paar Monate alt, als meine Mutter starb. Mein Vater war ein Mistkerl, trotzdem hätte ich ihn besucht, wenn er noch leben würde – ich habe ihn begraben, bevor ich gegangen bin.«

»Ich dachte …«, unterbrach ihn Teresa.

»Du hast mich nie danach gefragt. Roque kannte meine Geschichte, Ramón kennt sie auch. Es gab da einen wichtigen Mann, weißt du? Einen Lehrer. Er war der Dorflehrer. Wäre er nicht gewesen, säße ich immer noch dort, und wer weiß, was für ein Mensch aus mir geworden wäre … Er hat mir vor fünfzig Jahren drei Dinge beigebracht: den Begriff Sozialismus, das Bandoneonspielen und die Freiheit über alles zu schätzen. Kein Pappenstiel!«

»Und … ist er auch gestorben?«

»Im Gefängnis. Wenn ich je so etwas gehabt habe, was die Nationalisten Vaterland nennen, dann war er dieses Vaterland für mich. Später war Roque mein Vaterland. Und Ramón. Und du. Und Encarnación. Und die Musik. Die Musik war immer meine Heimat.«

»Und Buenos Aires?«

»Buenos Aires ist ein Ort. Ein Ort ist gar nichts. Ein Ort, das sind die Menschen, die man liebt. Oder haßt. Deshalb müßt ihr nach Europa: Weil es dort Menschen gibt, die ihr sehen solltet.«

Frisch zog sich die Hosen zurecht und ging aus der Küche.

Ramón setzte sich wieder auf seinen Platz. Er nahm Teresas Hände in die seinen und sah ihr in die Augen.

»Ich bringe dich nach Galicien«, sagte er. »Ich weiß noch nicht, wann, aber ich bringe dich hin.«

»Wir bringen einander hin«, präzisierte Teresa und

strich ihm übers Haar. »Armer Germán ...« Sie lächelte. »Wir lassen ihn nicht einmal in Ruhe seine Zeitung lesen.«

»Man hat schon seine Last mit dieser Familie!«

Es verging noch viel Zeit bis zu ihrer Abreise.

48. Liske Rosens Familie

In der freudlosen, ständig schneebedeckten Stadt Tulchin, Stadt der glorreichen Rabbiner und uralten Synagogen, erfüllten die Nachrichten aus Amerika die Herzen der Juden mit Träumen.

ALBERTO GERCHUNOFF, Los gauchos judíos

1905 ging als das Jahr des Scheiterns der ersten russischen Revolution in die Geschichte ein. Daran pflegt man sich zu erinnern. Weniger im Gedächtnis haftengeblieben sind die großen Pogrome, die zur gleichen Zeit Ost- und Mitteleuropa erschütterten. Einige davon, grausige, blutige Infernos, finden sich in der Literatur wieder und stellen dadurch andere, weniger bekannte, jedoch teilweise viel brutalere in den Schatten. In sämtlichen Städten des großrussischen Reiches wurden die Juden verfolgt, ermordet, ausgeplündert, aber auch in den kleinen Dörfern und dort noch blindwütiger. Leute, die nichts besaßen, bekamen die wahnhafte Abneigung ihrer habgierigen, feigen Nachbarn am eigenen Leib zu spüren. In Odessa, Hamburg und Marseille versuchten die, denen es gelungen war, der Gewalt zu entkommen, nach erschöpfenden Wanderungen über fremde, verdorrte Felder, Wanderungen, die viele von ihnen nicht überlebten, ein Schiff nach Amerika zu besteigen. Die meisten wußten fast gar nichts über ihr Ziel. Manche sagten, es befinde sich auf der anderen Seite des Ozeans und sei ein Ort, an dem man sie leben lasse. Das Ausmaß des Kontinents, die Entfernungen und die

Unterschiede zwischen den einzelnen Häfen, von denen sie noch nie gehört hatten, die Verschiedenartigkeit der Sprachen und Sitten waren ihnen einerlei. Nur wenige ahnten, daß es nicht gleichgültig sein konnte, ob man in New York, Havanna oder Buenos Aires ankam, und die, denen die tatsächliche Tragweite dieser Differenzen bewußt war, ließen sich an einer Hand abzählen.

Liske Rosen wußte Bescheid. Wäre er kein gebildeter Mann und vielseitig interessierter Bücherfreund gewesen, dann hätten ihn die Lebensgeschichte seiner Frau und die umfangreichen, farbenfrohen Briefe, die ihm ein entfernter Verwandter, Musiker wie er, aus Brasilien schickte, Geographie gelehrt.

Liske Rosen war in der Nähe von Lublin in einer jüdischen Ortschaft des polnischen Galizien zur Welt gekommen, durch die hin und wieder ein Händler kam, der unter Kochtöpfen und Bettlaken, Klippfisch und Holzpantinen, Umschlagtüchern für Bräute und Säcken mit Gewürzen das eine oder andere alte Buch auf Russisch, Hebräisch oder Deutsch mitbrachte. Im Dorf wurde Jiddisch gesprochen, doch der Rabbiner konnte Russisch und Hebräisch, und der *lerer*, der weltliche Lehrer, war in Deutschland aufgewachsen. Liske fragte immerzu, und mit Fleiß und Intuition gelang es ihm, alle drei Sprachen zu entziffern.

Seine Eheschließung mit Rebeca war eine Liebesheirat und ohne die übliche Vermittlung einer Kupplerin zustande gekommen. Er hatte kein Geld und sie keine Familie. Ihre Eltern, Onkel, Tanten und älteren Geschwister waren zusammen mit den übrigen Einwohnern ihres Dorfes in der Ukraine getötet worden, als das Mädchen drei Jahre alt war. Sich der Gefahr eines unmittelbar bevorstehenden Überfalls bewußt, hatte die Familie sie in die Obhut einer Wanderschauspieltruppe gegeben, in der ungarische Zigeuner und spanische Juden zusammenlebten.

Ihren Nachnamen Saúl erhielt Rebeca von der Tänzerin und dem Geiger, die sie adoptiert hatten. Von ihnen lernte sie die jüdisch-spanische Sprache, die auch Liske bald übernehmen sollte. Dieser bezahlte aus seinen geringen Mitteln eine alte Frau mit dunkler Vergangenheit, die in Algeciras gelebt hatte, damit sie ihm das zeitgenössische Spanisch beibrachte, das ihm im Leben nützlich sein konnte.

Sie hatten fünf Kinder in die Welt gesetzt: Das erste, ein Junge namens David, wurde 1880 geboren, das jüngste, ein Mädchen, Raquel, sieben Jahre später. Mit ihnen und Liskes Bruder Abraham brachen sie zu Beginn des Jahres 1906 aus Polen auf, überzeugt, daß es das Zweckmäßigste wäre, sich in Buenos Aires niederzulassen.

»Es ist eine gute Stadt. Groß. Es gibt noch nicht viele Juden, aber diejenigen, die dort leben, werden von niemandem belästigt. Und man spricht Spanisch in Buenos Aires«, erklärte Liske seine Wahl. »Außerdem lebt da Ezra Furmann, ein Cousin meines Vaters, der uns helfen wird.«

Ezra Furmann, seit einem Vierteljahrhundert in Argentinien, war seinen sozialistischen Idealen treu geblieben, hatte jedoch nicht mehr viel mit dem verfolgten Agitator gemein, der er einst war und den Frisch und Ramón seinerzeit am Hafen in Empfang genommen hatten. Inzwischen besaß er eine Druckerei in der Calle Piedras, wo sowohl Visitenkarten und Hochzeitseinladungen hergestellt wurden als auch Propagandaplakate, Flugblätter und Broschüren zur Verbreitung der Ideen derer, die welche hatten und über das Geld für die Veröffentlichung verfügten. Er unterstützte Liske und seine Familie, so gut er konnte, indem er ihnen die Miete für ein Zimmer in einem *conventillo* bezahlte und sie zu Germán Frisch schickte.

Eines Morgens machte sich Liske Rosen auf den Weg zum Haus in der Calle Alsina. Er nahm seine gesamte Familie mit. Das Händeklatschen, mit dem er sich ankündigte, drang begleitet von einem vielstimmigen Gemurmel in den Innenhof. Ramón steckte den Kopf in den Hauseingang. Die gebeugte Figur des Mannes mit dem sehr langen, zerzausten weißen Haar und dem Geigenkasten unter dem Arm hätte ihm als erstes auffallen können. Auch hätte der andere, dessen leerer linker Ärmel mit einer Sicherheitsnadel hochgesteckt war, seine Aufmerksamkeit auf sich ziehen können. Oder er hätte überrascht sein können über die traurigen Augen der korpulenten Frau mit den dicken, zu einem albernen Dutt auf dem Kopf zusammengedrehten Zöpfen. Die Anzahl der Besucher oder ihr merkwürdiges Aussehen hätten ihn irritieren können. Aber nach einem raschen prüfenden Blick blieben seine Augen an der zurückhaltendsten der Gestalten haften, der eines Mädchens, das sich hinter den übrigen zu verstecken suchte: Raquel Rosen war neunzehn Jahre alt, ihr langes, dichtes, glattes schwarzes Haar fiel ihr über die Schultern, und ihr bräunlicher Teint hatte diese Transparenz, wie nur Leid und Entbehrung sie hervorbringen. Ramón stand kurz vor seinem dreißigsten Geburtstag. Seit Mildreds Tod hatte er keine derartige Erschütterung empfunden. Diese Frau ähnelte in nichts jener, die er seit seiner Kindheit geliebt hatte. Zwar war auch sie schlank, aber hochgewachsen und mit einer alles andere als rosigen Gesichtsfarbe. Sie fühlte sich plötzlich nackt und senkte den Blick.

»Guten Morgen«, grüßte Ramón.

»Guten Morgen«, antwortete Liske. »Ich suche Señor Frisch.«

»Ja, natürlich. Kommen Sie nur herein«, forderte Ramón ihn auf und wies auf die Tür, die von dem Flur gleich neben dem Eingangsbereich ins Wohnzimmer führte. »Ich sage Señor Frisch Bescheid … Wen darf ich bitte melden?«

»Äh … na ja, er kennt mich nicht. Mich schickt … uns schickt Furmann, Ezra Furmann, ein gemeinsamer Freund.«

»Er ist auch ein Freund von mir.«

Die Rosens betraten das Wohnzimmer, in dem ein dreisitziges Sofa und zwei Sessel standen. Abraham, Rebeca und Raquel setzten sich stocksteif nebeneinander auf die Sofakante. Liske nahm in einem der Sessel Platz. Die vier jungen Männer blieben stehen: So blieb der fünfte Sitzplatz Frisch vorbehalten.

Ramón ging in die Küche.

»Germán!« rief er laut. »Besuch für dich…«

»Was ist los?« erkundigte sich Teresa.

»Wer ist es?« wollte Frisch wissen.

»Ein… ganzer Stamm. Ich weiß nicht, was für ein Stamm. Leute aus Europa, soviel ist klar. Furmann schickt sie. Eine Familie, nehme ich an. Der Vater hat eine Geige bei sich.«

»Der Vater?«

»Das vermute ich: der Wortführer der Gruppe.«

»Und weiter?« hakte Teresa nach.

»Eine Frau. Umwerfend.«

»Umwerfend heißt, daß sie dich umwirft«, folgerte sie.

»Und wie! Ich weiß nicht, was sie wollen, aber wir müssen es ihnen gewähren. Sie darf mir nicht entwischen.«

»Keine Sorge. Kein Mann gerät wegen einer Frau so aus dem Häuschen, ohne daß auch in ihr etwas vorgeht. Sie wird dir nicht entwischen«, beschwichtigte ihn Teresa. »Los, ihr beiden, seht nach, was diese Leute brauchen!«

Das Protokoll der Versammlung war klar: Frisch setzte sich auf den freien Sessel, Ramón blieb hinter ihm stehen und hörte zu, ohne sich einzumischen. Er gab sich die größte Mühe, dem Gespräch zu folgen, ohne Raquel anzusehen, doch waren sein Entzücken und sein Verlangen stärker als seine gute Erziehung. So entdeckte er die Hände des Mädchens, die auf ihren Schenkeln ruhten.

»Ich bin Musiker«, teilte Liske mit und zeigte auf seine

Geige. »Ezra Furmann hat gesagt, Sie könnten mir helfen, Arbeit zu finden. Wir sind vor drei Tagen angekommen, und ich brauche Arbeit. Wir brauchen Arbeit.«

»Sie als Musiker«, sagte Frisch. »Und die anderen?«

»Wenn wir einen Wagen bekommen könnten ... keinen großen. Um Sachen hineinzuladen ... Mein Bruder und meine Söhne« – er deutete auf sie – »sind es gewohnt zu verkaufen. Zu kaufen und zu verkaufen. Oder für andere zu verkaufen, denn zum Kaufen haben wir kein Geld und auch niemanden, den wir darum bitten könnten. Wenn ich irgendwo spielen und so etwas verdienen könnte ...«

»Sind Sie gut?« fragte Frisch zweifelnd.

»Soll ich Ihnen etwas vorspielen?«

»Ja.«

Liskes Violine entstieg eine helle Melodie: eine lange, feine, langsame Phrase, die sich in wenigen Variationen ständig wiederholte. Mit jedem Mal wurde sie schneller: Ramón sah, wie Raquels Finger ihr in leichten Bewegungen folgten. Mit einer plötzlichen Geste gebot Frisch Rosen Einhalt.

»Warten Sie«, sagte er. »Ramón, bitte, bring mir das Bandoneon.«

Ramón tat wie ihm geheißen.

»Hören Sie zu«, befahl Frisch, als er sein Instrument in den Händen hatte. »Ein Tango. Er heißt *El choclo*.«

Er spielte einige Minuten.

»Diese Musik hört man doch auch zu Hause in Galizien!« sagte Abraham staunend. »Das ist die Musik unseres Volkes.«

»Sind Sie Polen?« fragte Frisch.

»Polnische Juden«, präzisierte Liske. »Das ist jüdische Musik von dort.«

»Es ist zwar jüdische Musik«, wandte Rebeca ein, »aber aus Sefarad.«

»Spanien, also?« fragte Ramón nach.

»Ja, ja, Spanien«, bestätigte die Frau.

»Verstehen Sie auch etwas von Musik, Señora?« wollte Ramón weiter wissen.

»Ich singe ein wenig.«

»Könnten Sie uns etwas vorsingen?«

»Eine Kostprobe«, erbot sie sich. Starr, die Nägel in den Stoff ihres Rockes gekrallt, sang sie mit kehliger Stimme voll trauriger Zärtlichkeit:

Adio querido
la vida ya no la quiero
que me la amargaste tú.

Lebewohl, mein Liebster,
das Leben, ich will es nicht mehr,
denn du hast es mir vergällt.

»Ein jüdisches Lied«, sagte sie. »Aus Spanien.«

Liske Rosen entzog sich dem Gespräch, indem er Frisch bat, das Stück noch einmal zu spielen. Wieder erfüllte *El choclo* den Raum. Als das Bandoneon die Anfangstakte des Tangos zum zweiten Mal aufnahm, folgte ihm die Geige ohne Zögern. Frisch warf Liske einen bewundernden Blick zu und lächelte ihn an.

»Wir könnten zusammen auftreten«, schlug er vor.

Sie setzten ihr Spiel noch eine Stunde lang fort. Durch Liske gingen die Tangos vom Bandoneon auf die Violine über.

»Sie bleiben zum Essen«, beschloß Ramón.

Teresa und er bereiteten die Mahlzeit zu: Fleischeintopf und Nudelsuppe. Es war heiß: Sie deckten den Tisch im Hof unter der Weinlaube: zwei lange Bretter auf Böcken, die immer auf eine Gelegenheit wie diese gewartet hatten, um endlich zum Einsatz zu kommen. Sie holten die Stühle aus der Küche und dem Speisezimmer, elf insgesamt. Liske saß an dem einen Ende der Tafel, Ramón am anderen. Teresa arrangierte es so, daß Raquel rechts von ihm Platz nahm, sie selbst setzte sich zu seiner Linken. Nachdem zehn Flaschen Wein geleert waren, fanden die beiden jungen Leute Gelegenheit, miteinander zu reden.

»Es ist ein Glück, Jude zu sein«, sagte Ramón.

»Eine Strafe!« widersprach Raquel.

»Nein, nein. Oder ja, auch. Aber wer als Verfolgter geboren wird, besitzt Größe von Geburt an…«

»Ich wäre lieber glücklich als groß.«

»Und was fehlt dir zum Glück?«

»Alles. Ein Haus für meine Familie, Arbeit…«

»Sonst nichts?«

»Liebe. Selbst die unglücklichste Liebe würde mich glücklich machen. Aber wer sollte sich schon für ein Mädchen wie mich interessieren? Ich habe weder Mitgift noch Aussicht, je eine zu bekommen. Und die reichen Männer denken nur daran, wie sie noch reicher werden. Sie wollen durch eine Heirat nichts einbüßen.«

Sie sagte es, ohne Ramón anzusehen. Als sie spürte, wie sich seine Finger um ihren Ellbogen schlossen, fuhr sie zusammen und schaute auf.

»Ich…«, setzte er an, während er ihr tief in die Augen sah.

»Sprich mit meinem Vater.«

»Willst du das? Soll ich wirklich mit deinem Vater sprechen?«

»Ja. Ich will, daß du mit ihm sprichst.«

»Einverstanden.«

Er legte die Serviette auf den Tisch und stand auf.

»Señor Rosen…«, rief er.

Liske reckte den Kopf.

»Würden Sie einen Moment mit mir ins Wohnzimmer kommen?« bat Ramón. »Ich muß etwas mit Ihnen bereden. Bringen Sie Ihr Glas mit.«

Sie setzten sich in zwei Sessel einander gegenüber.

»Hören Sie mir gut zu, Señor Rosen«, sagte der junge Mann. »Ich werde Ihnen helfen. Bei allem. Weil Sie ein guter Musiker sind, weil ich Ihre Familie mag, weil Sie Freunde von Ezra Furmann sind, weil Germán es sich in den Kopf gesetzt hat, mit Ihnen zu spielen, und weil ich in guten finanziellen Verhältnissen lebe. Ich habe ein leerstehendes Haus in der Calle Artes. Sie können dort noch heute einziehen. Ich werde Ihnen Geld geben, soviel Sie für nötig halten, damit Ihr Bruder und Ihre Söhne ihre Geschäfte aufnehmen können. Sagen Sie mir eine Summe: fünfhundert Pesos, tausend, zweitausend, dreitausend ...«

»Meine Tochter hat keine Mitgift, Señor«, unterbrach ihn Liske.

»Darauf wollte ich hinaus. Alles, absolut alles, was ich Ihnen gebe, werden Sie mir schuldig sein. Es ist mir egal, ob Sie zwanzig oder dreißig Jahre brauchen, um es mir zurückzuzahlen. Wir brauchen kein Papier zu unterschreiben. Mir genügt Ihr Wort, daß Sie es mir eines Tages zurückzahlen werden. Ich biete Ihnen meine Hilfe, kein Geschenk. Abgesehen davon, Señor Rosen, liebe ich Ihre Tochter. Bringen Sie das eine nicht mit dem anderen durcheinander. Was ich Ihnen soeben zugesagt habe, werden Sie ohnehin bekommen, gleichgültig, was Sie in bezug auf Raquel entscheiden. Ich handle nicht mit Menschen. Wenn Sie es gutheißen und Raquel will, werden wir heiraten. Dann wird sie reich sein, weil ich reich bin. Ich muß Sie auch darauf hinweisen, daß wir, für den Fall, daß Sie nicht zustimmen, aber Raquel will, auch ohne Ihren Segen heiraten werden. Wir sind in Argentinien und nicht im Süden Polens. Das ist alles.«

Liske Rosen war nicht ein Wort entgangen. Er räusperte sich, bevor er antwortete.

»Treffen Sie Ihre Entscheidungen immer so, in einer Minute?« fragte er.

»Im allgemeinen schon.« Ramón nickte.

»Wir sind Juden, wissen Sie?«

»Haben Sie Vorurteile?«

»Überhaupt nicht.«

»Ich auch nicht.«

»Dann lassen Sie mir keine Wahl«, sagte Liske. »Wie sollte ich – als Freund und als ein Mann, der seine Familie liebt – Ihre Hilfe ausschlagen? Nein. Ich bin Ihnen sehr dankbar und gebe Ihnen mein Wort, daß ich Ihnen alles zurückzahlen werde. Als Vater kann ich mich ebensowenig widersetzen. Und Sie sind ohnehin der Meinung, daß Raquel diejenige sein muß, die die Entscheidung trifft.«

»So ist es. Nur würde sie sich besser fühlen, wenn es mit Ihrem Einverständnis geschieht.«

»Na gut, wenn es darum geht, so haben Sie es. Dann sollten Sie jedoch eines wissen.«

»Ja?« Ramón horchte auf.

»Ja. Es darf zwischen uns keine Täuschung geben. Um ihre Gesundheit, die Raquels, meine ich, steht es nicht gut. Besser gesagt: schlecht, sehr schlecht. Wir waren bei Ärzten, guten jüdischen Ärzten, und keiner hat ihr ein langes Leben prophezeit. Vielleicht ist sie deshalb so schön. Die Schwachen sind fast immer schön.«

»Was hat sie denn für eine Krankheit?«

»Sie kann keine Kinder bekommen, weil sie daran sterben würde. Sie könnte auch an einem tiefen Schnitt sterben. Ihr Blut gerinnt nicht...«

»Oh nein!« rief Ramón entsetzt aus.

Wieder das Blut, das gewissenlose, das verströmte und seine Existenz durchtränkte oder besudelte.

»Nein?« versicherte sich Liske. »Ist das zuviel für Sie?«

»Nein, nein, so meine ich das nicht. Eine Krankheit ist kein Hindernis für Gefühle. Es ist nur, ich hatte eine Frau, Señor Rosen. Ich habe sie geliebt, wissen Sie? Und sie ist so gestorben, an einem Blutsturz… Sie erwartete ein Kind.«

»Das Schicksal…«

»Sprechen Sie nicht weiter, bitte. Was Sie mir auch erzählen, es ändert nichts.«

»Also gut. Was Sie mit Raquel machen, ist Ihre Sache.«

»Danke. Gehen wir zurück an den Tisch, wenn es Ihnen recht ist.«

Als Ramón und Liske ins Wohnzimmer gegangen waren, hatte sich Teresa neben Raquel gesetzt. Die übrigen unterhielten sich laut über Musik oder Politik. Nur Rebeca verfolgte aufmerksam, was am anderen Ende des Tisches vor sich ging. Teresa lächelte ihr zu, sie lächelte zurück. Beide wußten um die Gegenwart und die Zukunft.

»Du gefällst ihm«, sagte Teresa zu Raquel. »Gefällt er dir?«

»Sie sind seine Mutter. Er würde nichts ohne Ihre Erlaubnis tun«, entgegnete das Mädchen.

»Ramón? Unsinn! Er macht, was er will… Du hast meine Frage nicht beantwortet.«

»Er gefällt mir.«

»Sehr?«

»Sehr.«

»Dann wirst du seine Frau werden.«

»Wenn mein Vater einverstanden ist, ja.«

»Du verstehst mich nicht. Du wirst seine Frau, ganz gleich, was dein Vater dazu sagt. Ramón hat sich bereits entschieden.«

»Ist er so stark?«

»Stärker als du dir vorstellen kannst.«

»Aber es gibt Dinge, mit denen kein Mann fertig wird.«

»Zum Beispiel?«

»Ich kann keine Kinder bekommen.«

»Er ist an dir interessiert, nicht an deinen Kindern.«

»Ich bin krank.«

»Was hast du?«

»Eine Blutkrankheit. Wenn ich mich schneide, hört es nicht mehr auf zu bluten.«

»Ramón wird auf dich aufpassen.«

Teresa stand auf und ging hinuber zu Rebeca. Sie legte ihr die Hände auf die Schultern, beugte sich hinab und flüsterte ihr ins Ohr.

»Machen Sie sich keine Sorgen«, sagte sie. »Den beiden wird es gut gehen.«

Rebeca bedeckte Teresas Hände mit den ihren und drehte ihr das Gesicht zu.

»Ich weiß«, sagte sie.

In diesem Augenblick kehrten Liske Rosen und Ramón Díaz zurück.

Am Kopfende des Tisches erhob Ramón sein Glas.

»Auf die Zukunft!«

»Auf das Leben!« erwiderte Liske.

49. Der im Schatten Versunkene

Fünf Jahre lang stellte dieser Konflikt
eine ständige Gefahr dar.

W. H. HUDSON, Marta Riquelme

John Oswald Hall war 1865 im Alter von fünfundzwanzig Jahren aus England nach Buenos Aires gekommen. Obwohl er noch lange leben würde, an die hundert Jahre, war er bereits ein alter Mann, als Ramón ihn auf seinem Gut in Villa Devoto besuchte. Hall züchtete Orchideen aller Art.

»Nirgendwo sonst in ganz Südamerika gibt es eine derartige Vielfalt«, versicherte er feierlich. »Was genau suchen Sie?«

»Eine Orchidee für eine traurige Frau«, bat Ramón.

Sie spazierten zwischen Vanille, Frauenschuh und Bienenblütlern umher, die aus den tiefen Urwäldern von Kolumbien, Mexiko oder Venezuela stammten und im warmen, trockenen Gewächshaus des Engländers liebevoll gepflegt wurden.

»Sie sind Spanier«, stellte Hall fest.

»Woher wissen Sie das?« fragte Ramón. »Ich dachte gar nicht, daß man das merkt. Ich bin schon von klein auf hier.«

»Das riecht man, mein Freund… Da Sie Spanier sind, würde ich Ihnen eine Blume aus Ihrer Heimat empfehlen.«

Er blieb vor einigen weißen Orchideen stehen, die einen noch süßeren Duft verströmten als die übrigen.

»Knabenkraut«, erklärte er. »Aus Ihrem Heimatland.«

Das Geschenk kam in eine runde Schachtel aus etwas weicherem Zelluloid als dem, das für die Herstellung von Hemdkragen verwendet wurde, mit einem hellblauen Zellophandeckel. In der Kutsche, mit der Ramón nach Villa Devoto gekommen war und die er hatte warten lassen, hielt er sie auf dem Schoß, aus Angst, sie könne ihren Ausdruck melancholischer Pracht einbüßen, wenn er sie auf dem Sitz ablegte.

Am *Esquina del Cisne* stieg er aus. Dort erwartete ihn Frisch, um zusammen im neuen Heim der Familie Rosen in der Calle Artes zu Mittag zu essen. Ramón setzte sich ihm gegenüber und bestellte einen Wermut. Die Orchidee legte er auf den Stuhl neben sich.

»Erinnerst du dich an Berthe Gardes?« fragte der Deutsche.

»Na klar. Die Frau, die du aus Tacuarembó mitgebracht hast. Siehst du sie noch?«

»Sicher.«

»Auch einer deiner Schützlinge, nehme ich an.«

»Sie nicht, sie kommt ziemlich gut zurecht. Aber ihr Sohn.«

»Geht er zur Schule?«

»Er ging. Vor zwei Jahren hat er die Grundschule abgeschlossen. Ein guter Schüler. Gute Zeugnisse.«

»Und?«

»Er ist verschwunden.«

»Wie konnte er verschwinden?« wunderte sich Ramón.

»Viele Leute verschwinden, Ramón. Eines Tages gehen sie aus dem Haus, und man hört nie wieder von ihnen«, sagte Frisch nachdenklich.

»Hast du die Polizei verständigt?«

»Wozu? Das hat keinen Sinn. Ich habe mit einem Bekannten gesprochen, das schon, aber eine offizielle Vermißtenanzeige ist nicht ratsam, denn alle ihre Papiere sind falsch. Die französischen, die echten, haben sie ihr bei ihrer Ankunft weggenommen. Zuhältermethoden, du kennst das ja.«

»Kennen ist zuviel gesagt, aber ich kann es mir gut vorstellen.«

»Außerdem gibt es Berge von Anzeigen: Niemand bearbeitet sie.«

»Du denkst doch wohl nicht daran, ihn selbst zu suchen?«

»Das habe ich bereits.«

»Und hast du etwas herausgefunden?«

»Er ist nach Norden gegangen… Richtung Misiones, Paraguay… wer weiß. Er ist erst sechzehn.«

»Und seine Mutter? Was will sie?«

»Gar nichts, scheint mir. Auch keinen Ärger. Das ist, was ihr am meisten Sorgen macht. Der Junge war ihr immer eine Last. Ich glaube, er liegt mir mehr am Herzen als ihr.«

»Dann laß ihn in Ruhe. Wahrscheinlich ist er auf der Suche nach Liebe. In seinem Alter ist das ein dringendes Bedürfnis.«

»Und in deinem. Und in meinem.«

Ramón wies auf die Schachtel, die Frisch gar nicht bemerkt hatte.

»Sieh mal«, sagte er.

Frisch reckte den Kopf, um zu sehen, was sein Freund ihm zeigen wollte, berührte es aber nicht.

»Wunderschön! Du warst bei dem Engländer…«

»Ja. Ob sie ihr gefallen wird?«

»Raquel? Natürlich wird sie ihr gefallen… Das ist eine Blume, die schwer zu finden ist, genau wie sie.«

»Ich mag es, daß sie im Winter Geburtstag hat. Dadurch bekommt ein Geschenk wie dieses etwas Heroisches.«

»Wann werdet ihr heiraten? Zuerst hieß es in drei Tagen, dann … und inzwischen sind schon vier Monate vergangen.«

»Sobald Raquel will. Sie hat Angst. Sie sagt, so gehe es uns doch gut, heiraten bringe Unglück, und sie sei nicht zur Braut oder Gattin geboren, sondern zur Geliebten: Das sei nun einmal die Bestimmung einer brünetten Frau.«

»Sie ist ideal für dich.«

Ramón schob die Hand in die Jackentasche und holte ein in blaues Papier gebundenes Büchlein heraus.

»Hör dir das an«, sagte er und las vor: »›Nur lieben, was dir widerfährt und das Schicksal dir bereitet. Was könnte besser für dich sein?‹ Und das hier: ›Alles, was du siehst, wird schon bald zerstört sein, und wer die Zerstörung gesehen hat, wird auch schon bald zerstört sein; und wer in hohem Alter stirbt, endet ebenso wie der, der eines vorzeitigen Todes gestorben ist.‹«

Frisch hörte ihm skeptisch zu.

»Die *Selbstbetrachtungen* des Kaisers Marcus Aurelius«, erklärte Ramón. »Paßt das nicht wunderbar?«

»Wenn du meinst … Große Worte passen immer.«

»Das stimmt«, gab Ramón zu.

»Gehen wir zum Essen. Deine Schwiegerfamilie erwartet dich.«

»Die andere auch. Teresa müßte schon da sein.«

»Heute wirst du etwas Besonderes zu hören bekommen. Einen neuen Tango«, kündigte Frisch an und winkte dem Kellner.

»Von dir?«

»Nein. Arolas heißt der Knabe. Wirklich noch ein Knabe: Er kann nicht älter als vierzehn sein … Er spielt wie ein junger Gott. Und komponiert. Ich habe ihn gestern auf einem Fest kennengelernt.«

»Wirst du ihn ins Orchester aufnehmen?«

»Unmöglich. Das ist ein ganz Sperriger, ein Eigenbrötler.«

Als sie das Café verließen, mußte Ramón die Schachtel mit der Orchidee hoch über den Kopf halten. Es war so voll, daß sie hätte zerdrückt werden können.

Die Blume in den hocherhobenen Armen, fiel ihm der junge Gardes wieder ein.

»Wegen dieses Jungen, Gardes«, sagte er, »sollten wir da etwas unternehmen?«

»Nein. Im Moment lassen wir es lieber dabei.«

50. *Fausts Sorglosigkeit*

»Aquí estoy a su mandao,
Cuente con un servidor.«
Le dijo el Diablo al dotor,
Que estaba medio asonsao.

»Hier bin ich, Ihnen zu Diensten,
Ihr Wunsch ist mir Befehl«,
sagte der Teufel zum Doktor,
der ziemlich dümmlich dreinblickte.

ESTANISLAO DEL CAMPO, Fausto

Eduardo De Santiago war mit Recht in Wut geraten, gestand sich Escayola ein. Aber so, wie die Dinge lagen, konnte er nichts daran ändern. Es war schon richtig, daß er vorsichtiger sein mußte: Ein neuer Name war ein Geschenk des Himmels. Jetzt konnte er tatsächlich ein anderer werden. Die Leute würden ihn und seine Sünden schließlich vergessen. Und auch die Frau. Niemand würde ihn eines Verbrechens anklagen, denn es gab ja keine Leiche, und wenn er sich fernhielt, würde man ihm nicht einmal unbequeme Fragen stellen.

»Warum, zum Henker, bist du bloß zurück nach Tacuarembó gekommen?« hatte De Santiago ihn zornig angefahren. »Dich muß man nicht nur vor den anderen schützen, sondern obendrein vor deiner eigenen Dummheit. Hau schon ab! Sofort! Nach Buenos Aires. Und nicht über Montevideo. Überquere den Fluß weiter oben. Du weißt ja, wo du den Fährmann findest … Hat dich jemand gesehen?«

»Ich glaube nicht. Meinst du, es wäre besser, nachts aufzubrechen?«

»Du Idiot! Willst du etwa warten, bis es hell wird? Soll jeder dein Gesicht sehen? So schön bist du nicht. Fett bist du wie ein Schwein. Versteck dich lieber. Nicht einmal deine Stimme wird dich retten können, wenn du so weitermachst.«

»Ist ja gut.«

Seit zwei Stunden ritt er gemächlich nach Westen. Er würde sicher drei Tage brauchen, bis er südlich von Salto den Fluß Uruguay erreicht hätte. Warum sich sorgen? Auf der argentinischen Seite würde ihn niemand erwarten. Und nach Buenos Aires war es noch eine lange Reise, selbst mit dem Zug. Die Temperatur würde allmählich abnehmen, je näher der Morgen kam. Er band das Halstuch fester, drückte den Hut in die Stirn und zog den Poncho zurecht. Das Vollmondlicht half ihm, bei dem langsamen Zuckeltrab wach zu bleiben. Kurz zuvor hatte er das eigenartige Gefühl gehabt, nicht allein auf dem Weg zu sein, doch waren keine Hufschläge eines anderen Tieres zu hören und außer seinem eigenen regte sich kein Schatten. Er mußte eingenickt sein. Das Gefühl, aus dem Sattel zu fallen, weckte ihn schlagartig. Im Bett passierte ihm das auch gelegentlich. Sein Herz raste wie wild. Ängstlich packte er die Zügel.

»Beruhigen Sie sich, mein Freund«, sagte jemand an seiner Seite: Ein eleganter Reiter mit makellosen Stiefeln und rotem Poncho, einem langen schwarzen Schnurrbart und arrogantem Kinnbart.

»Und Sie? Wer sind Sie? Wo kommen Sie auf einmal her?« fragte Escayola aufgeregt.

»Worauf soll ich als erstes antworten?« erkundigte sich sein Weggefährte lächelnd.

»Woher Sie kommen.«

»Aus der Gegend ...« Er zeigte vage in die Umgebung.

»Ich habe Sie nicht kommen hören.«

»Sollten Sie ja auch nicht. Sonst noch was?«

»Ich heiße Escayola und bin aus Tacuarembó. Wer sind Sie?«

»Das ist nicht der Name, der in den Dokumenten in Ihrem Gürtel steht ...«

»Haben Sie mich durchsucht?« Escayola erschrak. »So fest habe ich geschlafen?«

»Ich brauche niemanden zu durchsuchen. Immerhin bin ich Mandinga.«

»*Mandinga?*« Escayola lachte voll Entsetzen. »Sie wollen der Teufel sein? In dieser Aufmachung eines Söhnchens aus gutem Hause? Und obendrein Kreole?«

»Du glaubst es nicht?« wunderte sich der andere, wobei er ihn abschätzig zu duzen begann. »muß ich es dir tatsächlich beweisen?«

»Wenn Sie können ...«

»Selbstverständlich kann ich das. Schau her ...«

Mit dem spitzen Nagel seines Zeigefingers deutete er zum Horizont.

»Was? Was soll ich anschauen?«

»Den Tag!« verkündete der, der behauptete, der Leibhaftige zu sein.

Im nächsten Augenblick strahlte die Sonne hoch am Himmel.

»Scheiße!« schrie Escayola auf und hielt sich die geblendeten Augen zu.

»Soll ich sie ausmachen?«

»Ja, ja, bitte machen Sie sie aus!«

Sogleich umhüllte sie wieder das sanfte Licht des Mondes.

»Und?« wollte Mandinga wissen.

»Und wenn das ein Trick ist?« sagte Escayola, noch immer mißtrauisch.

»Wenn ich nicht der Teufel wäre, könnte ich nicht wissen, was ich weiß... Zum Beispiel, daß du Robustiana Peralta getötet und auf den Feldern von Ventura begraben hast. Nicht einmal De Santiago weiß, was du mit ihr gemacht hast.«

»Sie hatte es verdient.«

»Wie sollte sie es nicht verdient haben, schließlich hat sie für mich gearbeitet. Aber du hörst ja nicht auf mich...«

»Doch, ich höre auf Sie. In Ordnung: Sie sind Mandinga. Was wollen Sie? Meine Seele?«

»Deine Seele? Die habe ich längst... Und um ehrlich zu sein: Sie ist nicht gerade ein Prachtstück. Die Seele, die Seele! Jedermann ist besorgt um seine Seele! Als ob Seelen etwas so Kostbares wären! Seelen habe ich mehr als genug! Meinetwegen können sie sich ihre Seelen in den Arsch schieben. Ich will nur ein bißchen spielen, dem Schicksal ins Handwerk pfuschen, solche Sachen...«

»Sonst nichts?« zweifelte Escayola.

»Sonst nichts.«

Escayola hob ungläubig die Augenbrauen und hielt sein Pferd an.

»Und sag mal, bist du...«, setzte er an und hielt dann einen Augenblick inne, um sich zu versichern, daß der andere die vertrauliche Anrede akzeptierte, ehe er fortfuhr: »Bist du aus dieser Gegend?«

»Heute schon«, sagte Mandinga hochmütig.

»Hmmm... Und weißt du, was geschehen wird?«

»Was mit dir geschehen wird?«

»Ja...«

Der Teufel malte ein Zeichen in die Nacht, und Escayola sah sich aus dem Sattel gehoben und auf dem Boden abgesetzt. Er fühlte sich sonderbar. Das Halstuch hing viel zu tief und war weiß, seine Stiefel glänzten übermäßig und der Hut…

Eine weitere Geste Mandingas postierte einen Spiegel vor Escayola. Der trat einen Schritt zurück, um sich besser betrachten zu können.

»Wie schlank ich bin!« staunte er. »Aber was für eine Ausstaffierung! Wer trägt denn so was?«

»Du. Und viele andere. Im Theater. Würde man sich auf dem Land so blödsinnig anziehen, würde niemand die Arbeit machen… Willst du noch mehr wissen?«

»Damit weiß ich noch gar nichts, Alter.«

»Da hast du recht«, gab der Teufel zu und schnippte mit den Fingern.

Der Mann, den Escayola jetzt im Spiegel erblickte, sah ganz anders aus, auch wenn seine Züge dem vorigen ähnelten: Er trug Smoking, Lackschuhe und Pomade im Haar. Dieser machte einen besseren Eindruck.

»Das gefällt mir schon eher«, sagte er. »Werde ich so sein?«

»Der wirst du sein.«

»Nein, das geht nicht… Was sollen die Leute sagen? Daß Escayola ein feiner Pinkel ist? Erst Gaucho und dann ein feiner Pinkel? Nein!«

»Über Escayola wird überhaupt niemand reden. Escayola ist gestorben. Hast du das immer noch nicht kapiert?«

»Aber wenn ich nicht Carlos Escayola bin, könntest du mir gefälligst sagen, wer zur Hölle ich dann bin?«

»Gardel. Carlos Gardel.«

»Ach ja! Du meinst den, dem die Papiere gehört haben! Der hieß nicht Gardel, der hieß Gardes. Charles Gardes. Aber diese Papiere werden mir nichts nützen… Meinst du vielleicht, irgend jemand würde mir abnehmen, daß ich ein fünfzehnjähriges Französchen bin? So wie ich aussehe?«

»Bist du fertig?« fragte Mandinga gelangweilt.

»Ja.«

»Gut. Dann hör zu: Was in den Papieren steht, wird dir jeder abnehmen. Schon richtig, da steht Gardes. Aber du wirst Gardel heißen. Mit Künstlernamen.«

»Warum?«

»Weil's mir Spaß macht. Und ich bin schließlich nicht irgendwer!«

»Schon gut, schon gut, werd nicht sauer… Und wann soll das geschehen?«

»Es geschieht bereits. Vorläufig nennst du dich Gardes. Pummelig und ein bißchen dumm. Mit einer guten Stimme, das schon. Eines Tages, ohne daß man weiß weshalb, werden dich alle Gardel rufen. Steig jetzt wieder auf!«

Er mußte gar nichts tun. Mandinga gab den Befehl, und schon saß er auf seinem Pferd. Dick und in seinen alten Kleidern.

»Du willst nach Buenos Aires, nicht wahr?«

»Wenn du das nicht weißt…«, forderte der frischgebackene Gardes ihn erneut heraus.

»Doch, ich weiß es. Ich begleite dich ein paar Meilen. Bist du müde?«

»Ein wenig.«

»Mach die Augen zu.«

Als er sie wieder öffnete, erblickte er einen bewölkten Morgen und in der Ferne einige Häuser. Er konnte sich nicht erinnern, daß in dieser Gegend eine Siedlung oder ein so breiter Weg gewesen wären. Vor ihm holperte ein Karren. Er gab dem Pferd die Sporen, bis er sich auf gleicher Höhe mit dem Kutschbock befand. Der Wagenlenker war ein gebeugter Alter in einem fleckigen Poncho.

»Tag«, sagte er.

»Tag«, erwiderte der Alte. »Schön, Buenos Aires…«, sagte er mit einem sehnsuchtsvollen Blick auf die Häuser.

»Buenos Aires?«

»Wissen Sie denn nicht, wo Sie sind?«

»Doch, doch, das weiß ich. In Buenos Aires.«

»Ah!« nickte der Mann auf dem Wagen.

Er ritt noch ein Stück neben dem Fahrzeug her. Dann ließ er es hinter sich zurück.

51.

»Es kam nie zur Hochzeit. Raquel schob sie immer wieder auf. Sie traf sich Tag für Tag mit Ramón im Haus in der Calle Alsina. Die Rosens erhoben nie Einwände.«

»Haben Sie es zu etwas gebracht?«

»Bis zu einem gewissen Grad schon. Eines Tages besuchte Abraham Ramón: Er gab ihm alles zurück, das dieser den Rosens überlassen hatte.«

»Wieviel Zeit war vergangen?«

»Vielleicht zwei Jahre.«

»Und wie hatten sie es verdient?«

»Als cuenteniks.*«*

»Was ist denn das?«

»Ein cuentenik *ist ein fliegender Händler. Er zieht von Haus zu Haus mit einem Wagen voll verschiedener Waren: Handtücher, Regenschirme, Eimer, Teller, Schlappen, Schüsseln, Messer, Gabeln, Gläser, Bettücher, Tischdecken, Bügeleisen, Unterhemden … Alles mögliche. Sie waren eine so dauerhafte Einrichtung, daß sie am Ende auch Entsafter, Radios und andere moderne Geräte brachten.«*

»In die Stadtviertel.«

»In die ärmsten Wohngegenden. Die Rosens fuhren jeweils zu zweit aus und steuerten conventillos, *Elendsquartiere und Vorstadtranchos an. Je ärmer die Kundschaft, desto sicherer das Geschäft für den* cuentenik. *Er verkauft Dinge, die sich wirklich arme Leute selten leisten können, denn wenn sie das Geld für ein Messer haben, stellen sie fest, daß sie eigentlich einen Eimer brauchen, und die Handtücher werden benutzt, bis sie in Fetzen gehen, weil vorher Gläser nötig sind. Dinge, die ein Armer, der richtig arm ist, nur mitnehmen würde, wenn er im*

Laden Kredit hätte… Der cuentenik *gibt Kredit. Ein paar wundervolle neue Laken zu vier Pesos… Wie schade, sagt die Frau begehrlich: Ich habe nur einen Peso. Na gut, dann geben Sie mir einen Peso und behalten die Laken. Nächsten Monat komme ich wieder vorbei, und dann geben Sie mir den Rest. Wenn einen Monat später nicht mehr als ein weiterer Peso verfügbar ist, auch gut… Minikredite. Natürlich hat der* cuentenik *mit einer oder zwei Raten die Kosten der Ware gedeckt, und der Rest ist Gewinn, aber es lohnt sich, bei ihm zu kaufen, denn er liefert Sachen, die man sich sonst niemals erlauben würde.«*

»Fabelhaft! Wie haben die Rosens das angestellt?«

»Gelernt hatten sie es in Polen, wo sie sich dem Einkauf widmeten. In Buenos Aires wagten sich nur wenige an dieses Gewerbe. Dazu brauchte man ein kleines Kapital und eine Engelsgeduld. Sie fingen mit einem Karren an. Sie kauften einen zweiten und erstatteten Ramón das Geld zurück. Nach fünf Jahren richteten sie dem einarmigen Onkel Abraham einen Laden ein, damit er nicht mehr durch die Straßen ziehen mußte. Nach zehn Jahren kauften sie ein Haus in Villa Crespo, einem armen Judenviertel auf halbem Weg zwischen der Innenstadt und dem Friedhof La Chacarita.«

»Weißt du etwas über ihr späteres Los?«

»Natürlich. Durchaus tragisch. Lediglich David, der älteste der Geschwister, hatte einen Sohn und von diesem einen Enkel. Der Enkel, Jaime Rosen, verschwand 1976 in den ersten Tagen des Videla-Regimes. Ende der Sippe.«

»Und das sagst du so dahin?«

»In diesem kalten Ton, meinst du? Ich habe das schon hundertmal erzählt, Clara, und es hat Tausende ähnlicher Fälle gegeben. Ich habe schon genug geweint.«

»Verstehe.«

»Vielleicht. Jedenfalls ist vor diesem Ende noch viel passiert.«

»In deiner Familie ist ständig etwas passiert, Vero.«

»In allen Familien. Nur sind sich die Leute dessen meistens nicht bewußt oder erinnern sich nicht mehr daran … Ich schon. Meine Familiengeschichte begeistert mich. Ich habe sie ein ums andere Mal rekonstruiert, vor ihren unterschiedlichen Kulissen, in beiden Ländern. Nicht nur die Passagen, die ich in diesem Roman erzähle, sondern auch viel frühere und viel spätere Begebenheiten. Es ist mir gelungen, bis fast zum Jahr 1800 zurückzugehen: Ich überblicke zweihundert Jahre meiner eigenen Geschichte, die sich nach meinem Tod in meinen Kindern und Enkelkindern fortsetzen wird … Wir haben uns mit der Welt verändert, oder die Welt hat sich mit uns verändert. Roque, mein Urgroßvater, starb, ohne zu wissen, wer Lenin war. Wenn ich sterbe, wird Lenin nurmehr eine vage Erinnerung sein. In diesem Jahrhundert ist alles sehr schnell gegangen … Als die Rosens einwanderten, war die Sonntagsruhe eine Neuheit, und Buenos Aires hatte eine Million Einwohner. Jetzt hat es fünfzehn Millionen, aber die Rosens sind vom Erdboden verschwunden. Deshalb schreibe ich ihre Namen nieder und hinterlasse ein Zeugnis von ihrer Existenz in dieser Welt: Mein Großvater liebte Raquel Rosen, und Liske, Rebeca, David, Abraham, José, Ilia, Issac, Nathan, Jaime durchlitten dieses Jammertal, sie waren seine Leute, sein Leben und die Akteure der Geschichte. So viel ist gar nicht passiert in meiner Familie, Clara.«

52. *Die neuen Zeiten*

Was für ein launischer Wind das war!

JULIÁN MARTEL, La Bolsa

Eugene Gladstone O'Neill, der im Laufe der Zeit mit dem Theater sein Glück machen sollte, kam 1909 als Matrose auf einem norwegischen Schiff nach Buenos Aires. Er war einundzwanzig Jahre alt und hatte, bevor er sich einschiffte, in Honduras nach Gold gesucht. Er trieb sich eine Weile im Hafenviertel herum, bis ihm das Geld ausging, und arbeitete dann im Kühlhaus einer Fleischfabrik. Sobald es ihm möglich war, setzte er seine Reise fort. Vielleicht hatte er sich das Land anders vorgestellt.

Anfang des Jahres 1908, das als das Jahr der Dreharbeiten für den patriotischen Film *La creación del Himno* des Italieners Mario Gallo in die Geschichte eingehen würde, hatte Präsident Figueroa Alcorta, Nachfolger des verstorbenen Manuel Quintana, das Parlament aufgelöst und angesichts des offenen Widerstandes einiger Abgeordneter das Kongreßgebäude von der Polizei räumen lassen. Alcorta stand dem fortschrittlichen Denken nicht feindlich gegenüber, was die großzügige Förderung bewies, die er Doktor Ricardo Rojas zuteil werden ließ, damit dieser sein Werk *La restauración nacionalista* ohne Not vollenden konnte. Doch änderte das nichts daran, daß von diesem Zeitpunkt an ein Attentat nach dem anderen auf den Staatschef, seine engsten Mitarbeiter und sogar seine Frau verübt wurde – alle ohne Erfolg. Die Aussetzung der Legislative hatte dann allerdings keine offene Diktatur zur Folge: Zum verfassungsgemäß vorgesehenen Termin wurden Wahlen abgehalten, und die Machtübergabe fand am festgelegten Tag statt. Diese, wenn auch nicht strenge Beachtung der Legalität ermöglichte die Durchführung von Kommunalwahlen und damit den Aufstieg Don Alberto Barcelós, Sohn eines Postkutschers und ein beinharter Mann, zum Bürgermeister von Avellaneda, der Nachbarstadt von Buenos Aires und bereits zu jener Zeit das größte Ballungsgebiet der argentinischen Arbeiterschaft.

Prototyp des populistischen Führers, regierte Barceló Avellaneda über zwanzig Jahre lang mit eiserner Hand. Er ließ Straßen pflastern und Krankenhäuser bauen, vergütete Loyalität mit Lebensmitteln und etablierte ohne Rücksicht auf die Kosten in seinem Hoheitsgebiet eine Rechtsprechung, die sich von der der restlichen Republik erheblich unterschied.

Ramón Falcón, der Polizeichef, war sowohl mit Alcorta als auch mit Barceló gut Freund, und beide beweinten sie ihn – nur so eine Redensart –, als der militante Anarchist Simón Radowitzky vom Fahrrad aus zielsicher eine Bombe in die Kutsche warf, in der Falcón unterwegs war. Letzterer kam ums Leben, und Radowitzky verbrachte mehr als ein halbes Jahrhundert im Gefängnis. Der erfolggekrönte Anschlag ereignete sich am 14. November 1909.

Am fünfzehnten befanden sich die Gemüter in Aufruhr. Gabino Ezeiza, auf dem Gipfel seines Ruhms, hörte an jenem Tag den Jungen singen, den jeder in der Gegend um den Markt von Abasto unter dem Namen Carlitos kannte: Der renommierte Mulatte befand dessen Stimme als zu weibisch und empfahl, ihn zu vergessen.

Ramón und Frisch hatten in den Cafés rund um das Regierungsgebäude getrunken und auf der Suche nach Informationen mit verschiedenen Leuten gesprochen. Zu

Fuß gingen sie die Calle Victoria hinauf. Sie mieden die Avenida de Mayo, auf der die Ausschachtungsarbeiten für die erste Untergrundbahn der Stadt das Vorwärtskommen erschwerten. Plötzlich kam aus einer Querstraße ein rothaariger Bursche geschossen und rannte Ramón in die Arme.

»Verzeihen Sie, Señor!« keuchte der Junge.

»Schon gut, das macht nichts«, erwiderte Ramón.

Er half ihm, das Gleichgewicht wiederzuerlangen, und machte Anstalten, seinen Weg fortzusetzen.

Doch bevor er weitergehen konnte, tauchten knüppelschwingend drei weitere auf, die offensichtlich hinter dem ersten her waren. Und noch ein vierter, ein Schwarzhaariger, der sich unbewaffnet, aber angriffslustig auf einen der vorigen stürzte, obwohl der viel größer und kräftiger war als er.

»Basta!« sagte Frisch, der zwei der Älteren erkannt hatte.

»Don Germán!« rief einer davon überrascht aus.

Sie waren keine Sozialisten, sondern Anarchisten, hatten jedoch an der Kampagne für den Einzug Alfredo Palacios' in den Kongreß mitgewirkt. Sie hatten schon häufig mit Frisch gesprochen und respektierten ihn. Seine Gegenwart änderte die Lage vollkommen.

»Die haben Plakate für die Konservativen geklebt, Don Germán!« berichtete einer der Verfolger.

»Und ...? Ich dachte, es seien die Konservativen, die auf uns losgehen, und nicht umgekehrt ...«

»Irgendwann muß das einmal anders werden!«

»Ja, klar, so wie es für Radowitzky anders geworden ist, was? An der Regierung ist das abgelaufen wie lauwarmes Wasser, das versichere ich dir. Für den Posten des Polizeichefs stehen mehr Kandidaten zur Verfügung als für den des proletarischen Helden.«

»Ich bin kein Konservativer, Señor«, erklärte der zuletzt

erschienene kleine Schwarzhaarige, der fast noch ein Knabe war. »Ich klebe Plakate, weil ich dafür bezahlt werde.«

»Ist ja gut«, mischte sich Ramón ein, der allmählich die Geduld verlor. »Laßt uns damit Schluß machen. Ihr könnt gehen«, wandte er sich an die Anarchisten, »diese Jungs bleiben bei uns.«

Die Gruppe blickte fragend auf Frisch.

»Tut, was mein Freund sagt«, bat der Deutsche.

Die drei entfernten sich Richtung Flußufer.

»Danke, meine Herren«, sagte der Rothaarige, der mit Ramón zusammengestoßen war. »Wenn wir irgend etwas für Sie tun können ...«

»Du?« fragte Ramón lächelnd.

»Und ich!« Der zweite trat zu ihnen.

Ramón sah sie sich noch einmal an: zwei äußerst tapfere Wilde, die ernst zu nehmen sich vielleicht doch lohnte.

»Wissen Sie«, sagte der erste, »das Leben geht seltsame Wege ...« Er erhaschte Ramóns Blick und faßte Mut. »Ich heiße Juan Ruggiero.« Er streckte ihnen eine kräftige Hand hin. »Und das ist mein Freund Julio Valea, *El Gallego* Julio.«

»Sehr erfreut.« Frisch schüttelte beiden die Hand.

»Sehr erfreut«, tat Ramón es ihm nach. »Bist du wirklich Galicier?«

»Nein, ich komme von der Insel Maciel, wie er auch, aber man nennt mich *El Gallego*. Aus Galicien stammt mein Alter.«

»Und du?« fragte er Ruggiero.

»Mein Alter ist *tano*. Meine Mutter ist von hier, aber ihr Vater kam aus Deutschland.«

»Wollt ihr was trinken?« lud Frisch sie ein.

»Ja, gern«, nahm Ruggiero das Angebot im Namen beider an.

Sie betraten ein Lokal in der Nähe der Calle Entre Ríos.

Ramón und Frisch waren beide gleich neugierig auf das Leben der anderen.

»Ich bin kein Konservativer«, beteuerte Julio Valea noch einmal, als sie vor dem Zinktresen standen. »Ich bin ein Radikaler«, vertraute er ihnen leise an.

»Aber du arbeitest für die Konservativen«, wandte Frisch ein.

»Man muß ja essen«, rechtfertigte sich der junge Mann.

»Waren Sie schon einmal auf der Insel Maciel?« erkundigte sich Ruggiero.

»Nein«, gab Ramón zu.

»Und am Dock Sud auch nicht?« forschte Ruggiero weiter.

»Auch nicht.«

»Nein. Leute wie Sie kommen niemals bis dorthin. Nie kommen Sie über La Boca, den Farol Colorado hinaus. Sie nehmen allenfalls ein Boot und fahren für eine Weile zum *Pasatiempo* raus, um sich zu erholen. Die Insel und das Dock machen angst. Elend macht angst. Und dort herrscht großes Elend, wissen Sie? Sehen Sie: Ich habe zwölf Geschwister. Wir waren sechzehn, aber zwei sind ertrunken: Sie waren mit einem Kahn unterwegs und noch sehr klein… Und einer hat sich erschossen wegen eines Mädchens. Wir sind zu dreizehnt. Mein Alter ist Zimmermann und verdient nicht genug, also müssen wir uns irgendwie durchschlagen, und das geht auf der Insel wirklich nicht, wo alles voller besoffener Russen ist und es jeden Tag Tote gibt… Man muß da raus. Deshalb bin ich Konservativer.«

»Das verstehe ich nicht ganz«, sagte Frisch.

»Ich gehe nach Avellaneda ins Rathaus und komme mit Essen bepackt nach Hause zurück: Doktor Barceló verteilt Nudeln, Kartoffeln, Mate, Tomaten… und manchmal vergibt er auch Arbeit und bezahlt dafür. Wie heute. Ich bin nur bis zur vierten Klasse gekommen. Mehr war nicht drin.«

»Wärst du gern weiter zur Schule gegangen?« fragte Ramón.

»Um zum Militär zu gehen.« Ruggiero nickte.

»Und du, warum bist du radikal, Julio?« erkundigte sich Frisch.

»Wie könnte ich konservativ sein…? Ich kann doch nicht arm sein und auf seiten der Reichen. Und Sozialist darf man nicht sein. Yrigoyen macht einen anständigen Eindruck… Juan ist zu leichtgläubig. Als ob Barceló etwas zu verschenken hätte! Was er gibt, das gibt er, um Typen wie dich bei der Stange zu halten!« Er wies auf Ruggiero. »Typen mit Schneid, die man besser zu Freunden hat… Beim Dock gibt es einen Comisario, der jedesmal, wenn es Zoff gibt, mit der Reitpeitsche drauflosprügelt: Der gehört auch zu Barceló. Außerdem verpflegen sie längst nicht jeden: Man muß einen Gutschein von der Partei vorlegen, sie also wählen…«

»Aber heute hast du Plakate für sie geklebt.«

»Für zehn Pesos.«

»Das ist nicht viel. Du hättest totgeschlagen werden können.«

»Die zehn Pesos sind zum Leben. Wenn man mich umbringt, brauche ich sie nicht mehr.«

»Würdest du gern etwas anderes machen?« fühlte Ramón vor.

»Ich weiß nicht«, zögerte Julio.

»Ich weiß es aber«, sagte Ruggiero. »Ich mache lieber das hier. Als Zimmermann komme ich nie aus der Misere. So kann immer etwas dabei herausspringen. Ich bin bereit zu tun, was anfällt.«

Ramón zahlte die Getränke und übergab jedem der beiden Jungen eine Karte mit seiner Adresse.

»Man kann ja nie wissen«, sagte er.

Sie verabschiedeten sich herzlich.

»Dieser *gallego* gefällt mir«, bemerkte Frisch, als sie wieder auf der Straße waren.

»Mir auch, aber der andere wird es weiter bringen«, prophezeite Ramón.

Dann nahmen sie ihr Gespräch über die aktuelle politische Situation wieder auf.

53. *Die Gaben*

Wie gewöhnlich überkam ihn die Gewißheit,
daß Flucht oder Rückzug nichts weiter sind als ein
Aufschieben der Niederlage.

GUILLERMO CANTORE, Para un tiempo de fábula

An die Feierlichkeiten zum hundertsten Jahrestag der Unabhängigkeitsrevolution 1810 erinnerte man sich noch lange: Die Menge jubelte der Infantin Isabel de Borbón und dem chilenischen Präsidenten Don Pedro Montt zu, den Ehrengästen dieses frohen Ereignisses. Eine statistische Erhebung zur Schulbildung ergab, daß jeder zweite Einwohner Argentiniens weder lesen noch schreiben konnte. Lorenzo Arola, 1892 in Perpignan geboren und von Germán Frisch bewundert, nahm eine leichte Modifikation seines Namens vor und präsentierte sich als Eduardo Arolas, der Tiger des Bandoneon, seinem ergebenen Publikum. Liske Rosens Kinder traten dem frischgegründeten israelitischen Jugendzentrum bei. Im November starb, bitter arm und nur begleitet von seinem Freund Alejandro Davic, im Fate Bene Fratelli in Mailand der Dichter und Dramatiker Florencio Sánchez. Er wurde auf dem Musocco-Friedhof beigesetzt, demselben, auf dem später, ebenso vorübergehend wie er, Benito Mussolini und Eva Perón ruhen sollten. Über einige dieser Tatsachen war Ramón informiert, doch hatten sie keinerlei Einfluß auf seine Biographie, ebensowenig wie der Besuch David Rosens Mitte Oktober, obgleich es einen Augenblick lang so ausgesehen haben mochte.

»Meine Mutter ist krank, Ramón«, sagte der junge Mann.

»Was hat sie?«

»Tuberkulose.«

»Tja, ich habe schon so etwas befürchtet. Sie hustet viel. Warum hat Raquel mir nichts davon gesagt?«

»Mama hat es ihr verboten. Ich brauche Hilfe.«

»Du weißt, daß du auf mich zählen kannst.«

»Das ist ziemlich heikel. Mama hält die Tuberkulose für ein Übel, das man nicht zeigen darf, eine Krankheit, derer man sich schämen muß. Nicht einmal zu Hause können wir darüber reden. Aber dich liebt sie sehr, und sie achtet dich mehr als mich und mehr als Papa. Vielleicht sagt sie es ja dir.«

»Sie wird es mir sagen. Und dann?«

»Es gibt da einen Arzt, einen gewissen Doktor Tornú, der schon länger Experimente in Córdoba macht, in den Bergen. Er sagt, die Luft dort sei heilsam. Da würde ich sie gern hinschicken.«

»Ja, davon habe ich auch schon gehört. Manchen scheint es gut zu bekommen. Einen Versuch ist es auf jeden Fall wert.«

»Und wenn sie nicht wieder gesund wird, ist sie wenigstens weit weg von Raquel... Beim Husten spuckt sie manchmal Blut. Und das ist natürlich für meine Schwester...«

»Du brauchst mir nichts zu erklären. Wann soll ich sie besuchen kommen?«

»Komm am Samstag zum Abendessen. Ich werde sagen, wir hätten uns auf der Straße getroffen und ich hätte dich eingeladen. Papa muß dann gleich weg, weil er mit Germán auftritt, und Onkel Abraham geht früh schlafen.«

Die ganze Woche grübelte Ramón darüber nach, wie er das Gespräch angehen sollte. Wie gewohnt, sah er Raquel jeden Tag, erwähnte Davids Besuch jedoch nicht. Seine

Gründe, zu tun, worum David ihn gebeten hatte, gingen über seine Sorge um Rebeca weit hinaus, und es hätte ihn in zu große Verlegenheit gebracht, sie darzulegen. Er besprach sich mit Teresa, und sie beschlossen, gemeinsam an dem Abendessen teilzunehmen.

Als sie eben das Haus verlassen wollten, kam die Polizei: ein uniformierter Schutzmann und ein Inspektor in Zivil, ein Bekannter Ramóns.

»Señor Díaz«, sagte der Inspektor, »es tut mir sehr leid. Ich glaube, ich habe schlechte Nachrichten für Sie.«

»Nun reden Sie schon, Mann, ohne Umschweife...«, drängte Ramón.

»Also, in die *Asistencia Pública*, ins neue Hospital in der Calle Esmeralda, sind zwei Frauen eingeliefert worden... die jüngere war auf der Stelle tot...«

Der Mann zögerte, als er Ramóns plötzliche Blässe bemerkte. Teresa hatte es auch gehört: Sie trat an die Seite des Mannes, den jeder, allen voran er selbst, als ihren Sohn ansah, um den weiteren Bericht abzuwarten.

»Was ist ihnen passiert?« fragte sie mit fester Stimme.

»Die Straßenbahn. Die elektrische Straßenbahn. Offenbar ist die Ältere zusammengebrochen, als sie gerade über die Straße wollten, und der Fahrer hat nicht mehr bremsen können.«

»Gehen wir!« entschied Ramón.

Sie fuhren in der Pferdekutsche der Polizei.

Liske Rosen saß, den Kopf in den Händen, in einem düsteren, eiskalten Korridor auf einer Holzbank. Germán Frisch war bei ihm und betrachtete ihn stumm. Als er Teresa und Ramón erblickte, ging er ihnen sogleich entgegen.

»Lebt Rebeca?« fragte Ramón.

Frisch schüttelte den Kopf.

»Bleib bei ihm!« befahl Teresa mit einemmal. »Es werden Formalitäten zu erledigen sein. Diesmal bin ich an der Reihe.«

Ramón setzte sich zu Liske.

»Jetzt sind wir wieder allein«, murmelte der Alte.

Nein, dachte Ramón. Nicht allein. Er fühlte sich leer, empfindungslos, unfähig weiterzumachen, doch wußte er, daß er sich am Ende erneut in Bewegung setzen, wieder Gefühle haben und all das sehen würde, was es noch für ihn zu sehen gab. Er wußte, daß das Leben für die Menschen weitergehen mußte.

Teresa sprach mit Leuten in weißen Kitteln, ohne Rücksicht auf Hierarchien, bis jemand ihr den Weg zum Leichenschauhaus im Keller wies.

»Ja«, bestätigte der mürrische Mann, der ihr die Tür zur Totenkammer öffnete, »die von dem Straßenbahnunglück sind hier. Sind Sie eine Verwandte?«

»Eine Freundin«, erwiderte Teresa.

»Eine enge Freundin?«

»Ziemlich.«

»Es ist kein schöner Anblick. Sie sind übel zugerichtet.«

»Ein Toter ist nie ein schöner Anblick. Auch wenn er nicht übel zugerichtet ist.«

»Kommen Sie mit.«

Teresa folgte ihm einen Gang entlang. Die Leichen lagen in einem kleinen Raum unbedeckt auf Tischen mit Abflußrinnen.

»Haben Sie kein Bettlaken, um sie zuzudecken?« beschwerte sich Teresa.

»Sie können ja welche mitbringen, wenn Sie wollen«, versetzte der Mann.

Sie gab keine Antwort. An Rebecas Körper waren – wohl schon zu Lebzeiten – die Zeichen des Verfalls deutlich, Brüste wie bläuliche Schläuche und vorstehende Knochen, Male erlittener Not. Teresa warf einen distanzierten

Blick darauf und ging weiter zu dem Platz, wo in bleicher Vollkommenheit Raquel ruhte: Ihr Gesicht war unverletzt und straff und schimmerte im dämmrigen Licht.

»Was muß ich tun, damit ich sie mitnehmen kann? Wir müssen sie beerdigen.«

»Sterbliche Überreste werden nur Familienangehörigen übergeben.«

»Die sind oben. Sie werden alles Nötige unterschreiben.«

»Dann wird man ihnen den Totenschein aushändigen.«

»Wer stellt den aus?«

»Der Doktor. Morgen. Kostet zehn Pesos.«

»Bis morgen warte ich nicht.«

»Wenn Sie ihn heute wollen, kostet es zehn Pesos mehr.«

Teresa nahm ein paar Scheine aus ihrer Geldbörse und gab sie dem Mann, ohne sie zu zählen.

»Das sind mehr als zwanzig Pesos«, sagte sie. »Machen Sie die Papiere fertig, ich kümmere mich um das Weitere.«

Sie ging wieder hinauf. David war eingetroffen.

»Habt ihr Juden irgendeinen besonderen Brauch?« fragte Teresa. »Ich meine, was die Totenwache und das Begräbnis angeht, Zeremonien und so.«

»Ja. Mein Onkel Abraham kennt sich damit aus. Er wird gleich hier sein ...«

»Gut, dann überlasse ich das dir.«

Ohne ein einziges Wort ließ Ramón alles geschehen. Raquel war nicht mehr da und würde nie wieder da sein. Das war alles. Sie hätte schon viel früher dahingehen können. Er entsann sich, was Frisch ein paar Jahre zuvor bei Mildreds Tod zu ihm gesagt hatte: Er sei nicht zur Einsamkeit bestimmt, er würde wieder geliebt werden, und daß diese Liebe vor allem ein Privileg gewesen sei. Verwundert zu sehen, wie man Raquels Körper, den er für immer ganz anders in Erinnerung behalten würde, ohne

Sarg der Erde übergab, fand er, daß eine Rückkehr zu den Elementen auf diese Weise schnell und vollkommen sein mußte. Dort auf dem Friedhof hörte er einen jüdischen Greis einen Satz aussprechen, der ihn für den Rest seiner Tage begleiten sollte: »Möge der Geist, den der Herr ihr gegeben, zu Ihm zurückkehren.«

Im Wagen, der sie zurück in das Haus in der Calle Alsina brachte, weinte er still, nicht um seinen Verlust, sondern im Gedanken an den Schmerz, den ihm bringen würde, was er noch zu erringen hatte.

Teresa dachte daran, das Thema der Europareise wieder anzusprechen, verstand aber, daß dies nicht der rechte Zeitpunkt war.

54. Diskretion

Als die Bürger von Buenos Aires den Plan zur Läuterung ihrer Kultur, ihrer jüngsten Geschichte, verwirklicht sahen, stellte sich die Volksgesundheit von selbst wieder her.

MACEDONIO FERNÁNDEZ,
Museo de la novela de la eterna

Germán Frisch klappte die Zeitung zu, faltete sie zweimal und legte sie weg. Die Nachrichten aus Europa waren nicht ermutigend. Er dachte an den alten Jaurès: Sein Besuch in Buenos Aires lag schon fast zwei Jahre zurück – er hatte 1911 stattgefunden –, doch erinnerte er sich daran, als sei es am Vortag gewesen. Ab und zu bekam er eine Nummer von *L'Humanité* in die Hände. Es beeindruckte ihn immer wieder, die Texte dieses Alten zu lesen.

Der Mann, der ihm an jenem Morgen schon zweimal begegnet war, stand jetzt am Tresen und beobachtete ihn. Mit einer Handbewegung lud Frisch ihn ein, sich zu ihm zu setzen.

Er trat an den Tisch und blieb vor dem Deutschen stehen.

»Stehen Sie nicht herum«, sagte Frisch. »Nehmen Sie Platz.«

»Ich bin Eduardo De Santiago«, stellte sich der andere vor und hielt ihm die Hand hin.

Frisch schüttelte sie und wiederholte sein Angebot. De Santiago ging nicht darauf ein.

»Ich bin Polizist«, erklärte er.

»Und deshalb wollen Sie sich nicht setzen? Haben Sie Angst, daß mir Ihre Gesellschaft nicht paßt?«

»Möglich.«

»Nein, nein, keine Sorge.«

De Santiago zog den Stuhl zurück und kam Frischs Aufforderung schließlich nach.

»Möchten Sie etwas trinken?«

»Gin. Danke.«

Frisch spielte mit einem Zahnstocher, während sie auf die Getränke warteten.

»Warum verfolgen Sie mich?« fragte er.

»Sie kennen Berta Gardes, stimmt's?«

»Ah… Ist was mit dem Jungen?«

»Woher wissen Sie das?«

»Ich bin über sechzig, mein Freund. Und die Geschichte mit dem Jungen ist schon alt. Er ist inzwischen kein Kind mehr.«

»Gar nichts ist er mehr.«

»Ist er tot?«

De Santiago nickte.

»Weiß sie es?«

»Sie ahnt es. Sie hat bei der Ermittlungszentrale Anzeige erstattet und angegeben, ihr Sohn sei am Sonntag zum Rennen gegangen und nicht zurückgekommen. Sie und ich, wir wissen, daß der Junge schon vor langer Zeit verschwunden ist.«

»Mir war nicht bekannt, daß er nicht mehr lebt.«

»Ihr auch nicht… Er ist erstochen worden. Im Norden, in Misiones. Letzten Sommer.«

»Und wie haben Sie davon erfahren? Ich glaube kaum, daß die Polizei von Misiones die Verpflichtung hat, Ihnen jeden Zwischenfall zu melden.«

»Ich habe da einen Freund, der wußte, daß mich das interessiert…«

»Weshalb? Sie waren nicht mit ihm bekannt... Oder mit ihr?«

»Nein.«

»Die Papiere, nicht wahr?«

»Das will ich nicht abstreiten...«

»Was habe ich mit alldem zu tun, Señor De Santiago?«

»Sie haben sich um diese Leute gekümmert. Ich weiß Bescheid...«

»Und?«

»Die Papiere von Gardes hat ein Mann, den Sie auch kennen, ein talentierter junger Mann, der sich ein paar Fehltritte geleistet hat... Für ihn sind diese Dokumente eine Art Passierschein in ein ruhiges Leben.«

»Ich kenne nicht viele talentierte junge Leute.«

»Diesen schon... Als Sie ihn kennenlernten, hieß er Escayola.«

Frisch lächelte.

»Das Leben steckt doch voller Überraschungen«, gestand er zu. »Also sagen Sie schon: Was erwartet man von mir?«

»Wenn sie diese Anzeige nicht zurückzieht, wird irgend jemand auf den anderen Gardes stoßen, und dann gibt es Scherereien...«

»Und Sie meinen, daß sie sie einfach zurückzieht, bloß weil ich sie darum bitte?«

»So ungefähr.«

»Nein. Passen Sie auf, De Santiago: Am besten reden Sie mit denen, die Sie zu mir geschickt haben, und erzählen ihnen, daß Germán Frisch für Frieden garantiert, wenn sie bereit sind, Berta Gardes zu versorgen. Ein paar tausend Pesos... Das dürfte dieser talentierte junge Mann wohl wert sein, meinen Sie nicht?«

Eduardo De Santiago mußte über diesen Vorschlag nicht lange nachdenken. Mit zufriedener Miene stand er auf.

»Mit Ihnen ist man schnell einig!« sagte er.

Auf dem Weg zur Tür wandte er sich noch einmal um, als wollte er etwas hinzufügen.

»Ich werde diskret sein«, kam ihm Frisch zuvor.

»Danke.« De Santiago tippte mit einem Finger an seine Hutkrempe.

Der Polizist verließ das Café. Frisch zahlte und machte sich zu Fuß auf den Weg. Die Frau wohnte in der Calle Corrientes.

Sie öffnete selbst.

»Germán! Was für eine Überraschung!« sagte sie.

»Ja?«

»Klar!«

»Laß mich rein, und gib mir was zu trinken. Wir müssen uns unterhalten.«

»Was ist denn los?«

»Das dürftest du wohl selbst am besten wissen.«

Frisch machte zwei Schritte ins Innere des Zimmers, und Berthe schloß die Tür.

»Warum sorge ich mich eigentlich um dich?« fragte sich der Mann. »Nie sagst du mir die Wahrheit.«

»Aber …«

»Warum hast du Anzeige erstattet? Ich wußte nicht, daß Carlos tot ist, aber du. Du hast es mir nicht gesagt, aber du hast es gewußt.«

Sie senkte den Kopf.

»Siehst du?« fuhr Frisch fort. »Ich erfahre es sowieso.«

»Ich hab ja nicht gewußt …«

»Du hast es gewußt, Berthe: Jemand hat dir gesteckt, daß ein Kerl mit dem Ausweis deines Sohnes herumläuft. Darum bist du zur Polizei gegangen, nicht wahr?«

»Ja.«

»Und ich Rindvieh unterstütze dich auch noch … Ist dir nicht klar, daß diese Leute dich umbringen könnten? Du hast Glück gehabt: Sie sind zu mir gekommen.«

»Und du, was hast du gemacht?«

»Geld verlangt.«

»Germán!« Gerührt warf Berthe ihm die Arme um den Hals.

Verärgert schob er die Frau von sich.

»Du brauchst mich nicht zu bezahlen. Nicht nötig.«

»Sondern …?«

»Sobald die sich melden, ziehst du die Anzeige zurück. Das wolltest du doch, oder?«

»So hatte ich mir das eigentlich nicht vorgestellt.«

»Nein? Was hast du denn gedacht? Daß sie ritterlich mit dir verhandeln? Nein, die regeln die Dinge anders …«

»Aber es ist doch gutgegangen, Germán.«

»Bis jetzt. Wir werden ja sehen.«

Frisch wandte sich zur Tür.

»Du gehst einfach so?«

»Ich brauche ein bißchen frische Luft, Berthe.«

»So abstoßend findest du mich?«

»So böse. Du treibst Handel mit der Leiche deines Sohnes und zuckst mit keiner Wimper.«

»Er ist schon so lange fort. Und schon lange tot«, rechtfertigte sie sich.

»Du auch«, sagte Frisch.

Er knallte die Tür nicht: Er machte sie vorsichtig hinter sich zu.

55. *Madame Jeanne*

Aber diese, die dort kommt, in einem Kleid,
das ihren unruhigen Körper zeigt und verhüllt,
durchfährt ihn wie ein Omen.

ANTONIO DI BENEDETTO, Cuentos claros

Giovanna Ritana war in einem der ersten Jahre des Jahrhunderts mit der Kompanie von Enrico Caruso nach Buenos Aires gekommen. Sie sang, doch versprach ihre Stimme weniger als der unsterblich in sie verliebte Korse Juan Garresio, Eigentümer mehrerer Bordelle im unteren Teil der Stadt und in La Boca. Garresio, sonst ein brutaler Kerl, verwandelte sich bei dieser Frau in einen zahmen Schoßhund. Sie heirateten. Sie verlebten eine fast perfekte Zeit in Luxus und Wollust, die ein gewaltsames Ende fand, als bei einer Auseinandersetzung unter Gaunern die einem anderen zugedachte Revolverkugel das Geschlecht des Mannes vollständig wegpustete. Er starb nicht daran, was möglicherweise besser gewesen wäre, denn sie liebte nach wie vor die Männer, jedenfalls die meisten, nicht so verzweifelt zwar, daß sie auf und davon gegangen wäre, aber doch mit einer Beharrlichkeit, die ihren Gatten ärgerte. Während der langwierigen Genesung des Verletzten gingen viele Schlüsselfunktionen des Geschäfts, mit dem er sein Vermögen gemacht hatte, in die Hände seiner Frau über. Das reichte ihr, sich einen großzügigen Freiraum zu sichern.

Die Ritana war nicht zur Puffmutter geboren, aber sie

lernte, sich der Qualitäten anderer Frauen zu bedienen, um das von Juan Garresio eroberte Territorium zu erweitern. Sie hätte kein herkömmliches Bordell führen können, in dem es nach der Uhr ging und die Frauen feste Preise hatten: Vielmehr verwaltete sie Stundenhotels ohne eigene Mädchen, besorgte solventen Herren und Damen angenehme Gesellschaft und organisierte in ihrem Haus in der Calle Viamonte Feste für alleinstehende Männer mit viel Geld und wenig Charme. Sie änderte ihren Namen: Sich Madame Jeanne zu nennen schien unumgänglich in einer Welt, in der die französischen Dirnen die teuersten, parfümiertesten und geschicktesten waren.

An diesem Abend gab es eine Feier zu Ehren von Cristino Benavides, dem Polizeichef der Provinz, auf Rechnung des politisch aktiven *estanciero* Don Pancho Taurel. Madame Jeanne, bemüht um den Erfolg der Zusammenkunft, hatte einen Musiker eingeladen, den Chilenen Osmán Pérez Freire, Autor jenes *Ay, ay, ay*, das noch immer überall gesungen wird, und ein gebildeter Mann von guten Manieren. Sie hatte nicht damit gerechnet, daß die Gäste zwei Sänger mit Gitarren mitbringen würden. Ebensowenig hatte sie damit gerechnet, daß einer dieser Sänger eine derartige Anziehungskraft auf sie ausüben könnte.

Es waren mehr Frauen als Männer anwesend: Taurel, Benavides, ein gewisser Doktor Bozzi, Frauenarzt, wie er sagte, und die Musiker: sechs Männer auf acht Damen und eine wesentlich höhere Anzahl Champagnerflaschen. Das Grammophon auf der einen Seite des Saales blieb stumm. Pérez Freire unterhielt die Runde in der ersten Stunde am Klavier.

»Pancho«, wandte sich Madame Jeanne an den Gutsherrn, der über die dummen Scherze einer vollbusigen Blondine lachte, »wer ist dieser Schwarzhaarige?«

Taurel sah zu dem Mann hin, auf den die Frau wies.

»Der? Carlos Gardel, ein Sänger. Der andere ist José Razzano. Sie bilden ein Duo. Warum fragst du? Sie sind keine Berühmheiten… Ich hab sie mitgebracht, weil sie gut singen. Willst du sie hören?«

»Ja… Laß dich nicht stören, ich werde es ihnen selbst sagen, bleib du bei ihr.«

Die Blonde senkte den Blick.

Madame Jeanne ging direkt auf Gardel zu, wobei sie ihm Gelegenheit bot, alles an ihrem Körper zu sehen, was es zu sehen gab. Es ließ ihn nicht kalt.

»Wirst du singen?« fragte sie.

»Wenn mich jemand hören will…«

»Ich.«

»Dann soll der Herr am Klavier aufhören.«

Madame Jeanne ging zu Pérez Freire und sprach mit ihm.

»Mach eine kleine Pause«, sagte sie. »Hier ist es völlig gleich, ob du spielst oder nicht. Komm und trink ein Glas. Sollen die da eine Weile singen.«

Der Pianist, gelockt von dem Champagner, stand von seinem Schemel auf und folgte der Gastgeberin auf die Seite des Salons, wo sich Gardel aufhielt.

»Was haben Sie für uns, mein Freund?« erkundigte er sich und ließ sich neben dem Sänger nieder.

»Einen *estilo*?« schlug Gardel vor.

»Lassen Sie hören…«

Sich auf der Gitarre begleitend, fing der Junge an zu singen:

Anoche mientras dormía,
de cansancio fatigado,
no sé qué sueño adorado
pasó por la mente mía:
soñé que yo te veía

y que vos me acariciabas,
que muchos besos me dabas
llenos de intenso cariño
y que otra vez, cual un niño,
llorando me despertaba…

Letzte Nacht, während ich schlief,
todmüde vor Erschöpfung,
ich weiß nicht, was für ein göttlicher Traum
mir durch den Sinn ging:
Mir träumte, ich sähe dich,
und du streicheltest mich
und gabst mir viele Küsse
voll tiefer Zärtlichkeit
und daß ich wieder erwachte,
weinend wie ein Kind…

Er hielt kurz inne, schlug dann unvermittelt eine andere Tonart an und sang:

El amor mío se muere,
¡ay, ay, ay!,
y se me muere de frío…

Meine Liebe stirbt,
ay, ay, ay
und vor Kälte stirbt sie mir…

»Na? Gefällt Ihnen das?« schmunzelte Gardel.

»Großartig!« lobte Pérez Freire. »Also wußten Sie, wer ich bin.«

»In diesem Beruf…«

»Im Salon nebenan ist das Essen angerichtet«, verkündete ein Dienstmädchen.

»Essen Sie mit uns?« fragte Gardel das Mädchen.

»Ich bin es, die mit Ihnen essen wird«, unterbrach Madame Jeanne. »Und zwar an Ihrer Seite.«

Nach dem Essen wurde wieder gesungen. Die Männer hörten jetzt aufmerksamer zu. Benavides war begeistert von dem, was er hörte.

»Barceló hatte mir schon von dir erzählt«, sagte er zu Gardel. »Und von deinem Partner. Aber ihr übertrefft alle meine Erwartungen.«

Madame Jeanne wandte kein Auge von dem Sänger.

Irgendwann beschloß man, im *Armenonville* weiterzufeiern. Im Zuge seiner baulichen Erschließung war Bajo Palermo in Mode gekommen, ebenso wie Hansens Lokal, das von einer Zuhälterspelunke zu einem Treffpunkt für Söhne aus gutem Hause avanciert war, die es nach Tanz und Weibern gelüstete.

Madame Jeanne und ihre Freundinnen blieben zu Hause.

Sie wartete nicht bis zum letzten Moment, um sich der Rückkehr des Jungen zu versichern. Noch ehe alle anfingen, nach ihren Mänteln zu verlangen, trat sie zu ihm.

»Die Gitarre bleibt hier«, sagte sie. »Du sollst deinen Spaß haben, nicht singen.«

»Singen macht mir Spaß«, wandte er ein.

»Aber es ist deine Arbeit. Laß die Gitarre lieber hier, und komm sie morgen holen.«

»Soll ich nach dir fragen?«

»Ich werde allein hier sein.«

Sie nahm dem Jungen die Gitarre aus der Hand und den Kasten von einem der Sofas.

»Komm«, befahl sie.

Er folgte ihr. Sie durchquerten zwei Zimmer und einen Korridor. Dort schaltete Madame Jeanne das Licht an und öffnete eine Tür.

»Tritt ein«, sagte sie, und er gehorchte.

Es war eine Art Märchenzimmer, in dessen Mitte ein großes, mit schwarzem Atlas bezogenes Bett stand, von Wandschirmen und Spiegeln umgeben.

»Ich werde sie hierlassen«, verkündete Madame Jeanne, legte den aufgeklappten Kasten auf das Bett und die Gitarre hinein.

»Ich will keine Verpflichtungen«, sagte er.

»Ich auch nicht. Verpflichtungen will ich keine. Ich will dich.«

Es war ein zarter, eiliger Kuß.

Am nächsten Mittag kam er seine Gitarre abholen.

56. Der Abschied

Ich ging fort wie einer, der verblutet.

RICARDO GUIRALDES, Ich ritt mit den Gauchos

Barracas al Sur, La Boca, Avellaneda: Diese Stadtviertel waren für Tango-Musiker obligat. Dort häuften sich die Cafés, Bordelle und undefinierbaren Lokale. Obwohl der soziale Aufstieg des Tango bereits begonnen hatte, gedieh dieser schmachtende Gesang vor allem am Rande der Stadt. In *La Buseca*, die Pedro Codebó betrieb, pflegte Arolas im Trio mit dem Geiger Monelos und dem Gitarristen Emilio Fernández aufzutreten, wie auch der in Brasilien geborene Arturo Bernstein alias *El Alemán*. Im *Café de Ferro* auf der Avenida Mitre erklangen das Bandoneon Carlos Marcuccis und Riverols Gitarre. Wer Tango hören wollte, mußte entweder dort oder in den Kneipen bei der Kreuzung der Calle Montes de Oca mit Saavedra oder der *Bar Tropezón* verkehren, verräucherten Spelunken mit Zimmern im hinteren Teil oder im Obergeschoß beziehungsweise liebenswürdigen Damen, die bereit waren, mit dem erstbesten mitzugehen, der sie darum bat und es sich leisten konnte. Zu Ehren der steten Treue und Aufmerksamkeit der Zuhörer spielten Germán Frisch und Liske Rosen als Duo in einem Café in Avellaneda, das von seinen Stammgästen auf den kuriosen Namen *El Odio*, der Haß, getauft worden war.

Unter den namhaften Musikern, die in diesen Lokalen auftraten, hing keiner von dieser Tätigkeit zur Bestreitung seines Lebensunterhalts ab. Der hochtalentierte achtzehnjährige Arolas, der auf dem Höhepunkt seines Ruhms vom Körpereinsatz einiger Sklavinnen lebte, vertrat die romantische Ansicht, daß »mit der Kunst kein Geld zu verdienen ist: Dafür braucht man einen Beruf.« Was Frisch betraf, so war er schon seit Jahrzehnten nicht mehr auf die paar Pesos angewiesen, die ihm das Bandoneon einbringen konnte.

Im *El Odio* gab es Tische, ein Podium für die Musiker, einige wenige Frauen von unbestimmter Funktion und eine Tanzfläche, die selten benutzt wurde. Ein verschlissener roter Vorhang auf der einen Seite der Theke trennte den sichtbaren von einem anderen, unsichtbaren Bereich, wo ein paar Dirnen ihrem Geschäft nachgingen und Gäste, die bereits in Begleitung kamen, Betten mieten konnten. Es war ein trister Ort, doch fühlten sich die Musiker dort gut aufgehoben, denn das Publikum wußte respektvolle Ruhe zu bewahren.

Mitte des Jahres 1913 tat Juan Ruggiero einen entscheidenden Schritt auf seinem Weg nach oben. Er war einer der drei Männer, der unbedeutendste, die Enrique Barceló, den Bruder des Konservativenführers, auf dessen wöchentlicher Runde durch seine Bordelle eskortierten. Niemand hatte ihm Beachtung geschenkt, bis eines Nachts ein Mordanschlag auf den Angehörigen des Prominenten verübt wurde. Die beiden anderen, die eigentlichen Leibwächter, anerkannte Profis, warfen sich zu Boden, kaum daß die ersten Schüsse fielen. Er nicht. Er deckte den Körper seines Herrn mit seinem eigenen, stieß ihn in einen Hauseingang, und als er ihn in Sicherheit wußte, sprang er auf die Straße zurück und eröffnete stehend das Feuer auf die Angreifer. Einen erschoß er, die anderen entkamen. Einen Monat später übertrug ihm sein Chef Don Alberto die Leitung eines Parteilokals.

Ruggierito ließ sich ab und zu im *El Odio* blicken. Für

gewöhnlich traf er sich dort mit Julio *El Gallego*, der noch immer sein Freund war, jedoch im Dienste der Radikalen einen anderen Weg eingeschlagen hatte. Die Umstände hatten sie noch nicht ganz entzweit.

Seit der Zufall sie in der Calle Victoria zusammengeführt hatte, war viel Zeit vergangen, doch hatten weder Ramón noch Frisch die beiden Jungen aus den Augen verloren. Sie bekamen regelmäßig Besuch von ihnen oder Nachricht von ihren Ruhmestaten. Bei einem ihrer Zusammentreffen im *El Odio* hatten sie die Einzelheiten von Juan Ruggieros großem Moment aus dem Munde des Protagonisten selbst erfahren.

Eines Abends im Frühling betrat der italienische Fischer Venancio Giglio zum ersten und einzigen Mal das Lokal. Alle, die über die Ereignisse Bescheid wußten, stimmten darin überein, daß es ohne die Anwesenheit Julio Valeas noch schlimmer, noch tragischer ausgegangen wäre.

Frisch und Rosen spielten auf der Bühne, als Giglio wie vom Teufel gehetzt zur Theke rannte. Niemand kannte ihn, und die Eile, mit der er auf den roten Vorhang zustürzte, hinter dem sich die intimen Hinterzimmergeschäfte verbargen, ließ alle aufblicken. Nach wenigen Sekunden hörte man von drinnen weibliche Schreie und verärgerte Männerstimmen. Der Eindringling hatte die Türen zu vier Zimmern aufgerissen, um schließlich im letzten die Gesuchte zu finden: Lucila Pla, schwarz, wunderschön, begehrt, eine Frau, die keinen Herrn haben konnte. Ein Mann war bei ihr. Als er den Revolver des Italieners sah, suchte er Zuflucht hinter dem Bett.

»Wirf dir was über und komm!« befahl Giglio der Frau, die die Hand nach ihrem Kleid ausstreckte. »Nimm das Laken.«

»Warte«, sagte sie, »das ist ja, als ginge ich nackt raus.«

»Was macht das schon, wenn dich noch ein paar mehr sehen. Nachher wirst du nicht mehr können, also …«

Er packte sie bei der Hand und zerrte sie hinter sich her. Lucila Pla widersetzte sich anfangs, gab jedoch bald nach. Stolpernd folgte sie Giglio nach draußen. Dort zog sie alle Blicke auf sich und schämte sich: nicht wegen ihrer Nacktheit, die sie mit Stolz zur Schau zu tragen wußte, sondern wegen der Demütigung, die es bedeutete, sich auf diese Weise dem Willen eines Mannes zu unterwerfen. Zuerst klammerte sie sich an den Vorhang, doch der Italiener ließ sie nicht los, und sie mußte noch einen Schritt machen. Sie krallte sich mit Händen und Nägeln an die Holzstange um den Zinktresen. Giglio schlug ihr mit dem Kolben seiner Waffe auf die Finger, und Lucila ließ sich neben der Musikerbühne zu Boden fallen.

Die Gäste wichen zurück und bildeten, so feige wie neugierig, einen Halbkreis.

Julio *El Gallego* war aufgestanden und beobachtete das Geschehen aus nächster Nähe, die Rechte in der Jacke, bereit, seine Waffe zu ziehen. Liske Rosen verharrte unsicher, ohne seine Violine loszulassen. Germán Frisch hatte das Bandoneon neben seinen niedrigen Stuhl auf den Boden gelegt. Das Paar kam auf ihn zu. Auf allen vieren kriechend versuchte Lucila, Giglio zu entkommen. Zwei Schritte vor Frisch warf sich der Mann auf sie. Wäre die Frau weiß gewesen, hätte Frisch vielleicht bedachtsamer reagiert. Aber so sah er dort auf den schmutzigen, mit Abfall und Kippen übersäten Bodenfliesen Encarnación Rosas in all ihrem Elend liegen. Als er Giglio an den Haaren packte, ihn zwang, sein Opfer freizugeben und sich ihm zuzuwenden, fühlte er sich mit der Reinkarnation von Celestino Expósito, *El Bruto*, konfrontiert.

Venancio Giglio ließ seine Beute fahren, riß mit einer wilden Grimasse die bewaffnete Hand hoch und zielte auf

Frisch. Der Schuß von Julio Valea, *El Gallego* Julio, hätte die Rettung sein können. Er setzte Giglios Leben ein Ende, konnte jedoch nicht verhindern, daß der Italiener den Abzug drückte.

Lucila Pla lag nackt und wimmernd unter den leblosen Körpern der beiden Männer eingeklemmt. Julio steckte den Revolver in den Gürtel und ging zu dem Menschenhaufen: Er schob die Leichen weg, so daß die Frau unter ihnen herauskonnte.

Sie bedeckte sich die Brüste und lief auf den hinteren Raum zu, schlüpfte durch den Vorhang und verschwand auf Nimmerwiedersehen.

Liske Rosen hatte sich auf die Kante der Bühne gesetzt und weinte.

Im *El Odio* befanden sich nur noch zwei Gäste und der Kellner. Julio *El Gallego* sah sie an und zog ein paar Scheine aus der Tasche.

»Ich brauche Leute…«, sagte er. »Fünf Pesos für jeden, der hilft, diesen Mann rauszuschaffen und in meinen Wagen zu bringen. Er steht vor der Tür.«

Der Angestellte blieb hinter dem Tresen. Die anderen hoben den leblosen Frisch auf und trugen ihn hinaus.

Julio und Rosen folgten.

»Und der andere?« fragte der Kellner und wies auf Giglio.

Julio Valea wandte sich halb um und warf einen verächtlichen Blick auf die Leiche des Italieners.

»Laß ihn auf den Müll werfen!« sagte er und ging.

Die beiden, die Frisch zum Wagen gebracht hatten, standen bereits neben dem schwarzen Ford, dem einzigen Auto weit und breit.

»Wo soll er hin?«

»Setzt ihn auf den Rücksitz. Und Sie«, wandte er sich an Rosen, »setzen sich nach vorn.«

Er ging um den Wagen herum und nahm hinter dem Steuer Platz.

»Du«, er winkte einen der Helfer heran, »hier, noch einen Peso ... Kurbele den Motor an!«

»Und die Kurbel?«

»Die steckt. Wirf ihn an, und gib sie mir.«

Sie nahmen die Avenida Mitre in nördlicher Richtung.

»Was haben Sie jetzt vor?« erkundigte sich Rosen.

»Ihn nach Hause zu bringen«, erwiderte Julio. »In die Calle Alsina.«

Die ganze Fahrt über sprachen sie kein Wort.

Es war spät. Die Tür war verschlossen. Julio Valea schaltete den Motor ab und stieg aus dem Wagen. Die Schläge des Türklopfers waren sehr weit zu hören.

Ramón öffnete, doch Teresa, die ihren Morgenmantel zuband, stand direkt hinter ihm.

El Gallego Julio war kein Mann langer Vorreden.

»Ich habe Germán im Auto«, sagte er. »Man hat auf ihn geschossen.«

»Ist er ...?« stieß Ramón hervor.

»Ja, er ist tot. Hilf mir.«

Sie legten ihn rücklings auf sein Bett. Teresa drückte ihm die halbgeschlossenen Lider ganz zu.

»Wer war es?« fragte Ramón, während er Frisch den einzigen Schuh auszog, der ihm im Tode geblieben war.

»Ich weiß nicht, wie er hieß, und will es auch gar nicht wissen«, erwiderte Julio. »Ich hab ihn umgelegt, falls es das ist, was du wissen willst. Wenn ich ihn eine Sekunde früher umgeblasen hätte, wäre Germán noch am Leben. Aber so ist es nun mal gelaufen ... Jetzt zieh ihn aus und wasch ihm das Blut ab. Um die Formalitäten kümmere ich mich mit Señor Rosens Hilfe. Denk dran: Er ist im Bett an Herzversagen gestorben.«

»In Ordnung.«

El Gallego Julio und Liske Rosen verließen das Haus.

Teresa stand am Fußende des Bettes und betrachtete Frisch.

»Was für ein schöner Mann!« sagte sie, als sie wieder allein waren. »Einer der drei schönsten Männer, die mir je begegnet sind. Und das waren einige! Ein Jammer!«

»Warum hast du ihn nicht geheiratet, als Papa starb?«

Teresa beantwortete seine Frage nicht.

»Das ändert alles, nicht wahr?« sagte sie statt dessen mit liebevollem Blick zu Ramón. »Was wirst du jetzt tun?« Sie trat zu ihm, der auf einem Stuhl neben dem Bett saß, und streichelte ihm über den Kopf. So hatte sie ihn noch nie angesehen.

»Wie alt bist du, Teresa?« wollte er wissen.

»Sehr alt. Rechne nach: Vor zweiunddreißig Jahren habe ich Roque kennengelernt, und da war ich schon eine Frau von über fünfundzwanzig Jahren … An die sechzig«, schätzte sie kokett. »Aber ich sehe immer noch ganz gut aus.« Sie lächelte. »Und du?«

»Roque habe ich vor neununddreißig Jahren kennengelernt. Und Germán vor dreiunddreißig«, sagte er und wies auf das Bett.

»Wir sind beide älter geworden«, bemerkte Teresa.

»Und wir sind allein.«

Sie nahm ihn bei der Hand.

»Komm«, sagte sie: dasselbe, was sie zweiunddreißig Jahre zuvor zum Vater des Mannes gesagt hatte, der sie jetzt in die warme Unordnung ihres Zimmers begleiten würde.

Ramón folgte ihr.

Teresa schloß die Tür des Schlafzimmers und ließ den Morgenmantel fallen.

Sie trug nichts weiter als eine dünne Kette mit einem Kruzifix.

»Ich sehe gut aus«, wiederholte sie, diesmal ohne zu lächeln.

Ramón nickte.

»Zieh dich aus, bitte«, forderte Teresa ihn auf. »Wir sind allein… Ich brauche jetzt einen Mann, und es käme kein anderer infrage. Das ist… eine Familienangelegenheit.« Die Tränen liefen ihr übers Gesicht. Sie sah nicht, wie Ramón sich seiner Kleider entledigte, wobei er aus Angst vor Peinlichkeit demselben Ritual folgte wie sein Vater zweiunddreißig Jahre zuvor. »Wir sind allein, Ramón, Liebster. Und wir sind niemandem Rechenschaft schuldig…«

Sie erbebte, als sie spürte, wie Ramón seine Hände um ihre Taille legte, ihr die Tränen von den Wangen leckte. Außerhalb dieses Raumes, außerhalb dieser Umarmung war der Tod. Auch er wußte das.

Sie trennten sich, als zwei Stunden später Julio Valea und Liske Rosen wieder im Haus zu hören waren.

»Ich kenne dich, Ramón«, sagte Teresa und strich ihm sanft mit den Fingern über die Lippen. »Du wirst weinen und sterben wollen, wenn wir vom Friedhof zurück sind. Ich auch. Besser, wir bleiben zusammen… Aber ich weiß, daß du nicht für lange mein Geliebter sein kannst. Du wirst jemanden finden. Du mußt Kinder haben. Du kannst auf mich zählen, sobald…«

»Teresa«, unterbrach er sie. »Sag jetzt nichts mehr… Wir werden tun, was getan werden muß. Danach…«

»Danach was?«

»Dann fahren wir nach Spanien.«

Sie nahm die Kette mit dem Kreuz vom Hals und legte sie Ramón um.

»Das hat Ciriaco Maidana gehört«, sagte sie. »Jetzt gehört es dir.«

57·

»Inzest?«

»Das kommt darauf an, wie du es siehst, Clara. Es gibt viel eindeutigere Fälle in fast allen Familien, angefangen bei denen der Bibel…«

»Und dann die der klassischen Tragödien, ich weiß… Tatsache ist, daß Teresa die Frau von Ramons Vater gewesen war.«

»Und daß sie trotz ihrer Reife noch immer eine wunderschöne Frau war und alles hatte, was nötig war, um einen Mann, den sie haben wollte, auch zu bekommen. Das ist alles. Außerdem ist die Liebe immer ein Aufbegehren gegen den Tod, auch wenn sie Tabus verletzt.«

»Akzeptiert. Das Entscheidende ist, daß sie, soweit ich dem entnehme, was ich bis jetzt gelesen habe, letztendlich ihre Reise angetreten haben.«

»Im November 1913.«

58. Die Nacht an Bord

Immer, so dachte ich, lege ich das Verhalten anderer auf verächtliche Weise aus und suche Ausflüchte, um meine Schuld nicht einzugestehen.

JOSÉ BIANCO, Las ratas

In den ersten Tagen der Überfahrt unterhielten sich Teresa und Ramón über belanglose Dinge mit dem einen oder anderen Mitreisenden, entdeckten Gemeinsamkeiten und Abneigungen, sich der Tatsache bewußt, daß sie notgedrungen einige Zeit – immer zu lang – in der Gesellschaft von Leuten würden verbringen müssen, die sie sich nicht ausgesucht hatten. Jemand, eine ältere Dame natürlich, ging ganz selbstverständlich davon aus, daß Ramón Teresas Sohn sei, und sie bemühten sich nicht, es zu dementieren.

Sie waren ohne große Vorbereitungen aufgebrochen: Die Geschäfte, die jahrelang als Vorwand gedient hatten, die Reise auf unabsehbare Zeit aufzuschieben, hatten sie Partnern und Vertretern anvertraut. Schlimmstenfalls, resümierte Ramón, könnte sie der eine oder andere betrügen, doch könnte niemand ihren Grundbesitz verkaufen, und nur wenige würden die Henne schlachten wollen, die die goldenen Eier legte. Vielleicht wären sie bei ihrer Rückkehr, für die sie noch kein Datum festgesetzt hatten, weniger reich, doch auf keinen Fall arm.

Die Rosens, Manolo de Garay und *El Gallego* Julio verabschiedeten sie. Im Hafen von Buenos Aires grüßte einer der Passagiere Liske, der einen gewissen Verdruß darüber nicht verhehlen konnte.

»Was ist los?« fragte Ramón. »Hast du was gegen ihn?«

»Er ist von der Migdal, dem Zuhältersyndikat«, erklärte Rosen.

Ramón hätte gern mehr erfahren, konnte jedoch in der Hektik und dem Trubel nicht weiter nachfragen.

Der Mann kam auf ihn zu, als die Küste Brasiliens bereits hinter ihnen lag. Hin und wieder hatte er Ramón eine leichte Verbeugung oder eine freundliche Geste gewidmet, aber erst auf hoher See sprach er ihn an. Ramóns Neugierde vermochte sich nicht gegen den Widerwillen durchzusetzen, den die kunterbunte Kleidung und die Wolken süßlichen Parfüms, die dieser Mensch auf allen seinen Wegen durch das Schiff hinter sich ließ, in ihm auslösten.

Es befanden sich nicht wenige auffallende oder beunruhigende Gestalten an Bord, doch auf niemanden traf dies so sehr zu wie auf den seltsamen Bekannten Rosens oder den jungen, pomadisierten, von Kopf bis Fuß in Schwarz gekleideten Blonden, der wie ein Schatten ein ums andere Mal hinter diesem auftauchte. Es bestand keine offensichtliche Verbindung zwischen den beiden, aber selten sah man sie mehr als zehn Meter voneinander entfernt. Der Blonde, verborgen in der Dunkelheit, die das ständige Rauschen des Meeres noch vertiefte, war auch an dem Abend in der Nähe, als der Typ mit dem schottisch karierten Jackett, den grünlichen Hosen und weißen Gamaschen über braunen Schuhen neben Ramón stehenblieb, der allein und gedankenverloren rauchend an der Reling stand und ihn ansprach.

»Guten Abend«, sagte er.

»Guten Abend.« Einen Augenblick lang war Ramón irritiert.

»Störe ich Sie beim Nachdenken?« fragte der andere.

»Nicht weiter schlimm«, beschwichtigte ihn Ramón.

»Wir sind einander nicht vorgestellt worden, aber ich habe in der Passagierliste nachgesehen und weiß, daß Sie Ramón Díaz sind.«

»Ich stelle solche Nachforschungen nicht an. Ich weiß nicht, wer Sie sind.«

»Isaac Levy.« Er streckte die Hand aus, und Ramón schüttelte sie.

»Sehr angenehm«, sagte er.

Dieser Bereich des Decks war einigermaßen belebt. Isaac Levy zündete sich eine Zigarette an. Er warf das Streichholz ins Wasser und folgte ihm mit den Augen.

»Schön, nicht?« bemerkte er.

Neben ihm stützte Ramón die Ellbogen wieder auf die Reling. So unterhielten sie sich, ohne sich anzusehen, den Blick in der dunklen Leere verloren.

»Reisen Sie viel?« fragte Levy. »Sie gehören zu denen, die nicht seekrank werden.«

»Es ist das erste Mal… Eigentlich das zweite, aber an das erste Mal kann ich mich kaum erinnern. Ich war erst fünf, als mich mein Vater mit nach Buenos Aires nahm.«

»Und sonst sind Sie nie verreist?« Levy drehte sich halb zu ihm um und lächelte Ramón ungläubig von der Seite an. »Vielleicht habe ich mich in Ihnen getäuscht«, überlegte er laut, »und Sie sind doch kein anständiger Mensch. Anständige Menschen sind dauernd unterwegs… immer müssen sie irgendwohin… Damit sie keiner umbringt, meine ich. Oder ihnen noch Schlimmeres antut, das gibt's auch.«

»Deshalb reisen Sie?« vermutete Ramón.

»So ähnlich… aber das tut jetzt nichts zur Sache… Wo sind Sie geboren?«

»In Sevilla… Entschuldigen Sie, daß ich noch einmal

darauf zurückkomme: Sind Sie auf der Flucht? Vielleicht kann ich Ihnen ja helfen.«

»Sie können mir nicht helfen. Fahren Sie nach Cádiz?«

»Ja, und Sie?«

»Ich steige in Tanger aus. Ich will nach Jerusalem.«

»Um sich in Sicherheit zu bringen?«

»Ich bin nirgends mehr in Sicherheit. Aber wenn man mich in Jerusalem töten sollte, macht es mir nichts aus. Ich habe eine Schwester dort, wissen Sie? Sie wird für ein ordentliches Begräbnis sorgen. Auf dem Ölberg oder in der Gegend… Ich möchte unter den ersten sein.«

»Welchen Ersten?«

»Ach ja, stimmt, Sie sind kein Jude. Ich schon. Wenn der Messias kommt, werden die ersten Toten, die wiederauferstehen, die vom Ölberg sein…«

»Warum sucht man Sie, Levy?«

»Weil ich abtrünnig geworden bin. Ich habe Skrupel gekriegt. Und das ist etwas, das man sich in meinem Geschäft nicht erlauben kann.«

»Haben Sie die Migdal verlassen?«

»Sie können zwei und zwei zusammenzählen.«

»Nein. Ein Freund, der mich am Hafen verabschiedet hat, hat es mir gesagt… Er sagte, Sie gehörten zur Migdal.«

»Rosen?«

»Ja. Aber ich weiß nicht viel darüber.«

»Wirklich nicht?«

»Ich schwöre es Ihnen.«

»Interessiert es Sie?«

»Natürlich interessiert es mich.«

Levy blickte um sich. Anscheinend waren sie allein.

»Folgen Sie mir. Wir unterhalten uns lieber in meiner Kabine. Ich habe eine Flasche Wodka, und wir werden ungestört sein.«

Levy schloß die Tür und goß zwei große Gläser randvoll. Er setzte sich auf die Koje und bot Ramón den einzigen kleinen Hocker an.

»Wissen Sie, woher Rosen mich kennt?« fragte er.

»Das Nachtleben, nehme ich an…«, versuchte Ramón zu raten.

»Wir stammen aus demselben Dorf. Er ist viel älter als ich, das brauche ich wohl nicht zu erwähnen. Ich war noch sehr jung, als ich nach Lublin gegangen bin, fast noch ein Kind. Ich muß ein hübscher Bursche gewesen sein, denn ich kam bei den Frauen gut an. Ich wäre dort geblieben… Aber in Lublin habe ich Besuch von einem Kerl bekommen… Und ehrlich gesagt, hat er es mir in so leuchtenden Farben geschildert, daß nur ein absoluter Dummkopf nein gesagt hätte. Damals hatte ich zwei Mädchen, die meinetwegen angefangen hatten. Sie haben sie mir abgekauft und mich mit ihnen und vier weiteren nach Buenos Aires geschickt, um mich mit den Einzelheiten des Gewerbes vertraut zu machen.«

»Wann war das?«

»1890. Ich war noch keine zwanzig, aber sie haben mir einen Paß auf einen anderen Namen gegeben, laut dem ich älter war. Meine ganze Partie war ›untergewichtig‹, minderjährig, heißt das, ich selbst eingeschlossen.«

Er lächelte mit traurigem Stolz, als er das erzählte.

»Dabei handelte es sich noch nicht um die Migdal. Es war nur eine Gruppe Polen, polnische Mädchenhändler, aber ein paar Dinge waren schon geregelt.«

»Zum Beispiel?«

»Die Route… Von Le Havre oder Marseille oder Bilbao nach Montevideo. Von Montevideo nach Paysandú, um problemlos über den Uruguay nach Colón zu gelangen, und von da nach Buenos Aires. Zu Anfang waren wir im Karren unterwegs. Später gab es Autos. Und dann hat Mihanovich mit den Handelsschiffen angefangen.«

»Was noch?«

»Die Polizei. Geschmiert. Die Versteigerungen.«

»Davon habe ich gehört. Was haben Sie in Buenos Aires gemacht?«

»Sie haben mich für meine Dienste bezahlt. Ich habe sechs Monate damit verbracht, die Sprache zu erlernen, und dann bin ich zu ihnen gegangen. Sie wollten mich zum Jäger machen, und ich willigte ein.«

»Zum Jäger?«

»Sehen Sie: Warschau, Krakau, Lwow, Lublin sind umgeben von Dörfern. Jüdischen Dörfern. Dorthin haben sie mich geschickt, in Dörfer genau wie mein eigenes, mit denselben Sitten, denselben Leuten, derselben Armut. Wissen Sie, wer behauptet, die Juden hätten alle Geld, der hat nicht die geringste Ahnung! Der hat niemals diese Gegenden gesehen. Wahre Kerker Israels. Dort wird gehungert, mein lieber Díaz, schlimm gehungert. Mehr als ein Mensch aushalten kann. Und das Kostspieligste, das Nutzloseste von allem sind die Töchter. Man muß sie sich vom Hals schaffen: sie verheiraten oder verkaufen, was auf dasselbe hinausläuft. Die *caftens* waren gut organisiert. Sie hatten überall ihre Späherinnen, alte Weiber, die Familien empfohlen und Bericht über die körperliche Verfassung und den Charakter der Töchter erstattet haben.«

»Den Charakter?«

»Ja: Ob sie fleißig und fügsam oder widerspenstig waren ... Ich habe immer auf Nummer sicher gekauft und genau gewußt, was ich im Haus vorfinden würde.«

»Warum Sie? Warum ein Jude? Waren alle Juden?«

»Nein, nein. Nicht alle. Die Warschauer Jäger außerhalb des Gettos waren fast nie Juden: Sie haben Frauen rekrutiert, aber nicht mit den Familien verhandelt. Unter den großen Fischen gab es ein paar, aber es waren bei weitem nicht alle großen Fische Juden: Die meisten waren polnische Katholiken. Auf den Dörfern dagegen waren jüdische Jäger geeigneter, weil sie sich mit dem Ritual auskannten. Ich habe nie erfahren, ob diese Väter beim Verkauf ihrer Töchter von dem überzeugt waren, was sie taten, oder nicht, aber sie taten es, und man mußte mitziehen.«

»Erzählen Sie mir bitte, wie das vor sich ging.«

»Ich werde es Ihnen erzählen, und Sie werden denken, daß ich ein Schweinehund bin, und das Schlimmste dabei ist, daß Sie damit recht haben werden. Aber wenden Sie sich nicht ab, verdammen Sie mich nicht, denn ich bereue es bitter. Ich wußte, was die Mädchen erwartete, ich kannte ihren Weg. Sie waren jung und schön, erzogen in Gottesfurcht und unbedingtem Gehorsam gegenüber dem Vater, der sie verkaufte. Ruth, nennen wir sie so, um ihr einen Namen zu geben, war respektvoll, bescheiden, schlank... Sie wurde mit Typen wie mir in ein Schiff gesteckt, in Buenos Aires ausgeladen, in ein unsägliches Loch gesperrt, damit der *quilombo* ihr später wie das Paradies vorkäme, und nach einer Woche oder vierzehn Tagen hat man sie nach La Boca geschickt: ein Zimmer oder zwei, wie viele es auch sein mochten, und ein Innenhof, in dem im Schein einiger Kerzen zwanzig, dreißig Männer warteten, hergelaufene Kerle der übelsten Sorte, Fuhrleute oder *cirujas*... ja, auch *cirujas*. Ich wußte das, habe aber an das Geld gedacht und geschluckt. Und die Szene von neuem gespielt.«

»Die Szene... Was für eine Szene, Levy?«

»Eine schmutzige, stinkende, unbelüftete Behausung. In einem winzigen Kaff aus drei Häusern oder in einem Getto. Manchmal ging ich auch in die Gettos. Das Warschauer oder sonst irgendeins. Ich habe mich mit dem Vater und der Mutter an den Tisch gesetzt. Das Mädchen, Ruth, zum Beispiel, blieb einen Schritt hinter ihrem Vater stehen. Ruth war zwischen fünfzehn und zwanzig, und ich durfte ihre Reize ungehindert begutachten. Oft waren auch Ruths Brüder und jüngere Schwestern dabei: Die Älteste wurde zuerst verkauft. Die Kleinen bekamen alles mit. Und soweit sie weiblichen Geschlechts waren, konnten sie sich schon einmal auf das gefaßt machen, was ihnen bevorstand. ›Schauen Sie, Herr Levy, schauen Sie sie gut an. Sie ist gesund und kräftig, das hat man Ihnen sicher schon gesagt. Ich denke … Sie werden mit mir einig sein, daß sie mindestens ihre hundertfünfzig Zloty wert ist.‹ Nicht daß Sie denken, das sei der Gesamtpreis gewesen, Díaz! Es wurde immer über eine Monatszahlung verhandelt: hundertfünfzig Zloty monatlich über einen Zeitraum von, sagen wir, drei Jahren.«

»War das viel?«

»Ein bißchen Essen. Zehn Kunden in Buenos Aires. Die Investition war gering, doch für sie war es eine ganze Menge. Nur konnte man das Geld ja nicht einfach so auf den Tisch legen. Der Alte hat seine Forderung gestellt, und ich mußte feilschen. Das gehörte dazu. ›Hundert Zloty‹, habe ich also gesagt. Dann mußte er beleidigt tun und seine Tochter aus der Nähe zeigen. ›Komm her, Ruth‹, hat er gesagt, ›komm zu mir, mein Kind, damit der Herr dich gut sehen kann.‹ Das war der schlimmste Moment, wenn das Mädchen mir so nah kam, daß ich sie fast riechen konnte. Dann war es an mir zu fragen, ob sie noch Jungfrau war, und ich habe danach gefragt. Und der alte Scheißkerl ist ein Buch holen gegangen, eine Bibel oder sonst was mit Buchdeckeln, hat es auf den Tisch gelegt und mit verdrehten Augen darauf geschworen. ›Unschuldig, unschuldig wie keine andere, Herr Levy, und sehr jung … Reinheit und Jugend sind unbezahlbar … Wie können Sie mir hundertfünfzig Zloty abschlagen?‹ Und dann haben wir unterschrieben …«

»Was haben Sie unterschrieben?«

»Einen detaillierten Vertrag. ›Ich unterschreibe für dich‹, sagte der Vater zu Ruth. ›Wenn du diesen Vertrag nicht erfüllst, wirst du Schande über den ehrbaren Namen dieser Familie bringen. Du mußt diesem Mann in allem gehorchen und gehen, wohin er dich schickt.‹ Das war ein sehr feierlicher Augenblick, wissen Sie? Und ein sehr heuchlerischer. Mit den Müttern war es anders. Herzzerreißend.«

»Aber Sie haben sie trotzdem mitgenommen.«

»Immer. Manchmal haben wir einen Ehevertrag abgeschlossen. Bezahlt wurde somit eine Art Brautgeld. Ich habe einige von ihnen geheiratet, um sie nicht zu enttäuschen. Merken Sie, Díaz, was für ein seelenloser Mensch ich war?«

»Waren Sie lange Jäger?«

»Fünfzehn Jahre.«

»Donnerwetter!«

»Sehen Sie? Habe ich es Ihnen nicht gesagt? Ich widere Sie an, nicht wahr?«

»Vergessen Sie das. Ich will mehr wissen. Erzählen Sie mir, wie es zu Ihrer Reue kam. Es wird mir zwar schwerfallen, Ihnen zu glauben, aber erzählen Sie es mir trotzdem. Wie haben Sie Ihre Jägertätigkeit aufgegeben?«

»Das war 1906, als die jetzige Organisation gegründet wurde, *La Varsovia*, die eigentliche Migdal. Ich war in Buenos Aires und habe einen leitenden Posten übernommen. Ich hatte bereits ein paar eigene Frauen, also haben sie mich von vornherein akzeptiert. Und weil sie mich kannten …«

»Und wenn Sie keine Frauen gehabt hätten?«

»*La Varsovia* war eine Zuhältervereinigung … Darin bestand die einzige Voraussetzung für die Mitgliedschaft. Es lohnte sich, ein gutes Geschäft. Gemeinsam konnten wir unsere Interessen vertreten, denn die Konkurrenz war groß: Franzosen, Italiener... Wir Polen haben einen Verein zur gegenseitigen Unterstützung gegründet. Hundert Prozent legal. Mit gewähltem Vorstand und allem. Ich bin von den Kollegen hineingewählt worden. Es war nicht anstrengend, offen gestanden, und man hat gut verdient.«

»Was haben Sie genau gemacht?«

»Aufgepaßt und dafür gesorgt, daß die Entscheidungen des Richters befolgt wurden.«

»Ein Richter?«

»Stimmt ja, das können Sie nicht wissen... Und der Richter taucht in den Statuten nicht auf. Er ist die oberste Autorität. Er erhält das Gleichgewicht, er ist sehr wichtig... Er kontrolliert die An- und Verkäufe bei den Versteigerungen, damit keine schmutzigen Tricks angewendet werden. Er verhindert Gewalt. Wenn eine Frau den Zuhälter wechseln will, weil sie sich verliebt hat oder weil sie glaubt, bei dem anderen weniger arbeiten zu müssen, legt der Richter eine Summe fest, eine Art Schadensersatz, damit der Geschädigte sich eine andere kaufen kann, und alles ist geregelt. Der Richter kassiert die Mitgliedsbeiträge. Er vergibt die Schmiergelder, einigt sich mit der Polizei... und so kommt es nicht zu Reibereien. Und wenn eine Frau stirbt, zur Invalidin oder krank wird oder überschnappt, legt er dem Zuhälter das Geld hin, damit er sich eine neue beschaffen kann. Begreifen Sie?«

»Ich begreife.«

»Gut.«

»Schenken Sie mir noch ein Glas ein.«

Levy füllte beide Gläser. Die Luft in der Kabine, rauchig und parfümgeschwängert, war unerträglich stickig, doch Ramón mußte die Geschichte zu Ende hören.

»Und das alles kam ans Licht«, fuhr Levy fort.

»Ich habe nichts davon gehört«, wandte Ramón ein, »dabei bin ich ein gründlicher Zeitungsleser.«

»Die jüdische Gemeinde hat Wind davon bekommen. Die Juden sind immer sehr um die Moral besorgt. Und darum, den Anschein zu wahren. Es gab da einen Verein zum Schutz jüdischer Frauen und Kinder. Der hat sich an den Rabbiner gewandt. Den richtigen Rabbiner, versteht sich, wir hatten nämlich auch einen und eine eigene Synagoge in der Calle Rivera, aber das war nichts Echtes. Ich selbst habe dort drei polnische Mädchen geheiratet. Der Verein hat dem Rabbiner alles erzählt und dieser uns umgehend den Zutritt zum Tempel untersagt und das Recht auf ein anständiges Begräbnis abgesprochen. Daraufhin hat der Richter der Migdal von Buenos Aires Barceló, den Bürgermeister, um eine Parzelle für einen Friedhof in Avellaneda gebeten, und Barceló hat sie ihm gegeben. Dann sind wir vom Rabbi aus der Gemeinde ausgeschlossen worden und die Situation begann, mir zu denken zu geben. Er hat uns ausgeschlossen, weil die Leute, die Nichtjuden natürlich, inzwischen dachten, alle Juden seien Zuhälter. Anfangs schien mir das halb so wild. Die Leute hielten ja auch alle Polen für Zuhälter und alle Franzosen. Aber Sie wissen schon, mit uns Juden ist es immer etwas anderes. Ich habe mir die Sache durch den Kopf gehen lassen und bin zu einer Erkenntnis gelangt, ich habe verstanden, es war wie eine Offenbarung: Ich bin nicht irgend jemand, denn meine Taten, gute wie schlechte, sind nicht nur die meinen – ich bin alle Juden. Meine Güte! Als mir das klar wurde! Es hat mich um den Verstand gebracht! Ich hatte acht Frauen. Ich habe mich in ein Café gesetzt und gerechnet. Ausgerechnet, wieviel mir jede von ihnen eingetragen hatte.«

»Tausende von Pesos.«

»Abertausende von Pesos. Eine Summe, die ich niemals aufbringen würde. Ich habe sie aus dem Tresor der Migdal genommen, die Mädchen in den verschiedenen *quilombos* aufgesucht und jeder zurückgegeben, was ihr zustand. Allen habe ich das gleiche mitgeteilt: Dieses Geld gehört dir. Du bist frei.«

»Und sie? Was haben sie dazu gesagt?«

»Nichts Gescheites, lieber Díaz. Sachen wie: ›Prima!‹ oder ›Bist du verrückt geworden?‹«

»Keine ist mit Ihnen gegangen?«

»Keine hat auch nur Anstalten gemacht, das Zimmer zu verlassen. Eine hat sich bedankt und gesagt, ich solle machen, daß ich wegkomme, denn draußen warteten viele Männer. Ich habe sie gefragt, ob es das ist, was sie will, dort weitermachen, jetzt, da sie Geld hat. Ich habe ihr erklärt, sie könnte zum Beispiel ein Geschäft aufmachen. Sie hat mir geantwortet, als Hure verdiene sie mehr und ohne Zuhälter werde sie sich jetzt erst recht ins Zeug legen. Sie war reich, diese Frau war reich … Gott im Himmel! Zum Glück war ich nicht gekommen, um sie zu erlösen!«

»Aber Sie haben wie ein Christ gehandelt …«

»Nein, nein … Ich habe das nicht aus Nächstenliebe getan, sondern um im Namen aller Juden meine Verbrechen wiedergutzumachen. Denn ich bin alle Juden, weil jeder einzelne Jude für alle Juden steht. Aber einen solchen Weg geht man für gewöhnlich nur in eine Richtung: Meine Handlungsweise hat Auswirkungen auf die anderen, ohne daß die Handlungen der anderen sich unbedingt auf mich auswirken müssen. Ich habe den Frauen, die für mich gearbeitet hatten, zurückgegeben, was ich konnte. Das war etwas Persönliches. Ein Christ hätte versucht, das gesamte Vermögen der Migdal unter sämtlichen Nutten von Buenos Aires zu verteilen.«

»Ich glaube, ich verstehe, was Sie meinen.«

»Ob Sie mich verstehen oder nicht, ist nicht das Entscheidende …«

»Warum haben Sie es mir dann erzählt?«

»Weil ich es vielleicht nach Jerusalem schaffe, vielleicht aber auch nicht... Ich habe die Organisation bestohlen, auf ihre Grundsätze geschissen, indem ich die Frauen freigelassen habe, und mich davongemacht. Sie sind hinter mir her.«

»Der Blonde in dem schwarzen Anzug.«

»Ganz recht.«

»Kann ich irgend etwas für Sie tun?«

»Ich habe meiner Schwester einen Brief geschrieben. Bewahren Sie ihn für mich auf. Wenn wir Tanger erreichen, ohne daß etwas passiert, geben Sie ihn mir zurück. Andernfalls schicken Sie ihn am Hafen ab.«

Ramón steckte den Brief in seine Jackentasche.

»Ich gehe schlafen«, verkündete er.

»Warten Sie noch«, bat Levy.

Er nahm Bleistift und Papier aus dem Koffer auf der Koje, notierte etwas, faltete das Blatt und reichte es Ramón.

»Das ist die Adresse eines Freundes in Tanger«, sagte er. »Er ist ein guter Freund. Eine Zeitlang waren wir Kollegen. Er hat eine Frau geheiratet, die für ihn anschaffen ging, und sie aus dem Geschäft genommen. Sie betreiben ein Café. Ich habe Ihnen auch den Namen des Blonden dazugeschrieben, der mit mir an Bord gekommen ist. Machen Sie damit, was Sie wollen oder können.«

Ramón stand auf und öffnete die Tür der Kabine.

»Díaz«, rief Levy hinter ihm: Ramón drehte sich zu ihm um. »Alle halten die Dame, die Sie begleitet, für Ihre Mutter. Ich nicht. Ich gratuliere: Sie haben Geschmack. Sie ist Ihnen ein paar Jahre voraus, aber sehr schön.«

»Danke.«

Das war der Abschied.

Teresa schlief. Ramón machte kein Licht. Er zog nur Schuhe und Hemd aus, legte sich hin und sank in tiefen Schlaf.

59. Verbrechen und Strafe

Träge schleppt das ruhige Meer seine vielen kleinen Wellen; der Horizont dehnt sich unter einem heiteren Himmel.

MIGUEL CANÉ, En viaje

In den nächsten beiden Tagen sah Ramón Isaac Levy nicht. Sein Tisch im Speisesaal blieb leer. León Berkiewicz dagegen – so hieß der blonde Verfolger des reumütigen Zuhälters – kam zum Frühstück, Mittag- und Abendessen und griff mit gutem Appetit zu. Am Morgen des dritten Tages lud Kapitän Troisi Ramón zu sich zum Kaffee.

Troisi war ein rotwangiger Valencianer, Nachfahre von an der spanischen Ostküste niedergelassenen Italienern, mit einem dicken Schnauzbart und Händen, in denen jede Tasse klein wirkte.

»Wie ich von einem meiner Besatzungsmitglieder höre«, begann er, »haben Sie sich vor ein paar Tagen mit Isaac Levy unterhalten.«

»Den ich übrigens seither nicht mehr gesehen habe.«

»Weder Sie noch sonst jemand, Don Ramón. Deshalb habe ich Sie hergebeten.«

»Ich habe seine Kabine sehr spät verlassen, fast schon im Morgengrauen.«

»Und er hat auch dort geschlafen, daran besteht kein Zweifel. Vorgestern ist sein Bett noch gemacht worden. Das ist die letzte Spur von ihm. Wir haben das ganze Schiff mehrmals von vorn bis hinten durchsucht. Bedauerlicherweise muß ich zugeben, daß Levy verschwunden ist. Natürlich löst sich niemand in Luft auf. Freiwillig oder unfreiwillig, er muß wohl über Bord gegangen sein. Zwei Tage sind zwar eine lange Zeit, trotzdem haben wir gewendet und fahren zu unserem Ausgangspunkt zurück. Wir suchen die gesamte Strecke ab. Unsere Ankunft wird sich dadurch verzögern, aber ich muß das tun. Das verstehen Sie doch, nicht wahr?«

»Was meinen Sie mit freiwillig oder unfreiwillig?«

»Selbstmord oder Mord.«

»Ich vermute eher Selbstmord«, log Ramón. »Ich weiß aus meinem ziemlich langen Gespräch mit ihm, daß er ein verzweifelter Mann war.«

»Wissen Sie, was er beruflich gemacht hat?« fragte der Kapitän.

»Sicher. Sein Gewerbe war nicht besonders ehrbar. Er hat mich angesprochen, weil wir einen gemeinsamen Bekannten hatten. Dieser hat mich am Hafen von Buenos Aires verabschiedet, Levy gesehen und mich in drei Sätzen über ihn unterrichtet.«

»Er war Zuhälter. Das ist ein bißchen mehr oder vielleicht ein bißchen weniger als ein nicht besonders ehrbares Gewerbe«, bemerkte Troisi.

»Er war reuig. Sein Leben hat ihm nicht gefallen.«

»Das hat er Ihnen erzählt?«

»Ja.«

»Mag ja sein, daß das stimmt. Obwohl er nach Tanger wollte.«

»Er wollte nach Jerusalem.«

»Was Sie nicht sagen! Nach Jerusalem?«

»Er hatte dort Familie. Eine Schwester. Er war unruhig, deprimiert … Er konnte sich selbst nicht leiden.«

»Ich habe großen Respekt vor Selbstmördern, Don Ramón«, gestand der Kapitän. »Ich werde Levy suchen, weil es meine Pflicht ist und weil wir niemals die Wahrheit erfahren werden, aber es würde mir sehr leid tun, seine Ruhe zu stören, wenn es das ist, was er sich gewünscht hat.«

»Ich halte das für wahrscheinlich. Wenn ich Ihnen behilflich sein kann …«

»In einer Angelegenheit schon … Hat Levy irgendwelche Bekannten an Bord erwähnt? Denn es gibt da einen merkwürdigen Typen … Ich bin ein alter Hase, und meine Nase täuscht mich selten: Ich könnte schwören, daß sie sich gekannt haben.«

»Er hat niemanden erwähnt. Ganz im Gegenteil. Er hat von seiner Einsamkeit gesprochen. Wer ist der Typ?«

»León Berkiewicz. Pole, wie Levy. Aber vergessen Sie es, ich bilde mir das wohl nur ein.«

Das Meer gab den Spähern nichts preis. Levys Körper gehörte ihm unwiderruflich.

»Besser so«, meinte Ramón zu Teresa.

»Warum?«

»Leichen sind sehr schweigsam. Sie fordern nicht einmal Gerechtigkeit. Diesem Berkiewicz ist es völlig gleich, ob Levy gefunden wird oder nicht. Wenn es in meiner Macht steht, werde ich es aufklären. Wenn nicht, bleibt alles, wie es ist.«

»Was für einen Unsinn hast du vor?«

Ramón gab keine Antwort. In Gedanken hing er der Formulierung von Teresas Frage nach, den Veränderungen ihrer Redeweise, seit sie die Reise beschlossen hatten: Sie benutzte wieder die spanische Anrede anstelle der argentinischen, verwendete zusammengesetzte Verbformen und sprach das s präziser aus, wenngleich sie darauf verzichtete, den männlichen Akkusativ auf spanische Art zu bilden, was bei Roque immer etwas Hochnäsiges gehabt hatte. »Man braucht schließlich nicht wie ein Ausländer zu klingen, wenn man keiner ist«, sagte sie, »und ich sehe überhaupt keinen Grund, warum man mich in Spanien, wo ich geboren bin, für eine Argentinierin halten sollte. Du würdest gut daran tun, es genauso zu machen!« Und so bemühte sich auch Ramón zeitweilig, sein Gehör wieder nach der väterlichen Stimmgabel auszurichten und dieser in Tonfall und Satzkonstruktion zu folgen.

Das Schiff erreichte Tanger mit drei Tagen Verspätung, würde aber, da ein längerer Zwischenaufenthalt in der Stadt vorgesehen war, dennoch zweiundsiebzig Stunden vor Anker bleiben.

In den Augen derer, die aus Buenos Aires kamen, mit seinem mal eisernen, mal steinernen Himmel und dem rissigen Kolonialgelb seiner alten Stadtviertel, schien das von der Sonne zugleich bedrängte und liebkoste Tanger eine seltene Transparenz zu besitzen.

Das Café von Miro und Lena Orkovsky befand sich in einer Straße ganz in der Nähe des Hafens. Teresa und Ramón besuchten sie, sobald sie das Schiff verlassen und Levys Brief an seine Schwester aufgegeben hatten. Es war noch früh, und im Lokal hielten sich noch keine Gäste auf.

»Ich möchte mit dem Chef sprechen«, bat Ramón, als der Kellner ihnen den Anis hinstellte.

Der Junge zog sich zurück, und es dauerte keine Minute, bis er in Begleitung eines glatzköpfigen, stämmigen, kraftstrotzenden, lächelnden Mannes wieder aus dem Hinterzimmer trat.

»Miro Orkovsky?« versicherte sich Ramón.

»Ja«, gab der andere zurück, wobei das Lächeln aus seinem Gesicht verschwand.

»Wir waren Freunde von Isaac Levy«, erklärte Ramón.

»Ich auch«, sagte Orkovsky ungeduldig.

»Er ist tot. Setzen Sie sich doch einen Moment zu uns. Ich bin Ramón Díaz. Das ist meine Mutter.«

Orkovsky zog sich einen Stuhl heran, ohne Teresa zu beachten.

»Wie ist es passiert?«

»Auf dem Schiff. Man hat ihn ins Wasser geworfen, ob lebend oder tot, weiß ich nicht.«

»Kommen Sie aus Buenos Aires?«

»Ja.«

»Wissen Sie, wer es war?«

»Haben Sie von León Berkiewicz gehört?«

»War er's?«

»Ja.«

»Und er ist in Tanger?«

»Wenn er nicht an Bord geblieben ist.«

Orkovsky stand auf, zog sich die Hosen zurecht und ging hinter den Tresen.

»Lena?« rief er und verschwand durch dieselbe, für seine Leibesfülle zu schmale Tür, durch die er gekommen war. »León hat Isaac umgebracht. Er ist in Tanger«, hörten sie ihn sagen.

Er kehrte sofort zurück, eine leichte Jacke über den Schultern.

»Nehmen Sie den«, sagte er und reichte Ramón einen kleinkalibrigen Revolver. »Gehen wir!« forderte er sie auf.

Ramón und Teresa folgten ihm. Sie betraten drei Lokale, zwei Cafés, die dem ihres Begleiters ähnelten, und einen Salon mit einem kleinen Orchester und trägem Ambiente. Nirgendwo hielten sie sich lange genug auf, um etwas zu trinken. Orkovsky stellte ein paar Fragen und setzte den Antworten entsprechend seinen Weg fort. Im vierten Lokal ließen sie sich nieder. Auf dem Schild über der Tür stand *La Luz*. Orkovsky bestellte Tee und Anis.

»Es kann dauern«, erklärte er, »aber er wird kommen.«

»Wie können Sie so sicher sein?« fragte Teresa. Zum ersten Mal nahm der Hüne ihre Gegenwart richtig wahr.

»Weil dies der einzige Ort in Tanger ist, wo heute Frauen versteigert werden.«

Ramón spürte einen plötzlichen Druck in der Magengrube, sagte aber kein Wort.

Auf einer runden Bühne in der Ecke des Salons schlängelte sich traumbildhaft eine braune, goldgesprenkelte Tänzerin zu einer einzigen aufdringlich wiederholten Tonfolge aus einem hellen Blasinstrument.

»Findet das hier statt?« erkundigte sich Teresa.

Orkovsky blickte sie jetzt mit ernsthafter Aufmerksamkeit an.

»Waren Sie bei so etwas schon einmal dabei?« fragte er zurück.

»War ich«, antwortete sie nickend.

»Es findet unten statt. Man wird uns Bescheid geben«, versetzte Orkovsky und sah sie mit einer gewissen Hochachtung an.

Sie warteten ungefähr drei Stunden. Von Zeit zu Zeit geleitete der Besitzer des *La Luz* einen neuen Gast in einen Winkel im hinteren Teil des Lokals und zog einen schweren roten Vorhang beiseite, um ihn durchzulassen. Endlich sahen sie Berkiewicz. Orkovsky ging ihm entgegen und umarmte ihn zur Begrüßung.

»León!« rief er, wobei er ihm herzlich den Rücken klopfte.

Teresa griff nach Ramóns Hand, um ihn zu beruhigen.

»Ich bin mit Freunden hier«, erklärte Orkovsky dem blonden Zuhälter. »Ramón Díaz und seine Frau.«

»Wir kennen uns vom Sehen«, sagte Berkiewicz mit ernster Miene. »Ich wußte nicht, daß Sie nach Tanger wollten.«

Ramón dagegen lächelte ihn an. »Wir machen hier nur Station und fahren dann weiter nach Cádiz. Das konnten wir aber nicht tun, ohne Miro einen Besuch abgestattet zu haben.«

»Und nebenbei ein kleines Geschäft zu machen?«

»Mag sein. Wir werden sehen.«

Der Inhaber des Lokals näherte sich.

»Señor León«, sagte er. »Lange nicht gesehen. Soll ich Ihnen einen Tee bringen, oder möchten Sie ihn unten serviert haben?«

»Geht es schon los?«

»Gleich.«

»Dann unten.«

Hinter dem Vorhang zog sich ein Korridor mit Türen zu beiden Seiten bis zu einer Treppe am Ende. Sie gingen hinunter, durchschritten einen anderen Gang in entgegengesetzter Richtung und kamen in einem Salon heraus, der genau die Ausmaße des darüberliegenden hatte. Dort befand sich das Podium in der Mitte, umgeben von Stühlen mit kleinen Tischen davor, auf denen Teegläser bereitstanden. Sie setzten sich in die hinterste Reihe.

Der Leiter der Versteigerung war ein übellauniger Kerl, fast so breit wie hoch, mit dicken behaarten Armen, in weißen Hosen und weißem Hemd. Er hielt eine Reitgerte in der Hand, mit der er seiner Tätigkeit in ihren unterschiedlichen Phasen Nachdruck verlieh.

Die Frauen standen reglos und geistesabwesend in große schwarze Umschlagtücher gehüllt entlang der Stirnwand.

Ramón betrachtete die Leute um sich herum.

Es gab wettergegerbte, brutale Männer, verschwitzt und ungepflegt, und manierierte, geschniegelte, mit Haarlack und Puder gepanzerte Herren. Das Augenfälligste an ihnen allen war ihre Habsucht, offenkundiger noch als ihre Gleichgültigkeit gegenüber fremdem Schicksal.

Es gab Frauen mit bereits unauslöschlich gezeichneten Zügen und andere, in deren Mienen entgegen aller Logik noch Hoffnung lag. Alle waren sehr jung. Die Jüngste war auch die Schönste, trotz der Spuren skrupelloser Gewaltanwendung. Der auf die Mitte der Bühne beschränkte Lichtkegel erlaubte Ramón zunächst nicht zu erkennen, was sich hinter dem halbgeschlossenen Lid des Mädchens verbarg, ob eine Wunde oder das Fehlen eines Auges. Doch machten der Stolz und der Jähzorn, die aus dem anderen wahnsinnig aufgerissenen Auge flammten, einen tiefen Eindruck auf Ramón und erfüllten ihn mit der Gewißheit, daß dieses Gesicht Teil seines Lebens werden mußte.

»Die dritte von links«, flüsterte er Teresa zu und drückte ihren Arm.

»Hab ich gesehen«, gab sie zurück. »Willst du sie kaufen?«

»Wenn es keinen anderen Weg gibt, sie mitzunehmen, ja.«

»Einverstanden.«

Mit seiner Peitsche bedeutete der Leiter der Versteigerung der ersten der Frauen, auf die Bühne zu kommen. Er selbst riß ihr das Umschlagtuch herunter, so daß sie nackt vor aller Augen stand.

»Denia«, verkündete er. »Aus Tanger. Siebzehn Jahre alt. Arbeitet seit zwei Jahren hier in der Stadt. Fügsam und sehr ausdauernd. Festes Fleisch.«

Ein dünner Mann mit hellem Haar und eisigen Augen bestieg das Podium und näherte sich ihr. Der andere trat beiseite, die Hände gesenkt, die Gerte gegen die Wade gelegt. Er wartete, bis der potentielle Käufer dem Mädchen die Finger durch die Haare gezogen und die Straffheit ihrer Brüste geprüft hatte. Reglos wartete er auch, bis ein zweiter Kunde, ein Dicker mit fettig glänzendem Gesicht, dem Mädchen mit der Hand zwischen die Beine gefahren war, um ihr Aroma zu testen.

»Fünfundzwanzig Pfund«, bot der Dicke, als er wieder zu seinem Stuhl zurückgekehrt war.

»Dreißig«, setzte der erste dagegen.

»Fünfunddreißig«, rief ein anderer von der gegenüberliegenden Seite des Salons.

Der Dicke schloß das Geschäft zu vierzig ab. Der Besitzer des *La Luz* warf der jungen Frau das Tuch um die Schultern und ging mit ihr weg. Der Zuhälter, der sie soeben erstanden hatte, interessierte sich nicht weiter für sie.

»Wo bringen sie sie hin?« flüsterte Ramón Miro Orkovsky ins Ohr.

»In eines der Zimmer auf dem Flur«, erklärte der Pole ebenso leise. »Dafür sind sie da. Zum Warten.«

»Und wenn ich eine kaufe, geschieht das gleiche?«

»Ja. Werden Sie kaufen?«

»Ja.«

»Das könnte eine Menge Probleme lösen.«

Noch zwei weitere Frauen wurden verkauft, bevor der Mann mit der Reitgerte das Mädchen aufs Podium steigen ließ, auf das Ramón wartete.

Wenn schon ihr Gesicht in seiner Seele eine unheilbare Sehnsucht geweckt hatte, so verband ihn der Anblick ihres nackten Körpers mit den langen Beinen und schmalen Fesseln, den knappen Brüsten und den weißen Händen einer Schiffbrüchigen der Liebe endgültig mit ihr. Voll Großmut und Trauer bemerkte Teresa den erregten Atem ihres Sohnes, ihres Gatten, ihres Liebhabers, ihres vielleicht letzten Liebhabers.

»Alina«, sagte der Mann auf der Bühne. »Spanierin. Zwölf oder dreizehn Jahre alt. Drei Monate in einem Haus in Melilla. Schönes Haar.«

Bei diesen letzten Worten hob er mit der Gerte die Spitzen der schwarzen Mähne an, die Alina bis zur Taille herabfiel. Das Mädchen sah ihn verächtlich an und spie ihm ins Gesicht. Niemand lachte.

»Aufmüpfig«, fuhr der Verkäufer fort, während er sich mit dem Taschentuch abtrocknete. »Ihre Widerspenstigkeit hat sie ein Auge gekostet.« Er deutete darauf, wagte aber nicht, sie noch einmal anzurühren.

Drei Monate im Bordell, dachte Ramón, dreihundert, fünfhundert, vielleicht tausend Männer.

»Fünfzig Pfund«, bot Teresa.

Berkiewicz drehte sich zu ihr um.

»Ohne Grund würden Sie nicht kaufen«, schätzte er. »Ich gebe fünfundfünfzig.«

»Sechzig«, überbot ihn Teresa.

»Fünfundsechzig.«

»Siebzig.«

»Fünfundsiebzig.«

»Das reicht«, mischte sich Miro Orkovsky ein. »Kaufen Sie sie zu achtzig, Teresa. Wir einigen uns später, wenn wir unter uns sind. Ich werde der Schiedsrichter sein.«

»Du hast recht«, stimmte Berkiewicz zu. »Kein Grund, Geld zu verschenken.«

»Gibt es keinen weiteren Interessenten?« wollte Orkovsky wissen.

Niemand antwortete.

Alina wickelte sich in das Tuch, stieg vom Podium und schlug den gleichen Weg ein, den ihre Vorgängerinnen genommen hatten. Als sie an Teresa vorüberkam, hielt sie einen Augenblick inne und sah ihr fragend in die Augen. Teresa lächelte sie an und blickte zu Ramón hinüber. Das Mädchen ging weiter.

»Danke«, sagte Ramón.

Berkiewicz erhob sich.

»Lassen Sie uns verhandeln«, sagte er. »Ich gedenke nichts von dem zu kaufen, was es hier sonst gibt.«

Sie standen auf und wandten sich zum Ausgang. Hinter ihnen ging die Versteigerung weiter.

»Wo ist die letzte?« fragte Orkovsky den Besitzer des *La Luz*, schon im Korridor.

Sie folgten ihm ins obere Stockwerk.

Alina kauerte auf dem Bett an der Wand, wobei sich ihre ganze Zerbrechlichkeit offenbarte. Teresa setzte sich neben sie und ergriff ihre Hand.

Orkovsky verriegelte die Tür, und Ramón zog den Revolver.

»Setz dich, León«, befahl der stämmige Pole.

Der andere verzog das Gesicht, gehorchte aber und ließ sich auf dem einzigen Stuhl nieder.

»Willst du mir die Frau wegnehmen?« fragte er spöttisch.

»Die Frau und noch etwas. Was ist mit Isaac passiert?«

»Der ist baden gegangen.«

»Warum hast du das getan?« befragte ihn Orkovsky.

»Befehl der Migdal. Er hatte gestohlen.«

»Hatte er dich bestohlen?« Orkovsky machte ein paar Schritte um den Stuhl herum.

»Alle. Ich bin Mitglied.«

»Ist das wichtiger als die Freundschaft?«

»Ja. Ohne Gesetz keine Freundschaft.«

Orkovsky blieb hinter Berkiewicz stehen.

»War er tot, als er ins Wasser fiel?«

»Ich habe ihn lebend über Bord geworfen.«

Orkovsky zögerte keinen Augenblick länger.

»Er ist also ertrunken«, sagte er und schloß seine gewaltigen Hände um den Hals des Zuhälters der Migdal.

Vergeblich versuchte Berkiewicz, sich zu befreien, packte Orkovskys Handgelenke und stemmte die Füße in den Boden. Er wehrte sich noch ein paar Minuten lang, doch der Riese ließ seine Beute erst viel später wieder los, als er keinen Zweifel mehr hatte, daß der Mann tot war.

»Wir gehen«, entschied er. »Sie, Teresa, stehen Sie auf,

und kümmern Sie sich um die Kleine. Ich brauche die Bettdecke.«

Er legte Berkiewicz' Leiche auf das Bett, wickelte ihn in das von den Schändlichkeiten des Lebens verschlissene Tuch und warf ihn sich über die Schulter.

»Machen Sie auf, Ramón. Keine Angst. Niemand wird uns aufhalten.«

Durch den Hinterausgang gelangten sie auf die Straße.

60. Die Straße von Gibraltar

Das berühmte Azorenhoch, unvermittelt in höhere Breitengrade vordringend und seine Achse in N/S-Richtung verschiebend, drückt die weiter im Norden verlaufende Kaltfront, deren südliche Ausläufer euch noch erreichen, auf die Straße von Gibraltar zu.

JUAN GOYTISOLO, Rückforderung des Conde Don Julián

Orkovsky legte nicht einmal dreißig Meter mit dem toten Berkiewicz zurück: Mit ihm auf der Schulter trat er in ein Haus und kam, seiner Last entledigt, wieder heraus. Die anderen warteten draußen, verschmolzen mit den Schatten.

Sie dachten noch nicht daran, sich zu trennen, und gingen in Orkovskys Café: Es gab noch einiges zu regeln, und dafür würden sie die Unterstützung ihres neuen Freundes brauchen. Teresa geleitete Alina, den Arm mütterlich schützend um ihre Schultern gelegt.

Es überraschte Ramón nicht, Kapitän Troisi anzutreffen, wie er, ein Glas Cognac in der Hand, am Tresen mit Lena Orkovsky über die alten Zeiten plauderte. Teresa und Ramón waren dieser bei ihrem kurzen Besuch am Nachmittag nicht begegnet. Sie stellten fest, daß sie eine schöne Frau war.

Lena und Teresa verschwanden mit Alina im Hinterzimmer des Cafés.

»Kapitän …«, setzte Ramón an, als die Frauen sich zurückgezogen hatten.

»Kapitän bin ich an Bord. An Land bin ich Emilio Troisi, und ich bin auf Ihrer Seite, wenn Sie das getan haben, was ich vermute. Setzen wir uns an einen Tisch.«

»Er war es nicht«, vertraute Orkovsky ihm an. »Berkiewicz habe ich umgebracht. Ich habe ihn erwürgt. Das hätte ich schon vor Jahren tun sollen. Wahrscheinlich wäre Isaac dann noch am Leben. Ich kann Ihnen das ruhig sagen, denn in einer Stunde wird es in Tanger keine Leiche mehr geben.«

»Ich weiß von nichts«, versicherte der Kapitän.

»Dann wird es keine Leiche mehr geben, aber auch einen Passagier weniger. Berkiewicz wird der zweite sein, der von Ihrer Passagierliste verschwindet«, meinte Ramón.

»Berkiewicz ist bei unserer Zwischenstation von Bord gegangen und halt nicht zum Schiff zurückgekehrt. Das ist alles.«

»Und wenn jemand anderes seinen Platz einnähme?« schlug Orkovsky vor.

»Das Mädchen?«

»Ja.«

»Ist sie minderjährig?«

»Natürlich.«

»Und sie hat keinen Paß, nehme ich an.«

»Sie hat nicht einmal einen Nachnamen«, erklärte Ramón.

»Haben Sie Geld?« fragte Troisi.

»Habe ich.«

»In diesem Fall vergessen Sie die Fahrt nach Cádiz besser… Sie werden auch auf der Liste fehlen, aber als freiwilliger Abgang. Daß jemand beschließt, in Tanger zu bleiben und die Weiterreise zu verschieben, kommt ziemlich häufig vor. Morgen abend, wenn es Ihnen recht ist, überqueren Sie die Straße von Gibraltar in einem Boot. Nach Tarifa. Ich kümmere mich um alles. Es wird Sie nicht zu teuer kommen. Ihr Gepäck können Sie im Zielhafen wieder in Empfang nehmen. Wenn Sie erst einmal in Spanien sind, wird Sie niemand fragen, wie Sie dorthin gelangt sind. Etwas anderes ist es, durch den Zoll zu kommen.«

Teresa unterbrach sie.

»Ramón«, rief sie.

Einträchtig hatten Teresa und Lena angefangen, Alina auf ihr neues Leben vorzubereiten: Sie hatten ihr das Haar gewaschen und sie in ein weißes Nachthemd und Sandalen gekleidet.

»Alina erzählt uns einiges aus ihrem Leben«, erklärte Teresa. »Ich könnte mir vorstellen, daß es dich interessiert.«

»Sprichst du Spanisch?« fragte Ramón und hockte sich vor den Schemel, auf dem das Mädchen saß.

»Ich bin Spanierin«, erwiderte Alina.

»Von wo?«

»Geboren bin ich in Málaga, glaube ich. Oder in der Nähe.«

»Und deine Mutter?«

»Ist schon lange tot.«

»Hast du sie noch gekannt?«

»Kurz.«

»Und danach?«

»Wonach?«

»Nach ihrem Tod.«

»Eine Tante, eine Schwester von ihr. Sie hat mir zu essen gegeben.«

»Aber am Ende hat sie dich verkauft.«

»Ja.«

Ramón nahm Alinas Hände zwischen die seinen und sah sie an, wie er möglicherweise noch nie jemanden angesehen hatte, nicht einmal Mildred vor zwanzig Jahren, als seine Begierde sicherlich drängender, aber nicht so zielstrebig gewesen war.

»Was willst du, Alina? Was erwartest du? Was brauchst du? Du bist frei, du hast keinen Herrn.«

»Warte, warte«, bat sie, »so nicht. Langsam. Ich habe sehr wohl einen Herrn. Du hast doch für mich bezahlt.«

»Deinetwegen, dir zuliebe. Du bist frei.«

»Ich war schon einmal frei, wie du es nennst, und das taugt gar nichts. Lieber gehöre ich jemandem, dir … Oder wirst du mich wieder auf die Straße schicken? Ich habe viele Männer davon reden hören, vom Freisein … aber die haben nicht gehungert. Wer Hunger hat, ist nicht frei, sondern ein Dreck. Ich will nicht wieder auf die Straße …«

»Alina …«

»Diesen Namen haben sie mir in Melilla gegeben, in dem Haus, wo ich war. Vorher hieß ich Gloria.«

»Bist du getauft?« fragte Lena Orkovsky.

»Ich weiß nicht, ich kann mich nicht erinnern …«

Ramón drückte zärtlich Glorias Finger.

»Würdest du gern mit mir kommen?« fragte er bittend.

»Du wirst mich nicht hierlassen?«

»Nein! Wie sollte ich dich hierlassen? Du kommst mit mir, wenn es das ist, was du willst.«

»Ja.«

Ramón richtete sich auf und ging zur Tür. Einen Moment hielt er inne, den Vorhang in der Hand.

»Ich kläre das mit einem Bekannten des Kapitäns«, sagte er. »Morgen nacht setzen wir nach Spanien über.«

Gloria sah ihm nach.

»Was für ein dummer Junge!« stichelte Teresa im Spaß, als sie allein waren. »Er hat dich hier, er könnte mit dir machen, was immer er will, und trotzdem fragt er dich nach deiner Meinung …«

»Also, mir gefällt das«, entgegnete Gloria. »So hat noch

nie jemand mit mir gesprochen, und niemand hat mir jemals so die Hände gestreichelt... Aber er macht mir auch angst: Er fragt mich Sachen, die ich nicht weiß... Ich weiß nicht, was ich will oder was ich brauche. Essen, wohnen, wo es nicht stinkt, ich weiß nicht...«

Teresa lächelte. Hinter Gloria stehend streichelte sie ihren Nacken.

»Meinst du, du könntest ihn lieben? Er ist viel älter als du, schon fast vierzig...«

»Ich weiß nicht, wie man jemanden liebt...«

»Er wird es dir beibringen. Er wird dich lehren zu lieben, zu brauchen... Aber er ist nicht leicht zufriedenzustellen. Der Körper einer Frau genügt ihm nicht. Er will auch ihre Seele. Und die soll sie ihm geben, nur weil er ist, wie er ist...«

»Bist du seine Mutter?«

Teresa ließ sich Zeit mit der Beantwortung der Frage, die von Gloria ausgesprochen worden war, worauf Lena, die noch keine Gelegenheit zu einem vertraulichen Gespräch mit Teresa gehabt hatte, aber ebenso brannte.

Teresa zögerte, ehe sie einen der Hocker neben dem Bett nahm und sich vor Gloria niederließ.

»Hör mir gut zu«, sagte sie, »und sieh mich an!« Gloria, gebannt von Teresas eindringlichem Ton, hätte in diesem Augenblick gar nicht anders gekonnt. »Ich war die Frau von Roque Díaz, Ramóns Vater. Und jetzt bin ich die Geliebte des Sohnes.«

Lena legte sich aufs Bett, voller Bewunderung und gierig auf alles, was aus dem Mund dieser Frau kommen mochte.

»Ich bin über zwanzig Jahre älter als er«, fuhr Teresa fort. »Und ich liebe ihn, ich liebe ihn wahnsinnig. Ich würde für ihn sterben und möchte am liebsten mit ihm sterben. Aber das wäre zu einfach. Ich werde den schwereren Weg gehen: Ich werde ohne ihn leben. Immer habe ich gewußt, daß der

Moment eines Tages kommen würde. Der Moment, in dem er dich trifft, jemand anderen trifft, eine junge Frau. Ich kann ihm keine Kinder schenken, und die Sippe der Díaz' verdient es zu überdauern. Ich habe Hunderte nackte Männer gesehen. Als ich Ramóns Vater kennengelernt habe, war ich eine bekannte Hure. Ich habe erkannt, daß er von all den Männern, die ich erlebt hatte, der einzige war, der sich im Schlafzimmer mit einer Frau nicht wie ein Mistkerl aufführte. Der«, sie wies mit einer vagen Geste nach draußen, »ist genauso. Ich habe den Vater geliebt und liebe jetzt den Sohn. Ich hätte auch Germán lieben können, der so etwas wie der Heilige Geist der Familie gewesen ist, aber ich habe nie mit ihm geschlafen. Er hätte euch gefallen… jeder Frau, nehme ich an…« Leichte Tränen netzten Teresas Wangen, jedoch verlor sie nicht die Fassung. »Steck mir eine Zigarette an, Lena, bitte… Ramón hat dich erwählt, mein Kind, oder du hast ihn erwählt, ob du das weißt oder nicht, ist ganz egal… Und ich übergebe ihn dir, denn so habe ich es von Anfang an gewollt.«

Teresa erhob sich von ihrem Platz, trocknete ihr Gesicht und beugte sich zu Gloria, um ihr die Stirn zu küssen.

Lena stand auf und trat zu ihnen.

Ramón schob den Vorhang ein wenig zur Seite und streckte den Kopf herein.

»Gloria«, sagte er, »kannst du lesen?«

»Nein«, erwiderte sie.

»Du wirst es lernen«, versprach Teresa.

61.

»Wilson Mitre hat mir schon von deiner Großmutter erzählt, von Gloria.«

»Und was hat er dir erzählt?«

»Daß sie ein Glasauge hatte.«

»Extra für sie in Madrid geschliffen... Meine Mutter behauptet, von einem Nachfahren Spinozas... Ich bin mir gar nicht sicher, ob Spinoza überhaupt Nachkommenschaft hinterlassen hat.«

»Er hat mir auch erzählt, die Nonnen in Sevilla hätten ihr das Lesen beigebracht, Ramón habe sie taufen lassen und sie in La Coruña geheiratet.«

»Ah, nein, nein... Das einzige, was daran stimmt, ist die Heirat in La Coruña. Sie wurde auch getauft, aber weil die Kirche, die damals in Sachen Eheschließung die Entscheidungen traf, es so verlangte... Ramón wollte gern in Spanien heiraten, und so mußte er sich den Priestern beugen: ohne Taufe keine Hochzeit. Es ging ihm überhaupt nicht darum, sie taufen zu lassen... Was die Nonnen angeht, ist davon gar nichts wahr... Keine Ahnung, wo Mitre das herhat. Für die Monate, die sie in Sevilla verbrachten, engagierte Ramón einen Hauslehrer, Don Rómulo Bernárdez, einen Laien mit sozialistischen Ideen und zu alt, um sich wie Stendhals Julian Sorel aufzuführen. Don Rómulo bezog eine höfische Leibrente, doch Ramón zahlte ihm ein Vermögen, damit er sich vierundzwanzig Stunden am Tag zur Verfügung hielt.«

»Zumindest stimmt es also, daß sie in Sevilla lesen lernte.«

»Lesen und alles andere... Gloria war hochintelligent und hatte ein beneidenswertes Gedächtnis, und sobald sie das nötige Rüstzeug besaß, begann sie, mit Feuereifer zu lernen, sogar

Sprachen. Ich erinnere mich, daß sie flüssig Französisch und Englisch las, obwohl sie sich das erst später angeeignet haben konnte.«

»Wie lange blieben sie dort?«

»Am 30. oder 31. Juli 1914 wurde Jaurès ermordet. Eigentlich hatte der Weltkrieg bereits begonnen. Das Attentat von Sarajewo war zwei Tage her. Ich weiß nicht, ob sie sich da schon in Madrid aufhielten, aber ich weiß, daß Ramón wenig später an Versammlungen im Kulturverein teilnahm, auf denen sich Manuel Azaña für eine spanische Beteiligung aussprach …«

»Am Krieg?«

»Gegen die Vorherrschaft des unseligen Neutralismus verteidigte Don Manuel die Notwendigkeit, Partei zu ergreifen. Mein Großvater empfand große Bewunderung für diesen Mann, und als er nach Galicien kam, war er zu einem wahren Verfechter seiner Ideen geworden.«

»Und was hörte man in Buenos Aires dazu?«

»Das gleiche dumme Zeug wie hier auch. Die Argentinier waren, wie die Spanier, stolz darauf, neutral zu sein. Die Ereignisse von 1914, an die man sich am besten erinnert, auch heute noch, haben nichts mit dem Krieg zu tun. Da waren zum Beispiel zwei aufsehenerregende Kriminalfälle, über die man heute noch spricht: der Livingston- und der Santos-Godino-Fall. Livingston hatte sich, nebenbei bemerkt, gar nichts zuschulden kommen lassen, im Gegenteil: Er war im Auftrag seiner Frau von zwei italienischen Fischern erstochen worden …«

»Und der andere?«

»Godino? El Petiso Orejudo, *das Langohrpony … Das war ein Monster! Er folterte und tötete mehr als ein halbes Dutzend Kinder im Alter von sechs Monaten bis zehn Jahren. Er fesselte sie und verbrannte ihnen die Lider mit Zigaretten oder durchlöcherte ihnen die Schläfen mit Hammer und Nägeln. Ein echter Präzedenzfall!«*

»Verflucht!«

»Außerdem war 1914 das Jahr, in dem Casimiro Aín, ein Baske, der sich zum porteño *berufen fühlte, in den Vatikan reiste, um vor Benedikt XV. Tango zu tanzen. Er konnte den Papst bewegen, das von dessen Vorgänger verhängte Verbot dieses lasziven Tanzes aufzuheben … Was zum Teufel ist überhaupt Geschichte, Clara?«*

»Deine, meine, diese Erzählung deiner Vorfahren, die du aufzuschreiben versuchst …«

»Das ist keine Erzählung. Das ist ein Vermächtnis … Ich bemühe mich, es aufzuschreiben, um denen, die nach mir kommen, Arbeit zu ersparen und es endlich Literatur werden zu lassen. Wäre die Literatur nicht, wem sollte Roques Leben oder Teresas Sterben dann etwas bedeuten?«

62. Morgen

»Luisa, ich gehe hin, wenn mir danach ist.
Erst wenn mir verflixt noch mal danach ist!«

JUAN GARCÍA HORTELANO, Sábado, comida

Die Beschwerden hatten schon im Süden begonnen, aber erst in Madrid, als die Schmerzen unerträglich wurden, beschloß Teresa, auf Ramón zu hören und einen Arzt aufzusuchen. Anfangs hatte sie unter Übelkeit und gelegentlichen Magenkrämpfen gelitten. Sie begann, weniger zu essen, und magerte ab. Sie schob es auf die Hitze und ließ sich nichts anmerken. Eines Tages erbrach sie Blut, schwieg aber weiterhin. In weniger als einer Woche würden sie aus Sevilla abreisen. Im Zug kostete es sie übermenschliche Anstrengung, ihr Unwohlsein zu überspielen.

In einem Hotel in der Gran Vía schrieben sie sich als das ein, was sie irgendwie auch wirklich waren: ein Ehepaar mit seiner Tochter. Von den zwei Zimmern jedoch bewohnte Teresa das eine, Ramón und Gloria bezogen das andere.

In Sevilla hatte ihnen Don Rómulo, der Lehrer, von einem Arzt erzählt, den er zutiefst bewunderte. Als Ramón und Gloria, die unbedingt in den Prado wollten, sich schließlich bereit erklärten, Teresa einmal allein zu lassen, ging sie zu ihm.

Doktor Gabriel Moner, der sich als ein förmlicher Mallorquiner erwies, so rigide, wie es von jemandem, der ein Diplom der Universität von Berlin an der Wand im Wartezimmer hängen hatte, nicht anders zu erwarten war, hatte seine Praxis in der Calle Fuencarral. Er hörte den Krankenbericht der Patientin geduldig an, machte Notizen, stellte Fragen und untersuchte sehr sorgfältig jeden Millimeter ihres Körpers, nicht nur mit den Augen, Ohren und sogar der Nase, sondern auch mit Hilfe von Röntgenstrahlen, in deren Anwendung er Vorreiter war.

»Ziehen Sie sich wieder an«, bat er schließlich, »und kommen Sie in mein Büro. Dort unterhalten wir uns.«

Teresa gehorchte.

»Die Sache ist die …«, begann Moner, als sie vor ihm stand.

Sie ließ ihn nicht weitersprechen.

»Hören Sie, Doktor«, sagte sie und setzte sich, »wie ich gesehen habe, haben Sie in Deutschland studiert. Das veranlaßt mich zu der Annahme, daß Sie der Rückständigkeit und Dummheit in diesem Land überlegen sind und daß ich ganz offen zu Ihnen sein kann. Ich bin eine starke, alleinstehende Frau. Wenn ich die Krankheit habe, die ich zu haben glaube, müssen Sie es mir sagen. Falls ich wirklich bald sterben muß, würden Sie mir Leid ersparen. Ich hänge von niemandem ab, aber es gibt Menschen, die in gewisser Weise von mir abhängen …«

»Was erwarten Sie, daß ich Ihnen sage, Señora?«

»Die Wahrheit. In Einzelheiten. Ist es unheilbar?«

»Ja«, bestätigte Moner.

»Wieviel Zeit bleibt mir noch?«

»Die Medizin vermag in Ihrem Fall wenig auszurichten … Ich schätze sechs Monate bis ein Jahr.«

»Werde ich Schmerzen haben?«

»In der ersten Phase wird Ihnen Morphium helfen. Später ist es nutzlos.«

»Verstehe. Und ich habe auch das Gefühl, daß Sie mir nicht helfen werden zu sterben …«

»Wie meinen Sie das?«

»Indem Sie mir etwas geben, ein wirksames Gift, schmerzlos…«

»Tut mir leid, Señora. Ich habe einen Eid geleistet.«

»Schon gut, in Ordnung. Sie werden mir also Morphium geben, nicht wahr?«

»Das schon. Zwei Ampullen für zwei Tage. Sie müssen sie alle zwei Tage abholen kommen. Und sich spritzen, wissen Sie, wie das geht?« Er sah ihr in die Augen. »Natürlich wissen Sie das… was wissen Sie nicht?«

»Eine Menge. Zum Beispiel, warum ich jeden zweiten Tag hierherkommen soll – obwohl ich mir den Grund denken kann… Ich fahre dieses Wochenende nach Galicien. In ein kleines Dorf, wo es weder Morphium noch etwas dergleichen gibt.«

»Das Morphium wird nur deshalb in dieser Form ausgegeben, weil…«, Moner zögerte.

»Sagen Sie es ruhig: Weil niemandem eine tödliche Dosis ausgehändigt werden darf. Ist es nicht so? Sie müssen es nach und nach abgeben.«

»Ja.«

»Es tut mir wirklich leid, Doktor, daß ich mich gezwungen sehe…« Teresa zog ihre Bluse aus und hakte den Rock auf. »Ist Ihnen klar, was passieren wird, wenn ich mich nackt ausziehe und schreiend ins Treppenhaus renne?«

»Oh, kommen Sie, das werden Sie doch nicht tun!« protestierte der Arzt.

»Ich kann sehr böse sein, Doktor«, sagte sie, während sie die Strümpfe herunterrollte. »Und wer wird sich nicht fragen, warum Sie eine Magenkranke die Strümpfe ablegen lassen?«

»Dafür gäbe es Gründe«, wehrte sich Moner.

»Die Sie alle aufzählen können, während die gesamte

Madrider Polizei hier durchstapft…« Sie streifte den Schlüpfer ab.

»Ziehen Sie bitte Ihre Strümpfe wieder an, Señora!«

»Keine Unterwäsche. Nur die Bluse und den Rock werde ich anziehen… Kriege ich das Morphium?«

»Sie kriegen es.«

»Wieviel?«

»Acht Dosen. Damit können Sie sich mehrfach ins Jenseits befördern.«

Teresa stopfte ihre Unterwäsche in die Handtasche und warf sich den Mantel über die Schultern.

»Die Unterwäsche werde ich in der Hand behalten. Sollten Sie auf dumme Gedanken kommen, werden Sie mal erleben, wie schnell eine Frau ausgezogen sein kann, wenn sie will. Zehn Dosen.«

Während der Arzt eine Vitrine öffnete und die Ampullen herausnahm, raffte Teresa sämtliche Papiere vom Schreibtisch, aus denen ihr Name und ihre Adresse hervorgingen.

Wieder auf der Straße, fühlte sie sich erleichtert. Sie machte so etwas nicht gern.

Auf der Gran Vía betrat sie eine Apotheke und kaufte eine Spritze, die größte, die sie bekommen konnte, und eine Hohlnadel.

Im Hotel traf sie Ramón an. Er saß in der Halle und las Zeitung. Gloria war nach oben gegangen, um sich hinzulegen.

»Ich habe eine Bitte an dich!« Sie faßte nach seiner Hand.

»Ja?«

»Ja. In ein paar Tagen fahren wir nach Galicien. Du wirst heiraten, und ich werde vielleicht in meinem Dorf bleiben, ich weiß noch nicht… wir werden unterschiedliche Wege gehen… Möglicherweise werden wir uns lange nicht sehen, vielleicht nie wieder. Ich möchte, daß du deine Frau mit mir betrügst. Ich möchte, daß du noch einmal mit mir schläfst.«

»Teresa!« rief Ramón bewegt.

»Wirst du das tun? Ja?«

»Natürlich! Glaubst du etwa, ich begehre dich nicht mehr?«

»Nein. Dafür war es zu perfekt. Es kann so schnell nicht erlöschen.«

»Wenn es überhaupt je erlischt.«

»Alles erlischt einmal, mein Liebster!«

Sie liebten sich – so dachte Ramón hinterher –, mit der gleichen wütenden Leidenschaft wie in der Nacht, als Frisch gestorben war.

»Wir müssen unsere Reisevorbereitungen für Galicien treffen«, sagte Ramón später, noch nackt, mit einer Zigarette auf dem Bett liegend.

»Morgen«, vertagte Teresa.

Als er gegangen war, schrieb sie einen kurzen Brief:

> Ramón, Geliebter,
> du wirst neben diesen Zeilen ein paar Papiere mit den Notizen eines Arztes finden. Sie sind mein Todesurteil.
> Nun gut. Für mich ist die Reise hier zu Ende. Der Schmerz ist mir widerwärtig, und es gibt keinen Grund, warum ich in einem Scheißkaff sterben soll. Es ist mir lieber, du beerdigst mich hier in Madrid.
> Danke für das letzte Zusammensein. In dir, in deinem Vater und in Germán hat mein Leben seinen Sinn gehabt. Ich habe euch sehr geliebt.
> T.

Ramón fand ihren Leichnam um die Mittagszeit.

Er weinte, wie er noch nie geweint hatte und nie wieder weinen würde. Letztendlich sollte Gloria sowohl ihn als auch ihre gemeinsamen Kinder überleben.

63.

»Dieser Abschiedsbrief von Teresa ist noch bei den Sachen deines Großvaters …«

»Ich weiß. Ich entsinne mich, daß er in dem Intarsienkästchen aus La Coruña liegt, zusammen mit Rosendes Papieren und all den falschen Dokumenten, die Ramón gekauft hatte, um Gloria heiraten zu können.«

»Wann war das genau?«

»Sobald sie Teresa begraben hatten und nach La Coruña gefahren waren. Er hat wohl das Gefühl gehabt, ganz allein zurückzubleiben, und beschleunigte die Formalitäten, um sich eine Familie zu sichern … Er mußte die halbe Welt bestechen, Priester, Polizisten und Zivilbeamte, aber er schaffte es in weniger als zwei Wochen.«

»Waren sie schon verheiratet, als sie nach Traba kamen?«

»Ja.«

64. *Wurzeln*

Heute, da du deiner Heimat nicht mehr bedarfst,
Ist sie dir in diesen Büchern noch immer lieb und
wert, [...]

LUIS CERNUDA, Díptico español

Sie erreichten Traba in einer Pferdekutsche, die sie zu einem exorbitanten Preis in La Coruña gemietet hatten. In keinem der Häuser des Dorfes fanden sie Unterkunft: Niemand kannte die Reisenden, und obwohl diese gutes Geld boten, obsiegte das Mißtrauen über die Habgier.

Die Kirche lag etwas außerhalb des Dorfes. Ramón lenkte den Wagen dorthin, auf der Suche nach dem Priester. Bevor er an die Tür des Gemäuers klopfte, sah er sich auf dem Friedhof um: Díaz', Ouros, Besteiros und Lemas lagen im ewigen Schlaf neben Menschen mit anderen Familiennamen, zu denen es womöglich auch irgendwelche Verwandtschaftsbeziehungen gab, die jedoch an diesem Ort nichts weiter waren als Hinweise auf eine ihm unbekannte Vergangenheit.

Der Pfarrer war ein gutaussehender junger Mann mit schwarzem, glänzendem Haar und einem warmherzigen Lächeln. Er bat sie in die Sakristei und servierte ihnen Portwein.

»Ich bin auf der Suche nach Verwandten«, sagte Ramón. »Meine Eltern haben dieses Dorf vor vierzig Jahren verlassen.«

»Und ich bin erst seit acht Tagen hier … Ich kenne noch kaum einen Namen.«

Ramón sah ihn von oben bis unten an und grinste über das ganze Gesicht.

»Was ist los?« fragte der Priester. »Was amüsiert Sie so?«

»Ich mußte nur an meinen Großvater denken. Meinen Großvater väterlicherseits. Er war Priester wie Sie. Ich habe nie seinen Namen gewußt. Kaum war er hier, verführte er meine Großmutter und verschwand. Ich habe Heiligenblut in den Adern!«

»Machen Sie sich bitte nicht lustig, und verwechseln Sie mich nicht. Ich kenne diese Geschichte. Es war das erste, was man mir erzählt hat. Es ist über sechzig Jahre her.«

»Aber man erinnert sich daran.«

»An solche Sachen erinnert man sich immer.«

»Wissen Sie, ob es noch einen lebenden Zeugen gibt?«

»Ich weiß es nicht. Soll ich mich einmal umhören?«

»Das mache ich schon selbst.«

Als sie wieder auf den Weg hinaustraten, saß auf dem Trittbrett der Kutsche ein Junge. Er war groß und kräftig, aber wohl nicht viel älter als Gloria.

»Heißen Sie Díaz?« erkundigte sich der Knabe.

»Ja.«

»Díaz Besteiro?«

»Ja.«

»Ich soll Sie abholen.«

»Wer schickt dich?«

»Don Rosende.«

»Ich werd verrückt! Ist er dein Herr?«

»Ich habe keinen Herrn. Steigen Sie auf, ich übernehme die Zügel.«

»Gloria, Liebling, nimm Platz«, bat Ramón. »Ich fahre vorn bei dem jungen Mann mit.«

Dieser machte es sich auf dem Bock bequem, als er sich

akzeptiert sah. Sobald auch er aufgestiegen war, streckte ihm Ramón die Hand hin.

»Ich heiße Ramón«, sagte er. »Meinen Nachnamen kennst du ja schon. Besser, wir duzen uns.«

Der Junge nahm die Hand und den Vorschlag an und fuhr los.

»Ich bin Antonio Reyles«, stellte er sich vor.

»Arbeitest du bei Rosende?«

»Gelegentlich. Ich bin nicht aus Traba. Ich komme von weiter oben, aus Carballal, einem noch erbärmlicheren Dorf als diesem hier. Aber ich besuche den Alten immer. Er läßt mich seine Bücher lesen. Hier gibt es sonst nicht viele.«

»Wie alt ist Rosende?«

»An die neunzig.«

»Und du?«

»Ein bißchen jünger.«

Der Greis wartete auf der schmalen Veranda seines Hauses, erspähte den Wagen in einer Wegbiegung und ging ihm entgegen.

Er war sehr schlank und rüstig und ging ohne Stock. Als die Pferde anhielten, blieb er stehen und blickte Antonio und seine Fahrgäste an.

»Steigt bitte ab«, sagte er.

Ramón gehorchte. Er hätte nicht anders gekonnt vor diesem Mann, seinem Großonkel, der jetzt einen Zwicker aus der Brusttasche seiner Weste zog und ihn einen Zentimeter vor die Brille hielt, die er bereits aufhatte, um Ramóns Züge zu studieren und etwas zu überprüfen, das er allein kannte.

»Wenn das nicht ganz unmöglich wäre«, sagte Rosende schließlich und nahm den Zwicker herunter, »würde ich schwören, du bist dein Vater. Aber in diesem Alter und mit dieser Ähnlichkeit kannst du nur sein Sohn sein. Umarme mich, ich will wissen, wie du umarmst.«

Die Kraft von Rosendes Händen, die er auf Schultern und Rücken spürte, ging Ramón nicht so zu Herzen wie der Geruch seiner Haut und seiner Kleider, ein Geruch, wie er Fernandas Haut zu eigen gewesen sein mußte und der sich, solange Roque lebte, in dessen Umgebung bewahrt hatte, den Bettlaken und Speisen, den Gewohnheiten und Seifen anhaftete, stärker als Teresas durchdringende Parfüms. Ein Geruch, den er an sich selbst nicht wahrzunehmen vermochte, jedoch als den seinen erkannte. Er würde ihn, intensiver noch, am Abendbrottisch und in dem Bett wiederfinden, in dem sie die Nacht verbringen sollten, wo er Glorias kräftigen Duft, den er so sehr liebte, überdeckte.

»Weißt du, daß ich deine Großmutter Brígida geliebt habe?« fragte Rosende. »Ich hätte dein Großvater sein und dein Vater hätte meinen Namen tragen können… Aber durch deine Mutter bist du ohnehin ein Lema.«

»Und ein Besteiro.«

»Ach, das zählt nicht. Dieser neureiche *indiano* war ein mieser Kerl, und zum Glück hat ihn endlich der Teufel geholt.«

»Ist das schon lange her?«

»Ziemlich lange. Aber daß wir uns recht verstehen, er ist alt geworden, und Satan hatte seine liebe Not, ihn dieser Welt zu entreißen… Jetzt stell mir deine Frau vor, und dann laß uns ins Haus gehen wie eine richtige Familie. Mein Freund Antonio wird sich um den Wagen und die Tiere kümmern.«

Ihr Gespräch zog sich über Monate hin.

»Du bist sicher ein Freidenker wie Roque«, erkundigte sich Rosende.

»Mein Vater war mehr als das. In Buenos Aires wurde er Sozialist.«

»Sozialist? Das ist sehr gut, wirklich gut… Und du, hast du Jovellanos gelesen?«

Und nachdem sie erst einmal festgestellt hatten, daß sie im wesentlichen gleicher Meinung waren, verstrickten sie sich in endlose Debatten über den landwirtschaftlichen Fortschritt, die Industrie und die *Sociedades de Amigos del País*, die Gesellschaften zur Förderung des wirtschaftlichen und kulturellen Fortschritts.

»Erzähl mir von meiner Mutter«, bat Ramón eines Tages.

»Fernanda! Die schönste Frau, die je auf Erden weilte. Andernfalls hätte sich Roque niemals auf diesen Schlamassel eingelassen... Weißt du, daß er einen Mann getötet hat?«

»Und dann hat er ihn im Wald begraben.«

»Ja. Ich weiß, wo, aber niemand hat das Grab finden können. Deine Mutter war es wert, sie war es wert, daß man für sie tötete, doch nur Roque hatte das verstanden... Ein Jammer, daß Brígida mich nicht genommen hat. Schade nicht nur für sie und mich: Dein Vater war nämlich ein feiner Kerl, und ich wäre stolz gewesen, wenn er meinen Namen getragen hätte.«

»Er hat dich sehr geliebt, Rosende. Vielleicht mehr als einen Vater.«

»Das freut mich zu hören.«

Antonio Reyles kam jeden Sonntag zum Essen. Wenn er ging, nahm er immer ein halbes Dutzend Bücher mit und brachte sie in der folgenden Woche zurück, um neue zu holen.

»Was hattest du diesmal dabei, Antonio?« fragte ihn Rosende bei Tisch.

»Seneca, Kempis...«

»Kempis?«

»Ja. Aber den fand ich nicht interessant. Auch wenn er anders ist als die anderen, habe ich genug von Pfaffen.«

»Aber er ist ein Klassiker!«

»Für wen, Don Rosende? Quevedo ist auch ein Klassiker und geht mir mit seiner Judenmanie auf die Nerven. Immerhin wären wir heute besser dran, wenn man sie nicht aus Spanien vertrieben hätte.«

»Hmmm… Da hast du recht, ein jeder schwingt die Waffe, die ihm am besten liegt.«

»Was hast du vor, Antonio?« erkundigte sich Ramón eines Tages.

»Womit?«

»Mit deinem Leben.«

»Hier weggehen, sobald ich alt genug bin.«

»Wohin willst du?«

»Havanna, Buenos Aires… wer weiß.«

»In Buenos Aires könntest du ihn zu Beginn ein wenig unterstützen«, schlug Rosende vor.

Ramón dachte nicht an die Rückkehr. Die Stadt, das Haus in der Calle Alsina schienen in ein anderes Leben zu gehören, ein von Roque, Germán, Teresa, Mildred, Raquel bewohntes Leben. Es war die Welt Julio Valeas und Juan Ruggieros. Es war die Welt der Zwi Migdal, die Welt von Carlos Escayola alias Gardel. Noch war er nicht imstande, sie sich auf andere Weise vorzustellen.

»Buenos Aires?« wiederholte er, als fiele ihm etwas längst Vergessenes wieder ein.

»Ja, Buenos Aires.« Rosende nickte. »Du wirst ja wohl nicht für immer hierbleiben wollen. Zwar gehört dir das alles, doch ist das nicht Grund genug.«

»Was meinst du mit das alles?«

»Das hier. Das Dorf, das Land, ein Teil dieses Hauses. Es gehörte deinem Großvater. Jetzt gehört es dir. Aber es nützt dir nichts, du bist kein Bauer. In Argentinien hast du Geschäfte, Geld oder *plata*, wie ihr es dort nennt…«

»Das stimmt.«

»Außerdem wirst du mit diesem Mädchen Kinder

haben. Soll die etwa der Priester unterrichten? In Buenos Aires gibt es nichtreligiöse Schulen. Und Krankenhäuser zum Entbinden. Hier gibt es nichts als Erinnerungen und stümpernde Hebammen mit dreckigen Händen.«

»Ich möchte nach Buenos Aires«, sagte Gloria.

»Schon gut, schon gut, wir fahren ja wieder hin«, beschwichtigte Ramón.

Doch das sollte noch eine Zeitlang dauern. Bis Februar, als sie auf die schlimmst mögliche Weise Nachricht von der Grippeepidemie erhielten: Rosende erkrankte.

Vollkommen verkrampft, in Decken gewickelt und mühsam atmend rief er nach Ramón.

»Komm mir nicht zu nah«, sagte er vom Bett aus. »Und verabschiede dich ja nicht! Bring Gloria hier weg. Ohne Gepäck oder sonst was. Bring sie sofort von hier weg. Morgen früh seid ihr in La Coruña. Da wirst du irgendein Schiff finden.«

»Ich ...«, versuchte Ramón, Einspruch zu erheben.

»Sag es nicht. Sag kein Wort. Verschwinde.«

Draußen auf der Treppe begegnete er Antonio Reyles.

»Verliere keine Zeit, Ramón«, sagte der Junge. »Geh, geh schon! Du und ich, wir werden uns in Buenos Aires wiedersehen. Rosende... ist sehr alt, er wird das nicht überstehen. Paß auf Gloria auf.«

Was in jener Nacht geschah, berichtete Reyles ihnen Jahre später.

Rosende röchelte. Der Junge ging nach ihm sehen und fand ihn, den Blick starr an die Decke gerichtet und immer schwächer nach Luft schnappend.

»Don Rosende«, sagte er, »möchten Sie eine Tasse Brühe?«

»Nein, mein Sohn«, wehrte der Alte ab. »Siehst du denn nicht? Siehst du denn nicht, daß ich sterbe?«

»Soll ich den Priester holen?«

»Der kann mich mal!«

Das waren seine letzten Worte. Eine Stunde später hörte er auf zu atmen.

Gloria und Ramón waren schon auf dem Weg nach La Coruña.

Bei Tagesanbruch trafen sie dort ein. Sie suchten ein Gasthaus und frühstückten.

Der Wirt schickte sie zu einem Spediteur.

»Wo wollen Sie hin?« fragte der Mann.

»Nach Buenos Aires.«

»Möglicherweise fährt ein Schiff dorthin, aber es gibt Schwierigkeiten. Der Krieg, wie Sie wissen … Die Deutschen versenken Schiffe, sie haben eine neue Waffe.«

»Ich zahle jeden Preis.«

»Ich werde sehen, was sich machen läßt.«

Sie nahmen ein Zimmer und richteten sich auf eine Wartezeit ein.

Am selben Abend kam der Spediteur zu ihnen.

»Übermorgen geht ein brasilianischer Frachter raus«, bot er ihnen an. »Er fährt nur bis Montevideo, aber er kann sechs Passagiere aufnehmen.«

»Einverstanden«, willigte Ramón ein, ohne zu zögern.

Sie brauchten fast zwei Monate, bis sie die uruguayische Küste erreichten.

65. Rückkehr

Von da an durchwühlte ich die Dachböden und suchte mir planlos eine Erklärung für meine Ruhelosigkeit zusammen.

CAMPOS REINA, Un desierto de seda

Die Rückkehr an den Ort, der fast dreißig Jahre lang Schauplatz seines Lebens gewesen war, konfrontierte Ramón mit der Tragweite seiner Verluste. Tagelang tat er nichts anderes, als in den Zimmern des Hauses in der Calle Alsina nach Spuren seiner früheren Bewohner zu suchen. Jedes Fundstück – vom Porträt seiner Mutter Fernanda bis zur Hochzeitsanzeige Manolo de Garays, von dem Gehstock, den Roque zuletzt benutzt hatte, bis zu einem alten Kleid Mildreds, von Germán Frischs Bandoneon bis zu einem seidenen Morgenrock, der Teresa gehört hatte, von der *La-Vanguardia*-Sammlung bis zu einem Brief von Raquel Rosen – nahm er zum Anlaß, Gloria ein Stückchen jener unwiederbringlichen Vergangenheit zu erzählen, die ihr für immer fremd bleiben würde, obgleich Ramóns Gefühle sie instinktiv und untrennbar mit den Frauen verbanden, die ihr vorangegangen waren.

Trotzdem waren es nicht die Objekte dieser überreichen, anscheinend unversiegbaren Quelle seiner Erinnerungen, die Ramón peinigten, sondern die blitzartigen Augenblicke, in denen ihm zu Bewußtsein kam, daß er etwas gesagt hatte und auf eine Antwort wartete, die niemals kommen, auf eine Stimme, die nie wieder erklingen würde: Diesen Räumen fehlte die Gegenwart der Menschen, ihre

Gesten und Bewegungen, die immer die seinen gespiegelt, ergänzt und ihnen damit einen Sinn verliehen hatten.

Gloria begriff bald, daß sie sich nicht gegen das durchsetzen mußte, was dort war, sondern gegen das, was dort fehlte, damit Ramón wirklich mit ihr zusammenlebte: Sie mußte stets den Abwesenden zuvorkommen, die ersehnte Antwort aussprechen, ehe das Übel im Schweigen Gestalt annehmen konnte. Die harte Schule ihres fünfzehnjährigen Lebens hatte sie auf diese Aufgabe vorbereitet, während Ramón in vierzig angenehmen Lebensjahren zu einem Schmerz und Einsamkeit fürchtenden Mann geworden war.

Sie waren bereits einen Monat in der Stadt, gingen nur sehr selten aus und lediglich, um unentbehrliche Besorgungen zu machen, als sie eines Tages Besuch bekamen. Gloria empfand das Auftauchen Julio Valeas als einen Segen. Ramón führte ihn in die Küche. Bedachtsam ließ sie sich nicht sofort blicken.

»Warum hast du nicht Bescheid gesagt, daß du wieder da bist, Ramón?« tadelte ihn Valea.

»Ich weiß nicht, ich hatte keine Lust, Leute zu sehen. Verzeih mir, Julio, ich weiß ja, daß ich seit Germáns Tod in deiner Schuld stehe …«

»Nanu, Ramón? Du redest wie mein Alter, du bist ja als echter *gallego* zurückgekommen! Ist es dir gut ergangen? Und Teresa?«

»Ich habe sie in Madrid beerdigt.«

»Scheiße!«

»Sie war krank, sehr krank … Der Schmerz und der Verfall widerten sie an. Sie hat ihrem Leben selbst ein Ende gesetzt.«

»Dann bist du also jetzt allein?«

»Nein. Ich bin verheiratet.«

»Mit einer *gallega*?«

»Einer gebürtigen Andalusierin. Keine Ahnung, woher

ihre Eltern waren. Ich fand sie ohne jede Familie... Sie ist noch sehr jung, Julio«, sagte er schüchtern und zögerlich.

»Und?«

»Ich nicht mehr.«

»Mit vierzig? Du bist doch vierzig, nicht wahr? Bist du verrückt? Was willst du denn? Eine alte Vettel heiraten?«

»Nein, nein, darum geht es nicht. Das Problem ist, daß ich in diesem Haus einfach nicht zu mir finde... Manchmal ist mir, als wäre ich noch nicht ganz zurück, manchmal, als wäre ich nie fort gewesen. Dabei war ich eineinhalb Jahre lang weit weg.«

»Wie solltest du in diesem Haus auch zu dir finden, wenn es hier aussieht wie in einem Mausoleum? Streich die Wände, wirf das alte Zeug weg, gib die Klamotten und Möbel den Armen! Oder laß alles stehen und liegen und verschwinde, zieh um, kauf dir, miete dir etwas anderes.«

In diesem Moment erschien Gloria in der Küchentür. Sie war schwarz gekleidet und trug das Haar offen. Als Julio Valea sie sah, erhob er sich.

»Ach du liebe Güte!« sagte er. »Wie hübsch sie ist!«

»Nehmen Sie bitte wieder Platz«, forderte sie ihn auf.

»Das ist Gloria, meine Frau«, erklärte überflüssigerweise Ramón. »Das ist mein Freund Julio Valea.«

»Was möchten Sie trinken?« offerierte Gloria.

»Ein Gin täte gut, Señora. Danke.«

El Gallego Julio schwieg, den Blick nachdenklich zu Boden gerichtet.

Gloria holte ihn in die Realität zurück.

»Hier, bitte«, sagte sie, während sie Gläser und eine Flasche vor die Männer hinstellte.

Julio schenkte für alle drei ein und hob sein Glas.

»Auf euch!«

Er selbst brach das zähe, unerträgliche Schweigen, das sich zwischen sie gelegt hatte.

»Glauben Sie an Hexen, Señora?« fragte er.

»Ich schon«, erwiderte Gloria, ohne zu zögern. »Und Sie?«

»In meinem Beruf glaubt man letztendlich vieles.«

»Was machen Sie?«

»Ich bin *pistolero*, Señora.«

»Ah.« Gloria nickte mit aller Selbstverständlichkeit.

»Ich sage das mit den Hexen, weil ich überzeugt bin, daß in diesem Haus etwas nicht stimmt. Ich rieche das. Germán Frisch, ein Freund von Ihrem Mann und mir …«

»Ich weiß, wer er war.«

»Also gut … ihm, Germán, ging es einmal sehr schlecht und er suchte eine Heilerin auf. Eine berühmte. Mutter María, die ein paar Häuser weiter hier in der Nachbarschaft gewohnt hat … Jetzt lebt sie außerhalb der Stadt, in Turdera.«

»Das hat damit nichts zu tun, Julio, das hat damit gar nichts zu tun«, widersprach Ramón und stand auf. »Ich bin gleich wieder da«, fügte er hinzu und verließ die Küche Richtung Toilette.

Gloria legte Julio Valea eine Hand auf die Schulter.

»Bitte, sprechen Sie mit dieser Frau, uns zuliebe … Würden Sie das tun? Er wird niemals hingehen, und wir brauchen sie. Ich weiß, daß wir sie brauchen.«

»Seien Sie beruhigt. Ich kümmere mich darum. Gleich morgen.«

Ramón kehrte an seinen Platz zurück. Für ihn war die Angelegenheit offensichtlich erledigt. Niemand versuchte, auf das Thema zurückzukommen.

Sie sprachen von Juan Ruggiero, seinen Fortschritten im Schatten von Barceló und seinen Meinungsverschiedenheiten mit Julio, die inzwischen zu einer offenen und unwiderruflichen Feindschaft ausgeartet waren.

Erst zu vorgerückter Stunde, nach dem Abendessen, verabschiedete sich der Besucher.

Gloria sah Julio fünf Tage später wieder. Er saß in einem wenige Meter von ihrer Haustür entfernt geparkten Auto und wartete darauf, unter vier Augen mit ihr reden zu können. Er war bereit, so lange wie nötig auf seinem Beobachtungsposten auszuharren, doch sah sich sein guter Wille schon bald belohnt: Gegen Abend kam Ramón allein aus dem Haus, mit hängendem Kopf und langsamen Schritten. Julio wartete noch, bis er um die Ecke verschwunden und in die Calle Rivadavia eingebogen war, stieg dann aus und überquerte die Straße. Gloria war im Flur hinter der halboffenen Tür.

»Beeilen Sie sich«, bat sie. »Sie wissen gar nicht, wie dankbar ich Ihnen für Ihre Geduld bin … Seit heute morgen! … Ramón wird jeden Augenblick zurück sein.«

»Hat er nichts bemerkt?« fragte Julio, holte ein unordentlich eingewickeltes Päckchen aus der Jackentasche und machte es auf.

»Er merkt überhaupt nichts. Das ist es ja, was mir Sorgen macht. Er ist sehr niedergeschlagen.«

»Es wird ihm bald besser gehen. Sehen Sie hier: Das ist ein Amulett für Sie und für das Haus. Bewahren Sie es an einem Ort auf, wo Ramón es nicht findet. Hauptsache, es liegt irgendwo in der Wohnung. Das in dem Fläschchen ist für ihn. Das müssen Sie ihm geben. Es schmeckt nach nichts. Schütten Sie es in den Wein oder ins Wasser, wie Sie wollen, aber er muß es einnehmen. Es wirkt Wunder, das schwöre ich Ihnen.«

»Haben Sie es ausprobiert?«

»Ja.«

»Danke, Julio. Gehen Sie jetzt. Es ist besser, wenn er Sie nicht sieht.«

Valea stieg ins Auto und war gleich darauf verschwunden.

Nach einer Woche begann der Umschwung.

Ramón machte sich daran, Schränke auszuräumen und Reliquien zu sortieren, methodisch und schweigsam. Morgens ging er aus, kehrte gegen Mittag zurück, aß und nahm seine Arbeit wieder auf. Im Innenhof häuften sich Berge von Kleidern, weibliche Garderobe aus einer anderen Zeit: Unterhosen, Unterröcke und Kleider, Korsetts und Schnürmieder, Morgenmäntel und Nachthemden, außerdem Herren- und Damenstiefeletten, Hosen und Anzüge, Unterhemden aus Fries und leinene Oberhemden für Zelluloidkragen einer anderen Weite als der seinen, Leibbinden für die Arbeit und Strohschuhe. Zwei starke Männer luden unter Ramóns strenger Aufsicht drei riesige Truhen von einem Wagen, in denen das Andenken seiner Vergangenheit nach Sparten geordnet verstaut wurde. In eine kamen die Pfeiler großer Momente: Der *facón*, den Don Manuel Posse Roque geschenkt hatte, ruhte neben einem Strumpfband Teresas, dem Zeugnis, daß es eine Frau namens Piera gegeben hatte, einem Einsteckkamm, der Mildred in der Nacht der ersten Umarmung aus dem Haar gefallen war, einem Spitzentaschentuch, das Raquel Rosens Husten erstickt hatte, dem *Kommunistischen Manifest* in einer abgegriffenen, durchgeackerten deutschen Ausgabe voller Unterstreichungen, die in Germán Frischs Tasche das Meer überquert hatte, und einer Halskette, die zu tragen Encarnación Rosas keine Zeit mehr geblieben war. In der zweiten sammelten sich Papiere: Saras kurze Briefe an Roque verschwanden unter Todesanzeigen und Zeitungsausschnitten zum Fall Grossi, Werbung für Theaterstücke und die ersten Filmvorführungen, Einladungen zu Veranstaltungen des *Centro Gallego*, einer von Alfredo Palacios mit eigener Hand geschriebenen Notiz an Germán Frisch, in der er ihm für seine Mitarbeit in der *La Vanguardia* dankte, ein paar schwülstigen Versen, die Ramón als Heranwachsender in Anlehnung an Olegario Victor

Andrade gedichtet hatte, und einem Paket Korrekturfahnen von französischen Pamphleten, gedruckt von dem spanischen Drucker Díaz Ouro in Marseille. In die letzte Truhe wanderten jene Dinge, die mit keinem besonderen Ereignis in Verbindung standen, derer man sich jedoch nie hatte entledigen können, sei es, weil sie einfach immer da gewesen waren, sei es, weil gerade ihre erwiesene Nutzlosigkeit ihren Besitzer nie die Illusion einer stets in ferner Zukunft liegenden Verwendungsmöglichkeit hatte aufgeben lassen: ein Paar nagelneue Pantoffeln, eine lederne Brieftasche, zu groß für Geld und Visitenkarten, zu klein für alles andere, die leere geschliffene Kristallflasche eines französischen Badesalzes ...

Als die Plünderung beendet und alles weggeschlossen war, legte Ramón die unentbehrlichen Dokumente seines bürgerlichen Lebens beiseite: Geburts- und Heiratsurkunden, Todesscheine, Eigentumsurkunden, Gesellschafter- und Mietverträge.

Bartolo, der Anfang der achtziger Jahre in unfreiwilliger Repräsentanz der Stadt Germán Frisch empfangen hatte, war mittlerweile über fünfzig. Jene Begegnung zwischen dem Halunken und dem Deutschen, die nur zum Teil der Vorsehung zuzuschreiben gewesen war, begründete seinen weiteren Lebensweg: Dank seiner Hartnäckigkeit und seinem Sinn für das rechte Maß, der ihn hinderte, in seinen Machenschaften zu weit zu gehen, hatte er das Vertrauen Roques, des Freundes seines Freundes, gewinnen können: Angefangen mit der ersten Hahnenkampfarena war Bartolo den Díaz mit der Zeit bei den unterschiedlichsten Unternehmen zur Hand gegangen. Ramón ließ ihn rufen, und er eilte herbei.

»Ich habe eine Wohnung im Zentrum gemietet«, sagte Ramón, und Bartolo verkniff sich jeglichen Kommentar zu der Sprachfärbung, die er in Spanien angenommen oder wiedererlangt hatte. »Ein Appartement. Wir werden für eine Weile dorthin ziehen. Ich möchte, daß du dich um dieses Haus kümmerst. All diese Kleidung muß verschenkt, der Müll fortgeschafft, die Wände tapeziert werden, ein Schreiner soll kommen und aus dem hinteren Zimmer eine Bibliothek machen … ich gebe dir nach und nach Anweisungen. Ich will nur diese drei Truhen und die Bücher aufheben. Wenn alles fertig ist, kaufen wir neue Möbel und ziehen wieder ein.«

»Wie du willst.«

Es sollte kein endgültiger Umzug werden. Sie würden nur anderswo neu anfangen, in einem eigenen Zimmer, wo die Schatten Mildreds, Raquels, Teresas nicht zwischen ihnen standen. Wenn sie zurückkehrten, dachte Ramón, würden sie das mittlere Zimmer nehmen, das Roque gehört hatte.

Dann kam die letzte Nacht.

Die Schläge des Türklopfers und die Gestalt Julio Valeas, der, einen verwundeten Mann stützend, im Eingang stand, versetzten Ramón für einen Augenblick zurück zu jenem längst vergangenen Morgen, an dem Germán Frisch gestorben war.

»Der braucht ein Bett, Ramón«, sagte Julio.

»Haben Sie ein Plätzchen für mich, Don Ramón?« echote keuchend der andere.

Er schien nicht derselbe, triefäugig und verschwitzt wie er war, doch die Stimme ließ keinen Zweifel.

»Escayola!« rief Ramón aus.

»Der ist tot. Ich heiße jetzt Gardel. Carlos wie früher, das schon, aber Gardel. Denken Sie daran, bitte, verplappern Sie sich nicht. Oder besser, vergessen Sie …«

»Willst du die ganze Nacht hier rumhängen und Blödsinn quatschen?« fuhr ihn Julio *El Gallego* an. »Rein mit dir, ich kann nicht mehr!«

An den Freund geklammert, setzte sich Gardel hinkend in Bewegung. Als Ramón sah, wie schwer ihm das Gehen fiel, eilte er hinzu, um ihn von der anderen Seite zu stützen. Sie brachten ihn zu dem Bett, das Frisch gehört hatte.

»Ich gehe einen befreundeten Arzt holen«, sagte Julio, glättete sich das Haar und versuchte, die Spuren der Anstrengung aus seiner Kleidung zu streichen. »Da siehst du es! Der hängt Tag für Tag mit den Konservativen herum, im Parteilokal deines Freundes Ruggiero, aber wenn es brenzlig wird, dann schreit er nach mir... Die Ungerechtigkeit der Welt! Ich bin gleich wieder da. Rührt nichts an. Die Kugel ist noch drin, aber er blutet nicht...«

Gloria stand auf, um nachzusehen, was los war. Julio begegnete ihr im Patio.

»Gehen Sie wieder schlafen, Señora, es ist nichts«, riet er ihr. Sie hörte nicht auf ihn, wartete, bis er weg war, und betrat das Zimmer, in dem sich ihr Mann mit Gardel aufhielt.

Formell stellte Ramón sie einander vor.

»Wer hat das getan?« fragte er dann.

»Das ist eine lange Geschichte«, wich Gardel aus.

»Die Geschichte interessiert mich nicht. Ich will hören, wer es war, falls du das weißt.«

»Juan Garresio. Sagt Ihnen das was?«

»Nein.«

»Der gehört nicht zu Ihrer Seilschaft, Don Ramón. Er ist Zuhälter.«

»Ging es um eine Frau?«

»Ja.«

»Und Sie wußten, daß Ihnen so etwas zustoßen konnte?« mischte sich Gloria ein. »Ich meine... scheint Ihnen das nicht ein zu hoher Preis?«

»Nein, Señora. Diese Frau ist viel mehr wert als ich.«

»Ich werd verrückt!« rief Ramón aus. »Und so etwas aus deinem Munde...!«

»Ich bitte Sie, ich habe schließlich auch mein Seelchen!«

»Das ist ja erfreulich... Brauchst du außer einem Schlupfwinkel sonst noch etwas?«

»Nein, Don Ramón... Ich darf mich nur für eine Weile nicht sehen lassen.«

»So lange du willst. Du wirst allein sein, denn wir ziehen heute um, aber wenn nötig, kommen wir her. Ich sorge dafür, daß du ungestört bist und daß dich keiner sieht.«

Niemand hatte die Frau kommen hören, die jetzt auf der Zimmerschwelle stand und sie beobachtete. Sie war groß, und das tiefschwarze Haar fiel über ihre hermelinbedeckten Schultern. In der Hand hielt sie einen Hut mit Tüllschleier, den sie soeben abgenommen hatte.

»Er wird nicht allein sein. Ich bleibe bei ihm«, sagte sie.

»Was machst du denn hier? Wer hat dir gesagt, wo ich bin?«

»Julio. Er kommt gleich.«

»Ein Glück!«

In diesem Moment trat *El Gallego* Julio mit dem Arzt ein, und dieser bat die anderen, draußen im Patio zu warten. Ramón schlug vor, einen Mate aufzubrühen und sich in der Küche weiterzuunterhalten.

»Sie...?« Vor dieser Frau sitzend, zu der sie eine dunkle Verbundenheit spürte, wußte Gloria nicht, wie sie ihre Frage formulieren sollte.

»Ja, die bin ich«, kam ihr die andere zuvor. »Und es ist nicht wahr, daß ich mehr wert bin als er.«

»Haben Sie gelauscht?« fragte Ramón.

»Man muß schließlich wissen, was über einen geredet wird, nicht?«

»Wußten Sie etwa nicht, daß er sie liebt?«

»Doch, schon, aber ich war nicht sicher, ob seine Liebe

zu mir ihm auch Mut geben würde. Er ist nicht gerade ein Draufgänger …«

»Dann werden Sie jetzt vermutlich froh sein.«

»Wenn ich ehrlich bin, Don Ramón: Es freut mich, aber es macht mir auch angst.«

»Wie ich sehe, kennen Sie mich …«

»Carlos hat mir von Ihnen erzählt und von Ihrem verstorbenen Freund Germán. Er sagt, Sie beide hätten ihm in harten Zeiten beigestanden. Und Julio hat große Hochachtung vor Ihnen.«

»Danke. Das ist meine Frau Gloria.«

Die Fremde blickte sie freundlich an.

»Ich bin Juana«, sagte sie, zu dem Mädchen gewandt, »für dich bin ich Juana.« Sie ergriff ihre Hand. »Du hast eine Freundin in mir.«

»Und Sie in mir«, entgegnete Gloria.

Sie sprachen von Spanien, über Gardel, Juan Garresio und Vergeltung im allgemeinen, bis Julio sich wieder zu ihnen gesellte und der Arzt ihnen erklärte, wie sie die Wunde zu versorgen hätten.

Juana, Giovanna, Madame Jeanne verbrachte die Nacht an der Seite ihres Geliebten.

Es tagte bereits, als Gloria und Ramón sich in ihr Schlafzimmer zurückzogen.

»Das ist es«, sagte Ramón, »das ist das wirkliche Buenos Aires. Jetzt, heute, weiß ich, daß ich wieder hier bin.«

66.

»Nein, das ist richtig, Liske Rosen war in jener zweiten Nacht nicht anwesend. Es gab auch gar keinen Grund für ihn, dort zu sein. Er hatte mit El Gallego *Julio nichts zu schaffen, auch wenn er, um ein bißchen Geld zu verdienen, weiterhin auf den Festen der Radikalen spielte. Frisch war seine einzige wirkliche Verbindung zur Welt der Politik gewesen. Er hegte einige Sympathie für den Sozialismus, aber das Unglück, der Tod Rebecas und Raquels hatten ihn zu einem traurigen Mann fern jeder Leidenschaft gemacht. Dennoch prägte die Geschichte seiner Zeit letztlich sein Schicksal: Hatte ihn ein kollektiver Unstern nach Buenos Aires verschlagen, so sollte ein anderer seinem Leben ein Ende setzen.«*

»Erklär mir das.«

»Januar 1919. Die semana trágica. *Welches Land hat nicht seine ›tragische Woche‹ erlebt? Wo entsinnt man sich nicht eines Höhepunktes in der Unterdrückung der Arbeiterbewegung? Damals war die Reihe an Buenos Aires, als die Arbeiter der Vasena-Werkstätten in Streik traten, mitten in Yrigoyens Regierungszeit, der 1916, dem Jahr, in dem der Musiker Gabino Ezeiza starb, am 12. Oktober die Präsidentschaft übernommen hatte. Überhaupt war 1919 ein bemerkenswertes Jahr: das der Hundertjahrfeier der Unabhängigkeitserklärung, die mit allem Pomp begangen wurde. Der alte Ortega y Munilla wohnte den Festlichkeiten bei, als Repräsentant Spaniens natürlich. Er war mit seinem Sohn Ortega y Gasset und Eduardo Marquina dort. Gardel, gehorsam seiner Partei gegenüber, sang für sie …«*

»Schweif nicht ab, Vero. Wir waren bei Liske Rosen in der semana trágica *von 1919.«*

»Du hast recht ... Es wird immer gern die Beteiligung des damaligen Leutnants Juan Perón erwähnt, aber das ist zweitrangig. In diesen Tagen brach die Russenjagd los. So nannte es die Presse. Russe ... das ist ein sehr umfassender Begriff, der auf Juden, Polen, Ungarn, auf jeden paßt, den man für geschäftstüchtig oder für einen Bolschewiken oder Terroristen hält, so wenig zutreffend diese Bezeichnungen auch klingen mögen ... Die russische Revolution war erst ein gutes Jahr her. Die jungen Leute, die sich für die militärischen Unterdrücker stark gemacht hatten und sich wenig später in der Liga Patriótica *organisierten, stürmten bewaffnet und mit einer hellblau-weißen Armbinde als Erkennungszeichen den Stadtteil Once, das Judenviertel, warfen Steine in die Läden, hielten jeden bärtigen Fußgänger auf, der ihnen vor die Flinte kam, und zwangen ihn, die Hände hochzunehmen. Onkel Abraham, der einarmige Abraham Rosen, hatte sich einen Bart wachsen lassen. Sie stellten ihn, befahlen ihm, die Hände zu heben, und er konnte natürlich nur zur Hälfte gehorchen. Der, der auf ihn zielte, wurde nervös – vielleicht glaubte er, der Mann mache sich mit dem versteckten Arm zur Gegenwehr bereit – und drückte ab. Als Liske davon erfuhr, erlitt er einen Herzanfall und folgte seinem Bruder nach drei Stunden ins Jenseits ...«*

»Was für ein Tod!«

»Was für ein Leben! Was für ein mieses Leben! Wenn du die Chroniken der damaligen Zeit liest, siehst du, daß nichts einen Sinn hatte, daß die Industriellen grundlos erschrocken waren, sosehr die spätere Linke die Arbeiterbewegung auch glorifiziert haben mag. Die argentinischen Magnaten müssen den von Scott Fitzgerald beschriebenen, die den Triumph des Kommunismus in den Vereinigten Staaten zugleich erhofften und fürchteten, sehr ähnlich gewesen sein. Die Anarchisten versuchten weiterhin erfolglos, den Herrscher zu ermorden. Die einzige spürbare Veränderung infolge der semana trágica *war das Ver-*

bot von Bordellen mit vielen Huren: Die Ausübung des ›heiligen‹ Gewerbes wurde auf Häuser mit einer einzigen Frau beschränkt, die eine Haushaltshilfe beschäftigen durfte, die mindestens vierzig Jahre alt zu sein hatte.«

»Die ständig wiederkehrenden Themen: absurde politische Verbrechen, Prostitution, die Sinnlosigkeit und Leere der Volksepik…«

»Es gibt keine anderen.«

»Du siehst keine anderen, Vero, nur die, die deine Versessenheit nähren.«

»Glaub das nicht. Meine Versessenheit kommt ja nicht von ungefähr. Was beispielsweise die Epik angeht…«

»Da hätten wir immerhin Gardel, oder nicht?«

»Der ja, wie du dem bisher Gelesenen entnehmen kannst, nicht gerade ein großer Mann war. Ein großer Künstler war er durchaus, kein Zweifel. Doch die Anerkennung, die ihm seitens seiner Zeitgenossen widerfuhr, war nicht so uneingeschränkt, wie man hätte erwarten können oder aufgrund seiner Anerkennung durch die Nachwelt anzunehmen geneigt wäre. Gardels Erfolge waren bis in die zwanziger Jahre hinein nicht eben überwältigend: Er spielte in einem Film mit, Flor de Durazno, *fett und ein bißchen lächerlich in einem kindischen Matrosenanzug, und nahm die eine oder andere Platte mit Razzano auf. Obwohl das gerne behauptet wird, war er nicht der erste, der einen Tango auf einer – sagen wir, legalen – Bühne gesungen hat: Kurz zuvor war* Mi noche triste *von Manolita Poli in einer Vorstellung des Schwanks* Los dientes del perro *uraufgeführt worden. 1923, als Gardel nach seinem Engagement im Madrider* Apolo *mit der Kompagnie von Enrique de Rosas hierher nach Barcelona gekommen war, bot er in einem ›Tango-The‹, wie die zeitgenössische Sittsamkeit solche Lokale nannte, in der Calle Consejo de Ciento, Ecke Calle Bruch, Damen gegen Bezahlung seine Dienste an.«*

»Da war dein Vater bereits in Buenos Aires.«

»Seit 1922. Die, die seine Frau werden sollte, meine Mutter, war noch nicht geboren.«

Vierter Teil

67. Von dort aus

> Diese Erzählung könnte mit einer keltischen Legende beginnen, die uns von der Reise eines Helden in ein Land auf der anderen Seite einer Fontäne berichtet [...]
>
> ADOLFO BIOY CASARES, La trama celeste

Der junge, gerade erst volljährige Antonio Reyles, der im Januar im Hafen von Buenos Aires an Land ging, war im wesentlichen bereits der Mann, der zwei Jahrzehnte später wie aus dem Nichts in Ventura in der Umgebung von Tacuarembó auftauchen sollte: die gleichen Anzüge, weiß im Sommer, schwarz im Winter, dieselben hellen Augen, still und hoffnungslos. Die, die einmal seine Frau werden sollte, war noch nicht auf der Welt.

Die Díaz wohnten in der Calle Cangallo 1020, nahe der Kreuzung mit der Calle Artes, gegenüber dem Mercado del Plata, der im Block mit den 900er-Hausnummern untergebracht war. Sie waren nicht in das Haus in der Calle Alsina zurückgekehrt, obgleich es schon seit längerem fertig renoviert und eingerichtet war. Sie hatten den Umzug immer wieder aufgeschoben und waren in der Mietwohnung im Herzen der Stadt geblieben. Ramón bezahlte eine Frau dafür, daß sie sein ehemaliges Heim einmal pro Woche putzte, und gelegentlich ging er hin, um seine alten Bücher wiederzulesen, die Bartolo inzwischen in einer stattlichen Bibliothek hinter Glastüren geordnet hatte. Im Frühjahr und im Herbst schickte er einen Gärtner hin, damit dieser sich um die Weinlaube kümmerte. Jeder Tag konnte der erste einer neuen Lebensphase sein.

Reyles stellte seinen Koffer in einer Pension am Kai ab und machte sich gemächlichen Schrittes auf den Weg. Im Schreibwarengeschäft von Jacobo Peuser in der Calle Florida kaufte er einen großformatigen Stadtplan. Auf einem der Tische vor dem *Café Tortoni* breitete er ihn aus und suchte Ramóns Adresse. Sie hatten nicht regelmäßig korrespondiert, aber Reyles hatte ihm von Madrid aus in die Calle Alsina geschrieben und daraufhin von Ramón die neue Anschrift erhalten. Das war jetzt ein Jahr her, doch war er sicher, ihn zu finden.

Es war schon sehr spät, als er an die Tür klopfte.

Gloria öffnete.

»Guten Abend«, grüßte Reyles und musterte die Frau von oben bis unten, überrascht über ihren gewölbten Bauch.

»Antonio!« Sie erkannte ihn sofort. »Diese Stimme! Selbst wenn du dich sehr verändert hättest, und du hast dich überhaupt nicht verändert, würde ich dich immer an der Stimme erkennen.«

Nach einem Augenblick des Zögerns umarmten sie sich leicht.

Auch Ramón zeigte sich herzlich.

»Du hast dein Versprechen gehalten!« sagte er.

»Schon vor langem. Gleich nachdem Rosende tot war, bin ich nach Madrid gegangen. Er war das einzige, was mich noch in Galicien festhielt.«

»Und deine Familie?«

»Lassen wir das Thema lieber.«

»Stehen wir doch nicht hier herum, komm rein!« lud Gloria ihn ein. »Wir sind gerade mit ein paar Freunden beim Abendessen.«

»Und dein Gepäck?« erkundigte sich Ramón.

»Ich habe schon eine Bleibe. Ich hab's dort gelassen.«

»In einem *conventillo*?«

»In einer Pension.«

Sie stellten ihm Giovanna Ritana, vielmehr Juana, und Julio Valea vor.

Gloria wollte ein Gedeck für Reyles auflegen.

»Nein, danke«, wehrte er ab, »ich habe schon etwas gegessen. Aber ein Glas Wein trinke ich gern mit Ihnen.«

Reyles erzählte von Alfons XIII. und dem marokkanischen Krieg. Er schilderte die Lage der Dinge in Spanien in allen Einzelheiten und wie er sich zur Desertion entschlossen hatte: Mit falschen Papieren war er nach Frankreich eingereist und kam jetzt aus Le Havre. Er erläuterte seine Abneigung gegen die Vaterlandsidee und das Kolonialprojekt. Er kann nicht älter als Gloria sein, dachte Ramón, das war er auch nicht, als wir uns kennenlernten, und dennoch... Niemand könnte sein Alter schätzen, es muß an seinen Augen liegen oder an seiner Art, sich auf die Vergangenheit zu beziehen, jegliche Vergangenheit, so lange sie auch zurückliegen mag, als handelte es sich tatsächlich um seine eigene.

»Wollen Sie hierbleiben?« fragte *El Gallego* Julio.

»Wenn ich Arbeit finde«, erwiderte Reyles.

»Das kommt darauf an, was Sie wollen oder können...«

»Alles und nichts.«

»Das heißt?«

»Daß ich ein paar Dinge kann, zu denen ich aber keine Lust habe. Auf jeden Fall werde ich irgend etwas davon schon anfangen.«

»Sagen Sie mir, wo Ihre... Fähigkeiten liegen.«

»Ich habe ziemlich viel gelesen, aber das wird mir nicht besonders nützlich sein. Ich weiß, wie man eine Druckerei führt, das habe ich in Madrid gelernt. Ich verstehe einiges von Waffen...«

»Das ist wichtig.«

»Ich kenne mich mit Motoren und Automobilen aus.«

»Dann haben Sie schon eine Stelle.«

»Ja? Bei wem?«

»Bei Freunden von mir. Nachher sage ich Ihnen, was Sie machen müssen…«

Reyles nahm die Unruhe wahr, mit der Ramón dem Gespräch zuhörte.

»Nicht nur, was ich machen muß. Sie müssen mir auch sagen, wie die Konditionen sind. Wenn sie mir nicht zusagen, wird bestimmt Ramón mein Problem lösen können.«

»Verlaß dich drauf. Seit Germán tot ist, bin ich auf der Suche nach jemand Vertrauenswürdigem, damit er mir zur Hand geht. Ich habe zwar Bartolo, aber das ist etwas anderes. Du bist… wir hatten noch nicht allzu viel miteinander zu tun, aber es ist, als gehörtest du zur Familie.«

»Hör dir alles an, und dann entscheide dich«, riet Gloria.

Juana verfolgte die Szene, ohne ein Wort zu sagen.

Kurz darauf drehte sich das Gespräch wieder um die politische Lage in Argentinien, die kurz bevorstehenden Wahlen und die Person Yrigoyens. Ramón ließ sich lang und breit über die Korruption im öffentlichen Leben aus, über Betrug, Gewalt und die Kriminellen im Dienste der Parteibonzen. Julio Valea hörte mit gesenktem Kopf zu und unternahm nichts zu seiner Verteidigung.

Als elf Uhr vorbei war, verließen Reyles und Valea das Haus gemeinsam.

»Er gefällt mir«, lautete das Urteil Juanas, die damit zum ersten Mal an diesem Abend den Mund aufmachte.

»Mir auch«, schloß Gloria sich ihr an.

»Was, meinst du, wird er tun?« fragte Ramón, an Juana gewandt.

»Mit dir zusammenarbeiten.«

»Julio wird ihm ein gutes Angebot machen.«

»Er wird auch mit ihm zusammenarbeiten.«

»Mit uns beiden?«

»Wenn er nicht auf den Kopf gefallen ist, ja... Nichts hindert ihn daran. Und obendrein wird ihm noch freie Zeit bleiben. Und auf den Kopf gefallen ist er sicher nicht.«

»Warum gefällt er dir?« wollte Ramón wissen.

»Weil er ein Mann ist. Im Ernst. Sehr einsam. Sehr hart. Und in seinem tiefsten Inneren sehr rein. Er hat Schneid.«

»Und dir, Gloria?«

»Etwas weiß ich von ihm, seit ich ihm in Galicien begegnet bin... Weißt du, was Antonio Reyles getan hätte, wenn er mich in Tanger gefunden hätte, wo du mich gefunden hast? Er hätte das gleiche getan wie du und mit mir gelebt, wie du mit mir lebst. Aber niemals hätte er mich so geliebt, wie du mich liebst. Er ist großzügig, sehr großzügig, aber kalt. Gerecht, aber leidenschaftslos.«

»Die Lieblosigkeit ist eine ebenso starke Macht wie die Liebe, Gloria«, dozierte Juana, »vielleicht sogar noch stärker. Sie ist die treibende Kraft unserer Zeit, und Reyles ist ein Mann unserer Zeit: Er mag Bücher, Waffen, Autos. Wie mein Landsmann Gabriele D'Annunzio. Er gäbe einen erstklassigen Zuhälter ab, aber das scheitert an seinem guten Geschmack.«

Ramón schmunzelte.

Draußen auf der Straße lud Julio Valea Reyles zu einem Glas ein.

»Wo sind Sie abgestiegen?« fragte er.

»Unten in der Calle Chile«, entgegnete Reyles.

»Dann gehen wir in diese Richtung. Macht es Ihnen etwas aus, zu Fuß zu gehen?«

Sie nahmen die Calle Artes nach Süden.

Schließlich landeten sie in einem Café in der Calle Venezuela, nahe der Santo-Domingo-Kirche.

»Ramón ist nicht der einzige, der einen Mann seines Vertrauens braucht«, sagte Julio. »Ich hatte einen Freund, müssen Sie wissen. Wenn Sie erst einmal ein paar Tage hier sind, werden Sie von ihm hören. Er heißt Ruggiero, aber alle Welt nennt ihn Ruggierito. Wir haben uns allmählich auseinandergelebt, und jetzt sind wir verfeindet. Er arbeitet für Barceló.«

»Einen der Bonzen, die Ramón erwähnt hat?«

»Genau.«

»Und was macht er bei ihm?«

»Er leitet ein *comité*. Ach so, Sie kommen ja aus Spanien und wissen natürlich nicht, was ein *comité* ist.«

»Sagen Sie es mir …«

»Das ist ein Lokal. Ein Parteilokal. Die Leute gehen zum *comité*, wenn ihnen etwas fehlt. Was auch immer: Essen, Arbeit, ein Arzt, Hilfe, um einen Sohn aus dem Gefängnis zu holen … alles mögliche. Und der Leiter des *comité*, der eigentlich ein Niemand ist, aber den Parteichef hinter sich hat, geht hin und regelt es. Wenn dann Wahlen sind, geben diese Leute ihre Ausweise beim *comité* ab. Die bringen wir an den Wahltisch und lassen sie abstempeln. In Argentinien besteht nämlich Wahlpflicht. Den abgestempelten Ausweis, die *libreta*, braucht man bei allen behördlichen Angelegenheiten. Jeder Ausweis ist eine Stimme. Auf soundsoviele Ausweise beziehungsweise Stimmen kommt ein Abgeordneter, ein Stadtrat oder ein Bürgermeister. Oder ein Präsident.«

»Warum sagen Sie ›wir‹? Ist es denn nicht Ruggiero, der das alles macht?«

»Ich mache das gleiche. Nur für die Radikalen … Für *El Peludo* Yrigoyen«, sagte er mit einer Spur von Stolz.

»Ist der weniger schlimm?«

»Was meinen Sie?«

»Genauso schlimm. Abschaum.«

»Moment, Moment. Ich fordere Sie ja nicht auf, dabei mitzumachen.«

»Nein?«

»Nein. Es gibt noch andere Dinge… Geschäfte, die mit Politik nichts zu tun haben.«

»Zum Beispiel?«

»Frauen.«

»Interessiert mich nicht. Dafür mag ich Frauen zu sehr.«

»Glücksspiel.«

»Das klingt schon besser.«

»Ein guter Fahrer wird immer gebraucht, genau wie ein Mann, der schießen kann…«

»Wir mißverstehen uns, Julio. Sie sind sehr jung, aber es ist offensichtlich, daß Sie Ihre Erfahrungen haben und Ihre Arbeit beherrschen. Wie kommen Sie dann darauf, daß ich weniger kann? Bieten Sie mir keine Dienstbotenstelle an.«

»Ich wollte Sie nicht beleidigen…«

»Sie beleidigen mich nicht. Nur hätte ich von Ihnen mehr erwartet.«

»Also?«

»Reden wir über etwas Solides. Zum Beispiel Schutz für ein Spielkasino gegen Gewinnbeteiligung.«

»Eine Teilhaberschaft?«

»Nur am Gewinn, nicht am Eigentum. Sagen wir, zwanzig Prozent.«

»Haben Sie so viel Geld?«

»Ich nicht. Aber Ramón. Er hätte dann auch Anteile am Eigentum.«

»Darauf wird er nicht eingehen.«

»Woher wissen Sie das?«

»Ramón ist sehr rechtschaffen, er läßt sich auf solche Sachen nicht ein.«

»Haben Sie es ihm schon einmal vorgeschlagen?«

»Nein.«

»Dann werde ich es tun. Jetzt lasse ich Sie allein. Ich bin sehr müde.«

Reyles zahlte und ging aus dem Café.

El Gallego Julio blieb nachdenklich sitzen.

68. Die Partnerin

»Ich muß mit Ihnen reden: Haben Sie bitte die Güte, heute um vier bei mir vorbeizukommen.«

EUGENIO CAMBACERES, En la sangre

Antonio Reyles besuchte Ramón Díaz am nächsten Morgen.

Als Reyles wieder gegangen war, erzählte Ramón Gloria von einem Gespräch zwischen Don Manuel Posse und seinem Vater Roque, das seine kindlichen Ohren vor mehr als vierzig Jahren mitangehört hatten. Der Tenor jener Unterredung war der soeben in seinem Wohnzimmer geführten sehr ähnlich gewesen, nur daß jetzt er derjenige war, der einem Neuankömmling Unterstützung gewährte, und zwar unter Einsatz all dessen, was er seit jenem ersten Tag, seit jener ersten Geste des Verständnisses und der Freundschaft, empfangen und angesammelt hatte: der Arbeit von Roque, Germán Frisch und Teresa, aber auch Saras, Encarnacións, Mildreds und Raquels Liebe und der für die meisten anderen unsichtbaren Hand Ciriaco Maidanas.

Ramón übergab Reyles die Schlüssel zum Haus Nummer 63 der Calle Artes, der heutigen Calle Carlos Pellegrini, ohne ihm zu verschweigen, daß dies für Frisch ein Ort des Schmerzes und des Grauens gewesen war. Er hätte es an der grundlegendsten Loyalität fehlen lassen, wollte er diesen Teil der Geschichte verheimlichen.

»Ich weiß, was ich zu tun habe«, versicherte Reyles, »wo

ich aufgewachsen bin, steht man mit Hexen auf du und du.«

Sie einigten sich bezüglich des geplanten Spielsalons. Der Abschied war sehr herzlich.

Reyles holte seinen Koffer in der Pension in der Calle Chile ab. Auf dem Weg zu seinem neuen Domizil kaufte er grobes Salz, Honig, ein Dutzend Untertassen und ebenso viele Kerzen. Er mußte noch einmal raus, um Besen, Kehrschaufel, Eimer und Lauge zu besorgen. Nichts von dem, was er in der Wohnung vorgefunden hatte, taugte mehr zum Saubermachen. Er verwandte den ganzen Abend und die ersten Nachtstunden darauf, das Haus in Ordnung zu bringen. Bevor er zum Essen ausging, füllte er sechs Tellerchen mit Salz und sechs weitere mit Honig und stellte sie an wenig sichtbare Stellen: auf den Kleiderschrank, unter das Bett, auf den Spülkasten im Bad und das Arzneischränkchen, hinter einen Stapel alter Zeitungen, die in einem Regal schlummerten und die irgendwann durchzusehen er sich vorgenommen hatte. Nach seiner Rückkehr entkleidete er sich und zündete eine Kerze am Fenster an. Als er erwachte, fand er sie erloschen und zerschmolzen. Das Ritual erforderte eine täglich, bis neun Stück abgebrannt waren.

Er brauchte Erholung. Er hatte sich seit langem keine Atempause gegönnt. Zuerst die Sache in Madrid, um das nötige Geld für Ausweispapiere und Schiffspassage zu beschaffen, seinen Unterhalt auf der endlosen Überfahrt zu bestreiten und bei der Ankunft in Buenos Aires noch etwas in der Tasche zu haben: Er wollte weder an das Abenteuer mit der Bank denken, noch an das Auto oder den Raub der Bistumskasse. Vielleicht würde der Tag kommen, an dem er alles zurückerstattete, dachte er ohne Ironie. Danach die Grenze, die Reise, seine Zweifel und Ängste im Gedanken an ein Scheitern, das ihn zwingen würde, auch Buenos

Aires wieder zu verlassen und anderswo von vorn anzufangen. Er kaufte Kaffee, Zucker, Kekse, Schinken, Käse und ein paar Flaschen Wein. Dann ging er noch in eine Eisenwarenhandlung und verlangte kleine Nägel und einen Hammer. Er frühstückte und nagelte seinen Stadtplan von Buenos Aires an eine Wand, die nackteste des Wohnzimmers. Mit einem der Farbstifte, die er stets in der Jacke trug, markierte er seinen Standort, Ramóns Haus und die Pension, in der er die vorige Nacht verbracht hatte. Danach legte er sich wieder schlafen. Erst als es schon dunkel war, stand er kurz auf, um auf die Toilette zu gehen, einen Keks zu knabbern, ein Glas Wasser zu trinken und die zweite Kerze anzuzünden.

Als es um neun Uhr morgens klopfte, räkelte er sich gerade.

In der Tür stand ein dunkelhäutiger Junge von etwa zehn Jahren. Er hielt ihm einen Umschlag hin.

»Ich soll auf Sie warten«, sagte er.

Reyles las die an ihn gerichtete Nachricht: Der Junge, der dir dieses Papier überbringt, hat den Auftrag, sitzen zu bleiben, bis du angezogen bist, und dich zu mir zu führen. Ich muß mit dir reden. Geschäftlich. Juana. P. S.: Für den Jungen bin ich Madame Jeanne (Madanyán, wie er sagt).

»Na, gut«, willigte Reyles ein. »Komm rein, setz dich und trink einen Kaffee mit mir. Ich bin gleich angezogen.«

Während er Kaffee kochte, fragte er ihn ein wenig aus.

»Kennst du die Dame, die dich schickt, gut?«

»Madanyán? Na klar, ich arbeite doch in ihrem Haus.«

»... ihrem Haus? Was ist das für ein Haus?«

»Sie wollen da hingehen und wissen das nicht?«

»Nein, ich weiß es nicht. Ich gehe zum ersten Mal hin.«

»Es ist... wie ein *quilombo*, aber edel, für reiche alte Männer.«

»Ah ja. Und wirst du anständig bezahlt?«

»Ja. Und ich kenne ganz wichtige Leute: hohe Polizeibeamte, Politiker und so …«

»Verstehe. Der Kaffee ist fertig.«

Reyles stellte eine Tasse auf den Tisch.

»Hier, bitte. Ich nehme ein Bad … Wie heißt du?«

»Pancho.«

»Nur Pancho? Hast du keinen Nachnamen?«

»García.«

Reyles wollte nicht weiterbohren. Er badete, rasierte sich und kleidete sich an. Pancho betrachtete ihn einigermaßen erstaunt: Er war einen solchen Aufzug nicht gewohnt. Reyles war ganz in Weiß, trug nur Krawatte, Gürtel und Schuhe in Schwarz, einen Panamahut und den Kragen aus dem gleichen Stoff wie das Hemd.

»Weißt du, wo wir hingehen?«

»In die Calle Viamonte.«

Reyles trat vor den Stadtplan und nahm einen roten Stift aus der Jackentasche.

»Viamonte, welche Höhe …?«

»Suipacha. Es ist gleich hier.«

»Ich hab's schon.« Er markierte die Stelle.

Bei Madame Jeanne war es sehr umtriebig: Zwei Dienstmädchen mühten sich, das Parkett in makellosen Zustand zu versetzen. Sie hatten die Teppiche aufgerollt und das Klavier zugeklappt. Besen, Lappen und Staubwedel verunzierten jeden Quadratmeter. Trotz der weit offenen Fenster hatte sich der kalte Mief der Havannas noch nicht verzogen. Es brauchte noch viel frische Luft und viel Kölnischwasser, ihn ganz zu vertreiben. Juana erwartete ihren Besucher in einem der innen gelegenen Räume, einem kleinen Wohnzimmer, in dem es nur ein Sofa und einen niedrigen Tisch mit Flaschen und Gläsern gab. Sie war leicht bekleidet in einem Negligé aus Tüll über einem enganliegenden schwarzen Satinnachthemd. Reyles setzte sich nicht.

»Überrascht?« fragte sie.

»Einigermaßen. Ich habe mir angewöhnt, immer mit Überraschungen zu rechnen. Und das ist eine. Immerhin habe ich dich an dem Abend bei Ramón kaum zwei Sätze sagen hören …«

»Zuerst höre ich immer zu.«

»Und wie es scheint, hast du etwas Interessantes gehört. In deiner Botschaft stand, daß du mit mir reden willst. Geschäftlich. Genau so: reden und geschäftlich. Getrennt.«

»Reden wir! Willst du etwas trinken?«

»Cognac, danke. Übers Geschäft. Du bist dran.«

»Ich habe mit Ramón gesprochen. Und mit Julio«, begann Juana. »Mir gefällt das, was du vorhast. Und ich freue mich, daß du weißt, wie du es anstellen mußt. Allerdings hast du eine Kleinigkeit übersehen … Aber das macht nichts, ich habe schon die Lösung.«

»Was für eine Kleinigkeit?« fragte Reyles.

»Juan Ruggiero. Ruggierito. Kein Geringerer als der Augapfel Barcelós … des Chefs von Avellaneda. Aber ich habe ihn unter Kontrolle. Er verkehrt hier. Und er ist ein Freund von Gardel.«

»Muß man mit diesem Gardel befreundet sein?«

»In diesem Fall schon. Gardel ist nämlich mein Liebhaber. Und er hat Einfluß in der konservativen Partei. Er singt für sie.«

»Verstehe.«

»Julio verlangt zwanzig Prozent, Ramón will keinen Geschäftsanteil und stellt dir das Geld zur Verfügung, stimmt's?«

»Hmmm.«

»Ich aber wäre gern Teilhaberin. Ich bringe fünfzehntausend Pesos ein und kümmere mich um Ruggierito. So bist du nach beiden Seiten abgesichert: gegen die Radikalen und die Konservativen.«

»Aha.«

»Was sagst du zu diesem Vorschlag?«

»Willst du mit mir schlafen?« entgegnete Reyles.

Juana sah ihn irritiert an, dann mußte sie lachen.

»Ist das Vertragsbedingung?« fragte sie, ohne sich beruhigt zu haben.

»Nein. Das geht extra.«

»Vielleicht. Warum nicht?«

»Ich erwarte dich heute abend bei mir zu Hause. Um neun. So haben wir genug Zeit, uns unsere Antworten zu überlegen. Dann antwortest du mir und ich dir.«

»Nein, nein. Ich kann hier abends nicht weg, das Haus allein lassen und mich aus dem Staub machen, wenn die Kunden kommen...«

»Um neun«, wiederholte Reyles. »Bei mir.«

»Antonio...«

Er ließ sich von der Stimme der Frau nicht einfangen.

Er fand Pancho im Salon, wo er mit verlorenem Blick auf einem Sofa kauerte.

»Weißt du, wo das *comité* von Ruggierito ist?« sprach Reyles ihn an.

»Ja«, schreckte der Kleine auf. »Jeder weiß das...«

»Ich nicht.«

»In der Calle Pavón in Avellaneda.«

»Und wo kriege ich einen Wagen her?«

»Ein Auto?«

Reyles überlegte einen Augenblick.

»Nein. Lieber eine Kutsche.«

»Hier gegenüber auf dem kleinen Platz...«

Er hörte Juana noch seinen Namen rufen, als er schon die Treppe hinunterging.

Zwei Wagen warteten auf Passagiere. Die Kutscher, beide alte Männer, dösten auf den Böcken.

»Wer bringt mich nach Avellaneda?« fragte er.

»Der ist vor mir dran«, bedeutete ihm einer der beiden.

»Sind Sie in Eile?« fragte der, der ihn fahren sollte.

»Nein, im Gegenteil. Ich würde gern eine Spazierfahrt machen. Ich kenne die Stadt nicht und möchte ein wenig davon sehen.«

»Wollen Sie sich hierher setzen, zu mir?«

Unterwegs zeigte ihm der Mann die Avenida de Mayo, durch die er bereits gegangen war, die Kirchen, die Grenzen der Stadtviertel.

»Sie haben mir noch nicht gesagt, wo Sie in Avellaneda hinwollen?«

»In die Calle Pavón.«

»Welche Hausnummer?«

»Haben Sie schon einmal von Ruggierito gehört?«

Der Kutscher antwortete mit einem Grinsen.

»Sie etwa nicht? Na ja, wenn Sie noch ganz neu sind hier …«

»Man hat mir gesagt, das Haus, in dem ich erwartet werde, sei gleich neben dem *comité* von Ruggierito. Damit wisse jeder Kutscher, wo er hinmuß.«

»Jeder. Keine Sorge.«

Danach machte der Mann bis zum Ende der Fahrt den Mund nicht mehr auf.

»Das ist das *comité*, und das ist das Haus nebendran«, sagte er nur noch.

»Danke«, gab Reyles zurück.

Er bezahlte den Kutscher, stieg ab, überquerte die Straße und betrat das Parteilokal.

69. *Casino Madrid*

»Wer behauptet, daß Sie verrückt sind?«
»Die Leute im Dorf.«
»Na gut, und sind Sie es oder nicht?«

OSVALDO SORIANO, Winterquartiere

Die Hausnummer war 252. Antonio Reyles las sie, mit dicken Pinselstrichen an die Mauer gemalt, rechts neben der Tür. Dann sah er den Innenhof, die Leute, die dort auf den Korbstühlen warteten, die Augen zu Boden gerichtet, um einander nicht ansehen zu müssen. Und die Leibwächter: vier finster dreinblickende Typen, Zahnstocher oder Zigarren im Mund, eine Hand in der Tasche, die andere in der Jacke, um schnell die Waffe ziehen zu können: Einer war Linkshänder.

Sie waren keine berühmten *pistoleros* wie Potranca oder Tamayo Gavilán oder Tulio Monferrer: Die waren so zeitig noch nicht anzutreffen; sie kamen erst spät und gingen zum Abendessen mit Gardel, Magaldi, Teófilo Ibáñez oder dem Pibe Ernesto Poncio, der genauso gewalttätig, roh und bestechlich war wie sie, aber Bandoneon spielte. Nein. Die Männer um die Mittagszeit waren namenlose Leibwächter, aber gefährlicher und zahlreicher als Reyles lieb gewesen wäre.

Er ließ den Blick über die wartende Klientel schweifen. Eine Frau, die einmal sehr schön gewesen sein mochte und noch immer eine gewisse Verruchtheit ausstrahlte, schmiegte sich an einen Knaben von zwölf, dreizehn Jahren. Beide zitterten trotz der Märzhitze. Dann war da ein barfüßiger Greis mit langen gebogenen Zehennägeln. Seine Hände steckten unter seinen Achseln und waren nicht zu sehen. Eine Mulattin mit großen Brüsten stillte ihr Kind. Auch ein Schutzmann in Uniform wartete darauf, vorgelassen zu werden: Es war bekannt, daß Barceló im Bedarfsfall oder wenn sich seine eigene Regierung mit der Auszahlung der Beamtenbezüge verspätete, mit Geld aushalf. Manche unterhielten sich miteinander, sehr laut, nicht daß jemand mißtrauisch würde und glaubte, sie tauschten Geheimnisse aus. Als zwei der *pistoleros* auf Reyles zugingen, unterbrachen sie ihr Geplauder nicht.

Die Reaktion der Wachleute war instinktiv: Jeder andere wäre hereingekommen und hätte sich einen Sitzplatz gesucht. Nicht so Reyles. Er machte zwei Schritte, blieb mitten im Patio stehen und sah sich gründlich um. Und dann diese Aufmachung! Der Mann war ganz eindeutig nicht wie die anderen.

»Was wollen Sie?« schnauzte einer der Leibwächter, ein Typ mit indianischen Zügen und lang herunterhängendem Schnurrbart.

»Ich will Juan Ruggiero sprechen«, sagte er laut und deutlich, damit ihn jeder hörte.

»Ach ja?« grinste der andere, ein gepuderter Weißer.

»Sagen Sie ihm, *El Gallego* Julio schickt mich.«

Es wurde schlagartig still. Diesen Namen kannten alle, und keiner der Anwesenden hätte je gewagt, ihn dort auszusprechen.

Eine endlose Minute lang herrschte atemloses Schweigen.

Der mit dem Schnurrbart nahm die Hand aus der Jacke und stieß Reyles die Mündung seines Revolvers in die Magengrube.

»Bist du bewaffnet?« knurrte er.

»Nein«, sagte Reyles mit fester Stimme, ohne zurückzuweichen. »Ich bin hier, weil ich Juan Ruggiero sehen will. Ich will mit ihm reden. Nicht ihn umbringen.«

Plötzlich wurde im hinteren Teil des Innenhofs eine Tür aufgerissen, und ein schwarzhaariger Mann in einem Cordjackett und einem Hemd, das für seinen Halsumfang zu klein wirkte, schaute erstaunt heraus.

»Was ist los, verdammt noch mal?« fragte er. »Warum seid ihr auf einmal so ruhig?«

»Ein Verrückter, Chef…«, setzte einer der Revolvermänner an.

»Señor Ruggiero?« fragte Reyles von seinem Platz aus.

»Ja, der bin ich.«

»Ich will Sie sprechen, aber Ihre Leute lassen mich nicht durch.«

»Warten Sie wie alle anderen auch«, befahl Ruggierito.

»*El Gallego* Julio schickt mich«, sagte Reyles unerschrokken.

Juan Ruggiero ging langsam auf ihn zu, sein Blick erfaßte Reyles' Augen, den Hut in seiner Hand, die schwarze Seidenkrawatte und den Glanz seiner Schuhe.

»Worum geht's?« fragte er, als er vor ihm stand.

»Geschäfte«, erklärte Reyles.

»Julios Geschäfte interessieren mich nicht.«

»Meine Geschäfte. Mit ihm und mit Ihnen.«

»Sie haben vielleicht Nerven, hier so aufzutreten. Kommen Sie mit. Laßt ihn rein, *che*!«

Reyles folgte Ruggiero zu der hinteren Tür.

Drinnen war noch ein Mann. Er mochte in Ruggieros Alter sein, wirkte aber jünger. Seine feinen Züge standen in auffallendem Gegensatz zur Derbheit des pockennarbigen, bemerkenswert großköpfigen *comité*-Chefs. Er saß auf einem Stuhl an der Schreibtischseite, die dem Ausgang am nächsten war. Daneben gab es noch einen zweiten freien Stuhl. Der Ruggieros, ein Drehsessel mit Armlehnen, stand an der Wand.

»Nehmen Sie Platz«, forderte Ruggierito ihn auf. »Sie können offen reden, Señor Behety ist ein Freund.«

»Da haben Sie Glück«, sagte Reyles, während er sich niederließ, »Freunde sind selten.«

»Weißt du, wie der Kerl sich angemeldet hat?« Ruggiero wollte seinen Kumpanen verblüffen. »Er hat gesagt, Julio hätte ihn geschickt!«

Behety pfiff bewundernd durch die Zähne.

»Wenn ich das nicht gesagt hätte, hätten Sie mich dann empfangen?«

»Sie hätten sich gedulden müssen wie jeder andere auch.«

»Sehen Sie?... Ich möchte Ihre Zeit nicht verschwenden. Ich weiß, Sie haben zu tun.«

»Sagen Sie mir Ihr Anliegen.«

»Ich beabsichtige, einen Spielsalon zu eröffnen. Julio Valea hat mir Schutz angeboten, und ich habe vor, das zu akzeptieren. Aber wenn ich es dabei belasse, machen Sie mich fertig. Wo es zwei Seiten gibt, halte ich es nicht für klug, sich auf eine zu schlagen.«

»Kommt darauf an. Das kommt ganz darauf an. Auf das Gebiet. Wenn Sie sich in seinem Revier niederlassen, im Dock zum Beispiel, brauchen Sie sich meinetwegen keine Sorgen zu machen.«

»Solange es nicht in Ihrem Revier zum Streit kommt und Sie einen Vergeltungsschlag landen wollen. In solchen Fällen ist es normalerweise der Schwächste, den es am härtesten trifft. Angenommen, die greifen dieses *comité* an. Am nächsten Tag müssen Sie darauf reagieren, das ist eine Frage des Prinzips. Ein Lokal, das unter Julio Valeas Schutz steht, hat seinen Wert.«

»Verstehe... Sie würden sich auf meiner Seite sicherer fühlen.«

»Nein, Sie verstehen mich offenbar nicht.«

»Wenn ich mich nicht irre, will dieser spanische Caballero damit sagen«, erklärte Behety mit affektierter Förmlichkeit, »daß es das Beste wäre, auf den Schutz beider Seiten zählen zu können.«

»Ihr Freund hat es erfaßt.«

Die Lachsalve Juan Ruggieros ließ einen der Aufpasser besorgt den Kopf hereinstrecken. Es genügten eine Geste und ein Blick seines Chefs, ihn in den Patio zurückzuscheuchen.

»Was die Sicherheit angeht«, fuhr Reyles fort, »muß ich zugeben, daß sie mir auf Ihrer Seite größer scheint. Darum bin ich hier. Nur Sie wissen um diesen Aspekt der Angelegenheit: Sie wissen, daß ich doppelten Schutz will, Julio dagegen nicht. Ihm werde ich nichts davon sagen. Was das Geschäft angeht, so habe ich nicht die geringste Absicht, mich in einem Gebiet niederzulassen, auf dem schon jemand die Hand hat … Ich werde mein Lokal im Zentrum von Buenos Aires eröffnen.«

»Ich schwöre Ihnen, Señor …«

»Reyles. Antonio Reyles.«

»Ich schwöre Ihnen«, fuhr Ruggiero fort, »daß mir so etwas noch nie untergekommen ist. Meine Hochachtung! Zählen Sie auf mich.«

»Ich habe Ihnen noch nicht gesagt, wieviel ich biete«, wollte Reyles zum Abschluß kommen.

»Das ist egal. Haben Sie Geld für den Anfang?«

»Ja. Und wahrscheinlich eine Partnerin, die noch etwas beisteuert.«

»Eine Frau?« Ruggiero hob die Brauen.

»Eine bedeutende Dame, die Sie auch kennen. Madame Jeanne.«

»Und wieso haben Sie das nicht gleich gesagt? Sie hätte mich doch …«

»Der Inhaber bin ich … Sie gibt Geld dazu, wenn es ihr beliebt, und kassiert ihren Gewinn. Aber der Chef bin ich. Ich führe die Verhandlungen. Ich leite das Geschäft.«

»Ich werde Sie nicht fragen, mit wieviel Sie loslegen …«

»Das würde ich Ihnen auch nicht verraten«, versicherte Reyles. »Für Sie erscheinen mir zehn Prozent angemessen …«

»Wie Sie meinen, wie Sie meinen, ist mir recht.«

»Das gleiche für Julio.«

»Das geht wohl nicht anders, oder?« haderte Ruggiero.

»Kaum.«

Reyles stand auf.

»Ich muß Ihre Freundin besuchen«, sagte Behety zu ihm.

»Sie ist nicht meine Freundin. Meine Geschäftspartnerin vielleicht. Heute werden Sie sie nicht antreffen. Gehen Sie lieber morgen hin.«

»Wollen Sie mir nicht sagen, wo Sie zu arbeiten gedenken?«

»Wenn es soweit ist, kriegen Sie Bescheid«, versprach Reyles.

»Kann ich Sie irgendwo finden?«

»Ich wohne in der Calle Carlos Pellegrini 63. Ganz oben.«

Reyles schüttelte beiden Männern die Hand und verließ das Zimmer. Draußen im Hof grüßte er niemanden.

Er nahm die Calle Pavón zu Fuß in Richtung Stadtzentrum.

Juana kam kurz nach neun. Sie machte keinen Hehl aus ihrer Verärgerung über Reyles' Anordnung, aber auch nicht aus ihrer Neugierde, zu erfahren, wie er sich entschieden hatte. Sie erschien in einem schwarzen Kostüm mit sehr kurzem Rock, einer weißen Bluse, Netzstrümpfen und

Lackschuhen. Reyles wartete nicht auf ihr Klopfen: Er hatte ihre Schritte im Treppenhaus gehört und riß die Tür auf, um sie zu ertappen, wie sie ihre langen roten Fingernägel in das aufgesteckte Haar grub, um eine Locke, deren Verrutschen sie allein bemerkt hatte, an ihren Platz zurückzuschieben.

Reyles trat beiseite, um sie einzulassen. Er betrachtete sie, wie sie sich hinsetzte und einen Ellbogen auf den Tisch stützte, auf dem er eine Flasche Cognac, eine Flasche Wermut und einen Siphon bereitgestellt hatte. Sie legte ihr winziges Handtäschchen nicht ab, sondern behielt es auf dem Schoß.

»Wermut«, sagte sie, noch bevor Reyles irgend etwas fragen konnte.

Er schenkte zwei gleiche Gläser ein und hob seines zum Anstoßen.

»Auf unsere Gesellschaft!« prostete er.

»Auf unsere Gesellschaft!« erwiderte sie. »Morgen spreche ich mit Ruggierito.« Sie stellte ihr Glas ab, nahm sich eine von Reyles' Zigaretten und zündete sie an.

»Du brauchst mit niemandem zu sprechen. Das habe ich schon erledigt.«

»Du?« rief Juana ungläubig.

»Ich war bei Ruggiero ... Übrigens hatte er einen Freund von dir zu Besuch, einen gewissen Behety.«

»Ach, den ... Ja, ich kenne ihn. Früher hieß er anders. Er war der Agent eines großen Opernstars, Nino Vallin. Ich weiß nicht genau, was er jetzt treibt ... Aber erzähl mir, wie's bei Ruggierito gelaufen ist!«

»Er wird uns Schutz gewähren, für nur zehn Prozent. Julio wird sich mit genausoviel begnügen müssen.«

»Wie das? Es war doch von zwanzig die Rede, oder nicht?«

»Unsere wahre Versicherung sind die zehn für den anderen. Julio, genau wie wir, verliert mehr, wenn sie uns den Laden kaputtschlagen.«

»Keine schlechte Idee.« Die Frau nickte anerkennend.

»So gut wie die, daß du bei diesen Garantien mehr investierst als geplant.«

»Ich habe nicht mehr.«

»Doch, du hast das Haus. Wir werden das Casino Madrid bei dir aufziehen. Im Innenbereich.«

»Da wohne ich. Und ein paar meiner Mädchen.«

»Ihr zieht um. Eure Kunden werden die tragenden Säulen des neuen Unternehmens sein. Wenn es ältere Männer sind, wovon ich ausgehe, werden sie das Glücksspiel reizvoller finden als das Bett. Vor allem, wenn sie mit einer Frau an ihrer Seite spielen können. Du kannst dir etwas anderes mieten, eine Luxuswohnung, und mehr verdienen, als wenn wir ein neues Lokal aufmachten.«

»Du hast es schon durchgerechnet, wie ich sehe. Für einen frisch eingelaufenen *gallego*...«

»Frisch eingelaufen, wo? In Buenos Aires vielleicht... Auf der Welt bin ich schon etwas länger. Lang genug, eine Vergangenheit zu haben.«

»Warum Casino Madrid?« fragte sie.

»Das ist ein sinnbildlicher Name, mein Privatvergnügen zu meinem privaten Gebrauch. Offiziell wird es keinen Namen haben. Die Leute werden weiterhin ›zu Madame Jeanne‹ gehen. Wenn du damit einverstanden bist, natürlich...«

»In diesem Punkt bin ich einverstanden.«

»Und in dem anderen?« wollte Reyles wissen.

»Willst du wirklich mit mir schlafen?«

»Hier antwortet nur einer mit Gegenfragen, und das bin ich«, erinnerte Reyles sie, »und ich habe nicht gesagt, daß ich will. Aber ich dachte, daß du vielleicht...«

»Ich schon. Und du?«

»Ich auch. Aber du hast diesen Jungen, den Sänger …«

»In ihn bin ich verliebt. In dich nicht.«

Reyles sah sie an, ging um den Tisch und ihren Stuhl herum, blieb hinter ihr stehen und beugte sich herab, um ihren Nacken zu küssen. Er befeuchtete die widerspenstige Locke, die Juana zu bändigen versucht hatte.

Als er um acht erwachte, war er allein.

Er badete, kleidete sich an und ging ins *Esquina del Cisne* frühstücken.

Um zehn klopfte er an Ramóns Tür.

»Ich bin gekommen, um dir zu sagen, daß ich das Geld doch nicht brauchen werde«, eröffnete er ihm.

Mit Ausnahme seiner Nacht mit Juana berichtete er Ramón und Gloria über seine Fortschritte in den letzten Tagen.

»Er ist ungeheuerlich!« sagte Ramón, als Reyles wieder gegangen war.

»Ja, aber besser, er arbeitet allein … Er ist nicht der Mann, den du brauchst.«

70.

»Don Antonio Reyles hatte es also faustdick hinter den Ohren.«

»Das könnte man aus der Geschichte schließen, wie ich sie erzähle, das heißt, soweit ich sie überhaupt erzählen kann. Meine Informationen sind sehr lückenhaft. So weiß ich zum Beispiel nichts Genaues über das Leben der Ritana, eine unscharfe Gestalt, die immer in der Nähe Gardels auftaucht. Die Abmachung zwischen meinem Vater und Ruggiero muß nicht unbedingt genau so gelaufen sein. Was allerdings El Gallego *Julio betrifft, habe ich mein Wissen aus erster Hand: Mein Vater hat mehr als einmal in meiner Gegenwart von ihrer Freundschaft gesprochen.«*

»Selbst wenn du das alles erfunden hättest …«

»Ja, ich weiß. Nicht umsonst ist sein Andenken, was es ist. Nur sollte man sich fragen, warum ein Mann wie er es nicht weiter gebracht hat. Womöglich bringen die Fragmente mehr Klarheit: Keine Geschichte ist jemals vollständig. Alle haben sie irgendwo anders begonnen und enden irgendwo anders, zu einer anderen Zeit, an einem anderen Ort. Das Leben meines Großvaters mündet in mir, hat aber auch Auswirkungen auf andere, auf unbekannte, ferne Menschen, die in mysteriöser, mathematischer Weise von seinem Elend betroffen sind. Und von seiner Größe. Ich nehme seine Lebensgeschichte um 1880 auf, aber sie reicht viel weiter zurück. Da wäre Brígidas Priester. Und die familiäre Vergangenheit Glorias. Wie kommt man daran?«

»Muß man da denn unbedingt rankommen?«

»Es wäre wünschenswert.«

71. Die Kinder des Anderen

Dieser Junge ist wie mein Sohn. Weil er wie mein Sohn ist, ist er auch wie mein Vater, und vor meinem Vater hab ich nicht mal geraucht!

SAMUEL EICHELBAUM, Un tal Servando Gómez

Das *Casino Madrid* existierte sechs Jahre: so lange, wie Reyles der schwierige Drahtseilakt zwischen seinen beiden Beschützern gelang, eine Zeit, die nur ein Unbedarfter für geruhsam halten konnte.

Cosme, Ramóns und Glorias erster Sohn, kam im Juli 1922 zur Welt. Ramón war schon siebenundvierzig Jahre alt, aber das schreckte ihn nicht: 1925 wurde Consuelo geboren, die zwei Jahrzehnte später Antonio Reyles' Frau werden sollte.

Im Frühjahr 1923 kam Carlos Gardel zu Ramón Díaz.

Das Gespräch fand nicht in der Wohnung in der Calle Cangallo statt, sondern im *Café La Peña* an der Ecke Calle Carlos Pellegrini.

»Ich muß weg, Don Ramón«, sagte der Sänger.

»Bevor du mir die Gründe erklärst und mir sagst, was du von mir willst, hör endlich auf, mir mit deinem Don Ramón auf den Nerv zu gehen! Du bist ein Mann von über vierzig, wenn ich richtig gerechnet habe. Zu einer anderen Zeit hat uns vielleicht mehr getrennt, aber jetzt … laß uns miteinander umgehen wie das, was wir sind: gleichrangig. Wir sollten uns duzen. Es ist nicht das erste Mal, daß ich dir das sage. Wir werden uns beide wohler damit fühlen.«

»Ich danke dir. Das zeugt von Vertrauen.«

»Und von gesundem Menschenverstand. Ich bin doch kein Parteibonze, Carlos!«

»Das, worum ich dich bitten muß, ist schwierig. Ich kann sonst niemanden darum bitten. Ich habe da mit ein paar Leuten zu tun...«

»Keine Einzelheiten. Ich weiß, was das für Leute sind.«

»Na gut. Die Sache ist die, daß ich wegmuß. Zu einem Engagement in Madrid. Ich weiß, das klingt großartig, aber es ist ein Scheißvertrag, und wenn er ausläuft, stehe ich im Hemd da. Das Problem ist, wenn ich hierbleibe... Ich stecke in einem Schlamassel, Ramón.«

»Bis jetzt hast du mir noch nichts gesagt, was ich nicht längst gewußt oder geahnt hätte...«

»Was du nicht weißt und nicht ahnen kannst, ist... Na ja, es gibt da eine Frau, Ramón.«

»Die nicht Juana ist, versteht sich.«

»Nein, natürlich nicht. Paß auf: Juana hat mir sehr geholfen, und sie gefällt mir, aber ich liebe sie nicht mehr. Sie war diejenige, die sich an mich herangemacht hat, und jetzt ist sie ständig hinter mir her... Nein, Ramón, ich spreche nicht von ihr. Es gibt eine andere. In ihrem Haus, bei Madame Jeanne...«

»Ach du Scheiße! Dann gehört sie ja wohl jemandem.«

»Mir gehört sie.«

»Dann verstehe ich das Problem nicht...«

»Ich kann die *tana* nicht wegen einer anderen verlassen. Wenn sie rauskriegt, daß die Sache ernst ist, bringt sie mich um. Und die Kleine auch. Ich will nicht, daß das Mädchen in einem Puff im Chaco endet. Und du weißt, daß sie dazu und zu noch viel mehr fähig ist, wenn sie will. Außerdem sind da auch noch die anderen. Wenn die erfahren, daß ich verliebt bin, werden sie mich unter Druck setzen. Ich allein bin stark, allein schaffe ich das.«

»Willst du sie rausholen?«

»Wenn es nur das wäre... Vor einiger Zeit war ich mit ihr in Montevideo. Auf Urlaub, mit noch ein paar anderen Mädchen. Na ja, ab und zu dürfen sie mal weg. Ich war als Aufpasser dabei. Das sind nicht irgendwelche Nutten, sie brauchen frische Luft, um in Schuß zu bleiben, das ist Teil des Geschäfts. Erholung, Sonne, gutes Essen, keinen Champagner, keinen Tabak, gar nichts. Einen Monat lang.«

»Ich sehe schon. Gerade lang genug...«, folgerte Ramón.

»Man muß nicht sonderlich schlau sein, um das zu verstehen...« Gardel nickte.

»Und du willst das Kind unbedingt haben.«

»Genau. Wenn nicht, sag mir...«

»Was ist meine Rolle in dem Ganzen?«

»Du bist ein großer Mann mit Geld. Du könntest dich in sie verlieben... So etwas kommt alle Tage vor. Und sie rausholen, sie mitnehmen. Du zahlst, was sie verlangen, und nimmst sie mit.«

»Hast du vor, sie zu heiraten?«

»Ich werde für ihren Unterhalt aufkommen und mich um das Kind kümmern... auch wenn ich nicht hier bin. Darum mach dir keine Sorgen.«

»Ich habe dich etwas anderes gefragt, Carlos.«

»Ich weiß schon. Nein, ich glaube, daß es für niemanden von Vorteil wäre, wenn diese Sache irgendwo schriftlich auftaucht. Ich sage dir ja: Ich habe Angst, daß man mich erpresst. Mir sind die Hände gebunden. Sogar eine Mutter haben sie mir verschafft... Damit sie mich beerbt, falls mir etwas zustößt.«

»Berta?«

»Du kennst die Geschichte...«

»Germán Frisch hatte damit zu tun. Ich weiß von der Sache. Wann fährst du?«

»In einem Monat etwa. Ramón...«

»Ja?«
»Wirst du es tun?«
»Werde ich.«

Als Comisario Alonso über das duftende Haar der Coca Paredes den Verstand verloren hatte und diese sich aus der Lebewelt zurückzog, schloß Madame Jeanne ihr Haus für eine Nacht, die Mädchen verabschiedeten ihre Kollegin mit einem rauschenden Fest und überschütteten sie mit Geschenken. Eine Woche lang wurde im Salon, auf den Zimmern, in den Spielsälen von nichts anderem gesprochen. Daher stellte Antonio Reyles seine Vermutungen an, als Juana ihm mitteilte, daß Nené Barrientos auf Wunsch eines Mannes ihr Etablissement verlassen würde, ohne irgendeine Feier zu erwähnen. Die Frau sollte leise verschwinden und heimlich ihre Sachen rausschaffen. Die Barrientos war nicht die Schönste im Hause, doch alles andere als häßlich und überaus intelligent. Dennoch hatte keiner ihrer Stammfreier jemals eine Leidenschaft an den Tag gelegt, die solch einen entscheidenden Schritt gerechtfertigt hätte. Außerdem war sie in der letzten Zeit häufig am Bakkarat-Tisch in Begleitung von Ramón Díaz zu sehen gewesen, von dem kaum anzunehmen war, daß er wegen irgend etwas anderem als den Spielkarten dorthin kam. Reyles schlußfolgerte, daß der an der Auslösung der Frau Interessierte ein hohes Tier sein mußte und um seinen Ruf fürchtete. Die Neugierde trieb ihn, der Frage nachzugehen.

»Du verläßt uns?« fragte er eines Abends das Mädchen unter vier Augen.

»Ja«, nickte sie.

»Wann?«

»Übermorgen. Ich werde abgeholt.«

»Hmmm.«

Am nächsten Tag ließ Reyles Pancho rufen, der noch immer in Juanas Diensten stand, und machte ihm ein Angebot, das dieser unmöglich ausschlagen konnte.

»Du schläfst doch hier, nicht?«

»Meistens«, antwortete der Kleine.

»Ich möchte, daß du heute nacht hierbleibst. Wieviel zahlt Juana dir?«

»Hundert Pesos im Monat.«

»Ich gebe dir fünfzig, wenn du mir einen Gefallen tust. Die Barrientos wird abgeholt. Vermutlich frühmorgens. Ich will wissen, von wem.«

Ein breites Grinsen ließ Panchos Gesicht erstrahlen.

»Was ist daran so lustig?«

»Sie wollen mir fünfzig Pesos für den Namen geben?«

»Das habe ich gesagt.«

»Dann geben Sie sie mir, weil ich Ihnen den auf der Stelle sagen kann.«

Reyles ging an die Roulette-Kasse, öffnete sie und nahm das Geld heraus.

»Also?« sagte er.

»Das Geld«, verlangte Pancho.

Reyles gab es ihm.

»Werden Sie nicht böse … Er ist ein Freund von Ihnen.«

»Ach ja?«

»Don Ramón.«

»Ich werd verrückt!«

Er ließ eine Woche verstreichen, bevor er mit Ramón Díaz sprach, dessen Abwesenheit an den Kartentischen nur ihm allein aufgefallen war. Er ging nicht zu ihm nach Hause, sondern wartete im Eingang des *Teatro Sarmiento* auf der gegenüberliegenden Straßenseite, bis er ihn herauskommen sah. Dann folgte er ihm die Calle Cangallo entlang nach Westen. Erst als sie über die Calle Libertad hinweg waren, gab er sich zu erkennen.

»Ramón«, rief er und trat neben ihn.

»Antonio! Hallo!«

»Wollen wir einen Kaffee zusammen trinken?«

»Na klar. Ist etwas passiert? Hast du ein Problem?«

»Ich rede nicht gern im Gehen.«

Sie setzten sich in *Sardis Café* an der Ecke Calle Sarmiento und Talcahuano ans Fenster.

»Das Problem hast, glaube ich, du«, begann Reyles.

»Du hast dich schon kundig gemacht.«

»Mich kundig zu machen ist mein Beruf, mein Freund.«

»Es ist nicht das, was du denkst«, erklärte Ramón.

»Es ist nicht das, was jeder denkt. Es ist nicht das, was du alle Welt glauben machst. Das ist es, was ich denke. Aber ich lechze auch nicht danach, alles zu wissen. Nur wenn ich irgendwie von Nutzen sein kann.«

»Es ist ganz einfach, Antonio: Sie erwartet ein Kind, und der Vater ist nicht in der Lage, dafür einzustehen. Beide würden damit ein großes Risiko eingehen. Ich werde mich dieses Kindes annehmen. Das ist alles.«

»Wird es deinen Namen tragen?«

»Ist ja nicht der schlechteste.«

»Ich habe dich immer sehr geschätzt, Ramón. Von jetzt an bewundere ich dich. Weiß Gloria davon?«

»Bis jetzt habe ich es ihr noch nicht gesagt. Nené wird weit von hier wohnen, in Las Flores, einem Dorf in der Provinz. Es wäre mir lieber, wenn Gloria nichts davon erfährt. Das Kind könnte dort zur Schule gehen, und ich werde sie oft besuchen. Es ist an der Zeit, mir ein Automobil zuzulegen.«

Ramón hatte noch zu tun. Reyles blieb in dem Café sitzen und dachte, daß sein Freund ein eigenartiger Mann war, der sich völlig anders verhielt als die meisten Menschen. Zu großzügig vielleicht. Zu gelassen.

72. Der Russe

Ich wüßte gern, was Sie an meiner Stelle tun würden.

JOAQUÍN GÓMEZ BAS, Barrio gris

Nach Gardels Abreise gab es weitere Ereignisse von höchst unterschiedlicher Bedeutung: Am 14. September 1923, demselben Tag, an dem Lorenzo Díaz geboren wurde, leiblicher Sproß der Irene Barrientos alias Nené und des vergessenen, verleugneten Carlos Escayola sowie vermeintlicher Sohn von Ramón Díaz Besteiro, unterlag Luis Ángel Firpo in einem nordamerikanischen Ring Jack Dempsey, was manch einer in Buenos Aires als nationalen Gesichtsverlust empfand. Am 6. August 1924, genau einundzwanzig Jahre vor der Bombenexplosion in Hiroshima, besuchte Erbprinz Humbert von Savoyen die Stadt, und die Feuerwehr defilierte ihm zu Ehren auf der Plaza de Mayo. Frégoli verabschiedete sich von seinem Publikum. Tatiana Pavlova tanzte, und Lugné-Poe trat mit seinem *Théâtre de l'Œuvre* auf. Eusebio Gómez, beunruhigt über die wiederholten, erfolgreichen Ausbrüche aus den Staatsgefängnissen, wies den Präsidenten Alvear auf die Vorteile einer gestreiften Häftlingskleidung hin. Seiner Empfehlung wurde Folge geleistet. Und es gab fehlgeschlagene Attentate.

Gardel schrieb einen langen Brief an Nené, übermittelt durch Ramón, in dem er wirr und verängstigt den Mord an Eduardo Arolas in Paris schilderte: Der Tiger des Bandoneon war von anderen Zuhältern zu Tode geprügelt worden. In undurchsichtiger Verbindung zu den Henkern tauchten auch die Namen Juan Garresio und Giovanna Ritana auf.

Dies veranlaßte Reyles, Maßnahmen in bezug auf seine Arbeit zu ergreifen. Nach über einem Jahr gemeinsamen Wirtschaftens und mit der daraus erwachsenen Sicherheit eines festen Kundenstamms verlegte er sein Spielcasino in ein Obergeschoß in der Calle Sarmiento nahe Paraná, indem er den Platzmangel zum Vorwand nahm, und trennte es so von den geschäftlichen Aktivitäten seiner Partnerin. Wohlhabende alte Herren und ungebundene junge Damen, die in keinem konkreten Arbeitsverhältnis mit dem Unternehmen standen, folgten ihm und schufen ein Klima der Unterhaltungsroutine, geprägt von honigsüßem Umgang und der Flüchtigkeit kleinerer Vermögen, in dem Antonio Reyles jede Abwechslung willkommen war.

Der große, bebrillte junge Mann, der eines Nachts durch das Lokal streunte und mit teils spöttischer, teils verächtlicher Miene den Spielern zusah, ließ ihn aufmerken. Er spielte nicht, noch interessierte er sich für irgendeine Frau. Reyles trat zu ihm.

»Kann ich dich zu einem Glas einladen?« erbot er sich.

Der andere lächelte mit den Augen. Er mußte jünger sein als Reyles, doch wie dieser war er seinem Alter weit voraus.

»Wenn es Champagner ist, nein.«

»Was du willst.«

»Gin.«

Sie stellten sich einander vor. Reyles erfuhr, daß der andere Jacobo Beckmann hieß, und geleitete ihn in einen abgeschiedenen Winkel zu ein paar Sesseln und einem niedrigen Tisch voller Flaschen.

»*Gallego?*« fragte Beckmann.

»Russe?« entgegnete Reyles.

»Gewissermaßen Russe«, nuancierte Beckmann, wobei

sich in den Rs, die eigentlich hart und klar hätten sein müssen, aber rund und weich unter seinem fast affektierten *Porteño*-Akzent dahinkullerten, die Verwurzelung seiner fernen Herkunft in der Tiefe seiner freiwillig erworbenen Identität verriet.

»Wie ist man etwas gewissermaßen?« wollte Reyles wissen.

»Weißt du, meine Eltern brachten mich nach Buenos Aires, als ich noch klein war. Wir reisten mit einem russischen Paß, denn das polnische Dorf, wo sie gelebt und mich zur Welt gebracht hatten, gehörte zu Rußland. Ich spreche von 1907. Aber wir waren keine Russen. Die Russen haßten uns. Wir waren auch keine Polen, und von den Polen wurden wir auch gehaßt. Wir waren Juden. Wir sind Juden. Hier nennt man uns Russen. Alle von den Russen verfolgten Juden nennt man Russen, alle von den Türken verfolgten Juden Türken und alle von den Deutschen verfolgten Juden Deutsche... Verstehst du jetzt, warum ich sage gewissermaßen?«

»Versteh ich. Aber die Dinge haben sich geändert...«

»Ja, sie haben sich geändert. Gewissermaßen. Noch nicht ganz. Sie werden sich noch vollständig ändern. Es gibt kein Zarenreich mehr, und die Revolution ist auf dem Vormarsch. Aber es braucht noch lange, bis sich auch die menschliche Seele wandelt. Lenin ist darin sehr deutlich: Die Sowjets sind noch keine neuen Menschen... Der sowjetische Mensch ist noch nicht der neue Mensch.« Er wiederholte seine Gedanken, bemüht um eine präzise, bündige Formulierung, eine Parole, die der andere sich leicht merken könnte. »Die, die jetzt in die Welt des Sozialismus und des Kommunismus hineingeboren werden, die schon, die werden in fünfzig oder hundert Jahren sehr wohl anders sein. Man kann diesen jahrhundertealten Antisemitismus nicht mit einem Wisch hinwegfegen.«

Reyles' lautstarker Beifall brachte ihn zum Schweigen. Einige drehten die Köpfe, um zu sehen, was los war, wandten sich aber gleich wieder ihren Angelegenheiten zu.

»Mach dich nicht über mich lustig«, sagte Beckmann.

»Ich mache mich nicht lustig. Ich applaudiere deiner Zuversicht. Ich denke nicht, daß irgend jemand so viel Vertrauen verdient.«

»Das Volk, das Volk...«

»Zu viele Leute auf einem Haufen, als daß irgend etwas Gutes dabei herauskommen könnte, Jacobo. Es tut mir leid, dir sagen zu müssen, daß für mich ein Volk nichts weiter ist als viele Leute auf einem Haufen. Außerdem habe ich für die Fahnen, um die sie sich versammeln, für gewöhnlich nichts übrig. Aber erklär mir, was macht ein junger Bolschewik, was zum Teufel macht ein ›Maximalist‹, wie diese alten Säcke hier sagen« – seine Geste umfing den ganzen Salon – »in einer Lasterhöhle wie dieser? Denn es ist nichts weiter als eine Lasterhöhle, das geb ich zu...«

»Siehst du den Dicken da drüben beim Bakkarat neben der Bank?«

»Bromfeld.« Reyles nickte. »Stammkunde.«

»Ich weiß. Das ist ein Landsmann von mir... Jude, will ich damit sagen. Wir sind Freunde. Ich bin mit ihm gekommen, zum Zuschauen. Bromfeld ist stinkreich. Und er langweilt sich. Darum spielt er. Ich kann nicht, ich habe kein Geld.«

»Leih dir was von ihm.«

»Nein. Von ihm nicht. Wenn ich ihn um Geld bitte, dann nur für die Partei... Und nicht als Darlehen.«

»Er spendet Geld für die kommunistische Partei?«

»Eine Menge.«

»Er ist lebensmüde.«

»Wir Juden sind sehr seltsam, Antonio.«

»Ach so. Na gut, wenn Bromfeld dir nichts leiht, dann gebe ich dir Kredit.«

»Das kann ich nicht annehmen. Wenn ich verliere, werde ich es dir niemals zurückzahlen können.«

»Das ist das Risiko dabei. Wir treffen eine Vereinbarung: Bis zweihundert Pesos schuldest du mir nichts.«

»Zweihundert Pesos? Du spinnst ja. Davon lebe ich zwei Monate!«

»Oh nein, Jacobo, bring nichts durcheinander… zum Leben gebe ich dir gar nichts, nicht einen Centavo. Und ich leihe dir auch kein Geld. Ich gebe dir Kredit zum Spielen.«

»Na schön.«

Jacobo Beckmann hatte *Der Spieler* und eine volkstümliche Biographie von Dostojewskij gelesen. Als er sich an den Tisch setzte, wo Punto y Banca gespielt wurde, kam ihm für einen Augenblick das Bild in den Sinn, das der Umschlag jenes Bandes der *Lebensgeschichten großer Künstler* von Sibirien vermittelte. Nur mit Mühe entsann er sich, daß die Revolution der Zwangsarbeit und anderem Elend ein Ende gesetzt hatte.

»Aber der neue Mensch spielt nicht, oder?« fragte er laut.

»Wie bitte?« gab sein nächster Nachbar gleichgültig zurück.

»Nichts, nicht so wichtig.«

Als Reyles den Salon schloß, war Jacobo Beckmann um zweitausend Pesos reicher. Des Verlierens überdrüssig, hatte Bromfeld sich schon vor einer Weile zurückgezogen.

»Du wirst doch wohl nicht mit dem ganzen Geld allein herumlaufen wollen«, sagte schelmisch eine gefärbte Blondine, die keinen Begleiter abbekommen hatte. »Wenn du willst, gehen wir zusammen. Bei mir zu Hause beklaut dich keiner.«

»Außer dir«, erwiderte Beckmann. »Abgesehen davon bin ich gar nicht allein. Mein Freund Antonio kommt auch mit.«

»Ja, wir haben etwas zu besprechen«, bestätigte Reyles. »Jacobo hat einen Traum, Elba«, fuhr er an die Blondine gewandt fort, während er Karten und Jetons einsammelte, »einen sehr gefährlichen. Er setzt auf eine Welt ohne Nutten, ohne Spieler und ohne Trinker.«

»Aber ich habe ihn trinken sehen!« widersprach sie. »Und spielen! Kann natürlich sein… daß er nichts für Frauen übrig hat.«

»Gratis«, sagte Beckmann. »Ich mag nur welche, die gratis sind.«

»Bah!« machte sie verächtlich und ging zur Tür. »Gratis!«

»Du verdammter Russe, du…!« bemerkte Reyles mit einem Blick auf seinen neuen Freund. »Du hast ja wohl nicht erwartet, daß sie anbeißt, oder?«

»Es ist mathematisch erwiesen, daß von eintausendzweihundert eine anbeißt…«

»Oje.«

Nachdem sie noch in mehreren Cafés eingekehrt waren, sahen sie am Hafen die Sonne aufgehen.

Es war der Beginn einer großen Freundschaft.

73. Die erste Generation

> Häufig ist die erste Generation mißgestaltet und unschön bis zu einem gewissen Alter; sie scheint wie das Produkt einer plumpen Form, die ersten Abgüsse eines edlen Metalles […]
>
> J. M. RAMOS MEJÍA, Las multitudes argentinas

»Dagegen muß etwas unternommen werden«, sagte der blonde Matías Glasberg.

»Um was geht's?« fragte Beckmann träge.

»Um diese armen Frauen«, erklärte Glasberg.

»Das sind keine armen Frauen«, widersprach Antonio Reyles.

»Wie man's nimmt. Sicher gibt es welche, die noch übler dran sind«, räumte Ramón Díaz ein.

Sie aßen im *Los Vascos*, einem Grillrestaurant in der Calle Esmeralda, wo unbekannte Sänger, Opernchoristinnen, namenlose Journalisten und abgewrackte Ganoven verkehrten. Die Anregung, den Jahresausklang 1924 dort zu feiern, war von Glasberg gekommen. Er hatte eingeladen, und dabei war sein Gehalt beim *Diario Israelita* alles andere als üppig.

»Von den Proletariern kann man ja auch nicht sagen, sie seien arme Männer und arme Frauen«, dozierte Beckmann. »Wer sich nicht als Opfer fühlt, ist auch kein Opfer, und Bewußtsein ist etwas Rares und ein schwer zu erringendes Gut. Sie sind objektive Opfer. Mit den Huren ist es das gleiche. Weder Nutten noch Arbeiter sind die Menschheit, aber sie könnten danach streben, es zu werden. Die Ausbeutung ist ihnen allen gemein. Sie werden benutzt, die einen wie die anderen. Natürlich wollen sie das nicht wahrhaben. Wenn sie sich dessen bewußt würden, wären sie gezwungen, sich zu befreien, und das wäre noch anstrengender als das, was sie für ihre Arbeitgeber beziehungsweise Zuhälter leisten müssen. Du mit deiner Großzügigkeit, Matías, tust diesen Mädchen gar keinen Gefallen. Sie wollen gar nicht runter von ihren Matratzen, und auf einmal kommst du daher und sagst, so ginge das nicht weiter... Was willst du denn? Sollen sie vielleicht Arbeiterinnen werden? Bloß nicht – stimmt's? Denn dann wäre ja das Heilmittel schlimmer als die Krankheit, und das weißt du. Warum schiebst du dir deine Scheißwohltätigkeit also nicht sonstwohin? Manchmal scheinst du mehr Christ als Jude!«

»Du begreifst überhaupt nichts, Jacobo...«, sagte Glasberg. »Ich sorge mich um sie, weil sie Jüdinnen sind und weil die Zuhälter Juden sind. Die Migdal ist ein Mühlstein, der uns allen an den Hals gebunden ist. Unter anderem.«

»Das wird ja immer schlimmer, Alter«, beschwerte sich Beckmann. »Dein positivistischer Läuterungswahn ist nicht einmal ehrlich. Du scheißt auf das Schicksal der kreolischen Nutten, auf das der französischen Nutten und das der spanischen Nutten. Zumindest solange sie nicht ihren Arsch für einen Juden hinhalten.«

»Trotzdem, Jacobo«, mischte sich Ramón ein, »in einem Punkt hat Matías recht. Der erste, der mir von der Migdal erzählt hat, der mich aufgeklärt hat, was die Zwi Migdal ist, Isaac Levy... na ja, das habe ich euch ja schon erzählt, die Geschichte auf dem Schiff... Levy machte sich genau darum Sorgen, um das Ansehen der Gemeinde, weil ein italienischer Zuhälter noch längst nicht alle Italiener zu

Zuhältern macht, der schlechte Ruf eines jüdischen Zuhälters jedoch auf alle Juden zurückfällt.«

»Liebe Freunde«, sagte Reyles, »ich muß euch etwas sagen. Ich bin als einziger von uns moralisch befugt, mich über dieses Thema auszulassen, da ich der einzige bin, der zu Huren geht. Ramón nicht, weil ihm das Glück hold war und er es selten nötig hatte. Jacobo nicht, weil es gegen seine Grundsätze verstößt. Und bei Matías habe ich den Verdacht, daß er seine Scham nicht überwinden kann. Tatsache ist, daß keiner von euch jemals fürs Ficken bezahlt hat...«

Die drei Angesprochenen hörten mit gesenktem Blick zu, als suchten sie auf der Tischdecke nach einer Rechtfertigung für ihr Schweigen.

»Ich dagegen«, fuhr Reyles fort, »habe in Bordellen verkehrt, hier und anderswo. Und ich kann euch versichern, daß es besser ist, sich außerhalb dieser Schlafzimmer einen guten Grund zum Kämpfen zu suchen, denn die Huren stellen keine Forderungen und werden nie welche stellen. Man muß die Migdal beseitigen, weil der gute Name der jüdischen Gemeinschaft auf dem Spiel steht? Schön. Man muß die Prostitution abschaffen, weil der neue Mann eine neue Frau braucht, so langweilig sie auch sein mag? Soll mir recht sein. Aber daß das von ihnen, von den Huren selbst ausgehen soll... ich bezweifle stark, daß soziales Bewußtsein ihre Stärke ist.«

Die Diskussion war nicht neu zwischen ihnen. In wenigen Monaten hatte sich Reyles' Bekanntschaft mit Jacobo Beckmann zu einer freundschaftlichen Verbindung verfestigt, und ihr fast täglicher Umgang führte dazu, daß sie die meisten Lebensfragen miteinander erörterten. Beckmann und Matías kannten sich seit ihrer Kindheit, und Reyles' persönliche und intellektuelle Wertschätzung für Ramón – von dem er obendrein wußte, daß er dem, was einige als die Judenfrage bezeichneten, aufmerksam und sensibel gegenüberstand – hatte ihn den Kontakt zwischen diesem und den beiden jungen Männern knüpfen lassen.

»Es gibt da eine Sache«, sagte Matías Glasberg, als Reyles schwieg, »die ich euch noch nie gesagt habe. Eigentlich gibt es davon eine Menge, aber vor allem eine. Ihr habt's ständig mit Spanien, ständig mit Rußland. Ihr habt Erinnerungen an andere Orte. Ich nicht. Ich bin Argentinier. In der ersten Generation zwar, aber Argentinier. Und ich bin nie gereist. Jacobo hat meine Mutter gekannt. Sie hatte sehr wohl eine Vergangenheit, aber sie hat nie darüber gesprochen. Sie kam aus Polen. Als Nutte. Und das hat sie erst rausgelassen, als sie im Sterben lag. Nur das: wie sie hergekommen war. Sie hat mir keine Geschichte hinterlassen, keine Vorstellung von dem, was ihr widerfahren ist. Nur eine einzige Sache hat sie mir aus der Vergangenheit überliefert: das Jiddische. Deshalb arbeite ich bei der Zeitung. Deshalb interessiert mich das Ganze.«

»Eine Sprache ist eine Vergangenheit«, bemerkte Beckmann ernsthaft.

»Nein, Alter«, widersprach Glasberg. »Eine Sprache ist eine Sprache, nichts als eine Sprache, und eine Vergangenheit ist eine Vergangenheit; in einer Vergangenheit gibt es Dinge, eine Sprache besteht nur aus Namen …«

»Wovon zum Teufel redet ihr überhaupt?« regte sich Ramón auf. »Jacobo, was unser Freund Glasberg hier erzählt, ist eine Tragödie! Alles andere spielt überhaupt keine Rolle. Die Sprache, so ein Quatsch! Tatsachen, die Tatsachen!«

»Ausgerechnet du sagst das, Ramón?« Beckmann sah ihn mit hochgezogenen Augenbrauen an. »Du, der du hier aufgewachsen bist und sprichst, als hättest du dich nie aus Spanien wegbewegt? Aber du hast es mir doch selbst erzählt, das habe ich nicht geträumt, du hast mir erzählt, wie du deinen Vater wiederentdeckt hast, wie dein Gehör ihn wiedergefunden hat, wie Teresa dich zum Nachdenken darüber gebracht hat, was es heißt, Ausländer zu sein oder nicht…«

»Stimmt, aber das basiert auf Tatsachen. Wenn ich so rede, erzähle ich damit mein Leben, wo ich geboren wurde, wer meine Eltern waren, mein Erbe… Für Matías ist das anders. Das Jiddisch, das er spricht, Jacobo, ist voll von Dingen, die er nicht kennt. Und er erzählt es als das, was er ist: als Argentinier. Argentinier der ersten Generation, aber Argentinier. Verzeih mir«, bat er, sich Glasberg zuwendend, »ich habe die Theorie nicht vermeiden können…«

Matías Glasberg sah seine drei Begleiter mit verwirrten, traurigen Augen an. Mühsam verzog er die Lippen zu einem Lächeln.

»Tja, seht ihr?« sagte er. »So schwer war es gar nicht. Die Welt ist nicht untergegangen. Ich hab's ausgesprochen: Meine Alte war eine polnische Nutte. Deshalb recherchiere ich im Fall Zwi Migdal. Weil ich sie gut gekannt habe und weiß, was für ein guter Mensch sie war, denke ich, daß es noch andere wie sie geben muß. Am liebsten würde ich sämtliche Zuhälter umlegen. Um meiner Mutter und meiner Leute willen. Wir Juden sind nicht so, und ich will nicht, daß das irgend jemand denkt. Wir Juden sind Musiker… Werdet ihr mir helfen, wenn ich euch brauche?«

»Verlaß dich darauf«, versicherte Reyles. »Du sagst, was zu tun ist…«

»Wir sind doch Freunde, oder nicht?« bekräftigte Ramón.

»Es ist mir ebenso recht, *cafishios* umzulegen wie Kapitalisten…«, unterstützte ihn Beckmann. »Letzten Endes kommt es auf das gleiche heraus. He, Bedienung!« rief er, womit er das Thema für beendet erklärte. »Bringen Sie uns bitte noch eine Flasche Wein.«

74. Eine furchtlose Frau

Hinter dem mit Geschenken beladenen Boten
zeichnete sich in der trockenen Luft flüchtig eine
schemenhafte Engelsgestalt ab.

JUANA DE IBARBOUROU, Rebeca

Mitte des Jahres 1925, im tiefsten Winter, erschien Matías Glasberg im Spielsalon der Calle Sarmiento, den Antonio Reyles immer noch *Casino Madrid* nannte, obgleich das nirgends geschrieben stand und es nicht einmal ein Dokument gab, aus dem die Existenz eines Lokals mit diesem Namen hervorgegangen wäre.

Mitternacht war vorüber, und als Reyles ihn aufgeregt und trotz der Kälte schweißüberströmt hereinstürzen sah, führte er ihn am Arm in seinen persönlichen Bereich, den er erst seit kurzem bewohnte, nachdem er Ramón die Schlüssel für das Haus in der Calle Carlos Pellegrini 63 zurückgegeben hatte. Jetzt brauchte er nur noch eine Tür zu öffnen, um von den Privaträumen ins Geschäft zu gelangen, und sie zu schließen, um sich dem Lärm, dem Rauch, der Dummheit, der eitlen Habgier und trügerischen Liebe zu entziehen. Ein Vorhang aus schwerem grünem Samt verbarg diese Tür. Er zog ihn für Matías Glasberg zur Seite.

»Komm, setz dich!« forderte er ihn auf, wobei er auf einen der beiden Sessel wies und Gläser aus einem Wandschrank nahm. »Hier, trink einen Schluck Cognac!«

»Danke. *Gallego*, ich brauche Hilfe!« sagte Glasberg und kippte das Glas, ohne Luft zu holen.

Reyles stellte die Flasche vor ihn auf den Boden und nahm selbst Platz.

»So siehst du auch aus«, sagte er. »Irgendein Lude, der dich um die Ecke bringen will?«

»Nein. Jedenfalls noch nicht. Es ist nur so, daß da ein Mädchen angekommen ist.«

»Aus Polen natürlich. Und Jüdin.«

»Ja. Aber anders. Ich weiß nicht, ob du mir das glaubst, aber sie ist anders.«

»Inwiefern?«

»Sauber. Und furchtlos. Sie ist mit einem Verwandten gekommen. *Caften*, wie alle, aber mit ihr verwandt. Aus Lodz. Er hat sie ihren Eltern nicht einmal abgekauft. Er hat sie einfach übernommen. Erst als sie bei ihm zu Hause war, hier in Buenos Aires, hat er ihr die Wahrheit gesagt, nämlich daß er sie in einen *quilombo* in La Boca stecken werde. Sie hat sich geweigert ... Und da hat er ihr die erste Tracht Prügel verpaßt. Weißt du, was diese Dreckskerle sagen? Daß man die Frauen mit dem Stock und im Bett zahm kriegt.«

»Und wie hast du von der Geschichte erfahren?«

»Weil sie schreiben kann, und das hat sie gerettet. Er hat sie eingesperrt. Windelweich geschlagen und eingesperrt. Er hat sich keine Gedanken gemacht, daß sie schreien und um Hilfe rufen könnte. Es gab kein Entrinnen, sie war im zweiten Stock, alles war weit weg ... Abgesehen davon spricht Jeved – Jeved, so heißt sie – kein Wort Spanisch. Aber der Trottel hatte offenbar vergessen, wo er war. Stell dir vor: Calle Lavalle auf der Höhe der Calle Junín, mitten in Once. Ebenso gut hätte sie in Lodz sein können. Denn dort dürfte es niemanden geben, der kein Jiddisch versteht. Und die Leute sind hilfsbereit, Menschen, die viel Elend erlebt haben und immer mit dem Schlimmsten rechnen.«

Sein eigener Redefluß und der Alkohol munterten Glasberg zusehends auf. Sein Gesicht bekam wieder Farbe, und in seine eiskalten Hände kehrte das Gefühl zurück.

»In der Calle Junín gibt es Bordelle …«, bemerkte Reyles.

»Gab es. Bis 1919. Jetzt sind das alles *conventillos* …«, erläuterte Glasberg. »Sie hat eine Nachricht auf Jiddisch geschrieben – Papier und Bleistift hatte sie – und gebeten, man möge sie dort rausholen. Den Zettel hat sie aus dem Badezimmerfenster in einen Innenhof geworfen. Nicht einfach so. Sie hat gewartet, bis jemand herauskam, und dann geschrien. Eine Frau hat den Zettel aufgehoben und zu meiner Zeitung gebracht. Ich weiß nicht, wie sie auf diese Idee gekommen ist.«

»Gar nicht dumm, die Frau!«

»Nein, bestimmt nicht.«

»Und du? Denn du hast den Zettel ja wohl in die Hand bekommen …«

»Ich habe den Anwalt angerufen. Doktor Goldstraj. Samuel Goldstraj.«

»Ist der für solche Fälle zuständig?«

»Nicht er allein. Es gibt eine Organisation, weißt du? Nicht nur hier, weltweit. Sie nennt sich Internationale Gesellschaft zum Schutz von Frauen und Mädchen … Langwieriger Name, was?«

»Sie beschäftigen sich ja auch mit einer langwierigen Sache.«

»Mister Cohen, der Präsident dieser Vereinigung, interessiert sich für das Problem. Wenn sie von etwas Wind bekommen, setzt der Rabbiner Halpon sofort seine Leute in Bewegung. Diesmal habe ich als erster davon erfahren. Daraufhin habe ich einen Anwalt angerufen, der mit ihnen zusammenarbeitet, aber nicht religiös ist. Er ist Sozialist. Und dieser, Goldstraj, hat Madame Foucault mitgebracht, eine Französin, die sich um die Frauen kümmert. Und dann sind wir zur Polizeiwache gegangen.«

»Dem schlimmsten Ort der Welt.«

»Der Meinung bin ich auch. Wir sind dort nicht geblieben. Diesmal noch nicht. Samuel Goldstraj hat ein paar Formulare ausgefüllt, und in Begleitung zweier Schutzleute sind wir zu dem Haus gegangen. Sie haben geklopft, aber keine Antwort erhalten. Kein Geräusch, keine Stimme. Da haben sie die Tür aufgebrochen. Das Mädchen lag am Boden. Ich dachte, sie wäre tot, aber sie war nur ohnmächtig. Madame Foucault hat sie wieder zu sich gebracht, und wir haben sie mitgenommen.«

»Wohin?« fragte Reyles, während er Glasberg nachschenkte.

»Das ist es eben. Aufs Polizeirevier. Daran ging kein Weg vorbei … jedenfalls hat das der Anwalt behauptet. Wir müßten Anzeige erstatten. Wegen Freiheitsberaubung und ich weiß nicht, wegen was noch alles. Um den Kerl fertigzumachen. Sie hat mir unterwegs alles erzählt, und ich habe für die anderen übersetzt. Aber stell dir vor, das war heute nachmittag um fünf, und sie haben Jeved immer noch nicht rausgelassen. Es ist zwei Uhr morgens! Die Französin will nicht, daß sie dort allein bleibt …«

»Ist sie in einer Zelle?«

»Nein, gleich im Eingangsraum. Die Französin will sie nicht allein lassen, und Goldstraj will keine von beiden aus dem Auge verlieren. Er hat so seine Befürchtungen. Diese Leute sind zu allem fähig. Es kann gut sein, daß sie in einem unbeobachteten Moment einfach den Zuhälter holen, ihn abkassieren und sie ihm zurückgeben. Am nächsten Tag sagen sie dir dann, sie sei mir nichts, dir nichts weggegangen und es hätte keinen Grund gegeben, sie aufzuhalten. Goldstraj hat mich losgeschickt, mit dem

Rabbiner zu reden, aber ich dachte, ich rede besser mit dir.«

»Willst du, daß ich sie da raushole?«

»Na ja, du mußt einen guten Draht zur Polizei haben, denke ich, denn sonst könntest du das, was du machst, nicht machen, das mit dem Spielcasino, meine ich, oder?«

»Stimmt«, gab Reyles zu.

»Hilfst du mir?« wollte Glasberg bestätigt wissen.

»Jederzeit. Selbst wenn du im Unrecht wärst. Wir sind Freunde. Ich will nur eins wissen: Was hast du anschließend vor? Mit ihr, mit Jeved?«

»Sie ist hellblond, *gallego*. Und als ich sie vom Boden aufgehoben habe, da ist mir etwas passiert, weißt du? Sie roch nach Schweiß, das arme Ding, und das stört mich normalerweise sehr. Aber an ihr hat es mich überhaupt nicht gestört … es hat mir gefallen, es hat mir sehr gefallen, ich bekam Lust, sie … ich weiß nicht.«

»Aber ich«, versicherte Reyles. »Ich weiß. Das heißt also, daß man auf sie aufpassen muß.« Er stand auf. »Da ist ein Telefon.« Er wies in die Ecke hinter Glasberg. »Ich hinterlasse draußen ein paar Anweisungen, damit ich wegkann. Ruf Ramón an. Weißt du die Nummer?«

»Nein.«

»Fünfunddreißig, null, fünf, eins, sechs. Sag ihm, was los ist und daß er an der nächsten Ecke beim Polizeirevier im Auto auf uns warten soll. Übrigens, welches ist es?«

»Das Siebte.«

»Da kenne ich einen, aber ich glaube nicht, daß wir ihn brauchen.«

Fünf Minuten später waren sie auf der Straße.

Das Vorzimmer der Polizeidienststelle sah aus wie alle anderen: Holzbänke entlang der in grünlichem Ocker gestrichenen Wände, eine mit Registerbüchern, Tintenfässern und Löschblättern bedeckte Theke und dahinter ein kleiner Tisch mit einer Underwood, weißem Papier und Kohlepapier. Ein Wachmann döste auf einem Stuhl, während Jeved, Goldstraj und die Französin warteten, bleich und bekümmert, die Augen fest auf die offene Tür gerichtet, ohne die Kälte zu beachten, die ihnen schon bis ins Mark gedrungen sein mußte.

Matías Glasberg ging zu ihnen, um zu berichten, was er unternommen hatte, und das Mädchen zu beruhigen.

Reyles trat selbstsicher auf und hatte die Sache binnen weniger Minuten geregelt.

»Wer ist der diensthabende Offizier?« fragte er.

»Und Sie, wer sind Sie?« fragte der Wachmann zurück.

»Mein Name tut nichts zur Sache…«, sagte Reyles. »Juan Ruggiero schickt mich. Ich will den diensthabenden Offizier sprechen.«

Die Erwähnung Ruggieritos wirkte Wunder.

»Jawohl!« Der Uniformierte stand stramm. »Ich gebe Subcomisario Fernández Bescheid.«

Sekunden später kam er mit seinem Vorgesetzten zurück.

»Guten Abend, Señor«, grüßte Fernández schleimig. »Mein Untergebener sagt, Don Juan schickt Sie.«

»Ich soll diese Frau abholen«, sagte Reyles und wies auf Jeved.

»Die?« wunderte sich der Polizist.

»Die«, bestätigte Reyles. »Ich nehme an, es spricht nichts dagegen. Haben Sie die Anzeige aufgenommen?«

»Ja, Señor.«

»Im Eingangsbuch?«

»Nein, Señor, auf einem Extrablatt.«

»Zeigen Sie es mir«, befahl Reyles.

Beide Männer gingen hinter die Theke, und Reyles kehrte der Gruppe um Glasberg den Rücken zu.

»Hier ist es«, sagte Fernández und legte ihm die Blätter vor.

Reyles sah die Papiere durch.

»Die Kopien?« erkundigte er sich.

»Liegen dabei.«

Gelassen schob Reyles eine Hand in die Innentasche seiner Jacke und holte ein paar Scheine heraus. Er legte sie auf das abgenutzte Holz und nahm die Anzeige.

»Hier sind hundert Pesos«, sagte er, faltete die Papiere und ließ sie dort verschwinden, wo er das Geld hervorgezogen hatte. »Sechzig sind für den Offizier und vierzig für diesen Herrn hier, der berühmt ist für seine Verschwiegenheit. Ruggierito läßt grüßen.«

»Ja, Señor«, sagte Fernández.

»Danke, Señor«, ergänzte der andere.

Reyles wandte sich Glasberg zu und winkte herrisch die Gruppe heran.

»Gehen wir«, sagte er.

Ramón war auf seinem Posten. Er saß am Steuer und rauchte.

»Wir haben ein Problem«, sagte Reyles zu ihm, einen Fuß auf dem Trittbrett des Autos und den Blick auf der Tür des Polizeireviers. »Unser Freund Matías hat sich in eine verliebt, in die er sich nicht hätte verlieben dürfen.«

»Das ist immer so«, sagte Ramón verständnisvoll. »In eine Señorita, die seiner verblichenen Mama sehr ähnlich ist, wenn ich mich nicht irre.«

»Du irrst dich nicht. Dem Teufel kann man halt nichts vormachen …«

Die übrigen warteten ein paar Meter weiter.

Reyles war jetzt derjenige, der die Befehle erteilte.

»Matías«, rief Reyles, »bring das Mädchen her, und steigt ins Auto.«

Die beiden jungen Leute gehorchten. Goldstraj und Madame Foucault näherten sich ebenfalls.

»Bitte, Ramón«, bat Reyles, »bring die beiden zu Nené nach Las Flores. Ich möchte, daß sie für ein paar Tage verschwinden.«

»Was hast du vor?« erkundigte sich Ramón.

»Die Sache auf meine Art in Ordnung bringen.«

»Also, dann.« Ramón nickte.

»Hör mal, Matías!« Reyles streckte den Kopf in den Wagen.

»Ja?« antwortete Glasberg.

»Wie heißt der Verwandte dieses Mädchens? Dieser *caften*...«

Glasberg unterhielt sich kurz mit Jeved auf Jiddisch.

»Aarón«, sagte er schließlich. »Aarón Biniàs. Er hat denselben Familiennamen wie sie.«

»Gut... Und jetzt fahrt ihr mit Ramón. Ich gebe euch Bescheid, wenn ihr wiederkommen könnt. Ein paar Tage, nicht lang...«

Er trat vom Wagen zurück, und Ramón fuhr mit seinen Gästen los.

Reyles wandte sich den anderen zu.

Sie standen mitten auf der Straße, Reyles, Samuel Goldstraj und die französische Dame, eine hinreißende Brünette von etwa dreißig Jahren mit langen Beinen in schwarzen Strümpfen unter einem knappen Rock. Reyles betrachtete sie ungeniert. Er war bei den Knöchelriemchen der hochhackigen Lackschuhe angelangt, als sie einen Schritt zurücktrat und ihren Persianermantel schloß. Der Anwalt trug einen verknitterten blauen Anzug und ein Hemd, das einmal so weiß wie seine Krawatte rot gewesen sein mußte. Seine gesamte Kleidung war ihm zwei Nummern zu groß. Die Hosenbeine konnten nicht verbergen, wie schmutzig seine Schuhe waren. Er grinste Reyles, der von ihm als einem erstklassigen und sozial engagierten Fachmann hatte reden hören, dümmlich an. Reyles lächelte zurück.

»Bei dieser Gelegenheit, Doktor«, sagte er, »werde ich auf Ihre Dienste verzichten.«

»Bitte«, begriff Goldstraj, »sagen Sie mir nicht, was Sie tun werden.«

»Das hatte ich auch nicht vor«, beruhigte ihn Reyles.

»Danke.« Der Anwalt lupfte leicht seinen Hut in einer Abschiedsgeste, die er mit einer plumpen Verbeugung vor der Frau vervollständigte. Er ging in Richtung Kai davon.

»Aber ich will wissen, was Sie vorhaben!« sagte Madame Foucault und sah Reyles in die Augen.

»So einiges.«

»Und zum Schluß?«

»Ihn begraben.«

Sie fuhr sich mit der Hand an den Mantelkragen, zeigte aber keine Überraschung.

»Vielleicht ist es so am besten«, erwog sie. »Womit fangen Sie an?«

»Juan Ruggiero einen Besuch abzustatten.«

»In Avellaneda?«

»Klar.«

»Wie kommen Sie dorthin?«

»Ich werde schon einen Wagen finden.«

»Ich habe einen. Kommen Sie. Ich bringe Sie hin, wenn es Ihnen nichts ausmacht.«

»Was ausmachen? Ich finde das eine wunderbare Idee … Ich heiße Antonio«, er streckte ihr die Hand hin. »Und du?«

»Suzanne«, stellte sie sich vor. »In Buenos Aires Susana.«

Ihr Auto stand in der Calle Tucumán auf der Höhe der Calle Callao.

75. Die französische Philosophie

> Unter diesen Frauen sind uns keine Heldinnen bekannt [...] Die Gosse war noch nie das Vorzimmer zu Abenteuer und Sinnenfreude. Sie war und ist der Weg zum Fleischtopf und wird es immer bleiben.
>
> ALBERT LONDRES, Le Chemin de Buenos Aires

In *La Viña*, einer Bar in der Calle Cerrito, Ecke Rivadavia, die einige Jahre später dem Ausbau der Avenida Nueve de Julio zum Opfer fallen sollte, legten sie eine Pause ein. Sie tranken Kaffee, und Reyles kaufte eine Flasche Cognac. Die spärliche Kundschaft, die um diese Uhrzeit, kurz vor Tagesanbruch, noch standhaft weitertrank, starrte erstaunt auf Susana Foucault und ihren vornehmen, snobistischen Aufzug. An den schwarzen Anzug, den schwarzen Hut mit Seidenband und die makellosen schwarzen Schuhe Reyles' war man gewöhnt.

»Sind das alles Spanier?« fragte sie, als sie die an ihren Begleiter gerichteten respektvollen Grußworte hörte.

»Die meisten«, bestätigte Reyles gleichgültig, wobei er die Hände der Frau betrachtete. »Sag mal, Susana, warum hast du dich in diese Sache reingehängt?«

»Eine alte Schuld«, faßte sie zusammen.

»Und was sagt Monsieur Foucault dazu?«

»Es gibt keinen Monsieur Foucault, Antonio. Der letzte war mein Vater. Und er hat mir genügend Geld hinterlassen, um mir keinen Ehemann suchen zu müssen. Eine moderne Frau zu sein ist sehr teuer, mein Lieber.«

»Verstehe. Und in welcher Branche war Monsieur Foucault tätig? Hast du irgendein Geschäft übernommen?«

»Du stellst zu viele Fragen, aber vor einer Weile, als wir allein vor dem Polizeirevier standen, habe ich mich entschlossen, es dir zu erzählen. Mein Vater war Mädchenhändler wie Aarón Biniàs. *Caften.* Zuhälter und Chef von Zuhältern.«

»Offenbar befinde ich mich also inmitten einer Verschwörung von Bekehrten, den Kindern von Ehemaligen aus dem Gewerbe. Matías' Mutter, Hure. Dein Vater, *caften.* Weiter vom Stamm hätte der Apfel wohl kaum fallen können…!«

»Ich habe es erst sehr spät erfahren, als ich schon fast zwanzig war… Ich hatte immer gedacht, er hätte Ländereien und so…«

»Und deine Mutter?«

»Sie starb, als ich ein paar Monate alt war. Ich habe sie nicht wirklich gekannt. Aus Frankreich, wie Papa. Er hatte sie mitgebracht, um sie zu heiraten.«

»Wie hast du von der Geschichte erfahren?«

»Eine Frau hat mich besucht. Eine völlig verrückte Evangelistin, die durch die *quilombos* zieht und versucht, Sünderinnen zu erlösen. Sie sagt Sünderinnen, wie in der Bibel. Man nimmt kaum Notiz von ihr, und ich nehme an, daß sie mehr mitbekommt als jede andere. Sie wollte mich erretten und hat mir alles haarklein erzählt.«

»Hast du ihr geglaubt?«

»Zuerst nicht. Ich habe Beweise verlangt. Da hat sie mich mitgenommen. Vom frühen Morgen an gingen wir stundenlang durch La Boca. Sie darf in die Patios hinein und mit den Frauen sprechen. Sie hat mir eine Bibel gegeben und mich allen als ihre Kollegin vorgestellt. Unsere erste Station war ein schreckliches Loch in der Calle Necochea. Sie betrat mit mir eine Kammer, in der ein krankes

Mädchen lag, eine magere, schweißüberströmte Französin. ›Wie geht es dir?‹ fragte sie. ›Schlechter‹, sagte das Mädchen, ›ich hoffe, es ist bald vorbei. Nach so etwas bleibt einem gar nichts mehr.‹ ›Es ist schlimm, nicht wahr?‹ sagte die Predigerin. ›Sehr schlimm‹, erwiderte das Mädchen. ›Meine Freundin will es nicht glauben. Sie ist neu. Erzähl es ihr!‹ Und das Mädchen sagt zu mir: ›Früher, zu Anfang, in der Innenstadt, da waren es fünfzehn, zwanzig Kunden. Hier sind es manchmal hundert.‹ ›Und Foucault? Kommt er dich nicht besuchen?‹ ›Schon lange nicht mehr. Ich weiß, daß er hier vorbeikommt, um das Geld zu holen, aber ich kriege ihn nie zu Gesicht.‹«

»Ach, du liebe Zeit!« bekräftigte Reyles.

»Ich weiß nicht, wie viele wir unter derartigen Bedingungen erlebt haben ... Manche gehörten zwar nicht meinem Vater, aber er hatte sie hergeschafft. Als letztes haben wir am Nachmittag eine kahlköpfige Greisin von vierzig Jahren im Irrenhaus besucht ...«

»Was hast du dann gemacht?«

»Ich habe nie wieder ein Wort mit ihm gesprochen. Er lebte nicht mehr lange. Zwei Jahre später war es zu Ende mit ihm. Er hat nie etwas zu mir gesagt. Ich habe ihn verbrennen lassen und seine Asche in den Riachuelo geworfen.«

Reyles betrachtete ihr Gesicht. Susana sprach nicht zu ihm. Sie sprach einfach, als wäre niemand anwesend, wiederholte für sich selbst eine unmögliche Geschichte.

»Jetzt gehen wir zu Ruggiero!«

Im Auto setzten sie ihr Gespräch fort.

»Was machst du mit den Frauen, die aufhören wollen? Wie löst du das Problem mit den Zuhältern?« fragte Reyles, der die Antwort bereits kannte.

»Dieser Fall ist mir noch nicht begegnet ... Antonio, glaub nur nicht, daß ich mir etwas vormache. Keine will sich retten lassen. Keine hat aus Begierde angefangen, aus Lust an der Liebe. Sie machen es für Geld, weil sie kein besseres Los gezogen haben, weil ihnen ein Zuhälter, den sie nie sehen, mehr Sicherheit bietet, als mit einem Malocher verheiratet zu sein. Vielleicht kommt Jeved ja davon los. Sie wäre die erste. Ich bin im Hafen auf die Schiffe gegangen, Tag für Tag, monatelang, um mit ihnen zu reden, solange sie sich noch auf … neutralem Terrain befanden. Fast alle waren sie bereit, das zu tun, was man von ihnen erwartete. Ein paar haben gezögert, sich aber, vor die Wahl zwischen dem Zuhälter und mir gestellt, ganz klar für den Zuhälter entschieden. Zwei oder drei sind auf mich losgegangen. Ich halte für alle Fälle die Ohren offen, um einschreiten zu können, so wie heute, aber zum Hafen gehe ich nicht mehr … Der Rabbiner Halpon ist in Ordnung. Und der Priester von San Nicolás auch. Der Pastor der Methodistenkirche von Montserrat hat selbst Frauen. Er ist ein Zuhälter, den jeder kennt, nur seine treue Gemeinde nicht. Nein, ich mache mir nichts vor … Ich bin nur überzeugt, daß man etwas unternehmen muß.«

Reyles nahm einen langen Schluck aus der Cognacflasche. Es war nicht mehr weit bis Avellaneda.

»Halt einen Augenblick hier an«, bat er.

»Ist was?« Susana hob die Augenbrauen und trat auf die Bremse.

»Es ist kein Mensch auf dieser Straße. Und ich möchte dich küssen.«

Sie nahm die Hände vom Lenkrad und wandte sich ihm zu.

»Ich möchte das auch«, sagte sie.

Als sie sich wieder in Bewegung setzten, spürte Reyles, daß sich soeben sein Leben verändert hatte.

»Erzähl mir von Ruggierito«, sagte Susana. »Wir fahren zum *comité*, nicht?«

»Ja.«

»Wohnt er da? Ist das sein Haus?«

»Nein. Ob du es glaubst oder nicht, er lebt noch immer bei seinen Eltern im selben *conventillo* am Dock Sud. Er könnte sich ein Haus kaufen, Geld hat er mehr als genug. Und Barceló hat ihn gut gedeckt. Legal, meine ich. Offiziell ist er Konzessionär einer Transportlinie.«

»Hat er keine Frau?«

»Eine Freundin. Elisa. Seit kurzem. Davor war es Ana María. Er könnte auch andere Frauen haben, von den teuren.«

»Warum heiratet er nicht?«

»Er weiß, daß er nicht lange leben wird.«

»Verstehe.«

Als sie Avellaneda erreichten, war es heller Morgen.

Die Leibwächter des *comité* kannten Reyles inzwischen.

»Don Juan ist noch nicht da«, sagte einer. »Er kommt so gegen neun.«

Sie warteten im Café an der Ecke. Es war nach zehn, als einer von Ruggieritos Vertrauensmännern, Canevari, hereinkam, um ihnen Bescheid zu geben, daß sein Chef jetzt in seinem Büro sei.

Der Empfang war herzlich.

»Juan Ruggiero«, stellte Reyles knapp vor. »Susana Foucault, sie ist… meine Verlobte.«

»Mein Freund Reyles war noch nie in Begleitung hier, Señorita«, erklärte überflüssigerweise Juan Ruggiero. »Nehmen Sie bitte Platz.«

»Du mußt einen deiner Jungs vorbeischicken. Bei mir zu Hause liegt Geld für dich, Juan«, erinnerte ihn Reyles.

»Bei Gelegenheit. Das hat keine Eile, *che*… Wollt ihr was trinken?«

»Nein. Wir gehen gleich wieder. Ich brauche nur eine Information.«

»Muß wichtig sein, wenn du so früh schon auf den Beinen bist…«

»Aarón Biniàs«, sagte Reyles.

»Verdammt, *gallego*! Mit diesem Kerl ist nicht zu spaßen. Ich habe nichts mit ihm zu tun. Er ist von der Migdal, einer von ganz oben.«

»Etwas wirst du wohl mit ihm zu tun haben. Barceló hat ihnen den Friedhof zur Verfügung gestellt…«

»Und das war's auch schon. Die kochen ihr eigenes Süppchen. Was willst du von ihm?«

»Ihn umbringen. Ein Freund von mir hat ihm eine Frau abspenstig gemacht, und ich will, daß er in Frieden mit ihr leben kann.«

Ruggierito grinste und strich sich über das feuchte Haar.

»Dieser Russe hat ein Faible für Musik, weißt du? Geige. Warst du schon einmal in einem Lokal ganz hier in der Nähe, das sie *El Odio* nennen? Ramón kennt es gut.«

»Das ist in deinem Gebiet.«

»Ja. Wann willst du hin?«

»Heute abend, morgen, übermorgen, jeden Abend, bis ich ihn finde.«

»In Ordnung. Niemand wird dich sehen. Und heute warst du nur hier, um mir deine Braut vorzustellen.«

»Und darum bin ich gekommen, Juan. Ich halte dich nicht länger auf. Da draußen warten Leute auf dich.«

Susana und Reyles nahmen die Calle Pavón ins Zentrum von Buenos Aires.

»Bist du müde?« erkundigte sich Reyles.

»Kein bißchen«, versicherte Susana. »Warum?«

»Machen wir einen Schlenker durch Once. Ich muß kurz zu einem Freund. Und dann…«

»Und dann?«

»Gehen wir ins Bett.«

Sie senkte die Lider und trat hart auf die Bremse.

»Antonio«, sagte sie, »was soll das, Ruggierito zu sagen, daß ich deine Verlobte bin?… Wir haben uns doch nur geküßt!«

»Wir werden uns wieder küssen.«

»Du kennst mich überhaupt nicht.«

»Wir kennen uns schon ein Leben lang, Susana.«

»Du mußt es wissen. Ich bin sehr schwierig, Antonio.«

»Ich auch. Wenn wir uns nicht bewegen, kommen wir nirgendwo hin.«

In der Calle Sarmiento nahe der Calle Paso ließ Reyles Susana im Auto warten.

Jacobo Beckmann öffnete ihm schlecht gelaunt die Tür.

»Was zum Teufel willst du hier um diese Zeit, *gallego*?« schimpfte er.

»Ich habe dich einmal sagen hören, du wärst ebenso bereit, Zuhälter umzulegen wie Kapitalisten«, sagte Reyles, ohne einzutreten. »Hast du da nur eine dicke Lippe riskiert, oder kann ich auf dich zählen?«

»Du kannst auf mich zählen.«

»Komm heute abend um neun zu mir. Jetzt schlaf weiter.«

Er drehte sich um und trat auf die Straße.

Als sie ihn kommen sah, ließ Susana den Motor an.

»Und wohin fahren wir jetzt?« fragte sie.

»Zu dir«, entschied Reyles. »Ich weiß nicht, wo du wohnst, aber zu dir.«

»Calle Libertad, nahe Calle Juncal.«

»Schöne Gegend.«

76.

»Foucault. Willst du damit sagen, Vero, daß der Vater von Susana derselbe war, der Berthe Gardes ins Geschäft gebracht hat?«

»Große Städte sind oft sehr klein, Clara.«

»Und seine Tochter lebte mit deinem Vater zusammen?«

»Jahrelang, soviel ich in Erfahrung bringen konnte. Das ist ein Teil der Geschichte, den ich nicht meiner Mutter verdanke. Ich fürchte, sie hat davon keine Ahnung.«

»Und du? Wie hast du es herausbekommen?«

»Hauptsächlich über Beckmann. Wir hatten ziemlich viel Kontakt miteinander. Seine Tochter Luna kennst du ja.«

»Tristáns Frau?«

»Genau. Du siehst, wie sich alles zusammenfügt. Der alte Beckmann hat sich 1971 umgebracht... aber das gehört jetzt nicht hierher.«

»Dein Großvater Ramón muß von dieser Beziehung gewußt haben.«

»Ja, aber als mein Vater seine Tochter heiratete, war das alles längst Vergangenheit und er wollte es lieber nicht aufrühren. Er war ebenso treu wie verschwiegen. Er liebte meinen Vater sehr, das stimmt. Aber es stimmt auch, daß er niemals gesagt hatte, Nené Barrientos' Sohn wäre nicht sein Kind. Ich habe die Wahrheit von Matías Glasberg erfahren, der unter dem Dach dieser Frau die ersten Tage nach Jeveds Befreiung verbrachte.«

»Waren die beiden glücklich?«

»Glasberg und Jeved? So glücklich man eben sein kann, nehme ich an. Sieben Kinder und achtzehn Enkel. Einer der Enkel verschwand während der Diktatur. Einige leben in Buenos Aires, andere in Israel. Sie starben um 1980 herum.«

»Hat Gardel seinen Sohn wiedergesehen?«

»Im selben Jahr. 1925.«

»Muß ein aufregendes Jahr gewesen sein.«

»Das Geburtsjahr meiner Mutter. Außerdem war es ein Erfolgsjahr für den Anarchismus. Am 6. Juni ruinierte Severino Di Giovanni, der 1922 nach dem Marsch auf Rom ins Exil gegangen war, dem italienischen Botschafter die Feier zu Viktor Emanuels Thronjubiläum mit seiner Protestaktion gegen Mussolini. Das Ganze fand im Teatro Colón *statt und kam über die Eröffnungshymne nicht hinaus … Gardel sang noch immer mit Razzano im Duett, als der englische Kronprinz Eduard von Windsor, der ja bekanntlich wegen seinem Flirt mit den Nazis auf den Thron verzichten mußte, Buenos Aires besuchte. Die beiden traten für ihn auf. Im September trennten sie sich. Am 17. Oktober kam Gardel nach Barcelona, allein. Solange er sich in Buenos Aires aufhielt, besuchte er den Kleinen und brachte ihm Geschenke. Auch 1926 und 27 noch, nur nicht mehr so häufig. 1928 war damit Schluß.«*

»Woher weißt du so viele Einzelheiten?«

»Als Glasberg mir erzählte, was er wußte, ging ich nach Las Flores. Nené war, wie nicht anders zu erwarten, längst gestorben. Aber ich habe meinen Putativonkel Lorenzo angetroffen, der mir Briefe zu lesen gegeben und massenweise Details erzählt hat.«

»Wie lebt er?«

»Er ist Lehrer, und der einzige Argentinier, der nicht Gardel hört.«

77. Der Tatort

Nach und nach ließ mich diese Begegnung und alles, was sie ausgelöst hatte, meine Geschichte noch einmal überdenken.

ANTONIO DAL MASETTO, Fuego a discreción

Zehn Abende saßen sie schweigend da und hörten zuweilen mit Genuß, zuweilen ohne jedes Interesse den wechselnden Musikern auf der Bühne des *El Odio* zu. Es gab heisere, stockende Bandoneons, die mit flachem metallischem Klatschen wieder zu Atem kamen, und blutleere Violinen mit brüchigen Höhen, aber auch Bälge von edler, stetiger Stimme und klare, souveräne Saiten. Männer aller Rassen zogen an Antonio Reyles, Ramón Díaz und Jacobo Beckmann vorüber, die Aarón Biniàs zwar nie gesehen hatten, sich jedoch gewiß waren, ihn zu erkennen, sobald er ihnen unter die Augen käme. Ramón verließ sich auf eine Beschreibung, die Jeved ihnen auf dem Weg nach Las Flores gegeben und Matías Glasberg aus dem Jiddischen übersetzt hatte. Er ging davon aus, daß der Ganove dunkelhaarig und schlank war und sich entsprechend der Usance mit der in seinem Gewerbe geforderten Eleganz kleidete. Trotzdem identifizierte er Biniàs, als dieser hereinkam, nicht an seinem Äußeren. Es waren die Augen Canevaris, des am Tresen lehnenden Getreuen von Ruggiero, die den soeben Eingetretenen verrieten. Im Bruchteil einer Sekunde verband der Blick des Revolvermannes die neue Gestalt mit Reyles' Tisch.

Gleich darauf zahlte er und ging mit leichtem Schritt zum Ausgang.

»Der ist es!« sagte Ramón.

»Sehr schön«, begriff Beckmann.

»Warte noch«, befahl Reyles. »Wir haben Zeit.«

Biniàs steuerte direkt auf die Bühne zu. Er legte Hut und Geigenkasten auf einen Stuhl und das gefaltete Tuch aufs Schlüsselbein.

»Ist Scalfaro nicht da?« hörten sie ihn den Jungen fragen, der eine Flasche Gin und ein Glas vor ihn hinstellte.

»Noch nicht«, gab der andere zurück.

»Ich trinke meinen Gin«, verkündete Biniàs, »und fange allein an.«

Gesagt, getan: Wie er da stand, ohne Hut, das Gesicht sanft an die Geige geschmiegt, hätte niemand den in ihm vermutet, der er in Wirklichkeit war.

Er spielte drei Tangos, nicht sehr schulmäßig, mit passabler Technik und sichtlicher Leidenschaft. Er wirkte wehrlos, sanft, verloren. Endlich kam der, der wahrscheinlich Scalfaro war, ein beleibter Glatzkopf, der im tiefsten Winter schwitzte.

»Guten Abend, Biniàs, mein Freund«, grüßte er, während er sich auf das Podest kämpfte, das nur für ein Schwergewicht wie ihn hoch sein konnte. Die Bretter knirschten und bogen sich unter ihm durch.

Aus Scalfaros Taschen kamen drei weiße Tücher zum Vorschein, je eines für seine in blauen Köper gezwängten Schenkel, als Isolierung und weiche Unterlage für das Bandoneon, das dritte ließ er achtlos auf seinem Bauch liegen, um sich damit zwischendurch die Stirn zu trocknen. Seine kurzen Arme und dicken Finger bewiesen bald Geschicklichkeit und Sensibilität. Seine musikalische Intelligenz und seine Hingabe standen Biniàs in nichts nach.

Beckmann wartete auf seinen Einsatz. Reyles beobachtete sorgfältig die Szenerie, die Regungen der Gäste, das übertriebene Gestikulieren des einzigen weiblichen Wesens im Saal. Ramón lauschte gebannt.

So verstrich eine Stunde ohne jegliche Veränderung.

Die beiden Musiker kamen zum Ende eines Stückes.

Scalfaro stimmte ohne Unterbrechung das nächste an.

Biniàs legte die Violine auf dem Kasten ab, den Bogen daneben, stieg, ohne seinem Kollegen Bescheid zu sagen, von der Bühne und ging nach hinten.

Jacobo Beckmann stand halb auf. Ramón packte ihn beim Arm.

»Bleib sitzen«, sagte er. »Ich gehe.«

»Das war nicht…«, hob Reyles zum Protest an.

»Das ist eine Entscheidung in letzter Minute.« Ramóns Ton ließ keinen Widerspruch zu. »Ihr paßt gut auf!«

Der Abtritt befand sich im Freien. Eine kleine, hinter einem Wandschirm versteckte Tür führte in einen gepflasterten Hof. Auf der gegenüberliegenden Seite verbarg ein Häuschen ohne Schloß kaum die Beschäftigung seines Benutzers.

Biniàs, breitbeinig, die Hände unten und das Kinn hochgereckt, drehte leicht den Kopf, um aus dem Augenwinkel zu sehen, wer ihm gefolgt war. Er kannte ihn nicht. Vielleicht war er mißtrauisch, rührte sich aber nicht.

Noch immer mit dem Rücken zu Ramón, knöpfte er die Hose zu.

Als Biniàs dem anderen gegenübertrat, überkam ihn das Gefühl, daß etwas nicht stimmte.

Im selben Augenblick klangen aus dem Saal die ersten Takte einer alten, sehr alten Komposition herüber, nicht eigentlich ein Tango, etwas Tieferes, Feierlicheres, Ernsteres, eindeutig eine Trauermusik. Beide zögerten. Aarón Biniàs erkannte in dieser Melodie ein Omen. Was da mit der dunklen Stimme eines eisigen, fernen Europa angedeutet wurde, konnte nichts anderes sein. Ramón Díaz, der diese Musik fünfundvierzig Jahre zuvor, an die Hand seines Vaters geklammert, zum ersten Mal auf einer Straße in Montevideo gehört hatte, als der Mann, der das Bandoneon umarmte, noch keinen Namen hatte, noch nicht Germán Frisch hieß, zwei, drei Minuten, bevor der große blonde Mann für immer in sein Leben trat, fand er in ihr das durchdringende Aroma seiner eigentümlichen Kindheit einer nomadisierenden Waisen wieder, eine Mischung aus dem Weihrauchduft einer Kirche in Barcelona, dem Geruch der Bettwäsche in Don Manuel Posses Haus, dem der Hälmchen, die in den Rissen des Straßenpflasters im alten Buenos Aires sprossen, dem der Roßäpfel von Roques Pferd, dem des Tabaks bei der Verarbeitung, dem des Papiers in seinem ersten Buch, dem der Latrine im *conventillo*, dem Parfüm Teresas, dem Schweiß Mildreds: das Aroma der Vergangenheit, der Freiheit, des Lebens.

»Was wollen Sie?« fragte Aarón Biniàs, der im selben Moment seine Jacke öffnete, um Hand an die Pistole zu legen.

Ramón war schneller. Er wußte, was er wollte.

»Halten Sie die Hände still!« sagte er. »Ein Freund von mir hat ein Problem.«

»Ja?«

»Aber das wird er nicht mehr lange haben.«

Sie waren allein in dem Innenhof. Ramón erinnerte sich an die Ecke, hinter der der Trauerzug des Tío Pagola verschwunden war, die leere Straße, den Abend. Er hörte seine eigenen Schüsse nicht, keinen seiner sechs Schüsse. Er hörte nichts als die Musik von Montevideo, an diesem Ort, dem Schauplatz von Germán Frischs unsinnigem Tod.

Drinnen hörte man das Knallen sehr wohl. Beim letzten Schuß erwachte der Bandoneonspieler schlagartig aus seiner Verträumtheit und ließ den Balg los, der mit einem miauenden Klagen auseinanderfuhr. Reyles und Beckmann sprangen auf und zogen ihre Waffen.

»Niemand rührt sich von der Stelle!« warnte Beckmann und zeichnete mit seinem Revolverlauf einen Halbkreis in die Luft.

Ein zähes Schweigen trat ein, eine Art stickiger Ouvertüre, die machtvoll Ramóns Rückkehr eröffnete. Ohne irgend jemanden wahrzunehmen, durchschritt er den Salon und winkte von der Tür aus seine Gefährten zu sich.

»Erledigt«, sagte er, den Blick auf die Straße gerichtet.

Sie verließen hinter ihm das Lokal.

Reyles fuhr Ramóns Wagen.

Alle drei saßen auf dem breiten Vordersitz.

»Wie spät ist es?« fragte Ramón, als sie die Hauptstadt erreicht hatten.

»Zwölf«, erwiderte Beckmann.

»Ein Glück! Morgen muß ich früh aufstehen.« Die Ankündigung klang seltsam.

»Ach ja?« ermunterte ihn Reyles weiterzusprechen.

»Ja«, fuhr Ramón fort. »Ich muß am Hafen Maschinen abholen. Die aus Italien, ich hatte dir, glaube ich, davon erzählt.«

»Nein«, sagte Reyles, »was für Maschinen?«

»Phantastische Maschinen zum Spaghetti- und Raviolimachen… gefüllte und ungefüllte Pasta. Nicht zu fassen, daß in einem Land wie diesem, voller Italiener, ein *gallego* wie ich auf die Idee kommen muß, sie zu importieren!«

»Willst du Nudeln herstellen?« fragte Beckmann.

»Ich habe schon ein großes Lokal angemietet, fast bei mir nebenan. In der Calle Cangallo 986, gegenüber vom Markt.«

Er sprach weiter über sein neues Unternehmen, den wirtschaftlichen Nutzen und die gastronomische Revolution, die er plante, bis Reyles an der Ecke des Mercado del Plata anhielt.

»Bring Jacobo nach Hause«, sagte Ramón. »Ich brauche das Auto nicht ... Kern, der vom Zoll, kommt mich abholen.«

»Einverstanden.«

Sie verabschiedeten sich nicht. Ramón wartete, bis die anderen außer Sicht waren, und schlenderte dann zur Ecke Calle Sarmiento, um im *Café La Peña* einen Gin zu trinken.

Er dachte an Frisch und an Liske Rosen, doch als er sein Glas hob und es an die Lippen führte, tat er es im Gedenken an Raquel.

Reyles und Beckmann machten auch noch halt in einer Bar.

»Ich weiß nicht, ob mir gefällt, daß er es getan hat«, sagte Beckmann. »Warum wolltest du eigentlich, daß ich es tue?«

»Um zu sehen, ob du es ernst meinst«, gestand Reyles.

»Und?«

»Du hättest es getan.«

»Ja.«

»Ich weiß nicht, warum, aber du hättest es getan. Du hattest nichts Persönliches gegen diesen Mann.«

»Wenn ich es dir gut erkläre, würdest du mich vielleicht sogar verstehen ...« Beckmann lächelte.

»Ich höre.«

»Den Dreck der Juden müssen wir Juden wegmachen. Du oder ich, wir können den Dreck von wem auch immer wegmachen. Die Gesellschaft dankt es ... Wasser und Seife und das war's. Aber wenn wir Juden den Dreck der Juden nicht selbst wegmachen, dann waschen die anderen ihn mit jüdischem Blut. Deshalb, auch deshalb, tut Matías, was er tut. Das, was kein Franzmann und kein *tano* tut, verstehst du? Die beschuldigt nie jemand.«

»Aber du bist Kommunist, über alle Nationen hinweg ...«

»Kommunist schon. Und das über alle Nationen hinweg. Aber Jude. Und damit sozusagen unter allen Nationen.«

»Verstehe.«

Den Toast brachte Beckmann aus.

»Auf das Leben!« sagte er.

»Auf das Leben!« wiederholte Reyles.

78. Die Verirrten

So viel Unvernunft! So viel vergeblicher Verschleiß vor dem Unvermeidlichen! Warum nicht gleich vom Irrtum ausgehen?

CARLOS CATANIA, Las Varonesas

Der dünne Mann zog seine Baskenmütze und streifte die Sohlen seiner Strohschuhe auf der Fußmatte ab.

»Kommen Sie schon«, lud ihn Reyles ein, »machen Sie nicht solche Umstände. Die Frauen müssen sowieso putzen. Kommen Sie rein!«

»Danke«, sagte der andere. »Bartolo schickt mich. Sind Sie Reyles?«

»Der bin ich, der bin ich. Aber stehen Sie doch nicht herum! Was sehen Sie mich so an? Stimmt etwas nicht?« Reyles strich sich über den Bauch.

Was der dünne Mann betrachtete, hätte Reyles niemals als Unregelmäßigkeit oder Anstößigkeit empfunden. Die Mütze in den Händen drehend, schaute der Besucher von den farbigen, mit grünem Brokat bespannten Wänden des Spielsalons auf die Aufmachung des Hausherrn, seine bordeauxrote *robe de chambre* aus Seide und Samt und seine Wildlederpantoffeln.

»Überrascht Sie das hier?« erkannte Reyles. »Für einen Spielsalon ist es nicht übel.«

»Na ja, ich habe eigentlich ganz anderes über Sie gehört.«

»Zum Beispiel?«

»Daß Sie mit den Idealen der Revolution sympathisieren.«

»Bis zu einem gewissen Punkt trifft das ja auch zu.«

»Aber Sie sind reich. Und Sie sind ein Spieler.«

»Ich wußte nicht, daß mir aus meinen Neigungen Verpflichtungen erwachsen. In diesem Fall verzichte ich auf die Ideale. Endgültig. Möchten Sie nichts trinken?«

Während er sprach, schritt Reyles durch den Saal, räumte hier einen Aschenbecher weg, las dort einen unter ein Sofa gerollten Ohrring auf.

»Alkohol?« fragte der Besucher.

»Ich habe auch Wasser. Und Kaffee.«

»Nein, danke.«

Reyles ließ von seiner Tätigkeit ab und blieb vor dem Unbekannten stehen.

»Warum sind Sie hier?« drängte er.

»Es gibt da ein paar Leute, die Sie sehen wollen.«

»Ach ja?«

»Landsleute von Ihnen, Spanier.«

»Davon gibt es hier ein paar tausend.«

»Diese kennen Sie von dort.«

»Wie heißen sie?«

»Weiß ich nicht. Sie sind Anarchosyndikalisten.«

»Aha.«

»Ich soll Ihnen ausrichten, daß heute abend in *La Antorcha* ein Treffen stattfindet.«

»Sonst nichts?«

»Sonst nichts.«

»Wollen Sie bestimmt nichts trinken?«

»Danke.« Er schob ein imaginäres Glas von sich, bevor er die Mütze aufsetzte. »Werden Sie kommen?«

»Schon möglich.«

Die Tür, durch die der dünne Mann hereingekommen war, stand noch offen. Er ging rückwärts hinaus.

Mit Kohle hatte jemand an eine der Wände in der Redaktion von *La Antorcha* geschrieben: *E viva l'anarchia!* Reyles las es und grinste. Die drei Gestalten am Tisch ignorierten seine spöttische Miene.

»Guten Abend, Antonio«, sagte einer von ihnen.

»Guten Abend«, gab Reyles zurück. »Ich glaube nicht, daß wir uns kennen.«

»Wir sehen uns zum ersten Mal.«

»Sage ich doch.«

Die drei stellten sich vor: José, Hafenarbeiter, Jaime, Koch, und Francesc, Tischler.

»Ich hoffe, es kommt der Tag, an dem euer Vertrauen zu mir so fest ist, daß ihr mir eure richtigen Namen sagt.«

Der, der sich José nannte und der Anführer zu sein schien, wich seinem Blick aus. Das lange, wirre, ungepflegte Haar vermochte seine abstehenden Ohren nicht zu verbergen, und die auffallende Länge seiner Oberlippe verlieh ihm einen herablassenden Ausdruck.

»Setz dich«, sagte er.

Reyles gehorchte.

»Wir haben uns zwar noch nie gesehen, aber ihr hattet Informationen über mich. Dürfte ich erfahren, welche?«

»Ein gemeinsamer Freund hat uns eine Geschichte erzählt. Und er hat dich gezeichnet. Schau!«

Francesc hielt ein großes zusammengerolltes Blatt auf den Knien.

Er breitete es auf dem Tisch aus.

Antonio Reyles nahm das Zentrum der mit großem Geschick angefertigten Bleistiftzeichnung ein. Auf der Abbildung stand er, in einer Hand einen Beutel, in der anderen einen Revolver, am Eingang eines Gebäudes, das er sofort wiedererkannte: eine Bank in Madrid.

»Darum geht's also«, sagte er.

»Deine Erfahrung ist von großem Interesse für uns«, versicherte José.

»Warum?«

»Wir wollen das, was du dort gemacht hast, hier durchziehen… wenn auch aus anderen Gründen. Weniger selbstsüchtigen.«

»Um es an die Armen zu verteilen?«

»Um der Revolution zum Sieg zu verhelfen«, erklärte Jaime.

»Ah ja.«

Reyles wußte, daß der Mann die Wahrheit sagte. Er stand auf, zog die Jacke aus und hängte sie sorgsam über die Stuhllehne. Ehe er sich wieder setzte, schlug er pedantisch die Manschetten des weißen Hemdes um.

»Ich höre«, sagte er, an José gewandt.

»Eine Bank. Wie die in Madrid.«

»Das ist nicht leicht.«

»Fällt dir was Besseres ein?«

»Möglich.«

Reyles improvisierte einen Plan, in dem er seine Erinnerungen und Phantasien mit dem großmütigen Ehrgeiz seiner Zuhörer verknüpfte. Jede Frage, jeder Zweifel wurde zu einem Werkzeug, das Projekt zu perfektionieren. Sie würden Zeit für die Beobachtung brauchen und viel Geduld aufbringen müssen, bis überprüft war, ob das, was sie dort vorfinden würden, auch ihren Vorstellungen und Vermutungen entsprach, aber sie gelangten zu einem Beschluß.

»Sehr schön, das klingt sehr gut«, freute sich José. »Aber du bist keiner von uns. Ich weiß, ich weiß, du kannst uns gut leiden…«

»Unter Vorbehalt«, präzisierte Reyles.

»Auch das weiß ich. Wir verlangen nicht, daß du umsonst arbeitest. Du wirst eine angemessene Bezahlung erhalten.«

»Was nennst du angemessen?«

»Einen prozentualen Anteil.«

»Ich sage euch, wie es zu bewerkstelligen ist, zeige euch den Ort und halte meinen Arsch hin wie jeder andere auch. Wir sind zu viert. Drei Viertel für die Ideale und ein Viertel für mich.«

»Gut«, nickte José. »Wann?«

»Wenn wir Gewißheit haben bezüglich der Betriebszeiten, der Angestellten, des Geldes …«

»Bald, bald.«

Sie benötigten einen Monat, ihren Plan in die Tat umzusetzen.

Das Straßenbahndepot war nichts weiter als ein verschlungenes Gewirr von Geleisen, umgeben von einer etwa drei Meter hohen Mauer aus weißgetünchtem Ziegelstein. In der Mitte befand sich die Verwaltung: ein Häuschen, in zwei Räume unterteilt, von denen einer vollkommen geschlossen war und der andere über ein großes Fenster und eine Milchglastür verfügte. Die letzte Straßenbahn der Nacht war wenige Minuten zuvor eingetroffen, und die erste des nächsten Morgens würde erst in zwei Stunden abfahren.

»Achtunddreißig Pesos«, sagte der Schaffner mit leicht italienischem Einschlag, als er dem Verwaltungsangestellten die Tageseinnahmen aushändigte.

Einen erloschenen Zigarrenstummel zwischen den Zähnen, die Mütze über die Augen gezogen, döste der Fahrer vor sich hin. Der Verwaltungsmann legte den Beutel mit den Münzen auf den Schreibtisch.

»Das kann ich jetzt nicht mehr wegschließen«, erklärte er.

In diesem Augenblick kamen drei Männer herein. Nur einer war so umsichtig gewesen, sich ein Tuch vors Gesicht zu binden. Sie trugen Gewehre, zielten aber auf niemanden.

»Hände hoch«, sagte José im gleichmütigen Ton einer Höflichkeitsfloskel.

Der Straßenbahnfahrer riß die Augen weit auf, änderte aber kaum seine Haltung. Er hob nur ein wenig die Hände und zeigte die Innenflächen. Auch seine Kollegen ließen keine große Gemütsbewegung erkennen. Träge taten sie, wie ihnen geheißen.

»Wo ist das Geld?« fragte Francesc und sah dem Schaffner in die Augen.

»Da«, sagte der Italiener und wies auf den Beutel.

»Das sind seine Einnahmen«, ergänzte der Verwaltungsangestellte. »Die Tageskasse ist im Tresor.«

»Mach ihn auf«, sagte José.

»Kann ich nicht. Den Schlüssel hat der Chef, und der ist schon weg. Kommen Sie morgen wieder«, schlug er vor.

Reyles lehnte an einer Wand und hob die Spitze des Tuchs über seinem Gesicht an, um frische Luft zu schöpfen und zu grinsen.

»Was machen wir jetzt?« wandte sich José ihm zu.

»Was der junge Mann sagt. Nimm diesen Beutel. Wir besuchen sie bei anderer Gelegenheit noch einmal.« Er stieß sich von der Wand ab und ging auf die Tür zu, öffnete sie und hielt sie seinen Kumpanen auf. »Gute Nacht«, verabschiedete er sich von den Überfallenen, die ihm verdutzt nachsahen.

José und Francesc liefen rasch nach draußen. Reyles folgte ihnen ohne Eile. Jaime wartete in der Calle Las Heras in einem Auto mit laufendem Motor auf sie. Palermo war ein sehr ruhiges Stadtviertel.

»So eine Schlappe!« sagte José, als sie ein Stück der Strecke zum Zentrum bereits hinter sich hatten.

»Eine Erfahrung!« widersprach Reyles. »Was für ein Datum haben wir heute?«

»Den Neunzehnten schon. Den 19. Oktober«, informierte ihn Jaime.

»Vier Monate«, schätzte Reyles. »Eine Bank gut vorzubereiten dauert vier Monate.«

José zählte an den Fingern ab.

»Das wäre dann im Februar«, sagte er. »Zu lang.«

»Vielleicht.«

An der Kreuzung der Calle Corrientes mit der Calle Paraná verabschiedete sich Reyles von der Gruppe.

Reyles trat nackt aus dem Badezimmer und trocknete sich das Haar. Der Duft nach Kaffee und geröstetem Brot gab ihm ein Gefühl der Geborgenheit. Er zog einen dieser Frotteebademäntel über, wie sie gerade in Mode waren, mit braunen und grauen Längsstreifen, schlüpfte in seine Lederpantoffeln und ging in die Küche. Susana las *La Nación*.

»Es gibt Neuigkeiten«, verkündete sie.

»Welcher Art?« fragte Reyles.

»Ein neuer Überfall. Gestern nacht in Caballito, in der Station der Untergrundbahn.«

»Haben Sie jemanden erwischt?«

»Bist du denn nicht hier?«

»Ich war das nicht.« Reyles setzte sich ihr gegenüber.

»Das glaubst du! Die Polizei sagt, du hättest damit zu tun, denn der Überfall sei von denselben verübt worden, die sich vor genau einem Monat im Straßenbahndepot von Anglo blamiert haben.«

»Verflucht! Und wie kommen sie darauf?«

»Du wirst lachen, sie wundern sich, weil ihnen keine spanischen Banditen bekannt sind. Der Akzent, Antonio, dein Akzent.«

»Halb Buenos Aires hat diesen Akzent«, wandte er ein, während er sich eine Tasse Kaffee einschenkte.

»Aber die überfallen niemanden.«

»Was für ein anständiges Volk! Nicht zu fassen! Wieviel haben sie mitgenommen?«

»Nichts. Es gab nichts. Nicht einen Peso. Zu allem Überfluß mußten sie sich auch noch zu Fuß davonmachen, weil das Fluchttaxi, das auf sie gewartet hatte, nicht ansprang.«

»Du lieber Gott!« sagte Reyles und biß in einen butterbestrichenen Toast.

»Es geht noch weiter«, fuhr Susana fort.

»Ja?«

»Die argentinische Polizei hat die spanische um Unterstützung gebeten.«

»Dann sind sie im Arsch!«

»Du auch!«

»Mich müßten sie in flagranti erwischen. Aber die anderen brauchen sie bloß zu finden. Die sind mit Sicherheit einschlägig bekannt. Diesen Überfall hat es überhaupt nicht gegeben, er ist eine Erfindung, um die Verfolgung zu rechtfertigen.«

Reyles zündete eine Zigarette an und hielt sie Susana hin. Sie nahm sie zwischen Zeige- und Mittelfinger und schloß den Daumen und den kleinen Finger um seine Hand.

»Paß auf dich auf, Antonio«, bat sie. »Bitte.«

Es vergingen noch fünf Wochen, bis die Bahnsteige der Untergrundbahn und die Waggons der Straßenbahnen von oben bis unten mit den Photos von vier Männern tapeziert wurden, die offenbar niemand je zuvor gesehen hatte. Es waren Bilder aus dem Polizeiarchiv, von vorn und im Profil, und sie trübten die Weihnacht 1925. Durch diese Polizeiaushänge erfuhr Reyles die richtigen Namen seiner Kumpane. Der, der sich José nannte, hieß in Wirklichkeit Buenaventura Durruti. Jaime war Francisco Ascaso und auch sein Bruder Alejandro, von dem Reyles noch nie etwas gehört hatte, klebte an den Mauern der Stadt. Der vierte Mann, Francesc, war Gregorio Jover. Sie kamen aus Chile, wohin sie von Spanien aus über Kuba gelangt waren. Der chilenischen Polizei zufolge waren sie für einen Überfall auf den Banco de Chile verantwortlich. Man hielt sie für eine Bande, die Mittel für die Anarchisten beschaffte.

Reyles blieb lange vor einem der Plakate stehen, ohne sich zu einer Vorgehensweise entschließen zu können, die ihm halbwegs vernünftig erschienen wäre. Bartolo hatte die Männer in einem Haus in Temperley südlich von Buenos Aires versteckt. Er fuhr in Susanas Auto hin.

Durruti öffnete ihm.

»Warum zum Teufel habt ihr mich angelogen?« fuhr ihn Reyles beim Eintreten an.

»Wir haben dich nicht angelogen«, versicherte Durruti und schloß die Tür.

»Ihr habt mich um Hilfe gebeten, als hättet ihr keine Ahnung, wie es geht, und dabei wußtet ihr so viel wie ich. Die Mataderos-Filiale des Banco de Chile! Was ist aus dem Geld geworden?«

»Es ist in Spanien«, gestand Durruti.

»Alles?« zweifelte Reyles.

»Alles.«

»Wofür habt ihr mich gebraucht?«

»Wir brauchten jemanden von hier, der sich auskennt ...«

»Ich habe mich aber als Fiasko erwiesen.«

»Ein Fehler macht noch kein Fiasko.«

»Was habt ihr jetzt vor?«

»Eine Bank. Danach hauen wir ab.«

»Eure Sache. Ich nehme an, ihr wißt, auf was es ankommt…«

»Machst du nicht mit?«

»Ihr habt es doch schon ohne mich hingekriegt.«

»Buenos Aires ist nicht Valparaiso.«

Francisco Ascaso hatte das Zimmer betreten und war, eine Hand in den Türrahmen gestützt, seit ein paar Minuten aufmerksam ihrem Gespräch gefolgt.

»Wir brauchen mehr Leute«, warf er an dieser Stelle ein.

»Wieviele?« fragte Reyles.

»Wir müßten schon zu siebt sein«, schätzte Ascaso.

»Gibt es keine sieben Anarchisten in der Stadt?«

»Doch. Andere. Italiener, Leute aus anderem Holz… Die scheuen das Risiko.«

»Rosige Aussichten!« murmelte Reyles.

»Könntest du welche besorgen?« wollte Ascaso wissen.

»Ja. Aber für Geld.«

»Wieviel?«

»Sieben Männer, sieben Teile. Ihr seid drei…«

»Vier«, fiel ihm Ascaso ins Wort.

»Vier«, stimmte Reyles zu, »mit mir fünf. Zwei Teile für die anderen und der Rest für die Revolution.«

»Der Rest? Du rechnest falsch. Drei Teile für euch. Dem Volke, was des Volkes ist!«

»Du bist es, der es nicht kapiert«, wies ihn Reyles zurecht. »Ich will nichts dafür haben.«

»Heißt das, du tust es aus Überzeugung?«

»Nein. Das heißt, ich mache es umsonst, weil ich einmal versagt habe und in eurer Schuld stehe.«

»Diesen Ehrenkodex verstehe ich nicht…« Ascaso zuckte die Achseln. »Aber wenn du meinst…«

»Ich meine es genau so. Und jetzt laßt uns Pläne machen!«

Der Dorfplatz von San Martín funkelte unter der sengenden Januarsonne wie eine Drohung. Er lag verwaist. Um zwölf Uhr mittags saßen die meisten Bewohner der Gegend zu Hause beim Essen, doch die Banco-Argentino-Zweigstelle hatte noch geöffnet. An der Kreuzung der Calle Buenos Aires mit der Calle Belgrano stoppte Reyles den Wagen. Sie hätten das, was sie jetzt vorhatten, schon einen Tag früher, einem Montag, tun können. Nur war das der 18. Januar gewesen, und Reyles hatte sich geweigert, am Jahrestag des gescheiterten Überfalls auf das Straßenbahndepot zuzuschlagen.

Durruti, Ascaso, Jover und ein vierter Spanier, ein Katalane aus Tarragona, der sich Pep nannte, stiegen unmaskiert aus dem Auto. Reyles, Beckmann und Matías Glasberg legten Gesichtsmasken an.

»Pep«, rief Reyles. »Deine Kumpel machen sich nächsten Monat nach Europa davon«, erklärte er geduldig hinter seiner Vermummung hervor, »du nicht. Du bleibst hier in Buenos Aires. Man könnte dich wiedererkennen. Versteck lieber deine Visage!« Er hielt ihm eine Maske hin.

Pep erwog Reyles' Angebot und wandte sich kurz ab, um Rat in Durrutis Augen zu suchen. Niemand sollte ihn für einen Feigling halten. Mit einem leichten Nicken gab Durruti sein Einverständnis.

»Danke«, sagte Pep, nahm die Maske und setzte sie auf.

»Gehen wir«, entschied Reyles.

Beckmann, Glasberg und Pep blieben mit den Karabinern, die Reyles für alle besorgt hatte, an der Tür zur Bank stehen. Sie stützten sie mit den Kolben auf den Boden wie die Wachen vor dem Regierungsgebäude. Nach einer Weile betrat von der gegenüberliegenden Straßenseite aus eine blonde dicke Frau den Platz. Als sie auf weniger als fünfzig Meter herangekommen war, brachte Pep seine Waffe in Anschlag und zielte auf sie.

»Schwachkopf!« murmelte Beckmann.

Die dicke Frau, die fast vorübergegangen wäre, ohne irgend etwas zu bemerken, witterte plötzlich Gefahr, blickte vom Boden auf und sah sich um. Als sie den Katalanen entdeckte, blieb sie abrupt stehen und hob die Arme.

Niemand rührte sich.

Pep zielte weiter. Die Frau reckte die Arme hoch.

So vergingen fünf lange Minuten. Beckmann beobachtete beunruhigt die Szene, bereit, sich auf Pep zu stürzen, falls dieser Anstalten machen sollte abzudrücken.

Drinnen war Reyles – nachdem Durruti die übliche Formel gesprochen hatte: Hände hoch, das ist ein Überfall! – neben der Tür stehengeblieben und hielt mit dem Karabiner das Personal in Schach. Die anderen drei, die weniger einschüchternd wirkten als er, weil sie keine Masken trugen, machten sich mit Beuteln in der Hand daran, Schubladen zu durchsuchen und alles Geld einzupacken, das sie finden konnten.

»Das reicht«, sagte Durruti auf einmal.

Die anderen banden ihre Beutel zu und warfen sie über die Schulter. Reyles war mit zwei schnellen Schritten beim Anführer.

»Wollt ihr nicht den Tresor aufmachen?« fragte er leise.

»Wir haben schon genug«, erklärte Durruti. »Wir verschwinden!« schrie er laut für die Bankangestellten. »Wer uns nachsetzt, den knalle ich ab!«

Und er rannte hinaus.

Reyles blieb zurück, ließ den Blick durch den stillen Saal schweifen, in dem schreckensstarr die Angestellten und ein Kunde standen und der noch immer voller Geld war. Er wurde sich der Nutzlosigkeit des Karabiners bewußt und legte ihn sich über die Schulter. Wenn er ihn nicht wieder abliefern müßte, dachte er, würde er ihn am liebsten als Andenken zurücklassen.

»Was für ein Scheißüberfall!« sagte er im Hinausgehen.

Alle anderen saßen im Auto, nur der Fahrersitz war noch frei für ihn. Reyles ließ den Wagen an. Als sie das Motorgeräusch wahrnahm, ließ die dicke Frau auf dem Platz die Hände sinken.

»Weißt du, was mir am meisten angst macht an der ganzen Sache, was mir richtig angst macht?« fragte Reyles Durruti, als sie San Martín schon weit hinter sich gelassen hatten.

»Du scheinst doch ein mutiger Kerl zu sein«, bemerkte Ascaso.

»Aber es gibt Dinge, die mir angst machen«, bekräftigte Reyles. »Und am allermeisten ängstigt mich die Vorstellung, daß ihr eines Tages Erfolg haben könntet. Ihr seid in allem so, in allem: Ihr trinkt nicht, ihr fickt gerade so viel, um nicht von der Erdoberfläche zu verschwinden, haltet Maß sogar beim Klauen... Ihr seid ausgemachte Deppen!«

»Die Ideale der Revo...«, versuchte Durruti zu argumentieren.

»Die Ideale! Die Scheißideale! Wo zur Hölle hat man schon mal einen Bankräuber gesehen, der sich zufriedengibt und abhaut, ohne den Tresor geleert zu haben? Keiner mit gesundem Menschenverstand würde das je verstehen!«

Sie waren in eine verlassene Straße abgebogen mit leeren Grundstücken zu beiden Seiten und halbfertigen Häusern an den Ecken. Reyles bremste.

»Teilt das Geld auf. Ich will sieben gleiche Teile.«

»Jetzt interessiert dich das Geld doch«, wehrte sich Ascaso, »du brichst dein Wort.«

»Mach sieben Teile, und halt den Mund«, beschied ihn Durruti.

Sie machten sieben gleiche Häufchen auf dem Boden im Auto, zwischen den Füßen derer, die auf der Rückbank saßen.

»Fertig«, verkündete Beckmann.

»Gut. Matías, nimm deinen Anteil«, befahl Reyles. »Und du, Jacobo, nimmst das Doppelte: einen Teil für deine Leute. Der Rest gehört euch«, sagte er und sah Durruti an.

»Danke«, sagte Beckmann.

»Wer sind deine Leute?« erkundigte sich Ascaso.

»Die Kommunisten«, antwortete Beckmann lächelnd.

»Du Judas!« schimpfte Jover.

»Nicht Judas, aber Jude«, schmunzelte Reyles. »Steigt jetzt aus. Wenn ihr ein paar Kilometer geradeaus geht, kommt ihr wieder zum Haus.«

»Wer weiß!« zweifelte Ascaso, beugte sich hinunter und langte nach einem der Karabiner.

»Die Waffen gehören euch nicht«, hielt Reyles ihn auf. »Mir übrigens auch nicht...«

»Ach nein?« wunderte sich Jover.

»Die hat mir *El Gallego* Julio geliehen.«

»Du bist vollkommen verrückt«, schnaubte Durruti beim Aussteigen.

»Mag sein«, gab Reyles zu.

Er fuhr an und entfernte sich ohne einen Blick zurück.

Fünf Häuserblocks weiter ging er zu einem anderen Thema über.

»Am Freitag«, sagte er, »in drei Tagen, beginnt der Flug über den Atlantik.«

»Er startet in Moguer«, ergänzte Beckmann.

»Der *Plus Ultra*! Endlich sind wir Spanier entschlossen, etwas zu tun!«

»*Ihr* Spanier?« spottete Beckmann. »Soweit ich weiß, hast du überhaupt nichts damit zu tun. Der, der fliegt, ist ein junger Mann namens Ramón Franco.«

»Da hast du recht.«

»Am 10. Februar landen sie in Buenos Aires.«

»Da werde ich hingehen.«

»Jeder wird da hingehen.«

Sie stellten das Auto in einem Parkhaus im Zentrum ab, bedeckten die Karabiner mit einer weißen Plane und gingen etwas essen.

79.

»Meines Wissens ist keinem anderen Helden in Buenos Aires je ein solcher Empfang bereitet worden wie den Männern des Plus Ultra*: Ramón Franco, dem Bruder des späteren Diktators, dem Seemann Juan Manuel Durán und Pablo Rada, dem Mechaniker. Abgesehen von seinem Bravourstück, war Franco auch noch Galicier.«*

»Du hast ihn immer gemocht.«

»Hätte sein Bruder ihn nicht umbringen lassen, würde heute ein anderer Wind wehen.«

»So bedeutend war er?«

»Oh ja!«

»Bewunderte dein Vater ihn auch?«

»Ja. Und mein Großvater. Und meine Großmutter Gloria, obwohl sie immer sagte, daß Rada der Hübscheste der Besatzung gewesen sei.«

»Wurde viel über dieses Ereignis gesprochen?«

»Es war das wichtigste in diesem und dem folgenden Jahr... Bis zu den Wahlen. Bis zu Yrigoyens Wiederwahl, demokratisch, massiv, real und nutzlos. Als ihn das Militär mit Uriburu an der Spitze nur zwei Jahre später stürzte, war er rundum verhaßt. Der Faschismus ist eine verheerende Krankheit. Die Inkubationszeit ist unbekannt, Jahre, Jahrzehnte, wer weiß... Und wenn sie ausbricht, ist alles zu spät, der Körper ist verfault, die Seele ist verfault, und es gibt kein Heilmittel. Der Staatsstreich von 1930 war der Anfang.«

»Und es ist noch immer nicht zu Ende.«

»Nein. Allerdings hatte das Übel seine Vorboten, sogar von außerhalb der strikt politischen Welt...«

»Was meinst du damit?«

»Es geht die Rede, daß Yrigoyen, kurz bevor er die Präsidentschaft antrat – seine zweite Präsidentschaft –, bei Mutter María war. Sicherlich hatte er nicht anstehen müssen wie die anderen. Meiner Vorstellung nach muß sie ihn nachts empfangen haben … Soweit bekannt, soll die Frau ihm von der Übernahme der Regierung abgeraten und Unglück prophezeit haben. Yrigoyen ging und schlug, wie jeder weiß, den Ratschlag in den Wind. Fast unmittelbar darauf kündigte Mutter Maria ihr eigenes Ende an. ›Meine lieben Kinder‹, sagte sie Mitte des Jahres 1928 zu ihren Schülern, ›ich vereinige mich mit Gott, weint nicht um mich.‹ Von diesem Augenblick an schloß sie sich ein, um ihre Stunde zu erwarten, die am 2. Oktober kam, zehn Tage vor der Zeremonie zu Yrigoyens Amtseinsetzung …«

»Irre! Und Gardel derweil?«

»Er war mit Yrigoyens Widersachern verbandelt … den Konservativen, die schließlich Uriburus Putsch unterstützten. Er war ein Jahr zuvor abgereist. Dank seiner Beziehungen zur sardischen Mafia gelang ihm sein Debüt in Paris, am 2. Oktober im Kabarett Florida, *während Mutter María in Buenos Aires ihre Seele aushauchte. Zufälle … Es war die erbärmlichste Phase seines Lebens. Er sang für die reichen Argentinier und verspielte alles, was er einnahm. Und einen Teil dessen, was er noch gar nicht eingenommen hatte. Im Casino-Hotel* Palais de la Méditerranée *in Nizza, wo er auch Chaplin kennenlernte – es gibt ein sehr nettes Photo von dieser Begegnung –, traf er auf Sally Wakefield, die Witwe von George Craven, einem berühmten Zigarettenfabrikanten. Sie war eine überaus häßliche Frau, Gardel selbst sprach von ihr als* el bagayo *– was im* lunfardo-*Jargon ungefähr soviel heißt wie Popanz –, doch hinderte ihn das nicht, sich von ihr aushalten zu lassen. Sie finanzierte seine in Joinville und den Vereinigten Staaten gedrehten Filme und schenkte ihm einen Rolls-Royce. Die Paramount hat nie auch nur einen Cent in Gardel investiert. Die Wakefield zahlte, und die Paramount übernahm den Vertrieb*

und war an den Gewinnen beteiligt. Andere Romane am Rande dieses Romans.«

»Wußte dein Großvater das alles?«

»Ja. Er hat ihn nie ganz aus den Augen verloren.«

»Und dein Vater?«

»Über Ramón.«

»Was hat er nach der Sache mit Durruti gemacht?«

»1929 wurde alles anders. Ich bin überzeugt, daß er sich auf diese Dinge eingelassen hat, weil er etwas beweisen wollte. Aber die Zeiten waren hart, und er hatte seine eigenen Grenzen erkannt.«

80. Ende des Spiels

> Ich brauchte jemanden, dem ich vertrauen kann, weißt du?… es heißt, der Regierung bleiben nur noch wenige Tage.
>
> HÉCTOR LASTRA, La boca de la ballena

Unheil lag in der Luft der Stadt. Schweißnaß und frierend fuhr Antonio Reyles oft mitten in der Nacht aus dem Schlaf und machte Licht, um Susanas Gesicht zu betrachten. Er setzte sich dann neben das Bett auf einen Stuhl, rauchte und wartete, über die Ordnung des Daseins und die Flüchtigkeit der Zeit grübelnd, unruhig auf den Morgen. Sie waren seit vier Jahren zusammen, und offenkundig würden sie, aus welchen Gründen auch immer, keine Kinder haben.

Eines Tages beschloß er, daß es das Beste wäre zu heiraten. Antonio Reyles war der durchaus begründeten Ansicht, daß vier Jahre eine ausreichende Grundlage für einen solchen Schritt darstellten. Er machte Susana den Vorschlag, und sie willigte ein, jedoch legten sie noch keinen Termin fest.

Am selben Morgen erschien Ruggierito in der Wohnung in der Calle Libertad. Er war noch nie dort gewesen, und Reyles hatte ihn auch nie eingeladen. Sein Leben mit Susana war seine Privatsache, und Juan Ruggiero gehörte zur Außenwelt, zur Welt der Geschäfte.

Reyles öffnete im Bademantel. Der Besucher wirkte zu verstört, um ihm den Zutritt zu verweigern, ihm zu sagen, er solle unten im Café warten, daß er ihn in diesem Moment nicht empfangen könne. Er hatte verweinte Augen und preßte die Zähne zusammen.

»Guten Morgen«, sagte er.

»Guten Morgen«, erwiderte Reyles, seine Überraschung überspielend.

»Darf ich reinkommen?«

»Natürlich.« Er wies auf einen Sessel. »Mach's dir bequem, ich bin gleich bei dir.«

Reyles beeilte sich, Susana vom Eintreffen Ruggieritos zu unterrichten. Er wollte sie aus dieser Beziehung lieber heraushalten. Sie war seine empfindliche Stelle, und er wußte, daß man vor solchen Leuten seine Schwachpunkte nicht offenlegen durfte.

Er kehrte ins Wohnzimmer zurück und bot dem Gast etwas zu trinken an.

Nach dem zweiten Glas, mit ruhigerem Blick und klarerer Stimme, begann Ruggierito zu reden.

»Du bist Julios Freund«, sagte er.

»Es gibt Freunde und Freunde«, versetzte Reyles, der einen Stuhl herangezogen und sich ihm gegenübergesetzt hatte.

»Du triffst dich mit ihm«, beharrte Ruggiero.

»Öfter als mit dir.«

»Darauf will ich hinaus. Du weißt also, wo er zu finden ist.«

»Du doch auch.«

»Ja, aber ich werde nicht zu ihm gehen… Ich möchte, daß du ihm etwas von mir ausrichtest.«

»Ich spiele für niemanden den Boten, Juan… Ich kann jemandem einen Gefallen tun, wenn man mir gute Gründe dafür nennt. Was gibt es jetzt zwischen *El Gallego* und dir, das es nicht schon seit Jahren gäbe?«

»Sie haben uns gestern abend überfallen.«

»Nicht zum ersten Mal.«

»Nichts da, Antonio! Das war nicht wie mit Suárez, der Auge in Auge gekämpft hat. Er hat uns Cambón zum Krüppel gemacht, aber dafür selbst sechzig Schüsse in den Bauch gekriegt.«

»Wie ist es passiert?«

»Aus dem Hinterhalt, auf der Straße, nachts und mit einer Winchester…«, berichtete Ruggierito.

»Scheiße!«

»Sie haben mich erwischt.« Er öffnete seine Jacke und zeigte Reyles einen Verband quer über seiner Brust. »Aber das ist gar nichts. Sie haben meinen Onkel getötet. Den Bruder meines Alten, ist dir klar, was das heißt? Das war nicht nötig!«

»War es Julio?«

»Nicht er selbst. Er war nicht dabei. Aber es waren seine Männer.«

»Was soll ich ihm sagen?« gab Reyles nach.

»Daß ich ihn umbringen werde. Wenn er am wenigsten damit rechnet, so wie sie es gestern nacht mit meinem Onkel gemacht haben. Es wird keine weitere Ankündigung geben. Vielleicht dauert es noch einen Monat oder auch zwei… Vielleicht ist es schon morgen soweit. Aber ich werde ihn umbringen. Die Politik hat damit überhaupt nichts zu tun. Wenn es darum ginge, würde ich mich gar nicht um ihn scheren, er ist sowieso am Ende, sobald Yrigoyen weg ist… Das hier ist eine Familienangelegenheit!«

»In Ordnung. Ich werde es ihm sagen«, versprach Reyles und stand auf.

Ruggiero tat es ihm nach.

»Heute noch, Antonio, bitte«, sagte er. »Vielleicht bringe ich ihn schon heute nacht um, und ich will, daß er vorgewarnt ist.«

An der Tür hielt er noch einen Moment inne, den Blick

zu Boden gesenkt. Möglicherweise hätte er gern noch etwas hinzugefügt, sagte aber nichts mehr. Reyles öffnete und ließ ihn hinaus.

»*Chau*«, verabschiedete sich Ruggierito.

Reyles gab keine Antwort. Er schloß die Tür und ging zu Susana, die sich wieder ins Bett gelegt hatte.

»Mit dem *Casino Madrid* ist es aus«, verkündete er. »Das ist eine gute Nachricht…«

»So überbracht, ist es eine Scheißnachricht«, widersprach Susana.

»Schon gut, schon gut, einverstanden, es ist eine Scheißnachricht. Aber wir müssen damit leben.«

»Komm her, hör auf herumzurennen, und erzähl mir, was los ist.«

»*El Gallego* Julio hat einen Onkel von Ruggierito umgelegt, und jetzt will Ruggierito Julio umlegen. Er hat mich gebeten, ihn vorzuwarnen.«

»Und du hast zugesagt? Du spinnst ja.«

»Ich sitze zwischen zwei Stühlen, Susana. Deshalb mache ich auch das Casino zu. Um aus der Schußlinie zu sein.«

»Aber du wirst hingehen und Julio ausrichten, was dieser Typ dir aufgetragen hat.«

»Julio hat mir mehr als einen Beweis seiner Loyalität geliefert. Nehmen wir einmal an, Ruggierito hätte mir gesagt, daß er ihn umbringen wollte, und mich gebeten, absolutes Stillschweigen darüber zu bewahren. Was, glaubst du, hätte ich in diesem Fall getan?«

»Ihn gewarnt… Ich verstehe.«

»Es wird auf dasselbe hinauslaufen: Julio wird sterben, seine Tage sind gezählt, aber zumindest hätte er das Gefühl, sich wehren zu können.«

Reyles legte den Bademantel ab und begann, sich anzukleiden.

»Soll ich mit dir kommen?« überlegte Susana laut.

»Heute nicht«, entschied er.

Sie verabschiedeten sich mit einem leichten Kuß auf die Lippen.

Bevor er zu Julio Valea ging, besuchte Reyles Madame Jeanne.

Giovanna Ritana wohnte inzwischen in der Nähe der Recoleta in einem zweistöckigen Haus, umgeben von Katzen. Die Katzen, dachte Reyles, verraten das Alter einer Hure wie die Jahresringe das eines Baumes: soundsoviele Katzen, soundsoviele Lebensjahre.

Sie empfing ihn in der Küche, wo sie ungekämmt und mit Ringen unter den Augen Kaffee kochte. Sie hatte ganz offensichtlich keine Ahnung von den Ereignissen der vergangenen Nacht.

»Hättest du Interesse, meinen Anteil am Casino zu übernehmen, Juana?« schlug Reyles halbherzig vor.

»Warum? Willst du nach Spanien gehen?«

»Noch weiß ich nicht, was ich dann machen werde, aber damit will ich aufhören.«

»Wieviel willst du dafür haben?«

»Mach mir ein Angebot.«

»Und wenn ich nicht kaufen will?«

»Ich gebe es auf jeden Fall auf.«

»Wann?«

»Heute.«

»Augenblick, Augenblick mal! Was ist denn in dich gefahren?«

»Die Eile.«

»Ich kann dir dreißigtausend Pesos geben. Aber nur, wenn du noch eine Woche warten kannst, bis ich jemanden gefunden habe, der sich darum kümmert.«

»Eine Woche«, sagte Reyles ihr zu. »Nicht einen Tag länger. Und das Geld sofort.«

»Hast du Angst, Ruggierito und Julio wenden dir den Rücken?«

»Möglich.«

»Mir ist das egal, Antonio. Diese Jungs sind so gut wie weg vom Fenster. Sobald man Yrigoyen mit einem Arschtritt aus der Casa Rosada befördert hat, ist es aus mit ihnen.«

Das war schon das zweite Mal an diesem Morgen, daß Reyles eine derartige Prophezeiung hörte. Und diejenigen, die sie ausgesprochen hatten, schienen sich trotz ihrer Verschiedenheit darin einig zu sein, daß der Sturz Yrigoyens auch den ihrer eigenen persönlichen Feinde, selbst den ihrer Gespenster und Ängste, zur Folge haben würde. Sie erhofften sich eine neue Ordnung, die ihnen zum – diesmal in aller Offenheit vom Staat zugestandenen – Monopol der Korruption verhelfen würde. Sie hofften auf eine Macht, für die nicht ständig aus Leibeskräften gekämpft werden mußte, eine unanfechtbare Macht.

»Ich habe keine Lust mehr aufs Wetten, Juana«, sagte Reyles. »Wenn du das Geschäft haben willst, gehört es dir.«

»Daß du das nicht später bedauerst!«

»Mach dir um mich keine Sorgen«, beschied sie Reyles.

Julio Valea folgte dem Ruf Reyles' unverzüglich. Sie trafen sich in einem Café der Calle Corrientes in der Nähe des Hafenviertels. Julio nahm Reyles beim Arm und führte ihn an den hintersten Tisch, der von der Straße aus nicht zu sehen war und neben der Tür zur Toilette stand. Zwei Leibwächter postierten sich am Tresen. Draußen im Auto saßen zwei weitere Männer. Dennoch reichten die Vorsichtsmaßnahmen nicht aus.

»Vor einer Weile war Ruggierito bei mir«, sagte Reyles in vertraulichem Ton, wobei er Julios Blick festhielt.

»Dann hat er's dir erzählt.«

»Seine Version. Ich will deine hören.«

»Vor einer Woche haben sie eines unserer *comités* überfallen. Jetzt waren wir an der Reihe. Das übliche, reine Routine. Nur daß wir einen Unantastbaren erwischt haben.«

»Einen Onkel von Juan.«

»Ich weiß. Ich habe ihn gekannt. Der Kerl war in Ordnung.«

»Damit ist die Routine dahin, Julio. Ruggierito hat mich beauftragt, dir zu sagen, daß er dich umbringen wird.«

»Und wenn ich ihm nicht zuvorkomme, wird er das auch tun. Es sei denn, daß Yrigoyen rechtzeitig fällt...«

»Du wartest auch darauf, daß Yrigoyens fällt? Aber du arbeitest doch seit jeher für ihn...«

»Nicht für ihn. Für die Partei. *El Peludo* ist nicht die Partei... Sieh mal, Antonio, unter den Radikalen gibt es welche, die haben die Schnauze gestrichen voll von dem Alten. Er ist ein Schwächling, und er kriegt nicht mal das mit, was sich direkt vor seiner Nase abspielt... Was hier fehlt, ist eine harte Hand, die gründlich Ordnung schafft.«

»Meinst du, das wäre von Vorteil für dich?«

»Klar!«

»Ich wäre mir da nicht so sicher, aber du wirst wissen, was du tust.«

Julio Valea lächelte. Er dachte, daß Reyles, vor die Wahl zwischen dem Begräbnis Ruggieritos und dem des *Gallego* Julio gestellt, ersteres lieber wäre. Die Zeitung würde es in beiden Fällen bringen. Eine große Schlagzeile in der *Crítica*. Schade, nicht da sein zu können, um zu sehen, wem sie mehr Spalten widmeten.

»Ich gehe, Antonio.« Er stand auf. »Nein, bleib du sitzen.« Er hielt ihn mit einer Handbewegung zurück. »Besser, du wartest noch eine Weile, bis du gehst. Und keine Sorge, ich kann auf mich aufpassen. Und wenn es schiefgeht … na ja, ich wußte von Anfang an, schon als ich noch mit Juan Plakate geklebt habe, worauf ich mich einlasse.«

Reyles blieb stumm. Er sah ihm nach, wie er, die Hände in den Hosentaschen, davonging, mit einer leichten Kopfbewegung seine Männer einsammelte und sich auf den Rücksitz seines Wagens fallenließ.

Reyles ging die Calle Sarmiento hinauf bis zur Kreuzung mit der Calle Paso. Vielleicht war Jacobo Beckman gar nicht zu Hause, aber er hatte nichts Besseres zu tun. Susana war wahrscheinlich bei Matías und Jeved Glasberg. Sie hatte sich vorgenommen, die Geschichte der beiden niederzuschreiben. Albert Londres, ein französischer Journalist, der auf der Suche nach Information über den Mädchenhandel 1925 in Buenos Aires gewesen war, ließ ihre Artikel in Paris veröffentlichen. Eine Methode, sich den Lebensunterhalt zu verdienen.

Beckman saß dicht am Ofen mit einem Buch von Antonio Labriola über den historischen Materialismus, in dem er Textstellen anstrich. Reyles packte die unterwegs gekaufte Flasche Gin aus, spülte zwei Gläser, füllte sie und stellte sie auf den mit Notizen überhäuften Tisch.

»Kannst du mir vielleicht erklären, was verdammt noch mal in diesem Land vor sich geht?« Reyles setzte sich seinem Freund gegenüber.

Beckmann legte das Buch zur Seite und rieb sich die Augen.

»Wird auch Zeit, daß du das merkst«, sagte er.

»Schon gut.«

»Hier spielt sich das gleiche ab wie im Rest der Welt. In Italien ist es 1922 mit den Faschisten passiert. In Deutschland geschieht es gerade eben mit Hitlers Nationalsozialisten. England, Frankreich, Spanien werden folgen … Ich weiß nicht wie, aber was auf uns zukommt, ist die offene Diktatur der Reaktion.«

»Sollte man Yrigoyen unterstützen, Jacobo?«

»Er ist ein bürgerlicher Demokrat, und die bürgerliche Demokratie ist im Vergleich mit der Diktatur das geringere Übel. Aber ihn deshalb unterstützen …«

»Du also auch nicht, wie ich sehe. Hättest du irgendeinen Vorteil daraus, wenn er ginge?«

»Vorteil? Im Gegenteil. Alles würde schlimmer, für alle. Obwohl es womöglich das Zweckmäßigste wäre, daß alles so lange immer schlimmer wird, bis der revolutionäre Wandel unumgänglich ist. Die Geschichte beschleunigen.«

»Sehr schön, Jacobo, ausgezeichnet. Jetzt sag mir, was du denkst.«

»Was ich dir eben gesagt habe.«

»Nein, nein. Du fühlst anders. Du wünschst dir nicht, daß alles immer schlimmer wird, das weiß ich. Und du wünschst dir Yrigoyens Sturz nicht.«

»Wünsche, Wünsche! Mit Wünschen erreicht man gar nichts, Antonio. Realismus heißt das Zauberwort.«

»Real ist, daß die Leute, alle Leute, und vor allem, wenn sie in Massen auftreten, ein Scheißdreck sind. Das ist real!«

Beckmann nahm einen langen Schluck von seinem Gin und räusperte sich.

»Das stimmt …«, gestand er zu. »Aber wenn wir das als Ausgangspunkt nehmen, sind wir im Arsch. Damit schlagen wir uns auf die andere Seite. Paß auf, Antonio, der Fortschritt existiert. Ich weiß nicht, wie er zustande kommt, und auch die klügsten und wissenschaftlichsten Bücher können mir das nicht erklären. Aber es gibt ihn. Und ich weiß, wenn man aufhört, an ihn zu glauben, verschwindet er. Marx sagt, bisher hätten ihn die Menschen gemacht, indem sie das Niedrigste ihrer Seele auf diese Aufgabe verwendeten: ihre Interessen. Er sagt auch, er ermächtige sie, von jetzt an, wenn sie wollen, das Höchste ihrer Seele dafür einzusetzen, und das ist laut Marx das objektive Verständnis, das jeder einzelne von seinen Interessen hat. Mir riecht das nach Falle, nach Täuschung. Er wußte, daß der Fortschritt Glaubenssache ist: Es gibt ihn, wenn man an ihn glaubt. Mir ist der Fortschritt wichtig, ich will ihn miterleben, genießen. Und dafür muß ich die anderen voranbringen, ob sie mir nun gefallen oder nicht. Einige wird man lieben müssen, obwohl sie Monster sind, andere wird man töten müssen, wenn sie auch noch so großartige Menschen sein mögen. Geschult werden müssen sie alle. Allerdings fürchte ich, das wird noch warten müssen, denn diese Schweinehunde, die Schweinehunde auf unserer Seite des Atlantiks wie die auf der anderen, werden uns in einen Krieg stürzen.«

»Und wenn es Krieg gibt?«

»Dann wird er nicht wie der von 1914. Keine Chance, neutral zu bleiben. Der Fortschritt wird gegen die Dunkelheit antreten. Wir werden kämpfen müssen. Allerdings brauchen wir ja nicht als erste loszuschlagen. Sollen sie anfangen, sollen sie uns in die Scheiße reiten! Bis dahin sorgen wir lieber dafür, daß wir bereit sind.«

»Sag mir rechtzeitig Bescheid«, bat Reyles. »Für mich braucht die Gerechtigkeit keine Argumente.«

»Das weiß ich. Ich kenne dich schon eine ganze Weile«, sagte Beckmann. »Aber du diskutierst trotzdem darüber. Deswegen bist du doch hier, oder nicht?«

»Ja.«

»Sei beruhigt. Dir kann der Faschismus nichts anhaben… Du wirst dich nicht in Versuchung führen lassen. Wer eine Seele hat, ist… wie geimpft.«

»Danke. Kommst du mit?«

»Wohin?«

»Susana abholen und etwas essen gehen.«

»Wenn du mir Zeit zum Duschen gibst.«

Sie aßen in einem Grillrestaurant in der Calle Montevideo zu Abend.

Drei Monate nach seiner Verkündung, an einem Sonntagmittag im Oktober bei frühlingshaftem Sonnenschein wurde das Urteil über Julio Valea vor Hunderten von Zeugen vollstreckt.

Die Pferderennbahn von Palermo war überfüllt. *El Gallego* Julio, im Vertrauen darauf, daß das Gedränge für einen Verfolgten eine sichere Zuflucht wäre, wollte sein Pferd laufen sehen, das auf den unheilvollen Namen *Invernal* hörte. Reyles sagte hinterher, daß er ihm abgeraten hätte hinzugehen, wenn ihm dieses Detail bekannt gewesen wäre. Aber er erfuhr es erst, als Julio bereits mehrere Stunden tot war.

Valea war treu seinen Gewohnheiten gefolgt. Um dem Rennen beizuwohnen, hatte er sich an seinem angestammten Platz niedergelassen, nahe der Startlinie, mit dem Rücken zum Wald, der das Hippodrom umgab und kaum zwanzig Meter hinter der Absperrung begann. Von dort, von irgendwo zwischen den Bäumen, schoß ein Mann auf ihn. Ein Mann, ein ausgezeichneter Schütze. Ein einzelner Mann, auf den andere in einem Auto warteten. Ein Mann, der nie wieder gesehen wurde.

Weder der Sturz Yrigoyens noch General Uriburu hätten *El Gallego* Julio retten können.

81. Der Fall Migdal

Unter uns gibt es zweiundzwanzig mehr oder weniger praktizierende Katholikinnen, vier Jüdinnen, zwei Protestantinnen und eine Griechisch-Orthodoxe.

ALICIA STEIMBERG, Su espíritu inocente

Die Nachrichten, mit denen für Matías Glasberg das Jahr 1930 begann, veranlaßten diesen, seine Freunde zusammenzurufen. Aus der Redaktion des *Diario Israelita* rief er Reyles und Ramón an. Sie verabredeten sich für den Spätnachmittag des 7. Februar, einem heißen Freitag, bei Susana Foucault. Er würde Jacobo Beckmann, der kein Telefon hatte, abholen.

Um acht entkorkte Susana eine der Weinflaschen, die Glasberg selbst mitgebracht hatte, schenkte allen ein und wartete darauf, daß er einen Trinkspruch ausbrachte.

»Auf den Fall Migdal!« sagte Matías.

Ramón ließ zerstreut sein Glas gegen das Glasbergs klingen und trank. Er war der einzige.

»Was hast du gesagt?« wollte sich Beckmann vergewissern.

»Ich habe vorgeschlagen, auf den Fall Migdal anzustoßen«, bestätigte Glasberg. »Vor vierzehn Tagen hat Richter Rodríguez Ocampo einer Anklage stattgegeben ...«

»Das wissen wir schon ...«, fiel ihm Susana ins Wort. »Es hat in allen Zeitungen gestanden.«

»Ja, ja«, fuhr Glasberg fort, »wie es aussieht, ist jetzt alles aufgeflogen... Es ist nämlich so, daß am Silvestertag eine

Frau bei der Polizei aufgetaucht ist und gebeten hat, aus dem Register gestrichen zu werden, da sie nicht mehr als Hure verzeichnet sein wollte. Sie hatte sechs Jahre lang in einem *quilombo* in Abasto gerackert und etwas angespart. Sie wollte in der Innenstadt einen kleinen Kramladen aufmachen und hatte Angst, die Zuhälter könnten ihr das Leben vergällen … Ihr wißt schon, anonyme Anrufe an die Nachbarn, Radau … Es vergingen ein paar Tage, dann kam sie wieder, zusammen mit einem Kerl. Den sie auf dem Standesamt geheiratet hat. Es gab auch eine religiöse Trauung in der Synagoge mit Rabbiner und allem … Und am 30. Januar ist sie erneut erschienen und wollte sich wieder für das Gewerbe eintragen lassen. Und aus dem einen oder anderen Grund fing Richter Ocampo an, Fragen zu stellen …«

Er unterbrach sich, die Aufmerksamkeit seiner Zuhörer auskostend.

»Und?« drängte Reyles.

»Nun, der Bräutigam ist bekannter als Yrigoyen. Er heißt Korn und gehört zur Migdal … Und jetzt ratet mal, wie er von den anderen *cafishios* genannt wird, da kommt ihr nie drauf!« Niemand machte einen Versuch, es zu erraten. »Gebt ihr euch geschlagen?« Schweigen. »Der Bolschewik! Ausgerechnet den Bolschewiken nennen sie ihn.«

»Na, toll!« bemerkte Beckmann.

»Merkst du was? Außerdem war die Polizei verwikkelt … Na gut, Tatsache ist, daß Richter Rodríguez Ocampo die Synagoge von Córdoba, von wo die Gesellschaft ihre Angelegenheiten regelte, stürmen und alles beschlagnahmen ließ: die Buchhaltung, Briefe, alles … Er hat bereits gegen mehr als vierhundert Leute wegen Zugehörigkeit zu einer gesetzeswidrigen Vereinigung den Prozeß eröffnet. Lieber Himmel, das wird ein Zirkus!«

»Ach ja?« Mit hochgezogenen Augenbrauen sah Beckmann ihn erstaunt an.

»Ja, klar«, sagte Glasberg.

»Vierhundert…«, erwog Beckmann. »Juden?«

»Ja, klar«, wiederholte Glasberg.

Beckmann ließ die Hände sinken und blickte mit weit aufgerissenen Augen einem nach dem anderen ins Gesicht.

»Dieser Kerl ist verrückt«, sagte er, ohne sich an jemand Bestimmten zu wenden. »Ich hätte dich nie für einen solchen Dummkopf gehalten, Matías!«

»Warum sagst du mir so was? Ich hab dich doch nicht beleidigt…«

»Dummheit ist immer eine Beleidigung… Und du bist ein Dummkopf. Sonst würdest du dich über diese Schande nicht auch noch freuen.«

»Bist du denn nicht der Meinung, daß mit alldem Schluß sein muß, mit der Prostitution, der Ausbeutung…?«

»Ja, schon. Ich sehe bloß keinen Zusammenhang zu dem, was du eben erzählt hast.«

»Ein Richter, ein aufrechter Mensch«, argumentierte Glasberg, »wird tun, was wir nicht getan haben, weil wir nicht dazu in der Lage waren oder nicht wußten, wie wir es anstellen sollten…«

»Hör auf, Matías, hör bitte auf…« Beckmanns Hand bot ihm Einhalt. »Gleich wirst du mir damit kommen, daß dieses Land nur mit einer harten Hand wieder auf Vordermann zu bringen ist. Und das will ich lieber nicht von dir hören.«

»Übertreib nicht!« wehrte sich Glasberg.

Susana wollte sich einmischen, doch Reyles hinderte sie mit einer Geste.

»Laß Jacobo reden!« murmelte er.

»Ich soll nicht übertreiben?« wunderte sich Beckmann. »Du bist Jude, Matías. Und für einen Juden kann ein Irrtum tödlich sein. Sag mal, weißt du, wo die französischen *cafishios* ihr Hauptquartier haben?«

»In der französischen Buchhandlung von Cerrito ...«

»Wenn du das weißt, dann dürfte das auch dein berühmter Richter wissen, oder nicht?«

»Wird er wohl ...«

»Hat er irgendeinen verurteilt? Sitzt ein Franzose hinter Gittern? Hat er die Buchhandlung durchsucht, die Papiere mitgenommen?«

»Nein.«

»Und warum nicht? Weil die Franzosen bessere Kerle sind? Schlagen sie ihre Frauen weniger?«

»Nein.«

»Also? Warum bereitet ihm unsere Moral wohl die größeren Sorgen? Weißt du, daß dieselben Typen, die jetzt Yrigoyen loswerden wollen, die Zucht und Anstand fordern, seinerzeit ausgezogen waren, Russen zu jagen? Erinnerst du dich an die Russenhatz?«

Beckmanns Stimme wurde im Laufe seiner Rede immer gereizter.

»Weißt du denn nicht, was die *Liga Patriótica* ist?« fuhr er fort. »Und Barceló?« Er packte Glasberg bei den Schultern. »Weißt du, wer Barceló ist, Matías? Er ist auf seiten derer, die du für rechtschaffen hältst, aber er hat den Luden den Friedhof gegeben. Warum hat er das wohl getan? Aus Liebe zu uns?« Die letzten Worte sagte er traurig, wobei er sich von seinem Freund abwandte und auf ein Sofa setzte. »Was für ein Dummkopf!«

»Verzeih«, sagte Glasberg.

»Auch das noch! Verzeih!« schrie Beckmann, ergriff sein Weinglas, schleuderte es zu Boden und sprang auf. »Geh und stoß mit deiner Großmutter an!« schloß er und starrte dem anderen in die Augen.

»Ich weiß nicht, wer meine Großmutter war, Jacobo«, erinnerte ihn Glasberg sanft, ohne seinen Blick loszulassen. »Ich habe keine Großmutter.«

Beckmann errötete.

»Verdammte Scheiße!« rief er noch, bevor ihm die Tränen übers Gesicht liefen.

»Schon gut«, sagte Glasberg, »vielleicht hast du ja recht. Ach was, bestimmt hast du recht. Das war eine Schnapsidee von mir.«

Susana stand auf und trat zu ihnen. Mit einem Fuß stieß sie Beckmanns zerbrochenes Glas beiseite. Sie nahm ein neues aus dem Schrank, füllte alle nach und bot sie ohne irgendeine Bemerkung reihum an, als sei nichts geschehen.

Sie prostete Glasberg zu.

»Auf Jeved«, sagte sie.

»Mögen uns Armee und Ordnungshüter gnädig sein«, hoffte Ramón.

82. Armee und Ordnungshüter

Kurz darauf sollten wir verwundert einer vollkommen
neuen Welt gegenüberstehen.

J. J. SEBRELI, Las señales de la memoria

Mit der bemerkenswerten Ausnahme des Präsidenten der Republik wußte jedermann in Buenos Aires, welches Schicksal den Präsidenten der Republik wie auch die Republik selbst erwartete. Mehr noch. Die überwältigende Mehrheit der Argentinier setzte größte Hoffnungen in den Staatsstreich, der schließlich am 6. September 1930 General José Félix Uriburu an die Regierung brachte.

Zwei Tage zuvor erhielt Ramón Díaz einen Telefonanruf, der ihn zu einem Anwesen im Norden von Buenos Aires rief. Da er nicht allein zu der Verabredung gehen wollte, bat er Antonio Reyles, ihn zu begleiten.

In Ramóns Auto machten sich die beiden nachmittags auf den Weg.

»Wo fahren wir hin?« erkundigte sich Reyles, als er sich ans Steuer setzte.

»Erinnerst du dich an Furio Galecki?«

»Oh, Gott! Noch mehr Luden?«

»Der ist keiner mehr. Der ist jetzt ein vornehmer Herr, und seine Vergangenheit ruht unter Bergen von Geld«, erklärte Ramón.

»Ich sehe schon. Und da müssen wir hin?«

»In sein Haus in San Isidro.«

Reyles startete den Wagen und fuhr los.

»Weshalb hat er dich angerufen?« fragte er. »Oder weißt du das gar nicht?«

»Nicht er hat mich angerufen, sondern sein Hausgast. Carlos Escayola aus Tacuarembó, Uruguay. Carlos Gardel.«

»Ist er in Buenos Aires?« wunderte sich Reyles.

»Das ist wohl nur wenigen bekannt. Es sind gar keine Auftritte von ihm angekündigt…«

»Seltsam, nicht?«

»Wir werden noch viel Seltsames erleben in diesen Tagen«, prophezeite Ramón.

»Wann geht der Tanz los?«

»Heute, morgen…«

Reyles gab Gas.

»Wir sollten zusehen, daß wir zeitig zurückkommen«, sagte er.

Galeckis Haus im oberen Teil der Stadt stand mitten in einem Park. Die Reifen des Autos machten ein Geräusch wie Fingernägel auf Pappe, als sie in den Kiesweg einbogen, der zum Haupteingang führte. Der Mann, der zu ihrer Begrüßung heraustrat, ein Gewehr im Arm und die Schirmmütze bis zu den Brauen heruntergezogen, bewegte sich, obwohl in Zivil, als sei er gewohnt, Uniform zu tragen.

»Guten Abend«, grüßte er, die Petroleumlaterne hochhaltend, um die Gesichter der Wageninsassen zu sehen. »Don Ramón?« fragte er, nachdem er die Züge der Gäste seinem Hundegedächtnis für immer eingeprägt hatte.

»Ja«, erwiderte Ramón.

»Und Sie?« fragte der andere Reyles.

»Ein Freund«, erklärte Ramón.

»Don Carlos hat gesagt, es käme nur einer.«

»Gehen Sie, und sagen Sie ihm, daß ich mit Señor Reyles hier bin«, beschied ihm Ramón in gleichermaßem schlichtem und strengem Ton.

Der Wachmann kratzte sich im Nacken und betrachtete sie wieder.

»Kommen Sie mit«, sagte er endlich. »Alle beide.«

Sie folgten ihm und mußten in der riesigen Empfangshalle am Fuß der Treppe warten, die in die oberen Stockwerke führte.

Fünf Minuten später erschien Gardel durch eine Seitentür.

»He, Jungs!« rief er mit weit geöffneten Armen theatralisch aus, eine Freude heuchelnd, die er vor langer Zeit verloren hatte.

»Wie geht es dir, Carlos«, sagte Ramón nüchtern und gab ihm die Hand.

Reyles tat es ihm nach.

Aus einem der Nebenräume drang weibliches Gelächter. Ramón hob fragend die Brauen.

»Nutten«, befriedigte Gardel seine Neugierde. »Der General…«, setzte er mit gesenkter Stimme hinzu, »ist halt nervös und braucht Gesellschaft.«

»Welcher General?« fragte Reyles noch leiser.

»Uriburu… wer denn sonst?«

»Heißt das, daß es nicht heute sein wird?«

»Nein. Morgen oder übermorgen. Ich weiß nicht. Mir sagen sie es nicht… Aber hier sollten wir besser nicht bleiben. Es kommen viele Leute vorbei, die nicht gesehen werden möchten…«

Gardel geleitete sie die Treppe hinauf zu einem Zimmer, in dem Chaos und Parfüm vorherrschten.

Mit zitternden Händen schenkte er drei Cognacs ein.

»Wie geht's dem Kleinen?« fragte er, während er Ramón und Reyles ihre Gläser hinhielt.

»Wirst du ihn nicht besuchen?« fragte Ramón zurück.

»Ich kann nicht. Ich bin gar nicht hier.«

»Und warum bist du sonst gekommen?«

»Der General hat mich hergerufen. Für die Plattenaufnahme eines neuen Liedes. Er will es von jemand Bekanntem gesungen haben. *Viva la patria* heißt es.«

»Ich seh schon: die Hymne«, folgerte Reyles.

Gardel leerte seinen Cognac in einem Zug und offerierte englische Zigaretten.

»Du hast mir noch nicht gesagt, wie es ihm geht«, beharrte er, als er Ramón Feuer gab.

»Gut. Ein gesunder Junge.«

»Nichts weiter? Hast du mir sonst nichts zu sagen?«

»Intelligent.«

»Und seine Mutter? Nené?«

»Sie hat dir nie etwas bedeutet, Carlos. Fang jetzt nicht an, dich um sie zu sorgen, ich kümmere mich schon.«

»Schon gut. Ich werde dir etwas für die beiden geben. Oder für dich, ich weiß nicht…«

»Was immer du mir gibst, wird für sie sein. Ich habe nicht vor, dir mein Leben in Rechnung zu stellen.«

Gardel setzte sich aufs Bett, beugte sich herunter und schob die Hand unter den Volant der Tagesdecke. Er zog eine Ledermappe hervor und richtete sich auf, um sie Ramón zu reichen.

»Hier sind fünfzigtausend Pesos. Mehr habe ich nicht zusammengekriegt, *che*, tut mir leid.«

»Danke.« Ramón nahm die Tasche entgegen.

Gardel zuckte die Achseln.

»Spielst du noch Bandoneon, Ramón?« fragte er lächelnd.

»Nein. Schon lange nicht mehr.«

Sie unterhielten sich noch ein paar Minuten ohne Nostalgie.

Gardel begleitete sie hinaus und schlug die Wagentüren zu.

Am Ausgang des Parks standen jetzt zwei Soldaten.

Am Sechsten bei Einbruch der Dunkelheit trafen sich Ramón Díaz und Antonio Reyles im *Café Tortoni*, dessen Tür zur Calle Rivadavia nur guten Bekannten offenstand, mit Jacobo Beckmann, der erregt und aufgewühlt das Lokal betreten hatte.

»In was für einer beschissenen Zeit wir doch leben!« schimpfte er und kippte Reyles' Gin hinunter. »Eben habe ich etwas miterlebt…«, er wischte sich mit dem Handrücken über den Mund, »das einem das Blut in den Adern gefrieren läßt… Ich bin zu Fuß von Süden gekommen, und als ich die Calle Brasil erreiche, fällt mir ein, einen Umweg zu machen, um an Yrigoyens Haus vorbeizugehen. Und wißt ihr was? Da haben sich an die fünfhundert Hurensöhne zusammengerottet, glotzen nach oben, brüllen wie die Tiere und warten auf irgend etwas… Ich gucke auch hoch und mit einem Mal: wumm!, ein Tisch, und nach einer Weile, krach!, ein Nachttopf… Sämtliche Möbel, Freunde, allesamt! Die haben den armen Kerl völlig ausgeräumt. So viel hatte der nun auch wieder nicht! ›Dieb!‹ haben sie geschrien. Eine Matratze, die einen jammern konnte, ich wette, da waren sogar Flöhe drin…«

»Sind viele Leute auf der Straße?« fragte Reyles.

»Einzelne kaum. Aber ständig begegnest du großen Gruppen von zweihundert, dreihundert Hampelmännern, die gegen Yrigoyen zetern. Als ob sie ihn nicht selbst gewählt hätten!«

»Sehen wir uns das mal an!« schlug Ramón vor. »Bist du sehr müde, Jacobo?«

»Nein. Stinksauer bin ich. Müde werde ich anschließend sein.«

Sie gingen die Avenida de Mayo hinauf bis zum Kongreß.

Die Gehwege waren wie ausgestorben. Ab und zu tauchte jemand aus einer Querstraße auf und brachte sich schleunigst in einem Hauseingang in Sicherheit. Einige Cafés waren geöffnet und voller Menschen. In einem davon blieben sie kurz in der Tür stehen, um Radio zu hören. Immer wieder verharrten die Anwesenden in sekundenlangem Schweigen, während sie aufmerksam den Nachrichten lauschten. Ein Sprecher sagte, die Kadetten der Militärakademie seien auf dem Marsch zum Regierungsgebäude, begleitet und gefolgt von einer begeisterten Menschenmenge. Einer der Zuhörer rief mit heiserer Stimme: »Nieder mit Yrigoyen! Hoch lebe General Uriburu!« Die übrigen stimmten mit Hochrufen in die Parole ein.

»Pack!« knurrte Ramón.

Sie setzten ihren Weg fort, und sie hörten die Demonstration, bevor sie sie sehen konnten.

Die Kadetten der Militärakademie waren durch die Calle Callao gezogen und marschierten jetzt über die Avenida zur Plaza de Mayo. Tausende hatten sich ihnen angeschlossen, bis Ramón, Reyles und Beckmann auf der Höhe der Calle Salta in die wutverzerrten Gesichter an der Spitze des ungeheuren Zuges blickten. Sie wußten, daß sich die Parolen gegen den gestürzten Präsidenten richteten, doch waren die Worte dieses ohrenbetäubenden Chores unmöglich zu verstehen.

»Seht euch das an!« sagte Beckmann. »Vor zwei Jahren haben ihn achthunderttausend Typen wie die hier gewählt… Nicht zu fassen!«

»Wir kürzen ab durch die Calle Salta!« entschied Reyles und beschleunigte seinen Schritt.

Als sie die Ecke erreichten, war die Menge keine dreißig Meter mehr entfernt. In diesem Augenblick öffnete sich die Tür des *Café La Toja* im Eckhaus, ein Mann stürmte heraus und rannte mitten auf die Straße. Vor der ersten Reihe des Demonstrationszuges blieb er stehen.

»Es lebe ... Hipólito Yrigoyen!« schrie er, die hocherhobene rechte Faust schüttelnd.

Einen Augenblick lang trat überraschtes Schweigen ein.

»Es lebe Hipólito Yrigoyen!« schrie der Mann wieder.

Er kam nicht dazu, es noch einmal zu sagen. Zu neunt oder zehnt fielen sie wie die Wilden über ihn her und schlugen ihn nieder. Reyles machte einen Schritt nach vorn, aber Ramón legte ihm die Hand auf die Schulter und hielt ihn zurück.

»Rühr dich ja nicht vom Fleck!« sagte er.

Sie mußten sich auf die Lippen beißen und schweigend mitansehen, wie die Männer, die den anonymen zivilen Helden zu Boden gerissen hatten, auf diesen einprügelten und dann den unbarmherzigen Füßen der Masse überließen. Nicht weniger als zehntausend trampelten in dichter Formation über die Stelle. Eine halbe Stunde später näherte sich Reyles dem gequälten Fleischbündel auf der inzwischen menschenleeren Straße. Es atmete. Es stöhnte.

»Ramón«, bat er, »hol das Auto. Steht es weit weg?«

»Ecke Cangallo und Libertad.«

»Beeil dich, bitte.«

Ramón, der immer geraucht hatte, sah sich mit seinen fünfundfünfzig Jahren nicht imstande, einen Wettlauf zu bestreiten, rannte aber los, so schnell ihn die Füße trugen.

Reyles durchsuchte die Taschen des Verletzten. Er fand eine Geldbörse mit ein paar Pesos und einen Ausweis. Er las den Namen.

»Alberto Orqueira«, sagte er. »Merk dir diesen Namen, Jacobo!«

»Den werde ich nicht vergessen, verlaß dich drauf!« sagte Beckmann.

Ramón brauchte nicht einmal zehn Minuten, dann hielt er neben ihnen den Wagen an.

Sie legten Orqueira auf den Rücksitz.

»Bringen wir ihn zur *Asistencia Pública*?« überlegte Ramón laut.

»Nicht einmal, wenn er tot wäre«, widersprach Reyles.

»In Villa Crespo gibt es einen Arzt von der Partei, der ein guter Freund von mir ist«, erinnerte sich Beckmann.

»Wie kommt man da hin?«

»Über die Calle Sarmiento.«

Der bewußtlose Orqueira wimmerte. Das Leder der Sitzpolsterung saugte das Blut nicht auf.

Juan Ruggiero übernachtete am 6. September bei seiner Geliebten.

»Bist du jetzt froh?« fragte sie ihn, als er eintrat.

»Ich weiß nicht, Elisa. Ich weiß nicht.«

»Ich dachte, du hättest Uriburu herbeigesehnt.«

»Barceló hat ihn herbeigesehnt. Weiß der Himmel, was jetzt kommt!«

83. Die Ratten

> In dem allgemeinen Durcheinander kam es zu Betrug, Gewalttätigkeit und Falschspiel jeglicher Art.
>
> MANUEL PEYROU, El estruendo de las rosas

Die Ordnung trat an die Stelle der Unordnung. Eine Ordnung ohne Streiks, mit Kriegsrecht und verschärftem Ausnahmezustand, mit Deportationen, militärischem Eingriff in die Gewerkschaften, Universitätsverweisen und Folter für politische Gefangene.

Eines Nachmittags schaute Beckmann in der Redaktion des *Diario Israelita* vorbei. Es war unerträglich heiß. Er gedachte, wie es ihnen zur Gewohnheit geworden war, mit Matías Glasberg den allgemeinen Zustand des Landes und der Welt zu besprechen. Freundschaften, die sich angesichts der neuen Sachlage nicht gefestigt hatten, waren verlorengegangen. Niemand wollte über irgend etwas reden, wenn er seinen Gesprächspartner nicht als absolut vertrauenswürdig erachtete.

Beckmann zog die Jacke aus und setzte sich Glasberg gegenüber, mitten in den immensen, von trüben Deckenlampen schlecht erleuchteten Saal mit den grauen, schmutzigen Wänden, an denen überall mit Reißzwecken befestigte Zeitungsausschnitte hingen.

»Schau mal«, sagte Glasberg, der mit dem Finger ein paar alte, schon abgegriffene Kerben nachzeichnete, die jemand mit einem Federmesser in die Tischplatte geritzt hatte.

»Was denn?« fragte Beckmann.

»Das Datum.«

Nur mühsam vermochte Beckmann die undeutliche Schnitzerei zu entziffern. Er las das Datum vor, den 7.2.30, und sah Glasberg fragend an.

»Weißt du, was am 7. Februar war?«

»Keine Ahnung«, gab Beckmann zu.

»Der Tag unseres Streits, weißt du noch? Da hast du mir einiges gesagt...«

Beckmann fegte die Erinnerung mit einer Handbewegung hinweg.

»Das ist müßig«, sagte er. »Laß es einfach, wie es ist.«

»Nein, nein. Es ist jetzt bald ein Jahr her. Nächste Woche. Und ich muß dir etwas sagen, Jacobo. Du hattest ja so recht!«

Beckmann wurde hellhörig. Glasbergs Naivität rührte ihn ebensosehr wie sie ihn reizte, und er wußte, daß diese reumütigen Anwandlungen in den meisten Fällen mit Informationen zusammenhingen, die sein Freund zwar sammeln und weitergeben konnte, jedoch nicht genau einzuschätzen vermochte.

»Ach ja?« sagte er. »Weshalb?«

»Wenn du nichts mehr davon hören willst...«

»In Ordnung, doch, will ich.«

»Also gut, dieser Richter... Du kannst sagen, was du willst, aber er kann nichts dafür, daß er mitten in eine antisemitische Kampagne geraten ist. Sie haben ihn sich vom Hals geschafft, diesen Rodríguez Ocampo.«

»Wie denn?«

»Folgendermaßen: Er hat einen Haufen *cafishios* festnehmen lassen... alle, die in den Dokumenten der Gesellschaft erwähnt waren.«

»Etwa vierhundert, wenn ich mich nicht irre.«

»Genau«, bestätigte Glasberg, »vierhundertzweiundvierzig. Das Problem ist, daß die Polizei nicht mitziehen wollte.

Sie war bestochen, hat Schmiergelder kassiert, was weiß ich. Nicht die ganze Polizei, natürlich. Ein paar Ermittler von der Kriminalpolizei standen auf seiten des Richters. Die haben dafür gesorgt, daß ein Teil der *cafishios* im Knast landete. Hundertundacht haben sie verhaftet. Rodríguez Ocampo hatte die Stirn, sie am 27. September in Untersuchungshaft zu stecken... Merkst du was? Nach dem Putsch. Zwanzig Tage nach dem Putsch.«

»Hat er ihnen den Prozeß gemacht?«

»Weil sie nicht nachweisen konnten, wie sie ihren Lebensunterhalt bestreiten, wegen Mißhandlung von Frauen und sogar wegen Schmuggel... Kannst du mir folgen?«

»Ich folge dir«, beruhigte ihn Beckmann.

»Zehn Jahre Gefängnis und fünfzigtausend Pesos Geldstrafe für jeden. Parallel dazu...«, hier machte Glasberg eine Pause, um sich, der Aufmerksamkeit des anderen sicher, bedächtig eine Zigarette anzuzünden, »...parallel dazu haben Rechtsanwälte und Kuppler ihrerseits die Initiative ergriffen. Bis zu Polizeichef Julio Alsogaray sind sie gelaufen, um Strafminderung für die Migdal-Häftlinge zu erwirken. Wenn ich dir sage, wer das war, wirst du es nicht glauben...«

»Inzwischen glaube ich alles, Matías!«

»Es gibt da einen Kerl, einen *cafishio*, der einmal berühmt war und, wie es heißt, jetzt im Ruhestand ist. Ein gewisser Galecki. Der war zusammen mit dem Sekretär des Präsidenten, Uriburus Sekretär, bei Alsogaray.«

»Verflucht!« fuhr Beckmann erschrocken auf, weil ihm das Haus einfiel, von dem Reyles gesprochen hatte. »Wann?«

»Ende September. Am 1. Oktober legte man gegen Rodríguez Ocampos Urteil Berufung ein. Das wurde über die Presse bekannt. Was nicht bekannt wurde, ist, daß vor drei Tagen...«

»Am Fünfundzwanzigsten?«

»… am 25. Januar der Sekretär der Berufungskammer, die für das Strafrecht zuständig ist, die Polizei darüber in Kenntnis gesetzt hat, daß die *cafishios* wieder freizulassen seien, weil der Haftbefehl von Rodríguez Ocampo aufgehoben wäre.«

»Dann sind sie also draußen!«

»Eben nicht. Offiziell ist es erst seit gestern, dem Siebenundzwanzigsten, und heute nacht um zwölf werden sie entlassen. Aus der Strafanstalt.«

»Um zwölf? Als ob sie eine Strafe verbüßt hätten?«

»Genau so.«

»Alle?«

»Alle.«

»Das sehen wir uns an«, beschloß Beckmann.

»Wozu?«

»Das sehen wir uns an. Mit Susana. Wir nehmen das Auto. Ramóns Auto.«

Das alte Gefängnis in der Calle Las Heras hatte jahrzehntelang seine Funktion erfüllt, bis eine um die Interessen der herrschenden Klasse besorgte Regierung zu der Erkenntnis gelangt war, daß in einem Stadtteil, der sich zu einem der reichsten von Buenos Aires entwickelt hatte, eine solche Einrichtung nicht mehr ins Bild paßte, das Gebäude abreißen und statt dessen einen Park anlegen ließ. In klaren Nächten wie jener des 28. Januar 1931 wirkte der massige Bau wie ein Schloß, in dem das Böse hauste.

Ramón hielt fünfzig Meter vor der Straßenecke. Um den Häuserblock der Haftanstalt war das Parken nicht erlaubt. Um viertel vor zwölf standen mindestens zwanzig Autos in Doppelreihe vor Ramóns Wagen. Einige der Fahrer waren ausgestiegen, um sich die Beine zu vertreten, zu rauchen oder ein paar Worte mit dem Fahrer nebenan zu wechseln.

»Was zur Hölle ist denn hier los?« fragte Ramón.

»Fahr ganz langsam eine Runde um den Block, und schau dir die Gesichter der Wartenden an«, sagte Beckmann. »Du auch, Susana, schau sie dir an. Und du, Antonio. Mal sehen, ob ihr jemanden erkennt.«

Ramón tat, wie ihm geheißen.

»Der da!« rief Susana.

»Leise!« zischte Beckmann. »Hier erhebt niemand die Stimme. Wer war das?«

»Goldstein, von der Migdal.«

»Sonst noch einer?« beharrte Beckmann.

»Ich kenne fünf«, erklärte Reyles. »Alles Zuhälter. Sag mal, Jacobo, was suchen wir hier eigentlich? Und was wollen die anderen alle hier?«

»Wir sind hier, um einem historischen Akt beizuwohnen. Die da, um ihn für uns aufzuführen«, erläuterte Beckmann.

Sie hatten den Block umrundet.

»Hier. Halt hier an«, sagte Beckmann. »Könnt ihr das Gefängnistor gut sehen?«

Die anderen nickten.

Plötzlich entstand eine allgemeine Bewegung auf die Autos zu.

Die auf der Straße wartenden Fahrer nahmen ihre Plätze hinter dem Steuer ein und ließen die Motoren an, still und bedächtig, als bewegten sie sich auf dem Meeresgrund.

Aus dem Gefängnis kamen die ersten Leute. Männer mit Paketen oder Koffern, die zum Himmel oder nach rechts und links blickten, ehe sie auf die Autos zuschritten, die gekommen waren, um sie abzuholen.

Zwei oder drei gingen voran, doch die meisten warteten auf die übrigen Kollegen und entfernten sich keinen Schritt, bevor das Tor hinter dem letzten ins Schloß gefallen war. Erst dann machten sie sich auf den Weg zur Straßenecke.

Einhundertacht, dachte Beckmann. Es schienen viel mehr zu sein, wie sie dort stumm im Mondlicht dahingingen, zurück zu den Leben und Toden der Welt.

»Das war's«, sagte Beckmann. »Jetzt, da jedes Kind weiß, daß alle Juden Zuhälter sind, gibt es auch keinen Grund mehr, die jüdischen Zuhälter hinter Schloß und Riegel zu halten, denn immerhin sorgen sie ja für Geldumlauf und tragen somit zum Wohlstand des Landes bei.«

»Ein historisches Ereignis«, bestätigte Reyles.

»Nach so etwas kann eine Gesellschaft nicht mehr dieselbe sein wie zuvor«, bemerkte Beckmann.

»Das kommt darauf an, wie sie zuvor gewesen ist.«

Die Zuhälter bestiegen die Fahrzeuge, nach und nach wurde die Gruppe kleiner.

Ramón wollte noch den letzten abfahren sehen.

»Die Ratten«, sagte er dann und nahm den Weg zurück in die Innenstadt.

Sie waren noch nicht weit von der Haftanstalt entfernt, als er auf die Bremse trat. Mit dem Finger zeigte er auf eine Ecke, und alle sahen in die gewiesene Richtung.

»Als diese Straße noch Calle Chavango hieß«, erzählte er, »gab es dort einen *almacén*, *La Primera Luz* hieß er. Vor fünfzig Jahren hat mein Vater Roque hier an dieser Stelle die Bekanntschaft Ciriaco Maidanas gemacht. Maidana war tot, aber das hat Roque nicht gestört, und so wurden sie Freunde. Eine segensreiche Freundschaft wie alle großen Freundschaften. Noch heute zehren wir von den glücklichen Fügungen, die aus dieser Beziehung entstanden sind.« Er sprach zu den anderen, aber er sprach auch zu sich selbst. »Mein Vater hat mir einmal erzählt, daß Maidana ihn gelehrt hatte, Dinge zu sehen, die für die anderen unsichtbar sind…« Er brach ab. »Antonio, gib mir bitte eine Zigarette...« Erst als er sie angezündet hatte, fuhr er fort. »Nächste Woche ziehe ich mit meinen Kindern in das Haus, das er damals gekauft hat. Es ist in der Calle Alsina. Ihr kennt es nicht, und Gloria hat nur ein paar Monate darin gewohnt. Es ist ein schönes Haus. In einem Jahr wird es die Calle Cangallo 1020 nicht mehr geben. Da wird eine Avenida durchgezogen. Dann wird auch die Calle Corrientes keine schmale Straße mehr sein. Der Maldonado, an dessen Ufer mein Vater einen Mann ermordet hat, damit Ciriaco Maidana die Ewigkeit zuteil werde, wird unterirdisch fließen. Das alles... das alles ist schön und gut. Ich bedauere nur, und das bedauere ich wirklich, daß so viel Zeit vergangen ist... Ich kann mich der Verbrechen der Menschheit nicht annehmen, nicht mehr, ich bin sehr traurig... verstehst du, Jacobo? Ich weiß, du denkst an den Fortschritt, an den Sinn des Fortschritts, an die Grausamkeit des Fortschritts. Deshalb hast du uns diese Schändlichkeit mitansehen lassen... Ich allerdings habe ein Alter erreicht, in dem nur noch die Zeit zählt, gleichgültig, wohin sich die Geschichte entwickelt.«

Er verstummte plötzlich und fuhr weiter.

Niemand machte die kleinste Bemerkung.

Als er Ramóns tränenfeuchte Wangen sah, senkte Antonio Reyles den Blick.

84. Die Symbole

Der Mosaikboden sieht eingewachst sehr hübsch aus, während ich im Hausflur gewartet habe, daß du mir die Tür aufmachst, sah ich im Gegenlicht vom Flur bis zum Eingang der Hall alles glänzen.

MANUEL PUIG, Verraten von Rita Hayworth

Teils weil Ramón Díaz vor einem Umzug graute, teils weil er sich von der Idee überzeugen ließ, daß im Leben eines Mannes Vergangenheit und Zukunft nicht miteinander vermengt werden sollten, hatte er das Haus in der Calle Alsina fünfzehn Jahre lang wie ein Museum bewahrt. Zwar barg es keine sichtbaren Erinnerungen an die früheren Bewohner mehr – verbannt durch die neuen Möbel und die veränderte Raumaufteilung, die er verfügt hatte, kurz nachdem er, bereits in Begleitung Glorias, aus Spanien zurückgekehrt war –, doch spürte er die stumme Präsenz vertrauter Geister noch im hintersten Winkel. Solange er ein Mann ohne Nachkommenschaft gewesen war, hatte er sich von ihnen fernhalten wollen. Inzwischen jedoch, da er anfing, sich Gedanken um das Alter zu machen, und Vater von zwei Kindern war, verspürte er ein drängendes Verlangen, ihnen wiederzubegegnen. Das Andenken an die Menschen, die er geliebt hatte, stellte ein heiliges Vermächtnis für diejenigen dar, die er liebte. So wie Glorias Duft zum Duft aller Frauen seines Lebens geworden war, vereinigte das Bandoneon Germán Frischs für ihn alle Musik der Welt. Vielleicht würde er das weder Cosme noch Consuelo je vermitteln können, doch war er zu der Überzeugung gelangt, daß sie es in den Wänden jener Zimmer, unter der Weinlaube, auf den Steinfliesen des Innenhofs selbst entdecken würden.

Die Nachricht vom Bau der Avenida Nueve de Julio und den damit verbundenen Enteignungen machte ihm keine Freude. Es verdroß ihn, auf Anordnung anderer umziehen zu müssen. Zudem waren Cosme und Consuelo in der Calle Cangallo 1020 zur Welt gekommen. Sie jedoch waren lebendig und der beste Beweis seiner Existenz, den er sich nur wünschen konnte. Im März 1931 zogen sie um.

Es brauchte einige Zeit, sich einzurichten, den Überblick über die Dokumente wiederzugewinnen, in denen die familiären Finanzen geregelt waren, die neueren Bücher zwischen denen unterzubringen, die einst seiner Welt Sinn verliehen hatten, die Alltagsgegenstände in Kleiderschränken und Wäscheschränken, Geschirregalen und Kommoden zu verstauen.

Sie hätten zur Einweihung ein offenes Fest geben können, in der Art, wie es die Familie Posse seinerzeit zu veranstalten pflegte. Doch im trübsinnigen Buenos Aires der dreißiger Jahre erschien Ramón dies eine Provokation. Sie beschränkten sich darauf, am 25. April zu einem Abendessen im engsten Freundeskreis einzuladen.

Mit einem Paket unter dem Arm stand Antonio Reyles vor Jacobo Beckmanns Tür.

»Kennst du eine gute Schneiderin?« fragte er.

»Eine ausgezeichnete«, erwiderte Beckmann. »In Europa hat sie Brautkleider bestickt. Sie ist eine Virtuosin mit der Nadel.«

»Wo kann ich sie finden?«

»Wenn du wartest, bis ich angezogen bin, führe ich dich hin.«

»Gut.«

Die Temperatur an jenem Herbstmorgen war angenehm. Sie gingen die Calle Sarmiento hinauf bis zur Calle Ecuador. Dort bog Beckmann nach links in die Calle Cangallo ab, und Reyles folgte ihm. Sie betraten einen *conventillo* und durchquerten zielstrebig den Hof. Im hinteren Teil angelangt, mußten sie eine rostige Metalltreppe hinaufsteigen und auf der Galerie an die erste der vier Türen klopfen.

Es öffnete ihnen eine Frau, die weit über siebzig sein mußte, wenngleich ihre Haut noch immer straff und fleckenlos hell war. Die Ausdünstungen des *conventillo* – die zu einem einzigen Schwaden verschmolzenen Gerüche nach Kot, verdorbenem Fisch, gebratenem Fleisch und Tomatensoße – wurden von dem Duft nach Sauberkeit, nach Vanille und in der Sonne getrockneten Leintüchern verdrängt, der ihnen aus dem Zimmer entgegenschlug.

»Masha«, grüßte Beckmann.

Sie lächelte wie ein junges Mädchen.

»Es gibt Tee!« Sie sah ihren Besuchern in die Augen.

Rasch trat sie beiseite und wies mit einladender Geste zum Tisch.

Reyles machte drei Schritte und stützte die Hand auf eine Stuhllehne. Es war ein Holzstuhl im spanischen Stil. An einer Wand stand abgedeckt die Singer-Nähmaschine. Darüber hing das Porträt einer jungen Frau, deren Züge entfernt an Gloria erinnerten.

»Das ist meine Tochter Shulamid«, erklärte Masha, die Reyles' Blick gefolgt war. »Sie hat einen sehr klugen, aber sehr verrückten Mann geheiratet, der sie mit nach Palästina genommen hat.«

Reyles strich mit dem Finger über das makellose Metall des Samowars, der in der Mitte des Tisches stand.

»Leg dein Paket irgendwo ab«, forderte Masha ihn auf.

Es gab keinen anderen Platz als den Deckel der Nähmaschine. Das Bett und alles, was sonst noch in dem Zimmer sein mochte, verschwand hinter einem großen, von Wand zu Wand reichenden Vorhang aus dickem, schwarzem, sehr dichtem Leinengewebe, den seitliche Bordüren aus aufgestickten siebenarmigen Kandelabern zierten.

Sie setzten sich und tranken Tee aus geraden Glasbechern.

An die Ränder der Gläser hatte Masha Zitronenscheiben gesteckt.

Sie tat den Zucker nicht in die heiße Flüssigkeit, behielt vielmehr den Würfel im Mund, so daß ihn das Getränk allmählich herunterspülte. Reyles tat es ihr nach.

»Antonio braucht eine Schneiderin«, eröffnete ihr Beckmann.

»Das bin ich, und eine gute obendrein«, bestätigte Masha. »Was soll ich für dich nähen?«

»Ich habe einige Stoffe gekauft …«

»Spanier?« vermutete Masha.

»Ja.«

»Trotz allem, was war, mag ich die Spanier … Sepharad muß ein schönes Land gewesen sein.«

Reyles schlug die Verpackung auseinander und breitete drei große Stücke Seide auf dem pieksauberen Boden aus: rot, gelb und violett.

»Ich seh schon«, sagte Masha.

»Es soll ein Geschenk sein«, erklärte Reyles.

»Für einen Landsmann«, ergänzte Beckmann.

»Einen Republikaner«, folgerte Masha.

»Mein Freund hegt große Sympathien für Manuel Azaña«, sagte Reyles.

»Ich sehe … Ich soll dir also eine Fahne machen?«

»Ganz genau.«

»Du kannst sie morgen abholen. Ist das in Ordnung?«

»Großartig. Weißt du die Reihenfolge der Farben?«

»Masha ist Genossin, Antonio!«

»Ach so.«

Sie sprachen noch über Polen, Deutschland und die Sowjetunion.

Susana Foucault und Antonio Reyles kamen als letzte zu der Abendgesellschaft. Ramón hatte ein Spanferkel gebraten und Gloria Salate und würzige Soßen zubereitet. Jeved und Matías Glasberg hatten eingelegtes Essiggemüse und Fisch in Salzlake mitgebracht. Beckmann hatte schon am Nachmittag zwei Kisten roten Mendoza-Wein anliefern lassen. Bartolo steuerte einen Laib Parmesankäse bei, den er ein paar Tage zuvor von einem italienischen Frachtschiff erstanden hatte. Die Kinder, Cosme und Consuelo, acht und sechs Jahre alt, sahen dem Essen mit gespannter Erwartung entgegen. Jeder Gast hatte ein Geschenk dabei, Dinge für das Haus: eine Wanduhr, eine Schale aus peruanischem Silber, eine Daunendecke. Susana überreichte Gloria ein Manila-Tuch, Reyles gab Ramón die Fahne.

»Eines Tages«, sagte Ramón, »wird man sie vielleicht verteidigen müssen. Kann sein, daß das nicht mehr lange dauert, so wie die Dinge sich entwickeln ...«

»Wer weiß.« Beckmann nickte.

Nachdem sie angestoßen hatten, erhob sich Reyles und bat um Gehör.

»Ich habe euch etwas zu sagen«, verkündete er.

Alle schwiegen aufmerksam.

»Wir sind seit heute morgen verheiratet«, teilte er ihnen mit. »Susana und ich haben heute morgen geheiratet.«

»Tatsächlich?« fragte Gloria die neben ihr sitzende Susana und ergriff ihre Hand.

»Tatsächlich«, erwiderte diese.

»Das sind gute Nachrichten, meine Liebe. Antonio ist ...«

Beckmanns Stimme unterbrach sie.

»Ich bin der einzige Junggeselle an diesem Tisch«, sagte er, »das ist nun mal mein Pech. Ich weiß, daß wir Kommunisten nicht attraktiv sind, aber das wird sich ändern!«

»Ich erhebe mein Glas darauf«, sagte Glasberg, »daß die Kommunisten eines Tages die attraktivsten Männer der Welt sein werden!«

»Und wenn nicht?« wollte Bartolo wissen.

»Dann sind sie in den Arsch gekniffen!« meinte Reyles grinsend.

»Notfalls bringen wir die hübschesten Bürgersöhnchen um die Ecke«, verkündete Beckmann. »Solange das im Namen der allgemeinen Zufriedenheit und vor allem der Gleichheit geschieht, würde Genosse Stalin die Idee sicher befürworten.«

»Nein«, mischte sich Gloria ein, »das wird nicht nötig sein. Die Revolution wird euch reicher machen, und das genügt schon.«

»Auf den Tag der Revolution!« Reyles hob sein Glas.

»Wirst du dabei sein?« drängte ihn Ramón.

»In vorderster Front, wenn mein Wecker klingelt... Wenn er nicht klingelt, gebe ich meine Unterstützung aus der Nachhut.«

»Dann wird diese Fahne ja ziemlich nutzlos sein«, sagte Gloria, womit sie die Trikolore der spanischen Republik meinte.

»Jetzt im Moment ist diese Fahne vielleicht noch ziemlich nutzlos«, setzte Reyles dagegen. »Sie wird ihren Nutzen eben dann erst bekommen.«

»Wo bleibt das Essen, Mama?« beschwerte sich Cosme, der hungrig war und von den Spekulationen über Flaggen und Zukunftsaussichten nichts wissen wollte.

»Es fehlt noch jemand«, entgegnete Gloria.

»Nicht daß ich wüßte«, wunderte sich Ramón.

»Dann haben wir ein Gedeck zuviel.« Sie wies auf einen Stuhl und einen Teller am anderen Ende des Tisches.

»Nein«, erklärte Ramón. »Diesen Platz habe ich freigehalten … Ich mußte daran denken, daß Julio, wenn er noch am Leben wäre, heute hier sein würde. Ich meine, ich hätte ihn natürlich eingeladen …«

»Das wäre richtig gewesen«, sagte Reyles.

Das Essen und die Unterhaltung erstreckten sich bis in die Morgenstunden.

Die Kinder verabschiedeten sich erschöpft um Mitternacht.

Beckmann ging als letzter.

85.

»Und nach 1930 hat Ramón Gardel nicht wieder gesehen?«

»Nie wieder. Ich weiß nicht, ob Gardel je nach Buenos Aires zurückkehrte … Lebend, meine ich. Jedenfalls sind sie sich nicht mehr begegnet. In Montevideo war er allerdings. Aus ganz ähnlichen Gründen wie denen, die ihn nach Buenos Aires geführt hatten: Er war ein Freund oder Zuträger von Gabriel Terra.«

»Dem gewählten Präsidenten, wenn ich richtig informiert bin.«

»Ja, 1931. Aber 1933 übernahm er die gesamte Staatsgewalt. Eine Art Auto-Staatsstreich. In diesen Tagen reiste Gardel nach Montevideo. Er war erledigt, auch wenn das Kino sein Image gerettet hat. Nach seinem Auftritt im Teatro 18 de Julio *hieß es in der Zeitung* El Pueblo *über die Show, man habe Mühe gehabt, seine Stimme zu hören … Er sang auch für den neuen Diktator auf einer Privatparty. Er war so am Ende, daß er nicht einmal von den Mauscheleien und Morden seiner Freunde etwas wissen wollte.«*

»Morde?«

»Wie der von Bonapelch, zum Beispiel.«

»Wer war denn das?«

»Ein Typ, der Gardel dermaßen verehrte, daß er ihn imitierte, sich genauso kleidete und frisierte. Eine Zeitlang war er sogar sein Manager. Bonapelch heiratete María Elisa, die Tochter von Salvo, einem der reichsten Männer Uruguays. Dieser war so reich, daß er, als in der Avenida de Mayo der Palacio Barolo errichtet wurde – eines der charakteristischsten Bauwerke des Viertels und ganz Buenos Aires' –, dem Architekten, einem Italiener namens Mario Palanti, den Auftrag gab, ihm

in Montevideo einen ebensolchen zu bauen. Palanti baute ihn: den Palacio Salvo an der ersten Ecke der Avenida 18 de Julio auf dem Grundstück der Konditorei La Giralda, *legendär, weil dort die Uraufführung von* La cumparsita *stattgefunden hatte…«*

»Das sind Tatsachen, oder?«

»Belegbare.«

»Es klingt nämlich eher wie eine Verkettung erfundener Zufälle…«

»Und dabei habe ich dir noch gar nicht erzählt, was eigentlich passiert ist, sondern dir gerade mal die Kulisse geschildert. Also: María Elisa war nicht das, was man als eine normale Frau bezeichnen würde…«

»War sie verrückt?«

»Nicht wirklich. Ihr Intelligenzquotient war sehr niedrig, das schon, und ihr emotionales Gleichgewicht sehr anfällig. Genug, daß Bonapelch mit Hilfe eines geschickten Anwalts einen Richterspruch erwirken konnte, der sie für unzurechnungsfähig erklärte. Um über den Besitz seiner Gattin verfügen zu können, fehlte nur noch eine Kleinigkeit: den Schwiegervater aus dem Weg zu räumen. Und so wurde Señor Salvo von einem Auto überfahren. Alles lief wie geschmiert, und Bonapelch lebte glücklich und zufrieden, bis 1938 der Diktator gestürzt und eine Untersuchung eingeleitet wurde. Dabei stellte sich heraus, daß Salvo gar keinen Unfall erlitten hatte, sondern von einem bezahlten Killer, dem Chauffeur Artigas Guichón Alonso, in Bonapelchs Auftrag ermordet worden war. Beide wanderten ins Gefängnis. Und du errätst nie, wer sich von diesem Moment an und bis an sein Lebensende um Bonapelch kümmerte: María Elisa Salvo. Ich werde das Gefühl nicht los, daß diese Geschichte der Erzählung von Juan Carlos Onetti El astillero *zugrunde liegt.«*

»Und an einer solchen Ungeheuerlichkeit wollte Gardel nicht beteiligt sein?«

»Möglicherweise war er an Schlimmerem beteiligt… Man hat ihn jedenfalls damit in Verbindung gebracht. Casaravilla Senra, der Mann, der Bonapelch mit Guichón Alonso bekannt gemacht hatte, war auch ein Freund von Gardel. Sie alle verkehrten im Café Jauja. Chicho Chico, der schon verfolgt wurde, ebenfalls.«

»Chicho Chico? Wer war das?«

»Herrje, stimmt ja! Ich hab dir überhaupt noch nichts von der Mafia erzählt!«

»Mafia? In Argentinien?«

»Na klar… es gab zwei. Die Mafia Grande, die von Rosario aus operierte, und die relativ unbedeutende Mafia Chica, die versuchte, in Buenos Aires Fuß zu fassen. Chicho Grande, Don Chicho, war der Pate von Rosario. Seine Biographie ist die übliche: Er hieß Juan Galiffi, Giovanni Galiffi, und stammte aus Sizilien. Nach außen hin war er nichts weiter als ein sehr wohlhabender Kaufmann, Eigentümer von Fabriken und Weingütern. In Wahrheit kontrollierte er mit illegalen Mitteln wie Gewalt und Erpressung eine Reihe ganz legaler Geschäfte. So hing zum Beispiel die Lebensmittelversorgung in Rosario von ihm ab. Er war den Politikern dienlich und deichselte Pferderennen… Er war so mächtig, daß ihm in seiner Stadt selbst die Zwi Migdal Schutzgeld zahlte. Kurz und gut, ein Pate wie alle anderen auch. Interessanter war der andere…«

»Chicho Chico. War er sein Sohn?«

»Nein, ach was! Den Spitznamen gab man ihm, als er anfing, Galiffi Konkurrenz zu machen. Er stand der Mafia Chica vor, der von Buenos Aires. Er stammte aus Tacuarembó wie Gardel, und es ist gut denkbar, daß Chicho Chicos Vater und Coronel Escayola Freunde gewesen waren. Sein Lebenslauf war erstaunlich. Er war der Liebhaber einer sehr reichen arabischen Frau, die ihn nach Europa mitgebracht hat. Er ist lange hier herumgezogen, unter einem Namen, der keinem vernünftigen Menschen glaubhaft klingen konnte, aber offensichtlich *problemlos durchging: Ali Ben Amar de Sharpe. In Paris lernte er Ninon Vallin kennen, gefeierte Sopranistin ihrer Zeit, die ihn zu ihrem Repräsentanten in Südamerika machte. Die Vallin trat ständig im* Teatro Colón *auf und heiratete schließlich Doktor Pardo, einen Rechtsanwalt aus Montevideo. Irgendwann schloß sich Chicho Chico Juan Galiffis Bande an... Das ist ein eigenes Buch wert...«*

»Mag ja sein, aber laß die Geschichte jetzt nicht in der Luft hängen... Wie hieß dieser sogenannte Ali denn richtig?«

»Am häufigsten erinnert man sich an ihn als Héctor Behety, obwohl ich nicht mit Sicherheit sagen kann, ob das sein richtiger Name war...«

»Ach ja, der kommt in deiner Geschichte schon vor, im Zusammenhang mit Juan Ruggiero...«

»Genau.«

»Also...«

»Ja. Als Mitglied der Bande machte Behety Fehler. Den ersten mit Galiffi, kein Typ, der Konkurrenz geduldet hätte. Den zweiten mit einem seiner Kunden, einem Jungen aus gutem Hause, den er entführt hatte: Abel Ayerza. Er brachte ihn um. Und das wurde ihm nicht verziehen. Dazu muß man wissen: Ayerza war nicht der Sohn einer beliebigen, gutsituierten Familie. Er war ein Sohn der wirklich herrschenden Klasse. Und das gehört sich nun einmal nicht. Behety wurde gejagt und war sich selbst überlassen. Er überquerte den Río de la Plata und hielt sich in Montevideo auf, aber in seinem Fall war das nicht weit genug. Er versteckte sich in Tacuarembó, gealtert, geschminkt, verkleidet. Dort fand er sich allein, ohne Geld, ohne Ziel, und beging Selbstmord. Erstaunlich, nicht? Nach solchen Abenteuern ins Heimatdorf zurückkehren, um sich das Leben zu nehmen...«

»Und Galiffi?«

»Als unerwünschter Ausländer nach Italien abgeschoben... Auch er ist in seinem sizilianischen Heimatdorf gestorben, hochbetagt.«

»Erzählst du das alles in deinem Buch?«

»Ein andermal, in einem anderen Buch. Weder mein Vater noch mein Großvater kamen mit diesem Bereich des Lebens ihrer Zeit in Berührung. Jedenfalls nicht unmittelbar. Natürlich spannen sich die Fäden unzähliger Geschichten bis in ihre Welt, aber ist das nicht immer so? Es gibt nun mal nur einen einzigen Roman, und das, was wir schreiben, das, was wir lesen, ist nichts als eine Reihe von Fragmenten. Und in diesem, ohnehin schon knappen Fragment, ist weder für Behety, noch für Galiffi oder María Elisa Salvo Platz. Sieh mal: Ich bin sicher, daß mein Vater irgendwann einmal Agustín Magaldi begegnet sein muß, einem Sänger, der, fürchte ich, seinerzeit beliebter war als Gardel. Nun gut, dieser Sänger, für viele noch immer ein Mythos, gastierte 1934 in einer Ortschaft in der Provinz Buenos Aires… er verdiente seinen Lebensunterhalt, indem er durch die Dörfer tingelte, Tourneen machte… 1934 besuchte er unter anderem auch Junín. Dort machte er die Bekanntschaft eines fünfzehnjährigen Mädchens, das Schauspielerin werden wollte. Sie war die Tochter eines tödlich verunglückten Viehzüchters aus der Nachbarschaft, der sie anerkannt und ihr seinen Familiennamen gegeben hatte, und einer alten Kupplerin. Magaldi nahm das Mädchen mit nach Buenos Aires. Sie hieß Eva Duarte… Evita ist dir ja ein Begriff… Ein spannendes Leben, so spannend, daß ihr in dem universellen Roman ein eigenes Fragment gebührt.

Okay. Zurück zur Familie. Und ihren Trabanten. Susana Foucault und Juan Ruggiero und Jacobo Beckmann…«

86. Traurige Augen

Die Farbe des Lehms in den Augen
mit winddunkler Stimme […]

CÁTULO CASTILLO, Color de barro

Manch einer ist noch heute der Meinung, daß der Hauptfehler Juan Ruggieros in seinem Übermaß gelegen habe. Das Schicksal eines Vorstadtkindes, so das Argument, könne niemals die Machthaberschaft sein und falls doch, müsse es dafür einen sehr hohen Preis zahlen. Einige vertreten sogar die Ansicht, daß, wenn keinem Gott am Eintreiben dieser Schuld gelegen sei, dies jemand an seiner Stelle tun müsse. Um die natürliche Ordnung der Klassen zu erhalten.

Dieser Meinung war auch Major Rosasco. Als dieser, das Dröhnen der Volksstimme in den Ohren, die Gebrüder Gatti nach kurzem Prozeß im September 1930 erschießen ließ, tat er dies in der Überzeugung, daß der Tod einiger seiner Freunde auf der Sollseite von Juan Ruggieros Konto zu Buche schlagen müßte. Wie auch die Tatsache, daß die Mutter der beiden Jungen darüber den Verstand verlor, warum nicht? Vielleicht, auch wenn sich darüber streiten ließe, begann es mit Ruggierito von dem Moment an bergab zu gehen, als der Staat sich anschickte, einen guten Teil seiner Aufgaben zu übernehmen. Vielleicht fing es auch etwas später an, im Winter 1931, als ein Mann aus einer viel kürzeren Distanz als die zwischen Julio Valea und seinem Mörder auf ihn schoß und ihn verfehlte. Ein Jahr zuvor hätte sich ihm niemand so weit nähern können, ohne daß es denjenigen teuer zu stehen gekommen wäre. Auf jeden Fall waren es Vorzeichen.

Womöglich war es der Ruggierito eigene Optimismus, der ihn verleitete, die Vorzeichen falsch zu deuten. Womöglich hatte er die Ereignisse vom Juli 1932 fehlinterpretiert, als ihn Richter Rodríguez Ocampo verhaften ließ und unter Mordanklage stellte. Die Witwe des Opfers hatte ausgesagt, der Mann, dessen Photo in den Zeitungen erschienen war, sei der Mörder ihres Gatten, sie habe nicht den geringsten Zweifel, dieser Juan Ruggiero sei sein Henker. Rodríguez Ocampo verfügte eine Gegenüberstellung. Die Frau sollte den Angeklagten identifizieren. Dieselbe Frau, die ihn zuvor auf den Photographien auf Anhieb erkannt hatte. Ruggiero sah ihr mit seinem traurigen Blick in die Augen, sie geriet ins Wanken und machte einen Rückzieher: »Nein, Herr Richter, dieser Mann war es nicht«, sagte sie. Er wurde auf freien Fuß gesetzt. Es war zwar nicht das erste Mal, daß er knapp dem Gefängnis entrann. Allerdings war es das erste Mal, daß man ihn in Avellaneda erwartete, um seine Rückkehr zu feiern: ein Wiedergutmachungskomitee im *Teatro Roma*, hohe Offiziere, Minister, Richter – nicht Rodríguez Ocampo, andere Richter. Wenige Tage zuvor hatte er im Stadtteil La Mosca bei einer politischen Veranstaltung rufen hören: *»Barceló, no – Ruggiero, sí!«* Barceló hatte ihm gesagt: »Wenn ich Gouverneur werde, überlasse ich dir das Bürgermeisteramt.« Und er hatte es ausgeschlagen: »Nein, Don Alberto, nehmen Sie's mir nicht übel. Ich werde mit meinen Eltern eine Europareise machen. Ich möchte Italien kennenlernen, Spanien …«

Danach verging ein weiteres Jahr. Voller Unruhe sprach er ständig von seinen Reiseplänen. Yrigoyen starb im Juli 1933, und Ruggierito freute sich nicht einmal.

Jedes Wochenende ging er zum Pferderennen. Am 21. Oktober, einem Samstag, besuchte er das Hippodrom *La Plata*. Er setzte bei allen Rennen und machte sich in der Abenddämmerung auf den Heimweg. José María Caballero, Joselito, chauffierte sein Auto, einen riesigen schwarzen Buick, der wie ein Panzer wirkte. Er fuhr ihn nach Hause, damit er sich umziehen konnte, und anschließend zu Elisa Vecino, einer schönen, sehr jungen Frau, die schon seit zehn Jahren, seit ihrem fünfzehnten Lebensjahr, die Geliebte des dreizehn Jahre älteren Ruggierito war.

Ruggierito heiratete auch Elisa nicht. Er führte ein seltsames Leben, teils bei seinen Eltern, teils bei ihr. Sie empfingen Besuch wie jedes normale Ehepaar und verbrachten die meisten Nächte zusammen. An jenem Samstag, dem 21. Oktober, waren Héctor Moretti, ein Mann, der den gleichen harten Beruf ausübte wie Ruggiero, und seine Frau Ana bei ihnen.

Der Abschied zog sich hin. Plaudernd standen sie vor dem Hauseingang auf der menschenleeren, vom Zirpen der Grillen durchströmten Gasse. Der Bürgersteig war schmal, so daß zwischen der Haustür und dem Buick, hinter dessen Lenkrad Joselito döste, nicht mehr als drei oder vier Meter lagen. Ruggierito hatte beschlossen, über Nacht zu bleiben. Er wollte seinem Chauffeur Gelegenheit geben auszuruhen. Elisa blieb bei Moretti und Ana stehen, während er hinging, um Joselito zu sagen, er könne nach Hause fahren und solle ihn am nächsten Tag abholen. Er beugte sich zu ihm hinunter.

Niemand vermochte später zu erklären, woher der korpulente Typ gekommen war, der in diesem Moment zu ihm trat. Sie sahen ihn erst, als er schon da stand oder kurz danach, als er aus kaum einem Schritt Entfernung auf sein Opfer schoß. Um genau zu sein, sahen sie ihn nicht einmal richtig. Sie sahen nur seinen dunklen Anzug und wie er zu einem blauen an der Ecke geparkten Auto rannte, in dem noch andere saßen.

Ruggierito versuchte, seine Waffe zu ziehen, doch die Hände gehorchten ihm nicht und seine Knie gaben nach. Jedesmal, wenn er zu sprechen versuchte, füllte sich sein Mund mit Blut. Moretti stützte ihn, damit er nicht zu hart fiel, half ihm, sich auf den Boden zu legen, und eilte zum Buick.

»Los, hinter ihnen her!« befahl er dem Chauffeur und hielt sich, die Füße auf dem Trittbrett, am Gepäckträger fest. »Holt einen Arzt!« schrie er den Frauen zu.

Moretti hatte keine Pistole bei sich. Durch das Wagenfenster steckte er Joselito die Hand in die Jacke und nahm sich seine. Die Mörder waren bereits um die Ecke verschwunden, doch bald hatten sie sie wieder im Blickfeld. Sie verfolgten sie bis zur Avenida Mitre und weiter Richtung Süden. Moretti feuerte ein paarmal seine Waffe ab, doch ohne sichtbares Resultat. Die Attentäter zielten besser. Sie trafen mitten in die Windschutzscheibe. Joselito konnte nichts mehr sehen und mußte die Jagd aufgeben.

Im Morgengrauen fand ein Schutzmann das abgestellte blaue Auto in der Calle Olavarría, Nähe Calle Gaboto, mit Blutflecken auf dem Rücksitz. Ungefähr um die gleiche Zeit, nach dem Besuch von Don Alberto Barceló, starb Juan Ruggiero im *Hospital Fiorito*.

»Mit Juan verbinde ich die besten Erinnerungen meines Lebens«, las Reyles vor. »Ich war seine liebste Freundin. Er war ein ganzer Mann. Vor ein paar Jahren haben wir uns getrennt, weil wir uns nicht mehr verstanden haben. Dennoch, und das sage ich mit Stolz, hat Ruggierito mir völlig selbstlos zu einem gesicherten Auskommen verholfen …«

Ramón ging um den Sessel herum, um selbst einen Blick auf die Seite der *Crítica* zu werfen, in der diese Worte von

Ana María Gómez, Ruggieritos früherer Lebensgefährtin, erschienen waren.

»Lies für mich weiter vor, Antonio, bitte«, sagte Gloria.

»Gern … ›Jeder weiß, was für ein Leben Juan geführt hat‹, heißt es weiter. ›Er hat so viel Gutes getan, wie er konnte … Immer wieder hat er seinen ganzen Einfluß in den Dienst einer guten Sache gestellt, die keinerlei materiellen Gewinn versprach. Es steht außer Frage, daß er Feinde hatte, Todfeinde.‹«

»Und ob er die hatte!« bemerkte Ramón. »Und auch höchst dubiose Freunde. Ein Wunder, daß er so lange überlebt hat …«

»›Diese wußten‹«, fuhr Reyles fort, »›daß sie von Angesicht zu Angesicht niemals gegen ihn angekommen wären und ihn in einen Hinterhalt locken mußten, um ihn zu ermorden. Juan war kein Bösewicht. Er hatte die Seele eines Ritters. Niemals, nicht ein einziges Mal in all den Jahren unserer Freundschaft, hat Juan einem Hilfesuchenden seine Hand verweigert.‹«

»Weißt du, daß das echt klingt?« stellte Ramón fest. »Viele Leute werden das glauben.«

»Die meisten haben das schon immer geglaubt«, sagte Reyles. »Was jetzt kommt, ist schwerer zu schlucken, aber auch das werden sie schlucken. Hier: ›Selbst seinen Feinden bot er Schutz, wenn er sie in Ungnade fallen sah … Einer, der stets seinen Eltern geholfen hat, kann kein schlechter Mensch sein …‹«

»Donnerwetter!«

»Warum hat er wohl *El Gallego* Julio so gehaßt?« fragte sich Gloria.

»Hat er denn irgend jemanden geliebt?« entgegnete Reyles.

»Julio war ein guter Kerl.« Gloria überhörte die Bemerkung.

»Er war genau wie Ruggierito«, gestand Ramón zu. »Nur daß Julio unser Freund war.«

»Er wird ein Begräbnis mit allen Ehren bekommen«, teilte Reyles mit, der weiter in der Zeitung las. »Mit der argentinischen Flagge über dem Sarg.«

»So ein Mist!« sagte Ramón. »›Er hatte die Seele eines Ritters.‹ Die Seele … Ha!«

Susana erschien in der Tür zum Speisezimmer.

»Zu Tisch!« forderte sie die anderen auf.

»Musiker wird es auch geben«, ergänzte Reyles und faltete die *Crítica* zusammen.

»Bandoneon?« Ramón, schon an der Tür, horchte auf.

»Kann sein … Bestimmt eine Kapelle. Die die Hymne spielt.«

Sie setzten sich zum Essen.

»Er hätte nicht weniger sein wollen als Tío Pagola«, sagte Ramón ganz leise im Gedanken an Frisch.

»Tío Pagola? Wer ist denn das?« fragte Susana lächelnd.

»Ich rede nur mit mir selbst. Der ist schon lange tot.«

87. Die Toten

Ich weiß nicht,
ob deine Stimme die Blüte eines Kummers ist.

HOMERO MANZI, Malena

Carlos Escayola, Gardel, starb in der Ferne. Bald war er Erinnerung, ein Schwarzweißphoto, ein Geist im Smoking, ein auf ewig mit sich selbst identisches Lächeln.

Am 24. Juni 1935 verbrannte er im Inneren eines Flugzeuges in Medellín, Kolumbien. Die fruchtlosen Ermittlungen zu den Ursachen des Unglücks und die bürokratischen Hindernisse, die sich den Toten auf ihren Reisen immer in den Weg stellen, trugen dazu bei, daß die verkohlten Reste des Sängers erst über sechs Monate später in Buenos Aires eintrafen. In der Nacht vom 5. Februar 1936 wurde der Sarg im Luna Park unten am Ufer aufgebahrt. Am nächsten Tag begleitete ihn eine Menschenmenge zum Friedhof La Chacarita. Eine Menge, die die kürzlich zu einer breiten Allee ausgebaute Calle Corrientes von einer Seite zur anderen und auf ihre ganze Länge von sieben Kilometern füllte. Eine Menge, die jener, die Uriburu zugejubelt hatte, sehr ähnlich war: eine gedächtnislose Masse, die weinend wie professionelle Klageweiber einen Mann betrauerte, den sie so gut wie gar nicht gekannt, den sie so sehr gar nicht geliebt, dem sie so viel gar nicht zugehört hatte, dessen Überreste jedoch ihr gehörten.

Lorenzo Díaz war zu diesem Zeitpunkt ein Junge von zwölf Jahren. Ramón hielt es für ungerecht, ihm den Tod seines Vaters zu verschweigen. Kurz vor Weihnachten, als der Tag der Beerdigung feststand, hatte er in der Küche des Hauses in Las Flores mit ihm gesprochen.

»Wir haben darüber noch nie geredet, Lorenzo«, sagte er. »Ich weiß gar nicht, ob du dich überhaupt noch daran erinnerst, daß wir uns einmal über deinen Vater unterhalten haben.«

»Du bist mein Vater«, unterbrach ihn Lorenzo.

»Das ist nur ein Teil der Wahrheit, und ein aufrechter Mann muß sich der ganzen Wahrheit stellen. Ich bin dein Vater, weil ich mich eines Tages dazu entschlossen habe, weil du meinen Namen trägst, weil wir eine lange Zeit miteinander verbracht haben und weil wir uns lieben. Ich liebe dich, Lorenzo.«

»Ich liebe dich auch.«

»Aber ich bin nicht der Ehemann deiner Mutter.«

»Nein, weiß ich doch.«

»Sie hat einmal einen Mann sehr geliebt, der … der nicht bei ihr bleiben konnte. Aber er hat dich nicht im Stich gelassen und sich immer um dich gekümmert. Carlos hat nie aufgehört, dir Geld zu schicken. Und besucht hat er dich auch …«

»Ich erinnere mich nicht an ihn.«

»Du warst noch klein.«

»Warum ist er nicht wiedergekommen? Hab ich ihm nicht gefallen?«

»Er war in gefährliche Dinge verwickelt und hielt es für besser, dich aus seinem Leben herauszuhalten.«

»Und du, warum hast du mich angenommen?«

»Er hat mich darum gebeten.«

»War er dein Freund?«

»Das nicht gerade … Er glaubte, daß ich ein verläßlicher Mensch bin.«

»Und das stimmt.«

»Mit wem ich allerdings wirklich gut Freund bin, das ist deine Mutter. Und mit dir. Deshalb bin ich heute hier. Weil man einem Freund die Dinge erleichtern muß. Dein Vater, der Mann, der dich in Nenés Schoß gezeugt hat, ist gestorben. Du wirst es in den Zeitungen gelesen haben. Die Leute nannten ihn Carlos Gardel.«

»Hieß er denn nicht so?«

»Nein. Carlos stimmt zwar. Aber sein Familienname war Escayola.«

»Er war Sänger.«

»Ja.«

»Und was soll ich jetzt machen?«

»Gar nichts sollst du machen. Aber sie werden eine Totenwache für ihn halten und ihn beerdigen, auf einem Friedhof in Buenos Aires. Wenn du hinmöchtest, begleite ich dich.«

»Kommt Mama mit?«

»Ich weiß es nicht.«

»Wenn sie mitkommt, gehe ich auch. Wenn nicht, dann nicht.«

So warteten auch sie in der Avenida Corrientes nahe dem Mercado de Abasto auf das Vorbeiziehen des Sarges. Nené, ganz in Schwarz, in der ersten Reihe neben Lorenzo, beide Hand in Hand. An ihrer Seite Susana Foucault. Ramón und Reyles ein paar Meter weiter hinten.

»Hast du immer noch Angst um sie?« fragte Reyles.

»Immer noch. Um diesen Mann kreisten zu viele Interessen, Antonio. Und wir sind nicht die einzigen, die die Geschichte des Jungen kennen.«

Ramón dachte an die Möglichkeit eines Angriffs, einer Entführung, einer unverzeihlichen Beleidigung. Doch stellte er sich dabei immer einen Mann vor, der prügelte, zustach, entführte, redete. Er beachtete die Frau nicht, die in dem Moment, als der Sarg mit Gardels ungewollt zu Asche verbranntem Leichnam an dem Jungen und seiner Mutter vorübergetragen wurde, zu Nené trat.

»Was willst du hier?« fragte die Unbekannte streng.

»Nichts«, erwiderte Nené erschrocken.

»Gut so. Gut, daß du hier nichts willst. Denn du bist hier niemand. Du bist eine Frau in Schwarz, eine von vielen Frauen in Schwarz. Wie ich.«

»Wer sind Sie?« fragte Lorenzo herausfordernd.

»Ich? Niemand... Ich bin auch niemand. Und der da, der Verstorbene, war auch niemand. Er fängt gerade erst an, jemand zu sein.«

Nach diesen Worten schloß sie sich dem Trauerzug an.

Nené stand stumm und wie erstarrt.

»Laß uns hier weggehen«, sagte Susana, umfaßte mütterlich ihr Handgelenk und zog sie mit sich. »Laßt uns hier weggehen«, wiederholte sie, an die Männer gewandt.

Sie machten sich Richtung Norden auf den Rückweg. In der Calle Córdoba hielt Susana auf der Höhe der Calle Medrano inne.

»Da ist ein Café«, sagte sie.

Die anderen folgten ihr hinein.

»Was ist los?« erkundigte sich Reyles, als sie saßen.

Sie wischte die Frage mit einer Handbewegung weg und bestellte Cognac. Sie war bleich und ihre Stirn schweißnaß. Nach dem zweiten Glas fühlte sie sich besser. Ihr Gesicht bekam wieder Farbe, und ihre Hände hörten auf zu zittern.

»Ich habe ihn eben gesehen«, sagte sie dann.

»Wen? Wen hast du gesehen?« fragte Reyles.

»Den Tod. Ich habe ihn eben gesehen«, beharrte Susana.

»Diese Frau? War das der Tod?« staunte Nené. »Die, die mich angesprochen hat?«

»Genau die«, bestätigte Susana.

»Mir kam sie eher vor wie...«

»Wie? Wie kam sie dir vor?«

»Wie irgendeine Hergelaufene, eine Verrückte …«

»Wenn Susana sagt, sie sei der Tod gewesen«, schloß Reyles, »dann war sie es auch, Nené. Manche sehen ihn, manche nicht.«

Er ist ein mächtiger Feind, dachte er.

»Es war der Tod«, sagte Lorenzo überraschend. »Er ist mit meinem Vater gekommen und mit meinem Vater gegangen. Ich will nach Hause. Dort wird er uns nicht belästigen.«

Reyles spürte, wie ihm der Hals trocken wurde. Er sah Ramón in die Augen und begegnete darin seiner eigenen Angst.

»Fahr sie heim«, sagte er. »Susana und ich gehen auch.«

Die beiden Männer umarmten sich zum Abschied.

»Paß auf sie auf«, flüsterte Ramón seinem Freund ins Ohr.

»Komm bald wieder«, bat Reyles.

Am nächsten Tag versuchte Susana vergeblich aufzustehen. Die Beine versagten ihr den Dienst. Reyles half ihr ins Bad und zurück zum Bett. Er rief Ramón an.

»Sie ist krank«, sagte er zu ihm. »Bring einen Arzt her. Und such jemanden, der weiß, was die Ärzte nicht wissen.«

Ramón erfüllte beide Aufträge.

Doktor Méndez, graue Eminenz des *Centro Gallego*, besuchte die Kranke noch am selben Tag.

»Sie leidet an keiner Infektionskrankheit und hat auch keine sichtbare Schlagverletzung … Ich kann nichts Ungewöhnliches finden. Wir werden Analysen machen. Bis dahin sollte sie einige Kapseln einnehmen …« Er kritzelte eine Formel auf einen Rezeptvordruck. »Jede Apotheke kann sie zubereiten. Morgen komme ich mit allem, was für eine vollständige Untersuchung nötig ist. Wahrscheinlich ist es nur ein allgemeiner Erschöpfungszustand ... Das moderne Leben ... man kennt das ja.«

Reyles bezahlte ihn und geleitete ihn zur Tür.

»Ich werde sterben, nicht wahr?« fragte Susana, als sie allein waren.

»Wir wollen versuchen, das zu verhindern«, entgegnete Reyles.

Méndez war der erste von zehn Ärzten, die in den nächsten zehn Tagen zu Susana kamen. Einige gaben ihre Unwissenheit offen zu.

Eine Woche darauf erschienen Ramón und Gloria in Begleitung einer dicken, weißhaarigen, einfach gekleideten Frau, die ihre wuchtige Tasche auf dem Eßtisch ausleerte, bevor sie zu Susana hineinging.

Sie schnupperte in der Luft und blickte Reyles aus halbgeschlossenen Augen an.

»Du kennst dich ein wenig aus«, sagte sie.

»Sehr wenig«, gab Reyles zu.

»Du hast Kerzen angezündet.«

»Ja.«

»Das war gut. Woher kommst du?«

»Aus Galicien.«

»Das ist mir klar. Ich bin selbst Galicierin ... Von der Küste?«

»Aus der Nähe.«

»Kannst du mit Salz umgehen ...?«

»Ja.«

»Sehr gut. Wo ist die Kranke?«

Susana begrüßte sie mit einem welken, erschöpften Lächeln.

Die Frau zog das Bettuch zurück. Sie strich ihr mit den Fingern über die Füße, die Knie, die Schenkel, den Bauch, die Brüste, den Hals. Und anschließend über die Hände, die Arme, die Schultern, den Hals. Mit dem Zeigefinger zeichnete sie ihre Züge nach. Zum Schluß streichelte sie ihr das Haar.

»Setz dich auf«, sagte sie.

»Ich kann nicht«, sagte Susana.

»Setz dich auf«, wiederholte die andere.

Mit offensichtlicher Mühe stützte Susana sich auf die Ellbogen, schob sich, die Beine zuerst, langsam zur Seite, krallte sich verzweifelt in die Matratze, stemmte den Oberkörper mit den Armen hoch, und schließlich gelang es ihr, sich auf den Bettrand zu setzen, die Füße auf dem Boden, die Hände ins Laken gekrampft, gebeugt unter einer übermenschlichen Last. Reyles sah, wie sich ihr Rückgrat plötzlich aufrichtete, ihr Kopf nach hinten geschleudert wurde und ihre Finger durch die Luft kratzten. Susana fiel auf den Rücken, zuckend, blasser denn je, gekreuzigt, besiegt.

»Das Böse drängt mit großer Kraft«, bemerkte die Alte und bekreuzigte sich.

Susana antwortete mit einem Röcheln.

»Spürst du jetzt einen Druck auf der Brust?«

»Nein.«

»Bring mir das Glasflakon, das ich auf dem Tisch habe stehen lassen«, bat die Frau Gloria.

Es war mit Kräutern gefüllt, die in einer grünlichen Flüssigkeit schwammen.

»Was ist das?« wollte Reyles wissen, als er es sah.

»Männliche Gartenraute und Rosmarin in Alkohol.«

Mit dieser Mischung rieb sie Susana am ganzen Körper ein.

»Ich verrate dir meine Geheimnisse.« Sie sprach weiter mit Reyles, ohne ihre Arbeit zu unterbrechen. »Ramón hat mir deinen Namen gesagt, Antonio. Und Susanas auch. Ich bin Margarita, aber aus irgendeinem Grund rufen mich alle Ema. Gibt es ein Gästezimmer in diesem Haus?«

»Ja. Haben Sie vor zu bleiben?«

»Ein paar Tage.«

Sie hörte auf mit ihren Einreibungen, verschloß das Flakon und deckte Susana zu.

»Schlaf jetzt«, sagte sie. »Wir machen das Licht aus.«

Im Speisezimmer setzte sie sich an den Tisch.

Die anderen taten es ihr nach.

»Was ist es?« fragte Gloria ängstlich.

»Das Böse. Für die einen ist es der Teufel. Für andere der Neid. Oder der Haß. Die sehen aber nur eine seiner Facetten. Es ist das Böse. Ich werde im Haus bleiben und aufpassen. Wenn sie mich braucht, kann sie mich rufen.«

»Sie haben ja ihre Stimme gehört, sie ist sehr schwach.«

»Um mich zu rufen, braucht sie ihre Stimme nicht.«

Die alte Ema richtete sich im Haus ein. Reyles gewöhnte sich bald an ihre Gegenwart, an ihre billigen Zigarren, ihre kryptischen Worte, ihre Vorschriften, die Knoblauchstränge hinter den Türen, die Gläser mit Honig unter den Betten, die alten Bildchen unbeachteter Heiliger, die spanischen Karten, die sie ständig zu Rate zog.

Eines Abends mischte Ema die Karten und bat Reyles, mit der Linken abzuheben. Sie drehte die vier zuoberst liegenden um und betrachtete sie.

»Du wirst niemals Frieden haben«, sagte sie. »Du wirst andere Dinge haben, du wirst alles bekommen, was du dir wünschst, aber Frieden wirst du nicht finden. Dieser Ehrgeiz in dir, so groß und so wenig präzise ...«

Reyles schwieg. Das einzige, was er sich in diesem Moment wünschte, war, daß ihm Susana erhalten bliebe.

Nach einem Monat zeigte Susanas Zustand eine gewisse Besserung. Sie konnte ohne Hilfe aufstehen, baden und sich zum Essen an den Tisch setzen. Ema führte ihre Behandlung fort, ohne Erklärungen abzugeben. Niemand verlangte welche.

Gloria besuchte sie täglich, ein- oder zweimal pro Woche in Begleitung Ramóns.

Auch Jacobo Beckmann kam häufig vorbei. Er erkundigte sich nach Susana und ließ sich über die aktuelle politische Situation aus. Reyles hatte das Gefühl, ihm etwas schuldig zu sein, seinem Rationalismus, seinem Realismus.

»Irritiert dich das nicht?« fragte er ihn leicht beschämt, als er Gelegenheit dazu fand.

»Was denn?« wunderte sich Beckmann.

»Daß ich auf die Ärzte verzichte, daß ich eine Quacksalberin im Haus habe, daß ich…«

»Du kämpfst, Alter. Im Leben ist es nicht wie beim Duell, man kann die Waffen nicht wählen. Man nimmt die, die man zur Hand hat. Wie sollte ich dir das vorwerfen? So blöd bin ich nicht…«

Reyles war beruhigt.

Beim Abendessen stellte er zu seiner Freude fest, daß Susana sich die Lippen geschminkt hatte.

Als sie fertig gegessen hatte, stand sie auf und schob den Stuhl zurück. Reyles legte seine Serviette hin, erhob sich ebenfalls und schickte sich an, sie wie üblich zu Bett zu bringen. Sie streckte ihm ungeduldig die Hand hin. Dem, was dann geschah, ging keinerlei Ankündigung voraus. Als habe man ihr einen Axthieb mitten in die Wirbelsäule versetzt, bog Susana das Brustbein nach vorn durch und brach mit verdrehten Augen zusammen.

Ema beugte sich über sie und machte mit den Daumen das Zeichen des Kreuzes auf ihrer Stirn. Reyles nahm sie auf die Arme, als wäre sie ein kleines Kind, so leicht war sie durch die Krankheit geworden, und trug sie ins Schlafzimmer. Er löste ihr den Gürtel des Hausmantels und setzte sich neben sie. So blieb er, reglos, ohne ein Wort, lange Zeit und versuchte, sich eine Welt ohne Susana vorzustellen.

»Wir müssen miteinander reden«, sagte Ema.

Sie kehrten an den Tisch zurück.

»Sind wir gescheitert?« Es war kein Zweifel, sondern eine Frage nach Bestätigung.

»Vielleicht. Ich werde um Hilfe bitten. Es steht schlimm um sie.«

Ein weiterer Monat verging und ein dritter. Dutzende von Gesundbetern, Heilern und Wahrsagern zogen durch das Haus. Und auch einige renommierte Ärzte.

»Mutter María wußte, was man dagegen tut«, stellte eine Kreolin fest, die sie aus Misiones geholt hatten, »ich nicht.«

»Die Wissenschaft hat ihre Grenzen«, philosophierte ein französischer, von der Universität nach Buenos Aires geladener Mediziner.

In der Johannisnacht wurden wundersame Beschwörungen abgehalten. Ende Juni erkannte Reyles, daß es mit Susana nicht aufwärts gehen wollte und zudem Ema sichtlich zu verfallen begann.

»So können wir nicht weitermachen«, sagte er.

»Laß mich noch einen letzten Kampf ausfechten«, bat Ema.

Reyles wußte, daß es sinnlos war, widersetzte sich jedoch nicht. Er sah sie Stunde um Stunde am Fußende des Bettes knien, beten, weinen, allmählich Kraft und Glauben verlieren. Er sah sie Tränke und Aufgüsse zubereiten und der Kranken mit immer weniger Überzeugung einflößen.

In der Nacht vom 18. Juli hatte Ramón einen Traum, den er nur Gloria erzählte. Darin ging er durch eine ungepflasterte Gasse mit einer einzigen Gaslaterne. Unter der Laterne stand Roque, ganz jung, der Roque der ersten Jahre in Buenos Aires. Ramón erblickte ihn nur für einen winzigen Augenblick, doch sein Herz erfüllte sich mit Licht. Er schloß die Augen, und als er sie wieder öffnete, hatte ein anderer Mann die Stelle seines Vaters eingenommen. Er war ein *compadrito* von der Sorte, wie es sie in der Stadt nicht mehr gab, mit einem Hut, dessen Krempe sein Gesicht überschattete, und einem weißen Tuch um den Hals. Schon war er nur noch zwei Schritte von ihm entfernt. »Weißt du, wer ich bin?« fragte der *compadrito.* »Du mußt Maidana sein«, sagte Ramón. Und der andere grüßte, indem er mit zwei Fingern an die Hutkrempe tippte. »Ich bin gekommen, um dir etwas mitzuteilen«, eröffnete ihm Ciriaco Maidana. »Sie ist auf dem Weg hierher. Sei nicht traurig deshalb. Das Böse gibt es nur auf der Seite, wo du lebst. Wer es dort nicht besiegen kann, flüchtet hierher. Das Böse hat in der Ewigkeit keinen Platz. Das Böse hat keinen Sinn in der Ewigkeit.« Ramón verstand diese Worte erst nach dem Erwachen. Im Traum hatte er um Reyles gefürchtet. »Er wird weggehen«, erklärte ihm Maidana. »Er muß in den Krieg wie alle, aber er wird zurückkommen. Sein Schicksal ist an dich gebunden.«

Am Abend des 19. Juli traf Beckmann Reyles im Wohnzimmer an, wo er in sich versunken in einem Sessel saß.

»Was treibst du so?« begrüßte er ihn.

»Ich warte«, sagte Reyles. »Gibt es etwas Neues?«

»Staatsstreich in Spanien. General Franco hat sich gegen die Regierung und gegen die Republik erhoben. Aber ich weiß nicht, ob dich das interessiert.«

»Vorläufig habe ich nicht die Absicht, mich umzubringen, Jacobo. Dabei habe ich durchaus daran gedacht. Aber ich habe es wieder verworfen.«

»Wie geht es Susana?«

»Schlechter.«

»Und der Alten?«

»Sie hat sich eine Weile hingelegt. Gestern nacht hat sie nicht geschlafen … Ihr geht es auch schlechter …«

»Antonio!« schrie Beckmann plötzlich auf.

Reyles schrak zusammen. Beckmann, die Augen weit aufgerissen, deutete auf etwas. Reyles fuhr herum.

Er sah das Haar, die Schultern einer schwarzgekleideten Frau.

»Wie ist sie hereingekommen?« fragte er.

»Sie ist nicht hereingekommen«, versicherte Beckmann, »sie ist erschienen.«

»Verdammt!«

Die Frau rührte sich nicht. Sie stand nur da und wandte ihnen den Rücken zu.

Reyles sprang aus dem Sessel auf sie zu. Er hob den Arm und wollte sie schon berühren, da verschwand sie.

»Großer Gott!« murmelte er.

Ema, zerzaust und bleich, beobachtete ihn von der Flurtür aus.

»Was ist?« fragte sie.

»Susana!« schrie Reyles.

Alle drei stürzten ins Schlafzimmer.

Die Eile war vergebens.

88. Der Krieg

Auf den Mann, auf den heldenmütigen Mann
kommt es an.

LEÓN FELIPE, La insignia

Antonio Reyles schloß die letzte Kiste, setzte sich hin und betrachtete die Wände des Zimmers. Ohne Vorhänge hatte es etwas Verlassenes, Vergessenes, als hätte es all die darin verlebten Jahre nicht gegeben. So sah das ganze Haus aus, leer, aller Persönlichkeit beraubt: die Betten ohne Bezüge, die Schränke ohne Erinnerungen, die Wandregale ohne Flaschen.

Jacobo Beckmann fand die Tür offen.

»Ich habe Gin mitgebracht«, verkündete er.

»Worauf wartest du also? Schenk ein!« sagte Reyles.

Beckmann füllte zwei Gläser und nahm seinem Freund gegenüber Platz.

»Wie weit seid ihr?« erkundigte er sich.

»Gloria hat Susanas Sachen schon weggebracht. Sie wird sie verschenken. Ich habe die Bücher verpackt, damit Ramón sie abholen lassen kann. Sie kommen in seine Bibliothek in der Calle Alsina. Der Rest wird verkauft. Weißt du? In Momenten wie diesem tut es mir leid, keine Kinder zu haben. Nicht daß wir keine gewollt hätten. Sie sind halt einfach nicht gekommen. Obwohl es so vielleicht sogar besser ist… ich weiß nicht, ich als Witwer und mit Kindern…«

»Was hast du jetzt vor, Antonio?«

Reyles ließ sich Zeit mit der Antwort. Er lächelte, zündete sich eine Zigarette an und hielt Beckmann das Päckchen hin, wobei er ihm fest in die Augen sah. Er beugte sich zu ihm, ergriff die Hand des Freundes und hielt sie fest, während er sprach.

»Du wirst denken, daß ich anfange zu spinnen«, sagte er.

»Warum?«

»Ich habe nachgedacht, Jacobo … Über die letzte Zeit, mein Leben, Buenos Aires, Madrid. Ohne Susana ist alles anders. Als sie da war, drehte sich die Welt um sie. Ich hatte keine anderen Sorgen, als die Gegenwart andauern zu lassen. Weder die Vergangenheit noch die Zukunft zählten. Man mag sagen, ich hätte an Individualität verloren, aber ich war glücklich. Ich habe ein Glück besessen, das ich nie mehr erlangen werde … Jetzt bin ich wieder allein. Und Männer, die allein sind, die niemanden im Besonderen lieben, müssen sich für einen von zwei Wegen entscheiden: Entweder sie leben für sich selbst und entwickeln sich zu ausgemachten Schweinehunden, oder sie leben für die anderen, in der Geschichte aller, und geben ihrem Tun einen Sinn.«

»Du wirst nie ein Schweinehund werden«, sagte Beckmann.

»Doch. Ich bin nicht anders, so sehr du mich auch liebst, Jacobo … Wenn ich nicht etwas unternehme … Und du, wann reist du ab?«

»In vierzehn Tagen, wenn die Lage sich nicht ändert.«

»Sie wird sich nicht ändern. Das dauert noch. Gehst du zu den Internationalen Brigaden?«

»Nein. Zu den Kommunisten.«

»Ich komme mit dir.«

»Du?«

»Ich, natürlich. Davon, was in Madrid geschieht, hängt eine Menge ab … Und es spricht nichts dagegen, daß ich mich dorthin aufmache, meinst du nicht? Ramón wird dafür sorgen, daß das alles hier verkauft wird. Für den Fall, daß ich überlebe, hätte ich etwas Geld, neu anzufangen. Was für Formalitäten muß man erfüllen?«

»Nicht viele. Sie brauchen dringend Leute. Und du bist Spanier. Niemand kann dir verbieten hinzugehen.«

Reyles ließ Beckmanns Hand los.

»Einverstanden. Morgen leite ich es in die Wege. Sag mir, an wen ich mich wenden muß«, sagte er in verändertem Ton.

Beckmann stand auf und füllte die Gläser nach.

»Auf die Zukunft, Kamerad!« Er prostete ihm zu.

Reyles hob sein Glas und trank.

»Dein Entschluß freut mich sehr«, fügte Beckmann hinzu. »Und ich denke nicht, daß du spinnst. Im Gegenteil. Für einen Hasardeur hast du zuviel gelesen.«

Reyles ging auf den Kommentar nicht ein.

»Eines muß ich noch mitnehmen«, sagte er. »Komm mit.«

Er ging den Flur bis ans Ende und betrat das letzte Zimmer, das kleinste des Hauses, das jahrelang sein Büro gewesen war. An der Wand hing der große Stadtplan von Buenos Aires, den er am Tag seiner Ankunft gekauft hatte. Inzwischen war er von Markierungen übersät: farbigen Punkten, Pfeilen, Namen in einer kaum zu entziffernden Schrift: Wohnungen, Geschäften, Geliebten, Spielsalons, Bordellen, Polizeirevieren, Gerichten, Zeitungsredaktionen, Theatern, Kabaretts – dem dichten Netz seiner Wege durch die Stadt. Mit Hilfe eines Schlüssels löste er die Reißzwecken aus der Wand, ohne das Papier zu beschädigen. Vorsichtig nahm er es herunter und faltete es in den ursprünglichen Knicken zusammen.

»Vielleicht ist er eines Tages noch einmal zu etwas gut«, meinte er und steckte den Plan in die Jackentasche. »Gehen wir irgendwo essen.«

89.

»Einfach so?«

»Einfach so. Und natürlich nicht nur mein Vater. Der spanische Bürgerkrieg war gutgesinnten Menschen ein Anliegen.«

»Hat es etwas genutzt?«

»Wir haben verloren, aber daß sie alle gekommen sind, um zu kämpfen, hat die Menschheit besser gemacht. Wenn es erst gar keiner versucht hätte…«

Epilog

»Das war's«, sagte Beckmann. »Sie sind alle auf und davon. General Miaja ist heute nachmittag geflogen. Wir müssen los.«

»Schade«, sagte Reyles. »Barcelona gefällt mir sehr. Wenn wir gewonnen hätten, würde ich hierbleiben. Hast du gesehen? Sogar mitten in diesem Inferno gibt es noch friedliche, breite, stille Straßen ... Und die Leute ...«

»Hör auf zu träumen. In einer Stunde brechen wir nach Llançà auf. Morgen holen uns die Italiener mit einem Boot dort ab.«

»Und dann?«

»Es gibt noch viel zu tun. Das ist erst der Anfang. Der Krieg wird lang. Außerdem, wer weiß, vielleicht können wir eines Tages wieder zurückkommen. Oder unsere Kinder, falls wir welche haben sollten.«

Danksagung

Ich möchte all denen danken, die zum Entstehen dieses Buches aktiv beigetragen haben. Meine Töchter Aitana und Livia hatten, obwohl noch klein, die nötige Geduld, monatelang Ruhe im Haus zu bewahren. Pablo Armando Fernández, José Agustín Goytisolo und Claudio Lozano lasen das Werk, eine Fassung nach der anderen, und steuerten scharfsinnige Kommentare bei. Die Großzügigkeit Edgardo Entíns ermöglichte mir, mit der Niederschrift zu beginnen. Juana Bignozzi und Hugo Mariani stellten mir ihre argentinische Bibliothek sowie ihr vortreffliches Gedächtnis zur Verfügung. Jaime Naifleisch und Vicente Gallego beschenkten mich mit wesentlichen Fragmenten ihrer Familiengeschichten. Fabio Rodríguez Amaya hat jahrelang auf diesen Roman gewartet und mich immer dazu ermutigt. Meine Mutter Pita Rial hörte sich meine Fragen an und gab mir die Antworten. Meine Verleger Juan Cruz, Rodolfo González und Amaya Elezcano ertrugen meine Angstzustände und Marotten. *Tango, der dein Herz verbrennt* tut seine ersten Schritte an der Hand von Lola Díaz.

Glossar

almacén	landestypischer Eckladen für Haushaltswaren, meist mit Wirtshausbetrieb
cafishio	Zuhälter
caftén	Zuhälter, Mitglied einer Organisation
caña	hochprozentiges, süßes Getränk aus Zuckerrohr
chata	Pferdekarren
cirujas	Abfallsammler, die auf der Mülldeponie von Buenos Aires leben
compadrito	Typus des verstädterten Gaucho, stutzerhafter, streitsüchtiger Ganove, Auftragskiller und Zuhälter
conventillo	große, zimmerweise vermietete Wohnhäuser
cuentenik	Sephardisch (Sprache der spanischstämmigen Juden): ambulanter Händler, Hausierer
estanciero	Besitzer einer *estancia*, einer Viehfarm von zuweilen riesigen Ausmaßen
facón	langes, spitzes Gaucho-Messer
gallego	eigentlich: Galicier, populäre Bezeichnung für Spanier im allgemeinen
indiano	reich aus Amerika nach Spanien zurückgekehrter Auswanderer
lunfardo	Gauner, Halunke. Ganovensprache aus Buenos Aires, die heute fast nur noch in Tangotexten zu finden ist
pistolero	Killer, bewaffneter Leibwächter
rancho	Hütte, kleines Wohnhaus

moquier	Frau in *cocoliche*, der italienisch-spanischen Mischsprache der Italo-Argentinier
plata	umgangssprachlich: Geld
pulpería	Gemischtwarenhandlung mit Alkoholausschank
porteños	Einwohner von Buenos Aires
Quema	Mülldeponie von Buenos Aires
quilombo	Bordell
quinta	kleines Anwesen auf dem Land
reñidero	Hahnenkampfplatz
tano	umgangssprachlich: Italiener
truco	Kartenspiel

Personenregister

Alberdi, Juan Bautista, 1810–1884, Philosoph, Jurist, Diplomat, Dichter, Komponist, Kunstkritiker

Alvear, Marcelo Torcuato de, argentinischer Botschafter in Paris, dann Bürgermeister von Buenos Aires und 1922–1928 Präsident von Argentinien

»Caballeros de la noche«, Bande, die 1881 die sterblichen Überreste der Schwägerin von Manuel Dorrego entführte, um von der Familie des früheren Gouverneurs von Buenos Aires, Föderalisten und Nationalhelden Lösegeld zu erpressen

Cánovas del Castillo, Antonio, Präsident mehrerer spanischer Regierungen zwischen 1875 und 1897

Jovellanos y Ramirez, Gaspar Melchor, 1744–1811, spanischer Politiker und Schriftsteller

Latzina, Dr. Francisco, 1843–1922, Mathematiker und Statistiker

Marquina, Eduardo, 1879–1946, Schriftsteller und Dramaturg

Mitre, Bartolomé, Präsident der Republik Argentinien 1862–1868

Roca, Julio Argentino, Präsident von Argentinien 1880–1886 und 1898–1904

Rosas, Juan Manuel de, Gouverneur von Buenos Aires 1829–1832, argentinischer Diktator 1835–1852

San Martín, José de, 1778–1850, Freiheitskämpfer

Santos Barbosa, Máximo Benito, Präsident von Uruguay 1882–86

Sarmiento, Domingo Faustino, Präsident von Argentinien 1868–1874

Yrigoyen, Hipólito »El Peludo«, Präsident von Argentinien 1916–1946, wegen seiner Öffentlichkeitsscheu »das Gürteltier« genannt

Antonio Skármeta

Die Hochzeit des Dichters

Roman. Aus dem chilenischen Spanisch von Willi Zurbrüggen. 311 Seiten. Piper Taschenbuch

Auf der winzigen Mittelmeerinsel Gema bereitet man sich auf die Hochzeit des Jahrhunderts vor: Hieronymus soll die schöne Alia Emar bekommen, von der so viele junge Männer träumen und die auch Stefano schon seit geraumer Zeit den Schlauf raubt. Doch die alte Welt befindet sich im Umbruch, und schließlich macht Stefano sich auf in eine bessere Zukunft jenseits des Atlantiks. Eine Liebeserklärung an das alte Europa, voll vitaler Sinnlichkeit und Melancholie.

»Jemand wie Roberto Benigni könnte einen Film aus diesem Buch machen, das voll ist von unaufdringlicher Weisheit und von aufdringlicher Qualität.«
Tagesspiegel

05/1481/02/L

Jesús Díaz

Erzähl mir von Kuba

Roman. Aus dem Spanischen von Klaus Laabs. 301 Seiten. Piper Taschenbuch

Wehmütig läßt Stalin Martínez die Ereignisse der vergangenen Wochen Revue passieren, während er darauf wartet, daß ihm die unbarmherzige Sonne Miamis auf der Dachterrasse seines Bruders die Haut gerbt und ihm das Aussehen eines Bootsflüchtlings verleiht.
Mit seinem neuen Kuba-Roman, der zärtlich und ironisch zugleich ist, trifft Díaz mitten ins Herz.

05/1121/02/R

Jorge Edwards

Der Ursprung der Welt

Roman. Aus dem chilenischen Spanisch von Sabine Giersberg. 176 Seiten. Piper Taschenbuch

Paris, Musée d'Orsay: Ein scheinbar harmloser Museumsbesuch verändert das Leben eines angesehenen Arztes. Vor dem berühmten Bild des Malers Gustave Courbet kommt ihm ein unheilvoller Gedanke: Sieht die Frau auf dem Gemälde nicht aus wie seine eigene, dreißig Jahre jüngere Gattin? Stand seine Ehefrau Aktmodell?
Das schönste Buch des großen lateinamerikanischen Schriftstellers Jorge Edwards, ausgezeichnet mit dem Cervantes-Preis.

»Lateinamerikanische Literatur, die im deutschen Sprachraum ihresgleichen sucht. Ein perfektes Kunstwerk und ein Erotikthriller ohne Konzessionen an den Publikumsgeschmack.«
Die Zeit

05/2239/02/L

Céline Curiol

Von Liebe sprechen

Roman. Aus dem Französischen von Sabine Schwenk. 288 Seiten. Piper Taschenbuch

Sie ist die Stimme von Paris. Als Bahnhofsansagerin kündigt sie die Züge an – denkt dabei aber einzig an ihn und an den Kuß, der ihr Leben veränderte. In den Straßen der Stadt begegnet sie dem, was das Leben ist, aber sie wartet auf ihn, den sie liebt. Und irgendwann kann er sich ihr nicht mehr entziehen …
Feinsinnig und schonungslos offen beschwört Céline Curiol das Lebensgefühl ihrer Generation.

»Dieser Erstling hat das Zeug zum Lieblingsbuch!«
Westdeutsche Allgemeine

05/2292/02/R

PIPER